「十二五」國家重點圖書出版規劃項目

元代古籍集成

經部詩類

總主編 韓格平

主編 李山

詩傳旁通

直音傍訓毛詩句解

国家出版基金项目
NATIONAL PUBLICATION FOUNDATION

北京师范大学出版集团
BEIJING NORMAL UNIVERSITY PUBLISHING GROUP
北京师范大学出版社

图书在版编目(CIP)数据

诗传旁通，直音傍训毛诗句解／李山主编．—北京：北京师范大学出版社，2012.3
（元代古籍集成 经部诗类）
ISBN 978-7-303-09184-3

Ⅰ．①诗…②直… Ⅱ．①李… Ⅲ．①诗经－诗歌研究－中国－元代 Ⅳ．①I207.222

中国版本图书馆CIP数据核字(2011)第281812号

营销中心电话 010-58802181 58805532
北师大出版社高等教育分社网 http://gaojiao.bnup.com.cn
电子信箱 beishida168@126.com

SHI ZHUAN PANG TONG,ZHI YIN BANG XUN MAO SHI JU JIE

出版发行：北京师范大学出版社 www.bnup.com.cn
北京新街口外大街19号
邮政编码：100875
印　　刷：北京盛通印刷股份有限公司
经　　销：全国新华书店
开　　本：170 mm × 240 mm
印　　张：39.5
字　　数：592千字
版　　次：2012年3月第1版
印　　次：2012年3月第1次印刷
定　　价：88.00元

策划编辑：赵月华　　责任编辑：赵月华
美术编辑：毛　佳　　装帧设计：锋尚设计
责任校对：李　菡　　责任印制：李　啸

《元代古籍集成》編委會

總序

元代，是中國歷史上由蒙古族統治者建立的多民族的統一朝代。蒙古部族早年生活於大興安嶺北部、斡難河一帶及其西部的廣大地域。一二〇六年，成吉思汗完成了蒙古各部落的統一，建國於漠北，號大蒙古國。一二七一年，元世祖忽必烈改國號為大元。一二七六年，元滅南宋。一三六八年，元順帝妥歡貼睦爾率衆退出中原，明軍攻入大都。明初官修《元史》，自成吉思汗建國至元順帝出亡，通稱元代。蒙古人原來沒有文字，成吉思汗時借用畏兀兒字母書寫蒙古語，從此有了蒙古文。一二六九年，忽必烈頒詔推行由國師八思巴創制的主要借鑒於藏文的新的拼音文字，初稱蒙古新字，不久改稱蒙古字，用以「譯寫一切文字」。同時，元代統治者重視學習漢文。元太宗窩闊台于太宗五年（一二三三年）頒有《蒙古子弟學漢人文字詔》，鼓勵、督促蒙古子弟學習漢語。忽必烈亦重視吸取漢文化中的有益成份，為藩王時，曾召見僧海雲、劉秉忠、王鶚、元好問、張德輝、張文謙、竇默等，詢以儒學治道。其後的元仁宗愛育黎拔力八達、元英宗碩德八剌均較為主動地借鑒漢族封建文化，且頗有建樹。有元一代，居於統治地位的蒙古貴族及色目貴族不同程度地接受了包括漢民族在內的多民族文化的影響。可以說，蒙元文化是由蒙古貴族主導的包容多民族文化的封建文化。其中，中土漢人和熟悉漢語的少數民族文人積極參與蒙元文化建設，他們用漢語撰著的漢文著述數量極為豐富，其內容涉及到元代社會生活的方方面面，是元代文獻的主要組成部分。

明修《元史》，未撰《藝文志》。清人錢大昕撰有《補元史藝文志》，「但取當時文士撰述，錄其都目，以補前史之闕，而遼、金作者亦附見焉」【一】，共著錄遼金元作者所著各類書籍三千二百二十四種，其中元人著作二千八百八十八種

【一】錢大昕《補元史藝文志序》，《二十五史補編》本，中華書局一九九八年版，第八三九三頁。

（含譯語類著作十四種）。該書參考了焦竑《國史經籍志》、黃虞稷《千頃堂書目》、倪燦《補遼金元藝文志》、朱彝尊《經義考》等著作，增補遺漏，糾正訛誤，頗顯錢氏學術功力。今人雒竹筠、李新乾撰有《元史藝文志輯本》，既廣泛參考前人論著，亦實際動手搜求尋訪，「凡屬元人著作，不棄細流，有則盡錄，巨細咸備」【一】，共著錄元代作者所著各類書籍五千三百八十七種（個別著錄重複者計為一種，如方回撰《文選顏鮑謝詩評》分別著錄于詩文評類與總集類），除十一種蒙文譯書外，皆為漢文書籍。其中現存著作二千一百九十六種（包括殘本、輯佚本）。具體分佈情況如下：經部，著錄書籍一千一百一十七種，今存二百二十種；史部，著錄書籍一千零二十六種，今存二百七十三種；子部，著錄書籍一千零七十六種，今存四百八十八種；集部，著錄書籍二千一百六十八種，今存一千二百一十五種。與錢《志》相比，《輯本》具有兩項顯著的優點，一是增補了戲曲、小說類著作，二是每一書名之後記以存佚，頗便使用者查尋。可以說，該書是目前較為詳備的元代目錄文獻。持此《輯本》，元人著述狀況及現存元人著作情況可以略窺概貌。需要說明的是，元人著作散佚嚴重。僅據元人虞集所作詩序，可知《胡師遠詩集》、《吳和叔詩集》、《黃純宗詩集》、《楊叔能詩集》、《會上人詩集》、《劉彥行詩集》、《楊賢可詩集》、《易南甫詩集》、《饒敬仲詩集》、《張清夫詩集》、《謝堅白詩集》、僧嘉訥《嶂山詩集》等未著錄於《輯本》別集類，則編纂元人著作全目的工作，尚有待於來日。

陳垣先生《元西域人華化考》卷八結論中「總論元文化」一節曰：「以論元朝，為時不過百年，今之所謂元時文化者，亦指此西紀一二六〇年至一三六〇年間之中國文化耳。若由漢高、唐太論起，而截至漢、唐得國之百年，以及由清世祖論起，而截至乾隆二十年以前，而不計其乾隆二十年以後，則漢、唐、清學術之盛，豈過元時！」【二】今以現存元代古籍為例，略述元代學術文化之盛。

經學是一門含有豐富哲學內容的、體現儒家思想精要的古老的學問，長期居於中國學術文化的主導地位。元代結束了

【一】雒竹筠、李新乾《元史藝文志輯本·弁言》，北京燕山出版社一九九九年版，第三頁。

【二】陳垣《元西域人華化考》，上海古籍出版社二〇〇〇年版，第一三三頁。

兩宋以來的長期分裂局面，元代經學亦在借鑒、調和宋代張程朱陸理學的進程中，產生了許衡、劉因、吳澄等理學名家。清儒編纂《四庫全書》，收錄了約三百八十種元人著作，其中多有對於元人經學著作的讚譽之詞。例如，評價吳澄《易纂言》曰：「其解釋經義，詞簡理明；融貫舊聞，亦頗賅洽，在元人說《易》諸家，固終為巨擘焉。」評價許謙《讀書叢說》曰：「宋末元初說經者多尚虛談，而謙於《詩》考名物，於《書》考典制，猶有先儒篤實之遺，是足貴也。」評價梁寅《詩演義》曰：「今考其書，大抵淺顯易見，切近不支。元儒之學主於篤實，猶勝虛談高論、橫生臆解者也。」評價趙汸《春秋屬辭》曰：「顧其書淹通貫穿，據傳求經，多由考證得之，終不似他家之臆說。故附會穿鑿雖不能盡免，而宏綱大旨，則可取者為多。」【一】清末學者皮錫瑞認為元代為經學積衰的時代，「論宋、元、明三朝之經學，元不及宋，明又不及元。」【二】承認元代經學在中國經學史上佔有一定的地位，且有如趙汸《春秋屬辭》這樣的「鐵中錚錚、庸中佼佼」之作。

元代史學是中國史學的繼續發展時期，成就顯著，著作甚豐。其中，影響較大的著作有如下幾種。一、元順帝至正年間編纂的《遼史》、《金史》、《宋史》。三史編纂皆有三朝專史舊本可供借鑒，故歷時不及三年即告竣事，且整體框架完備，基本史實詳贍，為後人研究遼金宋歷史的重要著作。同時，順帝詔「宋、遼、金各為一史」，解決了長期持論不決的以誰為「正統」的義例之爭，顯示出元代史學觀念上的進步。二、馬端臨《文獻通考》。該書是一部記載上古至宋寧宗時期典章制度的通史。作者對唐杜佑《通典》加以擴充，分田賦、錢幣等二十四門，廣取歷代官私史籍、傳記奏疏等相關資料，對各項典章制度進行融會貫通、原始要終的介紹，篇帙浩繁，堪稱詳備。三、《元典章》。該書全稱《大元聖政國朝典章》，為元代中期地方官府吏胥與民間書坊商賈合作編纂的至治二年（一三二二年）以前元朝法令文書的分類彙編，分詔令、聖政、朝綱等十大類，六十卷。書中內容均為元代的原始文牘，是研究元代法制史與社會史的重要資料。四、《大元大一統志》。該書為元朝官修地理總志，始纂于元世祖至元二十二年（一二八五年），成書于元成宗大德七年

【一】上述引文分別見於《四庫全書總目》，中華書局一九六五年版，第二二頁、九六頁、一二八頁、二二八頁。

【二】皮錫瑞《經學歷史》，中華書局一九五九年版，第二八三頁。

（一三〇三年），六百冊，一千三百卷，是中國古代最大的一部輿地書。該書氣象宏闊，內容廣泛，取材多為唐宋金元舊志，今僅有少量殘卷存世。

元代子書保持和發揚了傳統子書「入道見志」、「自六經以外立說」的基本特色，廣泛干預社會生活，闡發個人學術（含藝術）觀點，產出了許多優秀作品。面對民族矛盾與階級矛盾交織的社會現實，程端禮《讀書分年日程》、謝應芳《辨惑編》、蘇天爵《治世龜鑒》諸書推闡朱熹學說，力闢民間疑惑，探求治世方略，顯示出元代子部儒家類著作的基本格調。元代科學技術水平有了新的進展。李冶《測圓海鏡》的成書標誌著天元術數學方法的成熟，「是當時世界上水平最高的代數著作」。【一】稍後朱世傑《四元玉鑒》用四元術解方程（包括高達十四次方的我國數學史上最高次方程），「對方程的研究（列方程、轉化方程和解方程等），朱世傑在中國歷史上達到頂峰」，「《四元玉鑒》的另一部分重要內容是有關垛積與招差問題，就其成果的水平來看達到了中國古代此類問題的高峰」。【二】司農司編《農桑輯要》、魯明善撰《農桑衣食撮要》、王楨撰《農書》三部農書，是元代農學的代表作。又李杲有「神醫」之譽，「其學於傷寒、癰疽、眼目病為尤長」【三】，觀其所著《內外傷辨惑論》、《脾胃論》、《蘭室祕藏》諸書，可知時人所譽不誣。

元代文人文學創作的積極性很高，吟詩作文是當時文人的普遍行為。「近世之為詩者不知其幾千百人也，人之為詩者不知其幾千百篇也」。【四】與經、史、子部著作相比，元代集部著作數量最多。其中，尤以別集數量居首。現存或全或殘的各種別集（含詩文合集、詩集、文集、詞集）約六百六十種。閱讀郝經《陵川集》、姚燧《牧庵集》、劉因《靜修集》、吳澄《吳文正公集》、趙孟頫《松雪齋集》、袁桷《清容居士集》、歐陽玄《圭齋集》、揭傒斯《揭文安公全集》、虞集《道園學古錄》、黃溍《金華黃先生文集》等別集，可以從其不同個體的視角，瞭解元代社會生活的諸多不同側面，瞭解

【一】李迪主編《中國數學史大系·第六卷》，北京師範大學出版社一九九九年版，第九七頁。
【二】李迪主編《中國數學史大系·第六卷》，北京師範大學出版社一九九九年版，第二六〇頁、二六一頁。
【三】《元史·方技傳》，中華書局一九七六年版，第四五四〇頁。
【四】吳澄《張仲默詩序》，李修生主編《全元文》第十四冊，江蘇古籍出版社一九九九年版，第二六五頁。

作者個人的情感與情操，體味元代詩文創作的藝術成就。而閱讀耶律楚材《湛然居士文集》、馬祖常《石田集》、孛术魯翀《菊潭集》、薩都剌《雁門集》、迺賢《金台集》等少數民族作家用漢語創作的詩文，則於前者之上，平添了幾分讚歎與欽敬。蘇天爵《元文類》，選錄元太宗至元仁宗約八十年間名家詩文八百餘篇，後人將其與宋姚鉉《唐文粹》、宋呂祖謙《宋文鑒》相提並論。元代雜劇與散曲創作成就顯著，後人編輯的雜劇或散曲總集有所收錄，較全者，有今人王季思主編的《全元戲曲》與隋樹森《全元散曲》。

總之，元代古籍內涵豐富，在中國古代文化發展史上居於承上啟下的重要地位。

今天我們所能看到的元代古籍，既有少量當初的刻本或抄本，又有大量明清時期的翻刻本、增補修訂本、節選本或輯佚本，版本系統複雜，內容互有出入，文字脫訛普遍，大多未經整理，今人使用頗為不便。有鑒於此，我們決心發揚我校陳垣先生發端的整理研究元代文獻的學術傳統，充分利用此前編纂《全元文》的學術積累，利用十年至二十年時間，整理出版一部經過校勘標點的收錄現存元代漢文古籍的大型文獻集成——《元代古籍集成》。我們的研究計畫得到了北京師範大學領導及相關院、處的充分肯定與大力支持，在「二一一」、「九八五」、自助科研基金等方面提供科研資金予以資助；海內外學界師友或給以殷切勉勵，或積極參與我們的工作；北京師範大學出版集團在出版資金、編校力量方面予以积極投入，在此，謹致以衷心感謝。同時，我們深知，完成這樣一項巨大工程，不僅耗時、費力，還要承擔一定的歷史責任。我們將盡力而為，亦期待著來自各方面的批評指教。是為序。

韓格平

二〇一一年十二月二十日

於北京師範大學古籍與傳統文化研究院

總目録

詩傳旁通

直音傍訓毛詩句解

詩傳旁通

（元）梁益　撰
李輝　郭鵬　點校

目録

卷四

卷七

彤弓之什

祈父之什上

卷八

祈父之什下

小旻之什

卷十一

生民之什

卷十二

蕩之什

卷十三

清廟之什

臣工之什

整理説明

《詩傳旁通》十五卷，元梁益撰。梁益，字友直，號庸齋，江蘇江陰人，祖籍福州，故自署三山人。梁益博學多識，精通經史，嫻習文藝，澹泊瀟散，頗有風操。同郡余遠撰《梁益墓志》云：「先生生而敏慧，垂髫誦書，對置巨帙，拱手危坐，終日不變。少長，業益修，嶷然殊異，莫與為匹。明毛、鄭《詩》，通《春秋》、百氏之書，縱學無不觀。工文辭，下筆若不經意，而根據典雅，凡郡中傳記金石之文，皆出手筆。學為文者，承先生口講指畫，悉合繩檢。先生不屑營家，簷無儲石，而能周人窮匱。佳會召之率不往，間從傖父飲，則歡歌以為極，沾醉乃已。或譏其放，而不知其才不施而為沈冥之外也。」（《全元文》卷一五七一）對梁益的道德、文章做了高度的评价。梁益於至正辛巳年中江浙鄉舉，但一生不及仕宦，甘貧樂道，以教授鄉里而終。《元史·儒林傳》云：「其教人，以變化氣質為先務，學徒不遠千里從之。自文圭既卒，浙以西稱學術醇正、為世師表者，惟益而已。」王逢《挽梁先生》詩云：「方期花柳陪行樂，不意頻繁薦豆邊。萬里乾坤空老眼，半生風雨共寒氈。」（《梧溪集》卷四）足见梁益之作为一代儒林清流，深富雅望。

梁益勤於著述，據《元史·儒學傳》所載，有《三山稿》《詩緒餘》《史傳姓氏纂》《尚書補遺》《七政疑解》《詩傳旁通》等多種著作。但除《詩傳旁通》之外，其餘皆已亡佚。

《詩傳旁通》，顧名思義，是對朱熹《詩集傳》的闡發。《詩集傳》作為宋代詩經研究集大成之作，對後代《詩經》研究產生了深遠影響。許謙《詩集傳名物鈔》、劉謹《詩傳通釋》、朱公遷《詩經疏義會通》等都尊崇《詩集傳》，并對其進行一定的疏證、補充。梁益《詩傳旁通》也屬這一類的著述。所謂「旁通」，即對《詩集傳》的疑難闕略進行疏通，誠如《四庫全書總目提要》所説，「益是書仿孔、賈諸疏證明注文之例，凡《集傳》所引故實，一一引據出處，辨析源委」，可見此書之大體格局。

《詩傳旁通》凡十五卷，卷首為翟思忠序，序後為類目，卷一至卷十四為條目訓釋，卷十五為《敘説》。《詩傳旁通》並非以訓釋《詩經》經文本或疏解篇章旨意為己任，而是意在輔翼朱《傳》，以朱《傳》訓釋中的字詞為條目，進行進一步的疏證，或揭明朱《傳》立論依據、勾連內在理路，或增釋朱《傳》訓釋所闕略，或疏通其疑難。在注解上，「朱子《詩傳》詳於作詩之意，而名物訓詁僅舉大凡」（《四庫全書總目提要》語），而梁益「旁通」之主要內容，就是針對朱《傳》所闕略，廣引《爾雅》、陸璣《毛詩鳥獸草木蟲魚疏》、陸佃《埤雅》、鄭樵《通志略》諸書，進行名物訓詁方面的詳實疏證。具體有如下幾點：

一、以朱《傳》為圭臬，嚴守朱説。《詩集傳》對《詩經》研究多有開拓，廓清了一些傳統爭論的《詩》學問題，如《詩序》、「詩六義」、「六笙詩」等。對於《集傳》此類「大節目大議論」，梁益大多尊奉不違，即有疑难，也一般只表示「未能發明其詳」、「非愚益所敢妄議」。如在《詩序》的問題上，梁益遵從朱熹「《序》乃宏作」之説，并探尋朱子旨意，將《小序》「復并為一編，綴於經後，以還其舊，因以論其得失。此朱子去《序》言詩之本意也」。體現了《詩傳旁通》「宗朱」的學術取向。

二、補苴朱《傳》之闕疑。梁益除了上述補充、增釋朱《傳》所略的名物訓釋外，還對朱子所闕疑未定者，做了適當的補論和引申。如朱子於《商頌·長發》題下傳云：「《序》以此為大禘之詩。蓋祭祖之所出，而以其祖配也。……今按大禘不及羣廟之主，此疑為祫祭之詩。然經無明文，不可考也。」對此，梁益引李格非、陸淳、張載、林之奇諸家之説，對禘祫之禮做了辨證：「禘者以始祖之廟未足以盡追遠尊先之義，故推尊祖所自出之君而追祀之，則謂之禘。此天子祭名，諸侯無禘禮。若祫，則毁廟、未毁廟之主皆合食于太祖，非惟天子有祫，諸侯亦得祫也。詳二祭之名，則禘尊祫皋可謂明矣」。提供了有關禘祫禮的更多的信息，使讀者從中可博聞廣識。又謂：「年數之久近，祭時之先後，則經無所據。學者當闕其疑，不可據漢儒臆説也」。虽未遽定《長發》一詩的具體所用，但就其旁通眾説、輔翼朱《傳》的立意而言，确已達到了目的，同时也充分顯示了《詩傳旁通》的謹慎。

三、勾連朱《傳》內在脈絡，揭明朱《傳》立論理據。《詩傳旁通》除了上面提到補備的工作外，還對朱《傳》內在的立論理路做了探析。如，朱熹於《小雅·十月之交》傳云：「師氏掌司朝得失之事。」於《大雅·雲漢》傳則云：「師氏掌以兵守王門者。」梁益看到此間的歧異，于是援引了《周禮·地官·師氏》「凡祭祀，賓客會同，喪紀軍旅，王舉則從，聽治亦如之。使其屬帥四夷之隸，各以其兵服守王之門外，且蹕。朝在野外，則守內列」一段文字，并指明：「各因其職之所在而分言之，讀者互觀焉可也。」朱熹兩處關於『師氏』的不同訓釋由此得到統協。又如，朱熹對《詩經》名物往往同名異訓，如「杞」，朱《傳》於《鄭風·将仲子》《小雅·四牡》《杕杜》《南山有臺》《湛露》《四月》六詩中有不同的解釋。梁益綜覈前後諸説，謂：「《将仲子》『树杞』，《湛露》『杞棘』，皆杞柳也，此篇（指《四牡》）『苞杞』，《杕杜》『采杞』，《四月》『杞桋』，《南山有臺》之『有杞』，皆枸檵也。」如此，則《詩集傳》訓釋的精微縝密也更得彰顯了。在釋音方面，梁益也注意發掘朱《傳》的立説依據。如，《豳風·東山》中有「敦彼獨宿」、「有敦瓜苦」，兩「敦」字，《集傳》同音，皆作都回切。此與舊説有異，梁益探尋此間朱説的考慮，認為「朱子不解『有敦』之義，想以為與『敦彼獨宿』之敦同其音義」。此類「旁通」工作，對讀者了解朱熹《詩經》研究的義例與成就都是頗有意義的。

四、回護朱《傳》。在「宗朱」的主線下，梁益在疏解《集傳》時，雖可有時也注意到朱《傳》的疏漏并有所指正，但更多情況下是不願明言，而是作儘可能的調護。如《大雅·卷阿》「茀祿爾康矣」句之「茀」字，《集傳》作芳弗切，毛音弗，鄭音廢，《禮韻》敷勿切，各家不同，但对朱音的依據，梁益未能作進一步申證，只能説「芳弗未詳」。又如關於《既醉》中的「公尸」，《集傳》云：「周稱王而尸但曰公尸，蓋因其舊。如秦已稱皇帝，而其男女猶稱公子、公主也。」此説可通，但對於《小雅・楚茨》中的「皇尸」，《集傳》但云「尊稱之也」，而與一般釋「皇」謂「君王」、「太王、王季之尸稱皇尸」不同，而朱熹的這一處理，乃是為了牽合他釋《楚茨》之詩為「公卿有田禄者，力於農事以奉宗廟之祭」，遂以為公卿之尸亦可稱「皇尸」。後儒顧鎮《虞東學詩》、胡承珙《毛詩後箋》等對此均有辯駁，梁益似乎也看出了朱《傳》在「皇尸」這一問題上的牽合，不过他也只以「此順文解辭耳」、「殆不必拘泥也」含糊帶過了。又如朱《傳》在解釋《鄘風・定之方中》「騋牝三千」時，引《記》曰：「問國君以富，數馬以對。」梁益指出其所據為《禮記・曲禮》，并申論曰：「數馬畜以言其富者，不敢斥言也。」實則《曲禮》的原文是：「問國君之富，數地以對山澤之所出；問庶人之富，數畜以對」，《傳》誤「地」為「馬」，《旁通》又曲為回護，真如盛宣懷所说是「誤之又誤矣」（盛宣懷《常州先哲遺書》本跋語。）

五、直指朱《傳》之失。梁益在總體上尊朱，但也能如《四庫全書總目提要》所言，「是是非非，絶不堅持門戶，視祝炳文等之攀附高名，言言附合，相去遠矣」。如，關於「鬼方」所在，朱熹以鬼方謂荊楚，南方之地也，而梁益則據《史記・黄帝紀》司馬貞《索隱》為説，以鬼方為北方之地，并斷曰：「朱子雖不取《索隱》之言，然鬼方實指北而非南耳。」這都體現了梁益一定程度上不依傍附合、獨立著説的姿態。

由以上所述可知《詩傳旁通》確如翟思忠在序中所説「引用群經，兼輯《詩》説」，「發揮旁通，周流該貫」。當然，《詩傳旁通》也有不足，除了因「尊朱」而生的蒙蔽之外，全書對詩篇章制、經傳義理的關注不夠，難免流於細瑣。另外全書博引群説，卻少加按語，使材料要表達的觀點不夠明晰，反令讀者有眩目之感。還有，對可引材料中的一些字詞又作加釋，附在主條目下，也顯得疊床架屋，節外生枝，遂難免「冗贅之文，汗漫無理，可已而不已」（《四庫全書總目提要》語）之譏了。但總體而言，瑕不掩瑜，《詩傳旁通》之綜覈諸説，羽翼朱《傳》，確實盡到了「旁通」之義，對後人研讀《詩集傳》仍是有助益的。

關於《詩傳旁通》的流傳情況，王逢《挽梁先生》言「此书通行于世」，然考查諸家目録書籍，未見元明刊本流傳，盛宣懷跋語謂「僅有傳鈔本」，或是事實。今見《詩傳旁通》的最早版本是《四庫全書》本；之後又有清光緒丁酉武進盛氏思惠齋刻本，此本係晚清藏書家丁立誠從《四庫》文瀾閣本鈔出，後為藏書家繆荃孙及沈燕謀所藏，再後來始被盛宣懷刻入《常州先哲遺書》。常州本與《四庫》本屬一個版本系統，但常州本對《四庫》本條目前後倒置者，依《詩集傳》釋文的順序，一一做了移正。

本次整理選用《四庫》文淵閣本作為底本，校以《四庫》文津閣本（簡稱「文津閣本」）、《常州先哲遺書》本（簡稱「常州本」），遇有異文，擇善而從，並出校記。在條目順序上，以常州本為準并核對《詩集傳》釋文順序，對底本前後倒置者做了調順。版式上，條目頂格起，「旁通」低一格，「旁通」之附釋，文津閣本、常州本又低一格，今依此版式排録，「旁通」中之雙行夾注則排以單行楷體小字。在校點中，我們對《詩傳旁通》徵引文字，儘可能查覈原書，凡字句小異、不影响文義者不出校；凡顯係錯引或大疏漏處，為存其真，不改原文，只於校記中予以指明；對於書中之避諱字、異體字及常見刊刻錯訛字，如「已」、「己」与「巳」、「穀」与「榖」等，則逕改不出校記。

本次整理得到了曹繼華、李劭凱、馬天祥諸君的幫助，在此謹表謝意。囿於學力識見，點校中一定存在不少錯誤，懇請讀者方家批評指正。

李輝　李山

二〇一一年十二月

詩傳旁通序【一】

夫《詩》，六經中之一經也。三百篇，一言以蔽之，曰思無邪；六義以該之，曰風、賦、比、興、雅、頌。蓋其言之美惡，勸焉懲焉，使人各正其性情也。自聖人删之後，分而為四，曰齊，曰魯，曰韓，曰毛。校之三氏，獨毛與經合。學者多宗之，故曰《毛詩》。由漢而唐，諸大名儒有傳、有箋、有疏、有注。異焉同焉，各成一家。至於有宋，文公朱先生為之《集傳》，闡聖人之微言，指學者之捷徑，上以正國風，下以明人倫，豈但塲屋之資而已哉？三山梁先生友直，號庸齋，揖揖於此，味必欲聞【二】，懵必欲解，參諸先正，問之老宿，遇有所得，手纂成帙，曰《詩傳旁通》。「旁通」者，引用羣經，兼輯諸説，不泥不僻，如《易》之「六爻」，發揮旁通，周流該貫也，用功懋矣，淑人多矣。嗚呼！先生可謂溫柔敦厚、深於詩之教者與！至正四年秋九月十三日，承直郎太平路總管府推官致仕玄隱居士濱州翟思忠序。

【一】「序」上，原有「原」字，據文津閣本、常州本删。
【二】「聞」，常州本作「開」。

詩傳旁通類目【一】

卷一

周南正風

周國名　后稷十三世孫古公亶甫　古公王季文王　三分天下有其二　武王克商有天下　文王徙豐　武王遷鎬　房中之樂　《關雎》：興也　雎鳩一名王雎　毛傳　乘居匹處　摯至通　漢康衡　妃匹　《葛覃》：女師　煩撋　私衣　歸寧　《卷耳》：爾雅　羑里云何吁矣，《爾雅》注作「盱」，附見五卷末　《樛木》：小君内子　《螽斯》：以股相切作聲　《桃夭》：嫁曰歸　仲春令　《兔罝》：椓杙聲　逵九逵之道　聖人之耦　《芣苢》：扱　《漢廣》：漢　江大隄之曲　《汝墳》：汝　魚勞尾赤　《麟之趾》：祖廟未毀

召南正風

召地名　采邑　召亭　《鵲巢》：眾媵姪娣　《采蘩》：親蠶　公桑　陶陶遂遂　《草蟲》：迷陽奇音　《采蘋》：錡室西南隅　薦豆　《甘棠》：思人愛樹　勿拜　《行露》：牡齒　《羔羊》：緎總　《殷其雷》：此人此所　《摽有梅》：塈　《小星》：齊遫　參昴　《江有汜》：待年　以　《何彼襛矣》：襛　平王齊侯　《騶虞》：中必疊雙　其民皞皞　儀禮二南

卷二

邶變風

邶鄘不詳始封　殷墟　《柏舟》：列女傳以為婦人詩　《綠衣》：正色閒色　莊姜　《燕燕》：戴媯州吁　陳在衛南

【一】唯常州本有，據補，具體類目則一依正文條目為准，不一一出校。

任　《終風》：雨土　虺噎　《擊鼓》：漕　刺　伐鄭　《凱風》：浚　幾諫　《匏有苦葉》：厲　軌　昏禮用鴈　納采請期　《谷風》：畿　荼見良耜　荼苦菜、委葉、英荼、萑苕　涇　渭　《式微》：黎　《旄丘》：與國　黎在衛西　《簡兮》：伶官　輕世肆志　獻工之禮　美人目君　東方朔　《泉水》：淇干、言、須　祖道之祭　《靜女》：彤管　牧　《新臺》：籧篨　《二子乘舟》：太史公　弟壽爭死相讓　申生惡傷父志

鄘變風

鄘　《柏舟》：翦髮夾囟午達　共伯共姜　《牆有茨》：中冓　《君子偕老》：未亡人　副副、編、次　笄　六珈　揥展衣　《桑中》：沫衛邑　桑間濮上　《鶉之奔奔》：經筵不講　《定之方中》：楚丘　樹八尺臬　測景正方面　景山名　騋　記　春秋傳　《蝃蝀》：周禮十輝　《載馳》：岸善崩　因魏莊子　見春秋傳　叔孫豹

卷三

衛變風

衛　《淇奧》：淇園之竹　武公入相　僩鑢、錫　重較　張弛　懿戒首章「恂慄」見五卷末　《考槃》：盆缶節歌　《碩人》：邢　譚郑　玉藻　河水北流入海　《氓》：頓丘　體　童容　思終思復　《竹竿》：泉源　粲然皆笑　《芄蘭》：韘　朱極三「纘極二」見五卷末　《河廣》：衛宋　《伯兮》：女為悅己容

王變風

宗周　戲　《黍離》：彼　《君子陽陽》：房敖　《揚之水》：申　甫即呂也呂　許　董澤之蒲　不共戴天　《中谷有蓷》：益母草　脯脩　《葛藟》：不有寡君　漘　《采葛》：荻

鄭變風

《緇衣》：好賢如《緇衣》孔叢子　《叔于田》：共叔段　《大叔于田》：火焚而射　上駟　舍拔覆彇　掤冰　《清

人》：高克　鄭棄其師　《羔裘》：君用純物　《遵大路》：攬子袪　《女曰雞鳴》：明星　弓繳加鳧鴈　鴈宜麥之屬

珩璜琚瑀　觿燧箴管　《褰裳》：溱洧　《豐》：褧襌　《東門之墠》：陂阪除地町町、栗　《揚之水》：迂與誑同

齊變風

《雞鳴》：無庶　《還》：猖　《著》：親迎西階　《東方未明》：瞿瞿　《南山》：雄狐　《盧令》：于思　敝笱：禚祝丘、防、穀　《載驅》：汶濟、清、河　《猗嗟》：大射鵠賓射正　金僕姑　趙子

卷四

魏變風

魏　解　《葛屨》：廟見　《汾沮洳》：汾晉水、澮水、絳水　公行公族　視見垣一方人　《園有桃》：徒歌曰謡

《伐檀》：猶為人猗　徐穉之流

唐變風

唐堯都　晉陶　《蟋蟀》：役車　《山有樞》：君子無故琴瑟不離于側　《揚之水》：曲沃絳、翼　晉昭侯封叔成師于曲沃千畆　田氏于齊曲沃武公　《綢繆》：女三為粲　《無衣》：七命六命

秦變風

雍　《駟驖》：辰牡　逐禽左　驅逆之車綏　乘車鸞在衡　《小戎》：驂之有靳　兩靷將絶　鏤膺　《終南》：君衣狐白裘錦衣以裼之　《黄鳥》：事見春秋傳　始皇之葬　《晨風》：扊扅歌　酢　《無衣》：襕澤、招　《渭陽》：令狐之役　《權輿》：始也　楚元王吴、胥靡、杵臼雅舂

陳變風

陳胡公　三恪嬀　《衡門》：阿塾堂宇　《株林》：夏徵舒

檜變風

《素冠》：縞冠素紕　喪事縱縱　子騫子夏

曹變風

《蜉蝣》：掘閲　《候人》：緼芾赤芾芾　晉文入曹　《鳲鳩》：和順積中而英華發外　書云四人騏弁　《下泉》：京師

卷五

豳

豳國名　邰　棄稷不務　不窋不窋、公劉　涖阼　周公詩為豳風　為周公而作者附　《七月》：夏正之歲夏正、商正、周正　瞽矇眹、世奠繫　隋銎　曲薄　萋　同　三正　重穋　用民歲三日　正歲　斬冰　獻羔　藏冰發冰　兩尊壺於房戶間　逆暑迎寒王氏　《鴟鴞》：管蔡武庚　《東山》：行陳　枚如箸　穴處先知五際、詩緯、七緯　敦　施衿結帨　《破斧》：象　《九罭》：九囊之網　袞衣裳九章　龍首卷然　《狼跋》：安土樂天　神龍醢而食之　豳國七篇：文中子　田祖田畯　祭蜡息老物先嗇、司嗇　鄭氏三分七月詩　國風補

卷六

小雅鹿鳴之什

受釐　《鹿鳴》：於旅也語　私惠不歸德　燕禮鄉飲酒禮　宵雅肄三　《四牡》：靡盬　傳曰　夫不　杞枸檵檽　序言勞使臣春秋傳亦云　外傳章使臣　《皇皇者華》：調忍陰、儀禮　《常棣》：常棣唐棣　富辰　《伐木》：邪許　縮酌

用茅　諸父諸舅乾餱　《天保》：爾指君除　昭受上帝　宗廟之祭　公叔祖類　后稷至公叔祖類　尸傳神意　文王時未
曰先王　黔首　《采薇》：敵愾防秋、腓　魚日　《出車》：郊牧　旟旐　注旄　朱雀玄武忛　喪禮泣涕臨事、懷襄
《杕杜》：匪載繇、賜君子　《南陔》：笙詩

白華之什

《華黍》：魯鼓薛鼓　《魚麗》：樂畢皆間　《南有嘉魚》：丙穴　篧樔　《南山有臺》：臺　萊檍　《蓼蕭》：晉詛公子
秦鍼懼選　鞗革　和鸞　《湛露》：設燭宗室、路寢　朝正　過三爵德將　不繼以淫

卷七

小雅彤弓之什

《彤弓》：大飲賓曰饗　為己私分　兵賜弄臣　賜鐵券　屯膏解體　印刓不予　彤弓旅弓賜弓矢　九伐之法　拜表輒行
《菁菁者莪》：五貝為朋　《六月》：建未之月　戎車　韎韋　司馬法　毛馬物馬　吉行師行　焦穫　千里之鎬　直壯
律臧　太原　附眾威敵　《采芑》：芑　新田菑畝　奭　婁頷樊　葱珩　治兵振旅鐃　《車攻》：傳　宣王時未有鄭
敖　舄　時見殷見　柴　決拾佽　夜軍中驚　面傷踐毛不成禽　乾豆賓客充君之庖　每禽取三十　澤宮　東有甫草駕言
行狩章附見毛傳及孔穎達正義　《吉日》：剛日　馬祖　差擇齊其足　漆沮之從鹽、韋、鄜、坊、同　羣友　五齊三酒
《鴻鴈》：勞者歌其事　《庭燎》：司烜物百枚束之　辨色　《沔水》：朝宗

祈父之什上

《祈父》：祈父薄違　司右五兵　虎賁　越勾踐伐吳　魏公子救趙　薪水之勞　不敢斥王　戰于千畝　諫靈王　《白
駒》：留客投轄　藿　大者王小者侯　《我行其野》：畜　六行教民　相保相受　不孝等刑　《斯干》：奥窔　占六夢

守至正　紡塼　孟子之母五飯、羃、中饋　匎　新宮猛憨　《無羊》：哃其耳濕濕　建旐建旟　《節南山》：譏世卿

均平不弔、空、傭　誦　《正月》：申包胥　子思衛侯褒姒、云旋　燕雀處堂

卷八

小雅祈父之什下

《十月之交》：日食分至說、月行速、璣衡、星回于天、天體、渾天儀　四分度之一日之一　正陽之月　春秋必書

董子　宰士　蔡仲為卿士　膳夫　内史　趣馬　師氏　向　《雨無正》：昊天旻天　周官八職一曰正　退遂　漢侍中

小旻之什

《小旻》：作舍道邊　五事之德　《小宛》：齊壹　步屈　螟蛉蜾蠃　犴獄　《小弁》：鸒　鵯　屬　忍　德宗太子

《巧言》：忠言良藥　《何人斯》：蘇暴　陳　字林　盱衡　祇　三物　《巷伯》：孟子以讒被宫　永巷　班固司馬遷

贊　《谷風》：焚輪　《蓼莪》：蒿、鼓、莪、蔚、蘩、蕭、苹、蔞　王裒父死非命　《大東》：駕謂更其肆　啟明長庚

箕斗　《四月》：赤楝　輞

卷九

小雅北山之什

《北山》：獨賢　鞅掌　《鼓鐘》：淮　以雅以南　《楚茨》：茨蒺藜　妥尸侑尸　祊廟門内　靈保　肝從膰從　内羞

庶羞　易幾而哭　少牢嘏詞　告利成　尸出入奏肆夏　《信南山》：終南山　遂溝　畔上種瓜小雨　鸞刀　記曰　焫羶

薌　《甫田》：九一之法　后稷為田　秀民　陳陳相因　有年　句龍氏社稷　羅弊　倉廩禮節　《大田》：稂童粱　螟

螽、蜚　螣、蟊、賊　姚崇遣使捕蝗　《瞻彼洛矣》：洛穀、伊、瀍、澗　茅蒐　韋弁　琫珌

桑扈之什

《桑扈》：方伯連帥　《鴛鴦》：左翼右翼　莝　《頍弁》：頍弁貌　蔦女蘿　期　摶　《車舝》：景行　《青蠅》：青蠅變白黑　《賓之初筵》：侯　白質赤質　上綱下綱　射禮三耦　的質　豐上之觶　因射而飲　拾發　崇坫康圭　因祭而飲　始治卒亂　司正　《采菽》：路車　袞冕　檻泉　行縢幅、齊　紼纚維　《菀柳》：瘵病

都人士之什

《都人士》：周尹姞　晉王謝　唐崔盧捷　《黍苗》：師從旅從　謝　《隰桑》：思公子　《白華》：褒姒褒　滮池　疷病　《緜蠻》：朝駕夕極　《苕之華》：苕　芸

卷十

大雅文王之什

《文王》：叔父陟恪　楨榦　某士　鬯　尋升　統承作賓　敢告僕夫　孔子論詩　周公所作　兩君相見之樂　《大明》：太任　莘國　太姒　俔　造舟　牧野旅若林　師尚父　太公望　涼漢書作亮　《緜》：沮漆　堇烏頭苦堇　楚焞宗廟為先、皐門、應門　謂之宜　虞芮質成　虞　芮　閒原　《棫樸》：圭瓚璋瓚　其判在內祼　六師六軍　文王九十七乃終　《旱麓》：鬱鬯鬯、鐎、賜秬鬯　抱朴子　熂燎　《思齊》：太姜　百男言其多　羑里之囚　性與天合　《皇矣》：扶老椐、樻音　太伯適吳勾吳、互吳、三吳　貊莫　度莫明類長君順比文　文王征伐密、阮、共、崇　方鄉　程類禡　黃帝　蚩尤皇覽　因壘而降　《靈臺》：靈臺　栒虡　論倫　鼉　《下武》：天子致胙於

卷十一

大雅生民之什

《生民》：姜嫄　郊禖　九嬪御六宮　弓韣　側室娠　巨迹之説　先儒或頗疑之　即部肇祀　軷五祀　傅抒登　《行葦》：几　爵　斝　金鏃翦羽矢　三訂之而平　純奇均　搢三挾一　憮敖僨立踰言　黃耇台背台鮐　古器物款識　用蘄萬壽　永命多福　萬年無疆　《既醉》：明而未融人有十等　考終命　令終令命　公尸　嗣舉奠　屬　《鳧鷖》：繹賓尸　《公劉》：后稷曾孫　不出封内　容臭　致邑立宗　考日景　三單　朝陽夕陽　鍜　芮水名汧　《泂酌》：餴饎強教悦安　《卷阿》：飄　休　版圖　茀　賡載歌　《民勞》：大諫　《板》：凡　沓沓　同僚　壎篪

卷十二

大雅蕩之什

《蕩》：受中　力行之力　慆德　《抑》：三復此詩宮縚　屋漏　楚語倚相　師長士　旅賁　宁　官師　誦訓　瞽御師工　訓御　侯包武公年數年表　《桑柔》：芮良夫　疑立　綴旒　共和　圮族　榮夷公　千慮一得　陰　《雲漢》：雲漢天河　索鬼神　仍叔　奠瘞　雩祀百辟　天宗　師氏以兵守門　徹膳　左右不修　無俚　崧高　嵩高　東岱　南霍　西華　北恒　尹　四嶽　大封　侯東平王諸子　近　《烝民》：保　樊　徙薄姑治臨菑　《韓奕》：士服入見　不庭　兩較　金厄　屠　侯氏　汾王　燕　追　城邢　城楚丘　《江漢》：淮夷來求　卣　敦　郇敦　《常武》：仍　班師　常武篇名　《瞻卬》：懿　寺　歐陽公言　女戎　《召旻》：疏粺

卷十三

周頌清廟之什

《清廟》：周公成洛邑　烝祭歲　書大傳　楸　樂記　疏越　三歎　有遺音　練朱紘　乾豆上奏登歌　《維天之命》：何以恤我　《維清》：典　《烈文》：君子小人　《天作》：岐韓子　徂　《昊天有成命》：叔向引詩　《我將》：文王之典　人本乎祖　圜丘方丘　器陶匏牲犢　大饗　曰天曰帝　以義起之　《時邁》：殷國　春秋傳　外傳　九夏　呂叔玉

臣工之什

《臣工》：保介　呂覽　《噫嘻》：萬夫之地　鄉遂司稼　溝洫用貢法　《振鷺》：杞　宋　膰拜　《有瞽》：合乎祖輮　柷圉挏　《潛》：槮　《雝》：周人以諱事神　享右祭祀　《載見》：穆考　《有客》：微子　萋且　《武》：周公作大武　干戚舞大武

閔予小子之什

《閔予小子》：予小子　煢煢在疚匡鼎來　羹墻　登降堂只　《小毖》：鷦鷯生鵰　《載芟》：柞氏　彊予任畂　閒民函　餕且　《良耜》：剌　荼蓼　《絲衣》：基　視壺濯　告充　《酌》：勺　武宿夜　《桓》：軍後凶年　克殷年豐間　《賚》：於　《般》：隮　河海　般

卷十四

魯頌

賜天子禮樂請命作頌　季子　《駉》：驎　魚　思無邪斷章　《泮水》：受成訊馘　五十矢為束荀，毛之師　《閟宮》：先種曰穉　楅衡白　牡騂剛　常　三壽　魯朝宿之邑　壽母　徂徠新甫

商頌

商　殷商、商丘、商洛　戴公正考父　亳亳王　《那》：商人尚聲　齋之日祭之日僾、還、愾音　容聲　嘉客丹朱

閟馬父　正考父校商之名頌以那爲首　名頌　其輯之亂　《烈祖》：羹定　《玄鳥》：有娀　九有　武王　維河　景亳之命　《長發》：玄王　日躋　旒緌　係屬　駿厖　韋　顧　昆吾　中葉　阿衡　禘祫　《殷武》：荊楚荊舒　鬼方　世見曰王　高宗享國　百世不遷

卷十五

敘說

愚益此編，不敢自謂成書，不敢輒題目錄，然又不可無目，以紀錄其事，故姑類聚其目，備觀者之檢閱，而以類目之云爾。有元至正四年甲申四月二十三日，梁益識。

詩傳旁通卷一

國風

周南

周，國名。

周祖后稷，其母有邰氏女，曰姜嫄，為帝嚳元妃，生后稷，棄而復收，故名曰棄。兒時游戲好種樹麻菽，樹，藝也。及為成人，遂好耕農。堯舉以為農師，舜封之於邰，號曰后稷，別姓姬氏。后者，有爵土之稱；稷者，田正之官。帝嚳，高辛氏。故后稷別其姓為姬氏也。至孫古公亶甫居周原，因號曰周。周原者，岐山下小地名。杜元凱《春秋傳》云：「扶風雝東北有周城。」徐廣《史記注》云：「岐山在扶風美陽西北，其南有周原。」雝在唐為天興縣。周城，即周原也。昔者黃帝之臣有周昌，商之太史有周任，則周之為姓，古蓋有之，非始於后稷。稷所封之邰，在永興之武功。稷子不窋竹律切，自竄於戎狄之間，謂之尉季。慶州安化有尉季城，亦謂之不窋城。公劉居邠。邠，本山谷之名，字與豳同，在扶風之栒邑栒音荀，古公避狄，遷岐之陽。岐陽，即美陽，今鳳翔府岐山縣。桓譚《琴操》：「文王初為岐侯。」然則后稷自唐虞時受封，歷夏商千有餘年，至其十三世孫古公亶甫始有周號，文王為國號，武王克商，遂以為天下之號也。又有宗周、成周、東西周之名【一】。文王都豐，武王都鎬，自武王以鎬為京，而謂豐為宗周。周公相成王，作東都於洛邑，謂之王城。其後周室下衰，平王東遷，遂居其地，謂之東周，而謂豐、鎬為西周。方成王時，周公既營洛邑，又作下都，徙殷之頑民居之，謂之成周，今河南洛城故城是也。至戰國時，周愈下衰，分為東周君、西周君。秦遷東周君於罳

【一】「東」下，文津閣本有「周」。

狐之聚，嚚音憚。遷西周君於陽人之聚，而周亡矣。嚚狐，地名，在洛陽南百五十里。陽人聚，在汝州之西。周平王之子秀【一】，封於汝川。秦滅之，為汝南郡。漢光武封姬常為周承休公，居麻城，其地在汝州梁縣，今汝東有承休故城。

后稷十三世孫古公亶甫。

《史記》自后稷至亶甫，父死子繼，凡十三世，而《世本》所紀與《史記》不同。

《史記》

后稷　不窋　鞠一作鞠陶　公劉　慶節　皇僕　差弗　毀隃　公非　高圉　亞圉　公叔祖類　古公亶甫

《世本》

后稷　不窋　鞠　公劉　慶節　皇僕　差弗　偽榆　公非　辟方　高圉　侯牟　亞圉　雲都　太公組紺　諸盩　亶父

胡氏宏《皇王大紀》曰：「殷王小乙甲寅二十六祀，豳亶父遷於岐，改號曰周。」字仁仲，號五峯，建寧人。羅氏泌《路史》曰：「不窋生鞠，是為鞠陶，《傳》云：『有手曰鞠。』鞠陶生公劉，公劉能修后稷之業，民保歸之，周道繇興。公劉生慶節，始國於邠。慶節生皇僕，皇僕生弗差，作差弗者，非弗差，猶曰難當大柰也。弗差生偽榆，一作毀隃。偽榆生公非，公非生辟方，辟方生高圉，高圉能帥稷者，是生侯牟，侯牟生亞圉。亞圉卒，弟雲都繼。雲都生公叔組紺，是為祖類。祖類生諸盩，是為太公。太公生亶甫，是為古公太王。太王生泰伯、仲雍、季歷三人。凡一十七世。

按《世本》云公非、辟方、高圉、侯牟、亞圉、雲都、組紺、諸盩、亶甫而已。班氏《表》云辟方，公非子；高圉，辟方子；而夷竢、亞圉皆高圉子，雲都乃亞圉之弟。杜預《釋例》云高圉，不窋九世孫【二】。《史記索隱》亦以辟方、

【一】「秀」，常州本作「季」。
【二】「不」，文津閣本、常州本作「僕」。

侯牟為二人，斯得之矣。獨《史記》無辟方、侯牟、雲都、諸盩，至皇甫謐遂以為公非、高圉、亞圉，祖紺之子。蓋牽於單穆公十四世之說，而合二人為一爾。」一字長源，廬陵人。路者，大也。《國語》單穆公言后稷勤周，十五世而興焉【一】。《國語》者，左丘明作，亦謂之《春秋外傳》。金氏履祥《通鑑前編》曰：「按遷岐之事，據《西漢書・婁敬傳》則古公遷岐下，距伐商百有餘年，當在廩辛之世。據《東漢書・西羌傳序》則古公遷岐，又當武乙之時，皆年數促數音朔，該事不伸，婁敬一時之言，計不察察【二】。《東漢書》據《竹書》。《竹書》載太丁良久，與經世歷不同，皆不可考。惟《大紀》係之小乙之年，蓋以甲紀也。下逮克商，凡二百年。按《詩》稱『爰及姜女，聿來胥宇』，則其時古公、太姜之年尚少，未有泰伯、王季也。至稱其治岐之後，帝省其山，斯拔蒲貝切斯兌，然後作邦作對，則始生泰伯、王季爾。古公年壽甚高，故號古公，而王季、文王皆且百年，尚論其世，則《大紀》之年近是。」字吉父，號仁山，金華人。《竹書》亦云《汲冢書》，晉太康二年，汲郡人發魏襄王冢所得竹簡漆書。

古公、王季、文王。

古公者，豳公之號也。亶甫，字，或名【三】。殷人尚質。《史記・周本紀》：「古公有長子曰泰伯，次曰虞仲。太姜生少子季歷，季歷娶太任，皆賢婦人。生子昌，有聖瑞。古公曰：『我世當有興者，其在昌乎？』泰伯、虞仲知古公欲立季歷以傳昌，二人乃亡，如荊蠻，文身斷髮，以讓季歷。古公卒，季歷立，是為公季。公季修古公遺道，篤於行義，行，胡孟切。諸侯順之。公季卒，子昌立，是為西伯。」

三分天下有其二。

時天下九州：冀、兖、青、徐、揚、荊、豫、梁、雍。今歸文王者六州：荊、梁、雍、豫、徐、揚也，惟青、兖、冀尚

【一】「焉」，文津閣本、常州本無。
【二】「察察」，文津閣本作「及察」。
【三】「或」下，原有「殷」，據常州本刪。

屬紂耳。此文王為西伯時也。文王所以為西伯者，以國君而賜弓矢，得專征伐者也【一】。漢孔安國言虞、芮質成之年，為文王受命改元之年，非也。文王在日未嘗稱王，詩中有「周王于邁，六師及之」等語，天子六軍，侯國三軍，所謂六師，蓋追述之詞。

武王克商有天下。

一戎衣，天下大定，乃反商政，政由舊。反紂之政，由商之舊。《禮記・大傳》：「牧之野，武王之大事也。既事而退，柴於上帝，祈於社，設奠於牧室，遂率天下諸侯執豆、籩，逡音峻奔走，追王去聲太王亶父、文王昌【二】，不以卑臨尊也。」注：「不以諸侯之號臨天子。」

文王徙豐。

《本紀》：「文王伐崇侯虎而作豐邑。」張守節《史記正義》曰：「崇，夏禹之父名鯀者所封。虞、夏、商、周皆有崇國。」鯀音衮。徐廣《史記注》曰：「豐在京兆鄠縣東，有靈臺。」鄠音戶。

武王遷鎬。

《三輔黃圖》曰：「漢京兆長安南數十里，上林昆明池有鎬池，其地即周之故都。」《元和郡國志》：「鎬在長安，有武王宮。漢穿昆明池，鎬之遺址淪焉。今永興昆明北之鎬陂，即京周也。」《世本》《六韜》皆以鎬為鄗，《史記》亦作鄗池君。

房中之樂。

《儀禮・燕禮》篇有房中之樂。《漢書・禮樂志》：「《房中祠樂》，高祖姬唐山夫人所作也。唐山，姓。周有《房中樂》，至秦名曰《壽人》。凡樂，樂其所生，禮不忘其本。高祖樂楚聲，故《房中樂》楚聲也。孝惠二年，使樂府令夏

【一】「得」下，文津閣本有「以」字。

【二】「文王昌」，常州本作「王季歷、文王昌」小字夾注。

侯寬備其簫管【一】，更名曰《安世樂》。」樂其、樂楚二樂，字並音洛，余並音岳。更音庚。孔穎達《詩正義》：「路寢之常樂，天子以《周南》，諸侯以《召南》，是天子、諸侯皆有房中之樂也。」

《關雎》

興也。

賦、比、興者，作詩之體；風、雅、頌者，作詩之名。詩有六義，三經而三緯之。風、雅、頌為經，賦、比、興為緯。三緯之中，又復錯綜焉，如興而比，賦而興之類。六義之旨，粲然明矣。

雎鳩，一名王雎。

雎鳩，王雎，《爾雅》文。李巡注曰：「王雎，一名雎鳩。」郭璞注曰：「雕類，今江東呼之為鶚，好在江渚山邊食魚。」《毛詩傳》曰：「鳥摯而有別。」陸璣《疏》曰：「雎鳩，大小如鴟，深目，目上骨露，幽州人謂之鷲。」而揚雄、許慎皆曰：「白鷢其月切，似鷹，尾上白。」按，郭注所引《毛傳》之鷙【二】，今《詩傳》作摯【三】。《字書》「鷙」、「摯」通，而「摯」又與「至」通。鄭康成《箋》云：「摯之言至也，謂王雎之鳥，雌雄情意至然而有別。」然則摯者情意深至之謂，非鷙擊鷙也。鄭夾漈《通志略》曰：「雎鳩，《爾雅》以為王雎，鳧類，多在水邊，尾有一點白，故揚雄云白鷢，舊說鵰類，誤矣。」夾漈嘗曰：「凡鳫鶩之類，其喙扁者【四】，則其聲關關；雞雉之類，其喙鋭者，則其聲鷕鷕音杳，此天籟也。」雎鳩之喙似鳧鳫，故其聲關關然；且鷙鳥之喙皆鉤曲銛鋭，而雎鳩則不然，益見鷙而有別之鷙非鷙擊之鷙，乃與摯通之摯也。鳧、鷖皆捕魚以食，豈亦為鷙鳥乎？張守節謂王雎為金口鶚，姑備其說。揚子雲

【一】「管」，原作「箎」，據常州本及《漢書·禮樂志》改。

【二】「所」，常州本無。

【三】「摯」，原作「鷙」，據文津閣本、常州本改。

【四】「扁」，原作「褊」，據常州本改。

《羽獵賦》：「王雎關關，鳴鴈嚶嚶。」張平子《思玄賦》：「鳴鶴交頸，雎鳩相和。」《歸田賦》：「王雎鼓翼，倉庚哀鳴。」夫以王雎、倉庚並言，決非鶻鶚。或謂王雎即今杜鵑云。

《毛傳》。

漢世言詩者四家，齊轅生為齊詩，轅固生。魯申公為魯詩，燕韓嬰為韓詩，毛公為毛詩。齊、魯、韓三家詩並立學官，毛詩至平帝時始得立，齊詩亡於魏代，魯詩亡於西晉，韓詩僅存外傳，惟毛氏傳獨行【一】，以至於今。《初學記》曰【二】：「荀卿授魯國毛亨，作《訓詁傳》，以授趙國毛萇。時人謂亨為大毛公，謂萇為小毛公。」大毛公之名惟見於此。萇字或作長，此《毛傳》者謂毛萇之詩傳也。　訓詁，《漢書》「詁」作「故」，顏師古曰：「故者，通其指義也。流俗改故為詁，非也。」

乘居匹處。

劉向《列女傳》周宣王姜后曰：「雎鳩之鳥，猶未嘗見其乘居而匹遊。」　乘，四也；匹，兩也。匹之為兩，如解《鴛鴦》詩者曰：「鴛鴦，匹鳥也。」蓋此禽之性止則相偶，飛則雙翔，故謂之匹鳥。匹者【三】，兩也。乘，去聲。

摯、至通。

《書·西伯戡黎》：「大命不摯。」注：「摯，至也。」漢班嗣《報桓譚書》：「伏周孔之軌躅，馳顏閔之極摯。」

漢康衡【四】。

《西漢書》匡衡字稚圭，東海承人也。承音證。父世農夫，至衡好學，家貧，傭作以供資用，尤精力過絕人【五】，諸儒

【一】「傳」，常州本作「詩」。
【二】「曰」，文津閣本作「云」。
【三】「者」，文津閣本無。
【四】「康」，文津閣本作「匡」。
【五】「人」，原無，據常州本及《漢書》卷八十一改。

為之語曰：「無説詩，匡鼎來。匡説詩，解人頤。」元帝建昭三年為丞相，封樂安侯。帝崩，成帝即位，衡上疏戒妃匹【一】，勸經學威儀之則，曰：「臣聞之師曰：妃匹之際，生民之始，萬福之原。婚姻之禮正，然後品物遂，而天命全。孔子論詩以《關雎》為始，言太上者，民之父母，后夫人之行不侔乎天地，則無以奉神靈之統，而理萬物之宜。故《詩》曰：『窈窕淑女，君子好仇。』言能致其貞淑，不貳其操，情欲之感，無介乎容儀宴私之意，不形乎動靜，夫然後可以配至尊而為宗廟主。此綱紀之首，王教之端。自上世以來，三代興廢未有不由此者也。」《淮南王傳》：「欲以親戚之意望於太上。」如淳曰：「太上，天子也。」 宋諱匡字，故曰康。

妃匹。

《史記・外戚世家序》：「甚哉！妃匹之愛。」司馬貞曰：「妃音配，又如字。」愚按：妃匹之妃宜去聲。

《葛覃》

女師。

毛氏《傳》：「古者女師，教以婦德、婦言、婦容、婦功。」孔穎達疏：「婦人五十無子，出而不復嫁，能以婦道教人者為姆。」

煩撋。

鄭康成《詩箋》：「煩撋之，用功深。」《字略》云：「煩撋，猶挼莏也。」《禮記・曲禮》：「共飯不澤手。」鄭康成注：「澤謂挼莏也。」撋，而專切。挼，奴禾切。莏，素禾切。

私衣。

私謂平居燕私之服，衣謂行禮之服，如褘衣、褖衣之屬。褘，音揮。褖，音彖。

【一】「妃匹」，常州本作「匹妃」。

歸寧。

《左傳》莊公二十七年冬，杞伯姬來，歸寧也。凡諸侯之女歸寧曰來，出曰來歸。夫人歸寧曰如某，出曰歸於某。歸寧者，歸而寧問父母安否。

《卷耳》

《爾雅》。

《史記·五宗三王世家》曰：「太中大夫公戶滿意稱引古今通義【一】，國家大禮，文章爾雅。」公戶，姓；滿意，名。司馬貞《索隱》曰：「爾，近也；雅，正也。其書於正字義訓為近，故云《爾雅》。相承云周公作以教成王，又云子夏所作以解《詩》《書》。」　郭景純注《爾雅序》曰：「《爾雅》者，興於中古，隆於漢氏。」

羑里。

《史記·本紀》：「紂囚西伯於羑里。」張守節曰：「羑，一作牖。羑里城，在相州湯陰縣北九里【二】。」相州，今彰德府。羑【三】，音酉；相，去聲【四】。

《樛木》

小君、內子。

《朱子語録》鄭可學問：「樂只君子，作后妃亦無害否？」先生曰：「以文義推之，不得不作后妃，若作文王，恐太隔

【一】「太」，文津閣本作「大」。
【二】「湯」，原作「蕩」，據常州本及《史記·周本紀》改。
【三】「羑」下，文津閣本有「里」。
【四】「去」上，文津閣本有「音」。

越了。」　益按：國君夫人謂之小君，卿大夫以下之妻均謂之內子。

《螽斯》

以股相切作聲。

謂以股相磨切而作聲，如《七月》「斯螽動股」，始躍而以股鳴；「莎雞振羽」，能飛而以翅鳴之類也。《考工記》：「以翼鳴者，以股鳴者，謂之小蟲之屬。」

《桃夭》

嫁曰歸。

婦人內夫家而外父母家，故謂嫁為歸。

仲春令。

《周禮·地官》：「媒氏掌萬民之判，中春之月，令會男女。」鄭氏注：「中春陰陽交，以成婚禮，順天時也。」

《兔罝》

椓杙聲。

杙，音弋，橜也。橜，音掘。椓杙聲，椓伐杙橜之聲也。

逵，九逵之道。

《爾雅·釋宮》曰：「一達謂之道路，長道。二達謂之岐旁，岐道交出【一】。三達謂之劇旁，數道交錯。四達謂之衢，交道四出。五達謂之康，六達謂之莊。《史記》所謂「康莊之衢」。七達謂之劇驂，三道交，復有一岐出者。八達

【一】「交」，《爾雅注疏》卷五作「旁」。

謂之崇期，四道交出。九達謂之逵。四道交出，復有旁通。」

聖人之耦。

《西漢書・董仲舒傳》班固贊曰：「劉向稱董仲舒有王佐之才，雖伊、呂亡以加。亡、無同。管、晏之屬，伯者之佐，殆不及也。伯、霸同。至向子歆以為伊、呂乃聖人之耦【一】，對也。王者不得則不興。故顔淵死，孔子曰：『噫！天喪予！』唯此一人為能當之，自宰我、子貢、子游、子夏不與焉？與、預通。仲舒遭漢承秦滅學之後【二】，《六經》離析，下帷發憤，潛心大業，令後學者有所統一，為群儒首。然考其師友淵源所漸音尖，猶未及虖游、夏，而曰管、晏弗及，伊、呂不加，過矣。至向曾孫龔，篤論君子也，以歆之言為然。」　漢宗室劉向，字子政。向子，歆，字子駿。曾孫，名龔。

《芣苢》

扱。

扱與插音義並同。扱，收也。

《漢廣》

漢。

漢水，出興元府西縣嶓冢山為漾水，東流為沔水。又東至南鄭為漢水，有褒水從武功來入焉。南鄭，興元治，而興元故漢中也。又東與文州文水會，又東過西城，旬水入焉，又東過鄖音云鄉縣南，又屈而東南過武當縣，又東過順陽縣，有

【一】「乃」，原無，據常州本及《漢書》卷五十六補。

【二】「漢」，原無，據常州本及《漢書》卷五十六補。

淯水自虢州盧氏縣北來入焉【一】。又東過中盧，有淮水自房陵淮山東流入焉。又東過襄陽南漳縣荊山而為滄浪之水【二】。又東過宜城，有鄢水入焉。鄢音嫣，又音偃。又東過於都音若，敖水入焉。又東南臼水入焉，又東過雲杜而為夏水，有溳水入焉。溳，音云。雲杜，舊屬江夏，後并入安州安陸。又東至大別山下漢陽、鄂州二城相對之間，南與江水合流而為大江。

江。

江水出岷山，一名瀆山，一名汶阜山，今屬茂州汶山縣。發源不一，源亦甚微，所謂江源可以濫觴，濫之言泛也。東南百餘里至天彭山，亦謂之天谷，亦謂之天彭門，兩山相對，水徑其間，其山屬彭州。又東南過城都郫縣，又東南過江陽，有湔水從西北來入焉。江陽屬眉州。又南過嘉州犍為縣，又南過戎州僰道縣北，若水、淹水從西來入焉。僰【三】，蒲墨切，音蔔，字本作僰。又東南至渝州江津縣，有羌水、涪水、巴水、白水、潛水、渝水合流入焉。又東過涪州、忠州、萬州，又東過雲安軍。雲安，今夔府。又東過魚復。魚復，今夔州奉節。徑永安宮及諸葛孔明八陣圖壘南，又東南過赤岬城。岬，音甲【四】。又東過巫峽，巫溪水入焉。又東過秭歸，又東過夷陵，又東過宜都，又東過禹斷江，又東過枝江，有沮水入焉。又東過石首，又東過華容，有涌水入焉。又東至巴陵，合於洞庭之陂。其陂有澧水西來，沅水西南來，湘水南來入焉。東至武昌漢陽大別山，與漢水合而為大江。東過潯陽，有彭蠡陂從南來入焉。彭蠡，即今鄱陽湖。合江西、江東諸水，跨豫章南康、饒州之境。又東右過江寧，有丹陽水從南來入焉。又東左過江都，邗溝出焉。又東過江陰許浦入海，入海處在通州海門縣。秭，音姊。沮，音趄。澧，音禮。鄱，音婆。邗，音寒。

【一】「虢」，文津閣本作「號」。
【二】「山」下，文津閣本有「縣」。
【三】「僰」，原作「僰」，據文津閣本改。
【四】「音」，文津閣本無。

大堤之曲。

夾漈鄭氏樵《通志略》曰【一】：「樂府清商曲，《襄陽樂音洛》，大堤曲者，宋隨王誕始為襄陽郡【二】，元嘉末仍為雍州，夜聞諸女郎歌謡，因為之辭。古辭云：『朝發襄陽城，暮至大堤宿。大堤諸女兒，花艶驚郎目。』」後世如李太白《大堤曲》等作，皆古樂府題。

汝。

《汝墳》

汝水出汝州魯山縣大盂山，其地與弘農郡盧氏縣接界，故許慎誤謂出盧氏也。其水東南過故定陵縣，溠直里切水及昆水入焉。定陵，今許州舞陽。又東南過上蔡，至褒信縣汝口南入於淮。溠水出汝州魯陽縣堯山，東過定陵縣西不羹亭，東入汝。魯陽、魯山，皆縣名。汝水，周南之水也。

魚勞尾赤。

《養生經》：「魚勞則尾赤，人勞則髮白。」

祖廟未毀。

《麟之趾》

《春秋》文公二年，《公羊傳》何休注：「毀廟謂親過高祖，毀其廟，藏其主於太祖廟中【三】。」

【一】「曰」，文津閣本作「云」。
【二】「隨」，《通志二十略·樂略》作「隋」。
【三】「太」，常州本作「大」。

召南

召，地名。

召公，名奭，與周同姓，武王封之於燕，謚曰康公。《字書》召與邵同。奭，音釋【一】。

采邑。

《西漢書·刑法志》：「采，官也。因官食地，故曰采地。」采邑，即采地也。采，一音去聲。

召亭

王氏應麟《困學記聞》曰：「朱子《詩傳》舊說扶風雍縣南有召亭，今雍縣析為岐山、天興二縣，未知召亭的在何縣。」

愚按：《史記正義》引《括地志》召亭在岐山縣西南。」字伯厚，號厚齋，浚儀人，居四明。《括地志》，唐太宗之子魏王泰所撰集，張守節《史記正義》引用之。

《鵲巢》

眾媵姪娣。

《公羊傳》莊公十九年：「公子結媵陳人之婦於鄄。媵，音孕。鄄，音絹。媵者何？諸侯娶一國，則二國往媵之，以姪娣從才用切。姪者何？兄之子也。娣者何？弟也。諸侯一娶九女，諸侯不再娶。」何休注：「諸侯一娶九女，所以廣嗣續也。」左氏成公八年《傳》：「凡諸侯嫁女，同姓媵之，異姓則否。」媵者，從嫁之稱，男為媵臣，女為媵妾。

【一】「音」上，原有「之」字，據常州本刪。

《采蘩》

親蠶。

西陵氏名儽祖，黄帝元妃也。羅氏《路史》曰：「黄帝命西陵氏勸蠶稼，月大火而浴種。夫人副褘而躬桑，乃獻繭絲，遂稱織紝之功，因之廣織，以給郊廟之服。」《皇圖要覽》曰：「伏羲化蠶，西陵氏始養蠶。」故淮南王《蠶經》云：「西陵氏勸蠶稼，親蠶始此。」儽，或作嫘，亦作纍，並祖為切。《穀梁傳》：「王后親蠶，以供祭服。國非無良農工女也，以為人之所盡事其祖禰，不若以己所自親者也。」

公桑。

《記·祭義》：「古者天子、諸侯必有公桑蠶室，近川而為之，築宫，仞有三尺，棘牆而外閉之。」

陶陶遂遂。

《祭義》：「孝子將祭祀，必有齊側皆切莊之心以慮事。及祭之後，陶陶遂遂，如將復入然。」注：「陶陶遂遂，相隨行之貌【一】。」陶，音遙，又如字。復，去聲【二】。

《草蟲》

迷陽。奇音【三】。

《莊子·人間世》篇：「孔子適楚，楚狂接輿曰：『迷陽迷陽，無傷吾行；吾行郤曲，無傷吾足。』」王伯厚曰：「《莊子》楚狂之歌所謂迷陽，人皆不曉。胡明仲云：『荊楚有草，叢生修條，四時發穎，春夏之交，花亦繁麗。條

【一】「行」，文津閣本無。

【二】「復，去聲」，原無，據文津閣本、常州本補。

【三】「音」，原作「香」，據文津閣本、常州本改。

之腴者，大如巨擘。剝而食之，其味甘美，野人呼為迷陽。其膚多刺，故曰：無傷吾行，無傷吾足。』」巨擘，手大拇指也。

奇，音與奇偶之奇同。

《采蘋》

錡【一】。

有足曰錡，三足釜也。

室西南隅。

《爾雅・釋宮》曰：「西南隅謂之奧，西北隅謂之屋漏，東北隅謂之宧音頤，東南隅謂之窔音杳，又一叫切。」

薦豆。

《記・祭統》：「夫人薦豆。」《明堂位》：「夫人薦豆籩。」

《甘棠》

思人愛樹。

《孔子家語・好生》篇：「孔子曰：『吾於《甘棠》見宗廟之敬也，甚矣。思其人必愛其樹，尊其人必敬其位道也。』」

勿拜。

《唐語林》：施士丐善毛、鄭《詩》，劉禹錫同韓退之、柳子厚詣士丐，聽說《詩》，曰：「甘棠勿拜，如人身之拜小

【一】此條原在「室西南隅」條下，據常州本改。

低屈也，勿拜，則不止；勿剪，言召伯漸遠，人思不可及。」

《行露》

牡齒。

楊龜山曰：「牙，牡齒。鼠無牡齒。」楊氏本於《説文》之説，牡齒如俗所謂撩牙。

《羔羊》

緎、總。

山陰陸農師曰：「蠶之所吐為忽，十忽為絲，五絲為⿰糸聶聶，十絲為升，二十絲為緎，四十絲為紀，八十絲為總。詩曰『素絲五緎』，又曰『五總』，其絲之數如此。」

《殷其雷》

此人、此所。

「何斯」之斯，此人也；「違斯」之斯，此所也，猶《語》「斯焉取斯」章。《集注》：「上斯，斯此人；下斯，斯此德。」

《摽有梅》

塈。

「頃筐塈之」之塈，塈者，取也，音許器切。《大雅·假樂》《泂酌》「民之攸塈」之塈，塈者，息也，音許既切。

《禮部韻》許既切者【一】，在未韻，音餼，注云「取也」；許器切者，在至韻，音洎，韻作巨至切【二】。其曰許器切者，陸德明音也。朱子之音與《禮部韻》不同【三】。

《小星》

齊遬。

《記·玉藻》：「君子之容舒遲，見所尊者齊遬。」齊音咨，謙慤貌。遬音速，猶蹙蹙也。

參昴。

參，白虎宿，三星。昴，六星。參、昴二星，皆西方宿。

《江有汜》

待年。

《公羊》：「隱公七年春，王三月，叔姬歸于紀。」何休注：「叔姬者，伯姬之媵也。至是乃歸者，待年父母之國也。婦人八歲備數，十五從嫡，二十承事君子。」

以。

《左傳》：「凡師能左右之曰以。」

《何彼穠矣》

穠。

【一】「部」，原無，據常州本補。
【二】「韻」，常州本無。
【三】「部」，原無，據常州本補。

古注本皆作禯，音戎，而中切；音濃，則尼容切。

平王齊侯。

周平王子桓王，桓王子莊王，莊王女下嫁於齊。《春秋》魯莊公元年，夏書「單伯送王姬」【一】，秋書「築王姬之館於外」，冬書「王姬歸于齊」，時周莊王四年也。諸兒，齊襄公名。

《騶虞》

中必疊雙。

班孟堅《西都賦》：「鳥驚觸絲，獸駭值鋒，機不虛掎，弦不再控，矢不單殺，中必疊雙。」掎，舉綺切。控，音空。中，音衆。

其民皞皞。

皞皞，廣大自得之貌。

《儀禮》，二南。

鄉飲酒、鄉射皆合樂，燕禮遂歌鄉樂：《周南·關雎》《葛覃》《卷耳》，《召南·鵲巢》《采蘩》《采蘋》。

詩傳旁通卷一

【一】「送」，原作「逆」，據常州本及《春秋左傳正义》卷八改。

詩傳旁通卷二

國風

邶

邶、鄘不詳始封。

《史記·本紀》：「武王封商紂子祿父殷之餘民。武王為殷初定未集，乃使其弟管叔鮮、蔡叔度相祿父治殷。」張守節《正義》曰：「《漢·地理志》云：『河内，殷之舊都。周既滅殷，分其畿内為三國，《詩》邶、鄘、衛是也。邶以封紂子武庚；鄘，管叔尹之；衛，蔡叔尹之，曰三監平聲【一】。』《帝王世紀》云：『自殷都以東為衛，管叔監之；殷都以西為鄘，蔡叔監之；殷都以北為邶，霍叔監之，是為三監。』未詳孰是。」羅長源《路史》曰：「邶，霍叔尹之；鄘，管叔尹之；衛，蔡叔尹之，見於《詩譜》，謂之三監。孔氏以管、蔡、商為三監，霍叔不與。班固從之，非也。武庚不得為監，以《蔡仲之命》考之，《鄭譜》為是。武庚之封乃紂之都，在邶境也。」

殷墟。

朝歌、北冢皆殷墟，朝歌在衛之黎陽。黎陽【二】，唐為衛縣，宋為通利軍，今為濬州。衛縣西二十二里有朝歌故城。《史記·項羽傳》：「洹音袁水南殷墟有殷城，亦曰北殷。」

【一】「聲」，原作「監」，據常州本改。
【二】「黎陽」，文津本無。

《柏舟》

《列女傳》以為婦人詩。

劉向《列女傳》：「衛宣夫人者，齊侯之女也。嫁於衛，至城門而衛君死，保母曰：『可以還矣。』女不聽，遂入，持三年喪，作詩曰：『我心匪石，不可轉也。我心匪席，不可卷也。』君子美其貞一，故舉而列之於《詩》。」韓嬰氏以為衛宣姜自誓。

《孔叢子》載孔子讀《柏舟》，見匹夫執志之不可易。華谷嚴氏取其説，朱子不取，以《孔叢子》僞書耳。孔鮒，字子魚，孔子八世孫。魏相孔斌子順之子，仕陳勝、張楚為博士。不見用，退而論集其先孔子仲尼、孔伋子思、孔白子上、孔穿子高、孔斌子順之言及己身行事為書七卷，凡二十一篇，名曰《孔叢子》。叢之為言雜也。孔子卒於哀公十六年，至子思見穆公時已七八十年。書中有孔子、子思問答，可見其僞。姑纂之以見非，不取匹夫執志之言。

《緑衣》

正色、閒色。

《記・玉藻》：「衣正色，裳閒色。」鄭康成注謂：「冕服，玄上纁下。纁，淺絳色。」《爾雅》：「三染謂之纁。」青、赤、黄、白、黑，五方木、火、土、金、水之正色也。以木克土，則青、黄合而成緑；以金克木，則白、青合而成碧；以火克金，則赤、白合而為紅；以水克火，則黑、赤合而為紫；以土克水，則黄、黑合而為騮。此五方之閒色也。纁音熏。閒，去聲。騮音留。

莊姜。

《春秋》隱公三年傳：「衛莊公娶于齊東宮得臣之妹曰莊姜，美而無子，衛人所為賦《碩人》也。」

《燕燕》

戴嬀、州吁。

莊公又娶于陳，曰厲嬀。生孝伯，早死。其娣戴嬀生桓公，莊姜以為己子。公子州吁，嬖人之子也，有寵而好兵。公弗禁，莊姜惡之。四年春，衛州吁弒桓公而立。秋，州吁如陳，陳人執之。九月，殺州吁于濮。衛人逆公子晉于邢，是為宣公。齊女，姜姓。陳女，嬀姓。桓公，名完。

陳在衛南

衛，在河北。陳，在河南。

任。

以恩相信，見周公《謚法》。

《終風》

雨土。

孫炎曰：「霾，大風揚塵，土從上而下也。」夾漈鄭氏《通志略》：「漢昭帝始元年中雨土，晝昏。後魏景明四年，涼州雨土如霧。周大象元年雨土【一】。隋開皇二年，京師雨土。」雨，于付切。

鼽嚏。

《月令》：「人多鼽嚏。」鼽音求，嚏音帝。

【一】「象」，文津閣本作「定」。按，《通志二十略·災祥略》云：「後周宣帝大象二年春正月戊申，雨細黃土。」據此，以作「象」為是，且「元年」應作「二年」。

《擊鼓》

漕。

《西征記》：「今白馬城。」衛之漕邑，今滑州白馬縣。

刺。

擊刺之。刺音七亦切，音在《樂記》「駟伐」注。

伐鄭。

《春秋》隱公四年春戊申，衛州吁弑其君完。夏，宋公、陳侯、蔡人、衛人伐鄭。秋，翬帥師會宋公、陳侯、蔡人、衛人伐鄭。九月，衛人殺州吁於濮。冬十有二月【一】，衛人立晉。

《凱風》

浚。

浚都，陳留曰浚儀。

幾諫。

事父母幾諫。幾，微也。《內則》篇：「父母有過，下氣怡色，柔聲以諫也。」

《匏有苦葉》

厲。

《爾雅》：「以衣涉水為厲。」注：「衣為褌。」又曰：「繇膝以下為揭，繇膝以上為涉，繇帶以上為厲。」注：

【一】「冬」，文津閣本、常州本無。

「谿，自也。」邢昺疏言：「水深至於褌以上者為涉，度之名厲。」

軌。

軌，龜美切，謂車轊頭也。轊，音衛，車軸端也。依《傳》意，軌宜音犯【一】。按，《說文》：「軌，車轍也，從車，九聲。」音龜美切。「軓【二】，車軾前也，從車，凡聲。」音犯，字又作軋。《九經古注》：「車轊頭所謂軹也。」軹字，音止，轂末也，車輪所穿為道也。

昏禮用鴈。

程子曰：「鴈，取其不再偶。」

納采、請期。

昏禮有納采、問名、納吉、納徵、請期、親迎六禮。迎，去聲。納采者，納其采擇之禮，即今世俗言定也。

《谷風》

畿。

畿，門內也。韓退之詩「白石為門畿」。門，閾也。

荼，見《良耜》【三】。

《周頌·良耜》「以薅荼蓼」。

荼。苦菜、委葉、英荼、萑苕。

【一】「宜」，常州本作「直」。

【二】「軓」，原作「軌」，據常州本改。

【三】「良耜」，原作「載芟」，據常州本改。

荼，一曰苦菜，一曰委葉，一曰英荼，一曰萑苕，四名而為三物。萑，胡官切，音丸。此詩之「誰謂荼苦」，《傳》曰：「荼，苦菜也【一】。」《大雅・緜》之「堇荼如飴」，《唐・采苓》之「采苦采苦」，皆苦菜也。《鄭》「出其東門，有女如荼」，《傳》曰：「荼，英荼也。」《豳・鴟鴞》「予所捋荼」，《傳》曰：「荼，萑苕也。」《周頌・良耜》「以薅荼蓼」，孔氏疏曰：「委葉也。」

苦菜，《爾雅・釋草》：「荼，苦菜。」郭璞注：「『誰謂荼苦』，苦菜，可食。」邢昺疏：「此味苦可食之菜也，一名荼，一名苦。《本草》一名荼草，一名選，一名游冬。《易緯通卦驗玄圖》云：苦菜，生於寒秋，經冬歷春乃成。《月令》孟夏『苦菜秀』是也。葉似苦苣而細，斷之有白汁，花黃似菊，堪食，但苦耳。」

委葉，《爾雅・釋草》：「荼，委葉。」郭璞注：「《詩》云：『以茠蒤蓼。』」茠與薅同，蒤與荼同。」邢昺疏：「蘵草也。王肅曰：『荼，陸蘵。』謂陸地蕪蘵之草也。舍人注《爾雅》曰：『荼，一名委葉。』」

英荼，孔氏疏【二】：「鄭康成於《周禮・地官・掌荼》及《既夕》注與『出其東門，有女如荼』箋皆云『荼，茅秀』，然則茅草秀出之穗也。言『荼，英荼』者【三】，《六月》詩『白旆英英』，是白貌。茅之秀者，其穗色白，言女喪服色如荼然。《吳語》說『吳王夫差《國語》中《吳語》也。夫，音扶。差，音釵。於黃池之會，陳兵以脅晉，萬人為方陣，皆白常、白旗、素甲、白羽之矰，望之如荼』，韋昭云：『荼【四】，茅秀。』亦以白色為如荼，與此《詩傳》意同。女見棄，所以喪服者，王肅云：『見棄，又遭兵革之禍，故皆喪服也。』」

萑苕，孔氏疏謂：「藡之秀穗也。毛公『八月萑葦』傳：『藡為萑，葭為葦。』『予所捋荼』傳：『荼，萑苕也。』然則萑苕之與茅秀，其物相類，故皆名荼也。」藡，五患切，音頑之去聲，江東呼為烏蓲音丘。

【一】「苦」，文津閣本無。
【二】「氏」，文津閣本誤作「子」。
【三】「言」上，常州本有「又」字。
【四】「荼」，文津閣本無。

涇。

涇水出安定涇陽縣西幵頭山【一】，宋為鎮戎軍，古之安定朝那縣也。幵，苦見切，又音牽。一名笄頭山，一名都盧山，一名崆峒山。笄音雞。

渭。

渭水出隴西郡首陽縣渭首亭南鳥鼠山。首陽，唐省入渭源，隸渭州。宋隸熙州，在州之東。其水東過隴州汧源縣，汧水從西北來入焉；又東過鳳翔府郿縣，斜水從南來入焉；汧音牽。斜音邪。又東過槐里縣南，澇水入焉。槐里，今永興軍興平縣。澇，音勞。又東北過咸陽縣，灃水入焉；又東北過高陵，涇水入焉；又東北過富平縣，漆水入焉；又東則同州之洛水入焉；又東過臨潼縣，灞水入焉；又東至京兆船司空縣，入河。船司空縣，後省入華州之華陰。

《式微》

黎。

黎民故國。或云：黎，山氏國【二】，子姓，侯爵，即西伯所戡者，與紂都接，今潞城東十八里有故黎侯城，有黎亭。字亦作鬠、𨙻。

《旄丘》

與國。

和好相與之國。許氏《說文》曰：「與，黨與也。」

【一】「幵」，原誤鈔作「开」，下「笄」、「汧」亦皆誤作「笄」、「汧」，今皆據常州本改作「幵」、「笄」、「汧」。

【二】按，「氏」字疑是「西」字之误。黎，字或作鬠，《說文·邑部》：「鬠，殷國侯國，在上黨東北。」是黎國在今山西省長治縣境内。

黎在衛西。

潞城，即上黨。班氏《志》：「上黨壺關東北有黎亭。」《隋・九域志》：「亭在黎山嶺上。」今潞州黎陽，漢之黎縣，有黎陽山，皆在衛西。

《簡兮》

伶官。

黃帝命伶倫取嶰谷之竹，截筩吹律。伶倫，樂師，世掌樂官，故後世號樂官為伶官。晉景公見楚囚鍾儀南冠而縶【一】，使脫之。問其族，對曰：「泠人也。」公曰：「能樂乎？」對曰：「先父之職官也。」與之琴，操南音。泠與伶同。伶者，弄也。

輕世肆志。

魯仲連曰：「吾與其富貴而詘於人，寧貧賤而輕世肆志焉，玩世不恭。」玩者，戲也，弄也。東方朔依隱玩世，柳下惠不恭。

獻工之禮。

《儀禮・燕禮》樂賓，升歌，獻工。曰：「工歌《鹿鳴》《四牡》《皇皇者華》。卒歌，主人洗，升獻工。工不興，左瑟，一人拜受爵。主人西階上拜送爵，薦脯醢，使人相祭【二】。卒爵【三】，不拜。主人受爵。眾工不拜，受爵，坐祭，遂卒爵。辯有脯醢，辯音遍，義同。不祭。主人受爵，降奠於篚。」

【一】「楚」，原作「漢」，據文津閣本改。
【二】「祭」，文津閣本、常州本無。
【三】「爵」，《儀禮注疏》卷十五作「受」。

美人目君。

文公《楚辭注》：「美人謂美好之婦人，蓋托詞而寄意於君也。」《離騷經》：「恐美人之遲暮。」

東方朔。

朔，字曼倩，平原厭次人。厭，一涉切，又一琰切。班固《漢書》贊：「朔名過實者，以其恢達多端，不名一行，應諧似優，不窮似智，正諫似直，穢德似隱【一】，非夷、齊而是柳下惠，戒其子以上容：容身避害。『首陽為拙，柱下為工，飽食安步，以仕易農，依隱玩世，詭時不逢。』其滑稽之雄乎？」滑音骨。滑稽，談笑諧謔也。侏儒，短人。俳優，雜戲。

《泉水》

淇。干、言、須。

淇水，一名鄭水。鄭玄云：「即降水，出衛州共城縣北山。」或云：出林慮，東至湯陰，又東至黎陽入河。林慮，即漢河內隆慮縣改【二】，今隸相州。共音恭。慮音閭。

干、言，厚齋《紀聞》曰：「《隋書・志》邢州內丘縣有干、言山。」李公緒紀云：「柏人縣有干山、言山。」柏人縣，邢州堯山縣也。邢州，今順德路。

須，《漢・地里志》東郡有須昌縣，故須句國，今東平之須城縣。

祖道之祭。

《周禮》大馭，夏官屬，「掌馭玉路以祀。及犯軷，王自左馭，馭下祝，登，受轡，犯軷，遂驅之。」軷，蒲末切，音

【一】「穢」，原作「穩」，據常州本及《漢書》卷六十五改。
【二】「隆」，文津閣本作「林」。

跋。注：「行山曰軷。犯之者，封土為山象，以菩負、倍二音芻棘柏為神主，既祭之後【一】，以車轢之而去，喻無險難也。王由左馭，禁制馬，使不行也。《詩》云：『載謀載惟，取蕭祭脂，取羝以軷。』《詩》家說曰：『將出祖道，犯軷之祭也。』《聘禮》曰：『及舍軷舍音釋，飲酒於其側。』《禮》家說謂之祖祭。」《左傳》祖而舍軷，飲酒於其側曰餞，重有事於其行也。《漢·臨江王傳》：「黄帝之子纍祖好遠遊，而死於道。故後世祭以為行神，祖祭因饗飲也。」《荀彧傳》以為共工氏曰修，好遠遊，祀以為祖神。漢以午日祖。轢，音歷。

《靜女》

彤管。

《毛傳》云：「女史，彤管之法。」《鄭箋》云：「筆赤管，皆以后夫人言耳。」歐陽氏曰：「古者鍼筆皆有管，樂器亦有管，不知此管是何物，但彤是色之美者。」

牧。

邑外謂之郊，郊外謂之牧，牧外謂之野，野外謂之林，林外謂之坰。《爾雅》注：「邑，國都也。假令百里之國，五十里之界，界各十里也【二】。」

《新臺》

籧篨。

揚雄《別國方言》曰：「宋魏之間謂之笙，或謂之籧曲。自關而西謂之簟，或謂之𥲤之厲切，音制，其粗者謂之籧篨，蓋

【一】「後」，《周禮注疏》卷三十二無。
【二】「各」，原作「名」，據常州本改。

竹席簟也。」《國語・晉語》曰：「籧篨，不可使俯；戚施，不可使仰。」

《二子乘舟》

太史公。

漢司馬遷，字子長，父談，皆為漢太史官。尊談為太史公。

弟壽爭死相讓。

《左》桓十六年，「衛宣姜與公子朔構急子急、伋同。公使去聲諸齊，使盜待諸莘，將殺之。壽子告之，使行。不可，曰：『棄父之命，惡用子矣？有無父之國則可也。』及行，飲去聲以酒。壽子載其旌以先，盜殺之。急子至，曰：『我之求也，此何罪？請殺我乎！』又殺之。」

申生惡傷父志。

《左》僖四年，「晉獻公驪姬謂太子曰：『君夢齊姜，必速祭之。』齊姜，太子申生之母。太子祭於曲沃，歸胙于公。公田，姬寘諸宮六日。公至，毒而獻之。公祭之地，地墳上聲。與犬，犬斃。與小臣，小臣亦斃。姬泣曰：『賊由太子。』太子奔新城。或謂太子：『辭【一】。』太子曰：『君非姬氏，居不安，食不飽。我辭，姬必有罪。君老矣，吾又不樂。』曰：『子其行乎？』太子曰：『君實不察其罪，被此名也以出，人誰納我？』縊於新城。」樂，音洛。

【一】「辭」上，《春秋左傳正義》卷十二有「子」字。

鄘

鄘。

楚丘城是也，今衛之汲縣東北三十里有故鄘城。新鄉鎮之西南，或云楚丘城也，有鄘水出宜蘇山。

《柏舟》

翦髮夾囟。午達【一】。

《禮記·內則》：「子生三月之末，擇日翦髮為鬌徒果切，音朶，男角女羈，否則男左女右。」鄭氏注：「鬌，所遺髮也。所存留不剪者。夾囟曰角，兩髻也。囟，一作顖，音信，又思忍切。午達曰羈【二】，三髻也。」

縱橫曰旁午。午達之午，猶旁午之午，謂一直也。陳氏澔曰：「夾囟，兩旁當角之處。留髮不翦者謂之角。留頂者縱橫各一相交通達者，謂之羈。」

共伯、共姜【三】。

孔穎達《詩正義》曰：「共音恭伯，衛僖侯世子，名餘。共，謚。伯，字。共姜，共伯之妻，婦人從夫謚，姜姓。」

東萊呂氏《讀詩記》曰：「《史記》載釐與僖同侯已葬【四】，武公襲攻共伯，共伯入釐侯羨自殺。羨，墓道也，音延，

【一】「囟」，文津閣本作「匈」；「午達」，原無，據常州本補。

【二】「午」，原作「囟」，據文津閣本、常州本改。

【三】本條原在「翦髮夾囟」條前，據常州本類目及《詩集傳》釋文順序改。

【四】「已」，文津閣本、常州本作「既」。

又延面切。按武公在位五十五年，《國語》稱武公年九十有五，猶箴警于國，計其初即位，其齒已四十餘矣，使果弒共伯而篡立，則共伯見弒之時，其齒又長於武公，安得謂之蚤死乎？是共伯未嘗見弒，武公未嘗篡弒也。」唐司馬貞《史記索隱》謂史遷之説非是。

《牆有茨》

中冓。

《西漢書·梁共王傳》：恭王名立。「谷永疏曰：『帝王不聽中冓之言。《春秋》為親者諱。』」為，去聲。應劭曰：「中冓，材構在堂之中也【一】。」顏師古曰：「謂舍之交積材木也。」

《君子偕老》

未亡人。

《左傳》：「楚文王夫人聞令尹子元振萬於宮側，泣曰：『先君以是舞也，習戎備也。今令尹不尋諸仇讎，而於未亡人之側，不亦異乎？』」成公九年，「季文子如宋致女，復命，公享之，賦《韓奕》之五章。穆姜出於房，再拜曰：『大夫勤辱，不忘先君以及嗣君，施及未亡人，先君猶有望也，敢拜大夫之重勤。』」

副。副、編、次。

《周禮·天官·追師》：「掌王后之首服，為副、編、次，追衡、笄。」追，都回切，音堆。編，音匾，又如字。

副，副之言覆去聲，所以覆首為之飾，其遺象若今之步摇矣，服之以從王祭祀。步摇，亦作步繇。

編，編列髮為之，其遺象若今假紒與髻同矣，服之以告桑也。告桑，重蠶事也。

次，次第，髮長短為之，所謂髲髢，亦作鬄，並音弟。服之以見王。言編若今假紒者，編列他髮為之，假作紒形，加於

【一】「構」，常州本作「冓」。

首上；次者，亦鬄他髮與己髮相合為紒，是編、次所以異也。

笄。

笄，衡笄也。鄭氏注曰：「王后之衡笄，皆以玉為之。唯祭服有衡，垂於副之兩旁，當耳，其下以紞懸瑱。」紞，耽之上。瑱，顛之去。疏曰：「唯祭服之副有衡笄【一】，編、次則無衡笄。」　華谷嚴氏粲坦叔《詩緝》曰【二】：「《內則》言女子之笄者，簪也，所以卷髮者也，唯副之笄謂之衡笄。《毛傳》以笄即衡笄，一物也。《追師》云：『追衡、笄。』鄭注云：『王后之衡笄，皆以玉為之。』是鄭以衡與笄為二物也。其下文云唯祭服有衡，釋衡為一物；又云笄卷髮者，釋笄為一物，故鄭於此箋言笄而不言衡笄也。疏混毛、鄭為一說，又引《追師》注云『唯祭服有衡笄』，彼文無笄字，疏蓋誤也，今從毛義。」追音堆。

六珈。

《毛傳》曰：「珈，笄飾之最盛者，所以別尊卑也。」《鄭箋》曰：「珈之為言，加也，副既笄而加飾，如今步摇上飾，古之制有所未聞。」孔疏曰：「必飾之有六，但所施不可知。據此言六珈，則侯伯夫人為六，王后多少無文。此副與珈飾，唯后夫人有之，卿大夫以下則無。」

揥。

揥，所以摘髮，以象骨為之。《魏・葛屨》「佩其象揥」，文言搔頭，俗言篦兒。摘字讀作剔，他歷切。

展衣。

《天官・內司服》：「掌王后之六服：褘衣、褘，音暉。揄狄、揄，音遙。狄，與翟同。翟，雉也。闕狄、刻繒為翟形而不畫。鞠衣、鞠、菊同。展衣、展亦作襢，並陟扇切。緣衣。緣，音彖，亦作褖。」陸農師曰：「鄭氏解《周官》，以為王后六

【一】「服」，常州本作「祀」。
【二】「坦」，原作「垣」，據常州本改。

服：翬狄玄，翬，雉名，音暉，褘衣畫翬。揄狄青，闕狄赤，鞠衣黃，展衣白，褖衣黑。若所謂翬狄玄，揄狄青，菊衣黃，其說是矣；所謂闕狄赤，展衣白，褖衣黑，非也。按《毛詩傳》言，展衣以丹縠為之，則展衣赤矣，赤則宣布著盡，有誠信之道焉，故謂之展，又或謂之襢。《禮記》曰『內則以襢衣』，亦通。帛為旜，與旃通用。旜，絳帛也，與此同義。鞠衣黃，展衣赤，則褖衣白矣。難者曰：『褖衣吉服，純白非婦人吉服所宜。』曰：『蓋不知褖衣之有纁衻也。』」難者設為問難也。難【一】，去聲。衻，時占切。衣，緣也。緣，俞絹切。纁，淺絳色，三染謂之纁。

《桑中》

沬，衛邑。

《書·酒誥》注：「妹邦，紂所都朝歌，即沬邑。」羅泌《路史》曰：「今滑之白馬縣有鄁水，即妹之邦，紂所城也。鄁與邶同，一作胥殷，武丁遷都於此。」

桑間濮上。

《禮記·樂記》注：「濮水之上，地有桑間者，亡國之音於此水出。桑間，在濮陽南。」東濮，《郡國志》東郡濮陽，古昆吾國，桑中在其中。《史記·樂書》：「衛靈公將之晉，至於濮水之上，夜聞鼓琴聲【二】，命師涓聽而寫之。去之晉，見晉平公，置酒施惠之臺。即虒祁之宮。虒，音斯。師涓奏新聲，鼓之。未終，師曠止之曰：『此亡國之聲也，不可聽！』平公曰：『何道出【三】？』師曠曰：『師延所作也。與紂為靡靡之樂，武王伐紂，師延東走，自投濮水之中，故聞此聲必於濮水之上，先聞此聲者國削。』平公曰：『寡人所好者音也，願遂聞之【四】。』師涓鼓而終之。」

【一】「難」，文津閣本無。
【二】「琴」，文津閣本作「瑟」。
【三】「出」，文津閣本無。
【四】「願遂」，原作「遂願」，據常州本及《史記·樂書》改。

《鶉之奔奔》

經筵不講。

紹興間王庭秀《磨衲集》中詆訾程子之學，以荊舒章蔡為賢【一】。王厚齋曰：「自荊舒之學行，為之徒者請禁讀史書，其後經筵不讀《國風》，而《湯誓》《秦誓》亦不進講。人君不知危亡之事，其效可見矣。」

《定之方中》

楚丘【二】。

孔氏《詩正義》曰：「楚丘，在濟河間，疑在今東都界。衛本河北，至懿公為狄所滅，乃東徙渡河野處。漕邑，則在河南矣。楚丘與漕不甚相遠，亦河南明矣。杜預云：『楚丘，濟陰成武縣西南。』」羅氏《路史》曰：「《郡國志》成武有楚丘亭【三】。《城冢記》：『齊桓公築，衛文公居，僖二年所城。』今澶之衛南西北四里楚丘城也。戎伐凡伯于楚丘，執之以歸，今楚丘即戎州之邑。漕，在今之滑。楚丘在今之澶，不出衛之邦內，非拱州之楚丘。拱州楚丘，乃張守節《史記正義》所謂楚丘，故城在宋州者。然今楚丘縣有景山，京山，殆後人附會也。」

樹八尺臬。

樹，立也。臬，法也。《周禮•地官•大司徒》：「以土圭之法測土深去聲，正日景，以求地中。日至之景，尺有五寸，謂之地中。」景，居影切。鄭司農曰：「土圭之長尺有五寸，以夏至之日立八尺之表，其景適與土圭等，謂之地中。」

測景正方面。

【一】「舒」，文津閣本無。

【二】此條原在「景，山名」條後，據常州本類目及《詩集傳》釋文順序改。

【三】「丘」，文津閣本無。

《公劉》「既景迺岡」，即司徒正日中。景，景者，光也，明也。

景，山名。

《殷武》「陟彼景山」，景為山名，商之所都。

駷。

《周禮・庾人》：「六尺以上為馬，七尺以上為駷，八尺以上為龍。」凡馬之用，宗廟用龍，田事用駷。田事，田獵之事也。謂之龍者，馬高八尺以上擬於龍。

《記》。

《禮記・曲禮》。數馬畜，以言其富者，不敢斥言也。

《春秋傳》。

魯僖公之二年，齊桓公城楚丘而封衛。

《蝃蝀》

《周禮》十輝。

《春官・眡祲》：「掌十輝之法，以觀妖祥，辨吉凶。眡與視同。祲，音浸。輝，音運。一曰祲，陰陽氣相侵。二曰象，如赤烏。三曰鑴，子全切【一】，旁氣四面反饗如輝狀【二】。四曰監，雲氣監臨於日。五曰闇，日月食。六曰瞢，母亘切，日月瞢瞢無光。七曰彌，白虹彌天。八曰敘，雲有次序，如山在日之上。九曰隮，虹也。虹，音洪，又

【一】「子全」，常州本作「計規」。

【二】「饗」，《周禮注疏》卷二十五作「鄉」。

音絳。霓，雌虹，音鶂，倪歷切。十曰想。雜氣有形可形想也【一】。掌安宅敘降，正歲則行事，歲終則弊必袂切其事。」弊，斷也。

《載馳》

岸善崩。

《漢書·溝洫志》：「孝武時，嚴熊言臨晉民願穿洛以溉，重泉以東萬餘頃，故惡地。穿渠，自徵音懲，即澄城引洛水至商顏下。岸善崩，乃鑿井，深者四十餘丈，井下相通行水。井渠自此始。穿得龍骨，故名龍骨渠【二】。」

因魏莊子。

《左》襄四年：「無終子嘉父使孟樂如晉【三】，因魏莊子納虎豹之皮，以請和諸戎。」無終，山戎，國名，子爵，而名嘉父。莊子，晉大夫魏絳。

見《春秋傳》。

閔二年，許穆夫人賦《載馳》。

叔孫豹。

襄十九年，穆叔即叔孫豹見叔向晉羊舌肹，賦《載馳》之四章。文十三年，鄭子家賦《載馳》，皆取「控於大邦」意。

詩傳旁通卷二

【一】上「形」字，《周禮注疏》卷二十五作「似」。

【二】「骨」，文津閣本無。

【三】「孟」，常州本誤作「孔」。

詩傳旁通卷三

國風

衛

衛。

衛者，衛護。曰曹曰衛，以其在畿域之內而分曹遮衛，左馮翊右扶風之義也。馮，音憑。三國以淇為分，《鄘》云「送我乎淇」，《衛》云「送子涉淇」，《邶》云「亦流於淇」，此以淇為分界也。衛，本古觀國，夏后啟之庶子、太康之弟，兄弟五人，俱封于衛，是為五觀。夏衰滅焉，又有一衛國。《郡國志》云：「東郡衛國公姚姓，舜之後也。」有河牧城，見於桑欽《水經》，乃今之鎮州靈壽縣西北云。觀，去聲。

《淇奧》

淇園之竹【一】。

《史記·河渠書》：「漢武帝元光三年，河決瓠子【二】。後二十余歲，天子既封禪，巡祭山川，自臨決河，沈白馬、玉璧

【一】此條原本在「僩」條後，據常州本類目及《詩集傳》釋文順序改。

【二】「瓠」，文津閣本作「匏」。

於河，令羣臣從官自將軍以下，皆負薪寘填決河。是時東郡薪柴少，而下淇園之竹，以為楗。」楗者，樹之水中稍下竹及土木，音其勉切。

武公入相。

嚴坦叔粲曰：「疏言《淇奥》之詩或幽或平，未可知也。歐陽《補圖》屬之平王，今定為幽王。衛武享國五十有五，前為宣，後為平，何以知《淇奥》之中為幽也？蓋《淇奥》美武公之入相，其入者相幽也。武公既入，作《賓之初筵》，入為卿士之時，幽王時也。武公之相於幽，至平而進為公。孔氏謂幽王之時武公已為卿士，是也。」

僩。鑢、鍚。

范處義《詩補傳》曰：「荀卿云『陋者俄且僩』，釋之者引《説文》曰：『晉、魏之間謂猛為僩【一】，所以僩為威嚴之貌。』」恂栗之恂，音去聲，戰懼意，見《莊子》。

鑢，力庶切【二】，錯也。錯者，磨物之器也。鍚，湯之去聲。

重較。

孔穎達《正義》曰：「《周禮·輿人》注云：『較角音【三】，兩輢倚、意二音上出式者。』則較謂車之兩旁，今謂之平較。但《周禮》無重較、單較之文。」范處義《詩補傳》曰：「較高五尺五寸，式高三尺五寸。較既出於式上，故謂之重較【四】。」

張弛。

【一】「為」，常州本作「謂」。
【二】「力」，常州本誤作「刀」。
【三】「角音」，常州本作「音角」。
【四】「之」，文津閣本無。

《禮記・雜記》記孔子之言曰：「一張一弛，文武之道」。鄭氏注：「張弛，以弓弩喻人也。弓弩久張之則絕其力，久弛之則失其體。」

《懿戒》。

《國語》楚左史倚相曰：「昔衛武公年數九十五矣【一】，猶箴儆於國，於是乎作《懿戒》以自儆。」韋昭注云：「《懿》，詩篇名，讀之曰抑【二】，即今《大雅・抑》詩也。」

《考槃》

盆缶節歌。

莊子妻死，箕踞鼓盆。惠子曰：「鼓盆而歌，不已甚乎？」《莊子》。趙王為秦王鼓瑟，秦王為趙王擊缶。《史記》。《李斯傳》：「擊甕【三】，叩缻，彈箏，搏髀，歌呼嗚嗚。」《史記》。《楊惲傳》：「酒後耳熱，仰天拊缶，而呼嗚嗚。」《漢書》。缻，甫有切，與缶同。秦人好擊缶，以節歌為樂，其俗如此。

《碩人》

邢。

邢，姬姓，侯爵，周公之後。《春秋圖》以為有姓無爵，非也。僖公元年，齊桓公遷邢於夷儀，後為衛所滅。邢，治龍

【一】「武」，文津閣本無。
【二】「讀」，常州本作「懿」。
【三】「甕」，文津閣本作「瓮」。

岡。夷儀，城內西南隅小城也。秦為信城【一】，王莽為襄國，隋為邢州，今為順德路。臣瓚曰：「夷儀城，在襄國西百里。」應劭曰：「邢侯自襄國徙此，謂之邢丘。」

譚。郯。

譚之字亦作譚，嬴姓，子爵。魯莊公十年，齊桓公滅之。今齊之歷城，唐武德中為譚州，東南十里有故城。杜預云：「濟南之東、平陸西南有古譚城，字又作譚，與郯異。」

郯，子爵，嬴姓。秦為郯郡，漢東海郯縣，唐入下邳沂、沭音述二水間【二】，周十餘里有郯子廟，其地在齊、莒之間。宋淮陽軍治有古郯城。

《玉藻》。

路寢，《公羊傳》曰：「路寢者何？正寢也。天子諸侯皆有三寢，一曰高寢，二曰路寢，三曰小寢。」

小寢，《禮記·玉藻》注：「小寢，燕寢也。釋服，服玄端。」

河水北流入海。

河、海，皆見《周頌》。

《氓》

頓丘。

《爾雅·釋丘》：「一成為頓丘。」謂一頓而成也。成者，重也。頓丘以丘名縣，在朝歌紂都之東。《漢·地理志》頓

【一】「城」，常州本作「都」。
【二】「沭」，原作「沐」，據文津閣本、常州本改。

丘縣在東郡【一】。羅長源《路史》曰：「頓丘，古觀國地，夏同姓，熙寧省入清豐縣。」

體【二】。

體，兆卦之體。《金縢》書云：「曰：『體，王其罔害。』」《周禮・占人》：「凡卜，君占體，大夫占色，史占墨，卜人占坼。」以此《氓》詩觀之，固不拘其說。

童容。

童容，婦人車飾。孔穎達曰：「以帷幛車之兩旁，如裳，以為容飾。《巾車》注謂之裳幃，或曰幢容。」

思終、思復。

《左》襄二十五年，衛太叔文子曰：「君子之行下孟切，思其終也，思其復也。」

《竹竿》

泉源。

泉水，即衛州共城之百泉。淇水，出相州林慮閭縣，東流，泉水自西北來，注之。

粲然皆笑。

《穀梁傳》：「軍人粲然皆笑。」粲，明也，笑而露其齒白也。《選》詩：「粲然啟玉齒。」

【一】「志」下，文津閣本有「云」。

【二】此條原本在「童容」條後，據常州本改。

《芄蘭》

韘【一】。

韘，決拾之決也，《夏官·繕人》作抉。決者，包右拇指以鉤弦，拾則韝左臂以防紲弦，以其遂弦，故亦名遂。

朱極三。

《儀禮·大射儀》曰：「公就物，小射正奉決，拾以笥，大射正執弓【二】，皆以從於物。小射正坐奠笥於物南【三】，遂拂以巾，取決，興。贊設決，朱極三。」鄭康成曰：「韘之言沓，所以彄沓手指。」孔穎達曰：「極，猶放弦也，以沓指放弦，令不挈也。挈音契。以朱韋為之。三者，食指、將指、無名指。小指短，不用。」凡皮生曰革，熟曰韋。此朱極三，即俗所謂皮包指【四】。將，子亮切，中指也【五】。

《河廣》

衛、宋。

衛都朝歌，在河北。宋都睢陽，在河南。

《伯兮》

女為悅己容。

【一】「韘」下，原有「即朱極三」四小字，據常州本刪。
【二】「弓」，文津閣本、常州本作「方」。
【三】「物」，文津閣本、常州本作「陽」。
【四】「所謂」，常州本作「謂之」。
【五】「指」，文津閣本作「子」。

《史記》：「豫讓曰：『士為知己者死【一】，女為悅己者容。今智伯知我必為報讎而死，則吾魂魄不愧矣。』」

王

唐啖助《春秋傳》曰：「幽、厲雖衰，雅未為風【二】。平王之初，人習餘化；及化，變風移，陵遲久矣。」胡文定公《春秋傳》曰：「孟子曰『王者之跡熄而詩亡，詩亡，然後《春秋》作』，何也？自《黍離》降為國風，天下無復有雅，而王者之詩亡矣。」孔氏曰【三】：「平王東遷，政遂微弱，化之所被，纔及郊圻，詩作後於衛頃，國地狹於千里【四】，故次之於衛也。尊之猶稱王，在風則卑矣。」頃【五】，音傾。

宗周。

鄭氏《詩譜》曰：「始，武王作邑於鎬京，謂之宗周，是為西都。成王在豐，欲宅洛邑【六】，使召公先相宅。既成，謂之王城，今河南是。召公既相宅，周公往營成周，今洛陽是。成王居洛邑，遷殷頑民於成周，復還歸，處西都。」李氏迂仲曰：「成王營東都王城，則遷九鼎，成周則居頑民焉。」謹按：宗周之地，即西都也。自周平王東遷於洛之後，豐鎬岐雍西都畿內八百里之地皆為秦人有，而謂之秦矣。

【一】「死」，文津閣本作「用」。
【二】「為」，常州本作「有」。
【三】「氏」，常州本誤作「子」。
【四】「國」，原作「公」，據常州本及《毛詩正義》卷四改。
【五】「頃」下，文津閣本有「公」。
【六】「宅」，常州本作「完」。

戲。

戲，地名，亦水名，在驪山之北，今新豐有戲亭，幽王死焉。《郡國圖志》【一】：「昭應東北三十里有古戲亭。武王克商，命吕佗伐戲。戲，在紂都畿内。章邯入關至戲，亦此地。」戲，音許宜切。《左傳》襄公九年之戲，乃鄭地。

《黍離》

彼。

《毛傳》：「彼，彼宗廟宫室。」黍離，離稷之苗。箕子過故殷墟，作《麥秀》之歌【二】：「麥秀漸漸兮，禾黍油油。」與《黍離》之詩意同。漸，音杉。

《君子陽陽》

房、敖。

房，《毛傳》：「國君有房中之樂。」《鄭箋》：「欲使我從之於房中，俱在樂官也。」《朱子語録》：「由房只是人出入處，古人屋於房處前有壁，後無壁，所以通内。」敖，舞位。《鄭箋》：「欲使我從之於燕舞之位，亦俱在樂官也。」

《揚之水》

申。

【一】「國」，常州本作「縣」。
【二】「作」，常州本無。

伯爵，初為侯，平王母申姜國，楚靈王遷之，今信陽之方城內也。方城，山名，漢平氏縣，魏義陽軍，劉宋立司州宋安郡。梁曰北司州，改郢州。周為申州，隋為義州，唐為申州。宋曰義陽，改信陽軍。國朝為信陽州。淮水所出。

甫，即呂也。呂。

孔穎達《書正義》：「記傳引《呂刑》多為《甫刑》。《詩·大雅·崧高》為宣王時詩，云『生甫及申』；《王風·揚之水》為平王時詩，云『不與我戍甫』，明子孫改封為甫侯。穆王時未有甫名，而稱為《甫刑》者，後人以子孫國號名之也。宣王以後改呂為甫，而《鄭語》史伯云『申、呂雖衰，齊、許猶存』，乃幽王時言，仍得稱呂者，因『申、呂』之文【一】。呂即甫也。」

呂，【二】侯爵，伯夷之封也。《舜紀》云：「伯夷次禹，能禮於神，爰封之呂。」杜預云：「在南陽宛縣西，宛於後周併入南陽。南陽本隸鄧，而今之鄧乃隸南陽。」《博物志》：「曲海城有東呂鄉、東呂里，太公望所出也。」《寰宇記》：「密之莒縣東百六十里，漢曲海城。太公出於東呂。呂，莒也。霍邑，亦曰呂。唐武德中為呂州，十七年廢，乃彘邑也。晉獻公十九年會虞師伐虢，滅下陽，虢公醜奔衛，晉侯命瑕父、呂甥邑于虢。此河東之呂也。《圖經》以新蔡為古呂國，後來之呂，近於申，在周亦曰甫，字亦作郙。」

許。

姜姓國，太岳之胤也【三】。齊、許、申、呂皆四岳之後，春秋，許，男，地即今許州。

董澤之蒲。

《左》宣十二年，晉厨武子曰：「董澤之蒲，可勝既乎？」厨武子，晉大夫魏錡。董澤，晉之澤名，其地多蒲柳，可為箭。蒲柳，一名楊柳。

【一】「申」，文津閣本無。
【二】「侯」上，文津閣本有「為」。
【三】「太」，文津閣本、常州本作「大」。「胤」，文津閣本作「允」。

不共戴天。

《曲禮》注：「父者子之天，殺己之天，與共戴天【一】，非孝子也，行求殺之，乃止，故父母之讎，不與共戴天。」

《中谷有蓷》

益母草。

蓷，一名益母，一名茺蔚。《爾雅》：「萑，蓷。」萑，音追。疏：「釋曰：『萑，一名蓷。郭璞注曰：「今茺蔚也。」』」茺，音充。蔚，音尉。葉似荏，方莖，白華，華生節間，全似杜天麻，而不生横枝。天麻則方莖，紫華，子黑色，細長，三棱，一名蔚臭。劉歆云：「萑，臭穢，一名益母，故昔者曾子見益母而悲也。」荏，似紫蘇而高大，音稔。

脯脩。

如脯之謂脩。脩【二】，乾肉脯也。

《葛藟》

不有寡君。

有，謂有心服事；不有，謂無心服事。《左傳》昭公三年，晉韓宣子韓起使叔向對宋子皮罕虎曰：「君若辱有寡君【三】，在楚何害？修宋盟也。君苟思盟，寡君乃知免於戾矣。君若不有寡君，雖朝夕辱於敝邑，寡君猜焉。君實有心，何辱命焉？君其往也。苟有寡君，在楚猶在晉也。」

【一】「與」，原作「不」，據文津本閣、常州本及《禮記正義》卷三改。
【二】「脩」，常州本無。
【三】「有」，常州本作「我」。

湑。

夷上洒下曰湑。孫炎云：「平上陗下也。」郭璞云：「厓上平坦，而下水深者為湑。」洒，取猥切，音璀，峻貌。

《采葛》

荻。

《爾雅·釋草》曰：「蕭，荻。」李巡云：「荻，一名蕭。」陸璣以為荻蒿，或以為牛尾蒿。陸農師曰：「蕭，可以祭，故其字從肅，亦秋風之過蕭，意氣肅然，故蕭一名荻，而其字從肅也。蕭可以緯。顏延年《靖節徵士誄》云：『灌畦鬻蔬，為供魚菽之祭；織絢緯蕭，以充糧粒之費。』」陸璣，字元恪，吳人。陸佃，字農師，山陰人。

鄭

鄭之名三：桓公采地於咸林，蓋未為國，其地在華陰鄭縣，今鄭縣西北三里有古鄭城。武公徙河南，併虢、鄶十邑居之【一】，故莊公云：「吾先君新邑於此。」是為新鄭，在今鄭州。《耆舊傳》云：「桓公死於犬戎，其民南奔漢中。」是為南鄭，今興元府路。

《緇衣》

好賢如《緇衣》。《孔叢子》。

《禮記》：「子曰：『好賢如《緇衣》，惡惡如《巷伯》，則爵不瀆而民作願，刑不試而民咸服。』」鄭氏注曰：

【一】「鄶」，原作「鄫」，據常州本改。

「《緇衣》《巷伯》皆詩篇名也【一】。《緇衣》首章曰『緇衣之宜兮，敝予又改為兮。適子之館兮，還予授子之粲兮』，言此衣於既切緇衣者，賢者也，宜長為國君。其衣敝，我願改制，授之以新衣，是其好賢，欲其貴之甚也。」《孔叢子》【二】：「孔子曰：『於《緇衣》見好賢之至。』」「至」，朱《傳》作「實」。

《叔于田》

共叔段。

《左》隱元年，鄭武公娶于申，曰武姜，生莊公及共叔段。及莊公即位，請京使居之，謂之京城太叔。太叔將襲鄭，公命子封公子呂帥車二百乘以伐京。京叛太叔段，段入于鄢。公伐諸鄢，太叔出奔共。鄢，音偃。共，音恭。

《大叔于田》

火焚而射。

火，火田也。《爾雅》：「火田為狩。」《王制》：「昆蟲未蟄，不以火田。」《周禮》：「仲春蒐田，用火弊。」火田者，焚除萊草而田獵也。弊者，止也，皆殺而火止，故曰火弊。

上駟。

《史記》：齊田忌與諸公子馳射，不勝。孫臏曰：「以君下駟與彼上駟，取君上駟與彼中駟，取君中駟與彼下駟。」既馳三輩，忌一不勝而再勝，乃得千金。見《齊世家》。

【一】「也」，常州本作「曰」。

【二】「子」下，常州本有「曰」。

舍拔覆彇【一】。

拔，矢末也，所謂括也，字亦作筈，箭本受弦處也。孔氏曰：「以鏃為首，故括為末。」舍拔，放箭也，音跋。蕭與彇字同【二】。彇【三】，弓之梢末，所謂弭也，蓋弓弭頭也。《曲禮》：「左手執簫。」疏者云：「弓頭梢剡，差斜似簫，故名曰簫，又謂之弰師交切。」剡，銳利也。《禮》云：「圭，剡上。」謂削之令上銳也。

掤【四】，冰。

《左》昭十三年，魯司鐸射懷錦，奉壺飲冰。射，音亦，司鐸，官之名。冰，與掤同【五】，箭筩也，可以取水飲。又昭二十七年，晉范獻子曰：「豈其伐人而說脫甲執冰以游？」箭筩，今謂之箭箙。箙，亦作簶【六】。

《清人》

高克。

《左傳》：「鄭人為之賦《清人》。」清邑，在滎陽中牟西。

鄭棄其師。

《春秋》：「閔公二年，鄭棄其師。」《公羊傳》：「鄭棄其師者何？惡其將也。鄭伯惡高克，使之將逐而不納，棄師之道也。」《穀梁傳》：「鄭棄其師，惡其長也。兼不反其眾，則是棄其師也。」

【一】「彇」，文津閣本、常州本作「簫」。
【二】「蕭」，文津閣本、常州本作「簫」。
【三】「彇」，文津閣本無。
【四】「掤」，文津閣本作「棚」。
【五】「掤」，文津閣本作「棚」。
【六】「簶」，常州本作「籙」。

《羔裘》

君用純物。

君之衣用純色之物。臣下之者，下一等也，如今之番披襖之類。人君純用銀鼠，人臣必雜以貂鼠，不敢用一色也。

《遵大路》

攬子袪。

宋玉《登徒子好色賦》曰：「臣少曾遠游，從容鄭、衛、溱、洧之間，是時向春之末，迎夏之陽，倉庚喈喈，羣女出桑。此郊之姝，華色含光，體美容冶，不待飾裝。臣觀其麗，因稱詩曰：『遵大路兮攬子袪，贈以芳華辭甚妙。』」李善《文選》注曰：「稱此詩者，此本鄭詩，故稱之以感動。」

《女曰雞鳴》

明星。

《爾雅·釋星》【一】：「明星謂之启明。」郭景純注：「太白星也。晨見東方為启明，昏見西方為太白。」启與啟同，太白一名長庚，餘見《大東》。

弓繳加鳧鴈。

《史記·楚世家》曰：「楚人有好以弱弓微繳加歸鴈之上者，頃襄王聞之，召而問之。對曰：『小人之好射鶀鴈羅鸗，小矢之發也，何足以為大王道也。且稱楚之大，因大王之賢，所弋非直此也。』」好，音耗。繳，音灼。頃，音傾。

【一】按，此出《爾雅·釋天》，《爾雅》無《釋星》篇。

鶀，音其，小鴈也。鸗，音龍，小鳥名。直，猶但也。歸鴈，謂北歸之鴈【一】。

鴈，宜麥之屬。

《禮記・內則》：「牛宜稌，羊宜黍，豕宜稷，犬宜粱，鴈宜麥，魚宜苽。」稌，秔稻也。稌，音杜。秔，音庚。黍，秫粟也。秫，音術。稷，穄粟也。穄，音祭。粱，似粟而大，五穀之長也。苽，茭苗米也。苽，音孤。

珩、璜、琚、瑀。

《毛傳》：「雜佩者，珩、璜、琚、瑀、衝牙之類。」珩，音衡。璜，音黃，亦音横。琚，音居。瑀，音禹。瑀，石次玉，制為大珠。

觽燧箴管。

《內則》：「子事父母，左右佩用，左佩紛帨、刀、礪、小觽、金燧，右佩玦捍、管遰、大觽、木燧。婦事舅姑，左佩紛帨、刀礪、小觽、金燧，右佩箴管、線纊。」鄭氏注曰：「紛帨，拭物之巾也，今齊人有言紛者。刀礪，小刀及礪礱也。小觽，解小結也。觽貌如錐，以象骨為之。金燧，可取火於日。捍，猶拾也，言可以捍弦也。管，筆彄也。遰，刀鞞也。木燧，鑽火也。箴管，箴在管中也。」帨，音稅。礪，音厲。觽，許規切。燧，音遂。玦，音決。捍，音汗。遰，音逝。箴與針同。纊，音曠。彄，苦候切。彄，沓也。鞞，音畢。

《褰裳》

溱洧。

溱水，一名潧水，一名澮水，出滎陽澮城西北雞絡塢下，東南入府【二】。洧水出滎陽密縣西馬嶺山【三】。密，今隸河

【一】「謂」上，原有「非」字，據常州本刪。
【二】「府」，常州本作「於」。
【三】「水」，常州本作「川」。

南，其水東南有溱水入焉，又過新鄭，有黃水入焉。又東南至長平，入潁水。長平，今為陳州西華縣。《西漢・地理志》亦云：「洧川出潁州陽城山東南，至長平入潁。」今汴梁之洧川縣，地近鄭州。

《豐》

褧，襌【一】。

《記・玉藻》曰：「襌為絅，帛為褶。」注曰：「絅，有衣裳而無裏。褶，袷也，有表裏而無著。」褧與絅同。襌，音丹。褶，音牒。袷，音夾。著，音貯。著者，袍中之絮所謂枲者。

《東門之墠》

陂，阪。除地町町、栗。

《爾雅・釋地》：「陂者阪。」陂音坡，與坡同。郭景純曰：「坡陀不平。」

除地町町者，町，吐鼎切。墠，除也，去草也。封土為壇，除地為墠。町町，言有町畦。

門之旁有栗，《毛傳》：「行上栗也。」《鄭箋》：「行，道也。」《左傳》：「趙武、魏絳斬行栗。」杜預云：「表道樹也。」

《揚之水》

迋與誑同。

【一】「襌」，原作「禪」，據常州本改，下注文同。

《左》定十年，宋公子地出奔陳，宋景公弗止，公子辰為之請【一】，弗聽【二】。辰曰：「是我迋吾兄也。」按：《春秋傳》「迋」字之義，正與此《揚之水》詩「人實迋女汝」之「迋」同。迋者，欺誑也，音求況切，又古況切。

齊

齊，地在今青州之境【三】。《左傳》昭公二十年【四】，晏子對齊景公曰【五】：「昔爽鳩氏始居此地【六】，季萴因之【七】，有逢伯陵又因之【八】，薄姑氏又因之，然後太公因之。」爽鳩，當在太昊時【九】。季萴【一〇】，夏之季【一一】。伯陵、薄姑氏【一二】，商之末。齊有二：其一北齊，逢伯陵之後。伯陵先封逢，後改封齊，故稱逢伯陵。伯益【一三】，《書》曰：「炎帝生器，器生伯陵。」《周語》曰：「天黿之分，我之皇妣，太姜之侄，伯陵之後，逢公之所憑神。」伯陵，太姜之祖。逢公，伯陵之後，為商侯伯，封于齊地，是伯陵前封于齊，而太公繼其後也。太公之齊，侯爵，居爽鳩氏之故墟。

【一】「之」，文津閣本無。
【二】「弗」，常州本作「勿」。
【三】以上兩句，文津閣本、常州本作「齊地，今之青州」。
【四】「左傳昭公二十年」七字，文津閣本、常州本無。
【五】「对齐景公」四字，文津閣本、常州本無。
【六】「昔」，文津阁本、常州本無。「此地」，常州本作「之」。
【七】「萴」，文津閣本作「萴」。
【八】「有逢」，常州本無。
【九】「當」，文津閣本、常州本無。
【一〇】「萴」，文津閣本作「萴」。
【一一】「之」，文津閣本、常州本無。
【一二】「氏」，文津閣本、常州本無。
【一三】按，「益」字疑是「陵」字之誤。

太公都營丘，今青州之臨淄。然營丘故城，乃在濰州之昌樂，故萊侯與太公爭營丘，後胡公徙薄姑。《齊地記》云：「丘高九丈，下周三百步，丘臨淄水，故曰臨淄。」

《雞鳴》

無庶。

嚴坦叔曰：「無庶，猶言庶無。古人辭急倒用也。」坦叔曰：「《齊》亦《二南》之變也【一】。」

《還》

峱。

《地理志》：「峱、巎巙，皆山名，在齊地。」音乃高切【二】。

《著》

親迎。西階。

《禮記・哀公問》：「『冕而親迎去聲，不已重乎？』孔子愀悄然作色而對曰：『合二姓之好，以繼先聖之後，以為天地宗廟社稷之主，君何謂已重乎？』孔子又曰：『天地不合，萬物不生。大昏，萬世之嗣也。君何謂已重乎？』」《昏義》曰：「父親醮子而命之迎，男先於女也。」醮，冠、昏祭名，酌酒而無酬酢曰醮。

【一】「坦叔」至「變也」十字，文津閣本無。
【二】「音」下，文津閣本有「皆」。

西階，《儀禮・昏禮》篇【一】：「婦至，主人揖婦以入。及寢門，揖，入升自西階。」

《東方未明》

瞿瞿。

《漢・吳王濞傳》曰：「西王瞿然駭。」師古曰：「瞿然，無守之貌。」《禮記・檀弓》：「曾子聞之瞿然。」皆驚顧之貌。

《南山》

雄狐【二】。

陸農師曰：「雄狐【三】，説者以為牡狐，非也，宜讀如『狐不二雄』之雄。雄狐【四】，君象也。狐，一羣不二雄。」

《盧令》

于思。

《左》宣二年，宋城，華元為植，巡功。城者謳曰：「睅其目，皤其腹，棄甲而復，于思于思，棄甲復來。」為植者，植謂將主也。睅，音還之上聲。

【一】「儀」上，文津閣本有「見」。
【二】「狐」，常州本誤作「孤」。
【三】「狐」，常州本誤作「孤」。
【四】「雄」，文津閣本無。

《敝笱》

禚。祝丘、防、穀。

《春秋》：莊公二年會禚。音灼，齊地。祝丘，魯地。七年春會防。魯地。冬會穀。齊地。

《載驅》【一】

汶。濟、清河。

汶水出萊蕪縣西南，經濟北至東平壽張縣入濟。萊蕪，今隸兗州。一云出奉符縣原山西北。

濟：濟水從滎陽縣北東過敖山北，東合滎瀆。滎瀆，今流已絶。東索水入之，東過陽武縣北，又東過封丘縣，東過酸棗縣之烏巢澤北，又東過乘氏縣南，分為荷水。東北過巨野，濮水入之。東北過壽張，汶水從東北來入之【二】。北過須城漁山之東，左合馬頰水。北過臨邑，東北過盧城北，東北濼水入之。濼，音洛，亦音鹿，其水出齊州歷城縣西北，入於濟，謂之濼口。又東北過華不注山，華水入之。東北過蒲臺縣，東過鄒平，時水入之。時水一名耏，一名如水，一名澅水，一名乾時。又東北過樂安故城南，東北過利縣西。利縣在濟城北。又東北過甲下邑河，分一枝入焉。《釋名》云：「濟，濟也，言源出河北濟河而南也。」濟水多伏流地中。南豐曾子固知濟南，作二堂，一曰歷山之堂，一曰濼源之堂，以館使客。曾公《齊州二堂記》曰【三】：「按圖，泰山之北，與齊之東南諸谷之水，西北匯于黑水之灣，又西北匯于柏崖之灣，而至於渴馬之崖。蓋水之來也衆，其北折而西也，悍疾尤甚。及至於崖下，則泊然而止。而自崖以北，至於歷城之西，蓋五十里，而有泉湧出，高或至數尺，其旁之人名之曰趵突之泉。齊人皆謂嘗有棄糠于黑水之灣者，而見之於此。蓋泉自渴馬之崖，潛流地中，而至此復出也。趵突之泉冬溫，泉旁之蔬甲經冬常榮，故又謂之

【一】此篇與下「汶」條原本在「《敝笱》」篇與「禚」條前，據常州本改。
【二】「從」，文津閣本無。
【三】「州」，文津閣本、常州本無。

溫泉。其注而北，則謂之濼水，達於清河，以入於海。舟之通于齊者【一】，皆於是乎出也。齊多甘泉，冠於天下，其顯名者以十數【二】，而色味皆同。以余驗之，蓋皆濼水之旁出者也【三】。濼水，嘗見於《春秋》，魯桓公十有八年，公及齊侯會於濼。杜預釋：『一在歷城西北入濟水【四】。』自王莽時不能被河南，而濼水之所入者，清河也，預蓋失之。」

趵，北角切【五】。《玉篇》云：「足擊聲。」

清河：泗水，舊云出汴縣故城東南桃虛西北。卞縣，今兗州泗水縣是。或云泗水出鄆州梁山泊。許慎《說文》云：「泗水受濟水。」桑欽《水經》云：「濟水至濟陰乘氏縣分為二，一水東北流為北濟，一水南流為南濟。」鄭夾漈曰：「今此水與濟已不通。泗源出泗水縣，西南流，有洙水入之。洙水出魯城北下，合泗水，所謂洙泗也。西南至方與音余縣，荷水入之。其水出乘氏，班固亦謂之泗水。方與，今單州魚臺縣。有漷水至高平湖陸，入泗水。又南至彭城，名曰汴水【六】，有睢水入之。睢水自浚儀縣東經陳留、梁、譙、沛、彭城入泗。浚儀，改為祥符縣【七】。西南至下邳，有沂水入之【八】。沂水，舊云出蓋音合縣艾山，今其地在泗水、奉符間。南流，又南過臨沂，至下邳，入泗。又南至楚州山陽縣，入淮。此水今人謂之清河。」

【一】「通」，常州本作「過」。
【二】「皆於是手出也」至「其顯名者」十八字，文津閣本無。
【三】「皆」，原作「莽」，據常州本及《曾巩集》卷十九改。
【四】「一」字，《曾巩集》卷十九及《春秋左傳正義》卷七皆無。
【五】「北角切」，原作「方車切」，據常州本改。
【六】「汴」，《通志二十略·地里略》作「沛」。
【七】「縣」，文津閣本無。
【八】「沂」，文津閣本作「汴」。

《猗嗟》

大射，鵠。賓射，正音征。

大射者，將祭而擇士於射宮。賓射者，諸侯來朝與之射於朝。又有燕射，因燕賓客，即與之射於寢。此三射者，射之禮也。正、鵠，皆鳥名，齊魯之間呼題肩鳥為正，小而捷黠，射之難中，故取名焉。

金僕姑。

《左》莊十一年，乘丘之役，公以金僕姑射南宮長萬。金僕姑，箭名。長萬，宋大夫。長，上聲。

趙子。

唐趙匡，字伯循，天水人，仕至殿中侍御史、淮南節度判官，明《春秋》經學，授關中啖助叔佐。助授吴郡陸淳伯沖，淳作《春秋集傳纂例》行於世。

詩傳旁通卷三

詩傳旁通卷四

國風

魏

魏。

姬姓國。《郡國志》陝州魏城，今陝治平陸有古魏城。晉獻公滅之以賜畢萬。或云：魏在安邑，與芮國相近【一】。芮城北五里魏城，萬所封也。

解。

唐叔後，今河中臨晉東南故解城，在桑泉之南虞鄉東三十里。後魏分為二：南解虞鄉，北解臨晉，以蚩尤體解而名為解。有解池，今産鹽。

《葛屨》

廟見。

《禮記・曾子問》：「孔子曰：『嫁女之家，三夜不息燭，思相離也。娶婦之家，三日不舉樂，思嗣親也。三月而廟

【一】「芮」，原作「芮」，據文津閣本、常州本改，下同。

見【一】，稱來婦也。擇日而祭於禰，成婦之義也。』」注曰：「成昏而舅姑存者，明日婦見舅姑；若舅姑已沒【二】，則成昏三月乃見於廟。來婦者，來為婦也。廟見、祭禰，即是一事【三】。」見，音現。禰，乃禮切，父廟也。

《汾沮洳》

汾。晉水、澮水、絳水【四】。

汾水出太原汾陽縣北管涔山汾陽，今太原治陽曲也。東南過晉陽縣東，晉水從縣南東流入焉，南與文水合。西南過高梁，遂西行過臨汾，又西過絳縣西四十里虒斯祁宮北【五】，西過王澤，有澮水從東來入焉。西至汾陰縣北，西入於河。汾陰，河中府榮河縣也。

晉水，出晉陽縣西懸甕山【六】。晉陽，宋改平晉。熙寧中省曰晉水，過縣之南，東入於汾。

澮水，出絳州翼城澮高山，又西南過絳，與絳水合，又西過虒祁宮南，西入於汾。

絳水，出絳縣，西南入澮。

公行、公族。

《左》宣二年初，「驪姬之亂，詛無畜羣公子，自是晉無公族。及成公即位，乃宧仕也卿之適音的子而為之田【七】，田

【一】「而」，文津閣本無。
【二】「若舅姑已」，文津閣本無。
【三】「即」，文津閣本無。
【四】「晉水、澮水、絳水」，原在詩題《汾沮洳》下，據常州本改。
【五】「斯」，常州本無。
【六】「甕」，文津閣本、常州本作「瓮」。
【七】「宧」，原作「官」，據常州本及《春秋左傳正義》卷二十一改。

祿。以為公族；又宦其餘子【一】，亦為餘子；其庶子為公行音杭。晉於是有公族、餘子、公行。」公行即公路。《左氏》：「趙盾以括為公族。」又云：「盾為旄車之族。」旄，音毛。服虔云：「旄車，戎車之倅也。」杜預云：「公行之官也。」盾自以為庶子，遜公族而為公行也。公族掌公之宗族，以適子為之。

視見垣一方人。

《史記》：「扁鵲，姓秦氏，名越人，勃海郡鄭人也。長桑君以懷中藥與扁鵲曰：『飲是以上池之水，三十日當知物矣。』乃悉取其禁方書盡與扁鵲。忽然不見，扁鵲以其言飲藥三十日，視見垣一方人。以此視病，盡見五藏癥結，特以診脈為名耳【二】。」今河間路莫州有扁鵲廟，則徐廣謂勃海鄭人者非，作鄭者是。鄭，音莫。長桑君，長，上聲。上池水謂水未至地者。垣一方人，垣，牆也；方，猶邊也，言能隔牆見彼邊之人也。藏、臟同。癥，音徵。脈、脉同【三】。

《園有桃》

徒歌曰謠。

《爾雅・釋樂》：「徒歌謂之謠。」孫炎曰：「聲消搖也。」孔穎達曰：「經傳諸言歌者，皆謂以絃和之，故《行葦》詩《毛傳》云【四】：『歌者【五】，比於琴瑟也。』」和、比，皆去聲。

【一】「宦」，原作「官」，據常州本及《春秋左傳正義》卷二十一改。
【二】「脈」，原作「胍」，文津閣本作「胍」，據常州本改。
【三】「脈」，原作「胍」，文津閣本作「胍」，據常州本改。
【四】「云」，文津閣本無。
【五】「歌」，文津閣本無，誤。

《伐檀》

猶為人猗。

《莊子·大宗師》篇：「子桑戶死，孔子聞之，使子貢往待事焉。或編曲，或鼓琴，相和而歌曰：『嗟來桑戶乎！而汝也已反其真，而我猶為人猗。』」於宜切，歎辭也【一】。

徐稺之流。

東漢徐稺，字孺子，豫章南昌人，家貧常自耕稼，非其力不食，恭儉義讓，所居服其德。

唐

唐。堯都。

唐國即中山，今定之新樂與唐縣俱是。有堯山唐水望都故城，望都里東有廣唐城【二】，東有堯故城。張晏云：「堯為唐侯，國於此地，後都平陽安邑，亦皆曰唐，或曰唐本堯都。」

堯都有四：一中山唐國，一河東平陽，一河東堯縣，順帝改永安，一太原晉陽。唐故墟，晉水所出。

晉。陶。

唐本堯封，在夏虛晉陽。《世本》云：「叔虞居鄂，鄂為大夏，即夏虛也。後曰晉【三】，以水名。」今并州之陽曲故平晉西南十六里，有叔虞祠墓。嚴坦叔曰：「成王封叔虞於堯都晉陽之故墟，曰唐侯。其子燮以晉水所出改為晉侯。晉陽實

【一】「歎」，原無，據常州本補。
【二】「東」下，常州本有「北」字。
【三】「曰」，文津本作「云」。

晉水所出。唐以堯得名，晉以水得名，其地一也。」

陶，高辛封之，今廣濟軍治古定陶城有陶丘，鄆州平陰有陶山。

《蟋蟀》

役車。

《周禮・春官・巾車》云【一】：「役車，方箱，此車可載任器以供役。」收納禾稼，亦用此車。

《山有樞》

君子無故琴瑟不離於側。

《禮記・曲禮》：「君子無故不徹琴瑟。」

《揚之水》【二】

曲沃。

叔虞三世孫成侯居之，以封桓叔，故其地有先君之廟。獻公城之，以居申生，曰新城。漢曰曲沃，今隸絳州。嚴坦叔曰：「即河東聞喜縣。」

絳。

叔虞八世孫穆侯，僖侯之孫也，自曲沃徙絳而居之。魯莊二十六年，士蔿城絳。二漢為縣。今隸絳州。有絳山、絳水，有故絳城，在翼城東南，曲沃南相近。景公遷新田，又曰絳，乃以翼為故絳。

【一】按，此係《巾車》鄭玄注文，非經文。

【二】「揚」，原作「楊」，據常州本改。

翼。

叔虞十世孫昭侯自絳徙翼，昭侯子孝侯居之，因曰翼侯。孝侯，名平。今翼城東十五里，有翼故城，蓋其地去絳為近。

晉昭侯封叔成師于曲沃。千畝【一】。

《左》桓二年初，晉穆侯之夫人姜氏以條之役生太子，命之曰仇；其弟以千畝之戰生，命之曰成師。惠之二十四年，晉始亂，故封桓叔于曲沃。

千畝。杜預曰：「西河界休縣南有地名千畝。」界休，今作介休。

田氏于齊。曲沃武公。

《春秋》哀公五年秋九月癸酉，齊侯杵臼卒。冬閏月葬齊景公。六年秋，陽生入於齊，齊陳乞弒其君荼【二】。陽生，悼公。荼，安孺子。《左傳》：齊燕姬生子，不成而死，諸子鬻姒之子荼嬖。公疾，使國惠子、高昭子立荼。景公卒，陳僖子使召公子陽生。陽生遂逮夜至於齊，國人知之，冬十月立之。陳僖子，田乞也。陳公子完奔齊，故齊有陳氏後，又改陳為田氏。陽生以五年冬十月奔魯，故僖子召之。國人知之而不言者，見陳氏得眾心也。

曲沃武公，魯惠公二十四年，晉文侯之三十五年也，其年文侯卒，子昭侯立。魯惠公三十年，晉潘父弒昭侯，納桓叔不克。桓叔敗，還曲沃。晉人立昭侯之子平，是為孝侯。孝侯八年，曲沃桓叔卒，子蟬代立，是為曲沃莊伯。魯惠公四十五年，晉孝侯之十五年【三】，曲沃莊伯伐翼，弒孝侯。翼人立孝侯之弟郤為鄂侯。鄂侯二年，曲沃莊伯之十一年，魯隱公之元年也。隱公五年，曲沃伐翼，翼侯奔隨。周天子桓王命虢公立鄂侯之子光於翼，是為哀侯。隱公六年，晉逆晉侯於隨【四】，納諸鄂，謂之鄂侯。隱公七年，曲沃莊伯卒，子稱代立【五】，是為曲沃武公。魯桓公三年，曲沃伐

【一】此條原在「曲沃」條前，據常州本類目及《詩集傳》釋文順序改。
【二】「荼」，文津閣本作「茶」，本段下「荼」字皆同，誤。
【三】「侯」，文津閣本作「公」。
【四】「晉」，文津閣本作「翼」。
【五】「代」，文津閣本誤作「伐」。

翼，獲哀侯。晉人立其子小子侯。桓公七年，曲沃武公殺小子侯。桓公八年，曲沃滅翼。周桓王命虢仲立哀侯之弟緡于晉。魯莊公十六年，晉侯緡之二十七年，曲沃武公伐晉，滅之，盡以其寶器賂周僖王【一】。王命曲沃伯以一軍為晉侯，始更號曰晉武公。

《綢繆》

女三為粲。

劉向《列女傳》：「密康公之母，姓魏氏。周恭王遊於涇上，康公從。有三女奔之，其母曰：『必致之王。夫獸三為羣，人三為衆，女三為粲。王田不取羣【二】，公行下衆，王御不參一族。夫粲，美之物。歸汝，而何德以堪之？王猶不堪，況爾小醜乎？』康公不獻，王滅密。」密，蓋畿內諸侯也。

《無衣》

七命、六命【三】。

侯伯七命，車旗衣服以七為節；天子之卿六命，車旗衣服以六為節，蓋視子男也。

【一】「其」，文津閣本無。
【二】「王」，文津閣本、常州本作「正」。
【三】「七命六命」，原作「六命七命」，據常州本改。

秦

雍。

王伯厚《困學紀聞》曰：「朱文公《詩傳》秦德公徙雍，今京兆府興平縣。按《輿地廣記》鳳翔府天興縣，故雍縣，秦德公所都也。興平，乃章邯為雍王所都之廢丘也。當云：雍，今鳳翔府天興縣。」

漢京兆、扶風、馮掖為三輔。京兆長安、永興、安西，國朝改奉元。漢扶風，唐為始平，今仍鳳翔。

《駟驖》

辰牡。

《天官・獸人》：「掌罟田獸，辨其名物。冬獻狼，夏獻麋，春秋獻獸物。」注曰：「狼膏聚，麋膏散。聚則溫，散則涼，以救時之苦。獸物者，凡獸皆可獻也，鹿、豕及狐狸之類，百獸之物。」

逐禽左。

《地官・保氏》注：「五御：鳴和鸞，逐水曲，過君表，舞交衢，逐禽左。」逐禽左者，命御者左其車，以射獸之左。蓋自左膘縹而射之，達於右腢隅為上殺，以為乾豆乾，居寒切奉宗廟。膘者，脅後髀俾、陛二音前肉。腢者，肩前也。上殺者，中其心則死疾，肉鮮潔也。中，音眾【一】。

驅逆之車。綏。

《夏官・司馬》：「中冬，教大閱，中，音仲【二】。遂以狩田。既陳陣，乃設驅平、去二音逆之車，有司表貉陌于陳

【一】「音」，原無，據常州本補。
【二】「音」，文津本無。

前。」注曰：「驅者，驅出禽獸使趨田也。逆者，逆要腰令不得走也。」《禮記・王制》：「天子不合圍，諸侯不掩羣。」天子殺則下大綏，諸侯殺則下小綏，大夫殺則止佐車，佐車止則百姓田獵。佐車，趨逆之車也【一】。

綏，音甤，如隹切【二】，以旄牛尾為之，綴於橦上。凡旌旗之上皆注旄羽於竿首。橦，音幢。帳，柱也。

乘車鸞在衡。

《商頌・烈祖》：「八鸞鶬鶬。」鄭氏箋云：「鸞在鑣，四馬則八鸞。」鑣，悲嬌切，馬御也。孔氏疏云：「鄭於《秦風・駟驖》云：『置鸞於鑣，異於乘車。』於《禮記・經解》注云：『鸞在衡。』車軛曰衡，則鄭以乘車之鸞必在衡，而詩《烈祖》之『鸞在鑣者』以鸞之所在，經無正文，而殷周或異，故從舊説，以為在鑣，示不敢質也。」

《小戎》

驂之有靳。

《左》定九年，齊人王猛謂東郭書曰：「吾從子如驂之靳。」靳，車中馬也。言已從書，如驂馬之隨靳也。

兩靷將絶。

《左》哀二年，晉趙簡子與鄭人戰，訖論功，郵良曰：「我兩靷將絶，吾能止之，我御之上也。」駕而乘材，兩靷皆絶。郵良，即王良。乘，載也。材，横木也，以喻細小，乃駕馬而載細小之横木，使簡子觀之。兩靷皆絶，以明己能止使不絶之功。

鏤膺。

范處義《詩補傳》曰：「韔以虎皮為之，而以金鏤飾其膺。膺，胸也，謂弓室之胸也。《爾雅》：『金謂之鏤。』」此

【一】「趨」，原無，據常州本補。
【二】「隹」，原作「住」，據常州本改。

章不言馬，皆言弓。嚴坦叔曰：「《補傳》之義為長。」

《終南》

君衣狐白裘，錦衣以裼之。

《記・玉藻》注：「君衣狐白毛之裘，則以素錦為衣覆之，使可裼也。袒而有衣曰裼。必覆之者，裘褻也。《詩》云『衣錦絅衣，裳錦絅裳』，然則錦衣復有上衣明矣。天子狐白之上衣，皮弁服與？凡裼衣，象裘色也。」裼，音昔。袒，音但。褻，音薛。

《黃鳥》

事見《春秋傳》。

《左》文六年，國人哀之，為之賦《黃鳥》。蘇文忠公《鳳翔八觀》詩《秦穆公墓》曰：「昔公生不誅孟明，豈有死之日而忍用其良？乃知三子殉公意，亦如齊之二子從田橫。」恥堂高斯得《詩傳膚說》中取此詩。

始皇之葬。

《史記》：「秦始皇三十七年十月出遊，十一月行至雲夢，浮江下，過丹陽，至錢塘，臨浙江，上會稽。會，音檜。並蒲浪切海西，至平原津而病。七月，崩於沙丘。九月葬驪山。令匠作機弩矢，有穿近者輒射之，以水銀為百川江河大海，機相灌輸，上具天文，下具地理，後宮非有子者，皆令從死。從，去聲【一】。死者甚眾。葬既以下，或言工匠為機，藏皆知之。事畢，於是盡閉工匠，無復出者。」

【一】「聲」，文津閣本無。

《晨風》

《扊扅歌》。

百里奚妻《琴歌》三篇，其一曰：「百里奚，五羊皮。憶別時，烹伏雌，炊扊扅。今日富貴忘我為。」其二曰：「百里奚，初娶我時五羊皮，臨當別時烹乳雞，今適富貴忘我為。」其三曰：「百里奚，百里奚，母已死，葬南溪，墳以瓦，覆以柴，舂黃藜，搤伏雞，西入秦，五羖皮，今日富貴捐我為。」百里奚，虞人，為秦大夫，其妻寄之如此。扊，之染切。扅，音移。門，關也。

酢。

酢、醋同。《召南・摽有梅》言梅實似杏而酢，此言檖實酢可食。凡言酢者【一】，猶言酸也。

《無衣》

襺。澤、招。

襺，古顯切。《禮記・玉藻》云：「纊為襺，緼為袍。」孔穎達曰：「純著新綿名為襺【二】，雜用舊絮名為袍。」著，音貯。

澤，如字。《鄭箋》：「襗，褻衣也。」襗，音除革切。《說文》：「袴也。」今《鄭箋》止云「澤，褻衣」，二章之澤。

招，賈誼《過秦論》：「招八州，朝同列。」招，音翹，舉也，以雍之一州舉八州也。朝，音潮。「朝同列」與《孟子》「朝秦楚」語意同，言致同列之來朝也。

【一】「酢」，常州本作「醋」。
【二】「名」，文津閣本無。

《渭陽》

令狐之役。

《左》文六年八月，晉襄公卒。靈公少。晉人以難故，欲立長君。趙孟曰【一】：「立公子雍。」使先蔑、士會如秦，逆公子雍。七年，秦康公送公子雍于晉，曰：「文公之入也無衛，故有呂、郤呂甥、郤芮之難【二】。」乃多與之徒衛。夫人穆嬴日抱太子以啼于朝【三】。出朝，則抱以適趙氏。宣子與諸大夫皆患穆嬴且畏偪，乃背先蔑而立靈公，以禦秦師，敗秦師於令狐，令，音零。至於刳首。十二年【四】，秦為令狐之役故，冬【五】，秦伯伐晉【六】，取羈馬。十二月，秦軍掩晉上軍。宣子出戰，交綏。秦師夜遁，復侵晉，入瑕。交綏者，兩軍皆退也。退軍謂之綏。令狐，魏顆之食邑【七】，今猗氏縣西十五里，有令狐故城。

《權輿》

始也。

《爾雅》訓曰：「權輿，始也。」羅長源曰：「帝顓頊高陽氏，碣名岡，倮大澤，制十等之幣，以通有無，曰權衡。」

陳少南曰：「作量自權始以準，量由此而生；造車自輿始以蓋，軫由此而起，故曰權輿。」

楚元王。吴、胥靡、杵臼雅舂。

【一】「孟」，常州本作「宣子」。
【二】「芮」，原誤作「芮」，文津閣本無，據常州本改。
【三】「夫人」，常州本無。
【四】「二」，原作「三」，據常州本及《春秋左傳正義》卷十九下。
【五】「冬」，文津閣本誤作「令」。
【六】「伐」，文津閣本、常州本作「侵」。
【七】「魏」上，文津閣本有「乃」，常州本有「晉」。

《漢書》：「元王交，字游，高祖同父少弟也，好書，多材藝，少時嘗與魯穆生、白生、申公俱受詩於孫卿門人浮丘伯。漢六年，立交為楚王。元王既至楚，以穆生、白生、申公為中大夫。王好《詩》，諸子皆讀《詩》。申公始為《詩》傳，號《魯詩》。元王亦次之《詩》傳，曰《元王詩》【一】。立二十三年薨。子郢客嗣，四年薨。子戊嗣。穆生謝病去，申公、白生獨留。王戊稍淫暴。二十年為薄太后服，坐私姦，削東海、薛郡【二】，乃與吳通謀。二人諫【三】，不聽，胥靡之，衣之赭衣，使杵臼雅舂於市。」

吳，吳王濞譬。景帝時，七國反者。

胥靡，胥，相也；靡，隨也，聯繫使相隨而役使之【四】。

杵臼雅舂，杵臼為木杵而手舂，即今步臼。雅舂，雅者正也，正面相對而手舂也。

陳

陳胡公。

虞舜三妃：娥皇、女英、癸比。娥皇一作娥育，女英一作女罃。娥皇無子，女英生義均及季釐二子。季釐封於緡，義均封於商，是為商均。今商於山有女英墓，蓋從其子來商也。禹封其子于虞，曰虞思。次妃癸比生二女，曰宵明，曰燭光，處於大澤，或以為湘之神，庶子七人，皆釐降于齊民。胡公世不淫，至虞閼父為周陶正。武王妃配其子滿以大姬，錫之嬀姓與肅慎氏之寶，復封之於陳，以備三恪。齊民，齊等之民，猶言平民也。

【一】「詩」，文津閣本誤作「交」。
【二】「東海薛郡」，原作「東海郡」，據常州本及《漢書》卷三十六《楚元王傳》改。
【三】「諫」，文津閣本誤作「陳」。
【四】「而役使之」，原作「而闕之」，常州本作「也」，據文津閣本改。

三恪。嬀。

《左》襄二十五年，鄭子産曰：「昔虞閼父為周陶正，以服事我先王。我先王賴其利器用，與其神明之後也，庸以元女大姬配胡公，而封諸陳，以備三恪。」莆田夾漈鄭氏漁仲曰：「周武王克商而封夏之後於杞，商之後於宋，皆公爵；封舜之後於陳，侯爵，以備三恪。恪者，恭也，義取王之所恭禮也。」三山梅溪林氏唐翁曰：「其禮轉隆示敬而已，故謂之恪。」

嬀，嬀本作溈，因水得名。炎帝柱所都之蒲阪，今之河東，有溈水逕首山下，復有一水曰汭。溈南汭北，注於河。舜帝廟潘城饒汭【一】，皆有嬀名。泗水有嬀亭，長沙有溈水，皆有舜祠柱炎帝名。

《衡門》

阿塾堂宇。

《爾雅》：「門側之堂謂之塾。」《韓詩》曰：「屋溜為宇。」陸元朗曰：「屋，四垂為宇。阿，隈也，曲也，夾門堂為塾，故云阿塾。宇，簷下也。」

《株林》

夏徵舒。

《春秋》宣公十年，「夏五月癸巳，陳夏徵舒弒其君平國。」十有一年，「冬十月，楚人殺陳夏徵舒。」《左傳》：「楚子為陳夏氏亂故，伐陳。謂陳人無動，將討於少西氏。遂入陳，殺夏徵舒，轘諸栗門。」

平國，陳靈公名。楚子，楚莊王。少西，夏氏祖。轘，胡慣切，音患，車裂之而死曰轘。

【一】「舜」上，文津閣本、常州本有「有」字。

檜

檜亦作鄶，國在高辛氏火正祝融之墟【一】。祝融，重黎也。重黎之弟吳回生陸終。陸終生子六人，其四曰檜人。檜又與會同，宋衷《世本》作會人，即檜之祖。《釋文》曰：「王子雍云【二】：『周武王封祝融之後於濟、洛、河、潁之間【三】，為檜子，為鄭武公所滅。』」

《素冠》

縞冠素紕。

《記・玉藻》曰：「縞冠素紕，既祥之冠也。」注云：「紕，緣也。」音脾，讀如埤益之埤。緣，去聲。既祥之冠，已祥祭而服之也。祥祭，大祥喪畢之祭。

喪事縱縱【四】。

《記・檀弓》：「喪事欲其縱縱爾。」注云：「縱，音總，趨事貌。」

子騫、子夏。

《毛傳》之言與《禮記》異同。

《檀弓》：「子夏既除喪而見，見孔子也，音現。予之琴，和之而不和，彈之而不成聲。作而曰：『哀未忘也，先王制禮而弗敢過也。』子張既除喪而見，予之琴，和之而和，彈之而成聲。作而曰：『先王制禮，不敢不至焉。』」予、與

【一】「火」，原作「大」，據文津閣本、常州本改。
【二】「云」，文津閣本作「曰」。
【三】「於」，常州本無。
【四】「縱縱」，原作「總總」，據常州本改。

音同義同【一】，不圈。和字，平、去二音。

《曹》

曹，叔振鐸所封之國，地夾魯、衛之間，濟陰定陶，皆其地。昔堯遊成陽，死而葬焉。舜漁雷澤，民俗始化，遺風重厚，多君子。

《蜉蝣》

掘閱。

慈溪黃氏《日抄》曰：「説謂掘地而出，升騰游翔。」王雪山云：「《管子》曰：『掘閱得玉。』恐當時常談如此。掘閱，挑撥貌。」雪山王氏質在晦庵前，去《小序》以説《詩》，其書名曰《毛詩總聞》。夾漈鄭氏亦去《序》言《詩》。

《候人》

緼芾、赤芾。芾。

《記·玉藻》曰：「一命緼韍幽衡，再命赤韍幽衡，三命赤韍葱衡。」緼，音温。幽，音酉。注云：「此玄冕爵弁服之韠，尊祭服異其名耳。韍之為言亦蔽也。緼，赤黃之間色。所謂韎也。韎音昧。衡，佩玉之衡也。幽，讀為黝。黑謂之黝。青謂之葱。《周禮》『公侯伯之卿三命，其大夫再命，其士一命；子男之卿再命，其大夫一命，其士不命。』」

芾，韠也，與紱同【二】，其色赤。先儒云祭服謂之韠，冕服謂之芾，天子山、龍以下有等。鄭康成曰：「芾，大古蔽膝

【一】「義同」，文津閣本無。

【二】「紱」，常州本作「韍」。

之象也。冕服謂之芾，其他服謂之韠。以韋為之，其制上廣一尺，下廣二尺，長三尺，其頸五寸，肩革帶博二寸。」

晉文入曹【一】。

《左》僖二十八年二月，晉侯圍曹。三月入曹，數之以不用僖負羈而乘軒者三百人也。數，上聲。僖二十三年，晉公子重耳及曹。曹共公聞其駢脅，欲觀其裸浴，薄而觀之。僖負羈之妻曰：「吾觀晉公子之從者皆足以相國，若以相夫子，必反其國，反其國必得志於諸侯，得志於諸侯，而誅無禮，曹其首也，子盍蚤自貳焉？」乃饋盤飧，寘璧焉。公子受飧反璧。薄，音博，近也。

《鳲鳩》

和順積中而英華發外。

《樂記》：「和順英華。」

《書》云：「四人騏弁。」

《顧命》：「四人騏弁。」騏，青驪色。

《下泉》

京師。

《公羊傳》：「桓九年，紀季姜歸於京師。京師者何？天子之居也。京者何？大也。師者何？眾也。天子之居，必以眾大之辭言之。」《大雅·公劉》京師之野。

詩傳旁通卷四

【一】「文」，原作「人」，據常州本改。

詩傳旁通卷五

國風

豳

豳，國名。

豳與邠同，本山谷之名，因以為國號。鄭康成《詩譜》曰【一】：「豳者，后稷之曾孫曰公劉者，自邰而出，所徙戎狄之地名，今屬右扶風栒邑。」栒，音荀。栒邑有豳鄉。「公劉以夏后太康時失其官守，竄於此地，猶修后稷之業，勤恤愛民，民咸歸之，而國成焉。其封域在《禹貢》雍州岐山之北，原隰之野。至商之世，太王又避戎狄之難，而入處於岐之陽。」徐廣《史記注》曰：「新平漆縣東北有豳亭。」樂史《寰宇記》曰：「邠之三水東北二十五里栒原上有古栒城。」周鼎銘云：「王命尸官此栒邑。」《郡縣志》云：「安定縣界有三水故城，文王之後有郇國，與栒異。」

邰。

《史記·劉敬傳》：「周之先自后稷，堯封之邰。」張守節《正義》曰：「雍州武功縣西南二十三里故邰城是也。」《說文》曰：「邰，炎帝之後，姜姓所封國，棄之外家。」毛萇曰：「邰，姜嫄國，堯見天因邰而生后稷，故因封之於邰也。」邰，后稷所封，一作漦，一作斄，一作釐，一作畚，一作庲，一作台，一作駘，八字同一音。永興郡武功縣西南有故斄城，有后稷姜嫄祠，隋為稷州。駘有二：帝嚳娶於有駘氏曰姜嫄，生后稷，而后稷亦封於邰；稷之十三世孫古

【一】「豳與邠同本山谷之名因以為國號鄭康成詩譜曰」二十字，原無，據文津閣本、常州本補，而常州本無「與」字。

公亶甫亦娶於邰氏，是曰太姜。稷封之駘在於武功，姜姓之邰在於琅邪。琅邪之駘，古公所娶也。

棄稷不務。

《國語・周語》曰：「昔我先世后稷以服事虞、夏【一】。及夏之衰，棄稷不務，我先王不窋竹律切用失其官，而自竄於戎狄之間。」韋昭注曰：「棄，廢也，謂夏太康廢稷官，不務農。」

不窋。不窋、公劉【二】。

司馬貞《史記索隱》曰：「《帝王世紀》：『后稷納姞氏，生不窋。』而譙周按《國語》云『世后稷，以服事虞、夏』，言世稷官，是失其代數也。若以不窋為棄之子，至文王千餘歲唯十四代，實不合事情。」孔穎達《詩正義》曰：「韋昭注《國語》以為不窋當太康之時。公劉乃不窋之孫，不應亦當太康之世。夏之衰也，自太康始，故繫太康言之。」

下論不窋、公劉【三】。羅氏《路史》曰：「嘗竊考之信書，不窋實非后稷之子，而公劉乃商世之諸侯。蓋當商家十葉之間，故左氏云『文武不先去聲不窋』【四】，而《外傳》乃謂『夏氏之衰，不窋始失官守』。婁敬亦言『周自后稷封邰，積德累善十有餘世』，而公劉避桀，是公劉之去后稷已十餘世【五】，還當君桀之時。蓋所謂夏之衰，尤不當出乎履癸之前，然而說者每謂太康之世，曷不諦之如是耶？《匈奴傳》云：『夏道衰，公劉失其稷官，變於西戎。』顏師古以為稷之曾孫，而鄭康成遂謂與太康並世，妄矣。《傳》曰『太王亶父去公劉三百餘歲』，則其去文王纔四百年，蓋當仲丁、外壬之時。爰復詳之夏氏之書，記帝王之世云：『帝俈生稷，稷生台璽，台璽生叔均，叔均為田祖。』夫帝俈者，帝嚳之名，而台即邰也。后稷封邰，故其後有台璽，有叔均。既有台璽、叔均，則知稷之後世多矣，不窋不得為

【一】「先」下，文津閣本、常州本有「王」。
【二】下「不窋」，文津閣本無。
【三】「下論不窋、公劉」，文津閣本無。
【四】「故」下，文津閣本有「春秋」；「不窋」下，文津閣本有「此其明徵也」五字。
【五】「是」，常州本無。

稷子明矣。」

涖阼。

《禮記・文王世子》【一】：「成王幼，不能蒞阼。周公相，踐阼而治。」注曰：「蒞，視也。不能視阼階，行人君之事。踐，履也，代成王履阼階，攝王位以治天下也。」

周公詩為《豳風》。

鄭康成《詩箋》：「成王之時，周公居東，思公劉居豳憂念民事至苦之功，以此序己志，故別其詩為豳國變風焉。」董氏曰：「先儒以《七月》為周公居東而作，考其詩則陳后稷、公劉所以治其國者，方風諭而成其德【二】，故是未居東時也。」范處義《詩補傳》曰：「《公劉》入於《雅》，《七月》不入《雅》，何也？《雅》，所言王者之事也【三】；《七月》之詩，以周公之故，屈居於《風》也。」

為周公而作者附。

劉氏曰：「《豳》，實周公詩爾。周者，畿內國也。畿內諸侯上繫於王，不得國別風也。何不編於魯？魯者，伯禽封耳，周公不之魯也。周公作詩，意在於豳，而為周公而作之詩，無所可繫，故因謂之豳也。」

《七月》

夏正之歲。夏正、商正、周正。

南軒張氏敬夫曰：「《七月》之詩，皆以夏正為斷。」

夏正之歲，斗柄指寅之月為歲首也。夏正建寅，謂之人統，人生於寅。

【一】「禮」，常州本誤作「史」。
【二】「論」，常州本作「諭」。
【三】「言」，文津閣本作「云」。

黃實夫曰：「或謂周公周臣，言夏正不順。余謂后稷居邰，至公劉居豳，正夏之時也。當夏時而言夏正，其說明矣。」商正建丑，斗柄指丑之月為歲首，謂之地統，地辟於丑。此詩所謂「二之日」，而《傳》謂「二陽之月」也【一】。周正建子，斗柄指子之月為歲首，謂之天統，天開於子【二】。此詩所謂「一之日」，而《傳》謂「一陽之月」也。子、丑、寅之異建，雖有夏、商、周之分，然以《尚書》三正之說觀之，古蓋已有之矣。說見下文。

瞽矇。眹、世奠繫。

《周禮·春官·瞽古矇蒙》：「掌播鼗桃、柷充入敔語、塤喧簫、管弦，歌諷，誦詩，世奠定繫户計切，鼓琴瑟，掌九德六詩之歌，以役太師。」鄭康成注曰：「諷誦詩，謂闇暗讀之，不依詠也。」鄭司農云：「無目眹直忍切謂之瞽，有目眹而無見謂之蒙，有目無眸子謂之瞍叟。」

眹，目童子也。童、瞳通。

世奠繫，繫謂帝繫，諸侯、卿大夫《世本》之屬也。瞽蒙誦世系，勸戒人君焉。

隋銎。

隋，音妥，圜而長也，字亦作橢。《爾雅》注：「橢，狹長也。」銎，丘容切，音芎，斧穿也，謂斧空受柄之處。

曲薄。

《月令》：「季春具曲、植、籧、筐。」植，音值。鄭康成曰：「曲，薄也。植，槌也。薄用萑葦為之，以為蠶用。」萑，音完。韋昭曰：「北方謂薄為曲。」《史記·周勃世家》：「勃以織曲薄為生。」司馬貞云：「以織蠶薄為生業。」許慎注《淮南子》云：「曲，葦薄也。」郭璞注《方言》云：「植，懸曲柱也。」

葽。

【一】「傳」下，文津閣本有「所」。
【二】「開」，文津閣本作「辟」。

《毛氏傳》曰：「葽，草也。」《鄭氏箋》曰：「《夏小正》：『四月，王萯秀。』葽其是乎?」孔氏疏曰【一】：「《夏小正》者，《大戴禮》之篇名。葽之為草，書傳無文。言『葽其是乎』，為疑之辭也。」曹氏曰：「葽，遠志也。劉向説：『葽，味苦，謂之苦葽。』《本草》：『遠志一名蕀蒬，一名澆葽。澆葽，一作葽繞，一名細草，一名小草，七月采根【二】，陰乾。』」嚴坦叔曰：「葽，《毛傳》不指為何草，《鄭箋》疑為王萯，陸璣亦無明説，惟曹氏以為遠志，證據甚明。」

同。

「二之日其同」，鄭康成曰：「其同者，君臣及民因習兵俱出田也。」所謂竭作以狩【三】。

三正。

《夏書・甘誓》曰：「有扈氏威侮五行，怠棄三正。」蔡仲默曰：「三正，子、丑、寅之正也。三正迭建，其來久矣。舜叶時月正日【四】，亦所以一正朔也。子丑之建，唐虞之前當已有之。」朱子答潘時舉曰：「周歷夏、商，其未有天下之時，固用夏、商之正朔。然其國僻遠，無純臣之義，又自有私記其時月者【五】，故三正皆曾用之【六】。」

用民，歲三日。

《周禮・地官・均人職》【七】：「凡均力政，以歲上下。豐年則公旬用三日焉，中年則公旬用二日焉，無年則公旬用一日焉。」《禮記・王制》：「用民之力，歲不過三日。」鄭氏注云：「治宮室、城郭、道途。」

【一】「氏」，原作「子」，據常州本改。
【二】「七」，原作「四」，據常州本改。
【三】「狩」下，文津閣本有「也」。
【四】「叶」，常州本作「協」。
【五】「時」，常州本無。
【六】「曾」，常州本作「兼」。
【七】「職」，常州本無。

重穋。

先種後熟曰重，後種先熟曰穋。孔氏《詩正義》曰：「後熟者先種之，先熟者後種之，故《天官·內宰》鄭司農云：『先種後熟謂之重，後種先熟謂之穋。』相傳為然，無正文也。」《閟宮》「稙穉」，《傳》云：「先種曰稙，後種曰穉。」是重、穋、穉、稙四者，皆生熟早晚之異稱，非穀名也。

正歲。

《天官》注曰：「正歲謂夏之正月，得四時之正，以出教令者，審故也【一】。」

斬冰。

《天官·凌人》【二】：「掌冰，正歲十有二月【三】，令斬冰，三其凌。」凌，去聲。正歲季冬，火星中，大寒，冰方盛之時。《春秋傳》所謂「火星中而寒暑退」也。凌，冰室也。三其凌者，三之以為消釋之度也。

獻羔。

祭司寒也，祭寒而開冰。鄭氏《禮》注。

藏冰、發冰。

《左氏》昭公四年春正月，大雨雹。雨，于付切。季武子問於申豐曰：「雹可禦乎？」對曰：「聖人在上，無雹。雖有，不為災。古者日在北陸，十二月。而藏冰，西陸，三月。朝覿而出之。其藏之也，深山窮谷，固陰沍互寒，於是乎取之。其出之也，朝之祿位，賓食喪祭，於是乎用之。其藏之也，黑牡、秬黍以享司寒【四】。其出之也，桃弧、棘矢以除

【一】「故」，《周禮注疏》卷三無。
【二】「凌」，原作「令」，據常州本改。
【三】「歲」，文津閣本作「月」，誤。
【四】「享」，原作「亨」，據文津閣本、常州本及《春秋左傳正義》卷四十二改。

其災。其出入也時。食肉之祿，冰皆與預焉【一】。大夫、命婦喪浴用冰。祭寒而藏之，獻羔而啟之，公始用之。火出而畢賦。三月、四月。自命夫、命婦至於老疾，無不受冰。山人取之，縣人傳之，山人，虞官。縣人，遂屬。輿人納之，隸人藏之。夫冰以風壯，而以風出。其藏之也周【二】，其用之也徧，則冬無愆陽，夏無伏陰，春無淒風，秋無苦雨，雷出不震，無菑霜雹，癘疾不降，民不夭札。大疫曰札【三】。今藏川池之冰，棄而不用，風不越而殺，雷不發而震。雹之為菑，誰能禦之？《七月》之卒章，藏冰之道也。」菑、災同。

兩尊壺於房戶間【四】。

《儀禮・鄉飲酒》篇曰：「乃席賓句，主人介句，衆賓之席句，皆不屬焉句。尊兩壺于房戶間句，斯禁句，有玄酒在西句，設篚于禁南句，東肆句。加二勺於兩壺句，設洗蘚於阼階東南句【五】，南北以堂深句，深，去聲。東西當東榮句。水在洗東句，篚在洗西句，南肆。」

逆暑、迎寒。王氏。

《周禮・籥章》注：「吹籥以爲詩章【六】。」春官宗伯之屬，掌土鼓、豳籥。杜子春云：「土鼓，以瓦爲匡，以革爲兩而【七】，可以擊也【八】。」鄭司農云：「豳籥，豳國之地竹，《豳詩》亦如之。」言以豳地之竹爲籥也。鄭玄云：「豳

【一】「預」，常州本無。
【二】「也」，文津閣本無。下句同。
【三】「大」，原作「六」，據常州本改。
【四】「兩尊」，原作「尊兩」，據文津閣改。「於」，文津閣本、常州本無。
【五】「洗蘚」，常州本作「西蘚」，且「蘚」為大字正文。
【六】「籥」下，常州本有「章」。「章」，常州本作「篇」。
【七】「而」，《周禮注疏》卷二十四作「面」。
【八】「擊」，原作「繫」，據文津閣本、常州本及《周禮注疏》卷二十四改。

籥，豳人吹籥之聲【一】。豳詩，《豳風・七月》也。逆暑【二】，以晝求諸陽；迎寒，以夜求諸陰也。」康成吹籥謂豳人之聲【三】，與司農異。鄭司農，鄭衆也。鄭玄，字康成。

王氏，《集傳》所引王氏曰，蓋荊公王介甫及子雱元澤父子之説也。

《鴟鴞》

管、蔡、武庚。

《書・金縢》：「武王既喪，管叔及其羣弟乃流言於國，曰：『公將不利於孺子。』周公乃告二公，太公、召公。曰：『我之弗辟音避，我無以告我先王。』周公居東二年，則罪人斯得，於後公乃為詩以貽王，名之曰《鴟鴞》。」《史記》：「成王少，周初定天下，周公恐諸侯畔，乃攝行政當國。管叔、蔡叔、羣弟疑周公，與武庚作亂，畔周。周公奉成王命伐誅武庚、管叔，放蔡叔。」《左傳》云：「蔡蔡叔。」上蔡，字音撒，蔡者，放也。

《東山》

行陳。

郭忠恕《佩觿集》曰：「軍陳為陣，始於王羲之。」羅泌《路史》：「陳，《國名記》曰：『古字只作陣，隸繆為陳。

【一】「聲」下，《周禮注疏》卷二十四有「章」字。
【二】「逆」，原作「迎」，據常州本改。
【三】「康」上，常州本有「鄭」字。

車列皁傍【一】，所以為陣，轉為平聲。古無從東之陳，後世傳家繆車為東，隸遂為東【二】。世不之知【三】，反以陳為正，陣為俗，今難頓革。』」郭、羅二説不同，郭説近是。

枚如箸。

《秋官・銜枚氏》：「軍旅、田役，令銜枚。」注曰：「銜枚，止言語囂讙也。枚狀如箸，橫銜之，為之繣結於項中。」箸，直慮切。繣音畫，戶卦切，又胡麥切，繩也。

穴處先知。五際、詩緯、七緯【四】。

漢翼奉奏元帝封事曰：「臣竊學《齊詩》，聞五際之要。《十月之交》篇，知日食地震之效，昭然可明，猶巢居知風，穴處知雨，亦不足多適所習耳。」

五際，鄭康成《六藝論》引《泛歷樞》云：「午亥之際為革命，卯酉為改正，辰在天門，出入候聽。卯，《天保》也。酉，《祈父》也。午，《采芑》也。亥，《大明》也。亥為革命，一際也。辰為天門，出入候聽，二際也。卯為陰陽交際，三際也。午為陽謝陰興【五】，四際也。酉為陰盛陽微，五際也。其詩含此五際。」此見《漢書・翼奉傳》。孟康曰：「《詩內傳》五際，卯、酉、午、戌、亥也。陰陽終始【六】，際會之歲，於此則有變改之政也。五際所以推得失，考天心，言王道之安危。」

《詩緯》，凡書有經有緯。《詩》之緯書有三，曰《汎歷樞》，曰《推度災》，曰《含神霧》。《詩緯》之外，並纂他説。

【一】「皁」，原作「官」，據常州本改。
【二】「隸遂為東」，常州本無。
【三】「之知」，常州本作「知之」。
【四】原無「詩緯七緯」四字，文津閣本無「五際詩緯七緯」六字，且二本單出「五際」、「詩緯」二條，今據常州本改。
【五】「陽」，文津閣本作「陰」，誤。
【六】「終始」，常州本作「始終」。

鄭康成注《三禮》引《易説》《書説》《樂説》《春秋説》《禮家説》《孝經説》【一】，皆緯候也。《河洛七緯》，合為八十一篇。《河圖》九篇，《洛書》六篇，又別有三十篇，《七經緯》三十篇。《易緯》：《稽覽圖》《乾鑿度》《坤靈圖》《通卦驗》《是類謀》《辨終備》。《書緯》：《璇璣鈐》《考靈曜》《刑德放》《帝命驗》《運期授》。《詩緯》：《推度災》《汎歷樞》《含神霧》【二】。《禮緯》：《含文嘉》《稽命徵》《斗威儀》【三】。《樂緯》：動聲儀》《稽耀嘉》《叶圖徵》。《孝經緯》：《援神契》《鉤命決》。《春秋緯》：《演孔圖》《元命包》《文耀鉤》《運斗樞》《感精符》《合誠圖》《考異郵》《保乾圖》《漢含孳》《佑助期》《握誠圖》《潛譚巴》《説題辭》【四】。《論語緯》：《摘輔象》。《尚書中候》《論語讖》在七緯之外。王伯厚曰：「李尋有五經六緯之言，蓋起於哀、平。至光武篤信之，諸儒習為内學。隋焚其書，今唯《易緯》存焉。《正義》多引讖緯。歐陽公欲取九經之疏，删去讖緯之文，使學者不為怪異之言惑亂，然後經之文義純一，而其言不果行。按緯書如漢夏賀良所作者多，隋雖焚其書，然後世亦有存者。」

敦【五】。

「有敦瓜苦」之敦，《集傳》與「敦彼獨宿」同音，都回切。古注有敦音徒丹切。《毛傳》：「敦，猶專專也。」專音徒端切。今朱子不解「有敦」之義，想以為與「敦彼獨宿」之敦同其音義云。

施衿結帨。

《儀禮・士昏禮》：「父送女，命之曰：『戒之敬之，夙夜毋違命。』母施衿結帨曰【六】：『勉之勉之，夙夜毋違宫

【一】「禮家説」，文津閣本無。「孝」，常州本誤作「者」。
【二】「汎」，原作「汜」，據常州本改。
【三】「含」，原作「舍」，據常州本改。
【四】「演孔圖」，原作「演孔像」，據文津閣本、常州本改；「元」，原作「素」，據常州本改。「精」，常州本作「情」。「辭」，常州本作「語」。
【五】此條原本在「施衿結帨」條後，據常州本改。
【六】「母」，常州本在上句「命」前。

事【一】。』」《爾雅》曰：「婦人之褘謂之縭。縭，緌也。」孫炎曰：「褘，帨巾也。」陸德明曰：「衿，佩帶也。」衿，其鴆切。帨，音稅。褘，許韋切。緌，音甤。

《破斧》

象。

象，舜之異母弟也，封之之事見《孟子》。

《九罭》

九囊之網。

《爾雅·釋器》曰：「緵罟謂之九罭【二】。九罭，魚罔也。」郭景純曰：「今之百囊罟是，亦謂之罾，今江東呼為緵。」孫炎曰：「魚之所入有九囊也，或曰緵罟，小魚網也。」緵，子弄切【三】，又子公切。罾，落槌切。

袞衣裳九章。

山、龍、華蟲、火、宗彝五章畫於衣，以象陽；藻、粉米、黼、黻四章繡於裳，以象陰。《尚書·益稷》篇注曰：「舜十二章，周九章，周以日月星辰畫於旗，故衣裳九章，登龍於山，登火於宗彝。華蟲，雉也。宗彝，虎蜼也。蜼，袖、位、壘三音。龍取其變，山取其鎮，雉取其文，火取其明，虎蜼取其孝，藻取其潔，粉米、白米取其養，黼取其斷煆，黻取其辨。」虎蜼，蜼虎，蜼，狖也，似獮猴而小，黃黑色，尾長數尺，似獺，尾末有岐，鼻露向上，雨則自掛於木，

【一】「毋」，《儀禮注疏》卷六作「無」。
【二】「緵」，文津閣本作「緵」，本段下同。
【三】「弄」，原作「美」，據常州本改。

以尾塞鼻，或以兩指。江東人亦取養之，為物捷健。郭景純《江賦》云「迅蜼臨虛以騁巧」是也。《周禮》注：「蜼，禺屬，卬鼻而長尾。」禺音牛具切。卬音昂。　羅端良曰：「古者有蜼彝。畫蜼於彝，謂之宗彝。又施之象服。夫服器必取象於此等者，非特以其智而已，蓋皆有所表焉。夫八卦六子之中，日月星辰可以象指者也【一】，雲雷風雨難以象指者也，故畫龍以表雲，畫雉以表雷，畫虎以表風，畫蜼以表雨，凡此皆形著於此，而義表於彼，非為是物也。」端良，名願，號存齋，歙人，著《爾雅翼》三十二卷【二】。

龍首卷然。

「三公一命卷」，《王制》文也。「天子卷冕。」卷，古本切。卷、袞同音。鄭氏曰：「卷，俗讀也，其通則曰袞。」

《狼跋》

安土樂天。

《記・哀公問》：「孔子遂言曰：『古之為政，愛人為大；不能愛人，不能有其身；不能有其身，不能安土；不能安土，不能樂天；不能樂天，不能成其身。』」

神龍，醢而食之。

《左》昭二十九年秋，龍見於絳郊，魏獻子魏舒問於蔡墨曰：「吾聞之，蟲莫智於龍，以其不生得也，謂之智，信乎？」對曰：「人實不智，非龍實智。古者畜龍，故國有豢龍氏，有御龍氏。」獻子曰：「是二氏者，吾亦聞之，而不知其故，是何謂也？」對曰：「昔有飂叔安，有裔子曰董父，實甚好龍，能求其耆欲以飲食之【三】，龍多歸之，乃擾畜龍，以服事帝舜。帝賜之姓曰董，氏曰豢龍，封諸鬷川，鬷夷氏其後也。故帝舜氏世有畜龍。及有夏孔甲，擾于有帝，

【一】「可以」，常州本作「所以」。
【二】「著」，文津閣本無。
【三】「以」，常州本作「而」。

帝賜之乘龍，河、漢各二，各有雌雄。孔甲不能食，而未獲豢龍氏。有陶唐氏既衰，其後有劉累，學擾龍于豢龍氏，以事孔甲，能飲食之。夏后嘉之，賜氏曰御龍，以更豕韋之後。龍一雌死，潛醢以食夏后。夏后饗之，既而使求之。懼而遷于魯縣，范氏其後也。」龍見之見，音現。豢，音患，養也。飂，音溜。好、耆、飲、食，並去聲。鬷音宗【一】。更，音庚，代也。醢，音海。

豳國七篇

文中子。

王通，字仲淹，隋人，講道河汾，門人謚為文中子。

田祖、田畯。

《周禮・籥章》注：「祈天，祈豐年也。田祖，始耕田者，謂神農也。《豳雅》，亦《七月》也。《七月》又有于耜、舉趾、饁彼南畝之事，是亦歌其類。謂之雅者，以其言男女之正也【二】。鄭司農云：『田畯，古之先教田者。』《爾雅》云：『畯，田夫也。』」宋衷注《世本》云：「胲作服牛。」徐堅《初學記》云：「胲能駕牛。」胲音古才切，黃帝之臣也。《山海經》云：「稷後曰叔均，始作牛耕【三】。」羅長源曰：「夏氏之書記帝王之世云：『帝俊生稷，稷生台璽，台璽生叔均，叔均為田祖，帝俊即帝嚳也。』」

祭蜡，息老物。先嗇、司嗇【四】。

【一】「鬷」，原作「醆」，據常州本改。
【二】「其言」，常州本作「言其」。
【三】「作」，文津閣本無。
【四】「先嗇司嗇」原在此條後單出，據常州本改。

《籥章》注：「故書蜡為䄍，杜子春云：『䄍當為蜡。』」故書者，杜子春注《周禮》所引也【一】。「《郊特牲》曰：『天子大蜡八，伊耆氏始為蜡。歲十二月，合聚萬物而索饗之也。蜡之祭也，主先嗇而祭司嗇也。黃衣黃冠而祭，息田夫也。既蜡而收，民息【二】。』」鄭康成曰：『玄謂歲十二月【三】，謂建亥之月也【四】。建亥舉周正。求萬物而祭之者，萬物助天成歲事，至此為其老而勞平，乃祀而息之，於是國亦養老焉。《月令》「孟冬，勞去農以休息之」是也。《豳頌》，亦《七月》也。《七月》又有「穫稻作酒，躋彼公堂，稱彼兕觥，萬壽無疆」之事，是亦歌其類也。謂之頌者，以其言歲終人功之成也。』」八蜡：先嗇也，司嗇也，農也，郵表畷也，貓虎也，坊也，水庸也，昆蟲也。畷，株衛、陟劣二切，去音綴，入音輟。《神農紀》：「每歲陽月，盍百種，率萬民【五】，蜡戲于國中，以報其歲之成。」先嗇、司嗇：神農祭司嗇，山林川澤，神祇在位，而主先嗇。《路史》曰：「先嗇、司嗇，所謂田畝神苗稼神者。說者以神農為先嗇【六】，后稷為司嗇，蓋後世說也，豈有神農始蜡而自祭其身哉？皇氏云：『神農、伊耆，一代總號，其子孫有天下者，始為蜡祭其先祖造田者。』故《籥章》注以神農為田祖。始造田者【七】，謂之田祖；先為穡事，謂之先穡；神其農業【八】，謂之神農。禮書以先農為即先嗇。陸佃以先嗇為田祖，司嗇為田畯，據《籥章》『樂田祖』、『樂田畯』也。」

鄭氏三分《七月》詩。

【一】「注」，常州本作「云」。

【二】「息」下，文津閣本有「已」。

【三】「玄謂」，原無，據文津閣、常州本及《周禮注疏》卷二十四補。

【四】「謂」，文津閣本無。

【五】「率」，常州本作「牽」。

【六】「先嗇」下，文津閣本涉上文而衍「司嗇所謂田畝神苗嫁神者說者以神農為先嗇」十九字。

【七】「始」，常州本無。

【八】「神」，常州本無。

慈溪《黄氏日抄》曰：「鄭氏以『殆及公子同歸』以上為《豳風》，以『以介眉壽』以上為《豳雅》，以『萬壽無疆』以上為《豳頌》。《周禮・籥章》：逆暑迎寒，龡《豳詩》；祈年于田祖，龡《豳雅》；祭蜡，則龡《豳頌》。故鄭氏之分如此。龡與吹同。王雪山謂一詩如何分為三，《籥章》所謂《豳詩》，以鼓、鐘、琴、瑟四器之聲合籥也。禮：笙師龡竽、笙、塤、籥、簫、篪、篴、管，舂、牘、應、雅，凡十二器，以雅器之聲合籥也。禮：視瞭播鼗，擊頌磬、笙磬，凡四器，以頌磬之聲合籥也。頌與容同，古容字作頌字。凡為樂器，以十有二律為之數度，以十有二聲為之齊劑量亮，凡和樂亦如之。故逆暑、迎寒、祈年、祭蜡，皆全用《七月》之詩，特以器和聲有不同耳。至晦庵則有三説：一説《豳詩》吹之，其調可風、可雅、可頌；一説《楚茨》諸詩是豳之雅，《噫嘻》諸詩是豳之頌。王介甫謂豳自有雅、頌，今皆亡矣。震按：《楚茨》諸詩，《序》以為刺幽王之詩；《噫嘻》諸詩，《序》以為成周郊社之詩，未易遽指為豳。若如介甫，謂豳詩別自有雅、頌，則豳乃先公方自奮於戎狄之地，此時安得有所謂天子之雅、頌耶？惟前一説謂吹《豳詩》之聲可雅可頌者為得之，而其詳則雪山之考詳矣。」　慈溪黄震東發，晦庵門人之門人，有《讀書日抄》。東發云：「世有《詩傳》，折衷一書，復取《小序》為説【一】，乃後人偽作晦庵名，非真晦庵書也，並識於此。」

《國風》補

《周南・卷耳》，《爾雅》注引此作「盱」【二】。《爾雅・釋詁》篇：「恙、寫、悝、盱、繇、慘、恤、罹，憂也。」郭璞云【三】：「詩曰：『悠悠我悝，云何盱矣。』繇役以為憂愁也【四】。」

【一】「復」，常州本作「後」。
【二】「盱」，文津本作「旰」，誤。
【三】「璞」下，文津閣本、常州本有「注」。
【四】「以」，文津閣本、常州本作「亦」。

《衛·淇奧》首章，《爾雅·釋訓》篇【一】：「『如切如磋』，道學也；『如琢如磨』，自修也；『瑟兮僴兮』，恂慄也【二】。『赫兮烜兮』，威儀也；『有斐君子，終不可諼兮』，道盛德至善，民之不能忘也。」郭璞注：「恂慄，恒戰悚。」

《芄蘭》「朱極三」，《士喪禮》曰：「纊極二。」注云：「極，猶放絃也，以沓指放弦，令不挈也。生者以朱韋為之而三，死者用纊為之而二，明不用也。」《大射禮》曰：「朱極三。」注云：「以朱韋為之，彄沓食、將、無名三指也。」

詩傳旁通卷五

【一】「释訓」，文津閣本作「释詁」。

【二】「慄」，原作「慓」，據文津閣本、常州本改，下同。

詩傳旁通卷六

小雅

鹿鳴之什

受釐。

釐與禧同，福也。漢文帝受釐宣室殿。《漢儀》注曰：「祭天地二時，皇帝不自行祠，還致福釐。」受釐者，受所祭之福也。

《鹿鳴》

於旅也語。

《禮記・鄉射義》【一】：「古者於旅也語。」鄭氏注曰：「禮成樂備，乃可言語【二】。」

私惠不歸德。

《禮記・緇衣》：「子曰：『私惠不歸德，君子不自留焉。』」鄭氏注曰：「私惠，謂不以公禮相慶賀，時以小物相問遺去也。言其物不可以為德，則君子不以身留此人也。相惠以褻音薛瀆邪僻之物，是謂不歸於德。」

【一】按，「古者於旅也語」，為《儀禮》卷十三《鄉射記》文。
【二】「乃」，原無，據文津閣本、常州本補，《儀禮注疏》卷十三「可」下有「以」字。

燕禮、鄉飲酒禮。

《儀禮·燕禮》篇曰：「工歌《鹿鳴》《四牡》《皇皇者華》句。卒歌句，主人洗，升獻工句。工不興句，左瑟，一人拜受爵句。主人西階上拜送爵。」《鄉飲酒禮》篇曰：「樂正先洗句，立於西階東句。工入句，升自西階句，北面坐句。相者東面坐句，遂授瑟句，乃降句。工歌《鹿鳴》《四牡》《皇皇者華》句，遂卒歌句。主人獻工句，工左瑟，一人不拜句，不興爵句。主人阼階上拜送爵。」

《宵雅》肄三。

宵，小也。《禮記·樂記》曰：「大學始教，皮弁祭菜，示敬道也。《宵雅》肄三，官其始也。」鄭氏注曰：「當祭菜之時，使歌《小雅》中《鹿鳴》《四牡》《皇皇者華》之三篇而肄習之。此三詩皆君臣燕樂相勞苦之辭。蓋以居官受任之美誘喻其初志，故曰官其始也。」

《四牡》

靡盬。

盬，亦鹽也，出於池者為盬。凡鹽之出於海與井者，皆須煎煮而成，亦經久難壞。出於河東之解池者，不須煎，水注鹽池，自結成鹽，不經久而易壞，故訓不堅固者為鹽也【一】。古者，蚩尤之封域有鹽池之利，今河東路解州之池是也。池方百二十里，鹵色正赤，俗呼解池為蚩尤血池。中有一甘泉，得之則鹵乃成。泉北一水曰巫咸河，其水入澤則鹵不復結。

傳曰。

【一】「鹽」，各本同。按，據上下文意，應作「盬」。

凡詩之傳注，毛氏謂之傳，鄭氏則謂之箋【一】。此云「傳曰」者，雜引康成之箋而總謂之傳耳。「不以家事辭王事」，見《公羊哀公三年傳》。

夫不【二】

夫不，亦作鳺䲹。上方扶切，下方浮切，音並同。

杞，枸檵。樗【三】。

杞有杞柳之杞，有枸檵之杞。枸，音茍。檵，音計。《鄭風・將仲子》「無折我樹杞」，朱《傳》曰：「杞，柳屬也，生水旁，樹如柳，葉麤而白色，理微赤。」《小雅・四牡》此篇「集於苞杞」，朱《傳》曰：「杞，枸檵。」《爾雅・釋木》之文也。邢昺《爾雅疏》曰：「杞，一名枸檵。郭璞云：『今枸杞也。』陸璣云：『一名苦杞，一名地骨，春生子，秋熟，正赤，莖葉及子服之輕身益氣。』」《本草》：「一名仙人杖，一名西王母杖，根為地骨，莖幹三五尺，作藂。」按朱子《集傳》，《將仲子》「樹杞」，《湛露》「杞棘」，皆杞柳也；此篇「苞杞」《杕杜》「采杞」，《四月》「杞桋」，《南山有臺》之「有杞」，皆枸檵也。《南山傳》云：「杞，樹如樗。」

樗：樗，散不材之木，惟供為薪。《爾雅》於栲曰山樗。郭璞注曰：「栲似樗，色小白，生山中，因名山樗，亦類漆樹。」故俗語曰櫄樗。栲、漆相似如一。陸璣《草木疏》曰：「山樗與下田樗略無異，葉似差狹耳。」樗亦作櫄之類，而柞、棫、栩、櫟四者，皆橡櫟之通名。惟樗，惡木也。山與下田未知何別。《秦風・終南》：「有條有梅」。條，山楸也，陸璣亦云今山楸，亦如下田楸耳。

《序》言勞使臣。《春秋傳》亦云。

《左》襄四年，穆叔如晉，報知武子之聘也。晉侯享之，金奏《肆夏》之三，不拜。工歌《文王》之三，又不拜。歌

【一】「則」，原作「曰」，據常州本改。
【二】此條原在「杞，枸檵」條下，據常州本改。
【三】「樗」，原無，據常州本補。

《鹿鳴》之三，三拜。韓獻子使行人子員問之曰：「子以君命辱於敝邑。先君之禮，藉之以樂，以辱吾子。吾子舍其大，而重拜其細，敢問何禮也？」對曰：「《三夏》，天子所以享元侯也，使臣弗敢與聞。《文王》，兩君相見之樂也，臣不敢及【一】。《鹿鳴》，君所以嘉寡君也，敢不拜嘉？《四牡》，君所以勞使臣也，敢不重拜？《皇皇者華》，君教使臣曰『必諮於周』。臣聞之：『訪問於善為咨，咨親為詢，咨禮為度，咨事為諏，咨難為謀。』臣獲五善，敢不重拜？」與《國語》相表裏。穆叔，魯叔孫豹。武子，晉知罃。獻子，晉韓厥。

《外傳》，章使臣。

《國語》謂之《春秋外傳》。謂《魯語》曰【二】：「叔孫穆子聘于晉。晉悼公饗之，樂及《鹿鳴》之三而後拜。晉侯使行人問焉，對曰：「伶簫詠歌及《鹿鳴》之三，君之所以貺使臣，臣敢不拜貺？夫《鹿鳴》，君所以嘉先君之好也，敢不拜嘉？《四牡》，君所以章使臣之勤也，敢不拜章？《皇皇者華》，君教使臣曰『每懷靡及』，諏、謀、度、詢，必咨於周，敢不拜教？臣聞之：『和韋昭曰：「當作私。」為每懷【三】，咨才為諏，咨事為謀，咨義為度，咨親為詢，忠信為周。』君貺使臣以大禮，重之以六德，敢不重拜？」

《皇皇者華》

調忍。陰，儀禮【四】。

調忍之忍，去聲，音認。

【一】「敢」，常州本作「與」。
【二】「謂」，常州本無。
【三】「和」上，《國語·魯語下》有「懷」字。「每」，原作「永」，據文津閣本、常州本改。
【四】「儀禮」，原無，據常州本補。

陰，《爾雅·釋馬》【一】：「陰白雜毛曰駰。」郭注：「陰，淺黑色，今之泥驄。」

儀禮，亦見《鹿鳴》。言燕禮、鄉飲酒禮，皆見《鹿鳴》篇。

《常棣》

常棣、唐棣。

常棣，棣也。唐棣，栘也。郭璞《爾雅》注曰：「山中有棣樹【二】，子如櫻桃，可食。」舍人曰：「常棣，一名棣。」陸璣曰：「許慎云：『白棣。』似李而小【三】，如櫻桃【四】，正白【五】，今官園種之。又有赤棣，樹亦似白棣，葉如刺榆而微圓，子正赤，如郁李而小，五月始熟。關西、天水、隴西多有之【六】。」陸農師曰：「常棣如李而小，子如櫻桃，正白，華萼上承下覆，甚相親爾。」《采薇》「彼爾維何，維常之華」，朱子曰：「爾，華盛貌。」可以見常棣之華盛。栘，音移。《爾雅》注，舍人曰：「唐棣，一名栘。」郭璞曰：「今白栘也，似白楊，江東呼夫栘【七】。」陸璣《草木疏》曰：「奧李也。奧，音鬱。一名雀梅，亦曰車下李，所在山皆有，其花或白或赤，六月中熟，大如李，可食。」崔豹《古今注》曰：「一名栘梅，又曰栘柳，又曰蒲栘。」羅端良《爾雅翼》曰：「栘皮焚為灰，置酒中，令味正，經時不敗。而枳椇木為屋柱，則屋中酒味皆薄。物之相反，有如此者。」常棣、唐棣二木不同，無可疑者，而或有誤音常為棠音者，故並纂之。

【一】「畜」，原作「馬」，據常州本改。

【二】「山中」，常州本作「今關西」。按，《爾雅注疏》阮元校謂當作「今关西山中」。

【三】「似李」二字，文津閣本無。「似」，常州本作「如」。

【四】「如」上，《爾雅注疏》卷九有「子」字。

【五】「正白」，原無，據常州本及《爾雅注疏》卷九補。

【六】「關」上，文津閣本有「自」字。

【七】「栘」，原作「移」，據文津閣本、常州本改。

富辰。

《左傳》僖公二十四年，富辰曰：「昔周公弔二叔之不咸，故封建親戚，以藩屏周。召穆公思周德之不類，故糾合宗族于成周而作詩。如是，兄弟雖有小忿，不廢懿親。」富辰，周大夫。富，畿內邑名，辰之采邑。召穆公，名虎，周厲王時卿士。三山梅溪林氏唐翁曰：「《棠棣》詩乃周公閔管、蔡失道而作，今富辰以為召穆公所作者，蓋樂章久廢，召穆公始作周公樂歌也。」

《伐木》

邪許。

《淮南子·道應訓》曰：「惠子為魏惠王為如字國法。翟翦曰：『今夫舉大木者，前呼邪許，後亦應之，此舉重勸力之歌也，豈無鄭、衛激楚之音哉？治國有禮，不在文辨。』」輿謣、邪謣附見。謣，羽俱切。《呂氏春秋·審應覽》曰：「惠子為魏惠王為法，為法已成，以示諸民人，民人皆善之。獻之惠王，惠王善之。以示翟翦，翟翦曰：『善也。』惠王曰：『可行耶？』翟翦曰：『不可。』惠王曰：『善而不可行，何故？』翟翦對曰：『今舉大木者，前呼輿謣，後亦應之。此其於舉大木者善矣，豈無鄭、衛之音哉？然不若此其宜也。夫國亦木之大者也。』」高誘注曰：「輿謣，或作邪謣，前人倡，後人和，舉重勸力之歌聲也。」

縮酌用茅。

《禮記·郊特牲》：「縮酌用茅，明酌也。」鄭氏注曰：「謂泲醴齊以明酌也。《周禮》曰：『醴齊縮酌。』五齊醴尤濁，和之以明酌。泲之以茅，縮去滓也。明酌者，事酒之上也，名曰明者。事酒，今之醴酒，皆新成也。《春秋傳》曰：『爾貢包茅不入，王祭不共，無以縮酒。』酌酒，斟也。酒已泲，則斟之以實尊彝。」泲音子禮切。齊音劑。滓，壯士切。醳，音亦【一】。共，音恭。

諸父諸舅。乾餱【二】。

《毛傳》曰：「天子謂同姓諸侯，諸侯謂同姓大夫，皆曰父【三】；異姓則稱舅。國君友其賢臣、大夫士友其宗族之仁者【四】。」

乾餱，餱，食也，食之乾者。

《天保》

爾指君。除。

歐陽文忠公《詩本義》曰：「詩人『爾』其君者，蓋稱天以為言耳。」

除，吳伯豐問「何福不除」，朱子曰：「如『除戎器』之除。」《易・萃卦》：「大象：君子以除戎器。」程子《傳》：「除謂簡治也。」朱子《本義》：「除者，修而聚之。」新安胡廷芳曰：「按此録雖不同《集傳》而義為勝。」

昭受上帝。

《書・益稷》文，蔡氏《傳》曰：「以是昭受于天，天豈不重命而用休美乎？」

宗廟之祭。

《周禮・春官・大宗伯》：「以祠春享先王，以禴夏享先王，以嘗秋享先王，以烝冬享先王。」《公羊春秋》桓八年傳：「春曰祠，夏曰礿，秋曰嘗，冬曰烝。」《禮記・王制》篇曰：「天子、諸侯宗廟之祭，春曰礿，夏曰禘，秋曰

【一】「醳音亦」，常州本無。
【二】「乾餱」，原無，據常州本補。
【三】「皆」，文津閣本無。
【四】「友」，常州本作「及」。

嘗，冬曰烝。」鄭氏注曰：「此蓋夏、殷之祭名，周則改之：春曰祠，夏曰礿，以禘為殷祭。《詩·小雅》『礿祠烝嘗，于公先王』，此周祭宗廟之名也。」礿與禴同，並音藥，薄也。說者曰：夏物未成，其祭尚薄也。尚薄者，以薄為尚也。或曰：新菜可汋也，嘗謂嘗新穀。烝謂進品物，烝之爲言進也。說「祠」者曰：物品少而文詞多之謂祠。

公叔祖類。

《史記索隱》曰：「《世本》云：『太公、組紺、諸盩。』《三代世表》稱叔類，凡四名。皇甫謐云：『公祖，一名組紺、諸盩，字叔類，號曰太公也。』」羅氏《路史》曰：「祖類即公叔組紺。《世表》云叔類，而《古今人表》曰：『公祖是爲祖戾，亦曰公叔。祖類，祖紺也。』鄭玄云：『先公組紺以上，《詩·小戎》圖乃云高圉侯、亞圉侯。』又以公叔、祖類、諸盩爲三人，繆矣。」

后稷至公叔祖類。

金氏《通鑑前編》曰：「按《世本》自不窋、鞠、公劉至季歷已十七世，《史記》拘於十五王文始平之之數，遂謂后稷之子為不窋，曾孫為公劉。前既缺代，又自公劉已後缺四世不書。皇甫氏不得其説，遂以四世為字，而組紺又自有四名。獨《索隱》覺其非，而不明辨。《路史》已明辨，而不斷十五王之説。今按公劉之世云周道之興，自此而始，京師之名亦始此。《國語》十五王之説，自公劉數至文王爾，然又安知非祖功宗德之云周世世修德者，賢聖之君十五作而至文王乎？」羅氏《路史》發揮曰：「禹為夏，契之後為商，而稷之後為周。夏十七世，商三十世，蓋四十有七世而下有周文王。禹及稷、契，皆當唐堯之時。稽之史載，契十四世而至成湯，厥次僅是，然其敘棄后稷十五世而至文王，中間乃閲夏、商二代所較者三十餘世，疏脱甚矣。夫繇堯、舜至周文王，千一百有餘載，而其世止十五，豈人情也哉？嘗竊考之信書，不窋實非后稷之子，而公劉乃商世之諸侯，蓋當商家十葉之間。故左氏云『文武不先不窋』，而《外傳》乃謂『夏氏之衰，不窋始失官守』，婁敬亦言『周自后稷封邰，積德累善十有餘世，而公劉避桀』，是公劉之去后稷已十餘世，還當君桀之時。蓋所謂夏之衰，尤不當出乎履癸之前。然而説者每不謂太康之世，曷不諦之如是耶？《匈奴傳》云：『夏道衰，公劉失其稷官，變於西戎。』顏師古以為稷之曾孫，而鄭康成謂與太康並世，妄矣。《傳》云『太王亶父去公劉三百餘歲』，則其去文王纔四百年，蓋當仲丁、外壬之時云。爰復詳之夏氏之書，記帝王之世云『帝俊生稷，稷生台璽，台璽生叔均，叔均為田祖』。夫帝俊者，帝嚳之名，而台即邰也。后稷封邰，故其後有台璽，有叔均。既有台璽、叔均，則知稷之後世多矣，不窋不得為稷子明矣。第恨其間世次久遠，有不得盡見者。雖然，單穆公言后稷勤周十五世而興，是則《世本》《史記》所為信者，夫亦知夫所謂興者有非文王，而不正為公劉也耶。即稽《世本》，不窋而下至於季歷，猶一十有七世矣。一十五世而遽得為盡之哉？甚矣，系牒之難理也。」羅長源《周世系考》之説如此，今分紀於《周南》「后稷十三世孫古公亶甫」及《豳》之「不窋」及此，合而觀之可也。

尸傳神意【一】。

《儀禮・少牢饋食禮》之篇：「祝酌授尸，以嘏于主人，曰：『皇尸命工祝，承致多福無疆。于汝孝孫，來汝孝孫，使汝受祿於天，宜稼于田，眉壽萬年，勿替引之！』」此所謂「尸傳神意，以嘏主人」之辭也。嘏，福也。主人，主祭之人也。古者祭祀必有尸。尸，主也。筮擇一人，使坐以象神謂之尸。若始死之難，奠及祭殤、擇奠則無尸。

文王時未曰先王。

《禮記・大傳》：「所謂武王追王太王、王季、文王，不以卑臨尊也。」太王初曰古公，王季初曰公季，文王亦止曰西伯耳。

黔首。

《史記》：「秦皇帝更名民曰黔首。」黔，黑也，謂其黑頭，無知也。《禮記・祭義》曰：「明命鬼神，以為黔首。」則按古無黔首之稱，而云為黔首，則此漢儒竄入之説無疑，非《禮記》舊文。黔音鉗，其廉切。

【一】此條原在「公叔祖類」條前，據常州本改。

《采薇》

敵愾。防秋、腓。

愾，口漑切，音慨，怒也，即甯武子所謂「敵王所愾」者。

防秋，秋高馬肥，軍卒戍邊謂之防秋。

腓，《咸・六二》：「咸其腓。」程子曰：「腓，足肚，行則先動。」

魚。

魚，獸名。陸璣《疏》曰：「魚獸似豬，東海有之。其皮背上班文【一】，腹下純青，今以為弓鞬步叉者也。其皮雖乾燥【二】，為弓鞬矢服，經年，海水潮及天將雨，其毛皆起水潮；還及天晴，則毛復如故，雖在數千里外，可以知海外之潮，自然相感也。」

日人栗切。

「豈不日戒」，古注本「日」作「曰」，音越，言也。又人栗切。

《出車》

郊牧。

國外百里為郊，五十里為近郊，百里為遠郊，郊在牧內。《爾雅》：「邑外謂之郊，郊外謂之牧。」邑，國都也。

旗旐。

《春官・司常》：「掌九旗之物名，各有屬，以待國事。日月爲常，交龍爲旂，通帛爲旜，雜白爲物，熊虎爲旗，鳥隼

【一】「班」，文津閣本、常州本作「斑」。

【二】「乾」，原作「朝」，據常州本及《毛詩正義》卷九之三改。

爲旟，龜蛇爲旐，全羽爲旞遂【一】，析羽爲旌。」

注旄。

注旄於旗干之首，謂注旄牛之尾於旗干之首也。夾漈鄭氏漁仲曰【二】：「《爾雅》：『犛牛。』郭璞云：『即旄牛，髀、膝及尾皆有長毛。』此牛角向前，毛白如雪，其長毛今人用爲拂子，出荊、夔間。」犛，音貍。

朱雀、玄武。怳。

《曲禮》曰：「行前朱雀而後玄武，左青龍而右白虎，招摇在上，急繕其怒。」注者曰：「以此四獸爲軍陣，象天也。急，猶堅也。繕，讀曰勁。」

怳，詡往切。「怳惚」、「惝怳」之怳，與況字不同。

喪禮泣涕。臨事、懷襄【三】。

《老子·偃武》篇：「吉事尚左，凶事尚右，偏將軍居左，上將軍居右。言居上勢【四】，以喪禮處之；殺人之衆，以悲哀泣之；戰勝，以喪禮處之。」《孫子·九地》篇：「令發之日，士卒坐者涕沾襟，偃臥者涕交頤，投之無所往，諸、劌之勇也。」魏武帝曹操注《孫子》曰：「皆持必死之計也。諸，謂專諸。劌，謂曹劌。」

臨事而懼，好謀而成。黄勉齋謂行軍八字法。

洪水懷山襄陵。襄，謂駕出其上。

【一】「遂」，文津閣本無。
【二】「曰」，原作「名」，據常州本改。
【三】「臨事、懷襄」，原無，據常州本補。
【四】「居上勢」，原無，據常州本補。

《杕杜》

匪載。繇、賜君子【一】。

「匪載匪來」之載訓裝，音宜作在，昨代切。

繇：「合言於繇」，繇者，卦兆之占辭，音宙。

賜君子、小人不同日【二】，見《禮記·玉藻》篇【三】。

《南陔》

笙詩。

公是劉原父敞曰：「《南陔》以下六篇，有聲無詩，故云笙，不云歌。有其義，亡其辭，非亡失之亡，乃本無也。」夾漈鄭漁仲樵曰：「古者歌《鹿鳴》，必歌《四牡》《皇皇者華》，三詩同節，故曰『工歌《鹿鳴》之三』。而用《南陔》《白華》《華黍》三笙以贊之，然後首尾相承，節奏有屬。」夾漈又曰：「古者絲竹與歌相和【四】，故有譜無辭，所以六詩在《三百篇》中，但存名耳。漢儒不知，謂為六亡詩，非也。」

《南陔》為笙詩，《白華》為次什之首，朱子次序並依《儀禮》，見《燕禮》《鄉飲酒禮》篇。

【一】「繇賜君子」，原無，據常州本補。
【二】「日」，原作「考」，據常州本改。
【三】「見禮記玉藻篇」六字，原無，據常州本補。
【四】「歌」上，文津閣本有「卜」字。

白華之什

《華黍》

魯鼓、薛鼓。

《禮記・投壺》篇末有魯鼓、薛鼓方圓之節。嚴陵方性夫曰：「魯、薛之鼓既異，而傳之者又異，是以記者兩存之。」

《魚麗》

樂畢皆間。

《禮記・鄉飲酒義》曰：「工入，升歌三終，主人獻之。笙入三終，主人獻之。間歌三終，工告樂備，遂出。一人揚觶，乃立司正焉，知其能和樂而不流也。」東匯澤陳澔曰：「間者，代也。笙與歌皆畢，則堂上與堂下更代而作。」

間，音澗，古莧切。

《南有嘉魚》

丙穴。

左太沖《蜀都賦》：「嘉魚出於丙穴，良木攢於褒谷。」李善《文選》注：「丙穴，在漢中沔陽縣北有魚穴二所，常以三月取之。丙，地名也。」陸農師《埤雅》曰：「嘉魚，鯉質，鱒鱗，肌肉甚美，食乳泉，出於丙穴。穴口向丙，故曰丙也。舊言尾象篆文丙字，故曰丙穴。蓋《爾雅》魚枕謂之丁，魚腸謂之乙，魚尾謂之丙，則魚尾皆象丙，豈特嘉魚而已？鱒音慈損切，今人謂之赤眼鱒。」石湖范至能《桂海虞衡志》曰：「嘉魚狀如小鯿，魚多脂，味極腴美，出梧州火山，春末尤多，彼人為鮓以餉遠。」蜀道丙穴出嘉魚，火山之名，疑與同意。一說丙穴出達州明通縣井峽中，穴凡十，産嘉魚。春社前魚出，秋社歸穴。達州，即通川也。《集傳》云：「鯉質，鱒鯽肌。」《埤雅》云：「鯉質，鱒鱗。」陸似近是。赤眼鱒者，鱒似鯉而鱗細眼赤云。

篧、橑。

篧字，亦作籗，食角切，音浞。　橑：汕，橑也。鄭康成曰：「橑，今之撩罟也。」橑，音嘲。撩，音聊，又音料。

《南山有臺》

臺。

臺，一名夫須。夫，音扶。陸璣云：「夫須，莎草也，可以為蓑笠。」禹治水，稱畚築，賦蓑蘧，程土石。夏時已有之。《春秋外傳·齊語》曰：「首戴茅蒲，身衣襏襫。」韋昭注：「襏襫，蓑薜。」音百。

萊。檍。

北山有萊，《傳》：「草也。」孔穎達以萊為草之總名，非有別草名之為萊，如《十月之交》「田卒汙萊」，《周禮》「萊五十畝」，皆非草名。然詩人對「南山有臺」言之，臺為夫須草，萊亦當是草名，故劉芳義疏云：「萊，藜也。」陸璣《疏》：「萊，草名，其葉可食，兗州人蒸以為茹，謂之萊蒸【一】。」《山海經》：「秦山有草名曰藜，可以為菹。藜之莖葉皆似王芻。」王芻，《爾雅·釋草》：「菉，王芻。」郭氏云：「菉，蓐也，今呼鴟腳莎。」王芻，即「終朝采綠」之綠，古人用以染黃。《本草》謂之藎草，俗中呼淡竹葉者是也。

檍，檍材可為弓弩幹，於力切，音憶。

【一】「萊」，原作「菜」，據文津閣本、常州本改。

《蓼蕭》

晉詛公子。

晉獻公卒，國亂。《左傳》宣公二年初，驪姬之亂，詛無畜羣公子，自是晉無公族。

秦鍼懼選。

《左傳》昭公元年，秦后子有寵於桓，如二君於景。其母曰：「弗去，懼選。」癸卯，鍼適晉，其車千乘。《春秋》書曰：「秦伯之弟鍼出奔晉。」罪秦伯也。后子見趙孟。趙孟曰：「吾子其曷歸？」對曰：「鍼懼選於寡君，是以在此，將待嗣君。」晉封鍼於裴中，曰裴君。 選，數也，恐景公數其罪而加戮。鍼，音鉗。數，上聲。

鞗革。

《毛傳》曰：「鞗，轡也。革，轡首也。沖沖，垂飾貌。」孔疏曰：「《釋器》云：『轡首謂之革。』郭氏曰：『轡，靶也。』然則馬轡所靶之外有餘而垂者謂之革，鞗皮為之，故云鞗革。」

和鸞。

在軾曰和。軾，車中面前橫木可憑者。在鑣曰鸞。鑣，馬勒傍鐵，馬口兩旁者也。《周禮》注曰：「和、鸞皆以金為鈴，升車則馬動，馬動則鸞鳴，鸞鳴則和應，舒則不鳴，疾則失音。鈴謂之鸞者，象鸞鳥之音鑾鑾然。」

《湛露》

設燭。宗室、路寢。

《儀禮・燕禮》曰：「宵則庶子執燭於阼階上，司宮執燭於西階上，甸人執大燭於庭，閽人為大燭於門外。」

宗室、路寢：《公羊傳》：「路寢者何？正寢也。」何休注曰：「公之正居也。路者，大也；寢者，居也。」

朝正。

《左氏》文公四年傳：「衛甯武子來聘，公與之宴，為賦《湛露》及《彤弓》。不辭，又不答賦。使行人私焉，對曰：『臣以為肄業及之也。昔諸侯朝正於王，王宴樂之，於是乎賦《湛露》，則天子當陽，諸侯用命也。諸侯敵王所愾而獻其功，王於是乎賜之彤弓一，彤矢百，玈弓矢千，以覺報宴。今陪臣來繼舊好，君辱貺之，其敢干大禮以自取戾？」玈，音盧，亦作盧，黑也。

過三爵。德將。

《記·玉藻》曰：「君子之飲酒也句，受一爵而色洒如也句，二爵而言言斯句，禮已三爵而油油句【一】，以退句。」洒如，肅敬也。言言，和也。油油，悅敬也。《左傳》宣公二年，晉侯飲趙盾酒，伏甲將攻之，其右提彌明知之，趨登曰：「臣侍君宴，過三爵，非禮也。」遂扶以下。晉侯，晉靈公【二】。其右，車右也。

德將，《書·酒誥》：「文王誥教小子德將無醉。」

不繼以淫。

《左傳》莊公二十二年，陳公子完奔齊，為工正。飲桓公酒，樂。公曰：「以火繼之。」辭曰：「臣卜其晝，未卜其夜，不敢。」君子曰：「酒以成禮，不繼以淫，義也。以君成禮，弗納於淫，仁也。」

詩傳旁通卷六

【一】「油油」，文津閣本作「由由」。

【二】「晉」，常州本無。

詩傳旁通卷七

小雅

彤弓之什

《彤弓》

大飲賓曰饗。

晉郤至謂楚子反曰：「諸侯間於天子之事，則相朝也。於是乎有享宴之禮，享以訓恭儉，宴以示慈惠。恭儉以行禮，而慈惠以布政。」間，平聲，謂諸侯當王事間缺之時也。饗禮有四：諸侯來朝則饗之，王親戚及諸侯之臣來聘則饗之，及饗宿衛、耆老、孤子也。饗有體薦，設几而不倚，爵盈而不飲，肴乾而不食，立而不坐，依尊卑以為之獻，數畢而止。孔穎達曰：「饗者，烹太牢以飲賓。」

為己私分。

《莊子·天地篇》：「不徇一世之利，以為己私分，不以王天下為己處顯，顯則明萬里一府，死生同狀。」

兵賜弄臣。

漢哀帝賜侍中董賢武庫禁兵，執金吾毋將隆奏言：「武庫兵器，天下公用。古者方伯專征，乃賜斧鉞。漢家邊吏距冠，賜武庫兵。今便辟弄臣，而以天下公用給其私門，建立非宜，以廣驕僭，非所以示四方也。」毋，音巫，姓也。便，音駢。辟，音僻。

賜鐵券。

《楚漢春秋》：「高帝初封侯者，皆賜丹書鐵券，曰：『使黃河如帶，泰山如礪，漢有宗廟，爾無絶世。』」自漢以下，功臣賜鐵券，至唐而跋扈之臣賜鐵券，以堅其心。唐以鐵券賜河中節度使李懷光，懷光怒曰：「人臣反，賜鐵券。懷光不反，亦賜鐵券耶？是使懷光反也。」已而果叛。

屯膏。解體【一】。

《易・屯・九五》：「屯其膏。《象》曰：『屯其膏。』施未光也。」程子《傳》曰：「膏澤不下及，是其德施未能光大也，人君之屯也。」

解體，成公八年，《左氏傳》：「季文子曰：『四方諸侯，其誰不解體？』」解體，謂有離叛心。

印刓不予。

《史記》：「韓信曰：『項王見人恭敬慈愛，言語嘔嘔音吁。人有疾病，涕泣，分食飲。至使人有功當封爵者，印刓弊忍不能予，此所謂婦人之仁也。』酈生曰：『項王非項氏莫得用事，為去人刻，印刓而不能授。』」刓，音五官切【二】，謂刓斷無復廉鍔也。

彤弓、玈弓。賜弓矢。

《書・文侯之命》：「彤弓一，彤矢百，盧弓一，盧矢百。」盧、玈通，黑也。《左傳》僖公二十八年，晉文公敗楚於城濮，獻功於王。王饗醴，命晉侯宥，賜彤弓一，彤矢百，玈弓矢千。敵王所愾。見文公四年。孔穎達曰：「此詩獨言彤弓者，以二文皆先彤後玈，舉重可包輕，故直言彤弓。」

【一】「解體」，原無，據常州本補。
【二】「音」，原作「者」，據常州本改。

賜弓矢，《禮記·王制》：「諸侯賜弓矢，然後征。」

九伐之法。

《周禮·夏官·司馬》：「以九伐之法正邦國，馮弱犯寡則眚之，馮，音憑。眚，所景切。賊賢害民則伐之，暴內陵外則壇之，壇，音善。野荒民散則削之，負固不服則侵之，賊殺其親則正之，放弒其君則殘之，犯令陵政則杜之，外內亂、鳥獸行則滅之。」行，下孟切。注曰：「眚，瘦也，謂四面削其地也。伐，有鍾鼓曰伐。壇謂置之空墠之地，別立其次賢者。削謂削其地。侵謂兵加其境而已。正謂執而正其罪。殘謂殺之也。杜謂杜塞，使不得與鄰國交通。滅，誅滅去之也。」

拜表輒行。

東晉穆帝永和二年十一月，都督荊、梁等州軍事桓溫，帥師伐漢，拜表即行。三年三月，漢主李勢降。溫素有不臣之志，及克蜀之後，遂專制朝廷。李氏據成都，國號漢。即行，即輒行，言上表即出師，不俟朝廷可否也。

《菁菁者莪》

五貝為朋。

《前漢書·食貨志》：「王莽居攝，變漢制：元龜岠冉長尺二寸，直二千一百六十，為大貝十朋。岠，其呂切。公龜九寸，直五百，為壯貝十朋。侯龜七寸以上，直三百，為幺貝十朋。子龜五寸以上，直百，為小貝十朋。是為龜寶四品。大貝四寸八分以上，二枚為一朋，直二百一十六。壯貝三寸六分以上，二枚為一朋，直五十。幺貝二寸四分以上，二枚為一朋，直三十。小貝寸二分以上，二枚為一朋，直十。不盈寸二分，漏度不得為朋，率枚直錢三。是為貝貨五品。」岠，至也。冉，龜甲緣去也，度入背兩邊緣尺二寸也。兩貝為朋。　孔穎達《詩疏》：「《漢書》以大貝、壯貝、幺貝、小貝、不成貝為五也。鄭氏因經廣解之，言有五種之貝，其中以相與為朋，非總五朋為一朋也。」

《六月》先儒以此以下為變小雅。

建未之月。

濮斗南曰：「詩言『四月維夏，六月徂暑』，則為夏正，可知是建未之月也。」

戎車。

鄭康成箋：「戎車，革輅之等，其等有五。」《周禮・春官・車僕》：「掌戎路之萃，廣車之萃，闕車之萃，苹車之萃，輕車之萃。」鄭康成注：「萃，猶副也。此五者皆兵車，所謂五戎也。戎路，王在軍所乘。廣車，橫陳之車。闕車，所用補闕之車。苹，猶屏也。苹車，所用對敵自蔽隱之車。輕車，所用馳敵致師之車也。」廣，古曠切，光之去聲。陳與陣同。苹，薄經切，又薄田切。屏，井領切。輕，遣政切。

韎韋。

韎，赤色。韋，熟皮。《左傳》云：「有韎韋之跗注【一】。」韎韋，戎服。跗注亦戎服，蓋以赤色熟皮為戎服也。韎，音暮拜切。跗，音敷。

《司馬法》。

《司馬法・仁本》篇：「冬夏不興師，所以兼愛民也。」

毛馬、物馬。

《周禮・夏官・校人》：「掌王馬之政，凡大祭祀【二】、朝覲、會同，毛馬而頒之；凡軍事，物馬而頒之。」鄭氏注：「毛馬，齊其色也。物馬，齊其力也。頒，授當乘之。」

吉行、師行。

【一】「有」，常州本作「衣」。
【二】「大」下，常州本有「事」。

《荀子・大略》篇：「吉行五十里【一】，犇喪百里。」漢文帝元年，有獻千里馬者。帝曰：「鸞旗在前，屬車在後，吉行日五十里，師行三十里。朕乘千里馬，獨先安之？」於是還其馬，與道里費，而下詔曰：「朕不受獻也，其令四方毋求來獻。」

焦、穫。

宋敏求《長安志》：「櫟陽縣焦穫澤在縣北【二】，亦名瓠口。《爾雅》：「十藪，周有焦穫。」郭璞曰：「今扶風池陽縣瓠中是也。」《詩》「玁狁匪茹，整居焦穫」，謂此也。《史記》：「鄭國鑿涇水，自仲山西邸瓠口為渠。」《水經注》曰：「涇水東南流【三】，經瓠口。鄭、白二渠出焉。」鄭國，水工姓名。邸與抵同。櫟，音藥。秦櫟陽，唐萬年，今為咸寧。

千里之鎬。

孔穎達《正義》曰：「劉向上疏：『來歸自鎬，我行永久。千里之鎬，猶以為遠。』鎬去京師千里。」顏師古曰：「非豐鎬之鎬。」

直壯，律臧【四】。

《春秋傳》：「晉子犯曰：『師直為壯，曲為老。』」《易・師》之初六：「師出以律，否臧凶。」臧，善也。不以律，善亦凶。

太原。

實沈封於大夏，是為參，今太原陽曲，舊晉陽也。參為大夏。沈與沉同，按韻音審。

【一】「里」，原無，據文津閣本、常州本補。

【二】「縣」，常州本無。

【三】「東」，常州本無。

【四】此條原在「太原」條後，據常州本改。

附眾，威敵。

《史記》：「晏嬰薦田穰苴曰：『穰苴雖田氏庶孽，然其人文能附眾，武能威敵。』」

《采芑》

芑。

芑有二，此詩之芑，《傳》言菜也。《大雅·文王有聲》「豐水有芑」之芑，《傳》言草也。此詩之芑，陸璣《草木疏》曰：「芑菜，似苦菜，莖青，白色，摘其葉，白汁出，脆可生食，亦可蒸為茹。青州人謂之芑，西河、鴈門芑尤美。胡人戀之，不出塞。」朱子曰：「即今苦藚菜。」後魏賈思勰《齊民要術》曰：「芹藘其呂切，江東人呼為藚。芹藘收根種之，常足水，忌潘泔及鹹水，澆之則死，性繁茂而甜脆，白藘尤宜糞，歲歲可收。」潘，淅米水也，故云潘泔。潘，音番，孚袁切【一】。淅，音昔。

新田、菑畝。

孔穎達《詩疏》曰：「『田一歲曰菑，二歲曰新，田三歲曰畬』，《釋地》文。菑者，災也。畬，和柔之意也。孫炎曰：『菑，始災，殺其草木也。新田，新成柔田也。畬，和也，田舒緩也。』郭璞曰：『今江東呼初耕反草為菑。』」

奭【二】。

「路車有奭」之奭，許力切，音興之入聲，與召公名奭之音異。召公奭音釋。

婁頷。樊【三】。

【一】「孚」，原作「字」，據常州本改。
【二】此條原在「芑」條前，據常州本及《詩集傳》釋文順序改。
【三】「樊」，原無，據常州本補。

《春官・巾車》注：「婁頷之鉤【一】。」婁，隴主切，音縷，繫也。

樊【二】，蒲官切，音盤，大帶馬飾也。

葱珩【三】。

《記・玉藻》：「三命赤芾、葱珩。」周禮：公侯伯之卿三命。

治兵、振旅。鐃鐲【四】。

《左傳》：「臧僖伯曰：『三年而治兵，入而振旅，歸而飲至，以數軍實。』」振，整也，收也。數，所矩切，計也。

鐃，音呶，似鈴；鐲，音濯，似小鐘，皆鉦也。

《地官・鼓人》：「以金錞和鼓，以金鐲節鼓，以金鐃止鼓，以金鐸通鼓。」注曰：「錞，音淳，錞于也，圓如碓頭，大上小下。樂作，鳴之與鼓相和。鐲，鉦也，形如小鐘，軍行鳴之，以為鼓節。鐃如鈴，無舌有柄，執而鳴之，以止繫鼓。鐸，大鈴也，振之以通鼓。」《鼓人》無鉦之文，而錞、鐲、鐃、鐸皆鉦之屬，故并紀之。

《車攻》

《傳》

《毛傳》。齊毫、齊力、齊足皆《爾雅・釋畜》之文。

宣王時，未有鄭。

周宣王母弟桓公友封於鄭，其地在京兆鄭縣。桓公之子武公滑突隨平王東遷，遂居河南之新鄭，其地在滎陽宛陵西南。

【一】「鉤」，原作「鈞」，據常州本改。
【二】「樊」上，原有「樊」，據常州本刪。
【三】「珩」，原作「衡」，據常州本改，下注文同。
【四】「鐲」，常州本無。

宣王時未有河南之鄭也。圃，田澤，後為鄭之原圃。

敖。

敖，山名。《左傳》：「晉師救鄭，在敖、鄗之間。」鄗，丘交切，音敲。杜預云：「敖、鄗二山，在滎陽縣西北。」

舄。

《毛傳》：「舄，達屨。」《鄭箋》：「金舄，黃朱色。」孔疏：「《屨人》注：『舄有三等，赤舄為上，冕服之舄也，下有白舄、黑舄。』此金舄即赤舄也，故箋云『金舄，黃朱色』，加金為飾。赤舄則尊莫是過，故云『達屨』，言赤舄是屨之最上達者也。此舄也而謂之屨，屨，舄通名耳。」

時見、殷見。

《春官》注曰：「時見者，言無常期也。殷，猶眾也。」

決拾佽【一】。

《毛傳》：「決，鉤弦也。拾，遂也。佽，利也。」《鄭箋》：「佽謂手指相次比也。」孔疏：「《傳》以佽為利，其義不明，故申而成之【二】。決著於右手大指，所以鉤弦，開體遂著於左臂，所以遂弦。手指相比次，然後射得和利【三】，故毛云『佽，利』，謂相次然後射利，非訓佽為利也。」《夏官・繕人》注：「抉，天子用象骨。拾，韝扞也，以其遂弦，故亦名遂。」　決，古注《九經》本作決，《周禮・繕人》作抉，即《芄蘭》之韘，《大射》之「朱極三」也。

𢫬。

柴與𢫬同，同子智切，積也。凡薪禽之積，皆曰柴，故許慎《說文》作𢫬，謂積禽也。

夜軍中驚。

【一】此條原在「𢫬」條後，據常州本改。
【二】「成」，原作「明」，文津閣本作「言」，據常州本及《毛詩正義》卷十之三改。
【三】「和」，原作「知」，據常州本及《毛詩正義》卷十之三改。

西漢景帝三年，吳楚反。周亞夫以中尉為太尉，東擊吳楚。既會兵滎陽，東北走奏昌邑，堅壁不出，而使輕騎兵、弓高侯等絶吳楚兵後食道。吳兵乏糧饑，欲挑戰，終不出。夜，軍中驚，内相攻擊擾亂，至於太尉帳下。太尉終臥不起。頃之，復定。弓高侯，韓穨當也。穨與頹同。挑，徒了切。

面傷，踐毛，不成禽【一】。

孔穎達《正義》曰：「凡射獸，皆逐後從左箱而射之。面傷謂當面射之。踐音翦。踐毛謂在傍而逆射之。二者皆嫌誅降之義。不成禽不獻，惡其害幼小。此不能使獵者無之，自君所則不敢以示教法耳。大獸公之，非復己物，君賜使射，故非中不取。言嚮者田獵所取，用勇力；今射者，禮樂所取，用辭讓也【二】。」

乾豆，賓客，充君之庖。

《禮記·王制》：「天子諸侯無事則歲三田，一為乾豆，二為賓客，三為充君之庖。」乾，居寒切。鄭氏注曰：「三田者，夏不田獵也，惟春、秋、冬三時田獵耳。」　《公羊傳》：「諸侯田狩，一曰乾豆，二曰賓客，三曰充君之庖。」何休注：「一者，第一之殺也，自左膘射之，達於右髃，中心死疾，鮮潔，故乾而豆之，中薦於宗廟。膘，音縹，普沼切，小腹兩邊肉，一云脅後髀前肉也。髃，音隅，又音偶，肩前也，一云肩前兩乳骨也。射，音石。中，音衆。二者，第二之殺也。自左膘射之，達於右脾，遠心死難，故以為賓客。遠，于萬切。三者，第三之殺也。自左髀射之，達於右䯚，中腸胃汙泡，死遲，故以充君之庖廚。」充，備也。髀，音俾，又音陛。股，外也。䯚，音杳，水賺也。賺，音歉，苦簟切，腰左右虛肉處也。胃與胃同。泡與胞同，普交切。益愚按【三】：何休解《公羊》第二殺與《毛傳》異。毛公云：「射右耳本者，次之。」鄭康成云：「『射』當為『達』，謂達右耳本者，次之也。」

每禽取三十。

【一】此條原本在「乾豆，賓客，充君之庖」條後，據常州本改。
【二】「用」，原作「由」，據常州本及《毛詩正義》卷十之三改。
【三】「愚」，常州本無。

《穀梁》昭公八年傳：「禽雖多，天子取三十焉，其餘與士衆，以習射於射宮。射而中，田不得禽則得禽，田得禽而射不中，則不得禽。是以知古之貴仁義，而賤勇力也。」范甯注曰：「取三十，以供乾豆、賓客、君庖。射宮，澤宮也。」

澤宮。

《記·射義》：「天子將祭，必先習射於澤。澤者，所以擇士也。已射於澤，而後射於射宮。射中者得與於祭，不中者不得與於祭。」鄭康成曰：「澤，宮名也。士謂諸侯朝者、諸臣及所貢之士也。」孔穎達曰：「澤宮言習射，則未是正射。射於射宮，乃行大射。」東滙澤陳雲住澔曰【一】：「澤，宮名，其所在未詳。疏云：『於寬閑之處、近水澤而為之。』射宮，即學宮也。」

「東有甫草，駕言行狩」章，附見《毛傳》及孔穎達《正義》。

《毛傳》曰：「甫，大也。田者，大芟草以為防【二】，或舍其中。褐纏旃以為門，裘纏質以為槸，間容握，驅而入，擊則不得入。左者之左，右者之右，然後焚而射焉。天子發，然後諸侯發；諸侯發，然後大夫、士發。天子發，抗大綏；諸侯發，抗小綏。獻禽於其下，故戰不出頃，田不出防，不逐奔走，古之道也。」艾，魚廢切，音刈。槸，倪結切，又魚列切，與槷、闑同，門中之闑也。門下所限者謂之閾，門中取正者謂之闑。抗，舉也。綏，如錐切，音甤。擊，吉詣切，音計。握，乙角切。頃，苦穎切。孔氏疏曰：「大芟殺野草以為防限，設防立門，以織毛褐布纏通帛旃之竿，以為門兩傍。門南開，並為二門，用四旃四褐。以裘纏椹質為門中闑。闑，車軓之裏而邊約車輪者也【三】。門之廣狹，兩軸頭去旃竿之間各容一握。握人四指為四寸，是門廣於軸八寸也。馳走入門，不得徐也。軸頭擊著門傍旃竿，則不得入。所

【一】「澔」，常州本作「小」。
【二】「芟」，文津閣本、常州本作「艾」按，阮元《毛詩正義》以作「芟」者為是。
【三】「軓」，文津閣誤作「軌」。

以罰不一也【一】。以天子六軍，分為左右，令各在一方，屬左者之左門，屬右者之右門，不得越離部伍。教戰畢，士卒出門，乃驅禽於防，焚草而射之。舉綏為表，因獻禽於下也。戰場有頃數，戰者不出界。」椹，知林切，音砧。軓，音范，車頭也。綏，解見《秦・駟驖》。五射有過軍、表軍。表，即褐纏旃也。

《吉日》

剛日【二】。

《吉日》：戊，剛日也。《曲禮》：「外事以剛日，內事以柔日。」甲、丙、戊、庚、壬，剛；乙、丁、己、辛、癸，柔。外事，治兵；內事，冠、昏、祭祀。

馬祖。

《周禮・夏官・校人》校音效：「春祭馬祖，夏祭先牧，秋祭馬社，冬祭馬步。」鄭氏注曰：「馬祖，天駟也。《孝經說》云：『房為龍馬。』房，星名也。先牧，始養馬者，其人未聞。馬社，始乘馬者。馬步，神為災害馬者。」孔穎達《詩疏》曰：「謂之伯者，伯，長也。常祭在春，將用馬力，則又備禮禱之。」長，上聲。《周禮》疏，賈公彥作【三】。

差，擇，齊其足。

《爾雅・釋畜》曰：「『既差我馬』，差，擇也。宗廟齊毫【四】。」注云：「尚純。」「戎事齊力。」注云：「尚強。」「田獵齊足。」注云：「尚疾。」郭景純注《爾雅》又引毛公《詩傳》之文。

【一】「一」，原作「工」，據常州本《毛詩正義》卷十之三改。
【二】此條原在《正月》篇中，據常州本改。
【三】「作」，原無，據常州本補。
【四】「毫」，常州本作「色」。

漆沮之從。鹽、韋、鄜、坊、同【一】。

漆沮二水，《禹貢》「東會於涇，又東過漆沮」之漆沮，孔安國云：「在涇水東，一名洛水。」此與《綿》詩古公之「自土沮漆」異。《周禮·職方氏》「雍州，其浸渭洛」是也【二】。或云：沮，一名洛。

鹽、韋、鄜、坊、同，皆州名。鄜，音孚。洛水亦經延安境，又西自韋州流至鄜州、同州入河，同華至河中府，河瀆在焉。

羣友。

《列女傳》：「獸三爲羣，古語獸二爲友，身二爲朋。」

五齊。三酒。

《周禮·天官·酒正》：「掌酒之政令，辨五齊之名，一曰泛齊，二曰醴齊，三曰盎齊，四曰緹齊，五曰沈齊。」齊，鄭康成讀去聲，音劑。杜子春讀平聲，音粢。鄭氏注：「泛者，成而滓浮泛泛然，如今宜城醪矣。」泛，芳劍切。滓，壯士切，緇之上聲。「醴，猶體也，成而汁滓相將，如今恬酒矣。」恬與甜同。「盎，猶翁也，成而翁翁然，葱白色，如今酇白矣。酇白，即今白醝酒也。」盎，烏浪切。翁，鳴動切。酇，當作醝，並在何切。「緹者，成而紅赤，如今下酒矣。」緹，音體。「沈者，成而滓沈，如今造清矣。」沈、沉同。

三酒：辨三酒之物，一曰事酒，二曰昔酒，三曰清酒。《周禮》注：「鄭司農云：『事酒，有事而飲也。昔酒，無事而飲也。清酒，祭祀之酒也。』玄謂事酒，酌有事者之酒，其酒則今之醳酒也。昔酒，今之酋久白酒所謂舊醳者也。清酒，今中山冬釀接夏而成。」醳，音亦。鄭司農，鄭衆也。玄，鄭康成名。

【一】「鹽韋鄜坊同」，原無，據常州本補。
【二】「渭」下，原有「渭」字，據常州本删。

《鴻鴈》

勞者歌其事。

《韓詩外傳》：「男女有所怨恨，相從而歌。饑者歌其食，勞者歌其事。」

《庭燎》

司烜。物百枚束之。

《周禮・秋官・司烜氏》：「凡邦之大事，共墳燭、庭燎。」烜，音毀。共，音恭。鄭氏注：「故書墳爲蕡。鄭司農云：『蕡蜀，麻燭也。』玄謂墳焚【一】，大也。樹於門外曰大燭，於門內曰庭燎，皆所以照衆爲明。」物百枚束之，《禮記・郊特牲》曰：「庭燎之百，由齊桓公始也。」注云：「僭天子也。庭燎之差，公五十，侯、伯、子、男皆三十，天子用百。」孔氏曰：「古制未得而聞，要以物百枚，并而纏束之，今則用松葦竹灌以脂膏也。」

辨色。

《禮記・玉藻》：「朝，辨色始入。」謂昧爽；既明之後，目視五色【二】，可辨之時也。

《沔水》

朝宗。

《周禮・春官・大宗伯》：「春見曰朝，夏見曰宗，秋見曰覲，冬見曰遇，時見曰會，殷見曰同。」鄭氏注：「此六禮

【一】「墳焚」，原本皆作小字，常州本無小字「焚」，據文津閣本改。

【二】「目」，常州本誤作「日」。

者，以諸侯見王為文。朝，猶朝也，欲其來之早。宗，尊也，欲其尊王。覲之言勤也，欲其勤王之事。遇，偶也，欲其若不期而俱至。」朝，直遙切，音潮。「朝也」之朝，張遙切，音昭。

祈父之什上

《祈父》

祈父薄違【一】。

《書・酒誥》：「圻父薄違。」圻父，政官，司馬也。謂之父者，尊之也。薄違，圻父迫逐違命者也。孔穎達曰：「古者祈、圻、畿同，字得通用，故此詩作祈，《尚書》作圻。」

司右。五兵。

夏官司馬之屬。司右掌羣右之政，令凡軍旅會同，合其車之卒伍，而比其乘，屬其右。凡國之勇力之士能用五兵者屬焉。羣右者，戎右、齊右、道右也。齊，仄皆切【二】。

五兵，《司馬法》：「弓矢圍，殳矛守，戈戟助。凡五兵，長以衛短，短以救長。」

虎賁。

司馬之屬。虎賁氏掌先後王而趨以卒伍，軍旅會同亦如之。《司右》注：「右，謂勇力之士，充王車右。」賁，音奔，與犇同。虎賁，勇猛犇突之意。

越勾踐伐吳。

【一】「祈」，常州本作「圻」。
【二】「仄」，常州本為墨釘。「皆」，原作「皆」，常州本作「貲」，據文津閣本改。

越勾踐伐吳，大徇於軍，曰：「有父母耆老而無昆弟者，以告勾踐。」親命之曰：「我有大事，子有父母耆老，而子為我死，子之父母將轉於溝壑，子為禮已重矣。子歸沒，而汝也父母之世後，若有事，吾與子圖之。」勾踐，越王名。徇，示也。

魏公子救趙。

魏公子無忌號信陵君，公子將晉鄙軍，勒兵下令曰：「父子俱在軍中，父歸；兄弟俱在軍中，兄歸；獨子，無兄弟，歸養。」得選兵八萬人，進擊秦軍。秦軍解去，遂救邯鄲，存趙。邯鄲，趙建都之地。

薪水之勞。

陶潛為彭澤令，不以家累自隨，送一力給其子，與書曰：「汝旦夕之費，自給為難，今遣此力助汝。薪水之勞，此亦人子也，可善遇之。」潛【一】，淵明名。古今言陶潛，字淵明，然益觀淵明記其外祖孟嘉萬年遺事，自稱淵明先親，記尊者事，不應自稱己字，當是一名淵明，而字元亮也。

不敢斥王。

斥者，指斥之謂，明白指其人其事而言之。今不敢言王之過，而責司馬，故云不敢斥王也。《大雅・文王》篇，《傳》言以戒王而不敢斥言，猶所謂「敢告僕夫」云爾。《左傳》：《虞人之箴》曰：「獸臣司原，敢告僕夫。」不敢指斥言官箴王闕，但云告於僕夫從者也。

戰于千畝【二】。

《國語・周語》曰：「宣王三十九年，戰于千畝，王師敗績于姜氏之戎。」張守節《史記正義》曰：「千畝，原在晉州岳陽縣北。」杜元凱《左傳》注曰：「西河介休縣南有地名千畝。」

【一】「潛」，原無，據常州本補。
【二】此條及「諫靈王」條，原在「魏公子救趙」條後，據常州本改。

諫靈王。

太子晉諫靈王之詞，見《國語·周語》。韋昭注曰：「自厲王暴虐而流，宣王不務修農而料民，幽王昏亂而以滅西周，平王不能修政，至於微弱，禍敗不止。」以宣王連數，云厲、宣、幽、平。

《白駒》

留客投轄。

漢陳遵，字孟公，嗜酒，每大飲，賓客滿堂，輒關門，取客車轄，投井中，雖有急，終不得去。

藿。

《小宛》「中原有菽」，《毛公傳》云：「藿也。」《禮韻》云：「藿，大豆葉也。菽者，衆豆之總名。豆於百穀之數，其種二十；於九穀之中，則居其二。其角謂之莢，其葉謂之藿。」元魏張楫《廣雅》曰：「大豆，菽也；小豆，答也。」答，得合切。賈思勰脅《齊民要術》曰：「大豆生於槐，小豆生於李，大麥生於杏，小麥生於桃，其生實又為農祥，故梅、桃、杏實多者，來歲為之穰。」《師曠占術》曰：「五木者，五穀之先，欲知五穀，但視五木。」蓋五果分五行，所以表五穀也。嚴坦叔曰：「藿用以作羹。」

大者王，小者侯。

《史記·田儋傳》：「田橫懼誅，與其徒屬五百餘人入海，居島中。高祖聞之，使上使去赦田橫罪而召之曰：『田橫來，大者王，小者乃侯耳；不來，且舉兵加誅焉。』橫來，與客二人乘傳去詣洛陽，未至三十里尸鄉廐置，遂自剄。客奉其頭，從使者馳奏之。高帝拜二客為都尉，以王禮葬橫。既葬，二客穿冢旁，自剄。餘伍百人，在海中聞橫死，亦皆自殺。田橫兄弟能得士也。」剄，古頂切，割頸而死也。

《我行其野》

畜。

畜養之畜，許六切。畜聚之畜，敕六切。畜聚亦作蓄聚。許六切者，一音吁玉切。宋時諱避不用。

六行教民。

《周禮・地官・司徒》：「以鄉三物教萬民，而賓興之，一曰六德：智、仁、聖、義、中、和；二曰六行：孝、友、睦、婣、任、恤；三曰六藝：禮、樂、射、御、書、數。」鄭氏注曰：「物猶事也，興猶舉也。民三事教成，鄉大夫舉其賢者能者，以飲食之禮賓客之。既，則獻其書於王矣。」注：「六行曰：善於父母為孝；善於兄弟為友；睦，親於九族；婣，親於外親；任，信於友道；恤，賑憂貧者。」

相保相受。

《大司徒》：「令五家為比，使之相保；五比為閭，使之相受。」鄭氏注曰：「保，猶任也。故書受為授。杜子春云：『當讀為受，謂民移徙，所到則受之，去則出之。』」

不孝等刑。

《大司徒》：「以鄉八刑糾萬民，一曰不孝之刑，二曰不睦之刑，三曰不婣之刑，四曰不弟之刑，五曰不任之刑，六曰不恤之刑，七曰造言之刑，八曰亂民之刑。」婣與姻同，弟與悌同。造言謂訛言惑眾者，亂民謂執左道以亂政者。

《斯干》

奧窔。

奧，室之西南隅；窔，室之東南隅。窔，一作窔，一作宎，並烏叫切，音要，又音杳，詳見《抑》之「屋漏」。

占六夢。

《周禮・春官・占夢》：「掌其歲時，觀天地之會，辨陰陽之氣，以日月星辰占六夢之吉凶，一曰正夢，二曰噩夢，三曰思夢，四曰寤夢，五曰喜夢，六曰懼夢。季冬，聘王夢，獻吉夢于王。王拜而受之，乃舍萌于四方，以贈惡夢。」注家之説曰：「正者，無所感動，平安自夢。噩，音鄂。噩者，驚愕而夢。思者，思念而夢。喜者，喜悦而夢。懼者，恐懼而夢。聘，問也。贈，送也。舍，音釋。萌者，菜始生。舍萌，猶釋采也。」　陸農師曰：「人之精神與天地陰陽流通，故夢之吉凶各以類至。」

守至正。

《禮記・禮運》曰：「宗祝在廟，三公在朝，三老在學，王前巫而後史。卜筮瞽侑，皆在左右。王中心無為也，以守至正。」鄭氏注曰：「宗，宗人也。瞽，樂人也。侑，四輔也。」

紡塼。

《朱子語録》曰：「瓦，紡塼也。瓦，紡時所用之物。舊見人畫《列女傳》漆室女，乃手執一物，如今銀錠様者，意其為紡磚也。」黄東發曰：「今所見紡無用塼者，而與塼亦為二物，恐古今風俗不同爾。嘗見湖州婦人各一瓦覆膝，而索麻線於其上，歲久，瓦率成坎，古亦豈有此事而詩人指之與?」

孟子之母。五飯、冪、中饋。

劉向《列女傳》：「孟母，鄒孟軻之母也。孟母曰：『夫婦，人之禮，精五飯，冪酒漿，養舅姑，縫衣裳而已矣。故有閨門之修，而無境外之志。《易》曰：「在中饋，無攸遂。」《詩》曰：「無非無儀，惟酒食是議。」以言婦人無擅制之義，而有三從之道也。故年少則從乎父母，出嫁則從乎夫，夫死則從乎子，禮也。今子成人也，而我老矣，子行乎子義，吾行乎吾禮。』君子謂孟母知其婦道。」　《列女傳》不著孟母姓氏名字。

五飯，五穀之飯。

冪，音覓，其狄切，蓋覆也。

中饋，《家人・六二》。伊川《易傳》：「婦人居中而主饋。」

彘【一】。

彘，地名。周夷王崩，厲王立，無道。三十有七年，王流于彘。《史記・周本紀》曰：「厲王出奔于彘，太子靜匿召公家。召公、周公二相行政，號曰共和。共和十四年，厲王死于彘。太子靖長於召公家【二】，二相乃共立之，是為宣王。」周公、召公，世世有之。

《新宮》。猛憨【三】。

《儀禮・燕禮》：「升歌《鹿鳴》，下管《新宮》。笙入，三成，遂合鄉樂。」合音閤。《左傳》昭公二十五年，宋公享昭子，賦《新宮》，昭子賦《車轄》。宋公，宋元公。昭子，叔孫婼。《車轄》，即《車舝》也。

猛憨，多力。憨，胡甘切。第六章。

《無羊》

呞。其耳濕濕【四】。

《爾雅・釋獸》曰：「牛曰齝。」郭璞注云：「食之既久，復出嚼之也。」呞，且之切，音癡。呞、齝、齥三字通。陸農師曰：「牛病則耳燥，安則溫潤而澤，故古之視牛者以耳。」《祭義》：「大夫袒，而毛牛尚耳。」

建旟建旐。

《春官・司常》：「王建太常，諸侯建旂，孤卿建旜，大夫、士建物。師都建旗，州里建旟，縣鄙建旐。道車載旞，斿車

【一】此條原本在「《新宮》」條後，據常州本改。
【二】「靖」，原作「靜」，據文津閣本改。
【三】文津閣本無「猛憨」二字，常州本無「猛」字。
【四】文津閣本無「其耳濕濕」四字，常州本無「其耳」二字，且「濕濕」為大字。

載旌。」旜、旃通用。師都，六鄉六遂。大夫道車，象路。斿車，木路也。九旗皆畫成物之象。

《節南山》

譏世卿。

《公羊春秋》隱公三年傳：「夏四月辛卯，尹氏卒。尹氏者何？天子之大夫也。其稱尹氏何？貶。曷為貶？譏世卿。世卿，非禮也。」

均平。不弔、空、傭【一】。

朱子曰：「均本當從金，如所謂泥之在鈞者【二】。」按《集傳》訓均為平，世言鈞衡，亦取其平也。

「不弔」之弔如字，又丁歷切。

空，苦貢切。

「昊天不傭」，傭，均也，敕龍切，音衝。嚴坦叔曰：「考字一音容。傭者，賃也。此詩之傭音容，則非。」

誦。

「家父作誦」之誦，歌誦也。《左傳》僖公二十八年，聽輿人之誦。注云：「歌，誦也。」家，家伯采邑，後為家父。

《正月》

申包胥。

《史記·伍子胥傳》：「吳兵入郢，伍子胥求昭王不得，掘楚平王墓，出其尸鞭之三百。申包胥使人謂子胥，曰：『子

【一】「不」，原無，據常州本補。「傭」，常州本作「昊天」。

【二】「鈞」，原作「鈞」，據常州本改。

之報讎，其以甚乎！吾聞之，人衆者勝天，天定亦能勝人。』申包胥求救於秦，立於秦庭，晝夜哭，七日七夜不絶聲。秦哀公憐之，遣車五百乘救楚，敗吴於稷。」

子思，衛侯。褒姒、云旋。

子思之言，是《孔叢子》。

褒姒，見後《白華》。

云旋，陸農師曰：「云者，象雲氣回旋之形，故釋云為旋。」

燕雀處堂。

吴薛珝翊聘蜀漢後主，還，對吴景帝孫休，曰：「入其朝，不聞直言；經其野，民有菜色。臣聞燕雀處堂，子母相樂，突決棟焚，而怡然不知禍之將及，其是之謂乎？」燕雀處屋，兩見《呂氏春秋・有始覽》《士容論》【一】，一見《通鑑》赧王五十六年孔斌言【二】，其説皆相類。

詩傳旁通卷七

【一】「有始」，原無而小字注「闕」字，據常州本補。

【二】「通鑑」，原無，據常州本補。「斌」，常州本作「子順」。

詩傳旁通卷八

小雅

祈父之什下

《十月之交》

日食。分至説、月行速、璣衡、星回于天、天體、渾天儀【一】。

《春秋左氏傳》昭公七年四月朔，日有食之。晉平公曰：「《詩》所謂『彼日而食，于何不臧』者，何也？」士文伯對曰：「不善政之謂也。國無政，不用善，則自取謫於日月之災，故政不可不慎也。」　春秋自隱公元年至哀公十四年二百四十二年之中，日食凡三十有六。　孔穎達《詩正義》曰：「日食者，月食之也。何休云：『不言月食者，其形不可得而覩【二】，故疑言日有食之。』周天三百六十五度四分度之一，日月皆右行於天，一晝一夜，日行一度，月行十三度十九分度之七。二十九日有餘，而月行天一周，追及於日而與之會。交會而日月同道，則食；月或在日道表，或在日道裏，則不食矣。又歷象為交食之法，大率一百七十三日有奇為限，然月先在裏，則依限而食者多；若月在表，則依限而食者少。杜預見其參差，乃云：『日月動物，雖行度有大量，不能不少有盈縮，故有交會而不食者，或有頻交而食

【一】原無小字，「日食分至説」、「歷家月行速」、「《書》疏璣衡」、「《禮》疏星回於天」、《漢志》天體、「沈括渾天儀」於此條後分別單出成條，今據常州本改。
【二】「覩」，文津閣本作「觀」。

者。』」此得之矣。按朱子《集傳》取孔疏説，謂月二十九日有奇而一周天，又逐及於日而與日會。陳尚德謂月二十七日有奇而周，又二日有奇，始與日會。陳説在《朱子語録》後。　歐陽文忠公《詩本義》曰：「日，君道也。月，臣道也。望而至於黄道，是謂臣干君明，則陽斯蝕之；朔而至於黄道，是謂臣壅君明，則陽為之蝕。《十月之交》於歷當食，君子猶以為變，詩人悼之。然則古之太平，日不食，星不孛，蓋有之矣。若過至未分月，或變行以避之，或五星潛在日下，禦侮以救之，或涉交數淺，或在陽歷陽盛陰微，則不蝕，或德之休明而有小眚焉，眚，生之上聲【一】。則天為之隱，雖交而不蝕。四者，皆德之所由生也。先儒又謂交而蝕，陽微而陰乘之也；交而不蝕，陽盛而陰不能掩也，此則係乎人事所感。蓋臣子背君父，妾婦乘其夫，小人陵君子，夷狄侵中國，所感如是，則陰盛陽微，而日為之食矣。」

日食分至説，《左氏》昭公二十一年秋七月壬午朔，日有食之。公問於梓慎，曰：「是何物也？禍福何為？」對曰：「二至二分，日有食之，不為災。日月之行也，分，同道也；至，相過也。其他月則為災，陽不克也，故常為水。」《朱子語録》曰：「横渠説日月皆是左旋，蓋天行甚健，一日一夜，周三百六十五度四分度之一。又進過一度，日行速健，次於天一日一夜，周三百六十五度四分度之一，正恰好被天進一度，則日為退一度，二日天進二度，則日為退二度。積至三百六十五日四分日之一，則天所進過之度，又恰周得本數，而日所退之度，亦恰退盡本數，遂與天會而成一年，是謂一年一周天。月行遲，一日一夜行三百六十五度四分度之一，行不盡，比天為退了十三度有奇，至二十九日半強，恰與天相值在恰好處，是謂一月一周天。進數為順天而左，退數為逆天而右，歷家以進數難算，只以退數算之，故謂之右行。且曰：『日行遲，月行速。』」朱子又曰：「歷家只算所退之度，卻云日行一度，月行十三度有奇，此乃截法，故有日月五星右行之説，其實非右行也。横渠云：『天左旋處，其中者順之，少遲則反右矣。』此説最好。」《書》疏「璣衡」，《禮》疏「星回於天」，《漢志》天體，沈括渾天儀，皆可參考。天左旋，日月亦左旋，恐人不曉，所以《詩傳》只載舊説。

【一】「聲」，文津閣本無。

歷家月行速，陳晉尚德曰：「月行遲，常以二十七日千十六分日之三百二十七而與天會，二十九日九百四十分日之四百九十九而與日會。一月一周天者，以與日會言也。其實二十七日有奇而周，又二日有奇始與日會。文公注《十月之交》，以為月二十九日有奇而周，天又逐及於日而與日會，蓋未詳也。」李迂仲曰：「《唐志》云《十月之交》以歷推之，在幽王之六年。」時之豔妻，即褒姒，故定為幽王時。

《書》疏「璣衡」，《舜典》：「在璿璣玉衡，以齊七政。」孔穎達《尚書正義》曰：「在，察也，《釋詁》文。《説文》云：『璿【一】，美玉也。』玉是大名，璿是玉之別稱【二】。璣衡俱是玉飾，但史之立文【三】，不可云玉璣、玉衡一指玉體，一指玉名，猶《左傳》云『瓊弁玉纓』，所以變其文。孔安國《傳》以璿言玉名【四】，故云美玉，其實玉衡亦美玉也。《易·賁卦·象》云：『觀乎天文，以察時變。』日月星宿運行於天，是為天之文也。璣衡者，璣為轉運，衡為橫簫，運璣使動，於下以衡望之，是王者正天文之器。漢世以來，謂之渾天者是也。馬融云：『渾天儀可旋轉，故曰璣。衡，其橫簫，所以視星宿也。以璿為璣，以玉為衡，蓋貴天象也。』蔡邕云：『玉衡長八尺，孔徑一寸，下端望之以視星辰。蓋懸璣以象天而以衡望之，轉璣窺衡以知星宿。』是其説也。七政，其政有七，於璣衡察之，必在天者。知七政謂日、月與五星也。木曰歲星，火曰熒惑星，土曰鎮星，金曰太白星，水曰辰星。《易·系辭》云：『天垂象，見吉凶，聖人象之。』此日月五星有吉凶之象，因其變動為占，七者各有異政，故為七政【五】。得失由政，故稱政也。舜既受終，乃察璣衡，是舜察天文，齊七政，以審己之受禪當天心與否也。馬融云：『日月五星皆以璿璣玉衡度知其盈縮、進退、失政所在。聖人謙讓，猶不自安，視璿璣玉衡以驗齊日月五星行度，知其政是與否，重審己之事也。上天之體，不可得知，測天之事，見於經者唯有此『璿璣玉衡』一事而已。』蔡邕《天文

【一】「璿」，文津閣本作「璇」。
【二】「璿」，文津閣本作「璇」。
【三】「立文」，常州作「説文」。
【四】「璿」，文津閣本作「璇」。
【五】「爲」，常州本無。

志》云：『言天體者有三家，一曰周髀，二曰宣夜，三曰渾天。宣夜絶，無師説。周髀術數具在，其考驗天象，多所違失，故史官不用。惟渾天者近得其情，今史所用候台銅儀，則其法也。』虞喜云：『宣，明也。夜，幽也。幽明之數，其術兼之，故曰宣夜。』但絶無師説，不知其狀如何。周髀之術以為天似覆盆，蓋以斗極為中，中高而四邊下，日月旁行繞之【一】。日近而見之為晝，日遠而不見為夜。渾天者以為地在其中，天周其外，日月初登於天，後入於地。晝則日在地上，夜則日入地下。王蕃《渾天説》曰：『天之形狀似鳥卵，天包地外，猶卵之裹黄，圓如彈丸，故曰渾天。』言其形體渾渾然也。其術以為天半覆在地上，半在地下。其天居地上，見者一百八十二半強，地下亦然。北極出地上三十六度，南極入地下三十六度。嵩高山正當天之中極，南五十五度當嵩高之上，又其南十二度為夏至之日道，又其南二十四度為春秋分之日道，又其南二十四度為冬至之日道，南下去地三十一度而已。是夏至日北去極六十七度，春秋分去極九十一度，冬至去極一百一十五度，此其大率也。其南北極持其兩端，其天與日月星宿斜而回轉，此必古有其法，遭秦而滅。揚子《法言》云：『或問渾天，曰：洛下閎營之，鮮于妄人度之，耿中丞象之，幾乎，莫之能違也！』是揚雄之意，以渾天而問之也。閎與妄人，武帝時人。宣帝時司農中丞耿壽昌始鑄銅為之象，史官施用焉。後漢張衡作《靈憲》以説其狀，蔡邕、鄭玄、陸績、吴時王蕃、晉世姜岌、張衡（又一人）、葛洪，皆論渾天之義，並以渾説為長。江南宋元嘉年皮延宗又作是《渾天論》。太史丞錢樂鑄銅作渾天儀，傳於齊梁。周平江陵，遷其器於長安。今在太史書矣。衡長八尺，圓周二丈五尺強，轉而望之，有其法也。』

《禮》疏「星回於天」，《月令》：「季冬，是月也，日窮於次，月窮於紀，星回於天，數將幾終，歲且更始。」孔穎達《禮記正義》曰：「去年季冬，日次於玄枵。從此每月移次他辰，至此月窮盡，還次玄枵，故云『日窮於次』。去年季冬，月與日相會於玄枵，自此月與日相會於他辰，至此月窮盡，還復會於玄枵，故云『月窮於紀』。二十八宿隨天而行，每日雖周天一匝，早晚不同，至此月復於故處，與去年季冬早晚相似，故曰『星回於天』。幾，近也，以去年季冬去今年季冬三百五十四日，未滿三百五十六日，未得正終，唯近於終，故云『數將幾終』。」幾，音祈，

【一】「繞」，原作「達」，據常州本改。

又音機。

《漢志》天體，《西漢書·天文志》：「日有中道，月有九行。中道者，黄道，一曰光道。光道北至東井，去北極近；南至牽牛，去北極遠；東至角，西至婁，去極中。夏至至於東井，北近極，故晷短，立八尺之表，而晷景長尺五寸八分；冬至至於牽牛，北遠極，故晷長，立八尺之表，而晷景長丈三尺一寸四分；春秋分，日至婁角，去極中而晷中，立八尺之表，而晷景長七尺三寸六分，此日去極遠近之差、晷景長短之制也。去極遠近難知，要以晷景。晷景者，所以知日之南北也。日，陽也，陽用事則日進而北，晝進而長，陽勝，故為温暑；陰用事則日進而南，晝退而短，陰勝，故為涼寒也。故日進為暑，退為寒。若日之南北失節，晷過而長為常寒，退而短為常燠。此寒燠之表也。月有九行者，黑道二出黄道北，赤道二出黄道南，白道二出黄道西，青道二出黄道東。立春、春分月東從青道，立秋、秋分西從白道，立冬、冬至北從黑道，立夏、夏至南從赤道。凡君行急，則日行疾；君行緩，則日行遲。日行不可指而知也，故以二至二分之星為候。日東行，星西轉，冬至昏奎八度，中夏至氐十三度，中春分柳一度，中秋分牽牛三度七分，中此其正行也。日行疾，則星西轉疾，事勢然也。故過中則疾，君行急之感也；不及中則遲，君行緩之象也。至月行則以晦朔決之。日冬則南，夏則北，冬至於牽牛，夏至於東井，日之所行為中道，月五星皆隨之也。」沈括渾天儀，夢溪沈括存中精天文學，東坡亦敬為大儒。渾天儀之説，漢、晉《天文志》、孔穎達《書》疏大略已盡之。蔡仲默《書傳》謂宋朝為儀三重，其在外者曰六合儀，次其外者曰三辰儀，最在內者曰四遊儀。四遊者，東西南北，無不周偏也。沈括曰：「舊法，規環一面刻周天度，一面加銀丁【一】。蓋以夜候天晦，不可目察，則以手切之也。古人以璿飾璣【二】，疑亦為此。」蔡氏曰：「今太史局秘書省，銅儀制極精緻，亦以銅丁為之【三】。」

【一】「銀」，常州本作「銅」。

【二】「璿」，文津閣本作「璇」。

【三】「丁」，文津閣本作「釘」。

四分度之一。日之一【一】。

陳壽翁曰：「四分度之一者，周天全度外，其零度有一度四分中之一分也，以對周歲全日外其零日亦有一日。四分中之一分，所謂四分日之一也。」壽翁名櫟，新安人，為《蔡氏書傳纂疏》。

正陽之月。

沈存中曰：「日食，正陽之月。先儒正謂四月，非也。正謂四月，陽謂十月。」王厚齋曰：「子由詩説與存中同。」

《集傳》中蘇氏，潁濱蘇子由也。

《春秋》必書。

春秋時日食，隱公一，桓公二，莊公四，僖公三，文公二，宣公三，成公二，襄公九，昭公七，定公三，凡三十有六。已見卷首，此復出之。

董子。

董子，董仲舒，廣川人，對漢武帝《三策》，仕江都相。

宰士。

《公羊傳》：「天王使宰咺來歸惠公仲子之賵。宰者何？官也。咺者何？名也。曷為以官氏？宰，士也。」何休注：「天子上士以名氏通，中士以官録，下士略稱人。」　咺，吁阮切。賵，芳鳳切。助喪之物，車馬曰賵。

蔡仲為卿士。

《左傳》定公四年，衛子魚曰：「管、蔡啟商，惎間王室。王於是乎殺管叔而蔡放也蔡叔，以車七乘、徒七十人。以車徒放之也。其子蔡仲，改行帥德，周公舉之，以為己卿士，見諸王而命之蔡。」　蔡放之蔡，一作粲，桑葛切，音撒。惎音忌，謀也。間音澗，離也。帥，入聲。

【一】「日之一」，文津閣本無。

膳夫。

天官屬，掌王之食飲膳羞，以養王及后世子。

內史。

春官屬，掌王之八枋之灋，以詔王治。一曰爵，二曰祿，三曰廢，四曰置，五曰殺，六曰生，七曰予，八曰奪。枋與柄同，兵病切。

趣馬。

夏官屬，掌贊正良馬，而齊其飲食，簡其六節。注云：「簡，差也。差擇其馬，以為六等。」

師氏。

地官屬，掌以媺詔王，以三德教國子：一曰至德，以為道本；二曰敏德，以為行本；三曰孝德，以知逆惡。教三行：一曰孝行，以親父母；二曰友行，以尊賢良；三曰順行，以事師長。居虎門之左，司王朝。掌國中丁仲切失之事，以教國子弟【一】。凡國之貴遊子弟學焉。注云：「媺與美同，告王以善道也。虎門，路寢門也。「中失」之中，杜子春云：『中當為得，記君之得失也。』」餘見《大雅·雲漢》。

向。

向，音餉。或云：向，姜國，河陽西北三十五里有向城。酈善長云：「軹南四十五里向城。」軹在濟源，地名，向上。闞駰《十三州志》云：「軹縣南山西曲有故向城【二】，即周之向國，皇父所『作都于向』者。楚州承縣亦有向城，乃莒國之向【三】，非河內之向。」

【一】「子弟」，原作「弟子」，據常州本及《周禮注疏》卷十四改。
【二】「城」，常州本作「地」。
【三】「國」，常州本作「邑」。

《雨無正》

昊天、旻天。

首章之首「浩浩昊天，不駿其德」，次云「旻天疾威，弗慮弗圖」，昊天、旻天之辨，説者引《九經考異》曰：「『旻天疾威』之旻天，字元作昊天，或並經與注，改作旻天，反謂昊天者非。孔氏疏云：『上有昊天，明此亦為昊天。』」

《考異》引孔疏。

《周官》八職，一曰正。

《天官・宰夫》：「掌百官府之徵令，辨其八職：一曰正，二曰師，三曰司，四曰旅，五曰府，六曰史，七曰胥，八曰徒。」注云：「別異諸官之八職，以備王之徵召所為。正，譬於治官，則冢宰也。」　胥，平、上二音。

退遂。

程子《易・大壯傳》：「如羝羊之觸藩籬，進則礙身，退則妨角，進退皆不可也。」

漢侍中。

《後漢書・百官志》：「侍中，比二千石，掌侍左右，贊導眾事，顧問應對。法駕出，則多識者一人參乘，餘皆騎在乘輿車後。或置或否。」注曰：「侍中，員本八人，舊在尚書上。今官出入禁中，更在尚書下。侍中與中官俱止禁中。武帝時，侍中莽何羅謀逆，由是出禁，外有事乃入，畢即出。莽何羅，即馬何羅，謀逆，故改。王莽秉政，侍中復與中官共上【一】。章帝時復出外。獻帝初即位，置侍中、給事、黃門侍郎員各六人，出入禁中，近侍帷幄，省尚書事。」

【一】「上」，《後漢書・百官志》注作「止」。

小旻之什

《小旻》

作舍道邊。

東漢博士曹褒請著《漢禮》，班固以為宜，廣集諸儒，共議得失。章帝曰：「諺言『作舍道邊，三年不成』。會禮之家，名為聚訟，互生疑異，筆不得下。昔堯作大章，一夔足矣。」乃拜褒侍中，授以叔孫通《漢儀》十二篇，曰：「此制散略，多不合經，今宜依禮條正，使可施行。」

五事之德。

《洪範》：「二、五事：貌、言、視、聽、思；恭、從、明、聰、睿；肅、乂、哲、謀、聖。」蔡氏《書傳》曰：「貌、言、視、聽、思，五事之序；恭、從、明、聰、睿，五事之德；肅、乂、哲、謀、聖，五德之用也。」

《小宛》

齊，壹。

「人之齊聖」，齊音整齊之齊。「彼昏不知，壹醉日富」，壹，專也，專務酣飲也。此嚴坦叔之說。

步屈。

步屈，一名蠖。許慎《說文》以為屈伸蟲。《易系》云：「尺蠖之屈，以求伸也。」《爾雅》尺字作蚇，從蟲。郭璞注以為蝍蛻。揚雄《方言》以為蠀蛻，其狀如蠶而絶小，行則促其腰，使首尾相就，乃能進步，屈中有伸，故名屈伸。鄭康成謂之屈蟲，郭景純又謂之步屈，今北方亦呼步屈。老則吐絲作蠒，然不可用。　蝍音即。蛻音促，子六切。蠀，在資切。

螟蛉、蜾蠃。

蜾字亦作蝸。　陸農師《埤雅》曰：「果蠃即今細腰土蠭，好禁蜘蛛。《説文》云：『天地之性，細腰，純雄，無子。』」《列子》曰：「純雄，其名稚蜂。」蓋其類也。摙泥作房，如併竹管，取桑蟲負之，七日而化為子，其祝聲可聽。《法言》曰：「祝之曰類我。」蓋其音云也。《莊子》曰：「細腰者化。」今呼大蜂【一】，啖子，地中作房者，亦曰土蜂，非此細腰土蠭也。果蠃一名蠮螉。蠮，亦作蠮，並音蠮。螉，音翁，一名蒲盧。《中庸》曰：「政也者，蒲盧也。」《化書》曰：「嬰兒似乳母，斯不遠也。」　南唐宋齊丘，字子嵩。《化書》曰【二】：「摙泥。」摙，音輦，搬運也。

嚴坦叔《詩緝》曰：「近世詩人取蜾蠃之巢【三】，毁而視之，乃自有細卵如粟，寄螟蛉之身以養之，其螟蛉不生不死，蠢然在穴中。久則螟蛉盡枯，其卵日益長大，乃為蜾蠃之形，穴竅而出。蓋此物不獨取螟蛉，亦取小蜘蛛置穴中，寄卵於蜘蛛腹脅之間，其蜘蛛亦不生不死，久之蜘蛛盡枯，其子乃成。今人養晚蠶者，蒼蠅亦寄卵於蠶之身，久之其卵為蠅，穴蠶而出，殆物類之相似者。」

黄東發《日抄》曰：「震戊辰考試省闈，聞同官宮教天臺董華翁朴云：『蜾蠃負螟蛉，埋土中而寄子其身，如雞抱子暖之而使生，然其子即蜾蠃之子，非以螟蛉之子為子也。《詩緝》之説得之【四】，揚子雲之説則失之耳。』」時有永嘉戴監簿侗聞其説【五】，亦云：『嘗親見蠮螉負螟蛉入筆管，有兩蠮螉互飛而共營之。初非獨陽無子，而外取螟蛉之子為子也。』今按陸氏蒲盧之名、戴氏筆管之説，則唐人有詩云『窗里日光飛野馬，案頭筠管長蒲盧』，其蠮螉營子之謂耶？」獨陽無子，《穀梁》莊三年傳：「獨陰不生，獨陽不生，獨天不生，三合然後生。」

【一】「大」，常州作「天」。
【二】「曰」，常州本作「書」。
【三】「蜾」，常州本作「果」。
【四】「緝」，原無，據常州本補。
【五】「薄」，常州本無。

犴獄。

《韓詩薛君章句》：「鄉亭之繫曰犴，朝廷曰獄。」薛君，薛漢也。亭，道路所舍也。狴豻，狴，邊兮切，豻、犴同，胡地野犬也。所以守者，故謂獄為狴豻。狴，又音痞。《路史·少昊紀》云【一】：「乃立豻獄，造科律，聽獄訟【二】，執中為虞之士，而天下亡冤，封之於皋，是曰皋陶。」

《小弁》

鸒。

鸒，雅烏也。雅、鴉通，平、上二音。

鵯。

鵯烏之鵯，音匹，又音卑。鵯烏亦名鵯鶋。

屬。

三章經文「不屬於毛」之屬，音燭。《傳》文「毛，膚體之餘氣末屬」，此屬字音蜀。

忍。

六章「維其忍之」之忍，當訓為殘忍之忍，如《左氏傳》所謂忍人也。

德宗太子。

唐郜國大長公主，肅宗之女，下嫁蕭升，其女為德宗太子妃，恩禮甚厚。德宗貞元三年八月，或告郜主淫亂，且為厭禱。德宗大怒，幽之禁中，切責太子。太子懼，請與妃離婚。帝召李泌告之，且曰：「舒王近已長立，孝友溫仁。」泌

【一】「少」，常州本作「小」。
【二】「訟」，常州本無。

曰：「陛下惟一子，奈何欲廢之而立姪【一】。且陛下所生之子猶疑之，何有于姪？舒王雖孝，自今陛下宜努力，勿復望其孝矣。此大事，願陛下審圖之！自古父子相疑，未有不亡其國者。」帝曰：「為卿遷延，至明日思之。」泌抽笏叩頭泣曰：「如此，臣知陛下父子慈孝如初矣，然陛下還宮當自審思，勿露此意於左右，露之則彼皆欲樹功於舒王，太子危矣。」帝曰：「具曉卿意。」間一日，帝開延英殿，獨召泌，流涕曰：「非卿切言，朕今日悔無及矣。太子仁孝，實無他也。」

《巧言》

忠言良藥。

《孔子家語・六本》篇：「孔子曰：『良藥苦於口而利於病，忠言逆於耳而利於行。湯武以諤諤而昌，桀紂以唯唯而亡。』」沛公入咸陽，意欲留居之，樊噲諫不聽，張良曰：「忠言逆耳利於行，毒藥苦口利於病【二】，願聽噲言。」

《何人斯》

蘇、暴【三】。

蘇，已姓，子爵，在夏曰伯。懷州之武德有蘇古城，在濟源西北二里。樂史《寰宇記》云：「蘇忿生之故邑也。」暴，暴新公采，鄭邑也，一曰隧。《世本》云：「周圻內國名。」

陳。

「胡逝我陳」，堂塗謂之陳，堂下至門之徑也。《陳風》「中唐有甓」，廟中路謂之唐。唐之與陳，廟、庭之異耳，唐

【一】「之」，文津閣本作「子」。
【二】「毒」，常州本作「良」。按，《漢書》卷四十《張陳王周傳》正作「毒」。
【三】常州本有小字「陳」，下「陳」條附此條下。按，「胡逝我陳」，《詩集傳・何人斯》有釋，故仍以原本「陳」單出成條為是。

亦堂下至門之徑也。

《字林》

《字林》，呂沈作，以解字義。「張目」，即《爾雅》注中語。

盱衡。

《漢書·王莽傳》：「盱衡厲色。」孟康注曰：「眉上曰衡。盱衡者，舉眉揚目也。」盱，許於切。梁劉孝標《絶交論》：「見一善則盱衡扼腕，遇一才則揚眉抵掌。」晉左太沖《魏都賦》：「魏國先生有睟其容，乃盱衡而詰。」李善注曰：「詰，告也。」本文作詰，今《集傳》作語。

衹。

「俾我衹也」，衹音祁支切，鄭氏音止皮切。衹字又作衹，無下一畫。按無下一畫者，正音祁支切。

三物。

犬、豖、雞，三物以詛。鄭莊公詛射潁考叔者，使卒出豭，行出犬、雞，亦以此三物，意古有其法爾。

《巷伯》

孟子以讒被宫。

《漢書·馮奉世傳》班固贊馮參曰：「讒邪交亂，貞良被害，自古而然。故伯奇放流，孟子宫刑。」張晏曰：「寺人孟子，賢者，被讒見宫，而作《巷伯》之詩也。」墨、劓、剕、宫、大辟謂之五刑。宫為淫刑，男子去其勢而為閹人，婦人則幽閉之。

永巷。

劉向《列女傳》：「周宣王姜后脱簪珥，待罪永巷。」《史記·范睢傳》：「睢得見秦王於離宫，佯為不知永巷而入其中。王來而宦者怒【一】，逐之。」《三輔黃圖》曰：「永巷，永，長也。宮中長巷，幽閉宮女之有罪者。武帝時改為掖庭，置獄焉，謂之掖庭詔獄。」

班固《司馬遷贊》。

司馬遷薦李陵為將，李陵戰敗，降匈奴。武帝怒處遷宮刑，下蠶室。遷有《報任安書》，自陳已志。《漢書·司馬遷傳》：「班固贊曰：『嗚呼，以遷之博學洽聞，而不能以智自全。既陷極刑，幽而發憤，書亦信矣。言《任安書》。跡其所以自傷悼，《小雅·巷伯》之倫。夫惟《大雅》既明且哲，能保其身，難矣哉！」孔穎達曰：「司馬遷以良史之才，所坐非罪，及其刊述墳典，辭多慷慨，是以班固云《小雅·巷伯》之倫焉。」

《谷風》

焚輪。

《爾雅·釋天》曰：「風焚輪謂之穨。」郭景純注云：「暴風從上而下者。」穨與頹同。焚輪亦當時方言。

《蓼莪》

蒿菣、莪、蔚、蘩、蕭、苹、蔞【二】。

蒿者，衆蒿之總名。蒿之言高也。《爾雅》：「蘩之醜，秋為蒿。」郭景純曰：「醜，類也。春時各有種名，至秋老成，皆通呼為蒿也。」

【一】「宦」，原作「官」，據常州本改。

【二】「蒿」，原作大字「諸蒿通」，且小字「菣」上有小字「蒿」，據常州本改。

菣【一】，《鹿鳴》「食野之蒿」，《傳》云：「菣也，即青蒿也。」菣音去刃切，又音牽去聲。《爾雅》：「蒿，菣。」注云：「今人呼青蒿，香而中炙啖者為菣。」

莪，《爾雅·釋草》曰：「莪，蘿。」郭景純以為莪蒿，亦謂之藁音凜蒿。陸璣以為蘿蒿，又一名角蒿，葉似邪蒿而細【二】，味似蔞蒿而香【三】。

蔚，牡菣也，青蒿之類也【四】。《釋草》以為牡菣，陸璣以為牡蒿，蓋蒿之雄而無子者。三月始生，七月著花，八月為角，一名馬新蒿，一名馬先蒿。蔚有角而云無子者，蓋今之青蒿，葉端皆作子，如米許大；蔚則無之，是以謂之牡蒿、牡菣也。

蘩，白蒿，一名皤蒿、青蒿。蓋蒿背之不白者，白蒿乃蒿背之白者耳。

蕭，亦青蒿。《爾雅》：「蕭，荻。」已見第三卷《王風》【五】，陸璣以為荻蒿，或以為牛尾蒿。

苹，藾蕭，亦名藾蒿。陸璣云：「葉青，白色，莖似箸而輕肥。」

蔞，蒿。《爾雅·釋草》：「購，蔏蔞。」舍人曰：「購，一名蔏蔞。」郭景純云：「蔞蒿也。」舍人，漢時注《爾雅》者，不載姓名。有芸草者，謂之芸蒿，蓋香草也。江東茹為生菜，呼七里香，附見於諸蒿之末云。

王裒父死非命。

魏齊王曹芳嘉平四年，吳諸葛恪修東興堤，魏司馬昭與戰，敗走。司馬師削弟昭爵。東關之敗，昭問僚屬曰：「近日之事，誰任其咎？」安東司馬王儀對曰：「責在元帥。」昭怒曰：「司馬欲委罪於孤耶？」斬之。儀子裒痛父死非命，隱

【一】「菣」，原無，據文津閣、常州本補。
【二】「薌」，文津閣本、常州本作「雅」。
【三】「蒿」，常州本無。
【四】「類」，原無，據文津閣、常州本補。
【五】「第」，常州本無。

居教授，三徵七辟皆不就，未嘗西向而坐廬於墓側，旦夕攀柏悲號，涕淚著樹，樹為之枯。讀詩至「哀哀父母，生我劬勞」，未嘗不三復流涕。門人為之廢《蓼莪》。家貧，計口而田，度身而蠶，人或饋之，不受；助之，不聽。諸生密為刈麥，裒輒棄之，遂不仕而終。

《大東》

駕，謂更其肆。

鄭康成曰：「襄，駕也。駕謂更其肆也。從旦至暮七辰，辰一移，因謂之七襄。」肆，次也。更，平聲。

啟明、長庚、箕、斗。

鄭漁仲曰：「啟明金星，長庚水星。金在日東，故日將出則東見；水在日西，故日將沒則西見。」　箕斗，謂南斗。韓昌黎詩：「我生之辰，宿直南斗，牛奮其角，箕張其口。」揚州斗牛之墟【一】，指南斗也。

《四月》

赤棟【二】。

所革、霜狄二切。

輞。

攢車輪之木也。

詩傳旁通卷八

【一】「斗牛」，常州本作「牛斗」。按，「斗」与「牛」為兩星宿名，稱「斗牛」、「牛斗」皆可。

【二】「棟」，原作「楝」，據常州本及《詩集傳》改。

詩傳旁通卷九

小雅

北山之什

《北山》

獨賢。

呂成公曰：「《孔叢子》云：『我從事獨賢，勞事獨多也。』」

鞅掌。

孔穎達曰：「《傳》以鞅掌為煩勞之狀，鄭以鞅如馬鞅之鞅，掌如以手執物。」許慎曰：「馬之頸組曰鞅，亦謂之纓。」　范處義《詩補傳》曰：「鞅、掌皆所以拘物，謂王事所拘也。」

《鼓鐘》

淮。

淮水出唐州桐柏縣大復山，東過義陽，今信陽州也。東過褒信，汝水自西北來入之。東過安豐，決水自南來入之，東北有窮水從北來入之。東過下蔡，潁水從西北來入之。東過壽春，肥水從東南來入之。淝河自安豐城中流出，入淮，今淤塞矣。又東北有濠水入之。東過鍾離，又東過盱眙，有汴水從北來入之。有渦水出淮陽，入淮，謂之渦河，渦與過同音戈。東至山陽，通邗溝。邗音寒，亦名韓江，亦名邗溟溝。春秋時吳將伐齊，霸中國，故於廣陵城東南築邗城，城下掘深溝，通江入淮，以便糧道。今楚州淮安之水，即古邗溝之水。率以堨堰限之，其淮水自唐州、信陽州來，尚淺且狹，其下諸水匯之，乃大而深。東至下邳之宿遷【一】、淮安之桃源二縣之境，合大清口、小清口黃河之水，趨安東州入海。安東，宋之漣水軍也。班固云：「淮水行三千二百四十里。」

以雅以南。

羅泌長源《路史》載：「塗山氏之詩曰：禹初來南，塗山之女作歌，以俟其伯姬【二】，曰『候人兮猗』，而南言自此始也【三】。至周之君臣取風焉，實為《周南》《召南》。」長源子苹華叔注曰：「南樂名《胥鼓南》。以雅以南，若《象簫》《南籥》也。」　廬陵羅氏一門七世，有大名者三人。羅謙中，名無競，號遯翁，門人私謚為孝逸，澹庵胡公銓作《孝逸先生傳》。謙中子長卿，名良弼，號蘭堂，《吉州圖經》有《先賢傳》。長卿子長源，名泌，號歸愚，搏齋曾公豐作《擬國史傳》。長源子華叔，名苹，承父命作《路史注》。謙中曾祖晟，祖亮，父允，以好善聞州里，羅氏一門如此。江陰邱真長，名壽雋，以煥章閣待制知贛州日作《路史序》。

《楚茨》

茨，蒺藜。

邢昺《爾雅》疏曰：「茨，一曰蒺藜。」郭璞《爾雅》注曰：「蒺藜布地蔓生，細葉，子有三角，刺人。」陸農師曰：「狀如菱而小，可以茨牆，故謂之茨。今兵家乃鑄鐵為之，以梗敵路，謂之渠答。」《漢書·鼂錯傳》：「布渠答。」

【一】「至下邳」，原作「下至邳」，據常州本改。
【二】「俟」，常州本作「侯」。
【三】「言」，各本皆同。按，「言」應是「音」字之訛。

蘇林曰：「渠答，鐵蒺藜也【一】。」渠答，見兵書《尉繚子》。

妥尸、侑尸。

孔穎達曰：「《郊特牲》云：『舉斝角，詔妥尸。』注云：『妥，安坐也【二】。尸始入，舉奠斝若奠角。將祭之，祝則詔主人拜安尸，使之坐。尸即至尊之坐，或時不自安，則以拜安之【三】。』是又迎尸使處神坐也。角與斝皆酒器。斝，玉爵也。角受四升。」呂成公曰：「《少牢饋食禮》云：『尸升筵，祝、主人皆拜妥尸。尸答拜，遂坐。尸告飽。祝侑曰：「皇尸未實，侑。」尸又食。主人不言，拜侑。尸又三飯。』注云：『祝言而不拜，主人不言而拜，親疏之宜。』」

祊，廟門內。

《記·禮器》曰：「設祭於堂，為祊乎外，故曰：『於彼乎，於此乎？』」鄭氏注云：「設祭於堂者，謂薦腥爓之時，設饌在堂也。祊祭之明日，繹祭也。廟門謂之祊，設祭在廟門外之西旁，故因名為祊也。《記》者又引古語云『於彼乎，於此乎』，言不知神於彼饗之乎，於此饗之乎?」爓，徐廉切，又音尋。

靈保。

《楚辭·九歌》：「思靈保兮賢姱。」朱子《集注》曰：「洪慶善說靈保是巫，詩中不說巫，當便是尸。」

肝從、膰從。

此《郊特牲》之文也。注曰：「從如《禮器》『卿大夫從君，命婦從夫人』之從，音才用切。」

內羞、庶羞。

孔穎達曰：「《儀禮·有司徹》云：『宰夫羞房中之羞，司士羞庶羞。』注云：『房中之羞，其籩則糗餌粉餈，其豆則酏食糝食。庶羞，羊臐豕膮皆有胾醢。房中之羞，內羞也。』」庶，衆多也。鄭玄注云：「羊曰臐，豕曰膮，皆香美之

【一】「蒺」，原作「茨」，據常州本及《漢書·晁錯傳》改。
【二】「安」，常州作「定」。
【三】「以拜」，原作「拜以」，據常州本及《毛詩正義》卷十三之二改。

名。」糗，去九切，又音救。餈音茨。酏，音移。《禮記・內則》：「糗餌粉酏。」糗，又音昌紹切。酏，讀曰餈，之然切，又之善切。食音飼。膷音勳。膮，馨幺切，音曉。胾，側吏切。膷，羊臛；膮，豕羹。臛，黑各切，音壑，肉羹也。羹與臛互文耳。

易幾而哭。

《左氏》定公元年【一】，叔孫成子逆公之喪于乾侯。季孫曰：「子家子亟言於我，未嘗不中吾志也。吾欲與之從政，子必止之，且聽命焉。」子家子不見叔孫，易幾而哭。子家子，子家羈，從昭公在外者。幾音機。哭，會也。不欲見叔孫，故朝夕哭不同會。叔孫成子，叔孫不敢。季孫者，季孫意如，季平子。子家羈，莊公玄孫子家懿伯。中音衆。

《少牢》嘏詞【二】。

《少牢饋食禮》：「祝酌，授尸，以嘏于主人。」自「皇尸命工祝」至「勿替引之」，皆《饋食禮》之文。嘏，福也。

告利成。

《儀禮・少牢饋食禮》：「主人出，立於阼階上，西面。祝出，立於西階上，東面。祝告曰：『利成。』祝入，尸謖。主人降立于阼階東，西面。」注：「利，猶養也。成，畢也，言孝子之養禮畢也。謖，起也。」謖，所六切。

尸出入奏《肆夏》。

見《周禮・春官・鐘師》注。

【一】「元」，常州本作「九」，誤。
【二】此條原本在「尸出入奏《肆夏》」條後，據常州本改。

《信南山》

終南山。

在京兆咸寧縣南五十里，舊萬年縣。接鳳翔府武功縣東。古以太一山為終南，《左氏》謂之中南。

遂溝。

《地官・遂人》：「凡治野，夫間有遂，遂上有徑；十夫有溝，溝上有畛。」六尺為步，步百為畝，畝百為夫。遂、溝皆通水於川。

畔上種瓜。小雨。

《前漢・食貨志》：「還廬樹桑，菜茹有畦。瓜瓠果蓏，植於疆埸。雞豚狗彘，毋失其時。」蓏，魯果切。埸音亦。

二章「冬有積雪」句，春而益之以小雨句。

鸞刀。

《禮記・祭義》：「鸞刀以刲取膟膋。」刲音睽，膟音律，膋音聊。膟膋，腸間脂也。《祭統》：「鸞刀羞嚌劑【一】。」《郊特牲》：「割刀之用而鸞刀之貴。」《公羊傳》：「右執鸞刀。」何休注：「割切之刀，環有和，鋒有鸞。」

《記》曰。

《禮記・郊特牲》篇也。鄭氏注曰：「灌，謂以圭瓚酌鬯，始獻神也。已，乃迎牲於庭殺之。天子、諸侯之禮也。奠，謂薦熟時也。《特牲饋食》所云『祝酌奠于鉶南』是也。蕭，薌蒿也。染以脂，合黍、稷燒之。《詩》云『取蕭祭脂』，羶當為馨，聲之誤也。奠或為薦。」鉶音刑，羹器也。薌、香通。合，如字，又音閤。

【一】「劑」，為「嚌」字音注，原本誤作大字正文，據常州本改。

焫羶薌。

焫與爇同，儒劣切，燒也。羶薌之羶，音馨。

《甫田》

九一之法。

為公田而行助法，殷商之井田也。

后稷為田【一】。

《漢・食貨志》：「武帝末年力農，以趙過為搜粟都尉。過能為代田，一晦畝三甽畎。歲代處，故曰代田，古法也。后稷始甽田，以二耜為耦。廣尺深尺曰甽，廣、深，去音。長終晦。一晦三甽，而播種上音於甽中。苗生葉以上，稍耨隴草，因隤音頹，下也。其土以附苗根。故其詩曰：『或芸或芓，黍稷儗儗。』芸，除草也。芓，附根也。言苗稍壯，每耨輒附根，比盛暑，隴盡而根深，能耐風與旱【二】，故儗儗然而盛也。」

秀民。

《管子・小匡》篇曰：「今夫農，群萃而州處。察其四時，權節其用，耒耜枷芟。及寒，擊菒除田，以待時耕，而疾耰之以待時【三】。時雨既至，挾其槍、刈、耨、鎛，以旦暮從事於田野，脫衣就功，首戴茅蒲，身衣襏襫，霑體塗足，暴其髪膚，盡其四肢之敏，以從事於田野【四】。少而習焉，其心安焉，不見異物而遷焉。是故其父兄之教不肅而成，其子弟之學不勞而能。夫是故農之子恒為農，野處而不暱。其秀民之能為士者，必足賴也。」州，二千五百家也。菒，枯草

【一】此條原在「九一之法」條前，據常州本改。

【二】「耐」，為「能」字音注，原本誤作大字正文，據常州本改。

【三】「時」，常州本無。按，「時」下《管子・小匡》篇有「雨」字。

【四】「野」，常州本作「畝」。

也。搶音鏘，陽、庚二韻。鎛音博。襏、襫音撥、適。暴，步木切。暱，尼質切，近也。說又見《國語・齊語》。

陳陳相因。

《前漢書》：「太倉之粟，陳陳相因，充溢露積於外，至腐敗而不可食。」

有年。

五穀皆熟為有年。

句龍氏。社、稷。

共工氏有子曰句龍氏，平水土，故祀以為社。

社【一】，共工氏之霸九州也，其子曰后土，能平九州，故祀以為社。

稷【二】，厲山氏之有天下也，其子柱能植五穀，故祀以為稷。蔡邕曰：「周棄播殖百穀，以稷為百穀之長，因以稷名其神。」

羅弊。

《周禮・夏官》大司馬之職，「中音仲秋，教治兵。遂以獮田，如蒐田之法，羅弊獻禽以祀祊。」鄭氏注曰：「秋田為獮。獮，殺也。羅弊，罔止也，罔、網通。秋田主用罔，中音眾殺者多也，皆殺而罔止。祊當為方，聲之誤也。秋田主祭四方，報成萬物，《詩》曰『以社以方』是也。」 獮音蘚。四時獵：春蒐，夏苗，秋獮，冬狩。

倉廩，禮節。

《管子・牧民》篇：「國多財則遠者來，地辟闢舉則民留處，倉廩實則知禮節，衣食足則知榮辱，上下服則六親固，四維張則君令行。」

【一】「社」，原無，據文津閣本補。
【二】「稷」，原無，據文津閣本補。

《大田》

稂，童粱。

《爾雅·釋草》：「稂，童粱。」郭璞注以為莠類，陸璣《草木疏》：「禾粟秀為穗而不成，崱嶷然，謂之童粱。又人謂之宿田翁【一】，或謂之守田。」稂，因郎有郎、良二音。《說文》作節，謂之童節。崱，土力切。嶷，魚力切。

螟。蟊、蜚【二】。

螟食苗心，李巡《爾雅》注曰：「言其姦冥。冥，難知也。」劉向《五行傳》曰：「視之不明，時則有蠃蟲之孽，謂螟、螣之類；聽之不聰，時則有介蟲之孽，謂蟊、蜚、蝝之類。」或曰：蝝，螟之始生，屬蠃蟲之孽。羅端良《爾雅翼》曰：「如此則但知螟螣之為蠃蟊，蝝之為介而已。今食苗心者乃無足小青蟲，既食其葉，又以絲纏集眾葉，使穗不得展。江東謂之橫蟲，讀如橫逆之橫，言其橫生，又為橫災。漢孔臧《蓼蟲賦》『爰有蠕蟲，厥狀似螟』，是螟為無足蠕蠕之蟲也。」　蜚，父沸切，音翡。蝝，余專切，音鉛。蠃，魯果切，音裸。蟥，橫去聲。蝡，尺兖切，音舛。蠕，乳兖切，音軟。

蟊，《公羊傳》作蛑。蟊之類群盛，故《春秋》書「雨蟊于宋」【三】。雨，去聲，言自上而下，眾多之甚，如雨之雨也。

蜚，蜚者，負盤臭蟲也，亦作蜰，似䗪音柘蟲而輕小能飛。《春秋》書「蜚」。劉向以為蜚色青，近青眚。眚音生之上聲，災也。劉歆以為負蠜也，性不食穀，食穀為災，介蟲之孽。羅端良曰：「今負盤好以清旦集穀上，食稻花，田家率以蚤作掇拾，置他所，至旦日出，則皆散去，不可得矣。既食稻花，又其氣臭惡，能熯稻，使不蓄。《春秋》書之當由此爾。今人謂之蜚盤蟲，亦謂之香娘子。《本草》謂之蜚蠊。」羅端良先於晦庵數年，晦庵稱羅豫章。

【一】「又人」，文津閣本、常州本作「今又」，《爾雅注疏》卷八作「今人」。

【二】原本「蟊」、「蜚」於「賊」條後分別單出成條，據常州本改。

【三】「春」，常州本作「書」，誤。

螣。

螣與蟘古今字，通用。食禾葉者謂之蟘，是蟘即蝗也。其種類不一，故《月令》曰：「百螣時起。」許慎曰：「百螣動股。」動股者蚣蝑，蝗屬，時起害稼。蟘之言貸，言假貸無厭故曰蟘【一】。此李巡輩之言。李巡、孫炎解《爾雅》並因托惡政為説。螣、蟘、蟘、蚮、蟘並通，敵德切，音特。蚣一作蜙，先恭切。蝑音胥。

蟊。

蟊字亦作蝥，食禾根者。李巡曰：「言其稅取萬民財貨，故云蟊。」或曰：蟊，螻蛄也。《爾雅》：「蝚音柔，蛖螻。」蛖，武江切。《方言》曰：「蛄諸謂之社略音格，螻螲音窒謂之螻蛄，或謂之蟓音象蛉音零，南楚謂之社狗，或謂之蛞螻。螻蛄食苗根，為人患。」

賊。

賊，食禾節者。李巡曰：「言其貪狠，故曰賊。」陸璣曰：「螟似虸蚄，而頭不赤。賊似桃李中蠹蟲，赤頭，身長而細耳。」虸蚄一作子方。

姚崇遣使捕蝗。

唐玄宗開元三年，山東大蝗，民或於田旁焚香膜拜設祭，而不敢殺。姚崇遣御史督州縣，捕而瘞之。崇奏：「《詩》云『秉畀炎火』，此除蝗之義也。」膜音模，莫胡切。膜拜，長跪也。

《瞻彼洛矣》

洛。穀、伊、纏、澗【二】。

【一】「曰」，原作「生」，據常州本改。

【二】原本「穀」、「伊」、「纏」、「澗」於此條後分別單出成條，據常州本改。本條原在「韋弁」條後，據常州本類目及《詩集傳》釋文順序改。

洛水出商州上洛縣冢嶺山。桑欽《水經》云：「出讙舉山。」鄭漁仲云：「恐是上洛舊名讙舉，東過熊耳山，又東北過虢州盧氏縣，又東過河南縣，穀水從西來入焉。又東過洛陽南，伊水從西來入焉。又東北過鞏縣東，又北入於河。班固云：『洛水行千七十里。』又有一洛水，出同州蒲城縣洛水谷。谷在荊山，《禹貢》所謂『荊岐既旅』者，其水東南流，至耀州富平入渭。」

穀，穀水出澠池縣陽穀谷，入洛。

伊，伊水出虢州盧氏縣熊耳山，東北過陸渾、伊闕，至洛陽入洛。

瀍，瀍水，舊云出穀城縣潛亭北。今穀城并為河南縣地，東過洛陽，至偃師縣入洛。

澗，澗水出河南新安縣南白石山，東南入瀍。

伊、洛、瀍、澗，河南之水。《春秋説題辭》云：「洛之為言繹也，言水繹繹光耀也。」王氏曰：「洛水有二，其一在宗周，其一在東都。在宗周則《周官·職方氏》所謂『河西曰雍州，其浸渭洛』是也；在東都則《書·康誥》所謂『周公初基，作新大邑於東國洛』是也。」

茅蒐。

茅蒐，茹藘也。古謂之茅蒐，今謂之茜草。茜亦作蒨。一名地血，一名牛蔓，染絳之草也。葉似棗葉，頭尖，下闊，莖葉俱澁，四五葉對生節間，蔓延草木上，根紫赤色，八月採根以染。《説文》曰：「茅蒐染草，一入為韎。」《詩》所謂「韎韐有奭」，《左傳》所謂「韎韋之跗注」，皆茅蒐所染之皮為之。凡皮，生者為革，熟者為韋。韎，赤色。茹藘音閭。蒐音搜。茜，千之切【一】。

韋弁。

《周禮·夏官·弁師》：「掌韋弁、皮弁。」注云：「弁者，古冠之名稱，委貌。緇布曰冠。」 韎韐，朱子云：「只

【一】「千」，常州本作「倉」。

是戎服。《成公十六年》：『韎韋跗注。』」跗音敷，跗注，戎服，若袴而屬於跗，與袴連。跗，足之背也。

琫珌【一】。

《毛傳》曰：「士珕琫而珕珌。」琫，必孔切，佩刀削之上飾。削，去聲。珕，力計切，音荔。《說文》曰：「蜃屬。」蜃，大蛤也，蚌亦一名蜃。《周禮》「蜃物、蜃器」，地官掌蜃，《春秋傳》之「蜃炭」，皆謂蛤蜃之蜃，非蛟蜃之蜃。羅端良云：「珕即牡蠣。」

桑扈之什

《桑扈》

方伯連帥。

《禮記・王制》：「千里之外設方伯，五國以為屬，屬有長；十國以為連，連有帥；三十國以為卒，卒有正；二百一十國以為州，州有伯。」鄭氏注云：「屬、連、卒、州，猶聚也。伯、帥、正，亦長也。凡長，皆因賢侯為之。殷之州長曰伯，虞夏及周皆曰牧。」

《鴛鴦》

左翼右翼【二】。

《爾雅・釋鳥》曰：「鳥之雌雄不可別者，以翼右掩左，雄；左掩右，雌。」雖非橫渠並棲之說，亦互相發。

【一】「琫珌」，原作「珕琫珕珌」，據常州本改。
【二】「左翼右翼」，原作「翼左右掩」，據常州本及《詩集傳》改。

𡹎。

𡹎音對，與摧同，采臥切，軟弱也。

《頍弁》

頍，弁貌。

《後漢・輿服志》：「古者有冠無幘，其戴也，加首有頍，所以安物。故《詩》曰『有頍者弁』，此之謂也。」

蔦、女蘿【一】。

蔦，寄生。孔穎達以為《爾雅・釋草》無文，今説見於陸璣《草木疏》。陸疏蓋因《毛傳》為説也【二】。女蘿，《毛傳》以為菟絲、松蘿。《爾雅・釋草》：「唐、蒙，女蘿。女蘿，菟絲。」又云：「蒙，王女【三】。」唐也，蒙也，女蘿也，菟絲也，王女也，凡別五名。陸璣《草木疏》曰：「菟絲蔓連生草上，黄赤如金，今合藥菟絲子是也，非松蘿。松蘿自蔓松上，生枝正青，與菟絲殊異。」

期。

「實維何期」之期，音基。

摶。

「遇溫氣而摶」之摶音團，徒端切，摶擊也，摶控也，聚也。

【一】此條原在「摶」條後，據常州本改。

【二】「疏」，常州本作「璣」。

【三】「王」，常州本作「玉」，本段下同。按，阮元《爾雅注疏校勘記》以作「王」者為是。

《車舝》

景行。

慈溪黃氏震《日抄》曰：「景者，大也。行者，路也。大路則行之也。《表記》之言，蓋斷章取義，以為嚮往而興起。唐明皇序《孝經》，有「景行先哲」之語，後人緣此，遂有景慕之説。不以景為大，行為路，非經旨矣。」苕溪胡氏仔《漁隱藂話》曰：「黃魯直云：『俞清老作景陶軒，名為未當。《詩》云「景行行止」，景，明也，明行則行之耳。魏晉間所謂景莊、景儉等從，一人差誤，遂相承繆。』」

《青蠅》

青蠅變白黑。

段成式《酉陽雜俎》曰：「蒼蠅聲雄壯，青蠅聲清聒，其聲皆在翼。蒼蠅糞敗物，雖玉猶未能免，所謂蠅糞點玉是也。青蠅首赤如火，背若負金，污穢能變白黑，謂其點白為黑，點黑為白也。」一云青蠅點玉【一】。

《賓之初筵》

侯。

《考工記》：「梓人為侯，廣與崇方，參分其廣而鵠居一焉。」《天官·司裘》：「王大射，則共音恭虎侯、熊侯、豹侯，設其鵠。諸侯則共熊侯、豹侯，卿大夫則共麋侯，皆設其鵠。」鄭康成注曰：「謂之侯者，天子中音眾之則能服諸侯，以下中之則得為諸侯。」

【一】「一云青蠅點玉」，常州本作大字正文。

白質、赤質。

《鄉射記》文【一】。白質赤質者，皆謂采其地。不采者，白布也。熊、麋、虎、豹、鹿、豕，皆正面畫其頭象於正鵠之處。君畫一，臣畫二，陽奇音基陰耦之數也。凡畫者，丹質。侯皆畫雲氣於其側以為飾，必先以丹采其地。丹淺於赤也。

上綱、下綱【二】。

《梓人》：「上綱與下綱出舌尋，縜寸焉。」縜，於貧切，又尤粉切，亦古大切，籠綱者也。鄭康成云：「綱，所以繫侯於植者也。植，直吏切。上下皆出舌一尋者，亦人張手之節也。鄭衆云：『綱，連侯繩也。縜，籠綱者。舌，維持侯者。』」《大射儀》：「前期三日，張大侯，不繫左下綱。」孔穎達曰：「鄉射之初，雖言張侯，而以事未至，經云『不繫左下綱，中掩束之』；至於將射，以司正為司馬，乃云『司馬命張侯，弟子脫束，遂繫左下綱』。是將射始張之。」

射禮三耦。

《儀禮》：「大射之禮，司射作三耦。射三耦，出次，西面揖，當階，北面揖，及階揖。卒射，北面揖。揖如升射，適次，反位。三耦卒射亦如之。」耦，對也。射必有耦，上耦、次耦，所以決勝負【三】、別能否也。

的質。

「發彼有的」，《毛傳》：「的，質也。」孔穎達曰：「鄭衆、馬融注《周禮》皆云『十尺曰侯，四尺曰鵠，二尺曰正音征，四寸曰質』，以為侯皆一丈，鵠及正、質於一侯之中為此等級，則亦以此質為四寸也。一說：射張皮謂之侯，侯中謂之鵠，鵠中謂之正，方二尺。正中謂之槷，方六寸。槷即質也。王肅改質為六寸。」

【一】「射」，原作「村」，據常州本改。
【二】「上綱」，常州本無。
【三】「以」，常州本誤作「次」。

豐上之觶。

大射之禮，司射命設豐於西楹西。勝者之子弟洗觶，酌奠于上【一】。勝者、不勝者出，揖如升射。及階，勝者先升堂，不勝者進，坐，取豐上之觶，興，立卒觶，坐，奠於豐下，興，揖，先降。

因射而飲【二】。

《射禮》有三：大射，賓射，燕射。《周禮·梓人》云：「張皮侯而棲鵠，則春以功。」注云：「春讀為蠢，蠢，作也，出也。天子將祭，必與諸侯群臣射，以作其容體，出其合於禮樂者，與之事鬼神。」皮侯，以皮所飾之侯，大射之侯也。《梓人》云：「張五采之侯，則遠國屬。」注云：「五采之侯，謂以五采畫正之侯。遠國屬者，若諸侯朝會。王張此侯與之射，所謂賓射也。正之方外如鵠，內二尺五。采者，內朱，白次之，蒼次之，黃次之，黑次之。其侯之飾，又以五采畫雲氣焉。」《梓人》云：「張獸侯則王以息燕。」注云：「獸侯，畫獸之侯。天子熊侯，白質；諸侯麋侯，赤質；大夫布侯，畫以虎豹；士布侯，畫以鹿豕。凡畫者當質。是獸侯之差也。息者，休農息老物也。燕謂勞使臣，若與群臣閒暇飲酒而射也。」勞，力報切。使，色吏切。

拾發。

《儀禮·大射》：「拾發以將乘矢。」拾音跲，巨業切，更也。將，行也。四矢謂之乘，射者更代發以行此四矢。

崇坫康圭【三】。

《記·明堂位》：「崇坫康圭。」鄭氏注云：「崇，高也。康，讀為亢龍之亢。又為高坫，亢所受圭，奠於上焉。」坫，築土為之，在兩楹間。康，舉也，舉圭於坫之上也。

因祭而飲。

【一】「于」下，《儀禮注流》卷十八有「豐」字。
【二】此條原在「拾發」條後，據常州本改。
【三】此條原在「因祭而飲」條後，據常州本改。

蘇子由曰：「先王將祭，必大射以擇士。將射，必先行燕禮。既安賓，然後改懸以避射。既旅，然後張侯及弓。比其射夫而耦之，既耦，然後拾發。」　崔靈恩《集注》以一章之「賓之初筵，左右秩秩」為大射，二章之「籥舞笙鼓，樂既和奏」為燕射。

始治卒亂。

《莊子·人間世》篇：「以禮飲酒者，始乎治，常卒乎亂。」郭象注曰：「治謂尊卑有別，旅酬有次。亂謂湛湎淫液也。旅，衆也，衆相酬酢也。」湛音沈。液、溢同。

司正。

《儀禮·鄉飲酒》：「主人降席自南方，不由北方，由便。側降，側，特也。賓介不從，故言側。作相為司正。作，使也。相，去聲。《鄉射》：「主人降席自南方，側降，作相為司正。」《燕禮》：「射人自阼階下，請立司正。公許射人，遂為司正。」

《采菽》

路車。

《春官·巾車》：「王五路：玉路、金路、象路、革路、木路。玉路鍚【一】，樊纓十有再就，建大常【二】，十有二斿，以祀。金路，鉤，樊纓九就，建大旗，以賓，同姓以封。象路，朱，樊纓七就，建大赤，以朝，異姓以封。」　玉、金、象三路以玉、金、象飾諸末也。革路鞔之以革而漆之，無他飾。木路不鞔以革，漆之而已。就，成也。五色備而一匝謂之一就。樊及纓皆以五采罽飾之。鍚音羊，樊音盤，鞔音瞞，罽音計，斿音留。斿，旒也。

【一】「鍚」，原作「錫」，據常州本及《周禮注疏》卷二十七改，本段下同。
【二】「大」，原作「太」，據常州本及《周禮注疏》卷二十七改。

袞冕。

周冕有五：一袞冕，二鷩冕，三毳冕，四絺展几切冕，五玄冕。第五卷《九罭》篇已載九章之義，茲再出十二章說。邢叔明昺曰：「日月星辰取其照臨於下，山取興雲致雨，龍取變化無窮，華蟲謂雉，取耿介，藻取文章，火取炎上，以助其德，粉取潔白，米取能養，黼取斷割，黻取背惡嚮善。」

檻泉。

《爾雅》云：「檻泉正出。」《公羊傳》云：「直出。」直猶正也。正出者，湧出也，自發源處湧而直上，故曰正出。

行縢。幅、齊。

縢，緘也。行縢者，言行而緘束其足。

幅，嚴坦叔音偪，言攷《內則》之偪及《左傳》「帶裳幅舄」，幅、偪字異，皆音逼。

齊【一】，「恭敬齊遫」之齊，音咨。

紼纚維。

紼者，繂也。纚維者，繫也。繂，音律。

《菀柳》

瘵，病【二】。

《戰國策》：「楚春申君使人請孫子於趙。孫子為書謝，因為賦曰：『寶珍隋珠，不知佩兮；褘布與絲，不知異兮。閭姝子奢，莫知媒兮；媒母求之，又甚喜之兮。以瞽為明，以聾為聰，以是為非，以吉為凶。嗚呼上天，曷惟其同！

【一】「齊」，原無，據文津閣本、常州本補。
【二】「瘵病」，原作「戰國策」，據常州本改。

《詩》曰「上天甚神，無自瘵也」。』」此孫子即荀卿子。春申君，黃歇，楚之國相。

都人士之什

《都人士》

周尹姞。

《春秋》：「尹氏世為公卿，周之舊族。」《左傳》：「鄭石癸曰：『姞，吉人也，后稷之元妃也。』」周舊婚姻，故稱尹姞。」

晉王謝。

王，王導族。謝，謝安族。王有太原、琅邪二宗，琅邪為盛。太尉王祥與弟覽之後，王導是也。

唐崔盧。捷。

山東崔、盧、李、鄭諸族，自矜地望，凡為婚姻，必多責財貨【一】，或舍其鄉里，妄稱名族；或兄弟齊列，更以妻族相陵。唐太宗惡之，命吏部尚書高士廉等徧責天下譜牒，質以史籍，考其真偽，褒進忠賢，貶退奸逆，分為九等。士廉等以黃門侍郎崔民幹為第一。帝更命刊定，專以品秩為高下。於是以皇族為首，外戚次之，民幹為第三，凡二百九十三姓，千六百五十一家。貞觀十二年春正月，頒《氏族志》於天下。李肇《國史補》：「山東四姓：土門崔、岡頭盧、潭底李、滎陽鄭，皆為顯族。」

捷，其言切，舉也。

【一】「貨」，文津閣本作「帛」。

《黍苗》

師從、旅從。

《春秋左傳》定公四年，衛祝鮀曰：「嘉好之事，君行師從，卿行旅從。」從，去聲，二千五百人為師【一】，五百人為旅。

謝。

歐陽文忠公曰：「謝，黄帝後，周滅之，以封申伯，在南陽之宛縣。《荊州記》：『棘陽東北百里有謝城。』桑欽《水經》云：『謝水所出棘陽，在唐之湖陽西北。』」

《隰桑》

思公子。

《九歌・湘夫人》：「沅有芷兮澧有蘭，思公子兮未敢言。」

《白華》

褒姒。褒【二】。

夏后氏衰，有二龍止夏庭。夏帝卜，請其漦，櫝而藏之。漦者，所吐沫也。夏亡，櫝傳殷、周。至厲王，發而觀之，漦化為玄黿，入王後宮。童妾遭之，既笄生女，懼而棄之。宣王時童謡曰：「檿弧箕服，實亡周國。」有夫婦賣是器者，宣王使執之。夫婦逃，夜聞所棄女啼聲，收而奔於褒。後褒人有罪，獻之以贖罪。女出於褒，是為褒姒。幽王見而愛

【一】「為」，原無，下句同，據常州本補。
【二】「褒」，原無，據常州本補。

之，生子伯服，廢申后及太子宜臼，以褒姒為后。

褒，褒國，姒氏，與夏同姓，夏有褒君。古之褒國，漢之褒中，梁州褒城縣有褒水、褒穀。　檿，山桑。　弧，弓。　箕，木名。　服，箭箙。　桼音時。

滮池【一】。

宋敏求《長安志》云：「長安縣有滮池，水出縣西北二十里。」益按：滮池，焦穫澤之類，殆因《詩》命名耳。

疷病。

《無將大車》「祇自疷兮」，古注：「本音抵，都禮切。」朱子讀平聲，音瘠，眉貧切，從劉氏說也，與此宜相通。

《緜蠻》

朝駕夕極。

《春秋外傳·魯語》曰：「子服惠伯見晉韓宣子，曰：『魯之密邇於齊，而又小國也。齊朝駕則夕極於魯國，不敢憚其患，而與晉共其憂，亦曰庶幾有益於魯國乎？』」

《苕之華》

苕。

苕，有旨苕，有陵苕。《陳風·防有鵲巢》「卭有旨苕」，陸璣疏：「旨苕，苕饒也，幽州人謂之翹饒。蔓生，莖如勞豆而細，葉似蒺藜而青。此《小雅·苕之華》之苕，陵苕也。一名紫葳，一名陵時，一名淩霄，蔓生，附喬木上，雖名

【一】此條原在「疷病」條後，據常州本改。

紫葳，花則不紫。」羅端良云：「此花亦彌絡石壁，如錦繡。盛夏勿仰視【一】，露滴目中傷目。」

芸【二】。

《裳裳者華》篇云：「芸，黃盛也。」此當與同。

詩傳旁通卷九

【一】「夏」，常州本作「暑」。

【二】此條原在「苕」條前，據常州本類目及《詩集傳》釋文順序改。

詩傳旁通卷十

大雅

文王之什

《文王》

叔父陟恪。

《春秋左傳》昭公七年秋八月，衛襄公卒，衛齊惡告喪於周，且請命。王使成簡公如衛弔，且追命襄公曰：「叔父陟恪，在我先王之左右，以佐事上帝，余敢忘高圉、亞圉？」王，周景王。齊惡，衛大夫。

楨榦。

楨榦，版築之木也。題謂之楨，墻端之木也；旁謂之榦，墻兩邊所以障土者也。

某士。

《禮記·曲禮》：「列國之大夫入天子之國曰某士。」

鬯。

鬯，草名。陸農師曰：「先鄭氏、小毛公所謂鬯，香草也，築而煮之，芬芳調鬯，因謂之鬯。」《記》曰：「鬱合鬯，蕭合黍稷。」此明築煮在於祭前，及灌，然後合而成之。《周官·鬱人》：「掌祼器，和鬱鬯以實彝而陳之。」秬，黑黍也。秬鬯者，秬為百穀之華，鬯為百草之英，故先王煮以合鬯。劉向《說苑》曰：「鬯者百草之本，上暢於天，下暢於地，無所不暢，故天子以鬯為贄，芬芳調鬯。」亦作條暢。

冔。升【一】。

《後漢書・輿服志》：「爵弁一名冕，廣八寸，長尺二寸，如爵形，前小後大，繒其上似爵頭色，有收持笄【二】，所謂夏收殷冔者也。」蔡邕《獨斷》曰：「殷黑而微白，前小而後大；夏純黑，亦前小而後大，皆以三十六升漆布為之。《詩》曰『常服黼冔』。」《禮記》注：「服黼衣而冔冠也。」陸德明曰：「冔，大也。夏后氏冠曰收【三】，殷曰冔，周曰冕。」

升，布八十縷為一升。《漢・食貨志》：「周布幅廣二尺二寸。」程子云：「古尺一尺當今五寸五分，每幅三十六升，可見細密。」升音登，成也。

統承，作賓。

《書・微子之命》文。「作賓」如「虞賓在位」。

敢告僕夫。

《左傳》襄公四年，晉魏絳曰：「昔周辛甲之為太史也，命百官，官箴王闕，於《虞人之箴》曰：『芒芒禹迹，畫為九州，經啓九道。民有寢廟，獸有茂草，各有攸處，德用不擾。在帝夷羿，冒于原獸，忘其國恤，而思其麀牡。武不可重，用不恢于夏家叶音孤【四】。獸臣司原，敢告僕夫。』」

孔子論《詩》。

【一】原本「升」在「冔」條後單獨成條，據常州本改。
【二】「笄」，原作「笄」，據常州本改。
【三】「曰收」，原無，據常州本補。
【四】「叶音孤」，原作「叶孤音」，據常州本改。

《漢書·劉向傳》：「向諫成帝疏曰：『臣聞《易》曰：「安不忘危，存不忘亡，是以身安而國家可保也。」故賢聖之君，博觀終始，窮極事情，而是非分明。王者必通三統，明天命所授者博，非獨一姓也。孔子論《詩》，至於「殷士膚敏，祼將于京」，喟然嘆曰：「大哉天命！善不可不傳于子孫，是以富貴無常；不如是，則王公其何以戒慎，民萌何以勸勉萌與甿同?」蓋傷微子之事周，而痛殷之亡也。雖有堯舜之聖，不能化丹朱之子；雖有禹、湯之德，不能訓末孫之桀、紂。自古及今，未有不亡之國也。昔高皇帝既滅秦，將都雒陽，感悟劉敬之言，自以德不及周而賢於秦，遂徙都關中。依周之德，因秦之阻。世之長短以德為効，故常戰栗，不敢諱亡。孔子所謂「富貴無常」，蓋謂此也。』」

周公所作。

《呂氏春秋·仲夏紀》：「周文王處岐，諸侯去殷三淫而翼文王。散宜生曰：『殷可伐也。』文王弗許。周公旦乃作詩曰：『文王在上，於昭於天。周雖舊邦，其命惟新。』以繩文王之德。」高誘注曰：「淫，過也。翼，佐也。三淫，謂剖比干之心、斷材士勇力之士之足、刳孕婦之胎者，故諸侯去之而佐文王也。」今按：文王在而公旦稱文王，呂不韋之言未可盡信。

兩君相見之樂。

《國語·魯語》：「叔孫穆子聘於晉，叔孫豹。晉悼公饗之。樂及《鹿鳴》之三而後拜，晉侯使行人問焉，對曰：『夫歌《文王》《大明》《緜》，則兩君相見之樂也，皆昭令德以合好也，皆非使臣之所敢聞也。臣以為肄業及之，故不敢拜。』」《左傳》襄公四年，叔孫穆叔云：「《文王》，兩君相見之樂也。」

《大明》

太任。

王季之妻，文王之母，摯國任姓之女，尊之曰太任，中女也。中，去聲。

莘國【一】。

莘、㜪、姺、甡、嫀、侁六字同一音，姒姓之國，文王妃太姒之母家，今同之夏陽，漢郃陽也，有太姒冢城祠廟。《唐十道志》：「在同之河西。」河西即郃陽。《郡國志》：「郃陽南二十里，古莘國。莘亦禹之母家，鯀納有嫀氏女，生伯禹。」

太姒【二】。

文王之妃，武王之母。張守節曰：「《國語》云：『杞、鄫二國，姒姓，夏禹之後，太姒之家。』」

俔。

俔，《朱傳》：「牽遍切。」按：字書又胡典切，音峴。《毛傳》：「俔，磬也。」孔疏：「此俔字《韓詩》文作磬，則俔、磬義同也。許慎云：『俔，譬喻也。』蓋如今俗語比喻物云『磬作然』也。」按：此皆方言，漢、唐人各異耳。

造舟。

孔疏：「比其舟而渡曰造舟，中央左右相維持曰維舟，併兩船曰方舟，一舟曰特舟。」水深不可施梁柱建橋，連鎖其船於水面以渡，謂之浮橋。

牧野。旅若林。

衛之汲縣，故商都牧野之邑。

「旅若林」，《武成》文。

師尚父【三】。

武王即位，師尚父。劉向《别録》曰：「師之、尚之、父之，故曰師尚父。」父亦男子之美稱也。毛公《詩傳》曰：

【一】「國」，原無，據常州本補。
【二】此條原在「太任」條後，據常州本改。
【三】此條原本在「太公望」條後，據常州本改。

「師，太師；尚父，可尚可父也。」

太公望。

《史記・齊世家》：「太公望呂尚者，東海上人。蓋嘗窮困年老矣，以漁釣奸與千同周西伯。西伯將出獵，卜之，曰：『所獲非龍非彲梨，非虎非羆，所獲霸王之輔。』於是周西伯獵，果遇太公於渭之陽。與語，大悅，曰：『自吾先君太公曰【一】：「當有聖人適周，周以興。」子真是耶【二】？吾太公望子久矣。』故號之曰太公望，載與俱歸，立為師。」「吾先君太公」，謂周先君太公組紺，《世本》作「太公組紺」，《史記》作「公叔祖類」。

凉，《漢書》作亮。

《前漢書・王莽傳》：「《詩》云：『時惟鷹揚，亮彼武王。』凉字作亮。注云：『亮，助也。』」

《緜》

沮漆。

嚴坦叔曰：「沮、漆名稱相亂。桑欽《水經》云：『沮水出北地郡直路縣，東過馮翊祋祤縣北，東入於洛。』此沮水之源流也。馮音憑，翊音亦，祋音對，祤音許。《漢志》：『扶風有漆縣，漆水在縣西，東入渭。』又闞駰《十三州記》云：『漆水出漆縣，西北至岐山，東入渭。』此漆水之源流也【三】。沮出北地，入洛；漆水出扶風，入渭。沮自沮，漆自漆。孔氏引《水經》云：『沮水俗謂之漆水，又謂之漆沮。』此則名稱相亂矣。」樂史《寰宇記》曰：「邠之新平，漢漆縣也，有漆水，屬扶風。隗囂攻略陽，上至漆。漢之漆，今邠治也。」　鄭漁仲《通志略》曰：「沮水出邠州界，經華原

【一】「自」，常州本作「是」。

【二】「真」，原作「其」，據常州本改。

【三】「流」，原無，據常州本及《詩緝》卷二十五補。

縣，北入於漆。漆水出鳳翔普潤縣東，或云出岐山，經華原縣，與沮水合，南至富平縣入於渭。鳳翔即漢扶風郡。」《小雅》「漆沮之從」與此不同。

堇，烏頭。苦堇。

堇有二，有芨堇之堇，有苦堇之堇。芨音急，一音及。《爾雅》曰：「芨，堇草。」郭景純曰：「即烏頭也。」鄭漁仲曰：「堇草，初種之，母如芋魁而首似烏鳥之首，故名烏頭。兩岐如烏張口者，名烏喙，皆取其似烏頭【一】。傍生者為附子，附子傍生者為側子。烏頭不生附子者為天雄，天雄長大至三寸以上。《本草》云：『春採為烏頭，冬採為附子。』《廣雅》云：『一歲為側子，二歲為烏喙，三歲為附子，四歲為烏頭，五歲為天雄。』今皆不然。魏人張揖作《廣雅》。但一歲下種即有此五物。以冬至種，以八月採，出於蜀中綿州彰明縣尤多。世以烏頭、附子、天雄為三建，以此三物舊皆出於建平故也。謝靈運《郊居賦》：『三建異形而同出。』」　附子為百藥之長，一名奚毒。

苦堇，《爾雅·釋草》曰：「齧，苦堇。」郭璞注：「堇葵也，葉似柳，子如米，汋食之滑。」《禮記·內則》：「堇荁枌榆。」按：《內則》之言，蓋取其滑。此菜野生，俗謂之堇菜。

楚焞。宗廟為先、皐門、應門【二】。

焞，吐雷切，音推。《儀禮·士喪禮》曰：「卜日，既朝哭，皆復外位。卜人先奠龜於西塾上，南首，有席。楚焞置於燋，在龜東。」燋音雀。孔穎達曰：「《春官·菙氏》【三】：『掌供燋契，以待卜事。』注引《士喪禮》之楚焞，即契也，所用灼龜者也，楚荊也。卜者以楚焞之木燒之於燋炬之火，既燃，執之以灼龜也。」菙【四】，是捶切。

「宗廟為先，廄庫為次，居室為後」，《記·曲禮》文。

【一】「烏」，原誤作烏「鳥」，據常州本改。
【二】「為先」、「應門」，常州本無。
【三】「菙」，原作「華」，據文津閣本、常州本改。
【四】「菙」，原作「華」，據文津閣本、常州本改。

皐門、應門、五門、三門之說，胡庭芳《詩纂》甚明，此不再述。越上一朋友嘗與益言《詩傳集成》非胡氏書，益亦無以質其真僞。一日檢故書，中有鄱陽李養吾謹思送胡庭芳《入閩序》，言庭芳再入閩而《詩纂》成，而《序》作於延祐甲寅之前二十餘年，則今日之《詩傳附録纂疏》不可謂非其書也。

謂之宜。

《爾雅》：「起大事，動大衆，必先有事於社而後出，謂之宜。」《禮記・王制》：「天子諸侯將出，皆宜乎社。」鄭氏注曰：「宜，祭名，其禮亡。」

虞、芮質成。

《毛傳》之說見於《孔子家語》。《家語・好生篇》：「孔子曰：『以此觀之，文王之道其不可加焉。不令而從，不教而聽，至矣哉！』」

虞。

仲雍之後。陝之平陸吳山有虞城、虞井。虞城在平陸東北六十里，本帝舜之後，所謂西虞也。羅長源曰：「西虞者，舜庶子之後也。舜之庶子七人，皆釐降為齊民。圭胡、負遂、盧蒲、衛甄、潘饒、番傳、鄒息、有何、母輮、餘姚、上虞、濮陽、餘虞、西虞、亡錫、巴陵、衡山、長沙，凡十八邑，皆其裔也。」

芮。

伯爵，周同姓國，畿內諸侯，為王朝卿士大夫者。今陝西芮城西二十里有芮故城。酈氏注桑欽《水經》曰【一】：「河水自河北城南，東逕芮城，有芮君祠。」

閒原。

虞、芮讓所爭田。今平陸西六十里閒原者，所爭田也。東西七里，南北十二里。

【一】「氏」，常州本作「道元」。

《棫樸》

圭瓚、璋瓚。

瓚，祼酒之器，其形如槃。以圭為柄，謂之圭瓚；以璋為柄，謂之璋瓚；以成器而言，謂之玉瓚。

其判在內。祼。

判，分也，半也。《毛傳》：「半圭曰璋。」是璋為圭之半也。《考工記》：「大璋、中璋、邊璋，黃金勺，青金外，朱中。」是大、中、邊三者，璋之等。黃金為勺，青金為外而朱其中者，璋之飾也。璋之為用，酌酒祼獻。其分判處，分一半處，皆朝向祼酒之人，所謂其判在內也，故以喻趨向之意。

祼者，將祭而未殺牲之時，酌鬱鬯之酒灌地以降神【一】。降，猶求也。

六師六軍。

《毛傳》：「天子六軍。」孔疏：「軍之稱師，乃是常稱。」益按：文王未嘗為天子，六師之說非所施。及考詩意，蓋追稱之詞，則六師亦追言之耳。嚴坦叔曰：「文王為西伯，奉王命以征伐，則六軍與之俱進。文王未有六軍，以《大雅》皆述王者之事，故言六軍耳。」

文王九十七乃終。

《文王世子》篇：「文王謂武王曰：『女音汝何夢矣？』武王對曰：『夢帝與我九齡。』文王曰：『女以為何也？』武王曰：『西方有九國焉，君王其終撫諸？』文王曰：『非也。古者謂年齡，齒亦齡也。我百爾九十，吾與爾三焉。』文王九十七乃終，武王九十三而終。」文王未嘗稱王，武王曷為稱父君王？此記《禮》者之誤。

【一】「鬯」，原無，據常州本補。

《旱麓》

鬱鬯。鬯、鐎、賜秬鬯【一】。

《周禮・春官・鬱人》：「掌祼器，鬯人掌共秬鬯。」共，音供。注云：「祼器謂彝及舟與瓚。鄭司農衆云：『鬱，草名，十葉為貫，百二十貫為築，以煮之鐎子遙切中，停於祭前。』」鬱為草，若蘭。《禮圖》云：「鬱草十二花，狀如紅藍。」羅端良曰：「秬，黑黍也。古者釀以為酒，以供祭祀，謂之秬鬯，亦曰鬱鬯。《周禮》有鬯人之職、鬱人之職。鬱者，鬱金香草。鬯人既釀秬為酒，將用，則授之鬱人。鬱人築鬱金之草以和之，芬芳調暢，故謂之鬯。築者，搗也。用則以瓚盛之。酒既和鬱，其色正黃，在瓚中流動，故曰黃流。宗廟之祭，春祠、夏禴、秋嘗、冬烝，追享、朝享以至社壝、門禜及山川四方之祭，皆有祼鬯之事。然鬱之為物雖香，久則失其芬芳，故用時旋和之，取其新潔耳。」

鬯，孫毓云：「鬯是酒名，非草名。」劉向云：「鬯者，百草之本。」陸農師云：「傳言鬯草生庭。」皆以為草。

鐎，音焦，刁斗，溫器，三足，有柄。

賜秬鬯，孔穎達曰：「《孔叢子》曰：『吾聞諸子夏曰：殷王帝乙之時，王季以九命作伯於西，受圭瓚、秬鬯之賜。』」

《抱朴子》。

晉葛洪字稚川，丹陽句容人。元帝時，累召不起，止羅浮山鍊丹著書，自號抱朴子，因以命書。《文獻通考》：「晁氏曰：『葛稚川，博聞深洽，江左絕倫。著書甚富。《晉書》《內外篇》通有一百一十六篇，今世所傳者四十篇而已。《外篇》頗言君臣理國用刑之道，故子集附之於雜家者流焉。』」

熂燎。

許氏《說文》曰：「芟草燒之曰熂，放火曰燎。」熂，許氣切，音餼。《南史》：「宋孝武帝大明初，揚州刺史西陽王子尚言：『上山湖之禁，雖有舊科，民俗相因，替而不奉。熂山封水，保為家利。』」《宋史》又云：「凡是山澤，

【一】「鬯、鐎、賜秬鬯」，常州本無。

先恒熑爈，種竹木薪果為林。」爈，刀居切，皆熑燎之義也，因旁通。

《思齊》

太姜。

《列女傳》：「太姜，有台氏女。」台、駘通。太王娶於駘，琅邪之駘國，非后稷武功之駘。琅邪在今山東。

百男，言其多。

《史記・管蔡世家》：「武王同母兄弟十人，母曰太姒，文王正妃也。其長子伯邑考，次武王發，次管叔鮮，次周公旦，次蔡叔度，次曹叔振鐸，次郕叔武，次霍叔處，次康叔封，次聃季載。」聃季最少，伯邑考前卒。《左傳》定公四年，衛祝鮀曰：「武王之母弟八人，周公為太宰，康叔為司寇，聃季為司空。五叔無官，豈尚年哉？」僖公二十四年，富辰曰：「管、蔡、郕、霍、魯、衛、毛、聃、郜、雍、曹、滕、畢、原、酆、郇，文之昭也。」此皆概言文王之子衆多，非必真百男也。

羑里之囚。

紂囚文王於羑里時，文王嘗作歌，其詞曰：「殷道溷溷，浸濁煩兮。朱紫相合，不別分兮。迷亂聲色，信讒言兮。炎炎之雪，使我愆兮。幽閉牢穽，由其言兮。遘我四國，憂勤勤兮。」　天台陳德翁仁玉曰：「羑里歌詞旨淺露，疑非文王之言，不敢質也。」

性與天合。

《毛傳》：「不聞亦式，不諫亦入，言性與天合也。」

《皇矣》

扶老。椐、樻音。

《西漢書・孔光傳》：「賜太師靈壽杖。」孟康曰：「扶老杖也。」服虔曰：「靈壽，木名。」顏師古曰：「木似竹，有枝，節長不過八九尺，圍三四寸。自然有合杖制，不須削治。」《東漢書・蔡順傳》注：「扶老，藤也。」

椐音居，當云斤於切。樻，去愧切。

太伯適吳。勾吳、互吳、三吳【一】。

太亦作泰。太伯，古公太王之長子。《史記・周本紀》：「太伯、虞仲知古公欲立季歷以傳昌，二人乃亡如荊蠻，文身斷上聲髮，以讓季歷。」張守節《正義》曰：「太伯奔吳，所居城在蘇州北五十里常州、無錫縣界梅里村，其城及冢見存。而云『亡如荊蠻』者，越滅吳，吳地屬越；楚滅越，其地屬楚；秦滅楚，其地屬秦；秦諱『楚』，改曰『荊』，故通號吳、越之地為荊。及北人書史加云『蠻』，勢之然也。」　文身斷髮，應劭曰：「常在水中，故斷其髮、文其身，以象龍子，故不見害。」　漢趙曄《吳越春秋》：「古公病，二人託名採藥於衡山。遂之荊蠻，斷髮文身，為荊蠻之服，示不可用。古公卒，太伯、仲雍歸赴喪。畢，還荊蠻。國民義而君事之，自號勾吳。」　《左傳》哀公七年，子貢曰：「太伯端委以治周禮，仲雍嗣之，斷髮文身，贏以為飾，豈禮也哉？有由然也。」石林葉少蘊曰：「以傳考之，斷髮文身，蓋仲雍，太伯無與去聲焉。」

勾吳，吳言勾者，夷人發聲，猶《春秋》之言「於越」也。

互吳【二】，伯爵。吳，大也，即泰伯，居勾吳也。勾吳故城在無錫梅里平墟，城內有泰伯井及泰伯之墓。

三吳【三】，姑蘇、吳興、丹陽為三吳。

【一】原本「勾吳、互吳、三吳」於此條後單出成條，「互吳、三吳」小字，為「勾吳」附，今據常州本改。
【二】「互吳」，原無，據文津閣本、常州本補。
【三】「三吳」，原無，據文津閣本、常州本補。

貊，莫。

《春秋傳》成鱄之言。《禮記·樂記》篇引此詩皆作「莫其德音」。貊、莫通。《左氏傳》云：「德正應和曰莫。」

度、莫、明、類、長、君、順、比、文【一】。

心能制義曰度，德正應和曰莫，照臨四方曰明，勤施無私曰類【二】，教誨不倦曰長，賞慶刑威曰君，慈和偏服曰順，擇善而從之曰比，經緯天地曰文。昭公二十八年，晉成鱄對獻子魏舒之言，與周公《謚法》相表裏。

文王征伐。密、阮、共、崇。

《史記·周紀》：「紂赦西伯，賜之弓矢斧鉞，得征伐。明年，伐犬戎【三】；明年，伐密須；明年，敗耆；明年，伐邘；明年，伐崇侯虎而作豐邑，自岐下而徙都豐；明年，西伯崩。」耆即黎也。邘音余。

密【四】：密須，子爵，商侯國。《世本》云：「商有密須，文王伐之。」魯有密須之鼓。杜預《左傳》注云：「姞姓之國，在安定陰密。」

阮【五】：《元和姓纂》云：「阮地在岐、渭之間。或云：周中葉有阮鄉侯。」

共【六】：恭、共通，虞公所奔之共池。

崇：鯀國，伯爵，永興鄠東之故酆宮是也。酆與豐同。鄠即扈也，故扈一曰崇扈。禹之父名鯀，音衰。

方，鄉【七】。

【一】原作「度莫明類順比」，據常州本改。
【二】「施」，常州本作「勞」。
【三】「犬」，常州本誤作「大」。
【四】「密」，原無，據文津閣本、常州本補。
【五】「阮」，原無，據文津閣本、常州本補。
【六】「共」，原無，據文津閣本、常州本補。
【七】此條原在「程」條後，據常州本改。

六章「萬邦之方」，鄭康成曰：「方，猶鄉也，言為萬國之所鄉也。」鄉音向，去聲。

程。

程者，商封吳回之後，今咸陽故安陵城，周程邑也，王季居之。《周書》：「王季宅程。」《世紀》：「王季徙于程。」《地志》：「安陵隸扶風，地在岐南，與畢相接。」所謂畢程者，武王嘗窮於畢程是也。河南洛陽亦有程地，乃程伯休父之邑。

類禡。

孔穎達《禮記》疏曰：「《釋文》云【一】：『是類是禡，師祭也。』」《爾雅》多為釋《詩》，然類不皆為師祭，但以事類告天。如以攝位事類告天，謂之類；以巡狩事類告天，亦謂之類。《古尚書》說：「非時告天，謂之類。」《肆師》注云：「為師祭造軍法者，禱之，氣勢百倍。其神蓋蚩尤，或曰黃帝也。」陳祥道《禮書》曰：「《周官》言貉，《詩》與《禮記》《爾雅》言禡，其實一也。貉、禡同。貉之祭，蓋使有司為之，而立表於陳前，肆師為位甸，祝掌祝號。既事，然後誓衆而師田焉，《周官》所謂『表禡誓民』是也【二】。古者將射則祭先侯，將卜則祭先卜，將用火則祭先爟音貫，將用馬則祭馬祖。然則將師田而貉祭者，不特為禱而已也。」

黃帝。

《史記·五帝紀》：「黃帝者，少典之子，姓公孫，名曰軒轅。軒轅之時，神農氏世衰，諸侯相侵伐，暴虐百姓，而神農氏弗能征。於是軒轅乃習用干戈，以征不享。諸侯咸來賓從，而蚩尤最為暴，莫能伐。炎帝欲侵陵諸侯，諸侯咸歸軒轅。軒轅乃修德振兵，以與炎帝戰於阪泉之野，三戰然後得其志。」炎帝榆罔亂起，黃帝親與帝榆戰於阪泉。羅氏《路史》曰：「黃帝，有熊氏，姓公孫，名荼，一曰軒。軒之字曰玄律。少典氏之子。母吳樞曰符葆，一名附寶。祕電

【一】「文」，《毛詩正義》卷十六之四作「天」。
【二】「是」，常州本「者」。

繞斗軒而震，二十四月而生帝於壽丘，故名曰軒。太史公謂名軒轅，後世從之，非也。壽丘在上邽，或云濟南。」

蚩尤。皇覽【一】。

蚩尤，阪泉氏，姜姓，炎帝之裔也。炎帝參盧曰榆罔，居空桑，命蚩尤居小顥以臨四方。蚩尤作亂，伐空桑，逐榆罔，居涿鹿。涿鹿一云濁鹿。自以為炎帝之後，簒號。炎帝參盧遂委命於有熊氏。有熊於是暨力牧神皇，率風后鄧伯溫之徒，及蚩尤戰於涿鹿山，執蚩尤于中冀而誅之，身首異處。蚩尤封域有鹽池之利，今河東解池是也。《皇覽·冢墓記》：「蚩尤冢在壽張縣闞鄉城中，高七丈【二】。」中冀，冀州也。蚩尤正冢在壽張，肩髀冢在山陽郡鉅野縣【三】，故云身首異處。

《皇覽》：《皇覽》者，書籍名也，其書皆記古帝王及聖賢冢墓。

因壘而降。

《左傳》僖公十九年，宋人圍曹，討不服也。子魚言於宋公曰：「文王聞崇德亂而伐之，軍三旬而不降，退修教而復伐之，因壘而降。」

《靈臺》

靈臺。

《三輔黄圖》：「周文王靈臺在長安西北四十里。文王受命而作邑於豐，立靈臺，高二丈，周回百二十步。」《左傳》僖公十五年，秦伯獲晉侯以歸，舍諸靈臺。杜預注云：「在京兆鄠縣，周之故臺也。」孔穎達疏：「《左》哀二十五

【一】「皇覽」，原無，據常州本補。文津閣本則於「蚩尤」條後單出成條。
【二】「丈」，常州本作「尺」。
【三】「野」，常州本無。

年【一】，衛侯為靈臺於籍圃。則是新造，其時僭為此名耳。」

枸虡。

《冬官・梓人》：「為筍虡，天下之大獸五：脂者、膏者、贏者、羽者、鱗者。宗廟之事，脂者、膏者以為牲，贏者、羽者、鱗者以為筍虡。」筍，《周禮》作筍，《詩》作枸，同，息允切。虡或作簴，曰許切，音巨。樂器所縣，橫曰筍，植曰虡。縣、懸通。　孔穎達《詩》疏：「懸鐘磬者，兩端有植木，其上有橫木。謂直立者為虡，謂橫牽者為栒。栒上加大版為之飾，謂之業，刻版捷業如鋸齒也。其懸鐘磬之處又以彩色為大牙，其狀隆然，謂之崇牙。樅，即崇牙之貌樅樅然也，樅音從容之從。樅樅，隆起貌。」　虡，鐘虡飾以贏屬，磬虡飾以羽屬。贏者謂虎豹貔螭，為獸淺毛者之屬；羽者謂鳥屬也。　枸，鐘磬之筍皆飾以鱗屬。鱗者，謂龍蛇之屬也。宗廟脂、膏以為牲。脂者，謂牛羊之屬；膏者，謂豕屬也。属、屬通【二】。

論，倫。

《禮記・樂記》：「論倫無患，樂之情也。」　恒齋劉氏《禮記說》曰：「論者，《雅》《頌》之辭；倫者，律呂之音。惟其辭足論而音有倫，極其和而無患害，樂之本情也。」

鼉。

象龍形，長一二丈，灰黑色，背尾皆有鱗甲。身具十二肖肉，蛇肉最後在尾。枕瑩淨，勝魚枕。聲如鼓皮，亦中冒鼓，故《詩》言鼉鼓。一名土龍，字一作鱓，亦作䱇。汲冢《周書・王會》篇云：「會稽以䱇。」

【一】「二」，原作「三」，據常州本及《毛詩正義》卷十六之五改。
【二】「属、屬通」，常州本無。

《下武》

天子致胙。於【一】。

《史記·商君傳》：「秦人富強，天子致胙於孝公，諸侯畢賀。」《蘇秦傳》：「周天子致文武之胙於秦惠王。」五章「於萬斯年」之於，嘆美之辭，當音烏。

詩傳旁通卷十

【一】「於」，原無，據常州本補。

詩傳旁通卷十一

大雅

生民之什

《生民》

姜嫄。

《史記》：「姜嫄為帝嚳元妃。」《韓詩章句》：「姜，姓；原，字。」或曰：姜原，謚號也。嫄、原通。有邰氏女。邰，國名，雍州武功之邰，非琅邪之邰。

郊禖。

《禮記·月令》：「仲春之月，是月也，玄鳥至。至之日，以太牢祠於高禖，天子親往。」　郊禖，禖即媒妁之媒，尊異之，故從神祇之祇而謂之禖。一云高禖，一云臯禖，一云神媒。羅長源曰：「女媧，女皇氏炮媧，雲姓，一曰女希。太昊氏之女弟，少佐太昊禱於神祇而為女婦。正姓氏，職婚姻，通行媒，以重萬民之判，是曰神媒。以其載媒，是以後世有國，是祀為臯禖之神，因典祠焉。昔者，駘姜從嚳郊禖，則郊禖之禮，古先之世有之矣。祓除之祀，位在南郊，以玄鳥至之日祠之。」蔡邕曰：「禖神，高辛以前所有。」束皙曰：「臯禖者，人之先也。」盧植曰：「玄鳥至時，陰陽中而萬物生，於是以三牲請於高禖之神。因其明顯，故謂之高；因其求子，故謂之禖【一】。古有媒氏之官，因以為神也。」

九嬪御。六宮【二】。

《禮記·昏義》：「古者天子立后，六宮三夫人、九嬪、二十七世婦、八十一御妻，以聽天下之內治。」《月令》：「后妃帥九嬪御。」注：「御謂從往侍祠。天子有后，有夫人，有嬪，有世婦，有女御。獨云帥九嬪，舉中言也。」

六宮，大寢一，小寢五，凡六。

弓韣。

《呂氏春秋·仲春紀》高誘注曰：「韣，弓韜也，授以弓矢，示服猛得男象也。」韣音獨，又音蜀。弓韜之韜亦作弢，弓衣也，並音叨，他刀切。

側室。娠【三】。

《記·內則》注：「側室，謂夫之室，次燕寢也。」

娠，音身，又貞、震二音，妊也。妊，如深、汝鴆二切【四】，孕也。

巨迹之說。

毛公《傳》：「履，踐也。帝，高辛氏之帝也。武，迹也。敏，疾也。從於帝而見於天，將事齊敏也。」

鄭康成箋【五】：「帝，上帝也。敏，拇也。介，左右也。夙之言肅也【六】。祀郊禖之時，時則有大人之迹【七】，姜嫄履

【一】自「之神」至「故謂之禖」十八字，文津閣本無。
【二】「六宮」，原無，據常州本補。
【三】「娠」，原無，據常州本補。
【四】「鴆」，原作「鳩」，據常州本改。
【五】「鄭」上，文津閣本有「又」字。
【六】「之」下，常州本有「為」。
【七】「時」，常州本無。

之，足不能滿。履其拇指之處，心體歆歆然。其左右所指住【一】，如有人道感己者也，於是遂有身，而肅戒不復御【二】。後則生子而養長之，名之曰棄。舜臣堯而舉之，是為后稷。」《列子·天瑞》篇：「思士不妻而感，思女不夫而孕，后稷生乎巨迹，伊尹生乎空桑。」空桑中得小兒。《史記·周本紀》：「姜原出野，見巨人迹，心忻然悅，欲踐之。踐之而身動如孕者，居期而生子。」 羅長源泌曰：「后稷之生，鳥翼羊腓；齊頃之誕，貍乳擅嫗；昆莫之棄，野鳥銜肉；東明之擲，豕嘔馬噓，是豈人為之哉？」 齊惠公之妾蕭桐叔子有身，賤而不敢言。生頃公，棄之野。貍乳之，擅覆之，故長名無野。 烏孫昆莫生，棄於野。鳥銜肉飼之，匈奴收養之，後為烏孫王。 槖離生東明，棄之溷，豕嘔之；棄之廐，馬噓之，後為扶餘王。 《左氏》宣公四年，楚鬬伯比與邧女生子，棄夢澤中，虎乳之。楚人謂乳㝅謂虎於菟【三】，故命之曰鬬㝅於菟【四】，是為令尹子文。與羅長源所引皆相類。晦庵亦言【五】：「漢高祖之生，亦類稷、契，非可以常理論也。」 㝅或作穀，奴後切。

先儒或頗疑之。

今姑摭王充、歐陽公一二説，而黃東發語終之。漢人王充《論衡》曰：「儒者稱聖人之生，不因人氣，更稟精於天。禹母吞薏苡而生禹，故夏姓曰姒；契母吞燕卵而生契，故殷姓曰子；后稷母履大人迹而生后稷，故周姓曰姬。世好奇怪，古今同情，不見奇怪，謂德不異，故因以為姓。世間誠信，因以為然。聖人重疑，因不復定；世士淺論，因不復辨；儒生是古，因主其説。契、稷皆帝嚳之子，其母皆帝嚳之妃，帝王之妃何為適草野？古時雖質，禮制已設【六】，帝王之妃何為浴於川？夫如是言，聖人更稟氣於天，母有感吞者，虛妄之言也。」 歐陽文忠公曰：「秦漢學者喜為異説。高辛四

【一】「住」，原作「任」，據常州本及《毛詩正義》卷十七之一改。
【二】「戒」，文津閣本作「成」。
【三】「菟」，原作「莬」，據常州本改。
【四】「菟」，原作「莬」，據常州本改。
【五】「晦庵」，常州本作「晤菴」。
【六】「制」、「已」二字，文津閣本互倒。

妃，皆以神異而生子。蓋堯有聖德，稷、契後世皆王天下，數百年學者喜為之稱述，欲神其事，故務為之説。」文忠公闢祥瑞之説，有《詩本義》。　嚴坦叔粲曰：「古無巨迹之説，特《列子》異瑞，司馬遷好奇，鄭氏信讖緯，以帝武疑似之辭藉口而為是説。毛氏不信神怪，其説甚正。後世猶未盡從者，謂其以帝為帝嚳耳。今依毛以敏為疾，而不用其帝為高辛之説；依鄭以帝為上帝，而不用其敏為拇指之説。合二家之説而去取之，可以折衷矣。」　黄東發震曰：「鄭氏謂姜嫄履巨人迹，歆動而生后稷。近世大儒如晦庵、東萊皆從之。惟歐陽公嘗斥其誕，至嚴華谷力主歐陽之説焉。如諸儒説，姜嫄正因履巨迹生子，而驚異之，是以棄之隘巷，棄之平林，棄之寒冰，是以名之曰棄，是以曰：『上帝豈不寧乎？豈不康我之禋祀乎？何乃居然而生子也。』則其訓釋於上下經文皆協。今華谷力排履武之説，止以不難産為神異，而亦襲用諸儒之語，曰：『上帝豈不寧乎？豈不康我之禋祀乎？使之安然而生子也。』則其説不通矣。」　坦叔淳祐八年戊申夏五月，所著《詩緝》成，時為朝奉大夫，知横浦郡，在晦庵後。東發，晦庵門人之門人，其言皆可摭以相發。

横渠張子曰：「生民之事不足怪【一】。人固有無種而生，當民生之始【二】，何嘗便有種？固亦因化而有。」

即邰，肇祀。

邰為后稷母家。《傳》言「或滅或遷，以其地封后稷」，設為疑而未定之辭。姜嫄之國、后稷之封，皆難深考。然味「即有邰家室」之即，即者，就也，就之之意【三】，就有邰之家室而居之，不勞餘力。后稷肇祀，肇者，始也，稷之始為祭主，則自封於此國而始也。

軷。五祀【四】。

軷者，祭行道之神，已見《邶風·泉水》「祖道之祭」。所謂行，神也，然行亦五祀之一。黄帝立五祀：門、戶、中

【一】「怪」字，文津閣本移至上「發」字下。
【二】「民生」，常州本作「生民」。
【三】「之意」，常州本作「意」。
【四】「五祀」，原無，據常州本補。

霤、井【一】、竈，見於《儀禮》。湯之五祀，見於《世本》：戶、井、竈、中霤、行，有行無門。《漢志》：「一戶，二霤，三竈，四門，五井。」魏、晉皆從之而無行。唐《開元禮祀》：「戶司命以春祀，竈以夏，門厲以秋，行以冬，霤以季夏。」天寶修《月令》，復井而絀行。蓋以行神軷於始行，非冬祀也，故絀之。絀與黜同，斥去也。山行曰軷，封土為山象，謂之軷，壤祀之，在門外之西。因記祭軷，並記五祀。五子七祀，有泰厲，有司命，有宮正，有舞師。故篇中有「祀戶司命」、「祀門厲」之文。

霤，中霤，中庭檐溜之處【二】，俗謂之檐神【三】，祭之位在牖下。霤、溜通，檐【四】、簷通。　竈，祀之門外之東。　戶，祀之戶內之西。　門，祀之門之左樞。凡祭五祀於廟，皆布席於奧。古者尸、主並用，祭五祀時各設其主，三祭而後迎尸。迎尸者，祭所既徹之後，更陳俎饌，即其筵前迎其尸而祭於奧，如祭宗廟之禮。奧為室西南隅，室之尊處也。

傳。抒、登【五】。

燔，傳諸火也。傳音附，與經之《菀柳》「有鳥高飛，亦傅於天」之傅同。

抒，神與切，音機杼之杼，除也，臼中取出之也。

登，豆登之登【六】，與登降之登不同。豆登之登从夕从又【七】，登降之登从癶。夕，偏旁肉字。又，偏旁手字。癶音撥。从、從字通用。

【一】「井」，常州本作「行」。
【二】「檐」，原作「簷」，據文津閣本、常州本改。
【三】「檐」，原作「簷」，據文津閣本、常州本改。
【四】「檐」，原作「簷」，據文津閣本、常州本改。
【五】「抒、登」，原無，據常州本補。
【六】上「登」，常州本無。
【七】下「从」，常州本無，且「又」字從下，另起一段。

《行葦》

几。

几，凭器也，字象其形。《器物叢談》之書曰：「古者坐必設几，所依凭之具，且所以優賓者也。」

爵。

爵受一升，觚二升，觶三升，角四升，散五升。散，去音。

咢。

《爾雅·釋樂》：「徒擊鼓曰咢。」孫炎云：「咢，聲驚咢也。」

金鏃翦羽矢。

《爾雅·釋器》云：「金鏃翦羽謂之鍭【一】。」郭景純注：「今之錍箭是也。」《釋器》又云：「骨鏃不翦羽謂之志。」郭景純注：「今之骨骲是也。」鏃，作木切，箭鏑也。鏑音的，箭之鋒鏑也。錍音畢。骲，蒲交、蒲校、平剝三切。

三訂之而平。

《周禮·冬官·矢人》：「為鍭矢參分【二】，一在前，二在後。」注云：「三訂之而平者，前有鐵，重也。司農鄭衆曰：『一在前【三】，謂箭稾中鐵莖居參分殺一以前【四】。』」訂音亭，又當定切。殺，所介切，減也。

純、奇、均。

純音全，奇音羈。《禮記·投壺》篇：「卒投，司射執算曰：『左右卒投，請數所主切。』二算為純，一純以取，一算為奇。遂以奇算告，曰：『某賢於某若干純。』奇則曰『奇』，均則曰『左右均』。」鄭康成注：「卒，已也。賓主之黨

【一】「鍭」，常州本作「鏃」。
【二】「鍭」，常州本作「鏃」。
【三】「前」下，文津閣本有「者」字。
【四】「稾」，常州本作「櫜」。

畢已投，司射又請數其所釋左右算，如數射算。一純以取，實於左手，十純則縮而委之。每委異之，有餘則橫諸純下。一算為奇，奇則縮諸純下。兼斂左算，實於左手，一純以委，十則異之，其他如右獲。畢則司射執奇算，以告於賓與主人也。若告云某賢於某者，未斥主黨勝歟，賓黨勝歟。以勝為賢，尚技藝也。均，猶等也。等，則左右手各執一算以告。」純，鄭注《儀禮》如字。均，《禮記》作鈞。

搢三挾一。

孔穎達曰：「射禮搢三挾一。搢，插也。挾謂手挾之也。射用四矢，故插三於帶間，挾一以扣弦而射之【一】。今言挾四鍭，故知偏釋之也【二】。」　嚴坦叔曰：「《儀禮》鄉射、大射皆云『搢三挾一个』【三】，又云『挾乘矢』，注云：『方持弦矢曰挾，弦縱矢橫故曰方。』方者，弦與矢作十字也。兩物夾一物曰挾【四】，此矢在弦之外、二指之內，是以謂之挾【五】。」　挾、浹叶二音。縱音蹤。

憮、敖、偝立、踰言。

《記·投壺》篇：「魯令弟子辭曰：『毋憮，毋敖，毋偝立，毋踰言。偝立、踰言有常爵。』薛令弟子辭曰：『毋憮，毋敖，毋偝立，毋踰言。若是者浮。』」　憮，好吾切。敖，五報切。偝音佩，又符代切。浮，縛謀切，罰也。毋、無通。父母之母，中從兩點，象兩乳；毋勿之毋，中從一畫，禁止為姦也。加圈者誤。　鄭氏注曰：「弟子，賓黨、主黨年穉者也。為其立堂下相褻瀆慢【六】，司射戒令之。記魯、薛者，禮衰乖異【七】，不知孰是也。憮、敖，慢也。偝，立不

【一】「之」，文津閣本、常州本作「也」。
【二】「之」，常州本無。
【三】「大」，原無，據常州本補。文津閣本作「燕」。
【四】「夾」，常州本作「挾」。
【五】「挾」，原作「方」，據常州本及《詩緝》卷二十七改。
【六】「瀆」，文津閣本、常州本無。
【七】「乖」，常州本作「求」。

正嚮前也。踰言，遠談語也。常爵，常所以罰人之爵也。浮，亦謂罰也【一】。」

黄耇台背。台、鮐。

黄，老人髮復黄也。耇，老也，壽也。老人面若垢，謂之耇，故解耇者以為涷梨，又謂之眉梨，言老人眉秀而面如涷梨也。

台，音胎，不圈。

鮐，圈，音苔，又音代，魚名也。舍人注《爾雅》曰：「老人氣衰，皮膚消瘠，背若鮐魚。」劉熙《釋名》曰：「九十曰鮐背，背有鮐文。」按：今有魚名鯸【二】，鮐狀，若河魨魚。乖崖張忠定集有《鯸鮐魚賦》。音胎者，湯來切。

古器物款識。

古人製器物，皆有款識。款者，誌也。識即誌也，誌其作器歲月姓氏，申以頌禱之辭。

用蘄萬壽。

《周伯冏敦銘》：「伯冏父作周姜寶敦，用夙夕享，用蘄萬壽。」敦音對，此銘見歐陽公《集古録》。

永命多福。

《周姬寏豆銘》：「用蘄眉壽，永命多福，永寶用。」

萬年無疆。

《召仲考父壺銘》：「用祈眉壽，萬年無疆，子子孫孫永寶是尚。」《集古録·韓城鼎銘》：「萬年無疆，用享用德，畯保其孫子，三壽是利。」

【一】「罰」，《禮記正義》卷五十八作「是」。
【二】「名」，常州本作「曰」。

《既醉》

明而未融。人有十等【一】。

《左》昭五年，初，穆子之生，筮之遇《明夷》之《謙》。卜楚丘曰：「《明夷》之《謙》，明而未融，其當旦乎？」穆子，叔孫豹。旦，卿位也，自甲至癸為十日，一日之中分十時，當十位。日中當王，食時當公，平旦為卿，雞鳴為士，夜半為皁人，定為輿，黄昏為隸，日入為僚，睡時為僕，日昳為臺。隅中日出，闕不在第。尊王公，曠其位。其當旦乎？當卿位也。

人有十等：王臣公，公臣大夫，大夫臣士，士臣皁，皁臣輿，輿臣隸，隸臣僚，僚臣僕，僕臣臺。昭七年，芈尹無宇之言。芈音弭。芈尹，楚大夫申無宇。

考終命。

《書·洪範》傳曰：「考終命者【二】，順受其正也。」

令終令命。

《周器物款識·𠩺敦銘》：「𠩺作皇祖益公、文公、武伯、皇考龔伯䵼彝，𠩺其洍，萬年無疆，令終令命，其子子孫孫永寶用，享于宗室。」益公，歐陽文忠公《集古録》作懿公。洍，《集古録》作熙。𠩺，平祕切，音備，當時諸侯也。䵼，式羊切，烹煮也。洍，詳理切。

公尸【三】。

《集傳》云：「周稱王，而尸但曰公尸，蓋因其舊。如秦已稱皇帝，而其男女猶稱公子、公主也。公子，羣公子也。漢

【一】「人有十等」原本於此條後單出成條，據常州本改。

【二】「者」，常州本無。

【三】此條原在「嗣舉奠」條後，據常州本改。

以後稱皇子，冊立為儲君則稱皇太子，猶古之世子也【一】。」按：此云公尸，《楚茨》云皇尸，《儀禮》亦云皇尸。説者以為公，君也，后稷羣公之尸稱公尸。皇，王也，太王、王季之尸稱皇尸，此順文解辭耳。《楚茨》之詩為公卿有田祿者，力於農事，以奉宗廟之祭，而亦稱皇尸，殆不必拘泥也。

嗣舉奠。

《儀禮・特牲饋食禮》曰：「嗣舉奠句，盥入句，北面再拜稽首句。尸執奠句，進受復位句，祭酒啐酒句。尸舉肝句，舉奠左執觶句，再拜稽首句。進受肝句，復位句。坐食肝句，卒觶拜句【二】。尸備答拜焉句。舉奠洗酌入句【三】，尸拜受句。舉奠答拜句，尸祭酒啐酒奠之句，舉奠出，復位。」　饋食之食，音嗣。啐，子律切，又倉快【四】、倉憒二切。啐，嘗也。

屬。

天命之所附。屬音蜀。

《鳧鷖》

繹、賓尸。

《公羊傳》：「繹者何？祭之明日也。」何休注：「禮：繹，繼昨日事，天子、諸侯曰繹，大夫曰賓尸，士曰宴尸，去事之殺色界切也。殷曰肜容，周曰繹祭。必有尸者，節神也。禮：天子以卿為尸，諸侯以大夫為尸，卿大夫以下以孫為尸。」孔穎達曰：「宴尸之禮，即用祭之明日，今《有司徹》是其事也。」《有司徹》，《儀禮》篇名。

【一】「猶」，常州本作「稱」。
【二】「進愛肝句，復位句。坐食肝句，卒觶拜句」十五字，文津閣本無。
【三】「句」，常州本無。
【四】「倉」，常州本誤作「食」。

《公劉》

后稷曾孫。

晉人王基曰：「公劉，字。」《尚書傳》曰：「公，爵；劉，名。」陸德明曰：「公，號也。」王伯厚《困學紀聞》曰：「《匈奴傳》：『夏道衰，公劉變於西戎，其後三百餘歲，戎狄攻太王亶父。』」伯厚引王氏名速之說曰【一】：「自后稷三傳而得公劉，自亶父三傳而武王滅商，則公劉在夏之中衰，而亶父宜在商之季世，不啻五六百年。而曰三百餘歲，未知何所據也。」

不出封內。

成公呂伯恭曰：「以《國語》《史記》參毛、鄭說，自不窋已竄於西戎，至公劉而復興。疆埸積倉，內治既備，然後裹糧治兵，拓大境土，而遷都於豳焉。國都雖遷【二】，向之疆埸積倉，固在其封內也。」

容臭。

《記·內則》：「男女未冠笄者，皆佩容臭。」注：「容臭，香物也，以纓佩之，為迫尊者，給小使也。」 容臭，香物，後世香囊是其遺制。《楚辭》所謂幃者，幃即香囊。

致邑立宗。

《左傳》哀公四年，楚人既克夷虎，蠻子赤奔晉陰地。晉執之，以畀楚師於三戶。楚司馬致邑立宗焉，以誘其遺民，而盡俘以歸。 夷虎，蠻夷叛楚者。陰地，晉地名。三戶，楚丹水縣地名。致邑立宗，為之作邑，立其宗主，而誘其民以歸楚。

考日景。

【一】「速」，文津閣本、常州本作「逨」。

【二】「國」，文津閣本在上句「豳」字後。

《地官·司徒》：「以土圭之法測土深去音，下同，正日景，以求地中。日南則景短多暑，日北則景長多寒，日東則景夕多風，日西則景朝多陰。」鄭衆曰：「測土深，謂南北東西之深也。日南謂立表處太南，近日也；日北謂立表處太北，遠日也；景夕謂日跌待結切景乃中，立表處太東，近日也；景朝，謂日未中而景中，立表處太西，遠日也。」鄭玄曰：「晝漏半而置土圭，表陰陽，審其南北。景短於土圭謂之日南，是地於日為近南也；景長於土圭謂之日北，是地於日為近北也；東於土圭謂之日東，是地於日為近東也；西於土圭謂之日西，是地於日為近西也。如是則寒暑陰風偏而不和【一】，是未得所求。凡日景於地，千里而差一寸」云。景，如字。

三單。

鄭氏箋：「大國之制三軍，以其餘卒為羨。單者，無羨卒也。」羨音延。之，去聲。孔氏疏：「《小司徒》云：『凡起徒役，無過家一人，以其餘為羨。』羨謂家之副丁也。今言其軍三單，是無副丁。」

朝陽、夕陽【二】。

山東曰朝陽，山西曰夕陽，《爾雅》文。

鍛【三】。

嚴坦叔曰：「鍛，毛以為石，朱以為鐵。今考：鍛，打鐵也，字從金。碫者，礪也，字從石。此鍛從金，當為鐵。稽康好鍛【四】，即此也。」

芮，水名。汭。

【一】「風」，原作「陽」，據常州本及《周禮注疏》卷十改。
【二】「朝陽」，常州本無。
【三】此條原在「芮，水名」條後，據常州本改。
【四】「稽」，文津閣本作「嵇」。

《西漢・地理志》：「扶風汧縣，芮水出西北，東入涇。」汧水，出隴州吳山，西北至汧源入渭。汧音牽。

《泂酌》

餴、饎。

餴一作饙，《毛傳》：「餴，餾也。」餾音溜。《爾雅》：「餾，飪也。」孫炎云：「蒸之曰饙，均之曰餾。」郭璞云：「饙熟曰餾。」饎，許慎云：「酒食。」揚雄云：「熟食。」字一作糦，亦作𩞄。

強教，悅安。

《禮記・表記》篇：「子言之，君子之所謂仁者，其難乎？《詩》云：『愷弟君子，民之父母。』愷以強教之，弟以悅安之。樂而毋荒，有禮而親，威莊而安，孝慈而敬。使民有父之尊，有母之親。如此而後，可以為民父母矣。非至德，其孰能如此乎？」強教，如以佚道使民，雖勞不怨之類。悅安，如悅以使民，民忘其死之類。程子曰：「以佚道使民，謂本欲佚之也，播穀乘屋之類是也。」強，渠良切。毋荒之毋，音無。

《卷阿》

飄【一】。

「飄風自南」，飄，避遙切，音標。

【一】文津閣本無「飄」字，以「飄風自南」四字為條目名。

休【一】。

「優遊爾休矣」，休，伴奐而優遊，自休息也。

版圖【二】。

《周禮·秋官·司民》：「掌登萬民之數，自生齒以上皆書於版。」鄭氏注：「登，上也。男八月、女七月而生齒。版，今戶籍也。」《夏官·職方氏》：「掌天下之圖，以掌天下之地。辨其邦國、都鄙、四夷、八蠻、七閩、九貉、五戎、六狄之人民與其財用，九穀、六畜之數要，周知其利害。」注云：「天下之圖，如今司空輿地圖也。鄭康成云：四、八、七、九、五、六，周之所服國數也。《爾雅》：『九夷、八蠻、六戎、五狄，謂之四海。』」漢蕭何從沛公入咸陽，先入丞相府，收圖籍藏之，以此得具知天下阸塞【三】、戶口多少、彊弱之處。

茀【四】。

「茀祿爾康矣」，茀，《集傳》芳弗切，毛音弗，鄭音廢，《禮韻》敷勿切。音弗。芳弗未詳。

賡載歌。

《書·益稷》傳：「賡，續也；載，成也，續帝歌以成其義也。」

《民勞》先儒以此以下為變大雅。

大諫。

《春秋左傳》成公八年，季文子與晉韓穿言：「《詩》曰：『猶之未遠，是用大簡。』行父音甫，文子名懼晉之不遠猶而失諸侯也。」注：「簡，諫也。」《荀子》闕【五】。

【一】文津閣本無「休」字，以「優遊爾休矣」五字為條目名。

【二】此條原在「飄」條前，據常州本改。

【三】「下」下，常州本有「之」。

【四】文津閣本無「茀」字，以「茀祿爾康矣」五字為條目名。

【五】「荀子闕」，常州本無。

《板》

凡。

凡國，伯爵，周公旦之後。《左氏傳》：「富辰曰：『凡、蔣、邢、茅、胙、祭，周公之胤也【一】。』」祭，側界切。

沓沓。

《孟子》：「泄泄猶沓沓。」《集注》云：「怠緩悅從之貌【二】。」

同僚。

《左氏》文公七年，晉先蔑使秦，荀林父止之曰：「同官為寮【三】，吾嘗同寮，敢不盡心乎？」寮，寀也。郭景純注《爾雅》云：「寀，謂寀地【四】。同地為寀，同官為寀【五】。采地，食邑也。寀與采同，即謂受封之采邑。」使，去聲。

壎、篪。

壎亦作塤。《毛詩樂舞器圖》云：「釋者皆以二者異器而同聲，然八音孰不同聲，必以壎、篪為況者，蓋壎、篪皆六孔，而以五竅取聲。十二律始於黃鍾，終於應鍾。壎、篪二者，其竅盡合則為黃鍾，其竅盡開則為應鍾。獨相應和，是以取之。」和，去聲。

詩傳旁通卷十一

【一】「胤」，文津閣本作「後」。
【二】「貌」，原作「意」，據常州本及朱熹《孟子集注》卷七改。
【三】「寮」，常州本作「僚」，下句同。
【四】「寀」，常州本作「采」。
【五】「寀」，常州本作「僚」。《爾雅注疏》卷一作「寮」。

詩傳旁通卷十二

大雅

蕩之什

《蕩》

受中。

《左傳》成公十三年，劉子曰：「民受天地之中以生，所謂命也。是以有動作禮義威儀之則，以定命也。能者養之以福，不能者敗以取禍【一】。」劉子，劉康公，畿內諸侯，為王朝卿士。劉邑在河南。緱氏，杜元凱云：「緱氏西北舊有𨛬亭【二】。」許氏《說文》無劉字，故作鎦與𨛬，今鎦、𨛬、劉三字通。受中以生者，言民受天地大中至正之理以生。緱音勾。

力行之力。

《史記·儒林傳》：「申公，魯人。天子使如字使去音束帛加璧【三】，安車駟馬迎申公。天子問治亂之事。申公時已八十

【一】「禍」下，原有「福」字，據常州本刪。文津閣本「禍」字作「福」。

【二】「𨛬」，原無，據文津閣本補，常州本作「𨛬」。

【三】「音」，常州本作「聲」。

餘，老【一】，對曰：『為治者不在多言，顧力行何如耳？』」天子，漢武帝。

慆德【二】。

慆，嚴氏本作滔【三】。

《抑》

三復此詩。宮縚【四】。

《家語·弟子行》篇：「獨居思仁，公言言義，其於《詩》也，則一日三復白圭之玷。是宮縚之行也，孔子信其能仁，以為異士。」注云：「異士，殊異之士。《大戴禮》引之，以為異姓婚姻，以兄之女妻之。」行、妻並去聲。

宮縚：南宮縚，名縚，又名适，字子容，居南宮，謚敬叔，孟懿子從兄，魯《論》謂之南容。縚，他刀切。從，才用切【五】。

屋漏。

室西北隅，日月之光所漏照之處，言深隱也【六】。

《楚語》倚相。

左氏《國語》中《楚語》。倚相：楚靈王曰：「是良史也，能讀《三墳》《五典》《八索》《九丘》。」《墳》

【一】「老」，常州本「矣」。
【二】「慆德」及下注文，原在「力行之力」條注文之後，據常州本改。
【三】「氏」，常州本作「作」。
【四】「宮縚」，原無，據常州本補。
【五】「才」，常州本誤作「木」。
【六】「深隱」，常州本作「隱深」。

《典》《索》《丘》四者皆書名。楚靈王、倚相，皆當魯昭公時。　相，息亮切。

師長士。

師長，大夫也。士，衆士也。

旅賁。

賁，音奔，虎奔，武勇士；旅，衆也。韋昭曰：「勇力之士。」

宁。

門屏之間、人君宁立之處。屏，上聲。宁音貯。凡處字，上聲者不圈，去聲者加圈。

官師。

諸有司之長，亦云府史、胥徒之長。胥字平、上二音。

誦訓。

《周禮》司徒屬有誦訓，掌道方志，以詔觀事。注云：「説四方所識久遠之事，以告王觀博古。」詔，猶告也。

贄御。

近侍也。贄近人君，給使令者也。

師工。

晉師曠曰：「史為書，瞽為詩，工誦箴諫。」工者，樂工。誦者，誦箴諫之辭。瞽者為樂師，故云師工、師曠。語見《左》襄十四年。

訓御。

御者，進也。

侯包。武公年數年表【一】。

包一作苞。孔穎達《詩正義》：「侯包云：『衛武公刺王室，亦以自戒。行年九十有五，猶使人日誦是詩而不離於其側。』」王伯厚《困學紀聞》：「朱子謂不知此出何處。愚按：侯包之說見於《詩正義》。《隋・經籍志》有《韓詩翼要》十卷，侯苞撰。然則苞學《韓詩》者也。」益按：侯苞，漢時人。《韓詩》之學今不傳矣，姑存其目。漢常山太傅韓嬰《故訓》三十六卷，薛君《章句》二十二卷，薛漢。《韓詩内傳》四卷，《外傳》十卷。

武公年數年表，嚴坦叔曰：「今考《年表》，武公以宣王十六年即位，《詩記》以為其齒四十餘，是也。孔疏以為宣王三十六年即位，恐誤。《年表》武公終於平王十三年。」《年表》，《史記・諸侯年表》。武公名和，即共伯和。

《桑柔》

芮良夫。

芮，畿内國名，伯爵，與周同姓，為周司徒。《左傳》文公元年，秦穆公曰：「周芮良夫之詩曰：『大風有隧，貪人敗類。』」

疑立。

疑音嶷，魚力切。《儀禮・鄉飲酒禮》：「賓西階上，疑立。主人阼階東，疑立。」《士昏禮》：「婦疑立于席西。」並同。

綴旒。

《公羊傳》襄公十六年，三月戊寅，大夫盟，君若贅旒然。贅亦作綴，去聲，丁衛切；入聲，丁劣切。綴旒者，言其危

【一】原本無「武公年數年表」，於本條後單出「武公年數」條。

而欲絶也，大夫強而君弱之比。

共和。

《史記·周本紀》：「厲王名胡出奔於彘，太子靜宣王名匿召公家。召公、周公二相行政【一】，號曰共和。共和之十四年，厲王死於彘。太子靜長於召公家，二相乃共立之，是為宣王。」《國語》曰：「彘之亂，宣王在邵公之宮，國人圍之。邵公曰：『昔吾驟諫王【二】，王不從，是以及此難。今殺王子，王其以我為懟而怒乎？夫事君者，險而不懟，怨而不怒，況事王乎？』乃以其子代宣王。宣王長而立之。」韋昭注曰：「彘之亂，公卿相與和而修政事【三】，號曰共和，凡十四年。」召、邵通，召字加圈。周、召二公世有之，非必公旦、公奭之後。羅泌、羅苹以為共伯和。共，平聲。

圮族【四】。

《書》：「鯀圮族。」圮，敗也。族，類也。鯀，音袞，夏禹父，崇伯之名【五】。圮，部鄙切，音否卦之否，伾之上聲。

榮夷公。

《史記》：「厲王即位三十年，好利，近榮夷公。大夫芮良夫諫厲王曰：『王室其將卑乎？夫榮公好專利而不知大難去音【六】。夫利，百物之所生也，天地之所載也。而有專之【七】，其害多矣。天地百物皆將去焉，何可專也？所怒甚多而不備大難。以是教王，王其能久乎？夫王人者，將導利而布之上下者也，使神人百物無不得極，猶日怵惕，懼怨之來也。故《頌》曰：「思文后稷，克配彼天。立我蒸民，莫匪爾極。」《大雅》曰：「陳錫載周。」是不布利而懼難乎？故能

【一】「政」，常州本無。
【二】「吾」，常州本作「我」。
【三】「和」上，《國語·周語上》有「共」字。
【四】此條原在「榮夷公」條後，據常州本改。
【五】「崇」下，文津閣本、常州本有「國」字。
【六】「音」，常州本作「聲」。
【七】「有」，文津閣本作「或」。

載周以至於今。今王學專利，其可乎？匹夫專利猶謂之盜，王而行之，其歸鮮矣。榮公若用，周必敗也。』」厲王不聽，卒以榮公為卿士用事。後國人相與畔襲厲王，厲王出奔於彘，在位凡三十七年。

千慮一得。

《西漢書·韓信傳》：「廣武君李左車謂信曰：『臣聞「智者千慮，必有一失；愚者千慮，亦有一得」，故曰：狂夫之言，聖人擇焉。』」

陰。

於鴆切。如張横渠密告之說，則陰為平聲。

《雲漢》

雲漢天河。

曹氏曰：「或謂水氣在天為雲，水象在天為漢；或謂箕斗間為漢津，雲在漢津謂之雲漢，皆非也。夫雲合散不常，漢在天似雲非雲，故曰雲漢也。史遷云：『漢者，金之散氣，其本曰水。』張衡云：『水精為漢。天將雨，其兆先見於漢。天漢起於東方，經尾、箕之間，是為漢津。逶迤向西南行，至七星南而沒。此其回旋之度也【一】。』」宋有曹豳東畎【二】，亦解詩。

索鬼神。

《地官·司徒》：「以荒政十有二聚萬民。其十有一曰索鬼神。」鄭氏注云：「求廢祀而修之。」

【一】「度」，常州本作「厚」。
【二】「畎」，常州本作「畞」。

仍叔【一】。

仍，圻內國邑名，諸侯為卿士者。圻、畿通。仍叔、芮良夫、榮夷公，仍、芮、榮皆采地，榮在河南鞏縣西。

奠、瘞。

孔穎達曰：「奠謂置之於地，瘞謂埋之於地。」按：《祭法》：「瘞埋於泰折，祭地也。」祭地之禮。瘞，埋其牲幣於地。泰折即方丘，祭地處。折，之列切，音哲。

雩祀百辟。

《月令》：「仲夏之月，命百縣雩祀百辟卿士有益於民者。」鄭氏注：「雩，吁嗟求雨之祭也。百辟卿士，古者上公若勾龍、后稷之類。」

天宗。

《月令》注：「日月星辰謂之天宗。」

師氏以兵守門。

《地官·司徒·師氏》：「凡祭祀、賓客、會同、喪紀、軍旅，王舉則從，聽治亦如之。使其屬帥四夷之隸，各以其兵服守王之門外，且蹕。朝在野外，則守內列。」朱子於《小雅·十月之交》傳云「師氏掌司朝得失之事」，於此詩傳云：「師氏掌以兵守王門」者，各因其職之所在而分言之，讀者互觀焉可也。

徹膳。

徹，猶去也，謂減損也。孔穎達曰：「徹膳者，天子日食太牢，今減損之。」牛羊豕謂之太牢。

左右不修。

左右，總謂君左右之諸臣。不修，謂無所修作。

【一】此條原在「雲漢天河」條前，據常州本改。

無俚。

《漢書・季布傳》贊曰：「以項羽之氣而季布以勇顯名楚，身履軍，搴旗者數矣，可謂壯士。及至困戹奴僇【一】，苟活而不變，何也？彼自負其材，受辱不修，欲有所用，其未足也，故終為漢名將。賢者誠重其死，夫婢妾賤人感慨而自殺，非能勇也，其畫無俚之至耳。」蘇林曰：「俚，賴也。」晉灼曰：「俚，聊也。」許慎曰：「俚，賴也。其為計畫，無所聊賴，至於自殺耳。」以許叔重兼蘇、晉二說，故並存之。

《崧高》

嵩高【二】。

《白虎通》曰：「嵩高，山者。中央之嶽獨加高字者何？中央居四方之中而高，故云嵩高。」在今河南府。

東岱。

泰山，一名岱宗，東方萬物始交代之處。王者受命易姓、報功告成，必於岱宗。宗，長也，言為羣嶽之長。王者受命必封禪。封者，增高；禪者，增厚也。封一山為主禪，一山為儲副。封泰山則禪梁父，如天子、太子然。泰山在今兗州。

南霍。

《周禮》：「荊州之鎮曰衡山。」衡山，南嶽也，以灊霍為副。《爾雅》云：「霍山為南嶽。」白氏《六帖》云：「衡山有三峰，一曰紫蓋，二曰石菌，三曰芙蓉。」羅含《湘中記》云：「衡山度應斗衡【三】，位直離宮，故曰南嶽，又名霍山，在今湖南衡州路。」泰、岱，衡、霍，皆一山二名。

【一】「及」，常州本作「乃」。
【二】此條原在「北恒」條後，據常州本改。
【三】「度」，常州本作「上」。

西華。

《華山記》曰：「山頂有池，生千葉蓮花，因曰華山。《周禮・職方氏》：『河南豫州，其山鎮曰華山。』在今華州。」

北恒。

《職方氏》：「并州，其山鎮曰恒山。」《白虎通》云：「北方為恒山者何？陰終陽始，其道恒久，故曰恒山。」

尹【一】。

子朝入尹，在周地。尹氏采邑，在鞏西南偃師縣。尹吉甫墓在汾州，或云墓即其邑地。

四嶽。

唐虞官名，一人而總四岳諸侯之事，故曰四岳。在周則齊、許、申、呂皆其後也

大封。

《周禮・春官》：「王大封，則先告后土，乃頒祀於邦國都邑。」蔡邕曰：「天子大社以五色土為壇。東方青，南方赤，西方白，北方黑，中央黃。漢制：皇子封為王者，受天子大社之土，以所封之方色封，東方受青土，南方受赤土，各如其方色。藉以白茅苴，以黃土授之，歸國以立社稷，故謂之茅土。」

侯東平王諸子。

《漢書・光武十王傳》【二】：「東平憲王蒼，建武十五年封東平公，十七年進爵為王。明帝永平元年【三】，封蒼子二人為縣侯。二年，以東郡之壽張、須昌、山陽郡之南平陽縣名、橐縣名、湖陵縣名五縣益東平國。十一年，蒼與諸王朝京師。

【一】此條原在「四嶽」條後，據常州本改。

【二】按，《光武十王傳》出《後漢書》卷四十二，「漢」上闕「後」字。

【三】「元」，原作「二」，據常州本及《後漢書・光武十王傳》改。

月餘，還國。帝臨送歸宫，悽然懷思，乃遣使手詔國中傅曰【一】：『辭別之後，獨坐不樂，因就車歸，伏軾而吟，瞻望永懷，實勞我心，誦及《采菽》，以增歎息。日者問東平王處家何等最樂。王言為善最樂。其言甚大，副是要腰腹矣【二】。今送列侯印十九枚，諸王子年五歲已上能趨拜者，皆令帶之。』」

近。

近，鄭氏音記。許氏《說文》：「從辵從丌。」按：《字書》：「辵音丑略切，丌音巨基切，辵字入聲，與走字不同。」

《烝民》

保。

賈長沙《治安策》：「保，保其身體；傅，傅之德義。」

樊【三】。

樊、棥、𤀢、鄉四字通。樊者，仲山甫之采邑，宣王封之。京兆杜陵有𤀢鄉、樊川。韋昭曰：「樊，畿内邑。」王伯厚曰：「《權德輿集》云：『魯獻公仲子曰山甫，入輔於周，食采於樊。』」

徙薄姑，治臨菑。

《史記・齊世家》：「太公卒，丁公呂伋立，傳乙公得【四】、癸公慈母、哀公不辰，凡五世。紀侯譖哀公於周夷王。周烹哀公而立其弟靜，是為胡公。胡公徙都薄姑。哀公之同母弟山怨胡公，乃與其黨率營丘人襲攻殺胡公而自立，是為獻

【一】「傅」，原作「傳」，據常州本及《後漢書・光武十王傳》改。
【二】「要腰」，常州本作大字「腰」。
【三】此條原在「保」條前，據常州本改。
【四】「乙」，原作「已」，據常州本及《史記・齊世家》改。

公。獻公元年，盡逐胡公子，因徙薄姑，都治臨菑。」春秋時齊襄公殺紀侯，說者以為復九世之讎。張守節曰：「薄姑氏，殷諸侯封於此，周滅之，故城在青州博昌縣東北六十里。」鄭漁仲曰：「齊本顓帝之墟。營丘，今臨淄縣。薄姑亦謂之蒲姑，在其西北。或云：營丘故城在濰州昌樂，而青州博興有蒲姑故城。」王伯厚曰：「《齊世家》胡公始徙都薄姑，周夷王之時獻公因徙薄姑，都治臨淄。《詩正義》：『《烝民》云「仲山甫徂齊」，《傳》謂古者諸侯逼隘，則王者遷其邑而定其居。蓋去薄姑，遷於臨淄。』以為宣王之時始遷，與《世家》異，毛公當有據。」

《韓奕》

士服入見。

春秋之法，嗣子定位於初喪，明年正位改元，又明年服喪已畢，見現於京師而請命焉。《公羊傳》文公九年，「毛伯來求金。毛伯者何？天子之大夫也。何以不稱使？當喪未君也。踰年矣，何以謂之未君？即位矣而未稱王也。未稱王，何以知其即位？以諸侯之踰年即位，亦知天子之踰年即位也。以天子三年然後稱王，亦知諸侯於其封內三年稱子也。踰年稱公矣，則曷為於其封內三年稱子？緣臣民之心，不可一日無君；緣終始之義，一年不二君，不可曠年無君；緣孝子之心，則三年不忍當也。」

不庭。

《左傳》：「鄭莊公以王命討不庭。」說者曰：「下之事上皆成禮於庭中。不庭，言不趨走於庭，故討其罪。」

兩較【一】。

《周禮·輿人》注：「兩輢上出軾者，在車之兩旁。」孔穎達曰：「式上二尺一寸，別橫一木，謂之較。」較音角，輢音倚。

【一】此條原在「金厄」條後，據常州本改。

金厄。

厄，蟲也。《爾雅·釋蟲》云：「厄，烏蠋。」郭璞注曰：「大蟲，如指，似蠶。金厄者，以金按轡之端，如厄蟲然。」蠋音蜀。

屠。

屠，一曰杜【一】。杜者，杜伯之國也。漢之杜陵，杜伯所築。長安縣有杜伯塚，萬年縣有周杜主祠。

侯氏。

《儀禮·覲禮》篇：「天子稱來朝諸侯皆曰侯氏。」《禮記·射義》引《詩》曰：「曾孫侯氏，四正具舉。大夫君子，凡以庶士。小大莫處，御於君所。以燕以射，則燕則譽。」「曾孫侯氏」以下八句，舊說以為《貍首》篇之文。諸侯推本始封之君，故云曾孫侯氏。四正者，舉正爵以獻賓、獻君、獻卿、獻大夫，凡四。

汾王。

嚴坦叔引《解頤新語》曰：「汾王猶晉侯居翼，謂之翼侯。晉人納諸鄂，謂之鄂侯。鄭叔段居京，謂之京城太叔。及出奔共，謂之共叔也。共，音恭【二】。又楚人謂王不終者為敖，葬郟者為郟敖，葬訾者為訾敖。其汾王之類乎【三】？說者以莒郊公、黎比公為比，非也。按：《左氏傳》莒夷無謚，於是有黎比公、郊公、茲丕公【四】、著丘公，皆以號為稱，與汾王以地為稱者不類矣。」黎比之比，音毗。

【一】「屠，一曰杜」，常州本作「杜，一作屠」。
【二】「音」，原無，據常州本補。
【三】「類」，原作「謂」，據常州本改。
【四】「公」，原作「者」，據常州本改。

燕。

召公初封春秋之燕亳【一】，以其僻遠，有寢丘留侯之意，地逼山戎。六國時寖大，置漁陽、上谷、右北平、遼東、西五郡地。秦滅之，為上谷郡。漢立燕國，昭帝為廣陽國廣陽郡。唐武德為燕州，後為燕山府。金為大興府。周封康公於燕，蓋為歸老之地，所謂寢丘留侯意也。康公之召則在扶風。羅長源云：「東遷後，采於垣。食采垣邑。鳳翔天興縣東北六十里召原也，有康公廟。」王厚齋說見《召南》。

追【二】。

如字，又都回切。追貊，如《論語》之言「蠻貊」。

城邢。

《春秋》僖公元年，經書：「齊師、宋師、曹師城邢。」《左氏傳》云：「諸侯救邢，邢人潰，具邢器用而遷之。」邢遷於夷儀，諸侯之救患也。

城楚丘。

三年，經書：「春，王正月，城楚丘。」傳云：「諸侯城楚丘而封衛焉。」邢困于狄，齊桓公遷之，邢遷如歸。衛遭狄難，君死國滅，齊桓公封之，衛國忘亡。

《江漢》

淮夷來求。

「來求」之求，如《左》宣十二年，晉大夫趙括、趙同云：「率師以來，唯敵是求。」

【一】「亳」，常州本誤作「毫」。

【二】此條原在「城楚丘」條後，據常州本改。

卣。

卣，中尊也。古者之尊以彝為上，卣為中，罍為下。故祭祼皆用彝，酢皆用罍，賜皆用卣。

敦。

敦，音對。《周禮·天官屬·玉府》【一】：「掌王之金玉玩好。若合諸侯，則供珠槃玉敦。」注云：「敦，槃類，珠玉以為飾。古者以槃盛血，以敦盛食。合諸侯者，必割牛耳取其血，歃之以盟。珠槃以盛牛耳，尸盟者執之。」尸，主也。盟者以血塗口旁，曰歃。

郱敦。

《先秦古器記》曰【二】：「劉原父家所藏《郱敦銘》：惟二年，正月初吉，王在周邵宮。丁亥，王格于宣榭。毛伯內門，立中庭，佑祝郱。王呼內史冊命郱，王曰：『郱，昔先王既命汝作邑，繼五邑祝。今余惟疃京，乃命錫汝赤芾、彤冕、齊黃、鑾旂用事。』郱拜稽首，敢對揚天子休命，郱用作朕皇考龔伯尊敦。郱其眉壽，萬年無疆，子子孫孫永寶用享。」郱，皮變切，音汴。郱、弁通，姓有弁氏。劉曜：太史弁廣明。益按：《春官》有典庸器之職。庸，功也。有功者，為之鑄器而銘其功於器上，如郱敦之類是也，後世謂之款識。　宣榭，宣王之廟。

仍。

《常武》

老子《道德經·上德不德》章：「上禮為之而莫之應，則攘臂而仍之。」

班師。

【一】「天官屬」，原在「玉府」後，據常州本改。
【二】「秦」，常州本誤作「泰」。

《禹謨》：「班師振旅。」班，還也。

《常武》篇名。

濮斗南曰：「《詩》中無『常武』字，反因講師續說而命名，此所創見也。」益謂漢儒尚專門之學，異師相攻，各講其所傳之經，故有講師。漢以前無之。此詩之命名，當從《雨無正》之例，篇中無題字。

《瞻卬》

懿。

「懿厥哲婦」之懿，古注作有所痛傷之聲，故圈，平聲。今朱《傳》訓美也，如字。

寺。

寺亦作侍。寺，祥吏切，音嗣。侍，時吏切，如字，一作閙，與侍同。是寺有寺、侍二音，皆謂寺人。寺人，閹官也。閹與奄同，衣廉切，音淹。閹官，男子去勢精閉者，謂之中官，謂之宦者，謂之黃門，亦謂之璫。

歐陽公言【一】。

《五代史·宦者傳論》：「自古宦者亂人之國，其源深於女禍。其用事也近而習，其為心也專而忍。以小善中人之意，小信固人之心，使人主已信，然後懼以禍福而把持之。前後左右日益親，忠臣碩士日益疏，而人主之勢日益孤。勢孤則懼禍日益切，而把持者日益牢。安危出於喜怒，禍患伏於帷闥，嚮所可恃者，乃所以為患也。患已深而覺之，欲與疏遠之臣而圖親近，緩之則養禍而益深，急之則挾人主而為質音志。雖有聖智，不能為謀。大者亡國，其次亡身，而使奸豪得借以為資，至抉其種類，盡殺以快天下之心而後已。」

女戎。

【一】此條原在「懿」條前，據常州本改。

《春秋外傳·晉語》：「獻公伐驪戎，克之，獲驪姬以歸。有寵，立以為夫人。史蘇告大夫曰：『有男戎必有女戎，若晉以男戎勝戎，而戎亦必以女戎勝晉。』史蘇又曰：『國且深亂，亂必自女戎。』」夏桀妹喜，有施氏；商辛妲己，有蘇氏；周幽王褒姒，有褒氏，皆女戎也。

《召旻》

疏、粺。

二者，米之精粗。疏，米之粗者，謂糲米；粺，米之精者。鄭康成曰：「米之率，糲十、粺九、鑿八、侍御七。」率音類，又音律，又所律切。鑿，子洛切。呂忱《字林》曰：「糲米一斛舂為八斗。」糲，郎葛切【一】。孔穎達曰：「言『米之率，糲十、粺九、鑿八、侍御七』者，其術在《九章算數·粟米之法》。彼云：『粟率五十，糲米三十，粺二十七，鑿二十四，侍御二十一【二】。』言粟五升，為糲米三升，以下則米漸細，故數益少。四種之米皆以三約之【三】，得此數也。言此明糲粗於粺，故為疏耳。」

詩傳旁通卷十二

【一】「郎」，常州本誤作「即」。
【二】「侍」，原無，據常州本及《毛詩正義》卷十八之五改。
【三】「四」，常州本無。

詩傳旁通卷十三

周頌

清廟之什

《清廟》

周公成洛邑。

《史記·周本紀》：「武王曰：『我南望三塗，北望嶽鄙，顧詹有河，粵瞻雒伊，毋遠天室。』營周居於雒邑而後去。成王在豐，使召公復營洛邑，如武王之意。周公復卜申視，卒營築，居九鼎焉。曰：『此天下之中，四方入貢道里均。』」　雒、洛同。　蔡仲默曰：「宅洛者，武王之志，周公、成王成之，召公實先經理之。」

烝祭歲。

王在新邑，烝祭歲。《洛誥》篇文。歲者，歲舉之祭。

《書大傳》。

《大傳》，釋《書》之文。

愀。

愀，七小切，音悄。愀然，變色之貌。

《樂記》。

《樂記》，《禮記》篇名。

疏越。

疏，通也；越，瑟底之孔也。疏而通之，使其聲遲緩也。疏音疎，越如字。

三歎。

一倡三歎。朱子云：「一人倡之【一】，三人和之。或以為三歎息者，非。」鄭氏明云：「三人從歎之。」詳味從字，是從而和之也。

有遺音。

瑟聲濁而遲，是質素之音，非極聲音之美。然其中有不盡之餘音存焉，故曰「有遺音者矣」。

練朱絃【二】。

練朱絲以為絃【三】。絲不練則聲清，練之則聲濁。

乾豆上，奏登歌【四】。

《西漢書·禮樂志》：「高祖時，叔孫通因秦樂人制宗廟樂。太祝迎神於廟門，奏《嘉至》，樂名。猶古降神之樂也；皇帝入廟門，奏《永至》，樂名。以為行步之節，猶古《采齊》《肆夏》也；乾豆上，奏登歌，獨上歌，不以管絃亂人聲，欲在位者徧聞之，猶古《清廟》之歌也；登歌再終，下奏休成之樂，美神明既饗也；皇帝就酒，東箱坐定，奏永成之樂，

【一】「之」，常州本無。

【二】此條原在「疏越」條前，據常州本改。

【三】「絲」，原無，據文津閣、常州本補。

【四】「登」，原作「登」，據文津閣本、常州本改，下注文同。

美禮已成也。」《采薺》，逸詩篇名。薺，才私切，或作齎，亦作茨，音同。乾豆，脯羞之屬。休成樂，叔孫通所作。

《維天之命》

何以恤我。

《左傳》襄公二十七年，君子曰：「『何以恤我？我其收之』，向戌之謂乎？」向戌，宋大夫。戌，雪律切。

《維清》

典。

文王之典，《毛傳》曰：「典，法也。」

《烈文》

君子、小人。

《大學》注：「君子謂其後賢後王，小人謂後民。」

《天作》

岐。韓子【一】。

古有岐伯，至古公避狄，遷岐之陽。今鳳翔府岐山縣西北有岐城故址，以山之岐而得名，即箭筈嶺也。桓譚《琴操》

【一】「韓子」，原本於本條後單出成條，據常州本改。

云：「文王初為岐侯。」岐亦作郊，一分為二曰岐。　筈，古活切，音括。箭本受絃處曰筈，其地有箭筈關。

韓子，昌黎韓子退之《岐山操》：「彼岐有岨，我往獨處。」莆田方氏崧卿曰：「岨與阻同。《楚辭》《漢書》多用岨字，今以平聲讀之，非也。」

徂[一]。

《東漢書·西南夷莋都夷傳》莋音昨：「益州刺史朱輔上疏曰：臣聞《詩》云『彼徂者岐，有夷之行』，傳曰：『岐道雖僻，而人不遠，詩人誦詠以為符驗。』」　唐章懷太子賢注曰：「《詩》，《周頌》也。《韓詩薛君傳》曰：『徂，往也。夷，易也。行，道也。彼百姓歸文王者，皆曰：岐有易道，可往歸矣。易道，謂仁義之道而易行，故岐道阻險而人不難。』」　易，並去聲。

《昊天有成命》

叔向引詩。

《國語·周語》：「晉羊舌肸黑乙切，叔向名聘于周，單音善靖公享之，語說音悅《昊天有成命》。單之老送叔向，叔向告之曰：『異哉！吾聞之曰：「一姓不再興。」今周其興乎？其有單子也。且其說《昊天有成命》，頌之盛德也。其詩曰：「昊天有成命，二后受之。成王不敢康，夙夜基命宥密。於緝熙，單厥心，肆其靖之。」是道成王之德也。成王能明文昭，能定武烈者也。夫道成命者而稱昊天[二]，翼其上者也。二后受之，讓於德也。成王不敢康，敬百姓也。夙夜，恭也。基，始也。命，信也。宥，寬也。密，寧也。緝，明也。熙，廣也。亶[三]，厚也。肆，固也。靖，龢也。其始

[一] 此條原在「岐」條前，據常州本改。
[二] 「命」，常州本無。按，《國語·周語下》本句及下句皆無「者」字。
[三] 「亶」，原作「單」，據常州本改。

也，翼上德讓而敬百姓；其中也，恭儉信寬，帥歸於寧【一】；其終也，廣厚其心以固龢之。單若不興，子孫必蕃，後世不忘。』」

《我將》

文王之典。

嚴坦叔曰：「典，毛於《維清》傳云：『法也。』於此傳云：『常也。』鄭氏以為常道。法者，道之所寓，其實一也。」

人本乎祖。

《禮記·郊特牲》篇曰：「萬物本乎天，人本乎祖，此所以配上帝也。」

圜丘。方丘【二】。

圜、圓通。周制：冬至日，祀天於地上之圓丘，以禋祀昊天上帝，精意以享之，謂禋。玉用蒼璧。玉之圓者謂之璧。牲及幣皆蒼色。牲用犢，幣繒丈八尺。王大裘，冕無旒，乘玉輅。錫音羊，繁音盤纓，十有再就。五色備一匝謂之就。建太常【三】，十有二旒，祀尊，薦俎醢。器並瓦爵匏片為之，以槁秸及蒲為藉神之席。樂：圜鐘為宮，黃鐘為角，太簇為徵，姑洗為羽。雷鼓雷鼗，孤竹之管，雲和之琴瑟，《雲門》之舞。若樂六變，則天神皆降，可得而禮矣。　圜鐘，夾鍾也。《周禮·春官·大司樂》為鍾字【四】。　太常，旗。天神主北辰。　雷鼓雷鼗，六面有革，可擊。　孤竹，竹之特生者。　雲和，山名。　祀天於南郊地上之圓丘，丘圓而高【五】，所以象天。南郊之壇曰泰壇，以之燔柴焉。祭地於北郊澤

【一】「帥」，常州本誤作「師」。
【二】「方丘」，原本於此條後單出成條，據常州本改。
【三】「建」，原作「連」，據常州本及《周禮注疏》卷二十七改。
【四】「為」，原作「此」，據常州本改。
【五】「丘」，常州本誤作「立」。

中之方丘，丘方而下，所以象地。北郊之壇曰泰折，以之瘞埋焉。

方丘：夏至日，禮地祇於澤中之方丘，其丘在國之北。禮以黃琮。瑞玉八寸，形似車釭，謂之琮。鄭氏云：「琮八方，象地之形。」牲以黃犢，幣以黃繒。王及尸同服大裘。樂：函鍾為宮，太簇湊為角，姑洗蘚為徵，南呂為羽。靈鼓靈鼗，絲竹之管，空桑之琴瑟，《咸池》之舞。若樂八變，則地祇皆出，可得而禮矣。　祇與示同，地祇主崐崘。　函鐘，林鐘也。　鄭玄云：「雷鼓、雷鼗八面，靈鼓、靈鼗六面。」與前鄭衆之説異。　絲竹【一】，竹枝根之末生者。

空桑，山名。

器陶匏，牲犢。

《郊特牲》：「郊之祭也，迎長日之至也，大報天而主日也。兆於南郊，就陽位也。掃去音地而祭【二】，於其質也。器用陶匏，以象天地之性也。於郊，故謂之郊。牲用騂，尚赤也。用犢，貴誠也。」

大饗。

《月令》：「季秋之月，是月也，大饗帝句，嘗句，犧牲告備于天子。」　仲夏之月，命有司為民祈，祀山川百源。大雩，帝用盛樂，乃命百縣雩祀百辟卿士有益於民者，以祈穀實。仲夏之大雩，祈也；季秋之大饗，報也。雩，吁也，吁嗟其聲以求雨之祭。一說：雩，遠也，遠為民祈福也【三】。

曰天曰帝。

朱子曰：「為壇而祭，故為之天；祭於屋下而以神祇祭之，故為之帝。」

以義起之。

【一】「絲」字上，文津閣本有「衆」字。常州本「絲」誤作「孫」。

【二】「音」，常州本作「聲」。

【三】「雩，吁也」至「祈福也」二十三字，原本以「雩」為目單出成條，據文津閣本、常州本改。

《禮運》篇：「禮也者，義之實也。協諸義而協，則禮雖先王未之有，可以義起也。」

《時邁》

殷國。

殷猶衆也。《周禮・秋官》大行人之職曰：「王之所以撫邦國諸侯者：歲徧存；三歲徧覜他吊切，與眺同【一】；五歲徧省；七歲屬象胥諭言語，協辭命；九歲屬瞽史諭書名，聽聲音；十有一歲達瑞節，同度量，成牢禮，同數器【二】，修法則；十有二歲王巡狩殷國。」《夏官・職方氏》注云：「十二歲，王若不巡狩，則六服盡朝。」通言語之官曰象胥，如今之通事。朝音潮。

《春秋傳》

《左氏》宣公十二年，楚子莊王，名旅曰：「夫文，止戈為武。武王克商，作《頌》曰：『載戢干戈，載橐弓矢。我求懿德，肆于時夏，允王保之。』又作《武》，其卒章曰：『耆定爾功。』其三曰：『敷時繹思，我徂維求定。』其六曰：『綏萬邦，屢豐年。』夫武，禁暴、戢兵、保大、定功、安民、和衆、豐財者也。武有七德，我無一焉。」

《外傳》。

左氏《國語》謂之《春秋外傳》。魯叔孫穆子名豹答晉行人之言曰：「金奏《肆夏》《繁遏》《渠》，天子所以饗元侯也【三】。」韋昭注云：「金奏，以金奏樂也。」

《九夏》。

【一】「覜」，常州本作「頫」。

【二】「同數器」，原作「同器數」，據文津閣本、常州本及《周禮注疏》卷三十七改。

【三】「所」，原無，據常州本及《國語・魯語》下補。

《周禮・春官・鐘師》：「掌金奏。凡樂事，以鐘鼓奏《九夏》：《王夏》《肆夏》《昭夏》《納夏》《章夏》《齊夏》《族夏》《祴音陔夏》《驁熬、傲二音夏》【一】。」鄭氏注曰：「金奏，擊金以為奏樂之節。金謂鐘及鎛。以鐘鼓者，先擊鐘，次擊鼓，以奏《九夏》。夏，大也。樂之大歌有九。」

呂叔玉。

鄭氏《鍾師》注：「《國語》曰：『金奏《肆夏》《繁遏》《渠》，天子所以享元侯。《肆夏》《繁遏》《渠》，所謂《三夏》矣。』呂叔玉云：『《肆夏》《繁遏》《渠》，皆《周頌》也。《肆夏》，《時邁》也；《繁遏》，《執競》也；《渠》，《思文》也。』」

臣工之什

《臣工》

保介。

《禮記・月令》：「孟春之月，是月也，天子乃以元日祈穀於上帝。乃擇元辰，天子親載耒耜，措之於參保介之御間。」《呂氏春秋・孟春紀》：「是月也，天子乃以元日祈穀於上帝。乃擇元辰，天子親載耒耜，措之於參保介之御間。」高誘曰：「元，善也。辰，十二辰，從子至亥也。耒耜，耕器也。措，置也。保介，副也。御，致也。擇善辰之日，載耒耜之具於籍田，致於保介之間。施，用之也。」

《呂覽》

《史記・太史公自序》云：「不韋遷蜀，世傳《呂覽》。」　《呂不韋春秋》十二紀、八覽、六論。十二紀六十一篇，

【一】「音陔」，原在「夏」後，據文津閣本、常州本改。

八覽八十三篇，六論三十六篇，總百八十篇。秦相呂不韋與門客同為之，謂之《呂氏春秋》。高誘為之注。八覽者，有《始覽》《孝行覽》《慎大覽》《先識覽》《審分覽》《審應覽》《離俗覽》《恃君覽》，凡八。

《噫嘻》

萬夫之地。

《周禮·地官·遂人》：「掌邦之野，郊外曰野，此野字指甸稍縣都之地。稍，去聲。五家為鄰，五鄰為里，四里為酇音纂，五酇為鄙，五鄙為縣，五縣為遂。凡治野，夫間有遂，遂上有徑；十夫有溝，溝上有畛貞、軫二音；百夫有洫，洫上有塗；洫，忽域切。塗亦作途。千夫有澮【一】，澮上有道；澮，檜。萬夫有川，川上有路；以達於畿。」鄭氏注曰：「十夫，二鄰之田。百夫，一酇之田。千夫，二鄙之田。萬夫，四縣之田。遂、溝、洫、澮，皆所以通水於川也；徑、畛、塗、道、路，皆所以通車徒於國都也【二】。徑容牛馬，畛容大車，塗容乘車一軌，道容二軌，路容三軌。」凡車，由軌以上為軌音晷【三】。軓，車轅也。「萬夫者，方三十三里少半里，九而方一同。而南畮圖之，則遂從溝橫，洫從澮橫，九澮而川，周其外焉。」從音蹤。

鄉遂，司稼。

六鄉，六遂。《地官·司稼》：「掌巡邦野之稼，而辨其穜稑之種，周知其名與其所宜地，以為法。」

溝洫用貢法。

王厚齋曰：「周禮：遂人治野，乃鄉遂公邑之制；匠人溝洫，乃采地之制。鄭康成云：『周制：畿內用夏之貢法，稅

【一】「澮」下，常州本有雙行小字夾注「音檜」，而無下小注「澮，檜」。

【二】「徒」，原作「徙」，據文津閣本、常州本及《周禮注疏》卷十五改。

【三】「由軌」，文津閣本作「由軓」。

夫，無公田；邦國用殷之助法，制公田，不稅夫。』朱文公亦云：『溝洫以十為數，井田以九為數，井田、溝洫決不可合。』」

《振鷺》

杞。

《史記・陳杞世家》：「杞東樓公者，夏后禹之後苗裔也。殷時或封或絶。周武王克殷紂，求禹之後，得東樓公，封之於杞，以奉夏后祀。傳西樓公、題公。」陸淳曰：「東樓公封杞，今陳留雍丘是。九代，成公遷緣陵，文公居淳於。凡二十一代，楚滅之。」

宋。

宋，子姓，公爵。其先契為舜司徒，而封商。契子昭明，昭明子相土。春秋之宋，古之商丘，唐火正遏伯之墟，相土因之。漢為睢陽，隋為宋城。宋南京治縣，西南十二里有微子廟，五隕石。

膰，拜。

《左傳》僖公二十四年，皇武子對鄭文公曰：「宋，先代之後也，於周為客。天子有事，膰焉；有喪，拜焉。豐厚可也。」鄭伯從之，享宋公有加禮也。　膰音煩，祭肉也。

《有瞽》

合乎祖。

孔穎達曰：「周公攝政六年，制禮作樂，合諸樂器於太祖之廟，奏之。經皆言合諸樂器奏之之事也【一】。言告于太

【一】下「之」，常州本作「祀」。按，《毛詩正義》卷十九之三無下「之」（「祀」）字。

祖，則特告太祖，不因祭祀，且不告餘廟。以樂初成，故於最尊之廟奏之耳。此太祖，謂文王也。毛以為始作《大武》之樂。」

朄。

朄音胤，小鼓，在大鼓傍。

柷、圉、挏【一】。

柷，木椌也。柷音充之入聲。椌，苦江切。圉，楬也。楬，苦瞎切。挏，達孔切，音動，義亦同。

《潛》

槮。

《爾雅・釋器》曰：「槮謂之涔古潛字。」李巡曰：「今以木投水中養魚曰涔。」孫炎曰：「積柴養魚曰槮。」郭璞云：「今之作槮者，聚積柴木於水中，魚得寒，入其裏藏隱，因以簿圍取之。」　槮或從米旁，《爾雅》從木旁，音霜甚切，森之上音。亦作罧，音疏簪切。

《雝》

周人以諱事神。

《左氏》莊公六年，魯申繻曰：「周人以諱事神，名終將諱之。」　君父之名，臣子雖不敢斥言，然《禮》「卒哭之

【一】「圉、挏」原本於此條後分別單出成條，據常州本改。

後，舍故諱新」，謂舍親盡之祖而諱新死者，故云「以諱事神」。名者，生者之名。終則諱之者，人死曰終，名終曰諱，自高祖至父皆不敢斥言，故云「名終將諱之」。周人諱，殷人不諱。

享右祭祀。

《周禮・春官・太祝》：「辨九𢷎【一】，以享右祭祀。」　右讀為侑，侑勸尸食而拜也。𢷎與拜同【二】。九拜者：一曰稽首，拜頭至地；二曰頓首，拜頭叩地；三曰空首，拜頭至手，今謂之拜手；四曰振動【三】，動音董，謂以兩手相擊；五曰吉拜，謂拜而後稽顙；六曰凶拜，謂稽顙而後拜；七曰奇拜，謂先屈一膝，奇音基；八曰褒拜，褒音報，即今之再拜；九曰肅拜，但俯下手，如今之揖也。

《載見》

穆考。

《書》稱「穆考文王」，見《酒誥》篇。宗廟之位，太祖居中，左昭右穆，王季為昭，文王為穆，故稱穆考。

《有客》

微子。

微，國名，子爵，本扶風之郿陽，今岐之郿縣有郿鄉。紂徙封之畿內【四】，則在聊城，今故城在潞東北。樂史《寰宇記》：「微城在潞東北三十里。」

【一】「𢷎」，原作「椮」，據文津閣本、常州本及《周禮注疏》卷二十五改。
【二】「𢷎」，原作「椮」，據文津閣本、常州本及《周禮注疏》卷二十五改。
【三】「動」下，常州本衍「拜」。
【四】「封」，原無，據常州本補。

萋且。
曹氏曰：「萋，如『萋兮斐兮』；且，如『籩豆有且』，言其萋且有文。」如曹氏説，則且音子余切。且，多貌。

《武》

周公作《大武》。
《呂氏春秋·仲夏紀·古樂篇》：「武王即位，以六師伐殷。六師未至，以鋭兵克之於牧野。歸，乃薦俘馘於京太室，乃命周公為作《大武》。」

干戚舞《大武》。
《禮記·明堂位》：「升歌《清廟》，下管《象》，朱干玉戚，冕而舞《大武》。」注云：「朱干，赤盾也。玉戚，玉飾斧柄也。著袞冕而執此干戚，以舞武王伐紂之樂。」

閔予小子之什

《閔予小子》

予小子。
曹氏曰：「《曲禮》：『天子未除喪曰予小子。』然《洛誥》云：『予小子其退，即辟于周。』蓋成王常以幼沖自處，故每稱之耳。」

煢煢在疚。匡鼎來【一】。

【一】「匡」上，文津閣本有小字「附」字。

《前漢・匡衡傳》：「元帝崩，成帝即位。衡上疏曰：『陛下秉至孝，哀傷思慕不絕於心，未有游虞娛同弋射之宴，誠隆於慎終追遠，無窮已也。竊願陛下雖聖性得之，猶復加聖心焉。《詩》云「煢煢在疚」，言成王喪畢思慕，意氣未能平也。蓋所以就文武之業，崇大化之本也。』」

首卷「鼎來」之義【一】。　「無說詩，匡鼎來。」鼎，當也，方也。

羹，墻。

《後漢・李固傳》：「昔堯殂之後，舜仰慕三年，坐則見堯於墻，食則見堯於羹，斯所謂『聿追來孝，不失臣節』者。」　梁冀之黨作飛章，以誣搆李固之罪，故為此言。

登降堂只。

《楚辭・大招》：「三公穆穆，登降堂只。諸侯畢極，位九卿只。」朱子《楚辭後語》曰：「《周頌》『陟降庭止』，傳注訓庭為直，而說之云文王之進退其臣，皆由直道。諸儒祖之，無敢違者。而顏監於《匡衡傳》所引，獨釋之曰：『言若有神明臨其朝廷也。』蓋匡衡時未行毛說，顏監又精於史學而不梏於專經之陋，故其言獨能如此，無所阿隨而得經之本指也。余舊讀《詩》而愛顏說，然尚疑其無據，及讀此《大招》詞，乃有『登降堂只』之文，於是益信『陟降庭止』之為古語，其義審如顏說而無疑也。」

《小毖》

鷦鷯生鵰。

桃蟲，鷦也，今鷦鷯也，一名鷦鵬亡消切，音苗。許慎曰：「鷦鵬，桃蟲也。」陸璣曰：「微小於黃雀，其雛化而為鵰，

【一】「附」，常州本無。

故俗語云鷦鷯生鵰。」郭璞曰：「鷦䳟，桃雀也，俗呼為巧婦。鷦鷯小鳥，而生鵰鶚者也。」愚益謂鷦鷯生鵰之說【一】，物之變化，容有此理。世有鳥名鵻禮者，俗謂之鴉舅，鵻音隹，朱惟切。郭璞注《爾雅》所謂烏鴭者是也。《爾雅・釋鳥》謂之鷑鳩【二】，鷑音及。此烏鴭巢中，或時産鷹。蓋其生，乳衆雛，亦或為鷹，然亦理之不可詰者也。

《載芟》

柞氏。

《周禮・秋官・柞氏》：「掌攻草木及林麓。夏日至，令刊陽木而火之；冬日至，令剥陰木而水之。若欲其化也，化猶生也。則春秋變其水火。凡攻木者，掌其政令。」注云：「柞，除木之名。除木者必先校剥之【三】。」柞，側百切。校，古飽切【四】。

彊予任甿【五】。

《地官・遂人》注：「彊予，謂民有餘力，復予之田【六】，若餘夫然。」予、與同。一夫受田百畝，有弟為餘夫。

閒民。

《天官》：太宰之職，以九職任萬民。九曰閒民，無常職，轉移執事。司農鄭衆曰：「閒民謂無事業者，轉移為人執事，若今時雇力然。」閒音閑。

【一】「愚」，常州本無。
【二】「鳥」，原作「烏」，據文津閣本、常州本改。
【三】「校」，常州本作「柞」。
【四】「校，古飽切」，常州本無。
【五】「彊」，常州本誤作「疆」，下注文同。
【六】「田」，常州本誤作「曰」。

函。

函，戶南切，《良耜》篇同。函、含音同，其音咸者，音義與戶南切者不同。

飶。

飶，蒲節切，又蒲必切。嚴坦叔：「音離別之別。」

且。

且，七也切。

《良耜》

刺【一】。

《毛傳》：「趙，刺也。」《鄭箋》：「以田器刺地，薅去荼蓼之事。」刺，七迹切。

荼蓼。

蓼一名薔，一名虞蓼，見於《爾雅・釋草》。《毛傳》於此云：「蓼，水草也。」孫炎云：「虞蓼，澤之所生，故為水草。」

《絲衣》

基【二】。

《爾雅・釋宮》：「門側之堂謂之塾。」陳少南曰：「廟門之外有塾焉，所以繹尸也。」

【一】此條原在「荼蓼」條後，據常州本改。

【二】此條原在「視壺濯」條後，據常州本改。

視壺濯。

《周禮》太宰、小宗伯皆言「眡滌濯」。鄭康成曰：「滌濯謂溉祭器及甑甗之屬。」眡與視同，甗音彥，又上聲。孔穎達曰：「正祭則小宗伯省牲，眡滌濯，逆齍省鑊，告時于王，告備于王。此繹祭輕，故使士，蓋亦宗伯之屬。齍音咨，黍稷在器也。」

告充。

鄭氏箋：「又視牲句，從羊之牛反句，告充句。」

《酌》

勺【一】。

《酌》即《勺》也。張橫渠曰：「《勺》是周公制禮樂時有所增添。」《毛傳》、朱《傳》分句，古注本「實維爾公允師句」，一章九句，今通為一句，故一章八句【二】。

《武宿夜》。

《禮記·祭統》：「夫祭，有三重焉：獻之屬莫重於祼，聲莫重於升歌，舞莫重於《武宿夜》。」孔穎達疏曰：「武王至商郊，停止宿夜，士卒皆歡樂歌舞以待旦，故名焉。」

《桓》

軍後凶年。

【一】此條原在「武宿夜」條後，據常州本改。

【二】「故一章八句」，常州本無。

老子《道德經·儉武》篇：「以道佐人主者，不以兵強天下，其事好還。師之所處，荊棘生焉。大軍之後，必有凶年。」好，去聲。

克殷年豐。

《左傳》僖公十九年，秋，衛人伐邢，以報菟圃之役。於是衛大旱，卜有事於山川，不吉。甯莊子曰：『昔周饑，克殷而年豐。今邢方無道，諸侯無伯，天其或者欲使衛討邢乎？』從之，師興而雨。」　伯音霸，謂諸侯霸主；如字亦通，謂方伯也【一】。

間。

間，代也。　間代之間，去聲，音澗，與《魚麗》之「間」同。

《賚》

於。

「於繹思」之於，《毛傳》如字，今音烏。

《般》

隮。

隮，古注吐果切，從山不從土。

河。海【二】。

【一】「伯音霸」至「謂方伯也」十六字，常州本無。

【二】「海」，原本於「河」條後單出成條，據常州本改。

《爾雅》：「九河：曰徒駭，曰太史，曰馬頰，曰覆鬴，曰胡蘇，曰簡，曰潔，曰鉤盤，曰鬲津，凡九。」蔡仲默云：「其一河之經流，先儒不知，遂分簡、潔為二。」古今言河者，夾漈鄭漁仲最詳，今考其《通志・地理略》【一】：「河水自西域來，其大源有三【二】：正源出崐崘山東北陬而東行；一源出天竺葱嶺；一源出于闐南山，北行與葱嶺河合，而東入於崐崘河。或云：張騫窮河源至葱嶺河爾，故《西域傳》云：『河有兩源，一出葱嶺，一出于闐，而沒其正源也。』三河合而東過蒲昌。或云：入蒲昌海而復東出，於理不然。乃東至積石山下，有石門，河水冒以西南流，是為中國河。積石山屬鄯州，禹之所道自此始，故其詳得聞焉。遂過西平，即鄯州。又東南過枹敷罕【三】，河州也，有洮水從西來，入焉。又東過臨洮，洮州也，有離水從西來，入焉。又東過金城允吾縣允音沿，吾音衙，湟水從西來，入焉。金城，蘭州也。遂轉而北過武威，涼州也。又北至朔方，故夏州也。遂轉而東南，又南過上郡白土縣，圜水從西來【四】，入焉。上郡，綏州也。又南過隰州大寧縣壺口山，又南過北屈，今慈州吉鄉也，而為採桑津。又南過龍門，有汾水從東來，入焉。龍門縣今隸河中。又南過夏陽梁山之東，又南過汾陰縣西、郃陽縣東，又南蒲阪縣雷首山西。蒲阪，今河東也。有涑音速水從東北來，入焉。又南過華陰縣潼關，渭水從西來，入焉。遂轉而東，過河北縣，今陝州平陸也。又東過陝縣底柱山，山在河中心，水分流包山而過，湍急多覆溺舟船。又東，崤水從右入焉，是謂崤津，亦謂之茅津。又東左過絳州垣曲縣，湛水從北來，入焉。又東而為孟津，又東過河陽縣南、洛陽縣北。又東過溫縣，沮水從西北來，入焉。又東右過鞏縣，洛水從西南來，入焉。左過成皋縣北，沇音兗水從北來，入焉。成皋今孟州汜音似水縣。東過大伾山下，又東，汜水從南來，入焉。又東過滎陽縣西北，而為棘津。又東過滎縣【五】，鴻溝出焉。鴻溝一名官渡水，一名蒗蕩渠【六】，

【一】「考」，常州本作「纂」。
【二】「其」，常州本誤作「有」。
【三】「敷」，原誤作大字正文，據常州本改。
【四】「圜」，《通志二十略・地理略》作「圁」。
【五】「滎縣」，常州本作「滎陽」。按《通志二十略・地理略》作「滎陽縣」。
【六】「蒗」，常州本作「狼」，本段下同。按，《通志二十略・地理略》作「蒗」。

今謂之汴河，大禹塞滎澤，開之以引河水，東南通淮泗。蒗蕩渠，據桑欽所說即此也。而班固又云：『蒗蕩渠受濟上聲水，至陳入潁。』未詳其實。又東北過懷州武涉【一】，泌水入焉。又東過酸棗縣西，濮水東出焉。或云：漢文帝時，河決酸棗，東潰金隄【二】，發卒塞之，其水遂絶。又東北而為延津，又東北左過黎陽大伾山。黎陽，今通利軍治也。宋通利軍，今河北境。有淇水從西來，入焉。淇水即降水也【三】。又東北過濮陽縣，別出為瓠子河。漢武帝時，河決瓠子，水注鉅野，通於淮泗，發卒塞之。又東北過東武陽，今大名朝城也，而為漯託合切河【四】。又東北過大名館陶縣，別出為屯氏河。又東北過清河靈縣，別出而為鳴犢河【五】。靈縣，隋省入博平，今隸博州。鳴犢河至瀛州蓨它笛切縣，與屯氏河通。三河今皆絶矣。又北過德州平原，又東北過棣州厭次，又東北過濱州渤海，又東北過青州千乘，又東北過甲下邑，別出一枝入濟。又東北入於海。舊說禹導河至頓丘，分為二渠：一曰漯川，出武陽，至千乘入渤海；一曰北瀆，出貝丘，至大陸北，播為九河，同為逆河，入於海。舊云：大陸在鉅鹿北【六】，乃故大陸縣。唐改為昭慶，開寶中改為隆平。近省為鎮，入趙州臨城。然《禹貢》大陸當只是汲郡吳澤，非趙州大陸縣也。漢成帝時，河隄都尉許商上言：古記九河之名，有徒駭、胡蘇、鬲津，今見在成平、東光、鬲縣界中。自鬲津以北至徒駭，其間相去二百里，是九河所在。徒駭最北，鬲津最南。徒駭在成平，胡蘇在東光，鬲津在鬲縣。又知其六河【七】，以次推之，曰太史，曰馬頰，曰覆釜，在東光之北、成平之南。曰簡，曰潔，曰鉤盤，在東光之南、鬲縣之北。今按《圖志》，瀛州有成平故城，又有徒駭河。

【一】「武」，常州本誤作「或」。
【二】「潰」，常州本誤作「黃」。
【三】「降」，常州本作「洚」，本段下同。
【四】「託合切」，常州本作「記切合」。
【五】「而」，常州本作「則」。
【六】「北」，常州本誤作「此」。
【七】「其」下，《通志二十略·地理略》有「餘」字。

永靜軍有光縣【一】，大元東光縣屬景州。東連滄州，有胡蘇亭，蓋因河命名，而滄州復有鬲津、鈎盤、太史河之名。鬲縣故城在德州，與滄比境。鄭氏云：『九河，齊桓公塞之，而北瀆至王莽時亦絶，故世謂王莽河，在今永靜軍。』然臣樵每疑禹之所導無二河，按《禹貢》『又東過洛汭，至於大伾。北過降水，至於大陸。又北播為九河，同為逆河，入於海。』又按武帝元光三年春，河水徙，從頓丘東南流入渤海，是為朝城之漯河也。然則今河之入海者，入渤海爾。《禹貢》所謂入於海者，由碣石之海。碣石今在平州，北瀆者乃禹所導之河，其後河犇漯川，入於渤海，故瀆遂絶，九河不復通。蓋故瀆在北，漯川在東，河決而東，勢則然也，恐非齊桓公所塞。自河決漯川之後，北瀆遂微，九河皆絶。但王莽河上承北瀆，下入逆河，為一河微通，奈北勢高，故後亦絶，但由漯川爾。大抵河自西戎入塞，經秦、隴、陝、洛，夾山而行，故少有決徙之患。自河陽以下東至海，千里平田虛壤，故多奔決而無定流也。」《漢書・溝洫志》：「四瀆，河為宗。」　愚按：今黃河入海，在淮安安東境內。安東，宋漣水軍。

海，晦也，納百川之水，包九州之廣，暗晦難知也。東海曰滄海，曰渤海，曰渤澥；南海曰漲海；西海曰青海；北海曰瀚海。大抵西海絶遠不可至，東、南之海水多傾泄就下。所謂地不滿東南者，謂皆水也。大瀛海環九州者，是九州之外復有九州，則近誕而不經矣。又今北方有小水，輒謂之海子。按：《史記》注：「塞內得水為河，塞外得水為海。」其小水海子之稱，自古已然，因併記之。

般【二】。

般，薄寒切。蘇氏曰：「遊般也。」曹氏曰：「般，旋也，取般旋之義。」

詩傳旁通卷十三

【一】「光」上，《通志二十略・地里略》有「東」字。
【二】此條原在「墮」條前，據常州本改。

詩傳旁通卷十四

魯頌

賜天子禮樂。請命作頌【一】。

衛正叔湜《禮記集說》曰：「伊川程氏曰：『成王之賜、伯禽之受，俱非也。』以愚觀之，成王未必賜，伯禽未必受。蓋魯人僭用天子禮樂爾。」　陳用之祥道《禮書》曰：「天子之樂而魯有之，康周公故也。世衰禮廢，魯不特用於周公之廟，而羣廟亦用焉，故子家駒譏之；不特用於魯之羣廟，而諸侯之廟亦用焉，故《郊特牲》譏之。以至八佾作於季氏之庭，萬舞振於文夫人之側【二】，則先王之樂掃地而可知矣。」　嚴坦叔粲《詩緝》曰【三】：「曹氏曰：『《明堂位》云：「成王命魯公世世祀周公以天子之禮樂。」祀帝於郊，配以后稷，天子之禮也。若魯公果受成王之命，則當自伯禽以後踵而行之矣。由伯禽至僖公，凡十有八世，考諸《春秋》《史記》，皆未嘗行郊禮，而惟僖公行之，豈成王之命獨豫加於僖公歟？故知其僭自僖公始也。夫以諸侯而僭天子之禮，天子雖不能討，而天亦吐之矣。是以僖三十一年四卜郊，不從，乃免牲；宣三年春，郊牛之口傷，改卜牛，牛死，乃不郊；成七年春，鼷鼠食郊牛角，牛死，皆改卜牛，然則天之不歆其祀亦可見矣。夫祭天，天子之大事，大禮也，猶敢僭而行之焉，則其僭而作《頌》抑其次也。』」

請命作頌，黃東發震《日抄》曰：「愚按：行父文公六年如陳、如晉，至襄公五年卒，其見於經者凡五十四年。使行

【一】原本「请命作颂」在此條後單出成條，據常州本改。

【二】「萬」，原無，據常州本補。

【三】「嚴」上，原有「位」字，據文津閣本、常州本改。

父壽踰七十，計其在文公時年方弱冠。僖公者，文公之父也，行父安得追事僖公而為之請命于周？若史克又後行父十年方見於經，恐亦未必追事僖公也。且《序》之為此說者以魯有《頌》為僭，而行父魯名臣也，謂其嘗請命于周，則魯非僭耳。然魯之僭莫大於郊矣。《明堂位》言成王賜伯禽以天子禮樂，使世世以祀周公。審如此說，亦未必使之郊天、行天子之事也。況《呂覽》明言魯惠公請郊禮于平王，而史角往魯。《呂覽》作於秦，《明堂位》作於漢，是成王賜天子禮樂之事未必有之。故自伯禽至莊公十七世【一】，未聞有郊天者。僖公三十一年始卜郊，而卜不從。繼此若宣、若成、若定欲郊，則牛輒傷，禮之不可僭，神之不歆其祀如此。魯人曾不知愧，反以郊為盛事而張皇之。《序》者尚欲避《頌》之為僭，何異放飯流歠而問無齒決耶？且《魯頌》非商、周郊廟之《頌》也，臣子祈願其君，而後世序詩者加『頌』之名以代列國之風【二】，所謂美耳。郊，僭也，乃以為僭詩【三】，非用之郊者反以為僭而請之乎？且此詩作於誰而請之也？謂作於僖公，僖公不應自頌其美；謂作于臣子，臣子不應專達於朝，然則序詩者特未可知也。劉元城嘗言：我藝祖不事虛文，至太宗朝方用兵河東，羣臣已作歌詩。淮夷固魯積患也，僖公僅嘗從齊桓公會諸侯於淮，反因此見止於齊，明年乃得歸，可羞之甚者也。魯人反作詩歌以誇大其功【四】，雖曰祈願之辭，然此亦魯之所以不競也歟？右請命作《頌》，雖序說，亦所當知。」

季子。

《左傳》襄公二十九年，吳公子札來聘，請觀於周樂，使工為之徧歌之。札，吳王壽夢之第四子，故云季子。延州來季子，州來，古國也，吳取之以封季子。《地志》云：「吳封季札州來，而居延陵，故曰延州來。」按：延陵有五：一在代郡，一在綏州，一在丹徒，皆非季子之居；一在金陵，然亦非古之延陵；在今常州晉陵縣北七十里，江陰之西

【一】「故」上，常州本有「以」。
【二】「風」，文津閣本作「詩」。
【三】「乃」，文津閣本、常州本作「不」。
【四】「大其」，原作「其大」，據常州本改。

三十五里地曰申蒲，札退耕在是，有札之墓。孔聖書其碣云：「嗚呼！有吳延陵季子之墓。」凡十字。羅長源《路史》曰：「江陰芙蓉湖西馬鞍山，札耕處。」

《駉》

驈。

青驪。驈，良忍切。

魚。

或引《爾雅》作瞗。

思無邪，斷章。

《左》襄二十八年【一】，盧蒲癸曰：「賦詩斷章。」　斷音短，言賦詩者但取其一章為義，斷取其一章也。

《泮水》

受成訊馘。

《禮記·王制》曰：「受命於祖，受成於學。出征執有罪，反釋奠於學，以訊馘告。」鄭康成注：「受命於祖，告祖也；受成於學，定兵謀也。釋菜奠幣，禮先師也。」孔穎達疏：「訊，言也，是生而可言問者也；馘，截耳也，是死而截其左耳也【二】。」

【一】「二」，常州本作「一」。
【二】「截」，常州本作「絕」。

五十矢為束。荀，毛之師【一】。

孔穎達曰：「古者一弓百矢，毛以五十矢為束，荀卿《論兵》云【二】：『負矢五十箇。』荀，毛之師，故從其言耳。」穎達又曰：「束矢當百箇，而在軍之禮，重弓以備折壞，或以分百矢為兩束。」

荀，毛之師。初，孔子以《詩》授卜商，商以授曾申，申授李克，克授孟仲子，仲子授根牟子，牟子授荀卿，卿授毛亨，亨授毛萇。亨，大毛公。萇，小毛公。萇授貫長卿，長卿授解延年，延年授徐敖。荀卿名況，趙人。

《閟宮》

先種曰穉【三】。

《毛傳》本云：「先種曰稙，後種曰穉。」按：穉、稙非穀名【四】，乃生熟早晚之稱。

楅衡。

楅音逼，以木束角也。楅設於角，衡施於鼻，皆所以止觸【五】。

白牡騂剛【六】。

《禮記·明堂位》云：「殷白牡，周騂剛。」《公羊》文十三年傳云：「魯祭周公，何以為牲？周公用白牡，魯公用騂

【一】「荀，毛之師」，原本於本條後單出成條，據常州本改。
【二】。按，「論」字應作「議」，阮元《十三經校勘記》：「按，下引文出《荀子·議兵》，又《荀子》無《論兵》篇。據改。」
【三】「先種曰穉」，常州本作「稙穉」。
【四】「穉稙」，常州本作「稙穉」。
【五】「所」，文津閣本無。
【六】此條原在「先種曰穉」條後，據常州本改。

犅【一】。」何休注《公羊》云：「白牡，殷牲也。周公死，有王禮，謙不敢與文、武同也。不以夏黑牡者【二】，謙改周之文，當以夏避嫌也。騂犅，赤脊，周牲也。魯公伯禽以諸侯不嫌，故從周制，以脊為差。」

常【三】。

「魯邦是常」之常，鄭氏箋云：「守也。」「載嘗」之載，傳以為則，箋以為始。

三壽。

王伯厚《困學紀聞》曰：「《晉姜鼎銘》：『保其孫子，三壽是利。』《魯頌》『三壽作朋』，蓋古語也。」

魯朝宿之邑。

《左》桓元年，鄭伯以璧假許田。杜元凱云：「成王營王城，有遷都志，故賜周公許田，以為魯國朝宿之邑。其地近鄭，故鄭易之。」按：朝宿之邑者，朝覲往來所宿之邑也。此詩「居常與許」，許即許田，其地近鄭。常一作嘗，在薛之旁。莊三十一年，築臺於薛。薛，魯地，後屬齊，為孟嘗君食邑。《毛傳》：「常、許，魯南鄙、西鄙。」孔疏：「常為南鄙，許為西鄙。」

壽母【四】。

成風，莊公之妾，僖公之母。成，謚也；風，姓也。須句國之女，風姓。句音劬。僖立時年長，故稱成風為壽母。

徂徠、新甫。

王伯厚曰：「《後漢書》注：『兗州博城縣有徂徠山，亦名尤來。』《後魏志》：『魯郡汶陽縣有新甫山。』」

【一】「犅」，常州本作「剛」，本段下文同。
【二】「牡」，原作「牲」，據常州本及《春秋公羊傳注疏》卷十四改。
【三】「常」，文津閣本作「載嘗」，且下注文中無「魯邦是常」至「守地」十二字。
【四】此條原在「三壽」條後，據常州本改。

商頌

商。殷商、商丘、商洛【一】。

契封商，子昭明居砥石，復遷商，昭明子相土居商丘。帝嚳四后，次妃有娀女，曰簡狄。簡亦作柬，狄亦作翟。感乙致胎，諞而生契。乙者，燕也。諞者，胸剖而生也。諞音平之入聲。契字亦作禼，亦作商【二】，亦作偰，四字同音。堯命契為司徒，使布五教，至虞不廢，是以受商，賜姓子氏，商人謂之玄王。契所封之商，在商州上洛縣，華陰鄭縣有䜌都城及故潘邑。《世本》云：「契居蕃。」闞駰云：「蕃在鄭西，今之䜌城地有商山。」䜌，亦作欒，並盧官切。潘與蕃同音翻。

殷商，鄭漁仲曰：「契之封商本上洛，後世遷於亳，故京兆杜縣亳亭是也。司馬遷云：『禹興西羌，湯起亳。』俱在西也。及湯有天下，始居於商丘，復命以亳，梁之穀熟是也，本帝嚳之都，故曰『湯始居亳，從先王居』。自契至成湯凡八遷，亳都有瀔水在焉，故亦謂之殷。後世遷於囂【三】，遷於相，遷於耿，遷於朝歌，而殷商之名未始偏廢，以開國命受之祖所以命也【四】。」

商丘，乃唐火正之官閼伯所封之故墟，相土因而居之。其地在漢為睢陽，在唐為宋州，在宋為南京應天府，在亡金為歸德府。自契以下十有二世，而湯遂興。

商之商洛，古義均國。舜子義均封於商，故曰商均，在漢為商縣。盛弘之《荊州記》云：「武關西北百二十里，商城是也。」

【一】原作「商、商丘」，「殷商」在本條前單出成條，「商洛」附於本條下，今據常州本改。
【二】「商」，原作「离」，據常州本改。
【三】「遷於囂」三字，文津閣本無。
【四】「命受」，常州本作「受命」。

戴公。

成王殺武庚，封微子啟於宋，代武庚為殷後。至戴公凡十君，戴公當周宣王之時。

正考父【一】。

宋緡公生弗父何，弗父何生宋父，宋父生正考父。正考父為孔子七世祖。

亳。亳王【二】。

亳之名則一，其為地則五，而譙郡之亳弗與焉【三】。成湯都南亳【四】，在穀熟縣，古高辛所都之地，與葛為鄰。穀熟在宋為南京屬縣，葛則寧陵之葛鄉也。一在長安杜縣南，商先世居之，有亳亭【五】，有溵水。一在河南偃師，謂之西亳，或以此為湯都，然去葛七八百里，非可使亳衆往為耕者。一在考城，謂之北亳，亦曰景亳，有景山、亳城、湯亭。古亳城在考城東北五十三里，有湯葬處，亦有溵水。考城於今為歸德睢州之屬縣。一在鄭地，《左》襄十一年盟於亳城北，鄭地也。亳縣本濟陰故亳，今亳州譙郡近於穀熟之南亳。又有南北亳，亦皆曰商，乃後代之襲名。或以考城為南亳，安陽為北亳，安陽即相州外城，孔穎達亦不能辨。又有以南、西、北亳為三亳。阪，尹者。羅長源曰：「按：三阪，東城皋，南轘轅，西降谷，分亳民於三所爾。」

亳王，周穆王、桓王之時別有一湯，亦號亳王，為秦所滅，乃西戎之君葬於亳地者【六】，非成湯也。

【一】此條原在「閔馬父」條後，據常州本改。
【二】「亳王」，原無，據常州本補。
【三】「而」，常州本無。
【四】「成」上，常州本有「而」字。
【五】「亭」下，文津閣本有「亭」字。
【六】「亳」，常州本作「徵」。

《那》

商人尚聲。

《禮記·郊特牲》：「殷人尚聲，臭味未成，滌蕩其聲，樂三闋，然後出迎牲。聲音之號，所以詔告於天地之間也。」

注云：「臭味未成，牲未殺也。滌蕩，宣播也。迎牲，迎於廟門之外也。」

齋之日，祭之日。僾、還、愾音【一】。

《禮記·祭義》注【二】：「見所為齋者，思之熟也。所嗜，素所欲飲食者也。周還出戶，謂薦設時也。無尸者，闔戶若食間【三】，則又出戶而聽之。」疏曰：「先思其粗，漸思其精，故居處在前，樂嗜在後。」

僾音愛，微見貌。還音旋，平聲。愾，開代切。

容聲。

東滙澤陳雲住澔曰：「舉動容止之聲也。」

嘉客。丹朱【四】。

客，謂先代之後，如《益稷書》之「虞賓在位」，謂堯子丹朱為賓於虞。

丹朱，堯子朱，封於丹淵。

閔馬父。

閔馬父，魯人。《襄公傳》書閔子馬，《昭公傳》書閔馬父，一人而異其書，若子馬父者然。

正考父校商之名《頌》，以《那》為首【五】。

【一】「僾、還、愾音」，原無，據常州本補。

【二】「義」，常州本誤作「日」。

【三】「食」，常州本作「飲」。

【四】「丹朱」，原無，據常州本補。

【五】此條原在「商頌」總題後，據常州本改。

朱子曰：「太史公云：『宋襄脩仁行義，欲為盟主。其大夫正考父美之，故追道契、湯、高宗之所以興，作《商頌》。』蓋本《韓詩》之說，諸儒多惑之者。今考此《頌》，皆天子之事，非宋所有。且其辭古奧，亦不類周世之文。而《國語》閔馬父之言，亦與今《序》合。《韓詩》、太史公之說非也。」

張子曰：「《魯頌》之辭誇，《商頌》之辭粹。」

名頌。

韋昭注《國語》云：「名頌，頌之美者。」

其輯之亂。

韋昭曰：「輯，成也。凡作篇章，義既成，撮其大要以為亂辭。詩者歌也，所以節舞者也，如今三節舞矣。曲終，乃更變章亂節，故謂之亂也。」

《烈祖》

羹定。

定，丁磬切，音訂，又如字。《禮器》云：「納牲詔於庭，血毛詔於室，羹定詔於堂。三詔皆不同位，蓋道求而未之得也。」注云：「羹，肉汁也。定，肉熟也。煮之既熟，將迎尸，入室乃先以俎盛羹【一】，及定而告神於堂。此是薦熟未食之前也【二】。」鄭康成曰：「羹定，謂割牲時也。羹以其味之和而羹成，定以其體之熟而無變。《儀禮》云：『肉謂之羹，定猶熟也。』」

【一】「入」上，《禮記正義》卷二十四有「主」字。
【二】「是」，常州本作「乃」。

《玄鳥》

有娀。

《淮南子》：「有娀在不周之北。」張守節《史記正義》：「按《記》云『桀敗有娀之墟』，有娀當在蒲州。」羅長源云：「蓋在陝、虢之間，娀訛為嵩，故有娀氏、嵩氏。」

九有。

鄭氏箋：「九有，覆有九州【一】，為之王也【二】。」

武王。

《史記·殷本紀》：「湯曰『吾甚武』，號曰武王。」湯名履，亦曰天乙，或曰字也，或曰夏殷之王，皆以名為號。按：《謚法》：「除虐去殘曰湯。」然《謚法》至周乃有之。

維河。

朱子初解河，商所都，如《盤庚》民不肯涉河以遷，即此河也。「景員維河」則以諸侯輻湊而至於河也【三】。員音圓，鄭氏音云，下篇《長發》「輻隕既長」之隕亦音圓。朱《傳》音員，徐邈音於貧切。

景亳之命。

《左》昭四年，楚子合諸侯於申。椒舉言於楚靈王曰：「夏啟有鈞臺之享，商湯有景亳之命，周武有孟津之會。」鈞臺在河南陽翟縣，啟享諸侯於此。河南鞏縣西南有湯亭。或言亳即偃師，湯會諸侯於此。

【一】「覆」，原作「履」，據常州本及《毛詩正義》卷二十之三改。
【二】「王」，原作「主」，據常州本改。
【三】「湊」，文津閣本作「輳」。

《長發》

玄王。

《國語・周語》：「玄王勤商，十四世而興。」《魯語》：「自玄王以及主癸，莫若湯。」韋昭曰：「玄王，契也。」歐陽文忠公曰：「《書》稱格王、寧王，蓋古人往往以美稱加王爾。玄者，深微之謂也。」

日躋。

《孔子家語・弟子行》篇：「成湯恭而以恕，是以日躋。」

旒，縿。

《詩詁》曰：「斿所垂為旒，衆旒所著為縿。縿者，旌旗之正幅也。著者，綴也。」縿音衫。著，直略切。

係屬。

《公羊傳》：「君若綴旒然。」注云：「綴，繫屬也。」繫屬之與係屬音義並同。屬音燭。《漢書・五行志》：「君若綴斿，不得舉手。」應劭曰：「斿，旌旗之旒隨風動搖。」顏師古：「籀曰【一】：『言為下所執，隨人東西。』」斿音由。

駿厖。

《荀子・榮辱》篇作駿蒙，蒙之讀如厖。《齊詩》作駿駹，駿駹謂馬也。按：《隋書》以為《齊詩》魏代已亡，今舉其說，蓋雜見於傳注者耳。

韋。

大彭、豕韋者，顓頊孫陸終之子曰籛，籛之字曰鏗，封於彭，是為大彭。彭祖以斟雉養性【二】，事放勳。夏之中興，別封

【一】「籀」，常州本無。
【二】「斟雉」，原作「雉斟」，據文津閣本、常州本改。

其孫元哲於韋，是為豕韋。迭為夏伯元哲，一作元喆。哲、喆音同。羅長源曰：「《國都記》：豕韋氏，彭氏之國，劉累更封之，故《世本》謂豕韋防姓。杜預云：『東郡白馬縣東南有韋城。』隋為韋城縣，今滑州白馬縣南韋鄉也，有豢龍井。」

顧。

顧，己姓，子爵，高陽之後氏有顧【一】、有溫，夏諸侯之國。濮州范縣東南二十八里有古顧城，《古今人表》以為鼓。顔師古曰：「鼓即顧也，顧為商所滅，溫為狄所滅。」

昆吾。

昆吾，己姓國。帝顓頊妻勝奔氏曰娽，生伯偁、卷章、季禺。卷章娶根水氏曰嬌【二】，生犂及回。犂為祝融。回食邑於吳，曰吳回。吳回生陸終，陸終娶鬼方氏曰嬇，孕三年，生子六人，曰樊，曰惠連，曰籛，曰求言，曰晏安，曰季連。以六月六日坼左而生三人，剖右而生三人，所謂孿生坼副者。孿，力兖切，音巒，雙生也。樊為己姓，封昆吾。昆吾為夏伯主，其後裔與桀同滅。此見羅氏《路史》。《東漢・郡國志》云：「東郡濮陽，古昆吾國。」

中葉【三】。

契興於唐虞、大禹之際，功業著於百姓，百姓以平。封於商，賜姓子氏。《禮緯》云：「祖以玄鳥生子也。契子昭明，昭明子相土，相土子昌若，昌若子曹圉，曹圉子冥，冥子振，振子微，微子報丁，報丁子報乙，報乙子報丙，報丙子主壬，主壬子主癸，主癸子天乙，是為成湯。」司馬貞《史記索隱》云：「相土佐夏，功著於商，《詩・頌》『相土烈烈』是也。」

阿衡。

【一】「後氏」，原作「氏後」，據常州本改。
【二】「根」，常州本作「杞」。
【三】此條原在「日躋」條前，據常州本改。

唐河內馬貞《史記索隱》曰【一】：「《孫子兵書》云：『伊尹名摯。』孔安國云『伊摯』。然解者以阿衡為官名。阿，倚也；衡，平也，言依倚而取平也。《書》曰『惟嗣王，弗惠于阿衡』，亦曰『保衡』，皆伊尹之官號，非名也。」皇甫謐曰：「伊尹，力牧之後，生於空桑。」《呂氏春秋》曰：「有侁氏採得嬰兒於空桑，後居伊水，命曰伊尹。尹，正也。湯使之正天下。」

禘祫。

朱子於《長發》題下傳云：「大禘不及羣廟之主，此疑為祫祭之詩。經無明文，不可考也。」李格非《禮記解》曰：「夏道忠，故大祭有祫而無禘；殷人質，故大祭有禘而無祫；周則五年而兼用之。謂殷無祫祭，則《長發》之祫何為而然？」 禘、祫無定說。 唐陸氏淳《春秋纂例》曰：「趙子曰：『禘者，帝王立始祖之廟，猶謂未盡其追遠尊先之義，故又推尋始祖所出之帝而追遠之【二】。以其祖配之者，謂於始祖廟祭之，而便以始祖配祭之也。以祭不兼羣廟之主【三】，為其疏遠，不敢褻狎故也。其年數或每年【四】，或數年，未可知也。或問曰：『禘非時祭之名，則《禮記》諸篇所說，其故何也？』趙子曰：『《禮記》諸篇，或孔門之後末流弟子所撰，或是漢初諸儒私撰之以求購金，皆約《春秋》為之。見《春秋》「禘於莊公」，遂以為時祭之名；見《春秋》惟兩度書「禘，一春一夏」，所以或謂之春祭，或謂之夏祭，各自著書，不相符會，理可見也。鄭玄不相尋討本原，但隨文求義，解此禘禮輒有四種：其注《祭法》及《小記》則云禘是祭天；注《毛詩·頌》則云禘是宗廟之祭，小於祫；注《郊特牲》則云禘當為禴【五】；注《祭統》《王制》則云禘是夏、殷之時祭名【六】。殊可怪也。」 趙子，趙匡，字伯循，唐天水郡人。 橫渠張子子厚曰：「欲知禘

【一】「司」，原無，據常州本補。
【二】「還」，常州本作「祀」。
【三】「以」，文津閣本作「此」。
【四】「每」，常州本作「某」。
【五】「禴」，原作「初」，據常州本改。
【六】「制」，常州本誤作「祭」。

之說，當如趙伯循斷然立義。」　信齋楊氏復曰：「祫祭有二。《曾子問》曰：『祫祭於祖，則祝迎四廟之主。』《王制》云：『天子祫嘗、祫烝，諸侯嘗祫、烝祫。』此時祭之祫也。《公羊傳》曰：『毀廟之主陳於太祖，未毀廟之主皆升合食於太祖。』此大祫，毀廟、未毀廟之主而祭之也，祫猶合也。祫祭惟此二條，此外無餘禮。漢儒之論又混禘、祫而並言之，何其紛紛多端耶？」　三山林氏少穎之奇曰：「禘祫之說，諸儒聚訟久矣。論年之先後，則鄭康成、高堂隆謂先三而後二，徐邈謂先二而後三；辨祭之大小，則鄭康成謂祫大於禘，王肅謂禘大於祫，賈逵、劉歆謂一祭而二名，禮無差降；又或謂禘以夏不以春，祫以冬不以秋。矛盾相攻，卒無定論，此皆置而勿辨。其可深責者，始為私見陋說，召諸儒之紛紛者，其鄭氏之失歟？鄭氏之說曰：『魯禮，三年喪畢而祫於太祖。明年，禘於羣廟。自爾以後【一】，五年而再殷祭【二】，一禘一祫。』周禮廢絶久矣，鄭氏何據而云為之說者？周禮盡在魯，鄭氏所據《春秋》魯禮，則周禮可知矣。鄭氏不知《春秋》，固妄為此說，後學又不察，因為所惑也。求之聖經，禘祫之文不詳。所可知者，禘尊而祫卑矣，何者？禘者以始祖之廟未足以盡追遠尊先之義，故推尊祖所自出之君而追祀之，則謂之禘。此天子祭名，諸侯無禘禮。若祫，則毀廟、未毀廟之主皆合食於太祖，非惟天子有祫，諸侯亦得祫也。詳二祭之名，則禘尊祫卑可謂明矣。考之經籍，禘祫之文可知者此爾。至於年數之久近，祭時之先後，則經無所據，學者當闕其疑，不可據漢儒臆說也。」

《殷武》

荊楚。荊舒【三】。

楚，羋姓，子爵。羋音弭。顓頊之子卷章，卷章之子吳回，吳回之子陸終，陸終之第六子曰季連。季連姓羋氏，曰季羋，居荊州，生子曰附敘。伯禹定荊州，即季羋所居之地，而封之於熊，故其子為穴熊。夏有楚狐父，其後鬻熊子者師

【一】「爾」，常州本作「此」。
【二】「再」，常州本作「設」。
【三】「荊舒」，原無，據常州本補。

臣。周西伯成王時，復封其子熊繹於荊，居丹陽，是為楚荊。楚本一木名，曰荊楚者，言荊州之楚也。荊州蓋以荊楚之木為其州之名云。　許叔重曰：「堯以楚伯受命。」今之唐州故湖陽縣有西唐山。　益按：周成王封熊繹於楚【一】，居丹陽，今之秭歸縣也。本曰西楚。楚武王僭稱王，徙枝江，亦曰丹陽。枝江縣隸荊南，是為南楚。秦之鄣郡。漢元封二年為丹陽，郡西丹陽縣乃潤州之境。蕪湖縣東二十里有石城山，或以為楚始封之地。楚文王徙郢在江之南，是為南郢。昭王徙鄀，今宜城也，是為北郢。惠王遷鄢，頃襄王遷陳，號曰西楚。蓋惠王滅陳，頃襄王自郢徙都之，今灄水西三里有章華臺。考烈王徙壽春，亦曰郢。懷王徙於彭城【二】，其後以海州為東楚，廣陵為南楚，陳及彭城為西楚。因併紀之，且附荊舒之說。鄀，音若。鄢，音偃。頃，音傾【三】。

荊舒，《魯頌・閟宮》「荊舒是懲」，傳謂：「荊者，楚之別號；舒，其與國也。」按：舒之字或作䣄，亦作部。羣舒皆子爵，地近荊楚，謂之荊舒。《春秋》僖公三年，徐人取舒，其後多為楚所滅。羣舒者，舒庸、舒鳩、舒蓼、舒龍、舒鮑。蓼字或作鄝，舒龍亦云龍舒，又有舒龔，在兖州之龔丘，與荊之羣舒異。

鬼方。

《集傳》云：「盤庚沒，而殷道衰，楚人叛之，高宗伐其國，平其地。《易》曰：『高宗伐鬼方，三年克之。』蓋謂此歟？」愚益按【四】：朱子此《傳》以鬼方為荊楚，南方之地也。《史記・黃帝紀》：「北逐葷粥。」葷音熏，粥音育。司馬貞云：「葷粥，匈奴別名。唐虞已上曰山戎，亦曰薰粥。夏曰淳維，殷曰鬼方，周曰玁狁，漢曰匈奴。」司馬貞《史記索隱》此說以鬼方為北方之地也。朱子雖不取《索隱》之言，然鬼方實指北而非南耳。

世見曰王。

【一】「成」，常州本作「武」。
【二】「徙」，原作「都」，據常州本改。
【三】「鄀，音若」至「音傾」九字，文津閣本無。
【四】「愚」，常州本無。

《周禮》：「九州之外謂之藩國，世一見，各以其所貴寶為贄。」一世一見於王，謂其父死子繼【一】，及嗣王即位，乃來朝，謂之世見。朝音潮，見音現。

高宗享國。

《書・無逸》篇：「肆高宗之享國，五十有九年。」

百世不遷。

宗廟之制，太祖之廟百世不遷。自餘則六世之後，每一易世而一遷。王者祖有功，宗有德。高宗武丁中興，故特為百世不遷之廟。《公羊春秋》文公二年傳，何休注：「太祖東鄉音向，昭南鄉，穆北鄉。父曰昭，子曰穆。昭取南面鄉明。」

詩傳旁通卷十四

【一】「其」，常州本無。

詩傳旁通卷十五

敘說【一】

恭惟先正大儒文公朱子，後宋淳熙四年丁酉冬十月《詩集傳》成。自以為無復遺恨，且曰：「後世若有揚子雲，必好之矣。」南塘趙公汝談於晦庵諸書，尤服《詩傳》，號稱簡明，斯言信允。末學梁益伏讀朱《傳》，昧焉多所未解，如「見堯於羹」、「見堯於墻」【二】、「猶曰聖人之耦」之類，罔知攸出。問之老師宿儒，間有補助。得之耳聞目見，輒自筆録，久之浸繁，用纂成帙。倣緱山杜文玉瑛《語孟旁通》之例，目之曰《詩傳旁通》。僭踰之罪，諒無所逃，妄誕之譏，亦未能免。高明過人者，薄此何以為？初學如益者【三】，或可資檢閱。自視其中未能通者尚多，倘未溘先朝露行，當續而補之。君子或憫其膚淺，有肯相成，誠所願幸。惟是竊伏紬繹朱子傳詩之旨大節目、大議論，多於《序說》見之，愚益未能發明其詳，今姑纂輯其略。

辨《詩序》之作，引《後漢書・儒林傳》，以為衛宏作《毛詩序》，今傳於世，則《序》乃宏作明矣。按：《漢書》：「初，謝曼卿善《毛詩》，乃為其訓。宏從曼卿受學，因作《毛詩序》，善得風雅之旨。」朱子「《序》乃宏作」之言，蓋實其說也。

《小序》先自合為一編，後乃各引以超冠篇端。今復並為一編，綴於經後，以還其舊，因以論其得失。此朱子去《序》言詩之本意也。去《序》言詩，雪山王氏質、夾漈鄭氏樵已有其法，朱子蓋取之。

【一】「說」，原無，據常州本補。
【二】「堯」，常州本誤作「舜」。
【三】「如」，文津閣本作「始」。

謹按：《詩》之一經，有傳、有箋、有疏。疏一名正義。出於毛萇氏者謂之傳，出於鄭玄氏者謂之箋。傳之為言訓也，訓釋其書也。凡書非正經者謂之傳【一】。箋之為言薦也，主於薦成《毛傳》之意也。毛萇，趙人，為河間獻王博士【二】，所訓傳者曰《毛詩》，流傳北海。鄭玄字康成，北海人，取毛氏詁訓所不盡及異同者箋之。當時學者尊信康成，故《毛傳》得《鄭箋》而盛行。自康成之後，魏王肅，字子雍，有《毛詩注》，有《毛詩義駁》。司空王基《毛詩駁》，太子文學劉楨字公幹《毛詩義問》，吳陸璣字元恪《草木鳥獸魚蟲疏》，晉孫毓《毛詩異同評》，梁武帝《毛詩大義》，梁桂州刺史崔靈恩《毛詩集注》，舒援【三】、沈重、劉瓛、張氏、隋祕書學士魯世達等之《毛詩義疏》【四】。至唐孔穎達氏取《毛傳》《鄭箋》而疏之，謂之《正義》，詩之制度名物於是大備。然其訓説皆不敢背乎《小序》，未有舍《序》而自為之説者。惟宋歐陽公、王荊公諸先生出，卓然有見，高視千古之上，舍《序》舍《傳》而研究經旨，理明義精，犂然允當。如唐之啖助、趙匡、陸淳舍《傳》言《春秋》，非尋常識見所及。夾漈鄭樵氏漁仲之言曰：「風土之音曰風，朝廷之音曰雅，宗廟之音曰頌。」且為作《詩辨妄》六卷，《詩經》之旨大明。迨晦庵朱子而大定矣。益謂：去古未遠，有古書可考，莫若漢儒之毛氏傳、鄭氏箋；制度述作，物性名件，莫若唐孔氏之疏義。讀此經者所當徧知，而不可偏觀也。

詩之音，則後魏太常劉芳有《毛詩音證》，梁徐邈等有《毛詩音後》。徐氏音亡，而陸德明之音所引多本於徐氏。德明名元朗，以字行。德明吳人，故多吳音。

孔穎達，《唐書》：「孔穎達字仲達，冀州人。」歐陽文忠公《集古録跋尾》云：「《孔穎達碑》，于志寧撰。《傳》云字仲達【五】，《碑》云字仲遠【六】。穎達撰《毛詩正義》。」　繚戾碎破。繚音了。戾，力結切。繚戾，乖戾不

【一】「傳」，常州本「箋」。
【二】「獻王博士」原作「太守為北海相」，據常州本改。
【三】「援」，常州本作「緩」。
【四】「士」，常州本無。
【五】「達」，常州本作「遠」。
【六】「碑」、「遠」，常州本作「不」、「遠」。

順之貎。

《周南》《關雎》：后妃、文王未嘗稱王，太姒亦未嘗稱后。《序》乃後人所作，不害為追稱之辭。　身脩故國家、天下治，取南豐曾氏說。曾氏名鞏，字子固，南豐人，謚文定，南渡後改謚文清。　有《關雎》《麟趾》之意然後可以行《周官》之法度，此程伯子明道先生之語。《關雎》《麟趾》，仁厚之意，《周官》法度，周公六典，太平之書。　《關雎》為《二南》正風之首，文王盛時之詩也。《論語》曰：「《關雎》之亂，洋洋乎盈耳哉！」亂謂卒章也。正考甫校商之名《頌》十二篇於周太師，以《那》為首，其輯之亂曰：「自古在昔，先民有作。溫恭朝夕，執事有恪。」韋昭曰：「輯，成也。凡作篇章，義既成，撮其大要以為亂辭。詩者歌也，所以節舞者也，如今三節舞矣。曲終乃更，變章亂節，故謂之亂也。」《史記》曰：「《關雎》之亂，以為《風》始。《鹿鳴》為《小雅》始，《文王》為《大雅》始，《清廟》為《頌》始。」《大序》所謂「是謂四始，詩之至也」，為毛氏之學者宗之。而齊后蒼為《齊詩》，魯申公為《魯詩》，燕韓嬰為《韓詩》，此三家者皆以《關雎》為康王政衰之刺詩，故有「本諸衽席而《關雎》作」之說。揚雄謂周康之時《關雎》作，習治也，習治則傷始亂也。《杜欽傳》曰：「佩玉宴鳴，《關雎》嘆之。」臣瓚曰：「此《魯詩》說也。」後漢明帝詔曰：「昔應門失守，《關雎》刺世。」薛漢《韓詩章句》曰：「今內傾於色，故詠《關雎》，記淑女以刺時。」魯、韓之說大抵皆然。或者以《序》有「哀而不傷」之文【一】，疑其容有此理。朱子斥之，而以《儀禮》正之。是以《儀禮》鄉樂，鄉飲酒之樂；房中之樂，后夫人房中諷誦以事其君子之樂。　《漢廣》：蘇氏例取首句而去其下文。蘇氏謂眉山二蘇，東坡、穎濱兄弟，兄軾子瞻文忠公，弟轍子由文定公。蘇黃門有《詩傳》，東坡有《說》。蘇《傳》之例如云「《漢廣》，德廣所及也」，例取《序》之首句。宋朝有丘鑄者著《周詩集解》，亦取《小序》首一句以為子夏作，下文則削之。因附見於此。

《召南》《鵲巢》：諸侯蒙化成德，其道亦始於家人，即《周南・關雎》身脩而國家治之意。　《何彼穠矣》：車乘

【一】「或」，常州本作「說」。

厭翟，勒面繢總，服則褕翟，翟車貝面，組總有握。按【一】：《周禮・春官・巾車》：「掌王后五路，重翟、厭翟、安車、翟車、輦車，凡五【二】。」重翟，后從王祭祀所乘之車；厭翟，后從王賓饗諸侯所乘之車。婦人車皆坐乘有容蓋。容謂幢容，蓋謂蔽蓋。幢容即《衛風・氓》詩之「帷裳」【三】，蔽蓋即《衛風・碩人》之「翟茀」。翟音狄，雉也，字亦狄，皆訓為雉。凡雉具五色者謂之翟。《禹貢》：「羽畎夏翟。」《爾雅》：「伊雒而南素質，五色皆備曰翬；江淮而南青質，五色皆備曰鷂。」鷂音遙。鄭康成《周禮・內司服》注作搖。《周禮》《禮記》或作揄，或作褕【四】，並音遙，而訓雉，與翟狄訓雉義同。重，平聲，直龍切。重翟，謂重翟雉之羽。厭，入聲，於涉切。厭翟，謂次其羽使相迫。厭翟，勒面繢總者，厭次翟羽，使相迫蹙，以為車之蔽茀。又以如玉龍勒之韋，為馬之當面飾，謂之勒面。皮之熟者為韋，馬之當面飾者為鍚【五】。鍚音洋【六】。飾在馬額，亦謂之當盧。重翟有鍚【七】，厭翟次於重翟，故云勒面。繢，畫文也。總以繒為之，著於馬，勒直兩耳與兩鑣。馬銜外鐵為鑣【八】，亦謂之扇汗，亦謂之排沬。以畫繒為總，故云繢總。著，直略切。五路之四曰翟車，則王后乘以出喪之車也。《巾車》云：「翟車貝面，組總有握。」鄭氏注云：「翟車不重不厭，以翟飾車之側爾。貝面，貝飾勒之當面也。有握則無蓋矣，如今軿車是也。」軿，薄經切。今謂鄭氏東漢玄是也【九】。有握之握，馬融作帷幄之幄。　服則褕翟【一〇】：《周禮・天官・內司服》：「掌王后之六服，褘衣、揄狄、闕狄、鞠衣、展衣、緣衣。」狄、翟

【一】「按」，常州本無。
【二】「凡」，常州本誤作「按」。
【三】「即」，常州本作「則」。
【四】「褕」，原作「榆」，據常州本改。
【五】「鍚」，《周禮注疏》卷八作「鍚」。
【六】「鍚」，《周禮注疏》卷八作「鍚」。
【七】「鍚」，《周禮注疏》卷八作「鍚」。
【八】「鐵為鑣」，常州本作「鑣馬鐵」。
【九】「玄是」，文津閣本作「時」。
【一〇】「褕」，原作「褕」，據常州本改。

同，褘音揮。褘衣畫翬雉。揄音搖。揄翟畫搖雉。闕翟刻而不畫。展與襢同音戰。緣與褖同音彖【一】。后從王祭先王，則服褘衣；從祭先公，則服揄翟；從祭羣小祀，則服闕翟，三者皆王后之祭服。刻繒為翟之形，或畫或不畫，綴於衣以為文章也。褘衣為盛，揄翟次之。重翟為上，厭翟次之。厭翟之車，揄翟之服，此其為下王后一等而為。雖則王姬，亦下嫁於諸侯之車服。

《騶虞》：《汲冢周書・王會篇》云：「騶虞，白虎黑文，西方之獸。」歐陽公《詩本義》引賈太傅之說：「騶為文王之囿，固未可據，然虞為司獸，不為無理。書傳言虞多為掌山澤之官【二】，伯益作虞，遠自舜世，《周禮》分為虞衡，屬之夏官司馬。至如今時，京師有仁虞監【三】，正《詩序》之義【四】，而掌蒐田畋獵之事焉【五】。」陳鵬舉少南氏引《禮記》「《騶虞》為節，樂官備」。按：《周禮・夏官・射人》：「王以六耦射三侯，樂以《騶虞》九節。」鄭司農衆謂析羽九重，鄭康成玄謂奏樂以為射節之差【六】，康成說是。《禮記・射義》：「天子以《騶虞》為節。騶虞者，樂官備也。」謂歌《騶虞》之詩以為射之節度。古者射必四矢，歌用四節。如《騶虞》九節，則先歌五節以聽，後歌四節以射，歌一節則發一矢，必發乘矢而後卒矢射。《齊風・猗嗟》之「四矢反兮」、《大雅・行葦》之「既挾四鍭」是也。騶亦官名，騶官、虞官皆有人，故云官備。《射義》又曰：「天子以備官為節。」

《邶》 頃公賂王請命：衛康叔之後。武王同母弟康叔名封，受封之國，傳康伯、考伯、嗣伯、⿸虍疌伯【七】、靖伯、貞伯、頃侯，凡八君。頃侯者，貞伯之子也，厚賂周夷王，夷王命衛為侯。⿸虍疌音捷【八】。頃侯子釐侯。釐亦作僖。釐侯太子共伯餘，餘蚤死，弟共伯和立，是為衛武公。 溫柔敦厚之教：《禮記・經解》篇：「孔子曰：『入其國，其教可知也。溫

【一】「褖」，原作「祿」，文津閣本作「褖」，據常州本改。
【二】「書傳」，常州本作「傳說」。
【三】「仁虞監」，常州本作「仁閼監」。
【四】「正」上，原有「取」，據常州本刪。
【五】「蒐田」，原無，據常州本補。
【六】「差」，原作「羞」，據常州本改。
【七】「⿸虍疌」，文津閣本作「⿸广疌」。
【八】「⿸虍疌」，文津閣本作「⿸广疌」。

柔敦厚，詩教也。故詩之失愚，溫柔敦厚而不愚，則深於詩者也。』」益聞諸説者云【一】：溫柔而敦厚，姿質淳厚之人也。淳厚者未必深察情僞，故有愚之失。　莊姜、戴嬀：衛莊公名揚，娶齊女曰莊姜，無子。陳女厲嬀之娣戴嬀生子完，是為桓公。齊女，姜姓。陳女，嬀姓。婦人從夫謚，故因莊公而為莊姜。厲與戴亦皆謚。　桓公、州吁：嬖妾之子州吁弒桓公完而自立，石碏之子厚與州吁游，從州吁朝陳，將使陳侯請于天王。石碏使告於陳曰：「衛國褊小，老夫耄矣，無能為也。此二人者實弒寡君，敢即圖之。」陳人執之而請涖於衛，遂殺州吁、石厚。衛人立桓公之弟晉，是為宣公。《左氏》曰：「石碏，純臣也，惡州吁，而厚與焉。『大義滅親』，其是之謂乎？」篡弒之賊必討，不宥入。春秋之初，石碏其知大義矣。孔子之《春秋》為誅亂賊而作，是故《春秋》成而亂臣賊子懼。　奪黎氏地：赤狄潞氏奪黎氏地，見《春秋》宣公十五年。《左氏》言潞子嬰兒之夫人，晉景公之姊，酆舒為政而殺之。晉伐狄，數上音赤狄五罪【二】，奪黎氏地，亦其一。晉殺酆舒，略狄土，立黎侯而還。　衛宣公：上淫曰烝。衛宣公上淫于庶母夷姜，而生急子。急亦作伋。為去音伋娶齊女而自取之【三】，是為宣姜，生壽及朔。宣姜寵而夷姜縊，及《新臺》《二子乘舟》之詩作，風大變矣。《二南》，正家之本，身脩故國家可治；變而至於如是，人道或幾乎滅息，悲夫！

《鄘》　譙：譙讓質責，譙，才笑切，與誚同，以言辭相責也。　中聲：荀卿子曰：「詩者，中聲之所止也。」注云：「詩謂樂章，所以節音，主乎中而止，不使流淫。《春秋傳》曰：『中聲以降，五降之後，不容彈矣【四】。』」

《衛》　從王伐鄭：《春秋》桓公五年，蔡人、衛人、陳人從王伐鄭。王，周天子桓王也。天子之兵有征無戰。鄭祝聃射王中肩，鄭莊公使祭音債足勞去音王【五】，且問左右。敢抗王師，恭而無禮，鄭莊之罪有不容誅，實為厲階之首，人

【一】「益」，常州本作「蓋」。
【二】「上音」，常州本無。「赤」，原無，據常州本補。
【三】「音」，常州本作「聲」。
【四】「容」、「彈」，原作「復」、「殫」，據常州本及《春秋左傳正義》卷四十一改。
【五】下「音」，常州本作「聲」。

紀殆絶，重可悲夫。《經》書「蔡人、衛人、陳人從王」，正君臣名分之辭也。　十曰多昏：《周禮・地官・大司徒》：「以荒政十有二，聚萬民：一曰散利，二曰薄征，三曰緩刑，四曰弛力，五曰舍禁，六曰去幾，七曰眚禮，八曰殺哀，九曰蕃樂，十曰多昏，十有一曰索鬼神，十有二曰除盜賊。」散利謂貸種食，弛力謂息徭役【一】，舍禁謂公無禁利，去幾謂關市不譏，眚禮謂殺吉禮，殺哀謂省凶禮，蕃樂謂閉藏樂器而不作【二】，多昏謂不備禮而取婚者多也【三】。按：凶荒之歲，每言多婚，蓋欲使之相依為命耳。

《王》　王，周天王：平王名宜臼，幽王宮湼之子【四】；桓王名林，平王之孫；莊王名佗【五】，桓王之子，皆東遷後之王【六】。

《鄭》　父子司徒：鄭桓公名友，周厲王胡之子、宣王靜之母弟，為幽王司徒；其子武公名掘突【七】，為平王司徒。　莆田鄭氏：鄭漁仲名樵，其居夾漈水，自號夾漈，道德高邵，學博而雅，大儒也，宋高宗時人【八】。　公子素：孔穎達曰：「文公捷，厲公子。《春秋》閔公二年冬十二月，狄入衛，鄭棄其師。衛在河北，鄭在河南，恐其渡河侵鄭，故使高克將兵於河上禦之。公子素作詩以刺之。」　子皮、子産：鄭穆公七子，謂之七穆。公子喜字子罕，七穆之一也。子罕之子子展，子展之子子皮，以王父之字為罕氏。公子發字子國，亦七穆之一也。子國之子子産，子産之子國參，以王父字為國氏。子皮、子産，鄭大夫之賢者。　帥師：帥師之帥作入聲讀，入聲者如字，將帥之帥圈去聲。　公子五爭：鄭昭公名忽，鄭厲公名突。孔穎達曰：「魯桓十一年，祭仲立突，而忽奔衛，一爭也；十五年，突使祭仲婿雍糾殺祭仲，仲知之，

【一】「徭」，原作「淫」，據文津閣本、常州本改。
【二】「樂」，常州本無。
【三】「而」下，常州本有「以」。
【四】「湼」，原作「涅」，據常州本及《史記・周本紀》改。
【五】「佗」，文津閣本作「他」。
【六】「王」，原作「主」，據文津閣本改。
【七】「名掘」，常州本作「握」。
【八】「宋」，常州本無。

殺雍糾，突出奔蔡，忽復歸鄭，二爭也；十七年，高渠彌殺忽而立公子亹，三爭也；十八年，齊人殺子亹，高渠彌、祭仲逆子儀于陳而立之，四爭也；魯莊十四年，傳瑕殺子儀而納突【一】，五爭也。」

講師：漢儒尚專門之學，各講授其師之說，故有講師之名。人各異師【二】，師各異說，經之本旨反因之而亡。呂伯恭氏所謂從而附益之，此講詩講經之弊也。然亦有互相發明者，不可一概而論。故近世李性學先輩有「繼序」之說。《大序》《小序》之下，以經生講師所述者為《繼序》。性學著《詩統》一編，其自序《詩統》有曰【三】：「《詩》者，聖人傳心之正印，而五經之靈樞也。士欲學道，必自《詩》入。經燬于秦，惟《詩》以詠免【四】。漢裂而四，魯固，齊陋，韓厖，惟毛以爾雅傳。」又曰：「至隋而王文中氏始窺其門，至宋而歐陽氏、蘇氏始撤其藩，覘其堂室。明道氏、伊川氏、橫渠氏發其蔀，啟其鑰，《詩》之真隱而復豁。紫陽氏觿其結，解其紛，而《詩》之靈明公大中正純粹之天乃昭昭。」李先輩之《自序》，此其大略，然《詩統》每篇之首各有《小序》，蓋雪山王氏、夾漈鄭氏、子朱子之外，言詩者率以《序》言，非愚益所敢妄議也【五】。

《唐》不謂之晉而謂之唐，初不為此：叔虞封唐侯，其子燮以晉水所出，改為晉。晉之為國，蓋以水得名。　晉武公：《史記·晉世家》：「晉侯緡立二十八年，曲沃武公伐晉，滅之，盡以其寶器賂周僖王。」《春秋左傳》：「王使虢公命曲沃伯以一軍，立為晉侯。」實魯莊公之十六年也。武公弒君簒國【六】，大逆不道，乃王法之所必誅而不赦者。朱子自附於《春秋》之義，以正人心，以誅亂賊。於《小序》深辨之，辭嚴義正，武公之罪暴不可揜。愚所謂大節目者，於是乎在矣。其後六卿分晉，併歸於三，而威烈王命魏斯、韓虔、趙籍為諸侯。簒奪強僭之臣，天誅不加而寵秩命之，王綱於是

【一】「傳」，原作「傳」，據常州本及《毛詩正義》卷四之四改。「納」，常州本作「立」。
【二】「人各」，常州本作「各人」。
【三】「其」，原作「有」，據常州本改。
【四】「以」，常州本無。
【五】「敢」，文津閣本作「致」。
【六】「弒」，常州本作「殺」。

而自紊，政柄以是而下移。正人紀，立人極者，不可復言矣。嗚呼，悲夫！　晉獻公：名佹諸，武公之子。

《秦》　非子事周孝王，養馬於汧渭之間，孝王封為附庸而邑之秦，此嬴氏有國之始也。非子封秦，造父封趙，因附見羅長源「趙氏國姓紀原」之説。羅長源泌曰：「氏族之興，所繇來遠矣。自一姓以上，推而至於有國有家者，均不可不原其所自來也。太史公作《堯舜本紀》，謂其源皆出於黄帝，後世目為良史。唐史臣作《世系表》，先宗室而後宰相，後世指為全書。恭惟國家，列聖相承。太祖、太宗以英睿定大業，真宗、仁宗以忠厚守成憲，高宗、孝宗以謨斷成中興之功，而趙氏得姓之因，歷諸儒討論猶莫之核議者。徒見《史記》所載「程嬰杵臼」之事，遂以為趙氏得姓之始於此，而不知其不止此；徒見左氏所記趙朔、趙武之事，遂以為趙氏得姓或繇於是，而不知其不止是；徒見史傳所謂造父以徐方功封於趙城，為趙氏，及張説氏族對以韓、陳、魯、衛、許、鄭，若魏與趙氏並言【一】，遂又以為趙氏得姓以國，而不知其亦不止於國也。嗟乎！處劉漢之朝而不知劉氏之為堯後，居李唐之世而不知李氏之為少昊裔者，皆考訂有所未到【二】。趙氏得姓之繇，例推援為造父之後，抑不知夏氏之季已有諱梁字者見於正史，則趙氏得姓其不止于造父也明矣。商氏之初有諱隱字者官為牧師，則趙氏得姓其不止于造父也審矣。《百家諜》《風俗傳》《易緯書》《氏族譜》俱言張、王、李、趙皆黄帝之所賜姓【三】，抑又知趙氏得姓其不止于造父也，亦較然矣。」按：此於《詩傳》雖無所繫，宋氏有國，其姓亦當知，故通之。　穆康：秦穆公名任好，康公名罃。

《陳》　陳佗以亂賊被討，見書於《春秋》：魯隱公六年，《傳》書五父。五父，陳公子佗也。父音甫。桓公五年，陳侯鮑卒，陳亂，文公子佗殺子免而代之。免音問。六年，蔡人殺陳佗。魯莊公二十二年，《傳》云：「陳厲公，蔡出也，故蔡人殺五父而立之。」桓公名鮑，厲公名躍。《史記》以佗為陳厲公，躍為陳利公。《陳杞世家》云：「桓公鮑卒。」桓公弟佗，其母蔡女，故蔡人為佗殺五父及桓公太子免，而立佗。與《春秋傳》異。

【一】「言」，原作「無」，據常州本改。
【二】「皆」，原無，據常州本補。
【三】「氏族譜」，文津閣本、常州本作「是類諜」。

《曹》　昭公名班，僖公名夷子【一】，共公名襄，昭公之子。

《豳》　《金縢》：金縢之匱，藏卜書之匱，以金縢緘之【二】。　奄：奄、商奄，二國名。商奄之君附紂子祿父，周公踐祚伐之。又有魯奄之奄，然與祿父所封相遠。

謹按：周南、召南、邶、鄘、衛、王、鄭、齊、魏、唐、秦、陳、鄶、曹、豳，十五國地，周南則河南洛陽之境，其地屬汴、梁，河南省。周天子之王城、陳、鄭、鄶之三國【三】，皆河南省地。召南則上接京兆，陝西省境。江漢則河南及武昌，湖廣省境也。其邶、鄘、衛、曹，皆在河北。唐在河東，則上隸中書都省。齊、魯，山東之地，亦隸都省。豳、秦則陝西省之地也。玁狁之境則和林城，嶺北省之地。西戎則甘州，甘肅省之地。東海則高麗，鎮東省之地。醫無閭山則懿州，遼陽省之地。江之發源則成都，四川省之地。荊楚羣舒則湖廣、河南及隆興，江西省之地。太伯適吳則杭州，浙江省之地也。中慶，雲南省，漢以前不與中國通，其地蓋西南夷耳。以九州言之，其直隸省【四】、河北、東魯皆冀州、兗州之地，齊為青州之地，河南省之地為徐、為荊、為豫，湖廣、江西、江浙之地為揚，陝西之地為梁、為雍，河東則并州之地，遼陽則營州之地，開平大興和林省則幽州之地。甘肅、雲南，時皆荒遠。高麗，箕子朝鮮之域，與遼陽壤地相接。然此亦概言之，地形如犬牙相入，故不截然整齊也。以星土言之，大梁之次州曰冀，壽星之次州曰兗，玄枵之次州曰青，降婁之次州曰徐，星紀之次州曰揚，鶉尾之次州曰荊，大火之次州曰豫，實沈之次州曰益，益州與梁州同分野。沈音審，或云與沉同。鶉首之次州曰雍，析木之次州曰幽，娵訾之次州曰并，以分野之星言九州者如此。《詩》之十五國風之地，古九州內之地也，而其地形皆陿隘。今自都省、行省所轄各道、各路、郡縣處所有，古所未有之幅員，不可與十五國同論。然以輿地形勢觀之，今天下即古天下，今山川即古山川，但有通未通、闢未闢之分，初無古今之異，愚因以贅茲說。

《小雅》　《鹿鳴》：賓：序詩者言羣臣嘉賓、忠臣嘉賓，必君為主、臣為賓。孔穎達引《燕禮》「客為賓，宰夫為

【一】「夷子」，常州本作「夷之子」。
【二】「縢緘」，常州本錯倒作「緘縢」。
【三】「鄶」，原作「檜」，據常州本改。
【四】「其直隸省」，原作「直隸都省」，據文津閣本改。

主」之說，又云：「君設酒肴，羣臣皆在。君為主，羣臣為賓。」當以後說為是。　《棠棣》：《國語》《春秋傳》皆左丘明作，謂《國語》為《春秋外傳》。丘明姓左，名丘明，與《論語》左丘明不同。　富辰，畿內諸侯，為王朝卿士。富，其采邑也。周文公即公旦，召穆公名虎，宣王時人。　《天保》：與《鹿鳴》相似，蓋謂《序》得詩意，但未盡其用耳。　《南陔》：笙詩：笙中吹其詩，故有聲無辭。如俗中以簫笛吹歌曲，得一曲之譜，則此曲之類皆此聲，不必求其歌曲之辭。　《六月》：《鄭譜》：鄭康成《詩譜》分別時世，必以某詩為當某王之世。　此下不出詩篇名。　《世本》：《世本》紀氏族譜系之類，宋衷為之注釋。　譙周：周，蜀漢人。　錯脱【一】：古者以韋編汗青之竹為簡，用以寫書。歲久而所編之韋皮斷爛【二】，故有錯簡、脱簡之謬誤。　漢魏樂府：漢武帝云：「歡樂極兮哀情多，少壯幾時兮奈老何？」魏武帝云：「對酒當歌，人生幾何？譬如朝露，去日苦多。」

《大雅》　《文王》：歐陽文忠公論曰：「《書·泰誓》『十有一年』，說者因以謂自文王受命九年，及武王居喪二年，並數之爾。是以西伯聽虞、芮之訟謂之受命【三】，以為元年。此妄說也。古者人君即位必稱元年，常事耳，不以為重也。後世曲學之士說《春秋》，始以改元為重事。然則果常事歟？固不足道也。果重事歟？西伯即位已改元矣，中間不宜改元而又改元。至武王即位，宜改元而反不改元。乃上冒先君之元年，並其居喪，稱十一年。及其滅商而得天下，其事大於聽訟遠矣，又不改元。由是言之，謂西伯以受命之年為元年者，妄說也。後之學者知西伯生不稱王，而中間不再改元，則《詩》《書》所載文武之事粲然明白而不誣矣。」　東坡蘇文忠公曰：「昔漢高祖擊滅項籍，統一四海，諸侯大臣相率而帝之，終且辭以不德。惟彼陳勝、吳廣，乃囂囂乎急於自王，而謂文王亦且為之耶？武王伐商，師渡孟津，會於牧野。其所以稱君之命，命于諸侯者，蓋猶曰『文考』而已。至於《武成》，既以柴望告天，百工奔走受命於周，而後稱曰『我文考文王，克成厥勳』。由是觀之，則是武王不敢一日妄尊其先君，而況于文王自王乎？」　廣平游氏定夫曰：「武王於

【一】「錯脱」，原作「脱簡」，據常州本改。
【二】「歲」，常州本作「藏」。
【三】「芮」，原作「芮」，據常州本改。

《泰誓》三篇稱文王為文考，至《武成》而柴望，然後稱文考為文王。」游氏又曰：「《禮記·大傳》載牧野之文，追王太王、亶父、王季歷、文王昌。亦據《武成》之書，以明追王之意出於武王也。世之說者因《中庸》無追王文王之文，遂以為文王自稱王，豈未嘗考《泰誓》《武成》之書乎？君臣之分猶天尊地卑，紂未可去而文王稱王，是二天子也。當六國之時，辛垣衍欲帝秦【一】，魯仲連以片言折之，不敢復出口，蓋名分之嚴如此。曾謂至德如文王者，反盜虛名而拂天理乎【二】？」赤雀丹書，此讖緯之說，不足取信【三】。如雲有火自上復於下，至於王屋，流為烏【四】，其色赤之類是也。漢儒解經多惑讖緯，既已近誣，而《靈臺》一詩乃追述文王之事，遂以為天子之制，其誣甚矣。

《周頌》《北郊集議》：宋元祐八年，禮部尚書蘇軾言古者合祭天地，以為祀上帝則並祭地祇，歷舉漢魏及唐合祭之說。其弟轍亦同其議。諸家皆言南郊圓丘，冬至祭天；北郊方丘，夏至祭地。此蘇氏《北郊集議》之說也。《詩序》未終，姑綴于此者【五】，望來者云。

詩傳旁通卷十五

【一】「垣」，文津閣本誤作「坦」。
【二】「拂」，文津閣本作「忘」，常州本作「滅」。
【三】「信」，文津閣本作「也」。
【四】「烏」，文津閣本誤作「鳥」。
【五】「綴」，文津閣本、常州本作「輟」。

附録

《四庫全書總目提要》

《詩傳旁通》十五卷，元梁益撰。益，字友直，號庸齋，江陰人，自署三山者，以其先福州人也。嘗舉江浙鄉試，不及仕宦，教授鄉里以終，事蹟附載《元史·儒學傳·陸文圭傳》內。朱子《詩傳》詳於作詩之意，而名物訓詁僅舉大凡，蓋是書仿孔、賈注疏證明注文之例。凡《集傳》所引故實，一一引據出處，辨析源委。因杜文瑛先有《語孟旁通》，體例相似，故亦以「旁通」為名。其中「如聖人之耦」，則引《西漢書》劉歆論董仲舒語；「見堯於羹，見舜於牆」，則引《後漢書·李固傳》，以明出典。或朱子所未詳者，亦旁引諸說以補之：如「五緎、五總」，引陸佃之語；「三單」，引鄭箋「羨卒」、孔疏「副丁」之類。亦間有與朱子之說稍異者，如「頃筐塈之」，《集傳》音許器切；《大雅》「民之攸塈」，《集傳》音許既切者，從陸德明《經典釋文》。益則引《禮部韻》，謂許既切者，在未韻，音餼。注云「取也」；許器切者，在至韻，音洎，作巨至切。朱子之音，與《禮部韻》不同云云。是是非非，絶不堅持門戶，視胡炳文等之攀附高名，言言附合，相去遠矣。卷首為類目，末一卷則其敘說，內一條論秦造父封趙，因録羅泌《國姓紀原》之文，自謂此於《詩傳》，雖無所系，而宋氏有國，其姓亦當知，故通之。則冗贅之文，汗漫無理，可已而不已者也。前有至正四年太平路總管府推官濱州翟思忠序，明朱睦㮮授經圖，遂以《詩傳旁通》為思忠作，殊為疏舛，今從朱彝尊《經義考》所辨，案，彝尊所引乃陸元輔之言。附訂正焉。

《常州先哲遺書》本盛宣懷跋

右《詩傳旁通》十五卷，元梁益撰。益字友直，號庸齋，江陰人。家本閩中，父國柱，至元中任常州路教授，遂家於江陰，自署三山，以其先閩人也。至正辛巳舉浙江鄉試。明毛、鄭詩，通《春秋》文辭，根據典雅，其教人以變化氣質為主，浙西學者多從之遊，事蹟附見《元史·儒學傳》。著有《詩緒餘》《史傳姓氏纂》《三山稾》，均不傳。此《詩傳旁通》十五卷，為疏證朱子《詩傳》而作，亦僅有傳抄本，偽誤多端，今以朱《傳》略為考訂。有傅會朱《傳》而誤者，如卷二《定之方中》篇「騋牝三千」，《傳》引《記》曰：「問國君之富，數馬以對。」《旁通》曰：「《記》，《禮記·曲禮》。數馬畜以言其富者，不敢斥言也。』」案：《曲禮》文：「問國君之富，數地以對，山澤之所出；問庶人之富，數畜以對。」《傳》既誤，以地為馬，《旁通》又牽連而及曰「數馬畜」，誤之又誤矣；有前後倒置者，如卷一「待年」一條，應移「以」字後；卷二「漕」字一條，應移「刺」後；「共伯共姜」一條，應移「剪髮夾囟」後；「樹八尺臬」一條，應移「楚丘」後；卷四「晉昭侯」一條，應移「曲沃」後；卷五「用民歲三日」一條，應移「重穋」後；卷七「奭」字一條，應移「新田菑畝」後；卷九「茅蒐」一條，應移「洛」後；「芸」字一條，應移「苕」後。目次悉為移正，而原書未動，所以存其真也。至此書之典要，《提要》已詳言之，今不贅。光緒丁酉十一月小雪日武進盛宣懷跋。

卷十三閔予小子之什《桓》篇「克殷年豐」條「師興而雨」下脫去「伯，音霸，謂諸侯霸主。如字亦通，謂方伯也」共十六字。刻成始校初，難以添改，附注於此。

直音傍訓毛詩句解

（元）李公凱　撰
李輝　李劭凱　點校

目録

卷十九

周颂

卷二十

魯頌

商頌

附錄

整理說明

《直音傍訓毛詩句解》二十卷，或題《毛詩句解》、《直音傍訓纂集東萊毛詩句解》，李公凱撰。李公凱，字仲容，或作仲客【一】，江西宜春人，大致生活於宋元之交。除本書外，重慶圖書館藏《附音傍訓句解論語》二卷，國家圖書館藏《附音傍訓句解孟子》七卷，皆題「元李公凱撰」，不見諸家著錄【二】；由《千頃堂書目》，知其另著有《纂集柯山尚書句解》三卷，《周易李氏句解》十卷，今皆不傳。

《直音傍訓毛詩句解》（下簡稱《句解》）一書最早著錄於明人夏良勝所撰《正德建昌府志》（1517），作「《毛詩句解》，李公凱著」。黃虞稷（1629–1691）《千頃堂書目》收錄此書，作「李公凱《毛詩句解》二十卷」，又謂「字仲容，宜春人，其書專取呂氏《讀詩記》而隱括之」，朱彝尊（1629–1709）《經義考》從之。至今此書主要有兩個版本流傳於世，一為宋本，一為元本。前者今收藏於日本靜嘉堂文庫【三】，即陸心源（1834–1894）《皕宋樓藏書志》所著錄的

【一】文淵閣四庫全書本《千頃堂書目》卷一錄有「李公凱《纂集柯山尚書句解》三卷」、「李公凱《毛詩句解》二十卷」，二處下皆有小字注云「字仲客」，當係誤字。

【二】檢《正德建昌府志》（明正德刻本），卷八載「《毛詩句解》，李公凱著」；同卷下又有「《周易句解》」，不題著者；又有「《四書句解》，李凱著」，此「李凱」是否係「李公凱」之訛，今無從考之。又，清人葉昌熾《緣督盧日記抄》卷三（民國上海蟫隱盧石印本）載：「廿六日，閱《論語旁訓句解》（宜春李公凱仲容撰），都取朱子《集注》竄改刪節，據為己有，不成其為書。」

【三】嚴紹璗：《日藏漢籍善本書錄》，上冊：經部·史部，北京：中華書局，2005，75–76頁。

宋本。由《元刊〈毛詩句解〉跋》（載《儀顧堂題跋》卷一）可知，該本最早由朱彝尊購於吳興書賈，後經陳抱之而入皕宋樓。該元本藏於國家圖書館等地，後收入《續修四庫全書》；據《第一批珍貴古籍名錄》，該元本為元泰定敏德書堂刻本。此次整理即以《續修四庫全書》為底本。諸家目錄中唯有瞿鏞（1800–1864?）《鐵琴銅劍樓藏書目錄》收錄本書而題作「直音傍訓毛詩句解」，又係元刊本，則瞿鏞所見元本或與此本為同一本子。

《句解》一書既存宋本，則書應成於宋亡之前。朱彝尊《跋〈毛詩李氏句解〉》云：「宋自淳熙而後，說詩者率遵朱子之《傳》，去《序》言經；仲容獨取呂氏之書，檃括以淑後進，其亦異乎剿說雷同者矣。」說「宋自淳熙而後」而不說「自宋淳熙而後」【一】，則朱彝尊以李公凱為宋人。陸心源《皕宋樓藏書志》著錄此書，直謂「宋宜春李公凱仲容撰」。然而與朱彝尊同時的黃虞稷《千頃堂書目》却將所收李氏三書俱歸於元朝標目之下。之後，倪燦（1627–1688）《補遼金元藝文志》、錢大昕（1728–1804）《元史藝文志》、魏源（1794–1857）《元史新編》之《藝文》、曾廉（1856–1928）《元書》之《藝文志》俱收錄李氏三書；至《續修四庫全書總目提要》，則徑直謂「元李公凱撰」。朱、黃二學者同時，二人又有傳抄藏書的交流，但在李公凱生活時代的問題上卻各執一辭。李公凱由宋入元應當是沒有問題的。這部《句解》則有可能在南宋末既已完成，入元朝後又有增補。不過這只是推測而已。

朱彝尊謂取其《讀詩記》而隱括之是不错的。陸心源《皕宋樓藏書志》卷五所著錄的宋本，題作「直音傍訓纂集東萊毛詩句解」據此即可知其與呂祖謙《呂氏家塾讀詩記》的關係，而仔細將兩書作一下比較可以發現《句解》解釋詩句涉及諸家理解有所分歧的字詞時，幾乎總是依從《讀詩記》所取的觀點。如《考槃》「碩人之軸」之「軸」字，《毛傳》釋作「進」，《鄭箋》釋作「病」，《讀詩記》引蘇氏曰：「軸，盤桓不行，從容自廣之謂也。」《詩集傳》釋作「盤桓不行

【一】據四部叢刊景清康熙本。謝旻《康熙江西通志》（清文淵閣四庫全書本）卷七十二、陸心源《皕宋樓藏書志》（清光緒萬卷樓藏本）卷五引及此文，亦作「宋自淳熙以後」。

之意」，《句解》此句則解作「其德碩大而從容自廣」。又如《大明》「會朝清明」句，《毛傳》：「會，甲也，不崇朝而天下清明。」《鄭箋》：「會，合也，合兵以清明。」《讀詩記》引莆田鄭氏曰：「會朝者，會戰之朝。」《句解》釋此句作「會戰之朝，誅紂之惡，無復濁亂而天下清明焉。」這樣的例子不勝枚舉。

顧名思義，《直音傍訓毛詩句解》即對《毛詩》進行直音、傍訓、句解等三方面解釋。先說句解。句解是本書的主體，有點類似於今天的「今譯」、「譯文」，即用淺近的文言逐句解釋乃至直譯大小序和經文。類似的做法在以往《詩經》學著作裏並非沒有，《毛詩正義》中對經文的疏、朱子《詩集傳》各章下的「言」、「其辭曰」，都以章為單位對經文進行串講；本書「句解」則注於每句下，逐句解義。我們知道，作為詩，經文句與句之間時常是跳躍的，而《小序》之說常與經文含義有所偏離。如此，李公凱既要緊扣詩句釋義，使句義明白曉暢，又要照顧前後，儘量讓「上下文語氣隔句仍復相屬」（瞿鏞《鐵琴銅劍樓藏書目録》），還得彌合《序》與經文之間的分歧，這便構成了李公凱著書的難點，也是本書的特點。

再説直音，即用同音字注音，直接謂某字音某，不作反切；注本音，而不用叶音。以「直音」作題名，瞿鏞以為始見於宋人《明本排字九經直音》一書（據《四庫提要》，此明本為宋明州本），該書純用直音，《句解》則兼用反切，二者體例小有不同。瞿鏞又謂：「此本『睢』與『砠』並音趨，《集傳》『睢』音七餘反、『砠』音七餘反，音趨正與朱子合。嚴氏《詩緝》曰『睢，七胥反』，以溫公《切韻圖》正之，『七』字在第十八圖，屬『清』字母；『胥』字在第三圖平聲第四等。橫尋『清』字，得『疽』字，其上聲爲『取』，去聲爲『覰』，則平聲正音『趨』也。睢、疽、砠、苴皆同音，俗讀爲沮平聲，非，則與嚴氏亦合。」瞿氏認為《句解》注音很精審。可實際上，本書《七月》篇下「苴」字音七餘，若本書與《切韻圖》合，則「苴」亦當屬「清」字母；檢之《切韻指掌圖》，「苴」字卻在「精」字而非「清」字下。又本書《召旻》「苴」字又音七如，可在《切韻指掌圖》中，「苴」字在平聲或上聲的第四等，而「如」字在平聲的第三等，二者韻母怎能相同呢？因此，瞿氏此論很草率，不足為信。不過，此書不用「叶音」説為詩文注音，倒是應予肯定的。

至於傍訓，是指書中對經文一些字詞的訓釋，不從常規放入雙行小字注中，而是徑直寫在經文相應字詞旁邊。句解既緊貼經文，則傍訓可以分為兩類：訓釋内容不能在句解中體現出來的和能體現出來的。以《關雎》篇為例，前者如「關關雎鳩」下，句解謂「雎鳩摯而有別，其鳴也關關然甚和」，正文「雎鳩」標有傍注「水鳥」；後者如「左右流之」下，句解謂「苟欲得之，則乃左乃右求之，當無方也」，正文「流」字標有傍注「求」。實際上，從句解的上下文並不難判斷「求」字釋「流」。如果説前者還有對句解釋義作補充的作用的話，後者就顯得有點多餘了。作者何以采這样不避重叠的注釋辨法，一種很容易想到的解釋是我們所據底本上的部分傍訓是由他人如藏書家寫上的，本非原刊所有。但是，通過對字體、墨蹟以及筆劃連貫性的觀察，這種可能性可以排除。如此，也就只有另一種解釋：這種累贅是為初學讀者方便考慮，如此倒也不是全無必要了。

在單字注音、簡要傍注和逐句白譯上，作者並沒有多少發揮的空間的。讀過全書也不難得到這樣的印象：《句解》一書當是童蒙教材，其最主要的作用便是幫助學生初步理解、熟悉經文，提出新見、申明某種解釋的合理性反而不是作者所追求的。

本書以上海古籍出版社《續修四庫全書》第五十七冊收錄的元刻本為底本進行整理。上文提及的宋本在國内見不到，只能在點校審讀的過程中儘量小心細緻，希求能以本校、他校、理校等多種辨法來彌補版本單一的缺憾。原書字跡很不清楚，難以辨識的字，儘量查閱《毛詩正義》《呂氏家塾讀詩記》《詩集傳》等書，聯繫上下文，以字形相近而不違背文義者定之；確實不能判斷原文者，則加「□」號標明。書中異體字、俗體字、避諱字，以及刊刻常見訛字，如「己」「已」、「穀」「穀」，則逕加改作，不出校。

此書校點，先由李輝、曹繼華、郭鵬、熊瑞敏、李劭凱五位録入、點校，再分别由李劭凱、馬天祥、李輝作二校和三校，最後由李山通讀審改。限於學識和條件，我們的點校難免有不妥、錯誤之處，敬請讀者不吝指正。

李劭凱、李山

二〇一一年十二月

直音傍訓毛詩句解卷一

原詩　詩者，言之述也。人有喜惡，必形於言，言之不足，故嗟歎詠歌以成詩也。其所喜者則美之，所惡者則刺之。出於商周之世，上而天子公卿大夫，下而小夫賤隸婦人女子，各因其所感而賦之也。當時采詩之官，聚之以觀民風，有三千餘篇。孔子編詩之際，删其不合義禮者，止存三百一十一篇。後又亡《南陔》《白華》《華黍》《由庚》《崇丘》《由儀》六篇，今所存蓋三百五篇也，有十五國風、二雅、三頌。漢興，魯申公為訓詁，而齊轅固景帝時、燕韓生文帝時皆為之傳，三家皆列於學官。又有趙人小毛公名萇自謂子夏所傳，為訓傳，而河間獻王好之，未得立。至平帝世，毛詩始立，後鄭玄字康成作箋。其後齊詩亡於魏代，魯詩亡於西晉，韓詩雖存，無傳之者，惟毛詩、鄭箋至今獨存。

詩名　《金縢》云：「公乃為詩以貽王，名之曰《鴟鴞》。」然則篇名皆作者自為之也。

詩序　序一詩之意則謂之小序，序三百篇之意則謂之大序。如「后妃之德也」至「用之邦國焉」，謂之小序；自「風，風也」至「《關雎》之義也」，謂之大序。蓋國史采詩之時，必載其事，然後其義可知，今小序之首是也；其下則説詩者之辭也。

國風　國者，諸侯所封之國；而風者，民俗歌謠之詩。國風者，詩之所言止於一國之風也。詩作於國治之時，則為正風，《周南》《召南》是也。詩作於國亂之時，則為變風，邶、鄘、衛、王、鄭、齊、魏、唐、秦、陳、檜、曹、豳是也。謂之風者，以其被上之化以有言，而其言又足以感人，如物因風之動以有聲，而其聲又足以動物也。是以諸侯采之以貢於天子，天子受之而列於樂官。於是考其俗尚之美惡，而知政治之得失焉。正風所以用之閨門、鄉黨、邦國化天下也；變風亦領在樂官，而以時存肄，備觀省，垂監戒也。

周南、召南　周，國名。南，南方諸侯之國，周公旦、召公奭之采地也。文王作邑于豐，其化被於南國，當時之人作詩以歌詠之。自《關雎》至《麟之趾》，王者之風，文王所以治國之道也，而周公主內治，故以其詩繫之《周南》；自《鵲巢》至《騶虞》，諸侯之風也，而召公實主外諸侯之事，故以其詩繫之《召南》。

《關雎》，詩篇名。雎，音趨。后妃之德也，乃言凡為后妃者，德當如是也，非指人而言。妃，非。風之始也。詩之化人，感發情性，如風之吹噓萬物。天下之本在家，故繫之篇首，蓋風化之所由始也。所以風天下，所以風化天下之人。風，並如字。而正夫婦也。而正夫婦之道，使之各得其正也。故用之鄉人焉，故近而用此詩於鄉人，則可以為正家之道。用之邦國焉。遠而用此詩於邦國，亦可以為正家之道。風，國風之風。風也，自其象言之則曰風。教也。自其事言之則曰教。風以動之，先用二南之風以感動人之善心。教以化之。次用二南之教以變化人之氣質。詩者，志之所之也。心有所之之謂志，詩之所以作者，蓋斯人心志之所向也。在心為志，寂然不動之謂心，心有所自之謂志。發言為詩。發之於言，然後為詩。情動于中，喜怒憂懼愛惡欲，謂之七情。物感於外，則情動于中。而形于言；不能自隱，故形見於言辭。言之不足，徒言之不足以盡其情。故嗟嘆之；所以咨嗟而歎息之。嗟歎之不足，嗟歎又不足以盡其情。故永歌之；所以永長而歌詠之。永歌之不足，永歌又不足以盡其情。不知手之舞之足之蹈之也。則心與詩相忘，至於手舞足蹈而不自知也。情發於聲，情動於中，不能自己，故發而為聲。聲成文謂之音。單出曰聲，雜比曰音。如只說一句，則聲也；至於章句既足，語言相當，則謂之音矣。聲出而既成文理，可播於樂，則謂之音矣。治世之音安以樂，當治國之時，則其詩歌之音安靜而悅樂。樂，音洛。其政和；蓋以國政和平而民情安樂故也。亂世之音怨以怒，當國亂之時，則其詩歌之音怨恨而忿怒。其政乖；蓋以國政乖戾而民情怨怒故也。亡國之音哀以思，及亡國之後，則其詩歌之音哀傷而有所思。思，去。其民困。蓋以民情困窮，則傷今而思古也。故正得失，是者為得，非者為失。詩之作也，政之得者美之，失者刺之，故觀詩而得失可正矣。動天地，郊社之祭、宗廟之中皆用詩為樂，歌寫人至誠之意，則詩歌而天地可以動。感鬼神，鬼神可以感格。莫近於詩。無有功近於詩者。先王以是先王推知此理，故用此詩以感人。經夫婦，糾正其夫婦之道。成孝敬，成就其孝親敬長之本心。厚人倫，使人之大倫皆歸於淳厚。美教化，君之教化皆極其美好。移風俗。風俗之成於下者，無不變移而歸於善矣。故詩有六義焉：詩之大義有六。一曰風，優遊其辭謂之風，如十五國風之辭是也。二曰賦，直陳其事謂之賦，如「東宮之妹，邢侯之姨」之類是也。三曰比，取喻於物謂之比，若「如山如阜，如岡如陵」之類是也。比，彼。四曰興，因物有感謂之興，如「關關雎鳩」、「芃芃黍苗」之類是也。興，去。五曰雅，言王者之政謂之雅，如《大雅》《小雅》之辭是也。六曰頌。美盛德成功謂之頌，如三頌之辭是也。先舉風，末舉雅頌，中舉賦、比、興，見風雅頌之中皆有賦比興之義也。上以風化下，詩之感人，猶風之吹噓萬物，無迹可見而所入者深，上之人因詩之風以化乎下而不見其所以化之之迹。下以風刺上，下之人因詩之風以刺乎上，而不露其所以刺之之形。刺，音次。主文而譎諫，其辭若主於為文，而諫之之意已隱于中矣。譎，決。言之者無罪，夫如是則言之者無傷人之辭，人自無得而罪之。聞之者足以戒，而聞之者□其譎諫之意，安得不有愧于心而常自警乎？故曰風。故名詩以風，其義蓋取諸此也。至于王道衰，王道盛則禮樂與，禮樂與則政教美。一道德而同風俗，然後雅頌之詩作。及夫王道既衰。禮義廢，□禮義□□□□□。政教失，政教失其所措。國異政，天子不能統諸侯，而諸侯之國各自為政。家殊俗，諸侯不能統大夫，而大夫之家各自為俗，而變風、變雅作矣。於是人情傷今思古，而變風、變雅從而作矣。國史明乎得失之迹，國之史官得詩於采詩之官，王政之有得失，其跡之形於詩者，國史遂明之。傷人倫之廢，故其觀變風、變雅之作，知人倫之廢絕而為之悲傷。哀刑政之苛，察王政之苛虐而為之哀歎。苛，何。吟詠情性，故吟詠其詩而紬繹斯民之情性。以風其上。節文以授樂官，使時而颺之以諷諫其君。風，諷。達於事變，此蓋達夫當時事勢之變。而懷其舊俗者也。而懷思舊日之風俗，望其君以追先王盛時之事也。故變風發乎情，故變風之作發於人情之不能自已。止乎禮義。而其辭常至於禮義而止。發乎情，民之性也；

蓋所以發情者，以事物之變遷，民性之有感，自然激而為情，發之於詩也。止乎禮義，先王之澤也。而所以止乎禮義者，則先王之德澤在人，忠厚之意未泯，故喜怒哀樂皆不過其節也。是以一國之事，繫一人之本，是以一國之事，其所係屬者，特本於一人之躬行。繫，係。謂之風。故名之以風。言天下之事，其所言者及於天下之事。形四方之風，其所形容者及於四方之俗。謂之雅。故名之以雅。雅者，正也，雅之為詩，蓋天下之正者。言王政之所由廢興也。王者之政，其廢興之由，皆具言於雅。政有小大，政有小者，有大者。故有小雅焉，述其政之小者，則為小雅。有大雅焉。述其政之大者，則為大雅。頌者，美盛德之形容，頌者，天子所制郊廟之樂歌，所以嘉美先王盛德之形容。以其成功告於神明者也。用當時所成之功歸於神明，而作詩歌以昭告之也。告，谷。是謂四始，《史記》曰：「《關雎》為國風之始，《鹿鳴》為小雅之始，《文王》為大雅之始，《清廟》為頌之始。」此之謂四詩之始。詩之至也。其理之極至，有不可加矣。然則《關雎》《麟趾》之化，自《關雎》至《麟趾》共十一篇詩。王者之風，王者所以風化天下如此也。故繫之周公。而文王未有王位，故因周公主內治而繫之周公焉。南，其所以謂之南者。言化自北而南也。蓋以文王都岐山之西北，其化從北方而被於南國也。《鵲巢》《騶虞》之德，自《鵲巢》至《騶虞》十四篇詩。諸侯之風也，諸侯之所以化一國者如此。先王之所以教，而其本則推文王之教以致之民也。采詩是成王時，故推文王曰先王。故繫之召公。然文王實得王體，不可以諸侯之風繫之，故因召公主外諸侯之事而繫之召公焉。召，邵。《周南》《召南》，治天下必始於齊家，《周南》《召南》，述后妃夫人之德，莫非齊家之事。正始之道，故國風正始之道。王化之基。王者化天下之基本也。是以《關雎》樂得淑女，是以《關雎》之詩，喜於獲賢淑之女。淑，孰。以配君子，以為君子之匹配。憂在進賢，其所憂者，特在於進賢淑之女。不淫其色。初不貪其顏色之美。哀窈窕，哀其有惻怛之意、幽靜之德。窈，音杳。窕，條上聲。思賢才，思其有賢淑之才。而無傷善之心焉，而不傷其好善之心。是《關雎》之義也。此蓋《關雎》一詩之大義也。

關關雎鳩，雎鳩摯而有別，其鳴也關關然甚和。在河之洲。在彼河洲，幽靜遠人之地，比喻后妃處深宮九重之中，亦有和諧之德。窈窕淑女，詩人因雎鳩而起興，謂如此幽閒賢淑之女。君子好逑。可以為君子之良匹焉。逑，求。

參差荇菜，（荇菜，水草。）【一】參差，不齊貌。言荇菜之柔順，后妃有柔順之德。參，初金反。差，初宜反。荇，行上聲。左右流之。（流，求。）苟欲得之，則乃左乃右求之，當無方也。窈窕淑女，比喻窈窕幽閒之淑女。寤寐求之。則亦求之無方，雖或寢或寤之際，亦思求之而不暫忘也。寤，五路反。寐，莫利反。求之不得，儻或求之不得，則無以配君子而成內治之美。寤寐思服。故寤寐之間思而懷之。悠哉悠哉，思之悠悠然不能已。辗转反側。而其身回動翻覆，不能自安矣。

參差荇菜，彼參差柔順之荇菜既得之。左右采之。則左右無方以采之。窈窕淑女，比喻窈窕幽閒之淑女，亦無方以求之。琴瑟友之。既得之，則調和琴瑟以友愛之。參差荇菜，彼參差柔順之荇菜既采之。左右芼之。則左右無方以擇。芼，冒。窈窕淑女，比喻窈窕幽閒之淑女，亦無方以擇之。鐘鼓樂之。既擇得之，則鳴擊鐘鼓以娛樂之，而無不用其情焉。蓋惟天下之至靜為能配天下之至動，萬化之原，一本諸此故也。未得之，如之何其勿憂？既得之，如之何其勿樂也？悠哉悠哉，輾轉反側，憂之不過其則也；琴瑟友之，鐘鼓樂之，樂之不過其則也。所謂樂而不淫，哀而不傷也。《關雎》三章，一章四句，二章章八句。

《葛覃》，詩篇名。后妃之本也。言后妃之務本也。后妃在父母家，后妃初在父母家時。則志在於女功之事，則其心志在於務女功之事，躬儉節用，身自儉約，用度有節。服澣濯之衣，於己身則能服洗濯之衣。澣，完上聲。尊敬師傅，於師傅則能盡尊敬之禮。則可以歸安父母，如是則其歸嫁也，可以安父母之心。化天下以婦道也。

【一】按，括號內為傍訓，下同。

化天下以為婦之道也。

葛之覃兮，后妃追敘在母家時，方春之盛，見葛藤之生，覃然而延長。施于中谷，蔓引於林谷之中。施，音異，下同。維葉萋萋。其葉萋萋然茂盛，則思取以為絺綌也。黃鳥于飛，又見黃鸝之飛。集于灌木，比集於叢生林木之上。灌，音貫。其鳴喈喈。其和鳴之聲喈喈然遠聞，則感時物之變而思絺綌之不可緩也。

葛之覃兮，施于中谷，解同上。維葉莫莫。其葉莫莫然成就。是刈是濩，於是刈而取之，濩而煮之。刈，乂。濩，胡郭反。為絺為綌，以其精者為絺，以其粗者為綌。服之無斁。既成而服之於身，無厭斁之心，此可見其躬儉節用矣。斁，音亦。

言告師氏，后妃尊敬師傅，故其將嫁也，告於師氏曰。言告言歸。我將歸而嫁矣。薄汙我私，於是汙洗我之私服。汙，烏。薄澣我衣。澣濯我之公服。害澣害否，何者當澣，何者不必澣，服勞如此。害，曷。否，方九反。歸寧父母。（歸，嫁。寧，安。）則其嫁也，不至貽父母之憂，而可以安寧其心矣。

《葛覃》三章，章六句。

《卷耳》，詩篇名。卷，捲。后妃之志也，言后妃心志所向者如此。又當輔佐君子，婦人主中，饋職蠶桑，本無與外事，然又當輔贊佐助其君子。求賢審官，搜求賢材而用之，審察官僚之賢否。知臣下之勤勞。獨知臣下之勤勞於己職者。內有進賢之志，內之心志固欲進用天下之賢。而無險詖私謁之心，而無崎危偏曲私自請謁以薦其親戚之心。詖，音敝。朝夕思念，自朝至夕思之念之。至於憂勤也。而至於憂勤不遑自安也。

采采卷耳，卷耳，易得之物。采之又采，不止於一。不盈頃筐。偏側之筐，至易滿也。今乃不能盈者，以其心不在焉。蓋因采卷耳而有所感於心也。頃，傾。嗟我懷人，嗟我所懷思之人。寘彼周行。乃置之於周家道路之上。使之躬行役之勞，其不忘憂勤之慮如此。寘，志。行，杭。

陟彼崔嵬，后妃居深宮默想使臣之行役，升陟彼高峻之山。崔，摧。嵬，五回。我馬虺隤。我使臣所乘之馬，亦至於病矣，人安得不勞乎？虺，灰。隤，頹。我姑酌彼金罍，我自酌金罍之酒以勞之。維以不永懷。維以少寬其情，使不至於永長懷思而已。

陟彼高岡，后妃在深宮默想使臣之行役者，升陟彼高岡之上。我馬玄黃。我使臣所乘玄馬，病而至於黃色，則人勞可知。我姑酌彼兕觥，我且酌兕觥之酒以勞之。兕，徐履反。觥，肱。維以不永傷。維以少寬其情，使不至於永長傷悼而已。

陟彼砠矣，后妃在深宮默想使臣之行役者，升陟彼砠山之上。砠，趨。我馬瘏矣，我使臣所乘之馬，則瘏病不能進矣。瘏，塗。我僕痡矣，我使臣所隨之僕，則痡病而不能行矣，其使臣之勞可知也。痡，敷。云何吁矣。今云如何，惟吁嗟嘆息而已。

《卷耳》四章，章四句。

《樛木》，詩篇名。樛，音鳩。后妃逮下也。言后妃之恩惠及於下之人也。言能逮下，言能以恩惠及於下妾。而無嫉妒之心焉。而無嫉害妒忌之心焉。

南有樛木，南方有木，其枝柯曲而下垂。葛藟纍之。所以葛藟得纏係於其上，比喻后妃能以恩惠及其衆妾，故衆妾上附事之。藟，累。纍，力追反。樂只君子，所以室家和平，君子無所憂患，從容自樂。樂，洛。只，止。福履綏之。而福禄綏於其身矣。綏，雖。

南有樛木，解見上。葛藟荒之。所以葛藟得纏係而荒蔽其樹身，喻后妃能逮下而下附事之。樂只君子，注同上。福履將之。而福禄扶助其身。

南有樛木，解同上。葛藟縈之。所以葛藟得縈旋其樹身，比喻后妃能逮下而下附事之。樂只君子，解同上。福履成之。而福禄成就於其身。

《樛木》三章，章四句。

《螽斯》，詩篇名。螽，終。后妃子孫衆多也。言后妃子又生孫，孫又生子，甚衆多也。言若螽斯，言其如螽斯之衆多，蓋螽斯一生八十一子。不妬忌，然推本其所以致此者，政以后妃無妬害忌嫉之心。則子孫衆多也。所以和氣感召自然，子孫蕃衍盛多如此。

螽斯羽，螽斯振羽翼而飛。詵詵兮。其類詵詵然甚盛。詵，莘。宜爾子孫，振振兮。比喻后妃之子孫振振然衆多，甚相宜稱也。振，真。

螽斯羽，解同上。薨薨兮。群然薨薨其聲。薨，昏。宜爾子孫，繩繩兮。比喻后妃子孫繩繩然相繼不絕，甚相宜稱也。

螽斯羽，解同上。揖揖兮。復收翼而揖揖然會聚。揖，七。宜爾子孫，蟄蟄兮。比喻后妃子孫蟄蟄然和集，甚相宜稱也。蟄，尺十反。

《螽斯》三章，章四句。

《桃夭》，詩篇名。夭，妖。后妃之所致也。言后妃所致之功用也。不妬忌，后妃無妬害忌嫉之心。則男女以正，則風化所致民皆樂有室家，男女各得其正。昏姻以時，婚姻□□其時。國無鰥民也。而國中無鰥□之民。

鰥，官。

桃之夭夭，方□之□也，夭夭然而□。灼灼其華。及華之開也，灼灼然而甚盛，蓋仲春之月。之子于歸，此子於此時而往嫁。宜其室家。則婚姻以時，男有室，女有家，皆得其宜矣。

桃之夭夭，解同上。有蕡其實。及實之成，蕡然甚大。蕡，墳。之子于歸，宜其家室。同上。

桃之夭夭，同上。其葉蓁蓁。及葉之成也，蓁蓁然甚盛。之子于歸，宜其家人。則婚姻以時，而一家之人盡得其宜矣。

《桃夭》三章，章四句。

《兔罝》，詩篇名。罝，音嗟。后妃之化也。言后妃風化之所感也。《關雎》之化行，后妃和平之德形於《關雎》，而其化行於天下。則莫不好德，則天下之人無不有好德之心。賢人衆多也。而賢人衆多也。

肅肅兔罝，捕兔之人至微賤也，而能肅肅然嚴毅。椓之丁丁。其椓伐之聲丁丁然。椓，早。丁，燈。赳赳武夫，詩人聞此椓伐之聲，從而視之，曰：此赳赳然武勇之夫。赳，音九。公侯干城。真可以為公侯扞蔽城郭也。田野之中皆有可用之材，足以見賢人衆多哉。干，音扞。

肅肅兔罝，解同上。施于中逵。施網於通道之中。赳赳武夫，解同上。公侯好仇。真可以為公侯之良友，可謂賢人衆多矣。仇，求。

肅肅兔罝，解同上。施于中林。施罟於林谷之中。赳赳武夫，解同上。公侯腹心。真可與公侯同腹心而當事變之任也，可謂多賢矣。

《兔罝》三章，章四句。

《芣苢》，詩篇名。芣，浮。苢，以。后妃之美也。言后妃有可美之德也。和平，后妃之德和樂平易。則婦人樂有子矣。則妾御皆無所恐懼，而自喜樂有子矣。

采采芣苢，芣苢，□□之車前草，其子治婦人難産。后妃無妬忌，故妾御樂有子，其於芣苢，采之又采。薄言采之。□□而□□之。采采芣苢，薄言有之。采采芣苢，於是而隨取隨有，不至於乏矣。

采采芣苢，薄言掇之。掇而拾之。采采芣苢，薄言捋之。捋取其子。捋，力活反。

采采芣苢，薄言袺之。以衣貯之而執其衽。袺，結。采采芣苢，薄言襭之。扱衽於衣帶之間。襭，頡。

《芣苢》三章，章四句。

《漢廣》，詩篇名。德廣所及也。得於己之謂德。言文王之德，所及者廣遠也。文王之道，自用之謂道，文王齊家之道。被于南國，被及南國之遠。美化行乎江漢之域，感於人心之謂化。美化行乎江漢之地。無思犯禮，一時之人，皆知以義自守，無犯禮之思。求而不可得也。雖求其犯禮而不可得也。

南有喬木，人之休於木下，必攀枝跛倚。今南方有木甚高聳。不可休息。不可藉以為休息之也。漢有游女，比喻漢水之旁有化行之女，貞固自守，有高潔之行。不可求思。決不可以非禮求之。漢之廣矣，人知其不可求，又深明之曰：漢水之廣。不可泳思。不可潛行水中而過。江之永矣，江水之長。不可方思。不可為筏而渡。禮之所在，安可越哉？皆由於感文王之化而變其淫亂之俗也。

翹翹錯薪，於翹翹然錯雜秀起之薪中。翹，音喬。錯，倉入聲。言刈其楚。擇其楚而刈之。之子于歸，翼游女之我歸。言秣其馬。則以楚而秣其馬。漢之廣矣，然自顧於禮不可犯，故復嘆曰：漢水之廣。不可泳思。泳，詠。江之永矣，不可方思。解同上。

翹翹錯薪，解同上。言刈其蔞。擇其蔞而刈之。蔞，閭。之子于歸。解同上。言秣其駒。（駒，馬五尺以上曰駒。）則以蔞而秣其駒。駒，居。漢之廣矣，不可泳思。江之永矣，不可方思。解並同上。

《漢廣》三章，章八句。

《汝墳》，詩篇名。墳，音汾。道化行也。言文王之道化流行罔間也。文王之化行乎汝墳之國，文王之化，遠行乎汝墳之國。婦人能閔其君子，當時有遠行從役者，其妻能閔憐其勞苦。猶勉之以正也。猶勸勉之以事君之正義也。

遵彼汝墳，君子從役，婦人居家，躬任樵薪之事，循行於汝水之墳。伐其條枚。斬伐其條與枚，以供薪蒸之用。枚，梅。未見君子，因念其君子之未得見。惄如調飢。其心惄然如朝飢之思食也。惄，乃歷。調，張留反。

遵彼汝墳，君子從役，婦人居家，躬任樵薪之事，循行於汝水之墳。伐其條肄。斫伐其榻條之斬而復生者，言歷時久長。肄，異。既見君子，庶幾君子之歸見。不我遐棄。不至遐遠而遺棄乎我也。

魴魚赬尾，魚勞則尾赤，今君子勞於行役，如魴魚之赤尾矣。魴，房。赬，稱。王室如燬。政以商紂虐政之酷烈，如王室之焚燬也。雖則如燬，復從而寬之曰：王室雖則如火之酷。父母孔邇。幸文王甚近，德如父母，必能惠恤我，蓋勉君子，使不怨也。

《汝墳》三章，章四句。

《麟之趾》，詩篇名。《關雎》之應也。言《關雎》之化，其效應若此。《關雎》之化行，《關雎》之化行於天下。則天下無犯非禮，則天下之人皆以義自守，無有犯非禮之事者。雖衰世之公子，雖當商紂衰亂之世，若公子責臣之人。皆信厚，皆有信厚之德。如麟趾之時也。宛若太平致麟之時也。

麟之趾，麟，麕身，牛尾，馬足，一角。麟乃至仁之獸，其蹄趾不踐生物，出於上古盛治之時。振振公子，今衰世之公子，感文王之德，而詠有振振然信厚之德。振，音真。于嗟麟兮。故詩人嗟嘆之，言可以比麟也。于，吁。

麟之定，麟之額，不以觸物，仁厚之獸也。定，丁去聲。振振公姓。今衰世諸侯同姓之子。于嗟麟兮。解同上。

麟之角，麟有一角，角端有肉，不以觸物，仁厚之獸也。振振公族。今衰世諸侯同姓之子。于嗟麟兮。故詩人嗟嘆之，言可以比麟也。

《麟之趾》三章，章三句。

周南之國十一篇，三十六章，百五十九句。

召南

說已見前卷首「周南、召南」下注。

《鵲巢》，詩篇名。夫人之德也。泛言凡為夫人者，其德當如此也。國君積行累功，蓋國君積其行，累其功。行，去聲。以致爵位，勤勞以致其爵與位。夫人起家而居有之，夫人起家而安享之。德如鳲鳩，必其德如鳲鳩之均一。鳲，音尸。乃可以配焉。乃可以為國君之匹配焉。

維鵲有巢，鵲有成巢。維鳩居之。鳲鳩因而居之。喻國君有爵位，夫人亦因而享之。惟其專靜均一能端然享之，而無所作為，是乃夫人之德也。之子于歸，故有如此之夫人，則其歸嫁也。百兩御之。當以百兩之車迎御之，以為國君之配也。兩，亮。御，迓。

維鵲有巢，鵲有成巢。維鳩方之。鳲鳩因而有之。餘解同上。之子于歸，解同上。百兩將之。當以百兩之車奉而歸之，以為國君之配也。

維鵲有巢，鵲有成巢。維鳩盈之。鳲鳩因而盈滿其中。餘解同上。之子于歸，故有如此之夫人，則其歸嫁也。百兩成之。當以百兩之車迎歸而成其禮也。

《鵲巢》三章，章四句。

《采蘩》，詩篇名。夫人不失職也。言夫人不失其所掌之職。夫人可以奉祭祀，則不失職矣。夫人之職，在於供粢盛以奉宗廟之祭祀。苟能至誠以奉祀，則不失其職事矣。

于以采蘩？夫人職供祭祀，故當祭祀之時，而興念曰：於何處而采彼蘩菜乎？于沼于沚。蓋於沼沚之中而采之。于以用之？既采之矣，又於何處而用之乎？公侯之事。蓋以供公侯宗廟祭祀之事。

于以采蘩？解同上。于澗之中。蓋於山澗之中而采之。于以用之？解同上。公侯之宮。蓋用之於公侯宗廟祭祀之宮也。

被之僮僮，夫人之戴首飾也，僮僮然竦敬。僮，同。夙夜在公。此早夜在公所奉祭祀之時也。被之祁祁，及祭畢，其威儀祁祁然舒徐而無厭倦之態。薄言還歸。於是薄言還歸於家焉。還，旋。

《采蘩》三章，章四句。

《草蟲》，詩篇名。大夫妻能以禮自防也。言大夫之妻能以禮自防閑其身也。

喓喓草蟲，草蟲聲喓喓然。喓，腰。趯趯阜螽。則阜螽趯趯然躍而從之。比喻夫唱婦隨也。召南之大夫行役在外，其妻獨居，見此二物以類相從，因感時物而思我君子，恐其不得保其全而見之也。趯，逖。未見君子，方其未見君子也。憂心忡忡。則心忡忡然而憂。忡，㓹中。亦既見止，及既見君子矣。亦既覯止，亦既遇君子矣。覯，勾去聲。我心則降。則我之憂心降下矣。

陟彼南山，當春時，升陟彼南山之上。言采其蕨。而言采其蕨者。婦人見時之變新，而念君子行役未歸。未見君子，同上。憂心惙惙。則其心惙惙然而憂。亦既見止，亦既覯止，同上。我心則説。我心則喜悦也。

陟彼南山，春時，有升陟彼南山上。言采其薇。而言采薇菜者。餘解同上。未見君子，同上。我心傷悲。則其心傷悼而悲哀。亦既見止，及既見君子矣。亦既覯止，亦既遇君子矣。我心則夷。我之心則為之夷平也。

《草蟲》三章，章七句。

《采蘋》，詩篇名。大夫妻能循法度也。言大夫之妻能遵循法度也。能循法度，惟能遵循法度。則可以承先祖，則可以繼承先祖之後。共祭祀矣。而共奉祭祀之事矣。共，供。

于以采蘋？大夫妻職供祭祀，故於祀時興念曰：於何地而采取蘋菜乎？南澗之濱。必於南方澗水之傍而采之。于以采藻？於何地而采取藻菜乎？于彼行潦。必於行路流潦之中而采之。言所薦有常物，所采有常地也。潦，音老。

于以盛之？將何器而盛蘋藻之菜乎？盛，成。維筐及筥。必用方者之筐、圓者之筥而盛之。筥，舉。于以湘之？將何器而煮蘋藻之菜乎？維錡及釜。必用有足之錡、無足之釜以煮之。其所用有常器也。錡，宜上聲。釜，父。

于以奠之？於何地而奠置蘋藻之菜乎？宗室牖下。必於宗廟窗牖之下而置之。誰其尸之？又問誰人尸主祭祀之禮乎？有齊季女。蓋季少之女有齊莊之心者主之。其所奠有常處，所主有常敬也。大夫妻未必果少，言苟能持敬，則雖少女猶足以當大事也。齊，齋。

《采蘋》三章，章四句。

《甘棠》，詩篇名。美召伯也。召，地名。伯，長。召伯，姬姓，名奭，食邑於召而為諸侯之長，故曰召伯。詩人作此詩以嘉美之。召，邵。召伯之教，政以召伯之教化。明於南國。昭明於南國之廣也。

蔽芾甘棠，召伯觀省風俗，常茇舍甘棠之下以聽訟，厥後民人思之，而敬其樹，故偶見夫甘棠蔽芾然而盛。芾，非去聲。勿翦勿伐，則自相戒止云：不可翦去之，不可斫伐之。召伯所茇。昔召伯嘗茇舍於此。茇，跋。

蔽芾甘棠，同上。勿翦勿敗，乃自相戒止云：不可翦去之，不可傷敗之。召伯所憩。昔召伯嘗憩息於此，何忍戕之。憩，起例反。

蔽芾甘棠，同上。勿翦勿拜，乃自相戒止云：不可翦去之，不可屈側之。召伯所說。昔召伯嘗說舍於此，何忍戕之。觀其物則思其人，思其人則愛其樹。始言不可斫伐，繼言雖傷敗其皮膚亦不可，終言勿拜，則保護愛惜，雖小有□屈如□拜亦不可，愛之愈久而愈深也。說，稅。

《甘棠》三章，章三句。

《行露》，詩篇名。召伯聽訟也。言召伯聽斷獄訟之明也。衰亂之俗微，當商紂之末，天下衰幽之俗漸去。貞信之教興，文王正信之教興起。彊暴之男不能侵陵貞女也。女子皆有貞固自守之心，雖有彊暴之男欲以非禮侵陵之，不可得矣。

厭浥行露，女子不以非禮自汙，故訴言露之降於行路者厭浥然而濕。厭，於葉。浥，邑。豈不夙夜，我豈不欲早夜而行乎？謂行多露。惟恐行道多露至於濡己。蓋謂違禮而行，必取自辱。

誰謂雀無角，當時彊暴之男有欲彊昏貞女者，貞女不從而興訟。及貞女在獄，而責彊暴之男曰：雀本無角而誣之曰，誰言雀無角乎？何以穿我屋？何以穿我之屋？蓋以咮不以角。誰謂女無家，比喻彊暴之男本無室家之好而誣之曰：誰言我與汝無室家之好。女，汝。何以速我獄？何以召我於獄？蓋以彊暴而不以禮。雖速我獄，於是絶之曰：汝雖是召我於獄。室家不足！然室家之道終不足，必不汝從。

誰謂鼠無牙，貞女又責之曰：鼠本無牙而誣之曰，誰言鼠無牙乎？何以穿我墉？何以穿我墻，蓋以齒不以牙也。誰謂女無家，何以速我訟？何以召我於訟？蓋其以彊暴而不以禮。雖速我訟，於是斷然絶之曰：汝雖是召我於獄。亦不女從！然終不棄禮而隨彊暴之男也。

《行露》三章，一章三句，二章章六句。

《羔羊》，詩篇名。《鵲巢》之功致也。言《鵲巢》積行累功而致此也。召南之國，召南之國人。化文王之政，皆感化文王之政教。在位皆節儉正直，在位之人皆有節儉正直之德。德如羔羊也。其德一如《羔羊》詩內所言也。

羔羊之皮，大夫化文王之政，以羔羊皮為燕居之裘。素絲五紽。以白絲為組紃，飾其所縫之處，其數有五，則節儉明矣。紽，沱。退食自公，從公家退而食於私家。委蛇委蛇。其容委委蛇蛇，而委曲自得，則正直又明矣。委，威。蛇，移。

羔羊之革，大夫以羔羊之革為裘。素絲五緎。以白絲飾縫界，其數有五。緎，域。委蛇委蛇，解同上。自公退食。從公家退而食於私家，則正直明矣。

羔羊之縫，大夫以羔羊皮為裘，縫殺之大小得其制。縫，逢。素絲五總。以白絲飾其縫界，其數有五，則節儉明矣。總，宗。委蛇委蛇，退食自公。同上。

《羔羊》三章，章四句。

《殷其靁》，詩篇名。靁，雷。勸以義也。言婦人能勸勉其夫以事君之正義也。召南之大夫，召南國之大夫。遠行從政，遠行於外以從公家之政事。不遑寧處，不得在家遑暇而安居。其室家能閔其勤勞，其室家能閔憐其行役之勤苦。勸以義也。猶且勸勉之以正義也。

殷其靁，南國被文王之化，夫行役而婦人獨居，聞天雷殷殷然之聲。在南山之陽。在於南山之陽。何斯違斯，則念君子之遇雨而曰：此君子何時而得違去此地也。莫敢或遑？躬□道途之苦，莫敢少暇安息，而況遇此雨乎？振振君子，然事君之誠乃臣子之當然，故復勉君子當有信厚之德。振，真。歸哉歸哉！王事未了，其可歸哉？重言之者，深勉之也。

殷其靁，同上注。在南山之側。在於南山之傍。何斯違斯，同上注。莫敢遑息？莫敢遑暇安息。振振君子，歸哉歸哉！同上注。

殷其靁，同上。在南山之下。在於南山之下。何斯違斯，同上注。莫或遑處？莫或遑暇安處。振振君子，歸哉歸哉！同上。

《殷其靁》三章，章六句。

《摽有梅》，詩篇名。摽，婢小反，嫖。男女及時也。言男女得及時嫁娶也。召南之國，召南國內之人。被文王之化，皆被文王之德化。男女得以及時也。男女樂有室家，得及嫁娶之時而無過時之患也。

摽有梅，女之未嫁者，因見梅之摽落。其實七兮。其實在樹者，止有七矣。於此感物之盛者亦異，而恐其過時也。求我庶士，故於庶士之中，求可以為配者。迨其吉兮。及其吉日，則與之成昏也。

摽有梅，解同上。其實三兮。其實在樹上者，又止有三矣，則愈衰也。於是益嚴過時之戒。求我庶士，解同上。迨其今兮。及今日而與之成昏，不暇擇日矣，惟恐其過時也。

摽有梅，解同上。頃筐墍之。人惟以頃側之筐收而取之，則已衰矣，其情愈亟。頃，傾。墍，許器反。求我庶士，解同上。迨其謂之。及今遣媒妁相語以成昏也。

《摽有梅》三章，章四句。

《小星》，詩篇名。惠及下也。言夫人恩惠及於下妾也。夫人無妬忌之行，夫人無憎妬忌嫉之行。行，去聲。惠及賤妾，其恩惠下及於賤妾。進御於君，使之得以進御於君。知其命有貴賤，妾皆感化，自知其所賦於上天之命，有貴賤之不同。能盡其心矣。所以能盡心事主而無怨也。

嘒彼小星，夫人惠及賤妾，使之得進御於君，故當小星嘒然。嘒，慧。三五在東。三星五星出在東方之時。肅肅宵征，諸妾肅肅然夜行。夙夜在公。或早或夜，服勞於公室，而不敢怨往來之勞也。寔命不同！蓋亦自知其命分與夫人不同耳。寔，植。

嘒彼小星，解同上。維參與昴。□參星與昴星出現之時。參，音生。肅肅宵征，衆妾肅肅然夜行。抱衾與裯。自抱其被與裯被以進御。裯，稠。寔命不猶！蓋自知其命分不如夫人之貴耳。

《小星》二章，章五句。

《江有汜》，詩篇名。汜，祀。美媵也。所以嘉美媵妾也。媵，盈去。勤而無怨，言其能勤勞於事而無怨恨之心。嫡能悔過也。所以感得嫡妻之心，能自悔其過也。嫡，的。文王之時，文王時，江沱之間，江水沱水之間。沱，陀。有嫡不以其媵備數，有為嫡妻而不以媵妾備進御之數者。嫡，的。媵遇勞而無怨，其媵能遇勞苦之事而無怨恨之心。嫡亦自悔也。所以至誠惻怛之意，能感動嫡心而使之自悔也。

江有汜，一水分為二水而復合為一水曰汜。有江之大者，則必有汜之小者，比喻有嫡之尊，則必有媵之卑。之子歸，今此夫人歸嫁。不我以。乃不用我等媵妾備進御之數焉。不我以，雖然不用我。其後也悔。其後亦自悔其過也。

江有渚，有江則必有渚，比喻有嫡則必有媵。之子歸，解同上。不我與。乃不與我等媵妾備進御之數焉。不我與，然雖不與我。其後也處。及其後也，嫡能悔過而使媵得其所處也。

江有沱，有江則必有沱，比喻有嫡則必有媵。之子歸，解同上。不我過。乃不使我等媵妾得從進御之數焉。過，戈。不我過，然雖不使我過復。其嘯也歌。其後嫡悔，蹙口出聲以嘯而舒其憤悶之氣，復使媵得所而歌以相歎也。嘯，笑。

《江有汜》三章，章五句。

《野有死麕》，詩篇名。麕，君。惡無禮也。言能以禮自防而憎惡無禮之事也。天下大亂，當商紂時，天下大亂。彊暴相陵，人皆尚彊暴，以力相侵陵。遂成淫風。遂成淫亂之風俗。被文王之化，及其被文王之德化。雖當亂世，雖是當衰亂之世。猶惡無禮也。猶能憎惡無禮之事也。

野有死麕，昏姻之成，必相接以禮。言野中有死麕。白茅包之。以精潔之白茅包裹之，以為奠贄之物，其禮雖薄，猶愈於無也。有女懷春，彼貞女雖懷思昏姻之時。吉士誘之。亦必有吉美之士使媒人以禮道成之，安可汙以非禮乎？

林有樸樕，林中有樸樕之小木，則采之以為薪芻之饋。樸，僕。樕，速。野有死鹿。野中有死鹿。白茅純束，則用白茅包之，以為奠贄之物，禮雖薄猶愈於無也。純，屯上聲。有女如玉。彼女有潔白之德，如玉之溫純，安可以非禮汙之乎？

舒而脫脫兮，彊暴之男或欲冒非禮而行，女於是戒之云：汝當以禮自重，使其威儀脫脫然舒徐。脫，勑外反。無感我帨兮，無要奔走失節，而感動我所佩之巾。帨，稅。無使尨也吠。無至我門，而驚我犬吠也。其凜然不可犯如此。尨，莫江反。

《野有死麕》三章，二章章四句，一章三句。

《何彼襛矣》，詩篇名。襛，戎。美王姬也。所以嘉美王姬也。雖則王姬，言其雖是王姬。亦下嫁於諸侯，亦且降尊而出嫁於諸侯。車服不繫其夫。所乘之車，所著之服，皆不隨其夫人。下王后一等，下於王后僅一等耳。猶執婦道，不恃其貴以自驕，猶能持執婦人從夫之道。以成肅雝之德也。以成就其肅敬雝和之德也。

何彼襛矣？王姬不挾貴以驕其夫家，故詩人美之曰：何彼戎戎而盛乎？唐棣之華。乃唐棣之華也。棣，褅。曷不肅雝？比喻此何不肅肅而敬之雝而和乎？王姬之車。乃王姬之車也。

何彼襛矣？解同上。華如桃李。乃桃李之華也。平王之孫，齊侯之子。比喻平王之孫適齊侯之子，其華美如此。

其釣維何？釣者如何？維絲伊緡。必以絲緡，比喻夫婦之相接者如何，必以禮也。緡，民。齊侯之子，平王之孫。平王，文王也，以其德能平正天下。此齊侯之子，娶平王之孫者如此。

《何彼襛矣》三章，章四句。

《騶虞》，詩篇名。騶，鄒。《鵲巢》之應也。言《鵲巢》之化，其應驗如此。《鵲巢》之化行，《鵲巢》正家之化，行於天下。人倫既正，人之大倫各得其正，父子有親，君臣有義，夫婦有別，長幼有序，朋友有信。朝廷既治。朝廷之上亦歸於治，大臣法，小臣廉，禮樂彰，法度著。天下純被文王之化，推而廣之，天下之人純被文王之德化，皆有愛物之心。則庶類蕃殖，雖庶類蕃阜生殖。蒐田以時，而蒐田之禮必以其時，不至於數。仁如騶虞，其仁厚之心有如騶虞之不踐生草，不食生物。則王道成也。則王道於此一成而無虧也。

彼茁者葭，當春之時，蒹葭之生，茁然而秀出。茁，側劣。葭，加。壹發五豝。於是出而蒐田，雖豝之在前者有五，而發矢射之者則一而止，不忍有多殺之心。豝，巴。于嗟乎騶虞！詩人所以嗟歎之，謂其如騶虞自然不勉之仁也。

彼茁者蓬，當春之時，蓬草茁然而秀出。壹發五豵。於是出而蒐田，雖豵之在前者有五，而發矢射之者則一而止，不忍有多殺之心。豵，蹤。于嗟乎騶虞！詩人所以嗟歎之，謂其如騶虞自然不勉之仁也。于，吁。

《騶虞》二章，章三句。

召南之國十四篇，四十章，百七十七句。

直音傍訓毛詩句解卷一

直音傍訓毛詩句解卷二

變風　從邶訖豳十三國，並變風也。

邶　鄘、衛說附。○邶、鄘、衛，三國名，商紂畿內之地。武王克商，分紂北而城，謂之邶，南謂之鄘，東謂之衛。邶、鄘不詳其始封，衛則武王弟康叔之國也，後世子孫遂并彼二國。夷王時變風始作，三風皆言衛事，編詩者隨其所得之地而異之為三，所以著其滅國之罪也。

《柏舟》，詩篇名。言仁而不遇也。言仁者之人不見遇於君也。衛頃公之時，衛頃公時。頃，傾。仁人不遇，仁人不見遇於君。小人在側。小人反得志而在君側。

汎彼柏舟，柏木之船。亦汎其流。汎汎於中流而無定處。比喻仁人不遇其君，亦無所依歸。耿耿不寐，故耿耿然不能寐。耿，梗。如有隱憂。如有憂患之意隱於中焉。微我無酒，非我無酒。以敖以遊。可以遨遊忘憂也，蓋憂國□時不能自已。敖，翱。

我心匪鑒，鑒能察物，我心則非是鑒。不可以茹。不可以茹度物也。茹，如去。亦有兄弟，但以其為同僚兄弟之故，宜可據依。不可以據。不知其為小人，不可以據依也。薄言往愬，薄言往而愬告之。愬，音訴。逢彼之怒。而反遭逢彼恚怒焉。

我心匪石，石雖堅，尚可轉，我心則非是石。不可轉也。不可轉而回也。我心匪席，席雖平，尚可卷，我心則非是席。不可卷也。不可卷而曲之。卷，捲。威儀棣棣，其威儀棣棣然閑習，自有常度。不可選也。不可選擇而避禍也。

憂心悄悄，國亂之時，小人用事，君子之心悄悄然憂。慍于群小。而眾小人怒而惡之。覯閔既多，故君子遇其病害既多。覯，勾去。受侮不少。受其慢侮又不少。靜言思之，於是靜而思之。寤辟有摽。寤覺之中，以手拊其心，但自傷悼而已。辟，音闢。摽，飄上。

日居月諸，頃公不明小人用事，君子傷衛國之削而曰：日往月來。胡迭而微？何其更迭而虧微。心之憂矣，其心憂閔。如匪澣衣。如人之不曾澣濯衣裳，胸次不清也。澣，完上。靜言思之，於是靜而思之。不能奮飛。遂自傷云：不能如鳥之奮翼飛去也。非不能去，乃不忍去，厚之至也。

《柏舟》五章，章六句。

《綠衣》，詩篇名。衛莊姜傷己也。言衛莊姜自傷悼其身也。妾上僭，莊公寵州吁之母而致其上位。夫人失位，使莊姜不得安於夫人之分位。而作是詩也。而作為此詩也。

綠兮衣兮，綠衣黃裏。綠乃間色，當為裏者，喻妾當居下位；黃乃正色，當為衣者，喻夫人當居上位。今反以綠色為衣，黃色為裏，如妾上僭而夫人失位也。心之憂矣，所以我心為之憂傷。曷維其已！何時能止已乎？

綠兮衣兮，綠衣黃裳。綠乃間色，今反以為上體之衣；黃本正色，今反以為下體之裳，其失禮愈甚。心之憂矣，解同上。曷維其亡！果何時而忘乎？

綠兮絲兮，此莊姜自反之辭。綠固不應間正色，然以絲為綠者。女所治兮。由女之染治而成，喻妾固不應上僭，而使之上僭者，亦自我有以致之。我思古人，故我思古之人。俾無訧兮！能使尊卑有別而無訧過也，則自傷而已矣。訧，音尤。

絺兮綌兮，服絺綌之衣者。淒其以風。則有以致淒然寒涼之風。喻我不能正嫡庶之分，則有以致妾之上僭也。我思古人，解同上。實獲我心！實得我自責之意焉。

《緑衣》四章，章四句。

《燕燕》，詩篇名。衛莊姜送歸妾也。莊姜無子，陳女戴媯生子名完，莊姜以為己子。莊公薨，完立，是為桓公。州吁弑之而自立，戴媯於是歸陳，故莊姜送之而作此詩以見意也。

燕燕于飛，莊姜送戴媯，因見雙燕之飛。差池其羽。其羽翼差池不齊，或上或下，自得其樂，而傷己不得與戴媯並處。之子于歸，故當戴媯之歸陳也。遠送于野。情不能已，遠送之至於郊外。瞻望弗及，彼去而己留，悄悄遙送，瞻望之不及。泣涕如雨。則泣涕如雨之下矣。

燕燕于飛，解同上。頡之頏之。或飛而上，或飛而下，自得其樂，而傷己不得與戴媯並處。頡，戶結反。頏，杭。之子于歸，解同上。遠于將之。情不能已，遠出而將送之。瞻望弗及，同上。佇立以泣。則久立而為之涕泣。佇，除上。

燕燕于飛，解同上。下上其音。或鳴而上，或鳴而下，自得其樂，而傷己不得於戴媯並處。之子于歸，同上。遠送于南。遠送于衛南之陳國。瞻望弗及，同上。實勞我心。實勞苦我之心思焉。

仲氏任只，莊姜送戴媯，呼其字而告之曰：汝之於我，誠能以恩相親信也。任，壬。只，止。其心塞淵。其心塞實而不浮，淵深而不薄。終溫且惠，溫和惠順，終始如一。淑慎其身。所以淑善謹慎其身。先君之思，終不可以既歸而相忘，猶當思先君之故。以勖寡人。而勸勉寡德之人以禮義也。勖，凶玉反。

《燕燕》四章，章六句。

《日月》，詩篇名。衛莊姜傷己也。衛莊姜所以自傷悼其身也。遭州吁之難，莊姜遭遇州吁弒逆桓公之惑難。傷己不見答於先君，自傷其身不見答於先君莊公而有以致此。以至困窮之詩也。遂至道窮計盡、無以自伸，作此詩自見也。

日居月諸，日出於晝，月出於夜。照臨下土。而照臨乎天下，宜人心皆可自明，而我心反不能自明於莊公。乃如之人兮，乃若莊公之為人。逝不古處！我雖盡禮以事之，而莊公不以古者夫婦之道處我。胡能有定？今之禍亂，何能有定乎？寧不我顧。原其所以然者，皆由莊公安然不我顧有以致此耳。

日居月諸，同上。下土是冒。而覆冒下土，宜人心皆可自明，而我心反不能自明於莊公。乃如之人兮，同上。逝不相好！更不以夫婦之道相愛。胡能有定？同上。寧不我報。原其所以然者，皆由我以禮事莊公，而莊公安然不以恩報答我而有以致此也。

日居月諸，同上。出自東方。相代而出，皆從東方，宜人心皆可自明，我心反不能明於莊公。乃如之人兮，同上。德音無良！雖有時善其言以相接，其實無善意。胡能有定？同上。俾也可忘。若思莊公恩意之薄，誠可使我忘之，特我自不忍耳。

日居月諸，東方自出。同上。父兮母兮，於是不欲咎莊公，徒自傷我之父母。畜我不卒。養我不終而已。卒，遵入聲。胡能有定？同上。報我不述。彼莊公所以報我者，不欲稱述之矣，厚之至也。

《日月》四章，章六句。

《終風》，詩篇名。衛莊姜傷己也。莊姜作以自傷其身也。遭州吁之暴，遭遇州吁弒逆之暴虐。見侮慢而不能正也。甚者為所侮慢，而不能治正其罪也。

終風且暴，州吁為不善，如終日之風，無有休息，又且甚暴疾。顧我則笑。其視我則惟笑侮而已。謔浪笑敖，我見其戲謔放蕩、笑侮驕傲，而不能治正其罪。謔，許約反。中心是悼。則中心但為之傷悼而已。悼，盜。

終風且霾，終日之風，無有休息，又且加之以土雨，喻州吁暴虐之甚也。霾，埋。惠然肯來。雖其彊暴太甚，或有順心，則肯來見我焉。莫往莫來，然其心無定，往來皆不可常。悠悠我思。使我心悠悠然長思而已。

終風且曀，不日有曀，終日之風，略無休息，又且不見日而常陰曀。曀，於計反。寤言不寐，故覺悟之際言之，至於憂思而不寐焉。願言則嚏。然子母之情，初無間斷，州吁若念我，則今能使我嚏矣。嚏，音帝。

曀曀其陰，曀曀之陰，積久而未開。虺虺其靁，虺虺其雷，鳴震而不已，喻州吁之暴虐不息。虺，音毀。寤言不寐，解同上。願言則懷。然母不無終絕之理【一】，州吁若能念我，則我亦念之矣。

《終風》四章，章四句。

《擊鼓》，詩篇名。怨州吁也。衛人所以怨州吁也。衛州吁用兵暴亂，州吁用兵侵伐，以為暴虐亂常之事。使公孫文仲將，使公孫文仲將兵以伐鄭。而平陳與宋，而欲結陳、宋之成。國人怨其勇而無禮也。衛人怨其徒有勇力而不能約之以禮也。

擊鼓其鏜，州吁行師伐鄭，擊鼓鏜然有聲。鏜，陽。踴躍用兵。踴躍奮迅，喜於用兵。踴，勇。土國城漕，國人苦之，故嘆曰：彼役土功於本國而築城於漕邑，雖事之苦者，然猶處之境內。漕，曹。我獨南行。今我獨南行伐鄭，有鋒鏑死亡之憂，雖欲為土國城漕之人，不可得矣。

從孫子仲，國人從師伐鄭，憚征役之苦而怨其師，謂我從公孫文仲。平陳與宋。以結陳、宋二國之和平。不我以

【一】「不」，據文意，疑衍。

歸，兵連禍結，不與我以歸。憂心有忡。所以我心忡然憂也。

爰居爰處？國人從師伐鄭，而與家人訣別，云：我此行於何地而居乎？於何地而處乎？爰喪其馬？於何地而喪亡其馬乎？于以求之？汝若來尋求我。于林之下。當於林木之下，預知其必敗也。

死生契闊，士卒既與家人訣別，乃嘆曰：其初為室家之時，期以死生契闊不相忘棄也。契，音挈。與子成說。既與子成其約誓之言矣。執子之手，則又持執子之手。與子偕老。期與子同老而不相離也。

于嗟闊兮，始也期於偕老，今也從軍出外，於是嘆其與汝闊絕。于，吁。不我活兮。而不得相依以生矣。于嗟洵兮，又嘆其與汝相遠。洵，音荀。不我信兮。而不得伸其初志矣。信。伸。

《擊鼓》五章，章四句。

《凱風》，詩篇名。凱，音愷。美孝子也。所以嘉美孝順之子也。衛之淫風流行，衛國淫濫之風俗流行而不可遏。雖有七子雖是有七子森然。之母，猶不能安其室，其母猶不能安居其室而欲再嫁。故美七子能盡其孝道，所以嘉美七子能竭盡其奉親之孝道。以慰其母心，以慰安母親之心而不拂其意。而成其志爾。而成就其欲嫁之志耳。

凱風自南，凱風，南方之風，長育萬物而有可樂之意。凱樂之風，自南而來。吹彼棘心。吹彼棘木之心。棘心夭夭，其棘心夭夭然而盛，則其力勞矣。夭，平聲。母氏劬勞。喻母之養子，其劬勞猶是也，今乃不能慰安其心，所以自傷也。劬，渠。

凱風自南，同上。吹彼棘薪。吹彼棘木之心，至於長盛而可以為薪，則風之為力亦勞矣。喻母之養子，自少至壯，則其勞猶是也。母氏聖善，今乃不安其室而欲去，豈母之過哉？蓋母氏本有令善之德。我無令人。而我等無令善之人，不能慰其心耳。令，去。

爰有寒泉，寒洌之泉。在浚之下。在浚邑之下，猶能養一邑之人。浚，峻。有子七人，今有七子而不能養一母。母氏勞苦。使母氏苦而欲嫁，則是寒泉之不如也。

睍睆黃鳥，黃鳥之鳴，睍睆然清和。睍，音顯。睆，環，上聲。載好其音。猶能好其音以悅人。有子七人，解同上。莫慰母心。而不能慰安其母心，則是黃鳥之不如也。

《凱風》四章，章四句。

《雄雉》，詩篇名。刺衛宣公也。譏刺衛宣公也。淫亂不恤國事，專為淫亂之行，而不憂恤國家之事。軍旅數起，一千五百人為軍，五百人為旅。頻數興起軍旅以相侵伐。數，朔。大夫久役，使大夫久勞於征役。男女怨曠，女怨於內，男曠於外。國人患之，國人病之。而作是詩。而作此詩以刺之也。

雄雉于飛，大夫行役，其妻見雄雉之飛。泄泄其羽。其羽翼泄泄然舒徐自得，於是傷君子之勞役，乃雄雉之不若也。泄，移世反。我之懷矣，然我思之。自詒伊阻。（阻，患難。）則君子所以陷此患，誰者亦自貽取之耳。貽，移。

雄雉于飛，同上。下上其音。或鳴而上，或鳴而下，自得其所如此，而君子乃見勞役之苦。展矣君子，故傷之曰：誠哉，念及君子。實勞我心。則使我憂而勞心也。

瞻彼日月，瞻視彼日月之行，迭往迭來，今君子獨久役而不得歸。悠悠我思。故我心思之悠悠然不已。道之云遠，政以道路遙遠。曷云能來？何時而可來歸乎？

百爾君子，（君子，泛指從役大夫。）婦人思君子之□而知其未得歸，因勉其夫而泛及於眾大夫，曰：爾等眾君子。不知德行。我固不知孰為德行。不忮不求，然能不忮害不貪求。忮，之去聲。何用不臧？則何所用而不臧善乎?憂其遠行之犯難,翼其善處而得全也。

《雄雉》四章,章四句。

《匏有苦葉》,詩篇名。匏,音庖。刺衛宣公也。譏刺衛宣公也。公與夫人並為淫亂。言宣公與夷姜皆為淫亂之行。

匏有苦葉,匏,瓠也,可佩以渡水,必經霜而乾,然後可用。今有苦葉,是未經霜,不可供濟渡之用。濟有深涉。而濟渡處又有深水,則必不可渡也。深則厲,淺則揭。以衣而涉曰厲,褰衣而涉曰揭。彼勇於必行者,不顧其不可,謂水深則可以厲,水淺則可以揭。喻禮義不可犯,而公與夫人冒行之。揭,苦例反。

有瀰濟盈,公與夫人犯私而行,如渡瀰然盈滿之水。有鷕雉鳴。如雉之鷕然而鳴。鷕,音杳。濟盈不濡軌,凡濟盈無不濡之理,而涉者貪於必,惟自謂不濡濕其車軌,喻宣公貪於淫慾,身蹈罪惡而不自知也。雉鳴求其牡。雉之鳴也,欲求其牡,喻夫人不顧禮義而從宣公,如禽鳥之相求,惟知雌雄為匹,而無親疏父子之別。

雝雝鳴雁,取雝雝然和鳴之雁。雝,雍。旭日始旦。當早朝日出之時,而行納采之禮。旭,許玉反。士如歸妻,蓋士之歸其妻。迨冰未泮。必在冰未泮散之時。言婚姻必以禮,雖士庶且然,而況人君乎?

招招舟子,行道之人,將涉水而招舟子云。人涉卬否。(涉,渡我。否,不渡。)人涉卬否,人渡而我否。卬,音昂。卬須我友。蓋待我朋友之來故也。行道之人尚知求其類,而公與夫人乃不以類相從,所以刺之。

《匏有苦葉》四章,章四句。

《谷風》,詩篇名。刺夫婦失道也。譏刺國人失其所以為夫婦之道也。衛人化其上,衛國人化于宣公之所為。

淫於新昏，淫濫於新昏。而棄其舊室，而棄逐其舊室。夫婦離絕，夫婦遂至於分離而棄絕。國俗傷敗焉。國之風俗於是傷損敗壞矣。

習習谷風，婦人被逐，而告其夫曰：「陰陽和則谷風生。」以陰以雨。天陰則成雨。喻夫婦和則家道成。黽勉同心，我又能同心以勤勞於事。黽，敏。不宜有怒。不宜以顏色衰而有怨怒。采葑采菲，如人之采葑菲之菜者。葑，封。菲，匪。無以下體。無以下體惡而並棄其葉。德音莫違，又當以雅德之音相接，莫要相違背。及爾同死。能如此，則可與汝長處，及爾同死而後已。

行道遲遲，婦人被逐，而其行于路也，遲遲然舒緩。中心有違。中心不忍離，而有違去之悲。不遠伊邇，而其夫乃忍於相棄，其送我也不遠而甚近。薄送我畿。但送及門內而已，無恩之甚也。誰謂荼苦？誰言荼菜之苦乎？荼音徒。其甘如薺。今乃如薺菜之甘。薺，齊禮反。宴爾新昏，彼君子忍于棄我而宴樂其新昏。如兄如弟。如兄弟之和洽，是荼菜之不如矣。

涇以渭濁，涇水本濁，渭水本清，今涇反以渭為濁。涇音經。湜湜其沚。然謂之清，自湜湜然見其沚。喻新昏本非正，舊室本正，今新昏反以舊室為非正，然舊室之正自甚明也。湜，殖。宴爾新昏，但以夫宴安於新昏。不我屑以。不以我為潔而與之耳。毋逝我梁，舊室將去，□顧背其家之物，而戒新室曰：「爾毋要往我魚梁之上。」毋音無。毋發我笱。毋要發我之魚笱，喻無入我家而壞我家法也。笱，苟。我躬不閱，然自知其不可禁，而復歎曰：「我之此身尚不能容。」閱音戉。遑恤我後？何暇憂恤我去後之事乎？

就其深矣，舊室自歎其平日治家之勞，隨事盡心力而為之，如就水之深處。方之舟之。則或編木、或乘舡而渡。就其淺矣，就其水之淺處。泳之遊之。則或潛行、或浮水而過。何有何亡？念其家何者有乎，何者亡乎？黽勉求之。必黽勉竭力而求之。凡民有喪，不特治家如此，至於鄰里之民，苟有死傷之禍者，匍匐救之。亦匍匐而往救之。

今乃不容於其夫而見棄焉。匍，蒲。匐，百。

不我能慉，承上章而言。我於汝家勤勞如此，而汝既不我養矣。慉，許六反。反以我為讎。反以我為仇。既阻我德，惟其心既阻絕我之善，賈用不售。故雖勤勞如此，而不見取。如商賈有貨而不見售也。賈，古。售，受。昔育恐育鞠，因念其昔時相與為生理，惟恐生理窮盡也。及爾顛覆。而與爾皆至於顛敗覆亡也。既生既育，今既遂其生理矣，比予於毒。乃反比我於毒物而棄之乎。

我有旨蓄，我之蓄聚美菜者，亦以禦冬。蓋欲以禦冬月匱乏之時也。宴爾新昏，今君子宴樂於新昏而棄我，以我禦窮。亦但用我禦窮苦之時而已。有洸有潰，且其所以待我者，惟有洸洸然武暴、潰潰然忿怒。洸音光。潰音會。既詒我肄。盡詒與我以勞苦之事。詒，貽。肄音異。不念昔者，曾不思念昔日。伊餘來塈。我來塈息汝家之時恩意之厚，今乃如此之薄也。塈，許器反。

《谷風》六章，章八句。

《式微》，詩篇名。黎侯寓于衛，（寓，寄居。）黎侯為狄人所逐，棄國而寄居於衛。其臣勸以歸也。衛君不能救之，故其臣作此詩，以勸其歸也。

式微式微，黎之臣告其君曰：君今迫逐在外，衛又不能救，其勢愈見微乎微矣。胡不歸？君何其不歸乎？微君之故，我苟非以吾君在外之故。胡為乎中露？則亦何為而處此中露之邑乎？有霑濡之辱，而無可庇覆。極諫之，而欲其歸也。

式微式微，胡不歸？微君之躬，解並同上。胡為乎泥中？則亦何為而處此泥中之邑乎？蓋有陷溺之難而不見拯救也。

《式微》二章，章四句。

《旄丘》，詩篇名。旄音毛。責衛伯也。責衛伯不能救災恤鄰也。狄人迫逐黎侯，狄人彊梁，窘迫逼逐黎君。黎侯寓于衛。黎侯出奔，而寄居於衛國。衛不能修方伯連率之職，十國為連，連有帥；二百一十國為州，州有伯。所統屬之國若有難，則方伯連率救援之。衛為州伯而不能救黎，是不能修方伯連率之職事矣。率，衰去。黎之臣子以責於衛也。故黎國之臣子作此詩，以責衛君也。

旄丘之葛兮，前高後低曰旄丘。黎之臣子久寓於衛旄丘上，見所生之葛。何誕之節兮？於是感而歎曰：何其節之踈闊如此，蓋歷時之久也。叔兮伯兮，經久而衛不見救，故呼衛臣為叔伯，以致其相親之意。何多日也？而告之曰，何其多日而不見救也？

何其處也？承上章而言，衛之君臣何其安處而不見救乎？必有與也。意其必有與國相俟以俱來耳。何其久也？又言：何其經久而不至乎？必有以也。意其必有它故，而不暇來耳。未欲直責之。

狐裘蒙戎，黎侯久寓於衛之東，見衛大夫衣蒙戎之狐裘者。匪車不東。非不乘車來東，然終莫有動心者。叔兮伯兮，於是呼而告之曰，伯之與叔。靡所與同。何其無與我同患難者？至是始微諷責之。

瑣兮尾兮，黎之君臣，其勢已瑣細尾末之甚。流離之子。流散在外，若水之漂流無歸，誠可憐也，而衛不之救。叔兮伯兮，於是呼而切責之曰，衛之君臣於我為叔伯之親。褎如充耳。何顔色褎然，如以物充塞其耳內而不聞我之患乎？褎，山救反。

《旄丘》四章，章四句。

《簡兮》，詩篇名。刺不用賢也。刺衛君不能任用賢者也。衛之賢者，衛國之賢者。仕於伶官，其仕進而為伶官者。伶，零。皆可以承事王者也。皆有承事王者之材，君不用之而遺棄在下位。此所以刺之也。

簡兮簡兮，賢才之人可為正臣，而其簡擇之也。方將萬舞。方將使之以于羽為萬舞。日之方中，當日方中，乃至明而易見之時。在前上處。處於上前又至近而易察之地，宜其能辨之，而衛君不知焉。碩人俁俁，故詩人□歎之曰：以大德之人俁俁然心廣體胖。俁音語。公庭萬舞。乃在公庭親為萬舞焉，甚非所宜也。

有力如虎，衛之賢者有武勇之力，如虎之可畏。執轡如組。其乘馬而執轡，則有執組之成。又勇藝過人如此，宜使將兵以禦彊暴也。組，祖。左手執籥，今乃使之左手則執管籥。籥，藥。右手秉翟。右手則秉翟羽，而供萬舞之役。翟，狄。赫如渥赭，顔色充盛，如厚傅丹。渥，握。赭，者。公言錫爵。君於是言予之以一爵之酒，待之非其禮也。

山有榛，高山則有榛木，隰有苓。下隰則有苓草。喻賢者當於朝廷之上，今為萬舞之人，是榛苓之不若矣。隰，習。苓，零。云誰之思？又云，我為誰人是思乎？西方美人。乃西周美德賢士大夫之人也。彼美人兮，言訖而顧見萬舞之人，乃慨然有感曰，彼萬舞之美人。西方之人兮。真西周之人也，惜君之不大用之。

《簡兮》三章，章六句。

《泉水》，詩篇名。衛女思歸也。言衛女思歸之志也。嫁於諸侯，衛女嫁于諸侯之國，父母終，父母既歿，思歸寧而不得，女子既嫁，父母在則歸寧。今既歿，則雖欲思歸問父母安否而不可得。故作是詩以自見也。所以作此詩以自表見其心志也。

毖彼泉水，衛女嫁他國，父母終，思歸寧而不得，因見泉水毖然而出。毖，祕。亦流于淇。亦得以流入於淇矣，而我乃不得至於衛。有懷于衛，故其心之思衛。靡日不思。無日或忘。孌彼諸姬，欲即孌然同姓之女。孌，巒。聊與之謀。聊與謀為歸衛之計。

出宿于泲，衛女思歸寧而不得，追念其始嫁之時，出而宿於泲之地。泲，子禮反。飲餞于禰。飲酒餞別於禰之地。餞，賤。禰，你。女子有行，於是行而嫁於他國。遠父母兄弟。則固已遠去其父母與兄弟矣。況今父母既終，何復可歸哉?遠，去聲。問我諸姑，又復問諸姑。遂及伯姊。遂及於伯姊而謀其可否云耳。

出宿于干，衛女思歸，欲出而宿於干之地。飲餞于言。飲酒餞別於言之地。載脂載舝，取脂膏塗其車軸，使滑澤易轉。舝，轄。還車言邁。迴旋其車轅以邁行。還，旋。遄臻于衛，庶幾速至衛國。遄，舡。不瑕有害。既而思之，歸衛雖不為過差，然亦有害於義也。其可歸乎?

我思肥泉，衛女思歸而義不可，於是思其國之水土，謂我思自衛而來所渡肥泉之水。茲之永歎。則因此而長歎。思須與漕，又思自衛而來所經須、漕之邑。漕，曹。我心悠悠。則其心悠悠然而不已。駕言出遊，庶幾駕車出行。以寫我憂。以除我心之憂也。

《泉水》四章，章六句。

《北門》，詩篇名。刺仕不得志也。譏刺仕宦而不遂其心志也。言衛之忠臣，言衛之臣盡心於國，不得其志爾。而不遂其意也。

出自北門，衛之忠臣不得其志，因行出北門之外。憂心殷殷。心有所感而殷殷然憂之。終窶且貧，因自歎其終貧窶之甚。窶，其舉反。莫知我艱。無有知其艱難辛苦者。已焉哉，然亦止已焉哉，不必言也。天實為之，天命實為之。謂之何哉?尚何言哉?

王事適我，王命役使之事既歸我矣，政事一埤益我。而國之政事又一切厚贈於我，其勞如此，又且貧甚。埤，皮。我入自外，家無以自安，故當我自外而入。室人交徧讁我。則室人交徧而責我，其困於內外極矣。讁，摘。已焉哉，天實為之，謂之何哉？解並同上。

王事敦我，王命役使之事既敦迫於我矣，政事一埤遺我。遺，去聲。我入自外，室人交徧摧我。則室人交徧而沮我，其困於內外極矣。摧，徂回。已焉哉，然亦止已焉哉，不必言也。天實為之，天命實為之，謂之何哉？尚何言哉？

《北門》三章，章七句。

《北風》，詩篇名。刺虐也。譏刺時政暴虐也。衛國並為威虐，衛國君臣皆作威以虐害其民，百姓不親，故百姓不肯相親附，莫不相攜持而去焉。無不更相提携扶持而離去其國焉。攜，携。

北風其涼，衛國並為威虐，如寒涼之風自北而來也。雨雪其雱。又且雨雪雱然而盛。雱，滂。惠而好我，故民皆叛之，若他國有能推其恩惠而好愛我者。攜手同行。我則與其衆攜手同行而歸之。其虛其邪，於是又相戒曰：吾之行也，其可寬緩舒徐乎？邪音徐。既亟只且。虐政之見害已甚急矣，不可遲留也。亟，棘。只，止。且，疽。

北風其喈，衛國並為威虐，如寒涼之風喈然疾聲。雨雪其霏。又且雨雪霏然甚急。惠而好我，攜手同歸。其虛其邪，既亟只且。同上。

莫赤匪狐，無有赤而非狐者。莫黑匪烏。無有黑而非烏者。觀其色則知其物矣，喻觀其為政之虐，則知其禍難及人矣。惠而好我，攜手同車。其虛其邪，既亟只且。解並同上。

《北風》三章，章六句。

《靜女》，詩篇名。刺時也。刺當時之惡也。衛君無道，言衛君則無道，夫人無德。夫人又無德，故作是詩，思得賢女以配君子也。

靜女其姝，衛夫人無德，故詩人思古之女子，有貞靜之德、有姝美之容。姝音樞。俟我于城隅。而處於後宮深邃幽閒之地以待進御，無邀寵之心，可謂賢矣。愛而不見，然雖愛之而不得見之。搔首踟躕。於是以手搔頭踟躕，久之不能自安也。踟，馳。躕音除。

靜女其孌，古者女子有貞靜之德，有孌美之容。貽我彤管。又能以法度警其君，而貽與我以赤色之管。彤，同。彤管有煒，其彤管煒然光彩，蓋古者后夫人必有女史執彤管之筆以記善德。煒，偉。說懌女美。此女之美又可說懌，而今無之也。懌，亦。

自牧歸荑，田官獻新物於君所歸之荑。荑，遲。洵美且異。信然美好而且異于常物，用之以答彤管之賜。洵音荀。匪女之為美，其答以是者，非慕女之美色也。美人之貽。美斯人能貽我以彤管也。

《靜女》三章，章四句。

《新臺》，詩篇名。刺衛宣公也。刺衛宣公之淫亂也。納伋之妻，宣公為太子伋娶齊女為妻。伋音急。作新臺于河上而要之。聞其有美色，遂作新臺於河上，要其至而自取之。要，平聲。國人惡之，衛國人憎惡其無禮如此。而作是詩也。故作為此詩以刺之。

新臺有泚，宣公新作之臺泚然宣明。泚音此。河水瀰瀰，在於瀰瀰然河水之側，待伋妻至而要之。瀰，米。燕婉之求，國人惡之，為伋妻之來，本求歸燕安婉順之人。籧篨不鮮。今乃得無禮無義之人，如有籧篨之病不少焉。宣公非有此病，但其行非復人理，尚可謂之人歟？故詩人深疾之云。籧，渠。篨，除。

新臺有洒，宣公新作之臺灑然高峻。洒，催上聲。河水浼浼。在於浼浼河水之側，待伋妻至而要之。浼，每。燕婉之求，解同上。籧篨不殄。殄，徒典反。

魚綱之設，設魚綱，不欲得魚。鴻則離之。而今離入其中者，乃鴻雁也。燕婉之求，解同上。得此戚施。而今所得者，無禮無義之人，如有戚施之病而不能仰視者焉。

《新臺》三章，章四句。

《二子乘舟》，詩篇名。思伋、壽也。衛人所以思伋與壽也。衛宣公之二子爭相為死，伋，夷姜子。壽與朔，宣姜子。朔愬伋於公，公令伋之齊，使賊先待於隘而殺之。壽知之，告伋，使去之。伋曰：「君命也，不可以逃。」壽竊其節，先往，賊殺之。伋至，曰：「君命殺我，壽有何罪？」賊又殺之。則是二子爭相為死也。國人傷而思之，作是詩也。故衛人傷悼其無罪而死，所以思之，而作是詩也。

二子乘舟，自衛適齊必涉河，二子乘舟而渡也。汎汎其景。國人徒見其景汎汎然去而不返。願言思子，故傷而思念之。中心養養。我之中心養養然，愛而不知所定也。

二子乘舟，解同上。汎汎其逝。國人徒見其影汎汎然往而不返。願言思子，解同上，不瑕有害。然於父子之間，豈無瑕疵而有害於義乎？蓋死非其所，不得為無暇；陷父於不義，不得為無害。昔瞽瞍使舜完廩，欲焚之，舜先胤階而去；又使浚井，欲揜之，舜不待其掩而出，蓋不可成父殺子之名也。宣公欲殺伋，伋不逃之；壽又無故而代死，皆於義未安。

《二子乘舟》二章，章四句。

邶國十九篇，七十二章，三百六十三句。

直音傍訓毛詩句解卷二

直音傍訓毛詩句解卷三

鄘

說已見邶。衰亂之世，淫風盛行，共姜得禮之正而能守義，故以首鄘風也。

《柏舟》，詩篇名。共姜自誓也。共姜，姜姓之女，嫁共伯，從夫謚也。共姜所以自守，中心之誓願也。共音恭。衛世子共伯蚤死，世子，君之太子，當繼世而立之子。共伯，衛僖侯子，謚共，字伯。共姜嫁于衛世子共伯，蚤年而死。蚤，早。其妻守義，共姜守夫婦之義，不肯再嫁。父母欲奪而嫁之，其父母欲傾奪其守義之志而嫁之。誓而弗許，共姜乃發為信誓，堅然不許父母之意。故作是詩以絕之。所以作為此詩，斷然拒絕之。

汎彼柏舟，彼柏舟之木汎汎然無定【一】。在彼中流。亦惟在於河中，喻婦人必在夫家。髧彼兩髦，彼共伯之存，兩髦髧然。髧，徒坎反。髦音毛。實維我儀，實維我之儀匹。之死矢靡它。今此人雖死，而我心誓無它適。它，他。母也天只！母乃欲奪而嫁之，故呼而告之曰：母之於我，覆育之恩，如天罔極。只音止。不諒人只！何其不信我所守之心乎？

汎彼柏舟，在彼河側。髧彼兩髦，實維我特。解並同上。之死矢靡慝。今此人雖死，而我心誓云：無復再嫁而為邪慝之行。蓋婦人從夫為義，夫死而再嫁，則邪慝矣。慝，忒。母也天只！不諒人只！解同上。

《柏舟》二章，章七句。

《牆有茨》，詩篇名。茨，慈。衛人刺其上也。衛國之人刺其在上位之人也。公子頑通乎君母，宣公卒，惠

【一】按，本書《邶·柏舟》首章釋「柏舟」作「柏木之船」，故疑此「柏舟之木」或為「柏木之舟」之誤。

公幼，其庶子頑烝于惠公之母，生子五人。國人疾之，衛國人疾惡之，而不可道也。而不可稱述也。

牆有茨，牆上有蒺藜草。不可埽也。不可埽而去之。蓋埽之則傷牆。中冓之言，喻閨門隱奧淫亂之語。冓，勾去。不可道也。不可稱述。所可道也，若稱述之。言之醜也。則醜惡而又傷君也。

牆有茨，解同上。不可襄也。不可襄而除之。蓋除之則傷牆。中冓之言，解同上。不可詳也。不可詳言。所可詳也，若詳言之。言之長也。則長久不盡而又傷君也。

牆有茨，解同上。不可束也。不可縛而去之。蓋束之則傷牆。中冓之言，解同上。不可讀也。不可誦言。所可讀也，若誦言之。言之辱也。則為君之羞辱也。

《牆有茨》三章，章六句。

《君子偕老》，詩篇名。刺衛夫人也。刺衛宣公之夫人宣姜也。夫人淫亂，宣姜為淫亂之行。失事君子之道，失其所以事夫之道。故陳人君之德。故詩人敷陳古者小君有貞□之德。服飾之盛，極服飾之盛。宜與君子偕老也。宜與其夫同至於老者，以刺之也。

君子偕老，古之夫人，其德足以與君子偕老者。副笄六珈。副者，后夫人首飾，編髮為之。珈以玉為之，垂於副之兩傍，其飾有六。首飾之盛，有副以覆其首，有笄以插乎副之上，有六珈以垂于副之傍。笄音雞。珈，加。委委佗佗，委委焉、佗佗焉從容自得。委，平。佗，陁。如山如河。如山之安重，如河之弘廣。象服是宜，象鳥羽而畫之服上，衣之於身，甚相宜稱。子之不淑，今宣姜有是服飾，而德之不善如此。云如之何？將如何而可乎？

玼兮玼兮，宣姜服此玼然鮮盛之服。玼，此。其之翟也。蓋其翟衣也。翟，狄。鬒發如雲，鬒黑之發如雲之盛美。鬒音整。不屑髢也。不假他人之髮為髮，亦為潔也。玉之瑱也，以玉為塞耳之瑱。瑱，典去聲。象之揥也，以象為摘髮之揥，服飾之盛如此。揥，替。揚且之晳也。而眉間又有廣揚白晳之容，可謂美矣，獨其德則不足。晳，昔。胡然而天也！故詩人設為問之辭曰：以居夫人之位，其服飾容貌之尊嚴，何為而如天乎？胡然而帝也！何為而如帝乎？必有德而後稱之。汝今為淫亂之行，是不稱其服也。

瑳兮瑳兮，宣姜服此瑳然鮮潔之服。瑳，七我反。其之展也。蓋為丹縠之衣。展，去聲。蒙彼縐絺，夏則蒙覆縐蹙之絺於其上。縐，鄒去。是紲袢也。所以去暑也，服節之盛如此。袢音頃。子之清揚，而眉目之間又有清秀廣揚之容。揚且之顔也。既廣揚，而又顔角豐滿【一】。展如之人兮，故詩人歎之曰：誠哉，如此之人。邦之媛也。乃邦之美女也。指其德不足耳。媛音院。

《君子偕老》三章，一章七句，一章九句，一章八句。

《桑中》，詩篇名。刺奔也。刺時人不待咨問，奔走以相從者。衛之公室淫亂，衛之公室皆為淫亂之行。男女相奔，男女更相奔從。至于世族在位，至於世世相繼為大族者，與在戢位為官者。相竊妻妾，互竊妻妾以相通。期於幽遠。期約於幽僻隔遠之地。政散民流，上之大政散而無統，下之人流離而無歸。而不可止。雖欲禁止之，而不可得焉。

爰采唐矣？淫奔之人託言采唐菜。沬之鄉矣。於彼沬邑之鄉也。沬音妹。云誰之思？而其意不在於采唐，所以至此者，將為誰人是思乎？美孟姜矣。蓋將以求美色之孟姜矣。期我乎桑中，昔孟姜曾期約我於桑中之地。要我乎上宮，要結我於上宮之地。送我乎淇之上矣。又送我涉渡於淇水之上，使我及期而來，今所以必往也。

爰采麥矣？淫奔之人託言采麥，沬之北矣。於彼沬邑之北也。云誰之思？解同上。美孟弋矣。蓋將以求美色之

【一】按，《詩集傳》釋「顔」云「額角丰滿」，故疑「顔」字或為「額」字之誤。

孟弋矣。弋，亦。期我乎桑中，要我乎上宫，送我乎淇之上矣。解並同上。

爰采葑矣?沬之東矣。云誰之思?美孟庸矣。期我乎桑中，要我乎上宫，送我乎淇之上矣。解並同上。

《桑中》三章，章七句。

《鶉之奔奔》，詩篇名。鶉，純。刺衛宣姜也。刺衛宣姜之淫亂也。衛人以為宣姜鶉鵲之不若也。衛人以為宣姜反不如鶉鵲之知類也。

鶉之奔奔，鵲之彊彊。鶉則奔奔，鵲則彊彊，居有常匹，飛則相隨，尚知以類相從。而衛宣姜乃不知求其類，是鶉鵲之不若也。人之無良，故詩人歎曰：彼公子頑之為人，無良善之德。我以爲兄。更不思我小君之尊而淫亂如此，可辱之甚也。

鵲之彊彊，鶉之奔奔。人之無良，同上。我以爲君。更不思我為小君之尊。餘同上。

《鶉之奔奔》二章，章四句。

《定之方中》，詩篇名。定，訂。美衛文公也。嘉美衛文公也。衛為狄所滅，衛國為狄人所滅。東徙渡河，戴公出居於國之東，渡河以遷。野處漕邑，處于漕邑之野。齊桓公攘戎狄而封之。齊國桓公攘卻狄人，復封之為諸侯。文公徙居楚丘，戴公卒，其弟文公立，乃遷居於楚丘之地。始建城市，始建立城市。而營宫室，而營造宫室。得其時制，既不勞農時，又合於法制。百姓説之，百姓喜説其所為。説，悦。國家殷富焉。國家財用至於殷盛富庶焉。

定之方中，定，營室星，出於十月，當定星方中之時。作于楚宫。而修作楚丘之宫。揆之以日，揆度日之出入，以作東西之向。作于楚室。而修作楚丘之室。樹之榛栗，既作宮室矣，又於□種樹榛栗以備籩實。榛，臻。椅桐梓漆，又栽椅桐梓漆之樹。椅，伊。梓，子。爰伐琴瑟。以備它日於此伐之，以為琴瑟之用，其思慮長遠如此。

升彼虛矣，當建國之初，升上彼故城之上。以望楚矣。以望楚丘之地。望楚與堂，又觀其傍之堂邑。景山與京。及其大山與高丘。降觀于桑，□□下而觀土之宜桑者，以備養蠶。卜云其吉，復卜以決之，卜辭云，此地之吉。終然允臧。至於終久而信可臧善，故作室於此。

靈雨既零，當春日好雨零落之時，命彼倌人。文公於是命彼主駕之人。倌，官。星言夙駕，見星而早起，為我駕車。說于桑田。舍止於桑田之地以勸農也，其勞如此。說音稅。匪直也人，詩人因言文公非特於人事直如此也。秉心塞淵，其秉執此心者，塞實而不虛，淵深而不薄。騋牝三千。所以速致富彊，雖騋牝之馬，目有三千之多焉。騋，來。牝，頻忍反。

《定之方中》三章，章七句。

《蝃蝀》，詩篇名。蝃，帝。蝀，東。止奔也。所以禁止淫奔之俗也。衛文公能以道化其民，衛文公能推其道以感化斯民。淫奔之恥，有為淫奔可恥之事者，國人不齒也。國人外之，不與敍別長幼之齒。

蝃蝀在東，蝃蝀，虹也，陰陽之氣交，映日而見。東，陽方也。在東者，陰方之氣就交於陽也。陽倡陰和，乃理之正；今陰方之氣乃不待倡就交於陽，見於東方。莫之敢指。人所醜惡，故無敢以手指之。女之奔而從男，如蝃蝀之在東也。女子有行，是以詩人惜之曰，女子終當適人。遠父母兄弟。必遠去父母兄弟而嫁，何苦犯禮如此也？

朝隮于西，蝃蝀早朝而升於西方，乃陽方之氣來交於陰，此理之順也。隮，子西。崇朝其雨。故終朝下雨也。喻夫倡婦隨，則理之正；今女奔從男，失禮甚矣。女子有行，遠兄弟父母。解同上。

乃如之人也，女子以不自失為信，乃如此淫奔之人。懷昏姻也。但知思念男女昏姻之欲。大無信也，是人不能自守其貞信之潔。不知命也。而不知天理之正也。

《蝃蝀》三章，章四句。

《相鼠》詩篇名。相，去聲。刺無禮也。刺當時之無禮也。衛文公能正其群臣，衛文公能表正其衆臣。而刺在位承先君之化無禮儀也。而作詩以刺在位之臣，猶有繼承先君之化，而無禮儀之可觀者。

相鼠有皮，相視彼鼠，乃卑污可惡之物，猶有皮以全其形。人而無儀。今汝在位之臣乃人耳，反無威儀之可觀。人而無儀，為人而無威儀。不死何爲？則其不死亦何為哉？惡之甚也。

相鼠有齒，相視彼鼠，乃卑污可惡之物，猶有齒以全其形。人而無止。今汝在位之人，而無容止。人而無止，為人而無容止。不死何俟？則其不死亦何待哉？

相鼠有體，相視彼鼠，乃卑污可惡之物，猶有肢體以全其形。人而無禮。汝乃人耳，反無禮儀。人而無禮，同上。胡不遄死？則何不急死乎？惡之甚也。蓋溺於淫亂之俗，不如是不足以自拔也。疾惡不深，則遷善不力。遄音舡。

《相鼠》三章，章四句。

《干旄》，詩篇名。旄音毛。美好善也。嘉美群臣能好善也。衛文公臣子多好善，衛文公之臣子多好愛善道，賢者樂告以善道也。所以賢德之人皆喜於告之以善道也。

孑孑干旄，衛之臣子有好善之心，建孑孑特出之干旄於車後。孑，結。在浚之郊。在浚邑之郊求見賢者。素絲紕之，又以素白之絲為織組。紕，皮備。良馬四之。及好馬四匹行禮焉。彼姝者子，賢者感其誠意，乃曰：彼衛國姝美之子，來交於我如此。何以畀之？我將何以畀與之乎？無非與以善道而已。

孑孑干旟，衛國多好善，建孑孑然特出干旟於車後。在浚之都。在浚邑民居所聚之地求見賢者。素絲組之，又以素白之絲繼之以為組。組音祖。良馬五之。及好馬五匹行禮焉。彼姝者子，同上。何以予之？我將何以畀予之乎？無非予以善道而已。予，與。

孑孑干旌，衛臣多好善，建彼孑孑然特出之干旌於車上。在浚之城。在浚邑都之內求見賢者。素絲祝之，又以白絲為織組，良馬六之。及好馬六匹行禮焉。彼姝者子，同上。何以告之？我將何以告之乎？無非告以善道而已。

《干旄》三章，章六句。

《載馳》，詩篇名。許穆夫人作也。許穆夫人，戴公妹，皆宣姜所生。作之以自言其意也。閔其宗國顛覆，閔措其本宗之國顛敗覆亡。自傷不能救也。自傷悼其不能為之救援也。衛懿公為狄人所滅，衛國懿公為狄人所滅。國人分散，國人分離散徙。露於漕邑。戴公冒露而處於漕邑，無城郭宮室。許穆夫人閔衛之亡，戴公妹嫁許穆公，為夫人，閔惜衛國之亡滅。傷許之小，傷悼許國微小。力不能救，其勢力不能伐狄以救衛之亡。思歸唁其兄，思歸衛國弔唁兄戴公之失國。唁，彥。又義不得，又以父母終，於義不得回歸。故賦是詩也。所以直述其事而作此詩。

載馳載驅，夫人閔衛之亡，欲驅馳其馬，歸唁衛侯。歸衛而致唁於戴公。驅馬悠悠，驅馬而行，悠悠然不已。言至于漕。直到于衛東之漕邑。大夫跋涉，若己不得歸而使大夫往焉，則又恐有跋涉之勞。跋，蒲未反。我心則憂。徒增我心之憂耳。

既不我嘉，夫人欲歸，而思於義不可，故設為問許人之辭曰：爾既不以我歸衛為嘉美。不能旋反。則我亦不能旋反於衛矣。視爾不臧，為許人者，盍亦視爾父子兄弟之間，設有災患不善之事，其心如之何？我思不遠。則我之所思不遠矣。蓋設為此辭，其實自顧於義不可，非許人阻之。

既不我嘉，解同上。不能旋濟。我不能渡水而至衛。視爾不臧，解同上。我思不閟。則我所思曉然易見，初無閉塞之患矣。閟音閉。

陟彼阿丘，夫人既不得歸，而思終不止，將欲升偏高之丘，以舒憂想之情。言采其蝱。言采貝母以療鬱結之疾。蝱，氓。女子善懷，因自歎曰：女子雖多懷思。亦各有行。然今我所以迫切者，亦各有道。許人尤之，而許國人乃尤責我之歸。衆穉且狂。意者許人其穉幼乎，其狂惑乎？不然，何不察我心也？穉，雉。

我行其野，夫人託言我將出行衛國之野，芃芃其麥。經過芃芃麥盛之地，歸唁其兄。芃，蓬。控于大邦，又為之控告大邦之君，以求救援。誰因誰極。然未知因誰而得自通乎？至誰國□有所遇乎？大夫君子，於是與許之衆大夫君子而告之曰。無我有尤。爾不必尤責我也。百爾所思，爾雖亦為我思所以處此者出於百端。不如我所之。然終不如我自往，乃得申其志也。

《載馳》五章，一章六句，二章四句，一章六句，一章八句。

鄘國十篇，三十章，百七十六句。

衛

說已見前「邶」下注。

《淇奧》，詩篇名。奧音鬱。美武公之德也。嘉美衛武公之德也。有文章，盛德積於中，而有文章著於外。又能聽其規諫，又無矜伐之心，而能聽納規諫之言。以禮自防，用禮法自防衛其身。防，房。故能入相于周。所以能以諸侯而入為周家之卿士，以居輔相之位。美而作是詩也。詩人嘉美之，而作此詩也。

瞻彼淇奥，衛人瞻視彼淇水之灣曲處。綠竹猗猗。綠竹生之猗猗然美盛。猗音伊。有匪君子，武公盛德發越而為匪然文章之君子，亦如此竹也。如切如瑳【一】，其操修於内也，如人治骨角者，既切之以刀斧，而復磋之以鑢錫。如琢如磨。如治玉石者，既琢之以槌鑿，而復磨之以沙石。治之之功，有加無已。瑟兮僩兮，其發見於外也，瑟然而矜莊，僩然而寛大。僩，遐板反。赫兮咺兮。赫其然而明德顯盛，咺然而威儀宣著。咺，況晚反。有匪君子，故詩人稱美之曰：有如此匪然文章著見之君子。終不可諼兮。當極其愛慕之心，雖終久不可忘也。諼，喧。

瞻彼淇奥，解同上。綠竹青青。綠竹青青然茂盛。青，音菁。有匪君子，同上。充耳琇瑩，觀其容飾之盛，有琇瑩之美石以充其耳。琇，秀。瑩，榮。會弁如星。以玉飾皮弁之縫中，爍爍如星，而其德則稱之。會，膾。弁，卞。瑟兮僩兮，赫兮咺兮。有匪君子，終不可諼兮。解並同上章。

瞻彼淇奥，解同上。綠竹如簀。綠竹生之，其盛密如床之簀。簀音責。有匪君子，解同上。如金如錫，其性質之美如金錫之鑢而精。如圭如璧。如圭璧之潔純。寛兮綽兮，又且弘裕而有容，開豁而不迫。猗重較兮。故能為卿士於周，得乘重較之車而依其軾。重，平聲。較音角。善戲謔兮，然武公亦非嚴毅太過者，有時笑談戲謔以自舒。不爲虐兮。持以禮自防，不至於過而為害也。

《淇奥》三章，章九句。

《考槃》，詩篇名。槃，盤。刺莊公也。刺武公之子莊公也。不能繼先公之業，莊公不能繼承武公□賢之□業。使賢者退而窮處。使賢者退而在下，處於窮困之中，所以刺之。

考槃在澗，莊公不能用賢，使賢者退處於下，成其樂於山澗之地陳。碩人之寛。其德碩大而寛裕，不戚戚然窮賤

【一】「瑳」，《毛詩正義》作「磋」。

也。獨寐寤言，當獨寢而覺悟之時，其所言者。永矢弗諼。惟永遠自陳其久不忘君也。賢者如此而莊公不用，所以刺之。諼，諠。

考槃在阿，賢者退處而成其樂於曲陵之阿中。碩人之薖。其德碩大而寬廣。薖，□。獨寐寤歌，當獨寢而覺悟之時，發於謳歌者。永矢弗過。惟自陳其久不得過君朝耳。過，平聲。

考槃在陸，賢者退處而成其樂於高平之陸。碩人之軸。其德碩大而從容自廣。獨寐寤宿，當獨寢而覺悟之時，永矢弗告。惟自陳其久不得以善告君耳。告音谷。

《考槃》三章，章四句。

《碩人》，詩篇名。閔莊姜也。所以閔憐莊姜也。莊公惑於嬖妾，莊公之心迷惑於嬖愛之妾。嬖音臂。使驕上僭。使妾驕肆而上僭夫人之禮。莊姜賢而不答，莊姜雖有賢淑之德，而莊公不答之。終以無子，所以莊姜終於無子。國人閔而憂之。衛國之人閔憐而憂之，故作是詩也。

碩人其頎，莊姜之生，碩大而頎長。頎音奇。衣錦褧衣。衣錦衣而上加之以褧衣，惡其文之太著。容與服俱美如此。褧，傾上。齊侯之子，蓋為齊侯之女。衛侯之妻。莊公之妻。東宮之妹，東宮，太子所居宮。齊太子得臣之妹。邢侯之姨，妻之姊妹曰姨。邢侯呼之為姨。譚公維私。姊妹之夫曰私。譚公呼之為私，族類之貴又如此。而莊公不答，誠可閔也。

手如柔荑，茅之始生曰荑。手之嫩美如荑之始生。荑，□題。膚如凝脂。膚之潤澤如膏之凝結。領如蝤蠐，頸則如蝤蠐之白而長也。蝤，酋。蠐，齊。齒如瓠犀。齒則如瓠犀之潔而齊也。瓠，護。螓首蛾眉，其額廣而方正，則如螓之首焉；其眉細而曲長，則如蛾之眉焉。巧笑倩兮，其笑甚巧，而又好口輔。美目盼兮。其眼甚美而黑白分明。

莊姜容貌之美如此而莊公不答，誠可閔也。

碩人敖敖，姜氏之容大而且長。敖，平。說于農郊。自齊來嫁，舍止近郊，而整肅其威儀。說，稅。四牡有驕，車之四馬，則甚驕壯。朱幩鑣鑣。以朱絲纏銜鐵兩旁，鑣然而盛。幩，賁。鑣，漂。翟茀以朝，車四旁皆設障蔽，而插翟羽為飾。乘是車馬之盛以入朝。大夫夙退，國人樂得為莊公之配，故謂諸大夫朝君，宜早罷朝退歸。無使君勞。無使君勞於政事，而不得與夫人相親。指莊公之不答也。

河水洋洋，此章追述莊姜嫁時，道中見河中之水洋洋然盛大。北流活活。河在齊西衛東，北流入海，活活有聲。活，聒。施罛濊濊，置綱於水，其聲濊濊然。罛，孤。濊音歲。鱣鮪發發。魚入於綱，尾發發然。發，撥。葭菼揭揭，葭菼之生，其長揭揭然。莊姜歷此地而來。菼，他覽。揭，其謁。庶姜孽孽，其庶姜從之者，孽孽然有盛飾。庶士有朅。其庶士送之者，朅朅然武勇。士女佼好，禮儀之備如此，而莊公不答，可閔也。朅，其謁。

《碩人》四章，章七句。

《氓》，詩篇名。氓音萌。刺時也。所以刺當時也。宣公之時，衛宣公時。禮義消亡，禮義之化消亡不存。淫風大行，淫亂之風盛行而莫遏。男女無別，男女混合，無有分別。遂相奔誘。於是更相奔誘。華落色衰，及顏色衰如華之落。復相棄背，又相棄絕而違背。或乃困而自悔，或乃窮困而自悔悟其過。喪其妃耦。則已喪失其妃耦矣。妃，配。故序其事以風焉，所以序述其事以為風刺焉。美反正，其既失而能反於正道者，則嘉美之。刺淫泆也。其淫逸而不知自反者，則譏刺之也。泆，逸。

氓之蚩蚩，婦人始見此氓，蚩蚩然無所知。蚩，尺之反。抱布貿絲。抱布而來，與我易絲。貿，茂。匪來貿絲，徐察其意，則非來與我易絲也。來即我謀。乃來就我謀為室家之事。送子涉淇，於是渡涉淇水。至于頓丘。直到頓丘之地。匪我愆期，氓欲與偕行，而女未肯往，謂之曰：非我愆過汝所約之期。子無良媒。汝自無好媒往來導達，故我行計未决耳。將子無怒，謂吾子無發恚怒。將音鏘。秋以爲期。但以秋時為約而成昏也。

乘彼垝垣，既與之約矣，及期而升毀牆上。垝，鬼。以望復關。以望男子所居之地。不見復關，其初未見復關之時。泣涕漣漣。則泣涕漣漣然不絕，不勝其憂。既見復關，及已見之。載笑載言。載笑載言，不勝其喜。爾卜爾筮，於是告之曰：爾以昏姻之事決於於卜筮。體無咎言。必兆卦之體皆無災咎之言。以爾車來，則用爾車來迎我。以我賄遷。我則以其財賄遷就爾家。

桑之未落，桑未曾隕落之時。其葉沃若。其葉沃然潤澤。喻女之容色光麗，此時其夫親之，其後則棄之。于嗟鳩兮，婦人困而自悔，乃嗟歎曰，鳩之為鳩。于，吁。無食桑葚。不可多食桑葚，食多則傷性。葚音甚。于嗟女兮，又嗟歎曰，女之為女。無與士耽。不可與士耽樂，□縱則失節。耽，都有【一】。士之耽兮，士或縱其樂。猶可說也。則可以言過相掩，猶可解說也。女之耽兮，女則以貞信自守，倘一縱其樂。不可說也。則不可自解其過也。

桑之落矣，及桑既衰。其黄而隕。則葉黄而殞墮，喻女若容色凋謝，則夫棄之矣。自我徂爾，獨不念自我往之汝家。三歲食貧。三年之久，其自貧於衣食，今乃忍見棄乎？淇水湯湯，則我初嫁時，渡湯湯然盛流之淇水。湯，蕩。漸車帷裳。濕其車之幃裳而不問。漸，子廉。女也不爽，我固不□差其所必之期。士貳其行。今士之行乃不能終始如一，而見棄焉。士也罔極，蓋由士心無所至極。二三其德。而其德二三故也。

三歲爲婦，我為婦於女家，已歷三年。靡室勞矣。經治生理，盡心竭力，無有為室家之勞如此者。夙興夜寐，夙焉而興，夜焉而寐。靡有朝矣。無一朝而不然。言既遂矣，與爾始相與謀約之言既已遂矣。至于暴矣。而汝乃背之，至於加我以暴虐焉。兄弟不知，我兄弟在家，但不知我被汝暴虐如此也。咥其笑矣。若其知之，則咥咥然笑我

【一】按，陸德明《經典釋文》作「都南反」，「有」應作「南」。

矣。咥，許意。靜言思之，然我亦何所歸咎乎？但靜而思之。躬自悼矣。我身自為之傷悼而已。蓋淫奔從人，不為兄弟所齒故也。

及爾偕老，始為爾婦，願與爾同至於老。老使我怨。今老而見棄，反使我怨於汝焉。淇則有岸，彼淇猶有岸。隰則有泮。隰猶有泮，而汝心何無定也？總角之宴，言我總角之時與汝宴樂。言笑晏晏。載言載笑，晏晏然和柔。信誓旦旦，信誓之辭旦旦然昭明。不思其反。曾不思其反覆而至此也。反是不思，既不思其反覆至此。亦已焉哉。尚可言哉？亦止已焉耳。

《氓》六章，章十句。

《竹竿》，詩篇名。衛女思歸也。衛女嫁他國，思歸而作也。適異國而不見答，衛女往嫁他國，而不見答於夫。思而能以禮者也。思欲歸衛，終以禮不可而止也。

籊籊竹竿，衛女之思歸者，述其國俗之樂，謂有執籊籊然至長竹竿。籊，狄。以釣于淇。以釣魚於淇水之中者，我在家時常見之。豈不爾思？今我豈不思衛？遠莫致之。特地遠而不可至耳。衛女顧禮不歸，託言地遠也。

泉源在左，衛國有泉源在其左，淇水在右。淇水在其右。衛女在家時遨遊二水間，深得其樂；今嫁異國，而不得見焉。女子有行，故歎曰，女子行而適人。遠兄弟父母。則終當遠去兄弟父母，而不得歸矣。

淇水在右，泉源在左。同上。巧笑之瑳，笑行於口，瑳然而巧好。瑳，七可。佩玉之儺。玉佩於身，儺然有節度，威儀閒暇，深得其樂。今乃嫁異國而不得見，是以思之。儺，那。

淇水滺滺，衛之淇水悠悠然，長流而舒緩。檜楫松舟。有以檜木為楫，松木為舟，而遨遊其中者，衛女在家時嘗出見之。今嫁他國，雖思其樂，而義不得歸。駕言出遊，庶幾駕車以出，遨遊於郊外。以寫我憂。則可以舒我心之憂。

《竹竿》四章，章四句。

《芄蘭》，詩篇名。芄音丸。刺惠公也。所以刺惠公也。驕而無禮，驕縱而無禮以自約，大夫刺之。故大夫譏刺之。

芄蘭之支，惠公幼小，若芄蘭之枝，柔弱而不能自立。童子佩觿。觿貌如錐，以象骨為之，可以解結，成人之器。方童子之時，已配成人之器而為君焉。觿音欈。雖則佩觿，大夫謂其雖則配觿而為君，然無成人之德。能不我知。但能傲然不我知而已。容兮遂兮，只有容貌舒徐自適。垂帶悸兮。束帶悸然下垂，習於威儀之美耳，餘無所能也。悸，其季反。

芄蘭之葉，惠公幼君，芄蘭之葉柔弱而不能自立。童子佩韘。韘，玦也，以象骨為之，射時著右手大指以鉤弦，能射禦乃佩也。今當童子之時，亦且佩成人之器器而為君。韘音攝。雖則佩韘，大夫謂其雖則佩韘而為君。能不我甲。然究其所能，則不足為我長。容兮遂兮，垂帶悸兮。解並同上。

《芄蘭》二章，章六句。

《河廣》，詩篇名。宋襄公母歸于衛，衛文公之妹嫁於宋桓公，生襄公。後桓公出之，而歸於衛。思而不止，及桓公卒，襄公即位，夫人義不得反，於宋懷思之而不止。故作是詩也。所以作此詩以見其志也。

誰謂河廣？誰言河水廣闊難渡乎？一葦杭之。但以一葦加之則可渡。蓋甚狹也，特我自不渡耳。杭，航。誰謂宋遠？誰謂宋國遙遠難至乎？跂予望之。但一跂足則望見之矣。蓋甚近也，特於義不可往耳。跂音器。

誰謂河廣？解同上。曾不容刀。曾不能容刀小舡。蓋甚狹也，特我自不渡耳。誰謂宋遠？解同上。曾不崇朝。曾不終朝可到。蓋甚近也，特於義不可往耳。

《河廣》二章，章四句。

《伯兮》，詩篇名。刺時也。刺時政之不善也。言君子行役，婦人念其君子行於道路而供君之役使。為王前驅，與周王作前驅之人。前驅者，天子出，則令人在前驅除道路行人。為，去聲。過時而不反焉。已過其去時所約之期，猶不還家，故作此詩也。

伯兮朅兮，婦人謂其夫朅然勇武。朅，丘列。邦之桀兮。乃一國俊傑之人。伯也執殳，今使之執持長殳。殳者，長四尺而無刃。殳音殊。爲王前驅。而與王作前驅之賤役，所以思之。

自伯之東，自君子行役於國之東。首如飛蓬。婦人不事容飾，其頭髮如蓬草之亂飛。豈無膏沐？喜是無膏沐之具而然乎【一】？誰適爲容？蓋以君子行役，誰人主之而為飾乎？適音適。

其雨其雨，其者，冀其將然之辭。人冀其將下雨。杲杲出日。而復杲杲然出日，喻伯且來而復不來。杲音縞。願言思伯，所以思而念之。甘心首疾。如人心皆欲所貪口味，不能絕也，思之切而至於首疾也。

焉得諼草？諼，忘憂草也，蓋人玩之可以忘憂。即今鹿蔥也。婦言安得忘憂之草。諼音喧。言樹之背。我栽之於北堂之上，冀觀之以忘憂。背，音佩。願言思伯，今君子不歸，我思而念之。使我心痗。其心且至於痗病矣。痗，每。

《伯兮》四章，章四句。

【一】「喜」，據經文應為「豈」字之誤。

《有狐》，詩篇名。刺時也。刺時政之不善也。衛之男女失時，衛無善政，故國中男女失其昏嫁之時。喪其妃耦焉。喪失其配對。喪，去聲。妃，配。古者國有凶荒，古者人君當凶荒之年。則殺禮而多昏。知民之財用有限，不能備舉昏姻之禮，寧減殺其繁文，而使之多得昏娶。殺，晒。會男女之無夫家者，會合男之無家、女之無夫者。所以育人民也。使之相依而生，所以養育人民也。此之謂善政而衛不能行，是以刺之。

有狐綏綏，有狐狸綏綏然緩行而待其匹。在彼淇梁。在彼淇水之梁上。心之憂矣，寡婦見而有感，此心為之憂閔。之子無裳。謂此子無妻與之縫裳，而欲嫁之。

有狐綏綏，解同上。在彼淇厲。在彼淇水岸高近危之處。心之憂矣，同上。之子無帶。謂此子無妻與之縫帶以束其衣，而欲嫁之。

有狐綏綏，同上。在彼淇側。在彼淇水之旁。心之憂矣，同上。之子無服。謂此子無妻與之縫服，而欲嫁之。

《有狐》三章，章四句。

《木瓜》，詩篇名。美齊桓公也。嘉美齊桓公也。衛國有狄人之敗，衛懿公為狄人所敗。出處于漕，戴公出國而處於漕邑。齊桓公救而封之，齊桓公救之，封文公於楚丘。遺之車馬器服焉。且增之以車馬、器用、衣服。遺，去。衛人思之，衛人思桓公之恩德。欲厚報之，欲厚加其禮以報答之。而作是詩也。所以作為此詩。

投我以木瓜，衛人言：遺我以木瓜之微物。報之以瓊琚。我必報答之以瓊琚之重寶。況桓公之德如此，將何以報之乎？匪報也，我非敢以為報也。永以爲好也。姑欲長以為好而不忘耳。

投我以木桃，衛人言：人遺我以木桃之微物。報之以瓊瑤。我必答以瓊瑤之美石。況桓公之德如此，將何以報之乎？匪報也，永以爲好也。解同上。

投我以木李，衛人言：人遺我以木李之微物。報之以瓊玖。我必答以瓊玖之美玉。況桓公之德如此，將何以報之乎？玖，久。匪報也，永以爲好也。解同上。

《木瓜》三章，章四句。

衛國十篇，三十四章，二百三句。

直音傍訓毛詩句解卷三

直音傍訓毛詩句解卷四

王國風

武王作邑於鎬京，謂之宗周，是為西都。成王在豐，欲宅洛邑，使召公先相宅。既成，謂之王城，是為東都。遷殷頑民居之，而成王復還處西都。至十二世，幽王嬖褒姒，生伯服，廢申后，而太子宜臼奔申。申侯與犬戎攻周，殺幽王于戲。晉文侯、鄭武公迎宜臼于申而立之，是為平王。以亂，故徙居東都王城。於是號令不行於諸侯，謹守畿內六百里之地，與諸侯無異。其詩不能復雅，降而為風。然王號猶存，故不謂之周而謂之王，尊之也。

《黍離》，詩篇名。閔宗周也。閔惜宗周之亡也。周大夫行役，周之大夫因行役於外。至于宗周。而到宗周舊都。過故宗廟宮室，過其舊時宗廟宮室之地。盡為禾黍。斯文毀壞，而人以其地種禾黍矣。閔周室之顛覆，其心閔惜周家之顛敗傾覆。彷徨不忍去，徘徊於此，不忍離去。彷音旁。而作是詩也。而作為此詩也。

彼黍離離，彼故宗廟宮室之地，人以之種黍稷之禾矣，其黍則黎黎然垂實。彼稷之苗。其稷則發苗矣。行邁靡靡，周大夫遠行從役至此，靡靡然舒遲而不忍去。中心搖搖。中心思周室之亡，搖搖然不定。知我者，人知我之情者。謂我心憂。則言我心有所憂而然。不知我者，不知我之情者。謂我何求。則謂我久留於此，將何所求乎？悠悠蒼天，尊而君之，則稱皇天；元氣廣大，則稱昊天；仁覆閔物，則稱旻天；自上降監，則稱上天；以色言之，則稱蒼天。於是呼天而告之曰：悠悠然廣大長遠之蒼天在上。此何人哉。其知致此惑者，果是何人哉？追怨之深也。

彼黍離離，同上。彼稷之穗。其稷則秀而成穗矣。行邁靡靡，同上。中心如醉。憂甚而不自知，如醉於酒。知我者，謂我心憂。不知我者，謂我何求。悠悠蒼天，此何人哉。並同上。

彼黍離離，同上。彼稷之實。其稷則已成實矣。行邁靡靡，同上。中心如噎。中心思周室之仁，憂深不能喘息，如噎也。噎，於結反。知我者，謂我心憂。不知我者，謂我何求。悠悠蒼天，此何人哉。解同上。

《黍離》三章，章十句。

《君子于役》，詩篇名。刺平王也。所以刺平王也。君子行役無期度，平王役其民以遠行，無時無節。大夫思其危難以風焉。大夫見其不恤民如此，思念後日必有至危之禍，故序其事以微諫之焉。

君子于役，婦人謂君子往供平王之役，遠行于外。不知其期，而不知反還之期。曷至哉？今在道路，將何所至哉？雞棲于塒，雞則棲而宿於塒矣。塒，時。日之夕矣，日出久而□於暮矣。羊牛下來。牛羊則下山而來歸矣，畜產出入尚有期節。君子于役，而君子行役，□無休息之時。如之何勿思？則雖欲使我不思，如之何其可哉？

君子于役，解同上。不日不月，不可計以日月。曷其有佸。而又不知其何時可以來會也。活，戶括反。雞棲于桀，雞則棲而宿於桀矣。日之夕矣，解同上。羊牛下括。羊牛則下山而來至矣，畜產出入尚有期節。君子于役，解同上。苟無飢渴。既不得歸，則庶幾其在道路之間，且無饑渴之患，亦可矣。

《君子于役》二章，章八句。

《君子陽陽》，詩篇名。閔周也。閔惜周家之不振也。君子遭亂，君子遭遇平王之時，天下大亂。相招為禄仕，但相招而仕於小官，求俸禄以自給。全身遠害而已。保全其身以遠去患害而已，不欲居尊位以懷天下之憂也。遠，去聲。

君子陽陽，君子遭亂世，不任憂責，其志陽陽然自得。左執簧，左手則執笙。右招我由房。右手則招其友與之俱從房中為樂官，其職雖卑，而可避禍。其樂只且。亦可喜也。只，止。且，趄。

君子陶陶，君子遭亂世，不任憂責，其志陶陶然而和樂。左執翿，左手執翿。翿，逃。右招我由敖。右手則招我與之俱從燕舞之位，職雖卑，可以避禍。其樂只且。同上。

《君子陽陽》二章，章四句。

《揚之水》，詩篇名。刺平王也。所以刺平王也。不撫其民，言平王不能撫安畿內之民。而遠屯戍於母家。母家，申國也。申伯邊彊楚，數見侵伐，王是以戍之。禮，諸侯有患，天子使方伯、鄰國共保助之。平王威令不行於諸侯，故使畿內之民屯駐於遠地以守衛母家。況申侯實弑幽王，乃平王不共戴天之讎也。今不能討，而反戍之焉。周人怨思焉。周人所以怨之而思歸也。

揚之水，平王衰弱，不能號令諸侯，如揚揚徐緩之水。不流束薪。不能流移一束之柴。彼其之子，是以使畿內之民屯戍於母家，久不得代，而歎曰：彼諸侯之國人。不與我戍申。不與我戍守申國，而乃使我當其勞。懷哉懷哉，懷思之哉，懷思之哉。曷月于還歸哉【一】。何月而我得還歸哉？

揚之水，不流束楚。彼其之子，不與我戍甫。懷哉懷哉，曷月予還歸哉。同上。

揚之水，不流束蒲。彼其之子，不與我戍許。懷哉懷哉，曷月予還歸哉。並同上。

《揚之水》三章，章六句。

《中谷有蓷》，詩篇名。蓷，吐雷。閔周也。閔惜周家之俗薄也。夫婦日以衰薄。周之風俗、夫婦之道日見衰薄。凶年饑饉，穀不熟曰饑，蔬不熟曰饉。蓋遭凶荒之年，有饑饉之禍。室家相棄爾。室家不能相養，故更相棄

【一】「于」，據《毛詩正義》應作「予」。

絕爾。

中谷有蓷，蓷草生於山谷中，待陰潤而後長成。暵其乾矣。遇旱則乾枯矣。喻夫婦樂歲則相保，凶歲則相棄矣。有女仳離，故有女仳離分别。仳，匹旨。嘅其嘆矣。而嘅然興歎。嘅其嘆矣，其所以嘅然興歎者。遇人之艱難矣。蓋自傷遇君子之厄窮也。

中谷有蓷，同上。暵其脩矣。旱甚，則雖長茂者亦枯死。喻凶年之甚，則雖夫婦情厚者亦相棄也。有女仳離，同上。條其歗矣。而條然蹙口出聲，蓋悲恨之深，不止於歎矣。歗音笑。條其歗矣，其所以條然長吟者。遇人之不淑矣。蓋自傷遇君子之不善也。

中谷有蓷，同上。暵其濕矣。旱甚，則草之生濕處者亦枯死。喻凶年之甚，則雖夫婦情厚者亦相棄也。有女仳離，同上。啜其泣矣。啜然涕泣。啜，輟。啜其泣矣，其所以啜然涕泣者。何嗟及矣。蓋傷其事已至此，雖嗟歎亦未如之何矣。

《中谷有蓷》三章，章六句。

《兔爰》，詩篇名。閔周也。閔惜周家之衰弱也。桓王失信，鄭武公、莊公執政于周，王貳於虢。鄭伯怨王，王曰「無之」，故周鄭交質。桓王即位，卒畀虢公政，失信於鄭伯。諸侯背叛。鄭伯叛周。構怨連禍，構結怨恨而不解，連接禍患而不已。王師傷敗。而又興師伐鄭，與鄭戰于繻葛，王卒大敗，祝聃射王中肩。君子不樂其生焉。君子遭亂，皆不喜於生焉。

有兔爰爰，張綱本以取兔，今兔行於野乃緩而得其所。雉離于羅。而雉為美鳥，乃反離入於羅網之中。喻諸侯之叛者得以自肆，而王室反受其禍。我生之初，君子不樂其生者，謂我生之初。尚無爲。猶見宗周之盛，天下尚無事之可為。我生之後，及我有生之後。逢此百罹。乃遇此百憂焉。尚寐無吪。庶幾寐而不覺，則可以忘憂耳。吪，訛。

有兔爰爰，雉離于罦。番車罔。我生之初，尚無造。猶見宗周之盛，天下尚無事之可為。我生之後，逢此百憂。尚寐無覺。同上。覺，教。

有兔爰爰，雉離于罿。施羅于車上曰罿。我生之初，尚無庸。我生之後，逢此百凶。尚寐無聰。聞也。

《兔爰》三章，章七句。

《葛藟》，詩篇名。王族刺平王也。王之宗族譏刺平王也。周室道衰，周家睦族之道衰，棄其九族焉。（九族，至高祖，至元孫。）棄絕其九族之人，不與相親，所以刺之焉。

緜緜葛藟，葛藟之生，緜緜然不絕，必生於山谷中，依樹木而後長茂。在河之滸。今乃生於河水之涯，則失其所依矣，喻周族之失所依如此。滸音虎。終遠兄弟，平王為天子，當庇其本族，今乃終久遠去其兄弟。謂他人父。與他人相親而謂之父焉。謂他人父，既謂他人為父。亦莫我顧。則亦無顧我之意矣。

緜緜葛藟，在河之涘。音俟。終遠兄弟，謂他人母。謂他人母，亦莫我有。則亦視我如無矣。

緜緜葛藟，在河之漘。音脣。上平坦而下水深為漘。終遠兄弟，謂他人昆。兄也。謂他人昆，亦莫我聞。則亦如不聞有我而不見親也。

《葛藟》三章，章六句。

《采葛》，詩篇名。懼讒也。懼讒譖之中傷也。

彼采葛兮，葛，所以為絺綌。周人之在位者，謂我采葛於野外，不在君朝，則小人必東間而讒之。一日不見，故一日出外不得見君。如三月兮！已如三月之久，懼之甚也。

彼采蕭兮，蕭，香草，用以供祭祀。一日不見，如三秋兮！已如三次見秋之久。

彼采艾兮，艾，所以治病。一日不見，如三歲兮！已如三年之久。

《采葛》三章，章三句。

《大車》，詩篇名。刺周大夫也。刺周之大夫不能聽訟也。禮義陵遲，周之風俗禮義衰廢。男女淫奔，男女習淫亂，奔走以相從。故陳古以刺今大夫不能聽男女之訟焉。或訟於大夫，而大夫不能斷其是非，故詩人陳古之大夫能聽決男女之訟者，以刺今大夫之不能聽焉。

大車檻檻，古之大夫乘大車，車之行也檻檻然有聲。毳衣如菼。服其毳衣，青者則如菼色，循行風俗以聽民訟。毳，尺鋭。菼，吐敢。豈不爾思？男女相奔者畏之，故相謂曰：我豈不思念爾乎？畏子不敢。特畏大夫聽訟之明而不敢爾。周之在位者不然，故民敢為惡。

大車啍啍，音吞。毳衣如璊。赤者則如蒲玉。璊，門。豈不爾思，畏子不奔。不敢奔走以相從也。

穀則異室，民欲相奔者畏其大夫，自以終身不得如其志，故相謂曰：生不得相奔以同室。死則同穴。庶幾死後得合葬以同穴。謂予不信，謂我此言不信。有如皦日。有如皦日，實明見之決不肯誓也。今大夫不然，故民敢淫奔而不止，所以刺之。皦，皎。

《大車》三章，章四句。

《丘中有麻》，詩篇名。思賢也。所以思念賢人也。莊王不明，莊王不能明辨君子小人。賢人放逐，而賢德之人反見放棄而黜逐。國人思之，故國人思念之。而作是詩也。而作為此詩也。

丘中有麻，莊王棄賢，故詩人謂彼隱居於高丘之中，而植麻以為生者。彼留子嗟。乃留氏之嗟也。彼留子嗟，國人思望之而曰：彼留氏子嗟。將其來施施。其將施施然□行而來□□□？

丘中有麥，彼留子國。彼留子國，將其來食。其將來而與我同食□乎？

丘中有李，彼留之子。彼留之子，貽我佩玖。其將肯從我，而貽我以所佩之玖乎？

《丘中有麻》三章，章四句。

王國十篇，二十八章，百六十二句。

鄭風

宣王封母弟友於宗周畿內咸林之地，是為鄭桓公，為幽王大司徒，甚得周眾與東土之人。後犬戎攻周，殺幽王，桓公死之，其子武公與晉文侯定平王於東都王城，遂食溱洧之間，左洛右濟，前華後河。為平王卿士，國人宜之，鄭之變風始作。

《緇衣》，詩篇名。美武公也。所以嘉美武公也。父子並為周司徒，言武公父子皆為周家司徒之官。善於其職，善處其所掌之職。國人宜之，國人皆以為善便。故美其德，所以嘉美武公父子之德。以明有國善善之功焉。以顯明其有國善而又善之功焉。

緇衣之宜兮，桓公、武公並為周司徒，善於其職，周人愛之，謂子居卿士之位，而服是緇黑之衣也，甚相宜稱。敝予又改為兮。倘或敝壞，則我與子更為之。適子之館兮，自今且當常適往子所居館舍之中。還予授子之粲兮。既反則我又與子以精潔之粲，好之愈久而不知厭也。

緇衣之好兮，敝予又改造兮。適子之館兮，還予授子之粲兮。

緇衣之蓆兮，蓆，席。敝予又改作兮。適子之館兮，還予授子之粲兮。解並同上。

《緇衣》三章，章四句。

《將仲子》，詩篇名。將，七羊。刺莊公也。譏刺鄭莊公也。不勝其母，莊公不能勝其母之意。以害其弟。以陷害其弟公叔段。弟叔失道，其弟公叔段驕縱失道。而公弗制，而莊公不能制之。祭仲（莊公臣）諫而公弗聽，其臣名祭仲者諫公，使早為之所，而公不聽。祭，音債。小不忍，小不忍拂其母與弟之心。以致大亂焉。終養之以致大亂，而後伐之焉。事詳《左傳·隱公元年》。

將仲子兮，莊公欲養成段之惡而後伐之，祭仲諫而不聽，託辭以拒之曰：請是祭仲。無踰我里，無要踰過我所居之里。無折我樹杞。無要折傷我所殖之杞木，喻無要干預我家事，恐傷我兄弟之恩。杞，起。豈敢愛之？我豈敢愛段而不誅其罪乎？畏我父母。特畏我父母而不敢爾。仲可懷也，祭仲之言誠可懷思。父母之言，而我父母之言。亦可畏也。亦可畏懼，不可不從也。

將仲子兮，無踰我墻，無折我樹桑。豈敢愛之？畏我諸兄。仲可懷也，諸兄之言，亦可畏也。

將仲子兮，無踰我園，無折我樹檀。豈敢愛之？畏人之多言。仲可懷也，人之多言，亦可畏也。解並見上章。

《將仲子》三章，章八句。

《叔于田》，詩篇名。刺莊公也。譏刺鄭莊公也。叔處于京，太叔處于京城。處，上。繕甲治兵，補綴其甲，蒐治其兵。以出于田，以出外田獵。國人說而歸之。國人喜說而歸往之。不義得眾如此，而公弗禁，所以刺之。

叔于田，太叔不義得眾，眾人說之，謂大叔出而田獵。巷無居人。則所居之巷若無人矣。豈無居人？豈是果無居人乎？不如叔也，雖有之而不若叔之為人。洵美且仁。信美好而且有仁愛。洵，音詢。

叔于狩，冬獵曰狩。巷無飲酒。則所居之巷若無人能飲酒矣。豈無飲酒？豈是果無人能飲酒？不如叔也，同上。洵美且好。同上。

叔適野，郊外曰野。巷無服馬。束馬。豈無服馬？不如叔也，洵美且武。同上。

《叔于田》三章，章五句。

《大叔于田》，詩篇名。刺莊公也。譏刺鄭莊公也。叔多材而好勇，大叔多有材能，又愛逞其武勇。不義而得眾也。所以不合於義而得眾人之心，莊公不早正其罪，所以刺之也。

大叔于田【一】，大叔往而田獵。乘乘馬。乘跨四匹之馬。乘，上如字，下去聲。執轡如組，執轡在手，如織組之成文。兩驂如舞。馬在兩傍曰驂。驂馬之在兩傍者，諧和中節，如人舞然，以此駕車。叔在藪，往林木茂盛之藪。火烈具舉。皆揚舉火，烈烈然甚盛。襢裼暴虎，遂脫衣見體而徒手搏虎。襢，音但。裼，昔。獻于公所。以獻于莊公之所。將叔無狃，國人愛之者又謂曰，請大叔無狃習於此。將，七羊反。狃，紐。戒其傷女。恐其或傷女也，當警戒之，其不義得眾如此。女，音汝。

叔于田，大叔往而田獵。乘乘黃。乘四匹黃色之馬。兩服上襄，馬在中曰服。兩馬在中為服者，皆是上等駕車之馬。兩驂鴈行。兩馬在兩傍為驂者，則有次序如鴈之排行列焉。叔在藪，大叔以此馬駕車往，在林木茂盛之藪，禽

【一】「大」，《毛詩正義》無。

獸所聚之地。藪，音叟。火烈具揚。皆揚舉其火，既烈烈然熾盛光明矣。叔善射忌，於是索禽，叔既善於射矣。忌，記。又良禦忌。又善於禦車矣。抑磬控忌，或磬而騁其馬，或控而止其馬。抑縱送忌。或發矢，或從禽，皆中其節。材藝過人如此。

叔于田，解同上。乘乘鴇。乘四匹之鴇馬。鴇，保。兩服齊首，其中為服者兩首齊整。兩驂如手。其旁為驂者如左右手之相應。叔在藪，同上。火烈具阜。皆發其火至於烈熾以索禽。叔馬慢忌，及其將畢，則叔之騁馬亦緩矣。叔發罕忌。叔之發矢亦少矣。抑釋掤忌，於是解掤以蓋其矢。棚，冰。抑鬯弓忌。取鬯以納其弓。從容閒暇如此。鬯，音暢。

《大叔于田》三章，章十句。

《清人》詩篇名。刺文公也。譏刺鄭文公也。高克（高克，鄭臣。）好利而不顧其君，高克貪愛財利，而不顧視其君。文公惡而欲遠之，文公憎惡而欲遠去之。惡、遠，並去聲。不能，又不能決。使高克將兵而禦狄于竟。時狄人伐衛，乃使高克將兵拒禦狄人於邊境之上。將，去。竟，境。陳其師旅，陳列其師旅。翱翔河上，優游於河上。久而不召，經久而不召還。衆散而歸，兵衆於是散而歸家。高克奔陳。高克遂出奔陳國。公子素惡高克進之不以禮，公子素憎惡高克進用於朝，不能盡事上之禮。文公退之不以道，文公黜退高克，不能以其道。危國亡師之本，則致邦國之危殆、兵衆之敗亡者，皆自此基之。故作是詩也。所以作此詩刺之也。

清人在彭，文公欲遠高克，使之帥清邑之衆居於彭之地。駟介旁旁，四馬被甲，馳驅旁旁然不息。旁，補彭反。二矛重英，二矛俱備，皆有重英之飾。車馬兵器之盛。河上乎翱翔。今乃翱翔優遊乎河上，久而不召，則潰散歸矣。

清人在消，地名。駟介麃麃，武勇。二矛重喬，二矛俱備，又於矛頭受刃處刻荷葉，相重累以為飾。河上乎逍遙。優遊。

清人在軸，清、軸皆河上之地，久而不召，遂移三處。駟介陶陶，樂而自適。陶，徒報反。左旋右抽，在車之左者回旋而自閑，在車之右者抽刃以自盛。中軍作好。高克居中軍，徒為好樂而已。略無戰伐之事，宜其潰也。好，去聲。

《清人》三章，章四句。

《羔裘》，詩篇名。刺朝也。刺朝廷之人也。言古之君子，言古者君子有德者。以風其朝焉。以諷刺朝廷無德之人焉。

羔裘如濡，古者大夫服羔皮之裘，光彩照人如爲水所潤澤。洵直且侯。（侯，美。）其德信正直而且美，足以稱其服矣。彼其之子，時人謂是子也。其，計。舍命不渝。誠能安處正理而不變其所守也。今大夫不然，所以刺之。舍，赦。

羔裘豹飾，古之大夫以羔羊皮為裘，以豹皮為緣而服之於身。孔武有力。甚武勇而且有氣力。彼其之子，同上。邦之司直。乃國內主於行正直之道者，惜今無之。

羔裘晏兮，古人之大夫服羔皮之裘者，晏然而安舒。三英粲兮。□□之度有三，粲然而光明。彼其之子，解同上。邦之彥兮。乃國之美士，德足以稱其服，惜今無之。

《羔裘》三章，章四句。

《遵大路》詩篇名。思君子也。所以思念君子也。莊公失道，莊公失其用賢之道。君子去之，君子之人離而去之。國人思望焉。所以國內之人思望之焉。

遵大路兮，君子去其國，國人思望之，遵循大路之上。摻執子之袪兮。摻持其袂以留之曰。摻，所覽反。袂，音軀。無我惡兮，子無惡我而去。不寁故也。（寁，絕。）故舊之義不可以遽絕也。寁，市坎反。

遵大路兮，摻執子之手兮。無我䰨兮，䰨，市由反，棄也。不寁好也。解同上章。

《遵大路》二章，章四句。

《女曰雞鳴》詩篇名。刺不説德也。刺當時之不喜於修德也。陳古義以刺今不説德而好色也。陳古者夫婦相警之義，以譏刺今之人不喜説於修德，而乃貪愛女色。

女曰雞鳴，古者賢夫婦雖寢寐之間不忘警戒之意。婦警其夫曰：雞既鳴矣。士曰昧旦。天欲明而未明曰昧旦。士曰：何止雞鳴而已，昧旦而天將明矣。子興視夜。婦人語其夫曰：若是則子可起而視夜之如何也。明星有爛，則見啟明星爛然而光，天果將明矣。將翺將翔，於是翺翔而往。弋鳧與鴈。弋取鳧雁而歸也。古者賢夫婦相警以勤生如此，惜今不然，故刺之。弋，亦。

弋言加之，婦謂其夫弋中鳧鴈而歸。與子宜之。則我當與子和其滋味之所宜。宜言飲酒，滋味既宜，則以之飲酒相樂。與子偕老。期與子俱至於老。琴瑟在御，而琴瑟之在侍御者。莫不靜好。亦無不安靜而和好，言其樂而不淫也。

知子之來之，婦欲君子得賢以相處，謂子若招來是人。雜佩以贈之。則我為子為雜佩以送之。知子之順之，君子與是人和順。雜佩以問之。則我與子為雜佩以問其安否。知子之好之，君子與是人相愛。好，去聲。雜佩以報之。則我與子為雜佩以報答其善言也，惜今不然。

《女曰雞鳴》三章，章六句。

《有女同車》，詩篇名。刺忽也，刺太子忽也。鄭人刺忽之不昏於齊。鄭國人刺忽不與齊為婚姻。太子忽嘗（嘗，曾。）有功于齊，齊嘗有狄患，太子忽帥師敗狄，有功於齊。齊侯請妻之。齊侯請以女嫁之。齊女賢而不取，齊女有賢德而忽不肯娶。卒以無大國之助，終無大國之助己。至於見逐，至使祭仲逐之而莫之救。故國人刺之。所以國人刺之也。

有女同車，有女與君子同車者。顏如舜華。其顏色如舜華之盛。將翱將翔，其威儀□且翱翔優遊。佩玉瓊琚。以瓊琚之玉佩於身。彼美孟姜，詩人思之，謂彼姜姓之女。洵美且都。有顏色之美好、威儀之閒雅而忽不娶，所以刺之。

有女同行，顏如舜英。將翱將翔，同上。佩玉將將。佩玉於身，將然而聲。彼美孟姜，德音不忘。德音在人，皆懷思而不能忘也。

《有女同車》二章，章六句。

《山有扶蘇》，詩篇名。刺忽也。刺太子忽也。所美非美然。忽以為美人而用之者，皆非可美之人也。

山有扶蘇，高山之上則宜有扶蘇。隰有荷華。下隰之中則宜有芙蕖，喻朝廷之上則宜有賢人。隰，音昔。不見子都，今忽之朝乃不見子都之美人。乃見狂且！惟見有狂惑之人而已。且，子餘。

山有喬松，上聳無枝曰喬。山則宜有喬松之木。隰有游龍。隰則宜有游龍之章，喻朝廷則宜有賢者。不見子充，今忽之朝不見子充之美人。乃見狡童。惟見有狂狡之童而已。狡，交上聲。

《山有扶蘇》二章，章四句。

《蘀兮》，詩篇名，蘀音托。刺忽也。所以刺忽也。君弱臣彊，忽懦弱而臣彊横。不倡而和也。不待君之倡而臣自相和也。

蘀兮蘀兮，木葉隕而將落為蘀。風其吹女。風將吹女而隕矣，危懼之甚，言君之衰弱亦猶是也。女，音汝。叔兮伯兮，故其臣不畏之，不稟令於君而行自相舛曰叔之與伯。倡予和女。汝倡舉其事，我將和汝而為之也。和，去聲。

蘀兮蘀兮，風其漂女。漂，音飄。叔兮伯兮，倡予要女。汝倡舉其事，我將與汝要結而成之。要，音腰。

《蘀兮》二章，章四句。

《狡童》，詩篇名。刺忽也。刺鄭太子忽也。不能與賢人圖事，忽為君不能與賢人圖謀國事。權臣擅命也。故無以自立，而致權臣專擅一國之命也。

彼狡童兮，賢者謂彼忽乃一狂亂之童子耳。不與我言兮。不與我言議國事。維子之故，孤危將亡矣，我維以子之故。使我不能餐兮。使我憂甚而不能食也。

彼狡童兮，解同上。不與我食兮。不與我共食禄而圖國事。維子之故，同上。使我不能息兮。使我憂甚而不能安息也。

《狡童》二章，章四句。

《褰裳》，詩篇名。褰，音牽。思見正也。鄭人思大國之來正其所當立之君也。狂童恣行，突與忽為國，更出迭入，恣縱其行而不知檢。國人思大國之正己也。故鄭國之人思以大國來正已也。

子惠思我，國人患突與忽狂恣，謂子大國若惠愛而思念我鄭國之亂。褰裳涉溱。則褰揭其裳、渡彼溱水而來為我討正其罪。褰，同上。子不我思，子若不思念我。豈無他人？則豈無他國之人可望乎？狂童之狂也且。我所以望汝者，非有他故，政以突與忽之狂已甚，不可少緩也。且，疽。

子惠思我，褰裳涉洧。音偉。子不我思，豈無他士？狂童之狂也且！解同上。

《褰裳》二章，章五句。

《丰》，詩篇名。音豐。刺亂也。刺當時之亂也。昏姻之道缺，古者婚姻之禮，男親迎於女家，升堂，奠雁，再拜稽首，降出，婦從；至於亂世，婚姻之道廢缺不講。陽倡而陰不和，陽雖倡而陰不肯和。男行而女不隨。男雖行而女不相隨。

子之丰兮，女謂昔有親迎我者而貌丰丰然充滿。俟我乎巷兮。出門而待我於巷中。悔予不送兮！我於此時不送是子而去，今甚悔之。

子之昌兮，俟我乎堂兮。升堂而待我。悔予不將兮！

衣錦褧衣，裳錦褧裳。錦為衣與裳，而上加單縠，惡其文之太著也。婦不從夫，親迎後乃自悔。將嫁而盛其服飾，以錦為衣與裳，而上加之以單縠。褧，苦迥反。叔兮伯兮，於是呼其親迎之人，而告之曰叔兮伯兮。駕予與行！今若有人駕車而來迎我，則我與之皆行矣。

裳錦褧裳，衣錦褧衣。叔兮伯兮，駕予與歸。解同上。

《丰》四章，二章章三句，二章章四句。

《東門之墠》，詩篇名。墠，音善。刺亂也。所以刺當時之亂也。男女有不待禮而相奔者也。言男與女不待禮以成婚姻，而奔走相從也。

東門之墠，東門之外有墠。茹藘在阪。墠之外有阪，阪之上有茹藘草。藘，力於反。阪，反。其室則邇，乃女所居之室，其室則近。其人甚遠。特未得間以相從，其人若甚遠耳。

東門之栗，東門之外有栗。有踐家室。栗下有成行之家室，亦女之所居也。踐，音賤。豈不爾思？思欲從之，而謂曰，我豈是不思爾乎？子不我即。但恐子不就我耳。

《東門之墠》二章，章四句。

《風雨》，詩篇名。思君子也。所以思君子也。亂世則思君子不改其度焉。言君子當亂世而以道義自重，不變其節度也。

風雨淒淒，風與雨淒淒然而寒。雞鳴喈喈。而雞猶守時以鳴，喈喈然無所改，喻君子當亂世亦守節不改。既見君子，故我如見此人。云胡不夷。□□之所思，如何不坦然平夷乎？

風雨瀟瀟，雞鳴膠膠。既見君子，云胡不瘳。言積思自此而愈也。瘳，抽。

風雨如晦，雞鳴不已。既見君子，云胡不喜！

《風雨》三章，章四句。

《子衿》，篇名。衿，金。刺學校廢也。刺學校廢弛也。亂世則學校不脩焉。治世則庠序之教行，人莫不彊於進學；及亂世則上不知以禮義教天下，而學校不修矣。

青青子衿，世亂則學校不脩，人皆棄學，賢者念之，謂彼學子服青青之衣而棄所業。悠悠我心。故我心思之悠悠然不已。縱我不往，設使我不往教汝，而彊汝為學。子寧不嗣音！汝亦何安自棄，而不繼音來求我乎？

青青子佩，謂學子衣青青之領而佩玉乎。悠悠我思。縱我不往，子寧不來！

挑兮達兮，學子棄所業，但挑兮而輕躍，達兮而放恣。挑，叨。達，撻。在城闕兮。登城闕之上，以眺望為樂。一日不見，賢者念之，謂我一日不見其在學校之中。如三月兮！則此心憂之如三月之久不見之，蓋學業不可一日忘也。

《子衿》三章，章四句。

《揚之水》，詩篇名。閔無臣也。閔惜忽無賢臣也。君子閔忽之無忠臣良士，君子閔忽之所任者無忠直之臣、良善之士也。終以死亡，終於死亡而莫之救。而作是詩也。故君子惜之而作此詩也。

揚之水，鄭忽微弱，号令不行，若悠揚舒緩之水。不流束楚。不能流移一束之小竹也。終鮮兄弟，忠臣憂之者告曰：汝兄弟相叛，少有能好汝者。維予與女。獨我與汝二人而已。無信人之言，汝無要信它人言語。人實迋女。他人之言實誑罔汝，無誠信也。迋，居望反。

揚之水，不流束薪。終鮮兄弟，維予二人。無信人之言，人實不信。

《揚之水》二章，章六句。

《出其東門》，篇名。閔亂也。閔惜當時之亂。公子五爭，魯桓公十一年，祭仲立突而忽奔衛，一爭也；十五年，突使祭仲婿雍糾殺祭仲，仲知之，殺糾，突出奔蔡，忽復歸鄭，二爭也；十七年，高渠彌弒忽而立公子亹，三爭也；十八年，齊人殺子亹，高渠彌、祭仲逆子儀於陳而立之，四爭也；魯莊公十四年，傅瑕殺子儀而納突，五爭也。鄭之公子，首尾二十年間爭國作亂者，凡五次焉。兵革不息，用兵驅民以戰，不肯休息。男女相棄，男女更相棄絕。民人思保其室家焉。民人思欲保有其室家焉。

出其東門，鄭人當戰鬥之餘，思□□室家，偶出城之東門。有女如雲。見女之委棄者如雲之多。雖則如雲，於是傷之曰，其多雖如雲。匪我思存。然非我思慮之所能及，不能保之，使不流亡也。縞衣綦巾，特其中有服白色之衣、佩青色之巾者乃我之妻。縞，古老。綦，其。聊樂我員。聊可與之相樂耳。

出其闉闍，上因下都。有女如荼。雖則如荼，匪我思且。縞衣茹藘，茅蒐草，可染赤，謂佩赤巾者。聊可與娛。

《出其東門》二章，章六句。

《野有蔓草》，詩篇名。思遇時也。鄭人思遇婚姻之時也。君之澤不下流，人君之德澤不流於下。民窮於兵革，使斯民困窮於兵革之間。男女失時，男女皆失其婚姻之時。思不期而會焉。故思不待期約而適相會焉。

野有蔓草，四郊之外有延蔓茂盛之草。零露漙兮。露落於上者漙然盛多，尚足以潤物，而鄭君之澤乃不流於民焉。漙，音團。有美一人，故男女婚姻之失時，思彼有美好之一人。清揚婉兮。眉目之間清秀廣揚，婉然而美好。邂逅相遇，若得與之適然相遇。邂，解。逅，后。適我願兮。則可以遂我心願望之情也。

野有蔓草，零露瀼瀼。有美一人，婉如清揚。邂逅相遇，與子偕臧。則我與子皆得其所欲而無不善也。

《野有蔓草》二章，章六句。

《溱洧》，詩篇名。刺亂也。刺當時之亂也。兵革不息，鄭君用兵革以爭戰，無有休息。男女相棄，男女不能自保，至於更相棄背。淫風大行，所以淫濫之風俗盛行於國。莫之能救焉。無有能正救其惡者。

溱與洧，男女相棄，各無匹偶，感水氣之盛。溱、洧之二水。方渙渙兮。方渙渙然流散之時。士與女，男與女。方秉蕑兮。皆執芬芳之蘭草而為淫泆之行。女曰：「觀乎？」女謂士曰：盍往觀於寬閑之處乎？士曰：「既且。」士猶未從而拒曰：我既往矣。「且往觀乎？洧之外。女又謂男曰：且更往觀於洧水之外。洵訏且樂。」其地信寬大而且可樂矣。維士與女，於是男與女。伊其相謔，同往而相戲謔。謔，杳入聲。贈之以勺藥。又折勺藥以相贈，而結其情好焉。

溱與洧，瀏其清矣。瀏，留。士與女，殷其盈矣。女曰：「觀乎？」士曰：「既且。」「且往觀乎？洧之外，洵訏且樂。」維士與女，伊其將謔，贈之以勺藥。同上。

《溱洧》二章，章十二句。

鄭國二十一篇，五十三章，二百八十三句。

直音傍訓毛詩句解卷四

直音旁訓毛詩句解卷五

齊風

齊，國名。武王伐紂，封太公呂望於齊。姜姓，都營丘。後五世，哀公政衰，益淫，怠慢，齊之變風始作。太公本四岳之後，既封於齊，通工商之業，便魚鹽之利，民多歸之，故為大國。

《雞鳴》，詩篇名。思賢妃也。齊人思得賢德之妃以為公配也。哀公荒淫怠慢，齊哀公荒廢其政事，淫亂於女色，怠惰於己，慢忽於心。故陳賢妃貞女，所以是詩陳古者賢德之妃、貞潔之女。夙夜警戒相成之道焉。早夜警戒其夫，有相賢成德之道，而刺哀公不然。

雞既鳴矣，古之賢妃能警戒其夫，將旦而告君曰：雞已鳴矣。朝既盈矣。會朝之臣滿矣，必速起也。朝，音潮。匪雞則鳴，然徐而聽之，乃非雞鳴。蒼蠅之聲。實蒼蠅之聲耳。蓋夫人之心常恐起晏而怠於政，故聞蒼蠅之聲乃以為雞鳴也。哀公無之，是以思古焉。

東方明矣，此再告也。謂東方光明，日則將出矣。朝既昌矣。會朝之臣已昌盛矣，必速起也。匪東方則明，然徐而視之，乃非東方之明。月出之光。實月出之光輝也。

蟲飛薨薨，此三告也。謂天將明而蟲之飛也，薨薨然眾聲。當此之時。薨，音昏。甘與子同夢。我豈不樂與子共寢而同夢矣。會且歸矣，蓋以群臣之聚於朝者，亦各欲歸治其家事，必速起也。無庶予子憎。庶無使眾人憎惡我與子也。

《雞鳴》三章，章四句。

《遠》【一】，詩篇名。音旋。刺荒也。刺哀公禽荒也。哀公好田獵，哀公愛出田獵。從禽獸而無厭，從逐禽獸而無厭足之心。國人化之，國内之人皆化之。遂成風俗。於是而成風俗。習於田獵謂之賢，習慣於田獵山林者則謂之賢人。閑於馳逐謂之好焉。閑熟於馳逐禽獸者則謂之甚好焉。

子之還兮，國人化於哀公而皆好獵，更相稱道，謂是子也，才力甚便捷。遭我乎峱之間兮。出獵而遭遇我於峱山之間。峱，乃刀反。並驅從兩肩兮，遂與我並馳馬而逐兩个肩獸。揖我謂我儇兮。揖我而謂我之材甚儇利焉。彼此互相稱譽，而不自知其非也。儇，桓。

子之茂兮，遭我乎峱之道兮。並驅從兩牡兮，揖我謂我好兮。

子之昌兮，遭我乎峱之陽兮。並驅從兩狼兮，揖我謂我臧兮。

《還》三章，章四句。

《著》，詩篇名。直居反。刺時也。譏刺當時也。時不親迎也。古者婚姻之成，男必親迎於女家；處亂則時人不講親迎之禮矣。迎，去聲。

俟我於著乎而，時人不行親迎之禮，女之將嫁者自謂其夫曰：但待我於門屏之間。充耳以素乎而，以白絲線織為條懸瑱以充塞其耳。尚之以瓊華乎而。又加之以瓊華之美石於其上以為飾也，威儀甚盛，但惜乎不知禮耳。

俟我於庭乎而，庭在大門之内，寢門之外。充耳以青乎而，尚之以瓊瑩乎而。瑩，音榮。

俟我於堂乎而，充耳以黄乎而，尚之以瓊英乎而。解同上。

《著》三章，章三句。

【一】按，「遠」應爲「還」字之誤。

《東方之日》，詩篇名。刺衰也。刺其國之衰微也。君臣失道，君則失其為君之道，臣則失其為臣之道。男女淫奔，國之男女習於淫奔。不能以禮化也。而君臣不能以禮感化其民也。

東方之日兮，日出東方則物無不照，喻人君明盛則奸慝莫容。今齊君不明。彼姝者子，故民敢為淫奔之行，呼彼姝美之女。姝，音樞。在我室兮。欲其在我之室。在我室兮，既肯在我之室。履我即兮。則今當隨我步履而就我矣。

東方之月兮，彼姝者子，在我闥兮。闥，音達。在我闥兮，履我發兮。隨我而行去也。君明於上若日也，臣察於下若月也。

《東方之日》二章，章五句。

《東方未明》，詩篇名。刺無節也。刺當時不能守常節也。朝廷興居無節，齊之朝廷興居皆無常度。號令不時，君之號令，臣下不以其時。挈壺氏不能掌其職焉。挈壺氏，掌漏刻者。壺，盛水器。挈者，懸繫之名。置箭壺內以為節，水滿壺中而浮箭於水上，令水漏而刻下。挈壺氏不能掌其職而致時刻之善也。挈，音潔。

東方未明，挈壺氏失漏刻之節，東方未明而以為明。顛倒衣裳。故群臣促遽，急取衣裳服之，顛倒錯亂而不辨其襟領。顛之倒之，蓋所以顛倒錯亂者。自公召之。政以人從公所來召之使速朝，故不得不急也。

東方未晞，明之始升。晞，希。顛倒裳衣。倒之顛之，解同上。自公令之。號令之使速朝也。令，去聲。

折柳樊圃，柳，柔脆之木，折枝以為園圃之籬，雖非堅固也。樊，煩。狂夫瞿瞿。然狂夫見之，猶瞿瞿然警顧，知其限而不敢越。翟，句。不能辰夜，喻辰夜之限甚明，人所共知，今乃不能知。不夙則莫。不失之早則失之晚，無節之甚，所以刺之。莫，音暮。

《東方未明》三章，章四句。

《南山》，詩篇名。刺襄公也。刺襄公之淫亂也。鳥獸之行，其所行之行如鳥獸之無别。淫乎其妹。襄公之妹為魯桓公夫人，即文姜也，襄公通焉。大夫遇是惡，大夫遭遇是惡。作詩而去之。作為此詩刺之，而去往他國也。

南山崔崔，齊之南山崔崔然高大。崔，子雖。雄狐綏綏。雄狐行於上者綏綏然，綏以待其匹。喻襄公居人君之尊，乃不知求其匹。魯道有蕩，彼魯國之道路蕩蕩然平易。蕩，上聲。齊子由歸。蓋文姜從此以歸嫁於魯。既曰歸止，既曰歸嫁於魯矣。曷又懷止？襄公何為復思之，而與為亂乎？

葛屨五兩，葛屨，服之賤者。屨與屨為耦，雖五兩之多各相耦。屨，音句。冠緌雙止。冠緌，服之貴者。冠緌之雙自為耦也。襄公、文姜非其耦，猶冠屨之不可同，今襄公乃亂之。緌，如誰反。魯道有蕩，齊子庸止。既曰庸止，曷又從止？何又相從而爲亂乎？

蓺麻如之何？種麻如之何？衡從其畝。必先横縱耕治其田畝，然後可以得麻。衡，横。從，音蹤。取妻如之何？娶妻者如之何？必告父母。必先告之於父母，然後可以得妻。既曰告止，今魯桓公既告父母，而娶文姜為妻。曷又鞠止？何為不能禁，而使之窮其欲以淫乎？

析薪如之何？欲析薪者如何乎？匪斧不克。非用斧則不能勝之。取妻如之何？欲娶妻者如何乎？匪媒不得。非用媒則不能得之。既曰得止，今桓公既用媒以得妻。曷又極止？何為又使之得極其奸惡而不禁哉？

《南山》四章，章六句。

《甫田》，詩篇名。大夫刺襄公也。齊大夫譏刺襄公也。無禮義而求大功，言襄公之所行不順禮、不合義，而欲求成服遠之大功。不脩德而求諸侯。不能進修其德，而欲求諸侯之歸己。志大心勞，其志大，其心勞。所以求者非其道也。而所以求之者皆不以其道，故大夫刺之。

無田甫田，為農者無治大田，治大田而力不給。田，上音佃。維莠驕驕。則其莠驕驕然甚矣。莠，有。無思遠人，喻為國者無思服遠人，思服遠而德不足。勞心忉忉。則其心忉忉然勞矣。

無田甫田，維莠桀桀。無思遠人，勞心怛怛。

婉兮孌兮，有童子婉然孌然而美好。總角丱兮。總髮為角，丱然幼稚。丱，貫。未幾見兮，與我作別未經幾時。突而弁兮。今更見之，則突然已加冠弁為成人矣。此皆循序而自進。為國者能脩其身而治其政令，則近悅而遠自來；襄公不然，故刺之。

《甫田》三章，章四句。

《盧令》，詩篇名。令，音零。刺荒也。刺襄公禽荒也。襄公好田獵畢弋，襄公愛田獵畢弋以從禽獸。好，去聲。弋，音亦。而不脩民事，而不知脩治民之事。百姓苦之，百姓皆患苦之。故陳古以風焉。故陳古人田獵而與民同樂者以風刺之。風，去。

盧令令，古之人君與民同樂，因其暇日出而田獵，驅盧犬以行，而其頸上所帶之鈴令令然而響聲。其人美且仁。蓋其君有美德，又且有仁愛，順時而出田，故百姓樂之。

盧重環，大環貫一小環。重，平聲。其人美且鬈。音權。勇壯也。

盧重鋂，一大環貫一小環也。鋂，音梅。其人美且偲。七才反，才也。

《盧令》三章，章二句。

《敝笱》，詩篇名。刺文姜也。刺文姜淫亂也。齊人惡魯桓公微弱，齊國人惡魯桓公衰微懦弱。不能防閑文姜，不能防閑禁止文姜。使至淫亂，使至於淫濫而亂人倫。為二國患焉。為齊魯二國之患。

敝笱在梁，笱之在梁者既破壞。其魚魴鰥。則魴鰥之魚雖易制而不能制之，喻桓公微弱，則文姜婦人，雖易防閑而不能防閑之矣。魴，房。鰥，官。齊子歸止，故致齊子反歸於齊。其從如雲。其隨從之者如雲之盛，與齊侯為亂而無忌憚也。

敝笱在梁，其魚魴鱮。齊子歸止，其從如雨。鱮，象呂反。

敝笱在梁，其魚唯唯。則其魚無以制之，聽其唯唯然出入相隨，喻桓公不能防閑文姜而使之得以自樂也。唯，音偉。齊子歸止，其從如水。

《敝笱》三章，章四句。

《載驅》，詩篇名。齊人刺襄公也。齊人所以刺襄公也。無禮義，襄公所行不順於禮，不合於義。故盛其車服，但盛飾其車服。疾驅於通道大都，迅速馳驅而至於通達之路、廣大之邑。與文姜淫，與魯文姜淫亂。播其惡於萬民焉。播揚其惡，而萬民皆知焉。

載驅薄薄，襄公馳驅其車，薄薄然而聲。薄，音各反【一】。簟茀朱鞹。以簟為車之蔽，以鞹施之於軾，而飾之以朱。魯道有蕩，乘之以往魯國蕩然平坦之路而會文姜。齊子發夕。文姜亦夕發於魯而往會之。

四驪濟濟，襄公乘駟馬，皆是鐵驪之色，濟濟然而美。垂轡瀰瀰【二】。轡垂於下，彌彌然而盛。彌，泥上。魯

【一】「音」，《詩集傳》作「普」。

【二】「瀰瀰」，《毛詩正義》作「濔濔」，下注文三「彌」字亦應以「濔」字為正。

道有蕩，以往魯國蕩然平坦之道而會文姜。齊子豈弟。文姜亦由是路往會之，安然樂易，略無忌憚羞愧之意也。豈，愷。弟，悌。

汶水湯湯。襄公驅馬至汶水，湯湯盛流之上。湯，傷。行人彭彭。其行人從之者，彭彭然而衆多。彭，必旁反。魯道有蕩，解同上之。齊子翱翔。文姜亦翱翔舒緩，由此路以會襄公，略無慚恥之色。

汶水滔滔，流貌。滔，託刀反。行人儦儦。表驕反，衆也。魯道有道【一】，齊子遊敖。

《載驅》四章，章四句。

《猗嗟》，詩篇名。猗，音伊。刺魯莊公也。齊人作之以刺魯莊公也。齊人傷魯莊公有威儀技藝，齊人惜魯莊公雖有威儀尊嚴與夫伎藝，才能無不具足。然而不能以禮防閑其母，然而不能以禮防閑禁止其母心，而使與齊侯淫亂。失子之道，失其為子之道。人以為齊侯之子焉。時人皆以莊公為齊侯之子焉。

猗嗟昌兮，齊人歎魯莊公容貌昌盛。頎而長兮，又且頎然脩長。頎，祈。抑若揚兮，或抑或揚，皆中其度。美目揚兮。目揚而動則甚美。巧趨蹌兮，足趨而動則甚巧。射則臧兮。又且習於技藝，執弓而射，則中而盡善。惜不能以禮防閑其母。

猗嗟名兮，齊人歎莊公有威儀技藝可稱。美目清兮。其目美好而清明。儀既成兮，其威儀則備成矣。終日射侯。終日執弓以射侯。射，音食。不出正兮，皆中正而不出，威儀技藝之美如此。展我甥兮。誠是我齊侯之甥也。

猗嗟孌兮，齊人嗟莊公容貌孌然而美。清揚婉兮。其目清秀，其眉廣揚，又且婉然而好。舞則選兮，舞則齊於樂節。射則貫兮。射則中而穿革。四矢反兮，連發四箭而皆復其故處，其威儀技藝如此。以禦亂兮。誠可止禦禍亂

【一】「有道」，《毛詩正義》作「有蕩」。

也，獨不能防閑母心，故刺之。

《猗嗟》三章，章六句。

齊國十一篇，三十四章，百四十三句。

魏風

魏，國名，本舜禹故都，周以封同姓焉。其地習舜禹之餘化，猶有節儉之俗。今魏儉嗇褊急，不修德於民，與秦、晉為鄰，日見侵削。國人憂之，當周平、桓之世，魏之變風始作。魯閔元年，晉獻公滅之。

《葛屨》，詩篇名。履，句。刺褊也。刺魏君之褊急也。魏地陿隘，魏國之地陿隘而險陋。陿，洽。其民機巧趨利，其民巧於智術，奔趨求利。其君儉嗇褊急，其君儉而吝嗇，褊而躁急。嗇，色。褊，必淺反。而無德以將之。而無德以將大之也。

糾糾葛屨，以葛為屨，糾糾稀疏，乃是夏月所用者。糾，居酉。可以履霜。而魏人謂可用以屨霜。摻摻女手，女子之手摻摻纖柔貌，蓋婦之未曾廟見者。摻，所銜。可以縫裳。而魏人乃謂可使之縫裳。要之襋之，不特此也，至於要□至微賤之衣。襋，棘。好人服之。好女手之人亦使整治之。

好人提提，女子始嫁之時威儀提提，安舒貌。宛然左辟，入門而婉然避其夫於左。辟，避。佩其象揥。佩象揥於身以為摘髮之具，此未廟見而未成婦之時，已使親勞苦之事者。揥，帝。維是褊心，惟其君心褊急而不寬大。是以為刺。所以作為此詩，以刺之。

《葛屨》二章，一章六句，一章五句。

《汾沮洳》，詩篇名。汾，墳。沮、洳，並去聲。刺儉也。刺魏君儉不中禮也。其君儉以能勤，魏君節儉又能勤苦。刺不得禮也。惟不中禮，所以刺之。

彼汾沮洳，汾水沮洳下濕之地。言采其莫。而采莫菜，言其能儉勤。莫，暮。彼其之子，魏大夫見之者，謂彼是子也。其，記。美無度。其德美無度，不可以尺寸量也。度，渡。美無度，再言之，雖美不合法度也。殊異乎公路。然采莫乃賤者之事，甚異於主公路貴者之所為。公路，主君之軒車也。

彼汾一方，魏大夫往彼汾水之一方。言采其桑。采桑，親蠶事也。彼其之子，同上。美如英。其德美如草木之華。美如英，殊異乎公行。主公車之行列。

彼汾一曲，往彼水流彎曲之處。言采其藚。水草，音續。彼其之子，同上。美如玉。其德之美，如玉之溫純。美如玉，殊異乎公族。主君同姓昭穆也。

《汾沮洳》三章，章六句。

《園有桃》，詩篇名。刺時也。刺時之無善政。大夫憂其君國小而迫，魏之大夫憂其君之國微小而迫狹。而儉以嗇，又儉太過而且嗇吝。嗇，色。不能用其民，不能用民之力。而無德教，又無德澤教化以及下民。日以侵削，故為大國侵陵，土地日見減削。故作是詩也。大夫乃作此詩以刺之。

園有桃，園中有桃，為果雖賤。其實之殽。其實亦可為殽，喻民雖賤，其力可用以防國。心之憂矣，今魏君不能用民力，故我心憂之。我歌且謠。曲合樂曰歌，徒歌曰謠。憂心故形之歌謠。謠，遙。不知我者，人不知我心者。謂我士也驕。反謂我為士之驕傲。彼人是哉，彼人，魏君也，所為已是哉也。子曰何其？大夫之言獨何為也？其，基。心之憂矣，再言我心所憂之深也。其誰知之？誰能知我之所憂也？其誰知之，再言之，言其人必不知也。蓋亦勿思。蓋亦不思耳，思則真可憂矣。

園有棘，棗也。其實之食。心之憂矣，聊以行國。聊出行於國中，以寫我憂。不知我者，謂我士也罔極。反謂我為士而責君無已。彼人是哉，子曰何其？心之憂矣，其誰知之？其誰知之，蓋亦勿思。解同上章。

《園有桃》二章，章十二句。

《陟岵》，詩篇名。岵，户。孝子行役，魏之孝子為大國所服役也。思念父母也。不得奉事父母，在外而思念也。國迫而數侵削，蓋魏國土地迫狹，為大國所侵伐，其地日見削滅。役乎大國，故國人為大國所役，久不得歸。父母兄弟離散，其父母兄弟遂至流離散徙。而作是詩也。故作此詩以見其思父母兄弟之情。

陟彼岵兮，孝子行役，登彼山岵。瞻望父兮。瞻望其父而不見也。父曰：嗟，予子行役，因想其父亦念己而言曰：嗟！我子之行役於外也。夙夜無已。嗟！我子早夜勤勞，不得止息。上慎旃哉，庶幾謹慎之哉。旃，璮。猶來無止。猶可來歸，無但止於彼也。

陟彼屺兮，屺，起。瞻望母兮。母曰：嗟，予季行役，因想其母猶愛憐少子，亦言季子之行役於外也。夙夜無寐。無暇眠也。上慎旃哉，猶來無棄。無棄我而不歸也。

陟彼岡兮，瞻望兄兮。不見我兄也。兄曰：嗟，予弟行役，因想其兄亦言：嗟！我弟行役于外也。夙夜必偕。早夜必與同役者偕，無獨行也。上慎旃哉，猶來無死。無死於彼而不歸也。

《陟岵》三章，章六句。

《十畝之間》，詩篇名。刺時也。刺當時魏國之削弱也。言其國削小，言其地土減削而狹小。民無所居焉。

民無所養，不安其居也。

十畝之間兮，魏地狹小，民無以自養，場圃之間僅有十畝之地。桑者閑閑兮，而種桑於中者，閑閑然眾多。行與子還兮。男女同往同還於其間，不足以容也。還，音旋。

十畝之外兮，又於其外種桑。桑者泄泄兮，桑者泄泄然眾多，猶不足以容。泄，音曳。行與子逝兮。於是與子相同而往彼也。

《十畝之間》二章，章三句。

《伐檀》，詩篇名。刺貪也。刺魏國人臣之貪婪也。在位貪鄙，在位皆小人，專事貪婪，又鄙吝而無恥。無功而受禄，皆無功績，徒受國家之俸禄。君子不得進仕爾。使君子不得進身仕臣也。

坎坎伐檀兮，君子不得進仕，坎坎然伐檀木以為車。寘之河之干兮，置於河水之涯，勞力以自給。河水清且漣猗。風行水上成文曰漣。其河水清而成文，君子自以為可樂。不稼不穡，此以下責小人之無功，未嘗種稼，未嘗斂穡。胡取禾三百廛兮？何為取禾至於三百廛之多也？不狩不獵，未嘗冬狩，未嘗宵田。胡瞻爾庭何為瞻爾庭中有縣貆兮？乃有貆獸懸於其上？縣，平。貆，丸。彼君子兮，汝不見彼河上之君子。不素餐兮。不肯空食國家之俸禄，而親伐檀以自給乎？

坎坎伐輻兮，輻，音福，車輪也。寘之河之側兮，河水清且直猗。波文之直。不稼不穡，胡取禾三百億兮？十萬曰億。不狩不獵，胡瞻爾庭有縣特兮？獸三歲曰特。彼君子兮，不素食兮！

坎坎伐輪兮，寘之河之漘兮，漘，唇。河水清且淪猗。不稼不穡，胡取禾三百囷兮？囷，丘倫反。不狩不獵，胡瞻爾庭有縣鶉兮？彼君子兮，不素飧兮！熟食曰飧。

《伐檀》三章，章九句。

《碩鼠》，詩篇名。刺重斂也。譏刺魏君之厚取於民也。斂，去聲。國人刺其君重斂，國人譏刺其君賦斂之重。蠶食於民，但如蠶之食桑，漸至於盡。不修其政，而不修其政治。貪而畏人，既貪財，而又畏人之議己。若大鼠也。如大鼠之竊食，見人則匿也。

碩鼠碩鼠，碩鼠，斥其君也。人呼而告之曰：大鼠大鼠。無食我黍。汝無食我黍之多也，喻魏君無斂我財之重也。三歲貫女，我事汝已三年。女，汝。莫我肯顧。魏君略不顧視我之貧，而但重斂於我也。逝將去女，我將離去汝之國，適彼樂土。往彼可樂之地土矣。樂，洛。樂土樂土，彼可樂之土。爰得我所。誠得安居之所，我何為不去哉？

碩鼠碩鼠，無食我麥。三歲貫女，莫我肯德。汝略不肯施恩德於我。逝將去女，適彼樂國。樂國樂國，爰得我直。誠得伸我之志。

碩鼠碩鼠，無食我苗。三歲貫女，莫我肯勞。曾不念我之勤勞。逝將去女，適彼樂郊。樂郊樂郊，誰之永號。彼郊土既樂可以安居，誰復號呼也。

《碩鼠》三章，章八句。

魏風七篇，十八章，百二十八句。

直音傍訓毛詩句解卷五

直音傍訓毛詩句解卷六

唐風

唐，太原晉陽之地，堯舜始都於此，後遷河東平陽。成王封母弟叔虞於堯之故墟，曰唐侯，南有晉水，至子燮改為晉侯。後徙曲沃，又徙居絳。其地土瘠民貧，勤儉質朴，憂深思遠，有堯之遺風。其詩不謂之晉而謂之唐，蓋仍其始封之舊號耳。

《蟋蟀》，詩篇名。刺晉僖公也。刺晉僖公之儉嗇也。儉不中禮，僖公節儉太過，不合於禮，略無以為可樂之時。中，去聲。故作是詩以閔之，國人作此詩以閔之。欲其及時，欲其及可樂之時。以禮自虞樂也。以禮自虞樂其心也。此晉也，此詩本是晉風。而謂之唐，而名曰唐風者。本其風俗，蓋推本其風俗。憂深思遠，則憂患之深，慮事之遠。儉而用禮，節儉而能用禮，不至於吝嗇。乃有堯之遺風焉。誠若堯之風俗遺留於此焉。

蟋蟀在堂，君子欲僖公以禮自虞樂，而告之曰：今蟋蟀在堂。今是九月。歲聿其莫。一歲將遂，至於暮矣。聿，允橘反。莫，暮。今我不樂，當此時而我不為樂。日月其除。（除，去。）則日月去而不復來，雖欲樂而不可得。除，直慮反。無已大康，但亦無自安之甚。大，音太。職思其居。又當主於思其所居之政事。好樂無荒，使其雖好樂而無荒廢之患。好，去聲。良士瞿瞿。當如良善之士，瞿瞿然周旋顧禮義，則憂樂得宜矣。瞿，音句。

蟋蟀在堂，歲聿其逝。（逝，往。）今我不樂，日月其邁。無已大康，職思其外。又當主於思其意外不測之事。好樂無荒，良士蹶蹶。蹶蹶然動而敏於事。蹶，居衛反。

蟋蟀在堂，役車其休。庶人乘車以供役者皆休息矣。今我不樂，日月其慆。慆，吐刀反，過也。無已大康，職思其憂。好樂無荒，良士休休。休休然安閒樂而有節也。

《蟋蟀》三章，章八句。

《山有樞》，詩篇名。刺晉昭公也。譏刺晉昭公也。不能修道以正其國，言昭公不能修道於身以正治其國。有財不能用，吝嗇之過，有貨財而不能用之。有鍾鼓不能以自樂，有鐘鼓而不能考擊以自喜樂。有朝廷不能洒掃，有朝廷而不能洒掃，使之清潔。洒，所懈反。掃，蘇報反。政荒民散，政事荒廢而不修，民人散徙而無定。將以危亡，國家將至於危殆而喪亡。四隣謀取其國家而不知，四鄰謀欲取其國家，而昭公皆不知。國人作詩以刺之也。故國人作此詩以刺之也。

山有樞，高山之上則有樞。樞，音□。隰有榆。下濕之地則有榆。皆其宜有也，喻國君則有衣裳車馬。子有衣裳，今子有衣裳。弗曳弗婁。乃不能曳之婁之以自用。曳，以世。婁，力俱。子有車馬，子有車有馬。弗馳弗驅。乃不能馳之驅之以自樂。宛其死矣，若一旦宛然以死。他人是愉。則他人取之以為己樂矣。吾君何不及時而為樂乎？愉，俞。

山有栲，山則有栲。隰有杻。隰則有杻。皆所宜有也，喻國君則有朝廷鍾鼓。子有廷內，今子有廷內。弗洒弗掃。乃不能洒之掃之以自潔。子有鍾鼓，子有鍾有鼓。弗鼓弗考。乃不能考之擊之以自樂。宛其死矣，若一旦宛然而死。他人是保。則他人保而有之矣。

山有漆，隰有栗。子有酒食，今子有酒有食。何不日鼓瑟，何不日日鼓瑟。且以喜樂，且以喜樂其心。且以永日？且以引長其日。宛其死矣，若一旦宛然而死。他人入室。則他人入爾室而享其樂矣。

《山有樞》三章，章八句。

《揚之水》，詩篇名。刺晉昭公也。譏刺晉昭公也。昭公分國以封沃，曲沃，邑名。晉穆侯之大子曰汍，弟曰成師。穆侯薨，汍立，是為文侯。文侯薨，昭侯立，分其國之土地，以封成師於曲沃。沃盛彊，曲沃之君勢盛而彊。昭公微弱，而昭公之國微小衰弱。國人將叛而歸沃焉。晉國之人將叛昭公而歸曲沃焉。

揚之水，悠揚舒緩之水。白石鑿鑿。不能流移此白石，故白石鑿鑿然見於水中。喻昭公微弱不能制曲沃，故曲沃盛彊出於晉國。鑿，子洛反。素衣朱襮，晉國之人將叛昭公，謂我持素白之衣、丹朱之襮。襮，領也。諸侯朝服、祭服皆以白為裹衣，丹朱為緣，繡黼為領。襮，音博。從子于沃。隨從子往于曲沃，請桓叔服之而為諸侯。既見君子，我若已見桓叔。云何不樂！則此心如何不喜樂乎！

揚之水，白石皓皓。潔白。素衣朱繡，朱緣繡領。從子于鵠。既見君子，云何其憂。

揚之水，白石粼粼。音鄰，清澈也。我聞有命，國人叛昭公而歸曲沃，謂我若聞桓叔有奪國之命。不敢以告人。當與之隱，不當漏泄以告他人，與其遂取晉國也。

《揚之水》三章，二章章六句，一章四句。

《椒聊》，詩篇名。刺晉昭公也。譏刺晉昭公也。君子見沃之盛彊，君子見曲沃之君勢盛力彊。能修其政，能修舉其國政。知其蕃衍盛大，知其必蕃衍盛大。蕃，音煩。子孫將有晉國焉。其後子孫將并晉國而有之，故刺昭公不能制曲沃也。

椒聊之實，椒之有實。蕃衍盈升。蕃衍延蔓而盈滿一升之多矣。彼其之子，喻是子桓叔之□。其，音記。碩大無朋。碩大而無與之為朋比，亦如此椒聊之蕃衍也。碩，音石。椒聊且！君子見而感之，謂此椒也。且，子餘反。遠條且！其枝條長遠而不絕，喻桓叔子孫亦如此。

椒聊之實，蕃衍盈匊。兩手曰匊，言其蕃衍盛多而不可以升校。匊，掬。彼其之子，碩大且篤。厚也。椒聊且！遠條且！解同上。

《椒聊》二章，章六句。

《綢繆》，詩篇名。刺晉亂也。刺晉國之亂也。國亂則昏姻不得其時焉。晉國擾亂，民無休息，則男女昏姻不得各及時而遂也。

綢繆束薪，三星在天。遇見三星出而在天。今夕何夕？於是感婚姻之失時，謂今夕不知其何夕也。見此良人。庶幾得見此良人，而與之為夫妻乎？子兮子兮，既思之矣，又自歎曰：子兮子兮。如此良人何！安得如此良人何？言必不得見之也。

綢繆束芻，三星在隅。今夕何夕？見此邂逅。庶幾得見此子，與之適然相遇而為夫婦。邂，戶懈反。逅，候。子兮子兮！如此邂逅何！

綢繆束楚，三星在戶。今夕何夕？見此粲者。子兮子兮！如此粲者何！

《綢繆》三章，章六句。

《杕杜》，詩篇名。杕，徒細。刺時也。刺當時之君也。君不能親其宗族，晉君不能親睦宗族之人。骨肉離散，骨肉之親至於流離分散。獨居而無兄弟，晉君獨自居處而無兄弟之助。將為沃所并爾。將為曲沃之君兼并其國爾。

有杕之杜，杜之特生。其葉湑湑。猶有湑湑然潤澤之葉以自庇。獨行踽踽，今晉君獨行踽踽然無所親，曾杕杜之不若也。豈無他人？我豈無它人之可親乎？不如我同父。但不如我同父之人為足恃。嗟行之人，若使他人而皆可親，則嗟彼行路之人。胡不比焉？何不自相親比乎？人無兄弟，人之無兄弟者。胡不佽焉？何不外求佽助乎？必無是理也。

有杕之杜，其葉菁菁。獨行睘睘，無所依也。睘，勤。豈無他人？不如我同姓。嗟行之人，胡不比焉？人無兄弟，胡不佽焉？

《杕杜》二章，章九句。

《羔裘》，詩篇名。刺時也。刺當時之君臣。晉人刺其在位，晉人刺其在位之君與臣。不恤其民也。不能憂恤其民人也。

羔裘豹袪，在位皆不恤其民，故民謂之曰：彼服是羔羊皮之裘，而以豹皮緣其袖者。袪，起居反。自我人居居。其視我民也，居居然倨傲。豈無他人？我豈無他人可歸往乎？維子之故。維以子舊日曾有恩於我，故不忍去。

羔裘豹褎，音袖。自我人究究。豈無他人？維子之好。去聲。

《羔裘》二章，章四句。

《鴇羽》，詩篇名。鴇，音保。刺時也。刺當時之亂也。昭公之後，晉自昭公之後。大亂五世。昭七年，潘父弒昭公，晉人立其子孝侯。孝侯八年，桓叔之子莊伯殺孝侯，晉立其弟鄂侯。鄂侯六年，莊伯逐鄂侯，其子光立，曰哀侯。哀侯五年，武公逐之，立其子，曰小子侯。小子侯四年，武公殺之；其弟緡立，武公又殺之。至孝侯至此，大亂凡五世矣。君子下從征役，用兵不息，至使君子亦屈身以從征役之事。不得養其父母，不得在家奉養父母。養，去聲。

而作是詩也。故作此詩以刺之也。

肅肅鴇羽，鴇振羽翼而飛，肅肅然有聲。集于苞栩。乃集止于叢生之栩木上，危苦之甚。喻君子下從征役，其危苦亦如此。苞，包。栩，音許。王事靡盬，蓋以王家之事，不可使不堅固。盬，古。不能蓺稷黍，故奔走在外，不能在家種蓺稷黍之禾。父母何怙？喻我父母何所恃以自養乎？怙，音戶。悠悠蒼天！於是呼天而告之曰：悠悠然至廣大之蒼天。曷其有所。何時使我得其所乎？人窮則反本，困則呼天也。

肅肅鴇翼，集于苞棘。王事靡盬，不能蓺黍稷，父母何食？悠悠蒼天！曷其有極！禍亂何時而有止息乎？

肅肅鴇行，去聲。集于苞桑。王事靡盬，不能蓺稻粱，父母何嘗？悠悠蒼天！曷其有常！何時使我得休息而復其常所乎？

《鴇羽》三章，章七句。

《無衣》，詩篇名。美晉武公也。嘉美晉武公也。武公始并晉國，武公初兼并晉國之土地。并，卑正反。其大夫為之請命乎天子之使，適天子有使在晉，晉大夫因與武公請命乎天子之使，而使之為諸侯也。為、使，並去聲。而作是詩也。所以作為此詩也。

豈曰無衣七兮？七，七章之服，侯伯之衣三章，一曰華蟲，畫以雉，二曰火，三曰宗彝；裳四章，一曰藻，二曰粉米，三曰黼，四曰黻。武公始并晉國，大夫為之請命乎天子之使曰：以晉之力，豈不能為七章之衣乎？不如子之衣，然不如天子使之服是衣也。安且吉兮。既安而且善焉。

豈曰無衣六兮？天子之卿六命。變七言六者，謙也。不如子之衣，解同上。安且燠兮。燠，音鬱，煖也。

《無衣》二章，章三句。

《有杕之杜》，篇名。刺晉武公也。刺武公并國而不求賢也。武公寡特，武公寡然特立。兼其宗族，方兼并其宗族之國。而不求賢以自輔焉。而不廣求賢人以自輔佐其身，所以刺之。

有杕之杜，特生之杜陰至寡也。生于道左。然以生在道之左，人猶□之以休息，喻武公孤立，不能求賢以自輔。

彼君子兮，彼君子之人。噬肯適我？亦不肯往歸於我，寡特甚於杕杜也。中心好之，今若欲得君子，則好賢之意出於中心之誠然。曷飲食之？每思何以飲食之，則君子至矣。

有杕之杜，生于道周。彼君子兮，噬肯來遊？中心好之，曷飲食之？

《有杕之杜》二章，章六句。

《葛生》，詩篇名。刺晉獻公也。譏刺晉獻公也。好攻戰，獻公喜於攻城戰野。好，去聲。則國人多喪矣。則驅國人以從征役，故或死行陣，或見囚虜，或自逃亡，所喪甚多也。喪，去。

葛生蒙楚，婦人思征役喪亡之士，謂葛生則蒙蔽於楚上。蘞蔓于野。蘞生則延蔓於野中，喻婦人則依於夫也。蘞，音廉。予美亡此，今我所美之人乃不在此。誰與獨處？其誰與相見乎？但獨處而已。處，上聲。

葛生蒙棘，蘞蔓于域。予美亡此，誰與獨息？

角枕粲兮，以角為枕，粲然而鮮明。錦衾爛兮。以錦為衾，爛然而華美。予美亡此，而我所美之人乃不在此。誰與獨旦？其誰與相親乎？但獨寐以至旦而已。

夏之日，婦人失其君子，歷夏之永日。冬之夜，冬之永夜，惟自獨處。百歲之後，然庶幾百年既死之後。歸于其居。則可與君子同葬於墳壙之中。未死之前必不得相見也。

冬之夜，夏之日，百歲之後，歸于其室。

《葛生》五章，章四句。

《采苓》，詩篇名。苓，音零。刺晉獻公也。譏刺晉獻公也。獻公好聽讒焉。言獻公愛聽受讒譖之言。

采苓采苓，人之采苓。首陽之巔。必於首陽山之上尋其地之所有，喻君之聽言，亦當聽其所誠意也。人之為言，故人之為是言以告子者。苟亦無信。無苟且信之。舍旃舍旃，宜舍棄之。旃，之然反。苟亦無然。無苟且以為然。人之為言，當考人之為是言者。胡得焉？於何處得之，以驗其虛實焉。

采苦采苦，首陽之下。人之為言，苟亦無與。舍旃舍旃，苟亦無然。人之為言，胡得焉？

采葑采葑，首陽之東。人之為言，苟亦無從。舍旃舍旃，苟亦無然。人之為言，胡得焉？同上。

《采苓》三章，章八句。

唐國十二篇，三十三章，二百三句。

秦風

秦者，隴西國名。堯時有伯翳者，實皋陶之子，佐禹治水，賜姓曰嬴。周孝王封其末孫非子為附庸，邑之於秦谷。至曾孫秦仲，宣王又命作大夫，始有車馬禮樂侍禦之好。國人美之，秦之變風始作。秦仲孫襄公，平王初興兵討西戎以救周。平王東遷王城，乃以岐豐之地賜之，始列為諸侯。

《車鄰》，詩篇名。美秦仲也。嘉美秦仲也。秦仲始大，秦仲初盛大，為大夫。有車馬禮樂侍禦之好焉。有車馬禮樂侍禦之美焉。

有車鄰鄰，秦仲始為大夫，有鄰鄰之車。有馬白顛。有白額之馬。未見君子，又有寺人為侍禦之臣，又樂於見君子而未得見也。寺人之令。必先使寺人通傳之，故國人創見而詩美也。

阪有漆，阪險之地則有漆。隰有栗。下濕之隰則有栗，喻秦仲則有禮樂。既見君子，故既見秦仲。並坐鼓瑟。則與之並作相親，鼓瑟以同其樂。今者不樂，且相與曰，今此若不相燕樂。逝者其耋。則日月往而年老矣，恐其行樂之失時也。耋，迭。

阪有桑，隰有楊。既見君子，並坐鼓簧。今者不樂，逝者其亡。

《車鄰》三章，一章四句，二章章六句。

《駟驖》，詩篇名。美襄公也。嘉美襄公也。始命，秦本附庸之國，至襄公救平王有功，始受王命為諸侯，以有岐西之地。有田狩之事，有田獵從禽之事。園囿之樂焉。園囿游觀之樂焉。

駟驖孔阜，襄公乘四匹驖色之馬，又且甚高大。阜，符有反。六轡在手。四馬當有八轡，驂馬內轡納之於觖，故在手惟六轡。禦者執六轡在手，以出而田獵。公之媚子，而襄公所親愛之人。從公于狩。皆從公以往田狩也。

奉時辰牡，辰牡者，冬獻狼，夏獻麋，春秋獻鹿豕群獸。虞人，掌山澤之官，奉是時節之牡獸，驅以待公射之。辰牡孔碩。此時節之牡獸甚肥大矣。公曰左之，公戒禦者曰從左而逐之。舍拔則獲。公乃親自射之，舍放矢括，則獲其獸矣。言公之善射如此。舍，捨。

遊于北園，田事已畢，遂游觀于北園之中。四馬既閑。四馬之行皆閑習有法而不驅馳。輶車鸞鑣，又以鸞鑣之馬駕輕輶之車。輶，音由。鑣，彼驕反。載獫歇驕。長喙曰獫，短喙曰歇驕。載彼田犬，休其足力也。獫，力驗反。

《駟驖》三章，章四句。

《小戎》，詩篇名。美襄公也。嘉美秦襄公也。備其兵甲，襄公備具其兵與甲。以討西戎。用之討伐西戎。西戎方彊，西戎方強盛，為中國之患。而征役不休，故襄公征伐不得休息。國人則矜其車甲，而國人樂之，矜其車馬甲兵之美。婦人能閔其君子焉。君子行役，而婦人又能閔惜其勞，而使之無怨恨之心焉。

小戎俴收，小戎之車，其軫所以收斂所載者淺，則輕而便於行。俴，錢淺反。五楘梁輈。五，五束也。楘，歷録。梁輈，轅上鉤衡也。衡横居轅下，如屋之梁然。二輈之上，以皮革五處束之，每束皆有文章歷録。楘，音木。輈，陟留反。游環脅驅，遊環者，以環貫靷，游在服馬背上。驂馬之外轡貫之。移遊無定處，驂馬欲出，此環牽之，所以禦出也。脅驅者，以一條皮上係於衡，下系於軫，當服馬之脅。驂馬欲入，則此皮約之，所以止入也。陰靷鋈續。陰，揜軌也【一】。軌在軾前，以板横側揜之，所以陰映此軓。靷，以皮二條前係驂馬之頸，後係陰板上，令驂引之以牽車。鋈續，陰板之上有續靷處，銷白金沃灌其環以為之飾。靷，胤。鋈，沃。文茵暢轂，車中所坐虎皮褥曰文茵。暢，長也。轂，所以貫車輪。大車之轂長尺半，兵車之轂長三尺二寸，兵車轂比大車為長。駕我騏馵。用青黑色之騏馬與左足白之馵馬駕我之車。馵，注。言念君子，襄公以此車馬之盛出征西戎，君子從役，婦人閔其勞苦而思念之，謂君子之為人。溫其如玉。溫然如玉之粹美。在其板屋，今我遠在西戎板屋之中【二】，而我不得見之。亂我心曲。故擾亂我心中委曲之處而不得安焉。

四牡孔阜，襄公駕四匹之牡馬，甚壯大。六轡在手。執其六轡，安然在手，更不勞控制。騏騮是中，赤身黑鬣曰騮。騏騮則居中為服馬。騮，留。騧驪是驂。黄馬黑喙曰騧。騧驪則居傍為驂馬。騧，瓜。龍盾之合，盾以木為之，畫龍於上，合而載之車上以自衛。盾，順允。鋈以觼軜。觼，環之有舌者。軜，驂內轡也。置觼於軾前以係驂內

【一】「軌」，《毛詩正義》阮元校以爲應作「軓」，下「軌」字同。
【二】「我」，據文意應作「君子」。

轡，亦銷白金以為飾。觼，決。軜，納。言念君子，矜其車甲以伐西戎，君子從役，婦人思之。溫其在邑。謂我君子有溫然和順之德，今我君於西鄙之邑。方何為期，將以何時為歸期乎。胡然我念之。何為使我思念之極也。

俴駟孔羣，以淺薄之金為四馬之甲，欲其輕而易於旋習，而甚調和也。厹矛鋈錞。厹矛，三隅矛。謂矛有三角，鋈以白金為其鐏。厹，求。錞，隊。蒙伐有苑，畫雜羽之文以為中干，飾其文章，苑然而美。虎韔鏤膺。虎韔，以虎皮為弓室。鏤，刻金飾也。膺，馬帶也。其弓則有虎皮之韔，其馬則有金鏤之膺。韔音暢。交韔二弓，交置二弓於韔中以備折壞。竹閉緄縢。弓室以竹為之，使其體正。以繩約之，然後納韔中。緄音昆。言念君子，襄公備其兵甲以討西戎，君子從役，婦人美其勞苦而思念之。載寢載興。思之深而既寢復興，起居不寧。厭厭良人，謂我夫乃厭厭然安靜之善人。秩秩德音。德音之發於外者秩秩然有次序，今乃使之當此勞苦，是以思之。

《小戎》三章，章十句。

《蒹葭》，詩篇名。刺襄公也，譏刺襄公也。未能用周禮，襄公不能用周家之禮。將無以固其國焉。將無以堅固能守其國焉。

蒹葭蒼蒼，蒹葭蒼蒼然茂盛。白露為霜。必待白露結而成霜，然後堅成可用。喻秦必用周禮以變其夷狄之俗，然後可以自固。所謂伊人，今襄公不能用，詩人恐其以為遠而難至，故告之曰，所謂周禮者。在水一方。但在水之一方而已，甚近也。溯洄從之，逆流而上曰溯洄。倘或逆流而從之。溯，素。洄，回。道阻且長；則其路險而且長，誠難至也。溯游從之，順流而涉曰溯游。苟順流而從之。宛在水中央。則宛然如見其在水之中央，蓋甚近焉。求是禮者亦然，順而求之則易且近，逆而求之則難且遠。

蒹葭淒淒，淒淒然未堅實。白露未晞。而白露尚未乾為霜，則無以成之也。喻國方新立而不用周禮，則無以自固焉。所謂伊人，在水之湄。水草交處為湄。溯洄從之，道阻且躋；且有躋攀之勞。溯游從之，宛在水中坻。音遲，小渚也。

蒹葭采采，盛而可采。白露未已。未止而為霜也。所謂伊人，在水之涘。音史，水涯。溯洄從之，道阻且右；溯游從之，宛在水中沚。小渚也。

《蒹葭》三章，章八句。

《終南》，詩篇名。戒襄公也。警戒襄公也。能取周地，襄公得天子命，能伐犬戎，以取岐豐之地。始為諸侯，始變附庸而為諸侯。受顯服，膺受榮顯之服。大夫美之。秦大夫嘉美之。故作詩以戒勸之。又慮其不能修德，無以保位也。故作此詩以戒其自持，而勸其自勉焉。

終南何有？終南之山何所有乎？有條有梅。有條與梅之美材焉。喻人君之尊則宜有令德。君子至止，今襄公受命於天子，來至而止於其國。錦衣狐裘，以織錦為衣，以狐皮為裘，諸侯之服也。顏如渥丹，其顏色赤而潤澤，如厚積之丹。其君也哉！既已為君矣，可無德以稱之乎？

終南柯有【一】？終南山極崇高，其中何所有乎？有紀有堂。有棱角之地，亦有寬平之地。喻人君之尊，寬嚴之德皆當備也。君子至止，今襄公受命於天子，來至而止於其國。黻衣繡裳。畫黻為衣，刺繡為裳。佩玉將將，佩玉於身，其聲將將然有節。將，音鏘。壽考不忘！則既為君矣，必修德以稱之，庶幾享壽考之福，至於悠久而不忘也。

《終南》二章，章六句。

【一】「柯」，《毛詩正義》作「何」。

《黃鳥》，詩篇名。哀三良也。哀憐三個良善之人。國人刺穆公以人從死，秦國之人刺穆公殺賢臣以從死者之葬。而作是詩也。而作為此詩也。

交交黃鳥，交交往來飛之黃鳥。止于棘。既下止於棘木，自得其所，而哀三良之死非其所也。誰從穆公？曰從穆公葬者誰乎？子車奄息。乃子車氏之奄息也。維此奄息，維此奄息為人。百夫之特。其才特出百夫之上。臨其穴，今則臨壙穴而從死。惴惴其栗。是以惴惴然恐懼。惴，之瑞。彼蒼者天，於是呼蒼天而告曰。殲我良人。何為盡殺我善人乎？殲，纖。如可贖兮，良人死若可以他人贖之。人百其身。則雖以百人之身，亦願贖之。愛之甚也。

交交黃鳥，止于桑。誰從穆公？子車仲行。音杭。維此仲行，百夫之防。一人之才，可以當百夫之眾也。臨其穴，惴惴其栗。彼蒼者天，殲我良人。如可贖兮，人百其身。

交交黃鳥，止于楚。誰從穆公？子車鍼虎。鍼音鈐。維此鍼虎，百夫之禦。臨其穴，惴惴其栗。彼蒼者天，殲我良人。如可贖兮，人百其身。解並同上。

《黃鳥》三章，章十二句。

《晨風》，詩篇名。刺康公也。譏刺康公也。忘穆公之業，遺忘穆公之業。始棄其賢臣焉。始棄逐其賢臣而不能用也。

鴥彼晨風，晨風之飛，鴥然而疾。鴥，音聿。鬱彼北林。必鬱然茂盛之北林，乃投息於其中焉。喻君子之出仕，必有道之君乃聚之。未見君子，今康公待賢不以誠，□其未見君子也。憂心欽欽。則中心憂之，欽欽然不解。如何如何！及既見之，則所以相待者有何乎？忘我實多。始勤終怠，其遺忘我者實多也。

山有苞櫟，高山之上，則有叢生之櫟。櫟，盧狄反。隰有六駮。下濕之隰，則有六樹之駮，喻國則有賢人也。

駮，音博。未見君子，憂心靡樂。洛。如何如何！忘我實多。

山有苞棣，音梯。隰有樹檖。音遂。未見君子，憂心如醉。如何如何！忘我實多。

《晨風》三章，章六句。

《無衣》，詩篇名。刺用兵也。刺康公之用兵不息也。秦人刺其君好攻戰，秦人刺康公善於攻城野戰【一】。好，去聲。亟用兵而不與民同欲焉。數數用兵，勞苦其民，而不與斯民同其所欲焉。亟，期冀反。

豈曰無衣？古者君與民同欲，豈曰民之無衣乎？與子同袍。我但有是袍，願與民共之□。王于興師，是以民亦樂於奉君，謂吾君若興師征討。修我戈矛，則我當修治其戈矛。與子同仇。與君同伐其仇讎焉。今康公不然，故刺之。

豈曰無衣？與子同澤。澤，褻衣，以其親膚，近於垢澤，故謂之澤。王于興師，修我矛戟，與子偕作。起也。

豈曰無衣？與子同裳。王于興師，修我甲兵，與子偕行。解同上。

《無衣》三章，章五句。

《渭陽》，詩篇名。康公念母也。康公思念其母而作也。康公之母，康公所生母親。晉獻公之女。蓋晉獻公之女嫁秦穆公為夫人。文公遭驪姬之難，晉獻公之子名重耳，是為文公。遭遇驪姬讒譖之禍。驪，離。未反而秦姬卒。出奔於外，未反國而秦姬已死。穆公納文公，其後秦穆公納文公，使反晉國為君。康公時為太子，秦康公當此時尚為太子。贈送文公于渭之陽，贈文公以車馬珠玉而送於渭水北。念母之不見也，因思其母之不復見。我見舅氏，

【一】按，《唐風·葛生》題下注云：「獻公喜於攻城戰野。」疑此「野戰」或爲「戰野」之倒誤。

謂我今見舅氏之尊。如母存焉。如母氏之尚在焉。及其即位，傷感之情，至於即位而不已。思而作是詩也。故追思其初送文公之時，而作此詩以見其志也。

我送舅氏，我，康公自謂。舅氏，秦康公之舅晉文公重耳也。康公即位，追念其初送舅氏文公歸晉之時。曰至渭陽。曰至渭水之北。何以贈之？當時用何物贈送之？路車乘黄。蓋以路車及一乘之黄馬。見舅而不見母，故傷感焉。

我送舅氏，康公即位，追念其初送舅反國之時。悠悠我思。念母之不見，悠悠然思之不已。何以贈之？當時用何物贈送之？瓊瑰玉佩。蓋以瓊瑰及所佩之玉。見舅而不見母，故傷感焉。瑰，古回反。

《渭陽》二章，章四句。

《權輿》，詩篇名。刺康公也。刺秦康公也。忘先君之舊臣，康公遺忘穆公舊日所用之臣。與賢者有始而無終也。即位之初，猶能加意待賢，而終則棄之也。所以刺之。

於我乎，秦之賢者謂康公始初待我也。夏屋渠渠，有渠渠然深廣之夏屋，禮意甚厚。今也每食無餘。今之待我，則飲食之類僅足而已，略無餘也。于嗟乎，於是嗟歎而言曰。不承權輿。康公何不能繼承其始也？

於我乎，每食四簋，今也每食不飽。于嗟乎，不承權輿。

《權輿》二章，章五句。

秦國十篇，二十七章，百八十一句。

直音傍訓毛詩句解卷六

直音傍訓毛詩句解卷七

陳風

陳，國名，太皞犧氏之墟。帝舜之胄有虞閼父者，為周陶正。武王賴其利器，封其子胡公為諸侯，姓曰媯，居宛丘之側，妻以元女太姬。太姬無子，好巫覡，祈鬼神，敬舞之樂，民俗化之。五世至幽公，當厲王時政衰，君臣淫荒，所為無度，國人傷而刺之，故陳之變風作矣。

《宛丘》，詩篇名。刺幽公也。譏刺幽公也。淫荒混亂，言幽公淫縱而廢事，昏亂而無知。游蕩無度焉。放蕩而無節度，所以刺之。

子（幽公）之湯兮，幽公放蕩遊行。湯，音蕩。宛丘之上兮。四方高中央下曰宛丘。在於宛丘之上。洵有情兮，雖信有情思之可樂矣，而無望兮。至於無威儀之可瞻望也。

坎（鼓聲）其擊鼓，坎坎然擊鼓之聲。宛丘之下。遨遊於宛丘之下。無冬無夏，言無時不遇其出遊也。值其鷺羽。常遇其持白鷺之羽以蔽其身而舞於此，淫荒之甚也。

坎其擊缶，缶，瓦器，可以節樂。缶，方有。宛丘之道。無冬無夏，值其鷺翿。翳也。翿，音導。

《宛丘》三章，章四句。

《東門之枌》，詩篇名。枌，符云反。疾亂也。疾惡當時之亂也。幽公淫荒，幽公淫縱廢事。風化之所行，淫風化於一國。男女棄其舊業，男女淫縱，皆棄其舊日所守之事業。亟會於道路，數數會聚於道路之間。亟，啟冀反。歌舞於市井爾。而歌且舞於市井之上爾。

東門之枌，東門之木則有枌。宛丘之栩。宛丘之地則有栩。喻男女各有事業。栩，況浦反。子仲之子，今陳大夫子仲氏之子。婆娑其下。乃棄其舊業而徘徊翱翔於其下，乃荒淫之甚。

穀旦于差，（穀旦，吉日。差，擇。）陳之風俗淫荒，民皆以歌舞為樂，雖女人亦差擇其吉日。南方之原。游於南方高平之原。不績其麻，緝麻之事，盡已廢之。市也婆娑。但於市井之中，徘徊翱遊而已。

穀旦于逝，男女相約會於道路，擇其善日而往。越以鬷邁。於是總行往所會之處。鬷，音宗。視爾如荍，男謂女曰，我視爾顏色之美，如芘芣之華。荍，音喬。貽我握椒。女乃遺我一握之椒，交情好也。

《東門之枌》三章，章四句。

《衡門》，詩篇名。誘僖公也。誘導僖公，使入於善也。愿而無立志，僖公天資本願為善，但謹畏太過，無確然有為之志也。故作是詩以誘掖其君也。故作此詩以誘導輔翼其君也。掖，亦。

衡門之下，橫木為門，下雖淺陋。可以棲遲。可以游息其下。泌之洋洋，泌水洋洋然而盛流。泌，秘。可以樂饑。觀之而樂，可以忘饑。喻陳國雖小，苟有立志，亦可以有為也。樂，音洛。

豈其食魚，豈人之食魚。必河之魴？而必河中之魴？他魚亦可食也。魴，房。豈其娶妻，豈人之娶妻。取，娶。必齊之姜？必齊國之姜？他姬亦可娶也。喻豈有為善而必大國乎，小國亦可為也，但欲人之立志爾。

豈其食魚，必河之鯉？豈其娶妻，必宋之子？宋，子姓。

《衡門》三章，章四句。

《東門之池》，詩篇名。刺時也。刺當時之君也。疾其君之淫昏，陳人疾惡其君淫荒昏亂，不可告語。而思賢女以配君子也。而思得賢淑之女以為君子之配，庶幾夙夜警戒，足以檢束其心而去其惡也。

東門之池，東門之池內。可以漚麻。可以漚麻於其中，浸潤之久，則必柔而可用。漚，烏豆反。彼美淑姬，喻彼淑善之姬女。可與晤歌。可以配君子，使相對而歌，則必能感發其心而去其惡也。

東門之池，可以漚紵。直呂反。彼美淑姬，可與晤語。

東門之池，可以漚管【一】。音艱，茅屬，浸之可以為屨。彼美淑姬，可與晤言。

《東門之池》三章，章四句。

《東門之楊》，詩篇名。刺時也。刺當時風俗之不美也。昏姻失時，陳國之民失婚姻之時。男女多違，男女多相違而不成夫婦。親迎，或有男親迎於女家，女猶有不至者也。而女猶有不肯至者也。

東門之楊，昏姻必在仲春之月，今楊之發於東門之外者。其葉牂牂。其葉已牂牂然茂盛，則春夏之交也，而其時已晚矣。於此時往親迎。牂，予桑反。昏以為期，幸其成禮以昏時為期。明星煌煌。乃至於啟明星煌煌然大明而猶不至焉，是以刺之。

東門之楊，其葉肺肺，普皆反，茂盛也。昏以為期，明星晢晢。之世反，光明也。

《東門之楊》二章，章四句。

《墓門》，詩篇名。刺陳佗也。佗，文公子，桓公鮑之弟。桓公疾，陳佗殺其太子免而代之，所以刺陳佗弒逆之事也。佗，徒多反。陳佗無良師傅，追咎其先君不能為佗擇良師以訓之，良傅以道之。以至於不義，故習於不善，以

【一】「管」，《毛詩正義》作「菅」。

至殺太子。惡加於萬民焉。其惡加被於萬民，而萬民皆知之焉。

墓門有棘，墓門之道不修治，則荊棘生之。斧以斯之。必用斧斤以開析之，喻人情不修治則邪惡生，必用良善之師傅以教正之。夫也不良，今佗無良師傅，習爲不善。國人知之，國內人皆知之。知而不已，國人皆知而佗之為惡猶不已。誰昔然矣。所以致之者，自昔誰如是乎？蓋桓公不為擇師傅之過也。

墓門有梅，梅雖美材，而生於墓門幽僻荒蕪之處。有鴞萃止。則惡聲之鴞萃止於上矣。喻佗雖有秉質，而與小人處，則惡歸其身矣。鴞，户驕反。夫也不良，今佗習於不善，有自來矣。歌以訊之。於是歌其惡以告之。訊，音信。訊予不顧，告之而不我顧。顛倒思予。至於顛敗覆亡而後思我，則無及矣。

《墓門》二章，章六句。

《防有鵲巢》，詩篇名。憂讒賊也。憂讒言之賊害善人也。宣公多信讒，宣公多信小人讒譖之言。君子憂懼焉。君子憂之，懼其禍亂將及己，故作是詩也。

防有鵲巢，小人集眾言以惑人，如防邑之有鵲巢，積漸以成之。邛有旨苕。（旨苕，美草。）譖言既成，則禍將牽而及人，如中丘之有美苕，延蔓而不窮。邛，其恭反。苕音沼。誰侜予美，故君子傷之曰，誰為此侜張迂曲之言，以誣罔我所美之人乎？侜，陟留反。心焉忉忉。使我心忉忉然憂勞之甚也。忉，都勞。

中唐有甓，（中唐，堂下至門之徑。）小人集眾言以惑人，如中唐之途，積聚眾甓。甓，薄歷。邛有旨鷊。又如邛丘有旨鷊，雜眾色以成文。鷊，五歷反。誰侜予美，心焉惕惕。懼也。

《防有鵲巢》二章，章四句。

《月出》，詩篇名。刺好色也，刺當時之愛美色也。好，去聲。在位不好德而說美色焉。言在位之人不好修德，而好悅美女色焉。說，悅。

月出皎兮，當月出皎然光白之時。佼人僚兮。思女之色僚然而好。佼，狡。僚，了。舒窈糾兮，欲一見之以舒其憂深鬱結之情而不可得。糾，其趙反。勞心悄兮。是以勞心憂之，悄然而不悅也。

月出皓兮，佼人懰兮。懰音柳，如也。舒懮受兮，懮，於久反，舒貌。勞心慅兮。慅然不安而騷動也。慅，七老反。

月出照兮，照月光之被物。佼人燎兮。燎，力召反，明也。舒夭紹兮，糾緊之意。夭，於表反。勞心慘兮。慘然而不樂也。

《月出》三章，章四句。

《株林》，詩篇名。刺靈公也。譏刺靈公也。淫乎夏姬，夏姬，夏征舒之母，鄭穆公女，嫁於陳大夫禦叔。靈公淫於夏姬氏。驅馳而往，鞭馬曰驅，走馬曰馳。且驅且馳，而往夏姬之家。朝夕不休息焉。自朝至暮不少止息焉。

胡為乎株林？國人問靈公，何為往株林之邑？從夏南。從夏南家而為亂乎？匪適株林，從夏南。詩人則為之隱曰：非往株林從夏南而為亂，蓋他有所往爾。

駕我乘馬，詩人始欲為靈公隱其惡，□靈公駕我之乘馬。乘，去聲。說于株野。而說止于株林之野。說，稅。乘我乘車【一】，乘我一乘之車。乘，上如字，下去。朝食于株。往株林而朝食焉，其惡顯然，不可揜也。

《株林》一章，章四句。

【一】「車」，《毛詩正義》作「駒」。

《澤陂》，詩篇名。刺時也。刺當時之淫亂也。言靈公君臣淫於其國，言靈公之君臣淫亂於其國。男女相說，民皆化之，男女相悅。説，悅。憂思感傷焉。故思之至於憂愁，感而至於傷悲焉。

彼澤之陂，彼澤陂之中。有蒲與荷。則有蒲與荷。有美一人，彼有一人者，亦如此蒲荷之美也。傷如之何！我不見之，則其悲傷之情當如何乎？寤寐無為，寢而既覺，它無所為。涕泗滂沱。眼淚曰涕，鼻流曰泗。但涕泗滂沱而盛下耳，傷之盛也。

彼澤之陂，有蒲與蕑。有美一人，碩大且卷。音拳。寤寐無為，中心悁悁。（悁悁，結而不伸。）中心憂之，悁悁然鬱結不伸。蕑，音艱。悁，音娟。

彼澤之陂，有蒲菡萏。荷花也。菡，戶感反。下，大感反。有美一人，碩大且儼。碩大而且儼然，容貌矜莊。寤寐無為，輾轉伏枕。但為之反覆不寧，伏枕上而已。

《澤陂》三章，章六句。

陳國十篇，二十六章，百二十四句。

檜風

檜，國名，古高辛氏火正祝融之墟。祝融氏，名黎，其後八姓，維妘姓檜者處其地焉。周夷王、厲王時，檜公不務政事而好潔衣服，大夫去之，於是檜之變風始作。至平王初，武公滅之。

《羔裘》，詩篇名。大夫以道去其君也。君有過則諫，諫而不聽則去，臣之道也。檜大夫諫君而不能用，故以道而離去其君也。國小而迫，檜國狹小而迫蹙。君不用道，檜君不知用其道。好潔其衣服，惟喜於修飾其衣服。

好，去聲。逍遙游燕，逍遙而自得，游燕以自樂。而不能自彊於政治，而不能彊力以立政致治。故作是詩也。故大夫作此詩而去之。

羔裘逍遙，羔裘，聽朝之服也，逍遙而游燕也。狐裘以朝。狐裘，朝天子之服也。雖以聽朝，然急於自樂而怠於政治。朝音潮。豈不爾思？是以大夫去之曰：其心豈捨君哉！但不得已而去也。勞心忉忉。故心憂之，忉忉然而勞也。忉，刀。

羔裘翱翔，狐裘在堂。在公堂聽朝也。豈不爾思？我心憂傷。我心憂之至於感傷也。

羔裘如膏，羔裘之色如脂膏之潤澤。膏，去聲。日出有曜。日出照之，則曜然而有光彩。衣此服燕游而忽於政如此。豈不爾思？中心是悼。傷也。

《羔裘》三章，章四句。

《素冠》，詩篇名。刺不能三年也。刺當時之人不能行三年之喪也。

庶見素冠兮，時人不能行喪禮，故詩人刺之云：庶幾得見彼能行三年之喪、服素冠於期年後者而不可得。棘人欒欒兮，故哀傷之切，至於欒欒然瘦瘠。勞心慱慱兮。此心之勞，慱慱然不解也。

庶見素衣兮，詩人欲庶幾見彼能行三年之喪、服素衣於期年之後者而不可得。我心傷悲兮，故其心傷悲焉。聊與子同歸兮。倘幸見之，我當與之同歸是道也。

庶見素鞸兮【一】，鞸，蔽膝之衣，以皮為之，衣素則此亦素。我心蘊結兮，思之不解也。聊與子如一兮。同行是道也，喪禮：期年而素，三年而除。

【一】「鞸」，《毛詩正義》作「韠」，下「鞸」字同。

《素衣》三章，章三句。

《隰有萇楚》，詩篇名。萇，音長。疾恣也，疾惡君之放恣也。國人疾其君之淫恣，檜國之人疾惡其君之淫縱放恣。而思無情慾者也。而思其初未有情慾時。

隰有萇楚，下濕之地有萇楚。猗儺其枝。既長而枝條柔弱，則蔓引於草上。猗，於可。儺，乃可反。夭之沃沃，不若其少小時，沃沃然壯盛，猶能自立也。喻人君長大時，情慾既開，牽制於物，不若幼沖之時，未知物慾之好而志意端正也。沃，烏毒反。樂子之無知。故詩人曰：我喜子未有知識之時也。樂，洛。

隰有萇楚，猗儺其華。夭之沃沃，樂子之無家。我喜子未有夫婦室家之好也。

隰有萇楚，猗儺其實。夭之沃沃，樂子之無室。

《隰有萇楚》三章，章四句。

《匪風》，詩篇名。思周道也。思周家盛時為治之道也。國小政亂，檜之國土狹小，政治擾亂。憂及禍難，國人憂禍難之及己。難，去聲。而思周道焉。而追念周道之美焉。

匪風發兮，檜朝之政，若匪風之發，猛疾而不和。匪車偈兮。若匪車之行，疾驅而無法，虐我之甚也，故國人病之。偈，起竭反。顧瞻周道，回視周家盛時為治之道而不可見。中心怛兮。故中心怛然憂傷也。怛，都達反。

匪風飄兮，匪車嘌兮。嘌，匹遙反，無節度也。顧瞻周道，中心吊兮。吊，傷也。

誰能亨魚，魚美，人所欲，謂誰人能烹魚乎？亨，音烹。溉之釜鬵。有則我與之溉滌其釜鬵以助之。溉，蓋。釜，父。鬵，尋。誰將西歸，喻美政，人所思，誰人將歸西周以興周道乎？懷之好音。有則我願歸勞之以善言，而勉之治民如烹鮮。烹魚煩則碎，治民煩則散，故因以起興也。

《匪風》三章，章四句。

檜國四篇，十二章，四十五句。

曹風

曹，國名，姬姓，在甯夏河澤之地。昔舜漁於甯澤，民俗化其遺風，務稼穡、薄衣食以致蓄積。夾於魯、衛之間。周武王定天下，封弟叔振鐸於此。傳十一世，漸習驕侈。當惠王世政衰，昭公好奢而任小人，曹之變風始作。

《蜉蝣》，詩篇名。刺奢也。刺奢侈也。昭公國小而迫，昭公土地狹小而迫於大國。無法以自守，無法度以持守。好奢而任小人，專好奢侈，任用小人。好，去聲。將無所依焉。將至危亡而無所依倚焉。

蜉蝣之羽，蜉蝣之羽翼雖美，然朝生暮死，不能久。喻曹國終至危亡。衣裳楚楚。謂昭公華飾其衣裳，楚楚然鮮潔如蜉蝣之羽。心之憂矣，君子憂之。於我歸處。謂其國危亡，於我何所歸處，所以憂也。處，上聲。

蜉蝣之翼，采采衣服。采采，華飾。心之憂矣，於我歸息。

蜉蝣掘閱，蜉蝣，土中化生，掘地而出，形容解閱。掘，求勿反。閱，悅。麻衣如雪。深衣鮮潔如雪之白。心之憂矣，於我歸說。舍止也。說，稅。

《蜉蝣》三章，章四句。

《候人》，詩篇名。刺近小人也。刺親近小人也。共公遠君子，共公遠棄君子。共，恭。而好近小人焉。

而愛親近小人焉。

彼候人兮，候人，道路迎送賓客者。共公遠棄，君子但為候人之官，其職甚卑也。何戈與祋。使之何戈與祋，但於道路迎送賓客而已。祋，對。彼其之子，彼所任之子乃小人也。三百赤芾。所服者為赤芾之韠，為大夫之職者有三百人也。芾，弗。

維鵜在梁，鵜，水鳥也，不居水而高處魚梁之上。鵜，啼。不濡其翼。不濡濕其羽翼而竊人之魚食，喻小人反在高位而竊食其禄。彼其之子，彼小人也。不稱其服。不足以稱是服也。

維鵜在梁，不濡其咮。音晝。彼其之子，不遂其媾。不足以稱是厚禄也。媾，古旦反。

薈兮蔚兮，薈蔚，雲興貌。南山朝隮。曹有南山，但小雲朝升，不能成大雨。喻所任小人不能宣德澤，彊壯之人皆朝升於上而争伐之。隮，子兮反。婉兮孌兮，婉，少也。孌，好也。季女斯饑。喻小人竊禄，下民窮困，至于婉孌小女亦受饑困也。

《候人》四章，章四句。

《鳲鳩》，詩篇名。鳲，尸。刺不壹也。刺當時之不能純一也。在位無君子，曹朝在職位者皆非君子之人。用心不之壹也。所以用心不能純一而不變也。

鳲鳩在桑，鳲鳩之養子，朝從上下，暮從下上，均平如一。在桑者，鳲鳩所處當在於桑也。此詩喻曹國在位之人，曾鳲鳩之不若也。其子七兮。其子雖有七，而所以養之者均平如一。淑人君子，喻彼淑善之君子。其儀一兮；其威儀亦如此純一而不變也。其儀一兮，惟其威儀純一不變。心如結兮。則其心之結實而不分者可知矣。今之在位者，何不如是耶？

鳲鳩在桑，鳲鳩在桑，居其常處。其子在梅。雖其子飛而在梅，母不隨之而變也。淑人君子，同上。其帶伊絲；威儀有常度，其帶則以絲為之。其帶伊絲，非惟其帶伊絲而已。其弁伊騏。其皮弁則青黑色騏，有常不差忒也。

鳲鳩在桑，其子在棘。淑人君子，其儀不忒；其威儀亦如是，有常守不差忒也。其儀不忒，惟其威儀不差忒。正是四國。斯足以表正四國之人也。

鳲鳩在桑，其子在榛。淑人君子，正是國人；善人君子有常不貳，則足以正此國人也。正是國人，既足以正國人。胡不萬年！何不使享萬年之壽。

《鳲鳩》四章，章六句。

《下泉》，詩篇名。思治也。遭世亂之極而思治也。曹人疾共公侵刻，曹人疾惡其君共公行侵削刻剝之政。下民不得其所，使下民不得以安其所。憂而思明王賢伯也。憂愁之甚而思古者明王賢伯之為治，澤及下民也。

洌彼下泉，泉之潤物，猶政令膏澤之及人，然寒洌則不能潤物，在下則又不能及物。浸彼苞稂。浸漬叢生之稂乃反害之，喻曹政之虐愈久則愈害民也。愾我寤歎，斯民不得其所，當既寤之時，於是愾然歎息。愾，慨。念彼周京。思彼周京，明王之澤，下及於民，而今無之。

洌彼下泉，浸彼苞蕭。愾我寤歎，念彼京周。

洌彼下泉，浸彼苞蓍。愾我寤歎，念彼京師。王畿乃大眾所居之地。

芃芃黍苗，黍之發苗既芃芃然茂盛矣。陰雨膏之。又有陰雨以膏潤之，則黍愈盛矣。四國有王，喻四國之民既有王以恤之。郇伯勞之。又有郇侯為方伯以慰勞之，則民愈安矣。今既無明王，又無賢伯，所以思之。郇，荀。勞，去聲。

《下泉》四章，章四句。

曹國四篇，十章，六十八句。

直音傍訓毛詩句解卷七

直音傍訓毛詩句解卷八

豳風

豳本戎狄之地名，后稷之曾孫曰公劉者，自后稷始封之邰而徙居焉。夏后太康時，稷子不窋失其官守，而自竄於戎狄之間。不窋生鞠陶，鞠陶生公劉，能復修后稷之業，勤恤愛民，民咸歸之而國成焉。十世而太王徙居岐山之陽，十二世而文王始受天命，十三世而武王為天子。武王崩，成王幼，周公旦以冢宰攝政，乃述后稷公劉之化，作詩一篇以戒成王，謂之豳風。而後人又取周公所作，及凡為周公所作之詩以附焉。其時三監流言，君臣相疑，不得為正而謂之變。然成王賢君也，不可使有變雅，故因《七月》言豳地之風俗而係之豳風。所以係之曹風後者，蓋亂極則歸於治，變極必反於正，故列檜曹思治之詩而繼之以豳，言自是而入於正也。

《七月》，詩篇名。陳王業也。陳述周家王業之所由以成也。周公遭變，武王崩，成王幼，周公旦攝政，遭管蔡流言之變。故陳后稷先公風化之所由，慮成王不知王業之所以成，故陳后稷先公風化之所由，本於憂恤小民也。致王業之艱難也。而致王者之業甚艱且難，欲成王之不敢忽也。

七月流火，夏以今正月為歲首，故建寅也，以十二月為歲終。周以今十一月為歲首，故建子也，以十月為歲終。此詩所言日月即夏正也，蓋公劉居豳當夏代也。陽生於子十一月而終於巳，故十一月至四月以日言。日，陽也。陰生於午五月而終於亥，故五月至十月以月言。月，陰也。火，大火也。火以六月之昏加於正南午位，當東西之中；至七月之昏，則下而西流矣。豳民仰觀天象，俯趨民事，當七月之時，火星西流而寒始至。九月授衣。九月霜始降，則可授冬衣以禦寒，當預備也。一之日觱發，一之日，一陽生之日，十一月始至十二月，則觱發而寒。觱，音必。二之日栗烈；十二月則寒氣愈盛。無衣無褐，當此時而衣褐無備。何以卒歲？其何以終年乎？三之日于耜，歲盡而春來，農事復興，正月則始修治其耒耜。四之日舉趾。三月則盡舉足以耕田矣【一】。同我婦子，農夫在田，為婦為子者同然而來。饁彼南畝，婦子饁餉於南畝之中。饁，炎入。田畯至喜。是以田官見其耕饁甚喜悦也。

七月流火，七月則火星西流而寒氣將至。九月授衣。九月則霜降而可以授冬衣，當預備寒矣。春日載陽，至春陽始暖之時，蠶事將興。有鳴倉庚。黄鳥有鳴之時。女執懿筐，女子持執深懿之籃。遵彼微行，遵循細微之路。爰求柔桑。乃求柔小之桑以養新生之蠶。春日遲遲，春日遲遲舒緩之時。采蘩祁祁。蘩，白蒿，可俗蠶【二】。采者祁祁然眾多。女心傷悲，此心為之傷悲。殆及公子同歸？欲婚姻之人及時，庶幾與諸侯之女同嫁焉。

七月流火，七月火星西流，寒氣將至，不可無衣。八月萑葦。故於八月萑葦成熟之時，采之為薄，以擬來歲生蠶之用。萑，蒹也。葦，葭也。萑，芄。蠶月條桑，至來歲治蠶之月，而條桑始發。取彼斧斨，於是取斧取斨。斨，方銎也。斨，鏘。以伐遠揚，以伐桑條之長遠而揚起者。猗彼女桑。又束其柔小之桑而歸，以備蠶食焉。七月鳴鵙，蠶事既畢，則麻事繼興，七月鵙始鳴而漸寒。鵙，伯勞也。鵙，圭覓。八月載績，八月麻始熟而可績。載玄載黄，績之已成則染之，或黑色，或黄色。我朱孔陽，而其朱色尤甚鮮明。為公子裳。願納之於君，以為公子之裳，其愛上之心如此。

四月秀葽，四月建己，陽月也。當言日而言月者，以陽之極而折之也。四月而葽草始秀。五月鳴蜩。五月而蜩始鳴。八月其獲，八月禾熟可刈穫矣。十月隕蘀。十月則萬木皆墜葉，則寒將至矣。蘀，音托。一之日于貉，於是鳥獸□毛皮革可用，故十一月而往取貉獸。貉，戶各。取彼狐狸，取狐狸之皮。為公子裘。納之於君，以為公子之裘焉。二之日其同，十二月農事已暇，君民相聚，出而田獵。載纘武功，因而纘繼武事，教民習武，使不忘戰也。言私

【一】「三」，據文意應作「二」。

【二】按，《毛傳》：「蘩，白蒿也，所以生蠶。」此「俗」字當爲「生」字。

其豵，豕生一歲曰豵。講武既畢而遂田獵，民得一歲之小豕，則私之以為己有。獻豣于公。三歲曰豣，得三歲之大豕則獻之公家，愛上之切至如此。豣，堅。

五月斯螽動股，五月日長至陰生，斯螽動足股而鳴。六月莎雞振羽。六月則莎雞振羽翼而鳴。莎，娑。七月在野，七月則蟋蟀在郊外。八月在宇，屋四垂為宇。八月則蟋蟀進居簷下。九月在戶，九月則蟋蟀在於戶內。十月蟋蟀入我牀下。十月則入我臥牀下矣。蟲既近人，則大寒將至。穹窒熏鼠，故民皆整治室，率穹窒其空穴，熏出其伏鼠。塞向墐戶。塞向北之牖，塗通風之戶。墐，僅。嗟我婦子，閔惜我婦子久勞於田畝。曰為改歲，相告曰歲將盡而復改矣。入此室處。可入此室而安處焉。

六月食鬱及薁，六月則鬱與薁可食。鬱，棣屬。薁，薁蘡也。七月亨葵及菽，七月則葵與菽可烹。葵與菽，豆也。八月剝棗，八月則剝擊其棗。十月穫稻。十月則刈穫禾稻。為此春酒，穫稻以釀東醪。以介眉壽。數者皆養老之物，所以助養長眉高壽之老人。七月食瓜，壯者不得與老者同，七月則食其瓜。八月斷壺，匏，枯者可為壺，嫩者可供茹。八月宜斷其藤，令勿復花實，所以堅其壺；而人其茹，亦去圃為場之漸，八月則斷其藤。九月菽苴【一】。九月則拾其麻實。苴，七餘。采荼薪樗，采其苦菜，以樗木為薪而熟之。樗，敕書反。食我農夫。以供我農夫之食。

九月築場圃，場圃同地，春夏之間種植以為圃，秋冬之間堅築以為場。十月納禾稼。十月則納禾稼於場中。黍稷重穋，其禾稼之名，有黍稷重穋之類。後熟曰重，先熟曰穋。穋，六。禾麻菽麥。其禾稼之外，則有大豆麻麥之類。嗟我農夫，既□之矣，於是眾農人自相稱歎。我稼既同，我之禾稼皆已收藏，農事已畢矣。上入執宮功。宮功，公室之役也。當上入都邑之中，以執公家役使之事。上，時掌反。晝爾于茅，晝則往而刈茅。宵爾索綯。夜則歸而絞繩。綯，陶。亟其乘屋，急升田間之屋而整治之。亟，急。其始播百穀。又將候春始而播百穀，其始終農事不待督責

【一】「菽」，《毛詩正義》作「叔」。

如此。

二之日鑿冰沖沖，豳地晚寒，故正月猶有冰。十二月冰方堅，疑陽氣閉塞，故鑿之，而陽氣之出也沖沖然。三之日納于凌陰，正月則納冰于凌陰之中。四之日其蚤，至二月而陽氣盛，乃早開冰而出之。蚤，早。獻羔祭韭。以羔羊及新生之韭先薦寢廟，然後頒之於人，以節宣陰陽之氣，是以天時不差，年穀豐熟。韭，九。九月肅霜，九月降嚴肅之霜以成實萬物。十月滌場。十月則農功畢而掃滌場也。滌，徒歷反。朋酒斯饗，斯民於是欲以朋樽之酒，奉享人君之尊。曰殺羔羊。相謂命曰，當殺此羔羊。躋彼公堂，登彼公堂之上。躋，子兮反。稱彼兕觥：稱舉兕牛角之爵而酌酒獻公。觥，虢彭反。萬壽無疆。皆祝公享萬年之壽而且至於無有疆窮也。言豳公能憂恤小民而豳公受忠愛如此。一詩皆言豳俗小民之事，以見先公致風化、成王業之由，乃成王所當察也。

《七月》八章，章十一句。

《鴟鴞》，詩篇名。鴟，尺之反。鴞，吁驕反。周公救亂也。周公救正當時之禍亂也。成王未知周公之志，武王崩，成王幼，周公攝政，管蔡流言。周公雖已誅之，而成王猶未知其志，尚疑周公欲篡公天下。公乃為詩以遺王，故周公恐其亂之未已，而作詩以與成王。遺，去。名之曰鴟鴞焉。命其名曰鴟鴞，其意將以救亂也。

鴟鴞鴟鴞！鴟鴞，惡鳥鶹鴂也，常取他鳥之子以供食，喻商民也。鴟鴞常食他鳥之子，故其鳥呼鴟鴞而告之曰。既取我子，子喻管蔡，爾既取我子而食之矣。無毀我室！室，巢也，喻王室也。無更毀壞我之巢。恩斯勤斯，我施其恩愛，極其勞苦。鬻子之閔斯。鬻養此子誠可憐閔，今汝取之，其毒甚矣，況又毀我巢乎。喻商民既敗管蔡矣，不可更毀我王室也。鬻，育。

迨天之未陰雨，鳥之營巢者，及天未降陰雨之時。徹彼桑土，徹取桑根之皮。綢繆牖戶。牖者，巢之通氣處。

戶，其出入處也。以纏綿束縛其牖與戶。勤勞如此，然後成之。今女下民，今汝巢下之民。女，汝。或敢侮予。或敢侮慢我而欲毀我巢乎？喻先王之致王業亦極其艱難，商民不得動搖之也。

予手拮据，拮据，以手拘持草貌。鳥之營巢者，謂我手拘持而不息。拮，吉。據音居。予所捋荼，荼，萑苕，可藉巢。予捋荼草而取之。捋，力活。予所蓄租，予取荼草而蓄積之。予口卒瘏，予口勞至於瘏病矣，勤苦如此。瘏，徒。曰予未有室家。蓋曰我未曾有室家。故周公謂吾之所以經營未已者，亦以王室未安定故也。

予羽譙譙，鳥之營巢者，謂我之羽翼譙譙然減殺。譙，音樵。予尾翛翛，我之羽毛翛翛然弊敗。勞苦如此。翛，音悄。予室翹翹，然後能成此翹翹然高危之室。翹，喬。风雨所漂搖。今乃為風雨所漂搖。予維音曉曉。我曉曉然哀鳴而不已。周公以喻致王業之艱難亦如此，今為商民之所搖動，故作此詩以告成王，辭哀而意切也。曉，呼堯反。

《鴟鴞》四章，章五句。

《東山》，詩篇名。周公東征也。言周公東征之事也。周公東征，周公旦自鎬京往東方征管蔡。三年而歸，二年而罪人斯得，至歸周則三年矣。勞歸士，述歸士之情以慰勞之。大夫美之，周大夫嘉其能曲盡人情如此。故作是詩也。故紀其勞歸士之意而作此詩。一章言其完也，第一章則言其不與敵戰，完全兵士而歸也。完，音丸。二章言其思也，第二章則言其在車中思室廬荒廢也。三章言其室家之望女也，第三章言則言其久不得歸，室家相思望也。女，汝。四章樂男女之得及時也。第四章則言樂其既歸之後，男女婚姻，各得及其時也。君子之於人，君子之役使人。序其情而閔其勞，能述序其情之所欲言，而閔悼其勞之所難知也。所以說也。此民心之所以喜說也。說，悅。說以使民，以說民心之道而役使其民。民忘其死，雖驅之於死地，而民亦忘之。其唯《東山》乎！獨是周公東征之役為然也。

我徂東山，東山，管蔡所處之地，在周之東。周公東征而歸，述其兵士之情而勞之曰：我之往東山征管蔡也。慆慆不歸。慆慆然長久不得歸。慆，滔。我來自東，及我來歸自於東山。零雨其濛。其遇雨之零落濛濛然。我東曰歸，乃我在東而言歸也。我心西悲。我心未嘗不念西而傷悲。制彼裳衣，庶幾歸後更制衣裳而服之。勿士行枚。枚，如箸，行軍令則令軍士銜之，欲其無聲也。無復銜枚以從事於行陣之間，然有是情而未遂也。蜎蜎者蠋，於是覩物感歎曰：蜎蜎桑蟲。蜎，淵。蠋，音蜀。烝在桑野。亦獨處於桑野。敦彼獨宿，喻此軍士敦然而獨宿者。敦，堆。亦在車下。亦在此車下而與此蟲等耳。其感傷之情何如哉！

我徂東山，慆慆不歸。我來自東，零雨其濛。解同上章。果臝之實，軍士念其三年在外，田事廢，室廬荒，果臝生而純實。果臝，栝樓也。臝，力果。亦施于宇。延蔓于屋宇之下。施，羊豉反。伊威在室，伊威，蜘蛛名。無人灑掃，則結網屋中。蠨蛸在戶，蠨蛸，長腳蜘蛛，無人出入則結網當戶。蠨，消。蛸，所交。町畽鹿場，町畦村疃之中無人焉，則為麋鹿之場。町，音典。畽，他短反。熠耀宵行。螢火夜飛，其光熠熠。熠，以執反。不可畏也，此五物不是可畏也。伊可懷也。但起人懷思之情爾。

我徂東山，慆慆不歸。我來自東，零雨其濛。鸛鳴于垤，鸛，水鳥，將雨則喜而鳴。婦人居家聞鸛鳴於丘垤之上，思君子遇雨之苦。垤，田節反。婦歎于室。婦人自悲歎於室。洒埽穹窒，於是計君子之久出當歸，遂洒掃其室廬，而窒塞其鼠穴。洒，曬。我征聿至。庶幾我之行者忽然而至也。有敦瓜苦，望之既切，人顧見有敦然之苦瓜。敦，音團。烝在栗薪。係於栗薪之上，因復感其夫亦如此瓜，久匏係於外而不得歸。自我不見，乃復歎曰：自我不見君子。于今三年。于今三年，何猶未歸？

我徂東山，慆慆不歸。我來自東，零雨其濛。倉庚于飛，征夫既歸，乃仲春之月，彼倉庚之飛。熠耀其羽。其羽翼熠耀而鮮明。之子于歸，於是覩時物之變，講婚姻之禮，是子之歸嫁也。皇駁其馬。整飭其黃駁之馬。

駁，音剝。親結其縭，親結其所佩之巾。九十其儀。其儀飾有九十之多。其新孔嘉，以此歸而成新婚，誠其美也。其舊如之何？況其舊有室家者，相見而喜，當何如邪？

《東山》四章，章十二句。

《破斧》，詩篇名。美周公也，嘉美周公也。周大夫以恶四國焉。周大夫以之疾恶管蔡商奄四國流言以毀謗周公。恶，烏路反。

既破我斧，東征之役既破壞我斧。又缺我斨。又缺折我之斨，其勞甚矣。斨，七羊反。周公東征，然周公非無故而勞我，其所以東征者。四国是皇。蓋欲四國之人莫不歸於正而後已。哀我人斯，其哀我人也。亦孔之将。其德甚大，然則雖勞而不可辭也。

既破我斧，又缺我錡。音奇，金屬曰錡。周公東征，四国是吪。五戈反，化也。哀我人斯，亦孔之嘉。善也。

既破我斧，又缺我銶。音求，獨頭斧也。周公東征，四国是遒。在羞反，固也。哀我人斯，亦孔之休。美也。

《破斧》三章，章六句。

《伐柯》，詩篇名。柯，音哥。美周公也，嘉美周公也。周大夫刺朝廷之不知也。周公東征遲留未歸，周大夫作此詩，刺朝廷不知所以迎周公之道。朝廷者，人主所與大臣論是非可否之地。詩人不言成王而曰朝廷者，所以兼刺之也。

伐柯如何？柯，斧柄也。欲伐柯者，果如何乎？匪斧不克。非用斧則不能得。取妻如何？欲娶妻者，果如何乎？取，娶。匪媒不得。非用媒則不能得。喻欲迎周公者，當使賢者先往。

伐柯伐柯，人欲伐斧柄者。其則不遠。其法甚不遠，但觀手所執之柯以為法足矣。喻成王欲迎周公，亦不過反求於心，則知所以迎之之道。我覯之子，王誠能迎之，則我得見公。覯，古豆反。籩豆有踐。言周公既歸，王食燕之籩豆，必有陳列矣。踐，賤淺反。

《伐柯》二章，章四句。

《九罭》，詩篇名。罭，音域。美周公也，嘉美周公也。周大夫刺朝廷之不知也。周公居東未反，士大夫始刺成王不知反周公之道。既又思之切，刺之深，責在朝之人不速還公也。

九罭之魚，九罭，魚網之有九囊者。施九罭之網。鱒魴。則可以得鱒魴之美魚。喻用隆厚之禮，則可以得周公之聖人也。鱒，才損反。魴，音方。我覯之子，今欲我見周公。袞衣繡裳。則必當用上公之服往迎之而後可。

鴻飛遵渚。鴻飛，戾天者也，今乃循行於小洲之上，不得其所矣。喻周公聖人也，當處以上公之位，今乃遲留於東，非其宜也。公歸無所，今迎之歸，而以上公之位與之而後可。若公歸而不得其所。於女信處。則於汝朝廷之臣，信能自安處乎？女、處，並上聲。

鴻飛遵陸。高平曰陸。公歸不復，不還公舊日上公之位。於女信宿。宿，息也。

是以有袞衣兮，國人思周公者曰：朝廷有袞衣之章。無以我公歸兮，豈可無以迎我公之歸乎？無使我心悲兮。其無使我心悲周公不歸也，盍速迎之。

《九罭》四章，一章章四句，三章章三句。

《狼跋》，詩篇名。跋，蒲末。美周公也。嘉美周公也。周公攝政，武王崩，成王幼，周公居攝其政治。遠則四國流言，遠則四國流言，謂公將不利於孺子。近則王不知，近則成王不知周公之志，而信管蔡之言，危疑之甚也。周大夫美其不失其聖也。然周公處之甚安，略無憂懼促迫之意，此周大夫所以嘉美周公不失其大而化之之聖也。

狼跋其胡，狼，獸之貪者，急於求欲，而鬍尾皆垂，前行則躐其胡。載疐其尾。退行則跆其尾。進退危困如此者，以其有貪欲故也。疐，音致。公孫碩膚，若周公者，則至公無私，進退以道，不為利禄所蔽，惟以謙遜自處，其德碩大而且美。赤舄幾幾。故雖在危難之地，安步舒泰，履赤色之舄，有几几之安，終不失其聖也。舄，音昔。

狼疐其尾，載跋其胡。公孫碩膚，德音不瑕。德音之發，粹然無瑕疵焉。

《狼跋》二章，章四句。

豳國七篇，二十七章，二百三句。

直音傍訓毛詩句解卷八

直音傍訓毛詩句解卷九

正小雅

小雅、大雅者，周室居西都豐鎬之時詩也。《小雅》，自《鹿鳴》至《魚麗》，皆文武時詩；自《南有嘉魚》下及《菁菁者莪》，周公、成王時詩，謂之正小雅。自《節南山》至《何草不黄》，皆宣王、幽王時詩，謂之變小雅。《大雅》，自《文王》至《文王有聲》，皆文武時詩；自《生民》下及《卷阿》，皆周公、成王時詩，謂之正大雅。自《民勞》至《召旻》，皆宣王、幽王時詩，謂之變大雅。

《鹿鳴》，詩篇名。燕群臣嘉賓也。文王、武王燕群臣嘉賓之樂歌也。既飲食之，既飲之以酒，食之以殽。飲，去聲。食，音嗣。又實幣帛筐篚以將其厚意，愛人之意不止於飲食，又假幣帛以充實於箱篚，以將奉其厚意也。然後忠臣嘉賓得盡其心矣。於朝曰君臣，於燕曰賓主。上以至誠待乎下，下以至誠奉乎上，故皆樂於竭盡其心力也。

呦呦鹿鳴，鹿之鳴也，呦呦然相呼貌。呦，幽。食野之苹。共食野中之苹草。以喻嘉樂賓客，當以懇誠相招呼以共宴享也。我有嘉賓，故我有嘉德之賓也。鼓瑟吹笙。設為燕飲之禮，鼓其瑟，吹其笙。吹笙鼓簧，既吹笙矣，又鼓其簧，以極其相樂之情。承筐是將。又承箱篚於幣帛，以奉其厚意。人之好我，故忠臣嘉賓感上之意，皆推愛我之心。好，去聲。示我周行。示我以大道也。行，亢。

呦呦鹿鳴，同上。食野之蒿。引類以共食野中之蒿草。我有嘉賓，同上。德音孔昭。宣播德音，甚昭著也。視民不恌，下民化之，無偷薄之俗。恌，音挑。君子是則是傚。君子慕之，亦則傚其德行。我有旨酒，我有旨美之酒。嘉賓式燕以敖。烏可不與共享燕樂遨遊乎？敖，平。

呦呦鹿鳴，食野之芩。我有嘉賓，鼓瑟鼓琴。鼓瑟鼓琴，鼓瑟鼓琴，慇懃至再。和樂且湛。相歡相樂，與之長久。我有旨酒，同上。以燕樂嘉賓之心。我有美酒，非止養其體、娱其情而已，又當安樂其心，故能得其心而竭其力也。

《鹿鳴》三章，章八句。

《四牡》，詩篇名。勞使臣之來也，文王、武王之時，使臣將命而來歸，歌此詩以燕勞之也。勞、使，並去聲。有功而見知則説矣。使臣有將命之功而見知於上，且有詩歌以燕勞之，故中心喜説也。

四牡騑騑，使臣謂駕四匹之牡馬，出使於外，騑騑然行不止貌。騑，音非。周道倭遲。歷經周路之遠，勞苦可知。倭，威。豈不懷歸？當此時勞苦，豈不思歸？王事靡盬，但以王家之事不可以不堅固，義不可歸。盬，古。我心傷悲。故我之心但悲傷而已。思歸者，私恩也；靡盬者，公義也；傷悲者，情思也。無私恩，非孝子也；無公義，非忠臣也。君子不以私害公，不以家事廢王事。

四牡騑騑，解同上。嘽嘽駱馬，馬嘽嘽然亦勞而喘息，則人勞可知矣。嘽，灘。豈不懷歸？王事靡盬，同上。不遑啟處。□不暇啟處之安。

翩翩者鵻，使臣在外見翩翩之鵻鳥。鵻，音隹。載飛載下，或飛載下。集于苞栩。止集于叢生之栩上，自得其所。栩，許。王事靡盬，同上。不遑將父。不遑暇在家以事父，是鵻鳥之不若也。

翩翩者鵻，載飛載止，集于苞杞。王事靡盬，不遑將母。

駕彼四駱，使臣駕彼四匹之駱馬。載驟駸駸。載驟駸駸，行不息貌，則人勞亦可知。駸，侵。豈不懷歸？當此時，豈不思歸乎？是用作歌，故作此詩以見意。將母來諗。欲歸奉母，來告君也。諗，審。

《四牡》五章，章五句。

《皇皇者華》，詩篇名。君遣使臣也。文王、武王遣使臣之樂歌也。使，去。送之以禮樂，備禮作樂以送之，又歌詩以寫其情。言遠而有光華也。以言其遠行觀省風俗而能光顯君命也。

皇皇者華，草木之華，煌煌然鮮明。于彼原隰。高平曰原，下濕曰隰。無遠無近，無不光耀天子之命。駪駪征夫，行人駪駪衆多貌。駪，生。每懷靡及。每思布宣王澤，惟恐不及。

我馬維駒，君遣使臣謂之曰：我四馬皆駒馬。六轡如濡。六轡潤澤，如水所濕。載馳載驅，用以贈汝之行，驅馳而往。周爰咨諏。觀省風俗，如見忠信之人，則訪問以求善道。諏，子須反。

我馬維騏，音其。六轡如絲。六轡如絲之調理也。載馳載驅，周爰咨謀。咨事之難易為謀。

我馬維駱，六轡沃若。六轡潤澤如沃之以水。載馳載驅，周爰咨度。咨禮義所宜為度。度，待洛反。

我馬維駰，陰白雜毛曰駰。六轡既均。載馳載驅，周爰諮詢。審問也。

《皇皇者華》五章，章四句。

《常棣》，詩篇名。常，昌堂。燕兄弟也，燕兄弟之樂歌也。閔管蔡之失道，成王幼，周公攝政，管蔡流言，□搖王室，周公不得已而誅之。既而又惜其失兄弟之道，以至於此。故作《常棣》焉。故召公作《常棣》之詩以歌焉。

常棣之華，常棣之木，花以覆鄂，鄂以承花。鄂不韡韡。華鄂相覆，豈不韡韡然光華乎？喻弟以敬事兄，兄以榮覆弟，恩義之顯亦如此。韡，偉。凡今之人，舉世之人。莫如兄弟。無如兄弟之可恃也，何可疏乎？

死喪之威，此章敘兄弟相賴之事，人有死亡可畏之禍。兄弟孔懷。惟兄弟則甚相思念。原隰裒矣，或不得保其常居而群聚於郊野中。兄弟求矣。亦惟兄弟則相求，亦同患□□。

脊令在原，脊令鳥在原野飛鳴，則首尾相應。脊，即。令，零。兄弟急難。喻兄弟在急迫危難之中則常相助。每有良朋，當此時，雖有良善之朋友。況也永歎。不過於茲□□歎而已，安能致救乎？歎，平聲。

兄弟鬩于牆，兄弟在門牆之內，雖不能無小恨相鬩狠。鬩，興入聲。外禦其務。然於外侮之來，必同心并力以止之。務，侮。每有良朋，當此時雖有善友，而義不相死。烝也無戎。則亦不能致其助也。

喪亂既平，急難之時，兄弟則相親，及喪亂既平之後。既安且寧；安寧無事之日。雖有兄弟，乃謂雖有兄弟之親。不如友生。不如友生之可樂，悖理甚矣。

儐爾籩豆，此章勸愛養恩義之道，謂當儐陳之籩豆。儐，濱。飲酒之飫。飲酒則充足，飫，於慮反。兄弟既具，兄弟則偕來。和樂且孺。共享和樂，而且相親慕焉。

妻子好合，今人妻子雖以恩愛自然相合。如鼓瑟琴。如鼓瑟琴之相應和。兄弟既翕，然亦必兄弟翕合而無間。和樂且湛。然後和樂久而不厭。不然孤危將亡，雖有妻子，豈能獨樂哉？

宜爾室家，人惟兄弟無間，而後宜爾之家室。樂爾妻帑。樂爾之妻子。是究是圖，於此窮究其理，於此圖謀其心。亶其然乎？信其如此。亶，都旦反。

《常棣》八章，章四句。

《伐木》，詩篇名。燕朋友故舊也。文武燕朋友故舊之樂歌也。自天子至於庶人，上至天子之尊，下至庶人之卑。未有不須友以成者，未有不資朋友以切磋琢磨而成就其德者。親親以睦，故其在內也，親其所當親，以相和睦。友賢不棄，其在外也，擇人之賢者，友之而不棄。不遺故舊，昔日之朋友，今為故舊者，念之而不遺。則民德歸厚矣。則下民化之，皆知所以親親取友，而其德遂歸於忠厚矣。

伐木丁丁，詩人聞伐木於山者，其聲丁丁然相應，知其必資友以共之。丁，音灯。鳥鳴嚶嚶。又聞飛禽之鳴，嚶嚶然甚和。嚶，音鶯。出自幽谷，從幽谷而出。遷于喬木。移遷於高木之上。嚶其鳴矣，因而審其所以嚶然而鳴者。求其友聲。蓋求其友之同聲也。相彼鳥矣，詩人因而視彼微禽。猶求友聲；猶知求其聲之同。矧伊人矣，況於斯人。不求友生？其可不求友生以相助乎？神之聽之，故朋友相處之誠，誓於神，當使神明聽之。終和且平。斷然終於和平而當久不變焉。

伐木許許，許許，眾人其伐木之聲。伐木之事，至賤者，而其聲許許然相應，尚資友以共之，況人之貴者，可不知求友乎？許，音虎。釃酒有藇。故我所釃之酒既美。釃，帥。藇，叔。既有肥羜，所有之羊既肥。羜，貯。以速諸父。必設為燕禮，召朋友之同姓而尊者同享其樂。寧適不來，寧彼偶然有故不來。微我弗顧。無使彼謂我不顧視之也。不惟待同姓之禮如此。於粲洒掃，又且洒掃其屋廢，使之粲然而鮮明清潔。陳饋八簋。陳列八簋之饋。饋，其位反。簋，鬼。既有肥牡，既有肥壯之牡。以速諸舅。以召朋友之異姓而尊者同享其樂。寧適不來，解同上。微我有咎。無使我有遺棄之罪也。

伐木于阪，伐木於崎嶇不平之阪。釃酒有衍。所釃之酒既多矣。籩豆有踐，所陳之籩豆既成行列矣。兄弟無遠。兄弟朋友之同儕者，當相聚以共享其樂，無相疏遠也。民之失德，彼凡民之失德，不能盡親睦之道者。乾餱以愆。止由乾餱之食不分於人而獲愆過也。乾音干。餱音戾【一】。有酒湑我，是以有酒則我湑之。湑，胥上聲。無酒酤我。無酒則我沽之。酤，音户。坎坎鼓我，以至坎坎伐鼓。蹲蹲舞我。蹲蹲而舞。我皆為之，不以煩勞為憚。蹲，七旬反。迨我暇矣，及我今閑暇之時。飲此湑矣。則相與燕飲以極其交友之情也。

《伐木》三章，章十二句。

【一】「戾」，陸德明《經典釋文》作「侯」，「戾」字涉形近而誤。

《天保》，詩篇名。下報上也。臣下報答君上之恩澤也。君能下下，自《鹿鳴》至《伐木》，人君自下其身以待臣下如此。以成其政，蓋欲君臣相親，以共成治功爾。臣能歸美以報其上焉。為人臣者感其恩意之厚，故述其可美之福歸之於君，極其報答之意焉。

天保定爾，一詩皆臣祝君之辭。謂上天之安定爾身。亦孔之固；亦甚堅固矣。俾爾單厚，又使爾身之福盡極其厚。何福不除？何福而不除舊更新？俾爾多益，又使之多增益。以莫不庶。無不極其繁庶。

天保定爾，上天保定爾身。俾爾戩穀；使爾身舉動盡善。戩，音剪。罄無不宜，盡無一之不宜。受天百禄。爾既膺受上天之福禄矣。降爾遐福，而天又降爾以遐遠之福。維日不足。汲汲然惟恐日之不足也。

天保定爾，天實保定爾身。以莫不興；使其福無不興盛。如山如阜，如岡如陵，其福禄之委積高大，如山阜岡陵之不可復加。如川之方至，其福禄之日增，如川水之方至而不可限量也。以莫不增。又且無不增益而極盛焉。

吉蠲為饎，爾方善潔其飲食。蠲，涓。饎，尺志。是用孝享；盡孝以奉享。禴祠烝嘗，宗廟之祭，春曰祠，夏曰禴，秋曰嘗，冬曰烝，隨時而舉。禴，藥。于公先王。上祭先公，自后稷而下；下祭先王，自太王以下。君曰卜爾，祭既畢，於是工祝致告，謂先王享爾之祭，期爾之福。萬壽無疆。享萬年之壽，而無疆畔境界之限也。

神之吊矣，人君為神明主，今祭祀盡誠，則神感之而來至。吊，的。詒爾多福；詒與爾以衆多之福。民之質矣，民則反其質實，巧偽不施。日用飲食。惟優遊於日用飲食之間。群黎百姓，而群然黎民與百官族姓。徧為爾德。皆化為爾德之歸焉。

如月之恒，前既祝其福之茂盛，此又言其進盛未已，如月方上弦而就盈。恒，亘。如日之升；如日始上而就明，皆無傾側也。如南山之壽，壽如南山之固，今古常存。不騫不崩；不虧損，不頹崩。如松柏之茂，又如松柏之茂盛不凋。無不爾或承。無不承其庇蔭，而且有以廣天下之福焉。

《天保》六章，章六句。

《采薇》，詩篇名。遣戍役也。遣戍役之行也。文王之時，文王為西伯事商之時。西有昆夷之患，西方則有昆夷為患。北有玁狁之難，北方則有玁狁為難。玁，險。狁，允。難，去聲。以天子之命命將率，中國不安，故文王用商天子之命命將率之人。將，子亮。率，所類。遣戍役，遣戍役之眾。以守衛中國。防昆夷、玁狁，而保守護衛中國之境。故歌《采薇》以遣之，初出之時，則同歌《采薇》之詩以□遣將士之行。《出車》以勞還，還歸之後，則獨歌《出車》之詩以慰勞將率之還。勞，去。還，旋。《杕杜》以勤歸也。又歌《杕杜》之詩以体恤戍役之歸。遣之同詩，所以一其心也；勞之異詩，所以明其分也。杕，音弟。

采薇采薇！君遣戍役而設言其情若曰：今日之行乃春月時方采薇。薇亦作止。其薇菜始生而出土之時也。曰歸曰歸！論其歸期將在何日乎？歲亦莫止。想必至於歲暮也。莫，音暮。靡室靡家，今我所以無室家之樂者。玁狁之故；正以玁狁為難之故。不遑啟居，我不暇優遊於起止之間者。玁狁之故。亦以玁狁為難之故。

采薇采薇！薇亦柔止。其薇始長而柔嫩之時也。曰歸曰歸！論其歸期將在何日乎？心亦憂止。念之則亦心憂耳。憂心烈烈，我心之憂既烈烈然。載饑載渴；而又有饑渴之患。我戍未定，且我之戍事未曾有安定。靡使歸聘。無可使歸問其室家之安否者，宜其憂之不能已也。

采薇采薇！薇亦剛止。其薇饑壯而剛之時也。始言薇始生，中而柔，終而剛，皆述其行道所歷所見之異，以見天時之變爾。曰歸曰歸！歲亦陽止。十月為陽時，建亥，純坤用事，嫌於無陽，故名為陽。想必至歲之十月也無？王事靡盬，蓋以王事不可不堅固。不遑啟處；故不暇啟居之安，而有戍役之勞也。憂心孔疚，憂心至於甚病。疚，究。我行不來。我之此行，義不可即歸也。

彼爾維何？彼亦然而盛者，何木之華乎？維常之華。乃常棣之花也。常，堂。彼路斯何？彼路車者，斯何人之車乎？君子之車。乃將率之車也，車服盛猶是華之美也。戎車既駕，兵戎之車已駕馬而行焉。四牡業業；四匹之牡馬業業然壯健。豈敢定居，我今日豈敢安定而居處乎？一月三捷。庶幾一月之間，三戰而三勝也。三，去聲。駕彼四牡，以四匹之牡馬而駕兵戎之車。四牡騤騤；其四牡騤騤然壯健。騤，逵。君子所依，為將者則登車而依之。小人所腓。為兵者則隨之而動。腓，肥。四牡翼翼，禦四牡之馬，整治而成行。象弭魚服；以象骨而為弓之弭，以魚皮而為矢之服，佩之於身。弭，敉。豈不日戒，豈不日相警戒乎？玁狁孔棘。蓋玁狁之為患已甚急矣，我行而伐之，豈可緩乎？

昔我往矣，此章設為役人預自道其歸時之事曰：昔我之往也。楊柳依依；見楊柳依依然亂垂，春之中也。今我來思，今我之來歸也。雨雪霏霏。則遇下雪霏霏然而甚盛，已冬末矣。雨，去。行道遲遲，而所行之路又遲遲然長遠。載渴載饑；而又有饑渴之患。我心傷悲，是以我心為之傷悼悲哀焉。莫知我哀！更無人知之而哀憐我也。

《采薇》六章，章八句。

《出車》，詩篇名。勞還率也。以將帥征伐而還，述其勞苦以慰勞之也。還，音旋。率，去聲。

我出我車，當將率之歸而述其方行之始，謂我出其車。于彼牧矣！而就馬于牧地。自天子所，實從天子之所。謂我來矣！命我以來也。召彼僕夫，既以天子之命告戒之矣，遂召其僕夫。謂之載矣！使之裝載其車以往。王事多難，蓋今日之事乃天子之事，其患難甚多。難，去聲。維其棘矣！且甚急矣，不可緩也。

我出我車，于彼郊矣！城外曰郊。設此旐矣，旗上畫龍蛇為旐，此之車則設旐矣。旐，兆。建彼旄矣！以牛尾係于上曰旄。彼之車則建旄矣。各事整飭，軍容畢備。彼旟旐斯，旗上畫鳥隼為旟。為將者於是指其旟旐而言曰：彼之旟與旐。旟，餘。胡不旆旆？何不旆旆然飛揚乎？憂心悄悄，我心悄然而憂，亦如此旟旐之不舒也。僕夫況瘁。雖以僕夫之賤，亦且勞苦而至於病，則安得不憂乎？

王命南仲，文王稱殷王之命，以命南仲。往城于方；往築城於朔方之地，以拒玁狁而衛中國。出車彭彭，南仲於是出其車乘，彭彭然壯盛。旂旐央央。張其旂旐，央央然舒暢。天子命我，又告戒其士卒，謂今日之行，實天子命我。城彼朔方。而築城於朔方。赫赫南仲，既告之矣，乃率眾而往。南仲之威，赫赫然可畏。玁狁于襄。所以能除玁狁之患。

昔我往矣，此章言其既歸而追念其昔曰：我行而在道之時。黍稷方華；見黍稷在田方生華，蓋夏月也。今我來思，而今我來歸而在路也。雨雪載塗。則雪之下者皆融而成泥，又歷一年而春凍已釋矣。王事多難，蓋以王事未寧，患難甚多，謂玁狁、昆夷皆為中國患。不遑啟居。故不暇優遊於起止之間。豈不懷歸？我豈不思歸行？畏此簡書。簡書，臨遣時告命之辭，以竹簡書之。但畏此簡書而不可遠耳。

喓喓草蟲，草蟲喓喓然作聲。喓，腰。趯趯阜螽。阜螽趯趯然從之。喻南仲師出而眾和，人皆徯望之。趯，音狄。螽，音終。未見君子，未見南仲之先。憂心忡忡；則此心忡忡然而憂。忡，救中反。既見君子，既見南仲之後。我心則降。則皆降下其心以自安矣。降，戶江反。赫赫南仲，玁狁既平，而南仲復振興，赫赫然可畏之威。薄伐西戎。薄伐西戎，亦不勞餘力而服焉。

春日遲遲，春日遲遲然舒緩。卉木萋萋；草木萋萋然茂盛。倉庚喈喈，倉庚喈喈然和鳴。采蘩祁祁。采蘩蒿之人祁祁然眾多。祁，祈。執訊獲醜，於斯時也，執其魁首當問之人，又獲其徒眾。訊，信。薄言還歸。而將士皆還歸焉。赫赫南仲，蓋以南仲之威武，赫赫然可畏。玁狁于夷。此玁狁之難所以平夷也。

《出車》六章，章八句。

《杕杜》，詩篇名。勞還役也。當戍役之歸，作此詩述其勞苦以慰勞之。

有杕之杜，追述其未還之時，婦人居家，感於時物之變而思之曰：特生之杜。有睆其實；有實睆然，是秋冬之交也。睆，還上聲。王事靡盬，以王事不可不堅固，故未得歸也。繼嗣我日。以日繼日，無有休息之期。日月陽止，至於十月，可以歸而猶未至。女心傷止，女人心傷悲。征夫遑止！庶幾征夫可以得暇而歸也。

有杕之杜，其葉萋萋；其葉萋萋然茂盛，則又歷一年而春暮矣。王事靡盬，猶以王事不可不堅固之故，而未得歸。我心傷悲。此我心所以傷悲也。卉木萋止，以時之變，而草木之萋萋如此。女心悲止，女人居家，心又傷悲。征夫歸止！庶幾征夫無事而則歸也。

陟彼北山，婦人升北山以望夫之歸。言采其杞；而采其杞，感時物之變而思君子之在外，謂今春已暮矣。杞，起。王事靡盬，想以王事不可不堅固之故而未得歸。憂我父母。乃貽其父母之憂焉。檀車幝幝，想夫檀木之車亦幝幝然敝矣。幝，闡。四牡痯痯，四牡之馬亦痯痯然罷矣。痯，管。征夫不遠！庶幾征夫之不遠而即至家也。

匪載匪來，始其望君子之歸不遠，今乃不裝載其車以來歸。憂心孔疚；使我心憂而甚病焉。期逝不至，是所約之日已往矣，而猶不到家。而多為恤。則使我多為憂恤也宜矣。卜筮偕止，憂之不已，又以龜而占之，以蓍而筮之，相襲俱作。會言近止，合卜筮之言，皆云征夫之歸已相近矣。征夫邇止！則征夫其果邇而將至歟？《出車》勞率，故美其功；《杕杜》勞眾，故極其情。

《杕杜》四章，章七句。

《魚麗》，詩篇名。麗，離。美萬物盛多，嘉美文王、武王之時，萬物盛多。能備禮也。可以備祭祀之禮也。文武以《天保》以上治內，《天保》以上六篇，乃文武與群臣、嘉賓、朋友、兄弟燕樂之詩，所以治內之中國者甚詳。《采薇》以下治外，《采薇》以下三篇，則征伐玁狁、昆夷，勞來將士之詩，所以治外之夷狄者為甚略。始於憂勤，方內外未治之始，則憂勤以圖治，而無所不用其心。終於逸樂。及內外既治之後，則逸樂以享治，而無所可用其心。故美萬物盛多，故詩人美萬物盛多。可以告於神明矣。可備禮以告於神明而無愧也。

魚麗于罶，文武時萬物盛多，纔施罶於水，而魚之歷其中。罶，音柳。鱨鯊。鱨、鯊，二魚也。鱨，常。鯊，沙。君子有酒，而君子又有酒。旨且多。既旨美而且盛多。酒殽之備如此，斯為治世之盛觀歟？

魚麗于罶，魴鱧。二魚名。君子有酒，多且旨。

魚麗于罶，鰋鯉。鰋、鯉，二魚。鰋，音偃。君子有酒，旨且有。

物其多矣，維其嘉矣。物多則患其不嘉，今既多而且美矣。

物其旨矣，維其偕矣。物旨則患其不齊，今既美而且齊矣。

物其有矣，維其時矣。物無不有則患其非時，今既有而又得其時。所謂時者，蓋國家閑暇，內外無事，萬物眾而人備祭祀之禮，此特見文武享治內治外之成效也。

《魚麗》六章，三章章四句，三章章二句。

《南陔》，詩篇名。陔，音該。孝子相戒以養也。言孝子能更相警戒以奉養父母，而報其長養之德也。養，去聲。

《白華》，詩篇名。孝子之潔白也。言孝子不辱其身，有潔白不汙之德也。

《華黍》，詩篇名。時和歲豐，言天時和順，年穀豐登。宜黍稷也。黍稷之和，皆得其舒也。有其義而亡其辭。後世亡失此三篇之辭，但存其義也。

鹿鳴之什十篇，五十五章，三百一十五句。

直音傍訓毛詩句解卷九

直音傍訓毛詩句解卷十

正小雅

《南有嘉魚》，詩篇名。樂與賢也。言成王喜與賢者相處也。太平之君子，成王當太平極治之時。至誠樂與賢者共之也。至誠樂與賢者共享其治，而非有勉强矯僞之心，所以能保天下也。

南有嘉魚，南方江漢之間，有嘉美之魚。烝然罩罩。人烝然取之，罩之又罩，不少已也。喻天下有嘉德之賢，人君求之亦如此。罩，張教反。君子有酒，既求得之，則當寵待之，故成王有酒。嘉賓式燕以樂。則待之以嘉賓，接之以燕飲，而歡然相樂焉。樂，五教反。

南有嘉魚，烝然汕汕。潦罟也。汕，山去。君子有酒，嘉賓式燕以衎。苦旦反，樂也。

南有樛木，南方有樛曲下垂之木。樛，鳩。甘瓠累之。瓠累於上而不可解，喻君能屈己，賢者從之而不離。瓠，互。累，力追反。君子有酒，既有此賢，則君子有酒也。嘉賓式燕綏之。當待之以嘉賓，接之以燕飲，而綏安其心焉。

翩翩者鵻，賢者群然在朝，若翩翩然之鵻鳥。鵻，隹。烝然來思。烝然而來思也。君子有酒，既有此賢，則君子有酒也。嘉賓式燕又思。當與嘉賓既燕飲而又思之，至誠樂與有加而無已也。

《南有嘉魚》四章，章四句。

《南山有臺》，詩篇名。樂得賢也。言成王喜於得賢以為用也。得賢，既得賢者而用之。則能為邦家立太平之基矣。則能與邦家建立太平極治之基本矣。

南山有臺，南山則有臺。北山有萊。北山則有萊，喻國家則有賢材。樂只君子，既有賢材，則人君得之，自樂而享其福，故天下稱之曰樂哉之人君。樂，音洛。只，止。邦家之基，誠可立邦家之基本矣。樂只君子，樂哉之人君。萬壽無期。□可享萬年之壽考而無有期限矣。

南山有桑，木名。北山有楊。木名。樂只君子，邦家之光；榮也。樂只君子，萬壽無疆。

南山有杞，音起。北山有李。樂只君子，民之父母；民慕之如父母。樂只君子，德音不已。有德之音，流傳而不止。

南山有栲，音考。北山有杻。力九反。樂只君子，遐不眉壽？豈不長享眉壽之福乎？樂只君子，德音是茂。其善譽豈不茂盛乎？

南山有枸，音矩。北山有楰。音庾。樂只君子，遐不黄耇？豈不長享黄耇之壽乎？耇，苟。樂只君子，保艾爾後。豈不可以保安艾養爾身後之子孫乎？艾，五蓋反。

《南山有臺》五章，章六句。

《由庚》，詩篇名。萬物得由其道也。言萬物之生，得順其生長之道也。

《崇丘》，詩篇名。萬物得極其高大也。言萬物無夭閼殘忍之患，而各得極其高大之本然也。

《由儀》，詩篇名。萬物之生，言萬物之生於天地間。各得其宜也。各得其性之所宜也。有其義而亡其辭。

後世亡失此三篇之辭，但存其義耳。

《蓼蕭》，詩篇名。蓼，音六。澤及四海也。言成王之恩澤所被者廣，四海之大無有不及焉。

蓼彼蕭斯，彼蕭草蓼然長大。零露湑兮。露落在蕭上，湑然而盛，喻君恩及諸侯亦如是也。湑，胥去。既見君子，故其來朝之時，既見君子之尊。我心寫兮。其中心無所蘊，盡輸寫而無餘。燕笑語兮，天子又設為燕待之禮，忘情於笑語之間，其君臣相樂如此。是以有譽處兮。是以讒毀不生，而諸侯有令名者得以安處而無疑也。

蓼彼蕭斯，零露瀼瀼。既見君子，為龍為光。而天子錫之以福寵，其光耀遍及於大小親疏。其德不爽，其德施之普各稱其分，莫不滿足而無有差忒。壽考不忘。是以諸侯感之，皆祝願人君享壽考之福，長久而無忘也。

蓼彼蕭斯，零露泥泥。上聲。既見君子，孔燕豈弟。天子設為燕禮以待之，其容豈樂弟順焉。豈，音愷。宜兄宜弟，君子感之，皆祝願吾君長與兄弟相安。令德壽豈。有令善之德，享壽豈之福，而且至於康安也。

蓼彼蕭斯，零露濃濃。既見君子，鞗革沖沖。錫之以馬，其鞗革沖沖然下垂。鞗，條。和鸞雝雝，□之以俾和鸞雝雝然和鳴。雝，雍。萬福攸同。君臣相安，無所憂忌，所以萬福之多，君臣皆同也。

《蓼蕭》四章，章六句。

《湛露》，詩篇名。湛，談上。天子燕諸侯也。天子燕享諸侯之樂歌也。

湛湛露斯，露以夜降者也。因其夜飲，故近取以為比，言湛湛然之盛露，潤霑萬物。匪陽不晞。非日出則不乾。晞，希。厭厭夜飲，喻厭厭之夜飲，恩被諸侯。厭，平聲。不醉無歸。非既醉則不歸，臣侍君燕，不卜其夜，然恩情濃則禮法略。

湛湛露斯，解同上。在彼豐草。在豐草之上，潤及於草木也。厭厭夜飲，解同上。在宗載考。在宗室而成其禮，恩被於諸侯也。

湛湛露斯，同上。在彼杞棘。潤及於杞棘，喻王者之恩被及於諸侯。顯允君子，蓋在燕之諸侯，皆有明信之德。莫不令德。無不令善其德。

其桐其椅，桐椅之木。椅，倚。其實離離。其實離離然下垂。豈弟君子，喻在燕之諸侯有豈樂弟順之德。莫不令儀。而無不有令善之威儀焉。

《湛露》四章，章四句。

《彤弓》，詩篇名。彤，音同。天子錫有功諸侯也。言諸侯有大功，天子賞之，而錫以弓矢，故作是詩以為樂歌也。

彤弓弨兮，（彤弓，朱弓。）彤弓之成，弨然而反。弨，超。受言藏之。工以獻王，王受而收藏之。我有嘉賓，嘉賓即諸侯之有功者。待我諸侯能立大功。中心貺之。中心誠欲賜之，而非由外也。鐘鼓既設，於是設鐘鼓之盛。一朝饗之。講燕享之禮一日，舉是弓以報其功，未嘗有遲留顧惜之意也。

彤弓弨兮，解同上。受言載之。弓人獻之于王，受而藏之王府以待有功，不肯輕以予人。我有嘉賓，及我有諸侯能立大功。中心喜之。則中心誠然喜之，無或偽也。鐘鼓既設，同上。一朝右之。以王府寶藏之弓，一日一舉，以勸其功，未嘗有遲留顧惜之意也。右，又。

彤弓弨兮，受言櫜之。櫜音高，韜藏也。我有嘉賓，中心好之。鐘鼓既設，一朝醻之。醻，酬，報也。

《彤弓》三章，章六句。

《菁菁者莪》，詩篇名。菁，精。莪音俄。樂育材也。言天下喜其君能長育人材也。君子能長育人材，人之初生，皆有可美之材，惟人君能以德化養之，使其才長進而成就。長，張上。則天下喜樂之矣。則天下之人莫不喜樂之矣。

菁菁者莪，菁菁然茂盛之莪草。在彼中阿。則在彼山阿之中。蓋山阿溫潤之氣足以養之，喻人材在天下，惟人君之德化有以育之。既見君子，故其既見君子之時。樂且有儀。樂動於中而且有威儀之可觀，則其所養可知矣。

菁菁者莪，在彼中沚。中沚，沚中也。沚，止。既見君子，我心則喜。我之心則喜其使我為成德達材之歸也。

菁菁者莪，在彼中陵。陵中也。既見君子，錫我百朋。人君錫之以百朋之祿焉。

汎汎楊舟，人材未遇君子，則心無定向，如楊木之舡汎汎然無所依。汎，泛。載沉載浮。在水中或沉或浮也。既見君子，及已見君子之後。我心則休。則有德以化成之，而我此心休休然安定矣。

《菁菁者莪》四章，章四句。

右六篇亡其六篇，二十四章，百二十句。

變小雅

從《六月》詩至《無羊》十四篇。首言上之變小雅，說見「正小雅」注。

《六月》，詩篇名。宣王北伐也。言玁狁為患，宣王以《六月》興師至北方征伐也。《鹿鳴》廢則和樂缺矣，宣王承厲王之後，文武之政並廢。《鹿鳴》乃燕群臣嘉賓之詩，此詩既廢，則燕禮不行，而君臣和樂之道缺壞不存矣。《四牡》廢則君臣缺矣，《四牡》乃勞使臣之詩，此詩廢則臣勞而君不知，君臣之義缺壞矣。《皇皇者華》廢則忠信缺矣，《皇華》乃遣使臣省風俗之詩，此詩既廢，則使臣不遣而忠信之道缺壞矣。《常棣》廢則兄弟缺矣，《常棣》乃燕兄弟之詩，《常棣》廢則不親九族而兄弟之義缺壞矣。《伐木》廢則朋友缺矣，《伐木》乃燕朋友故舊之詩，《伐木》廢則簡賢自孤而朋友之交缺壞矣。《天保》廢則福禄缺矣，《天保》下以報上、祝以福禄之詩也，此詩若廢，則無以得人之歡心而福禄缺壞矣。《采薇》廢則征伐缺矣，《采薇》乃命將遣戍征伐夷狄之詩也，此詩若廢，則命遣征伐之事缺壞矣。《出車》廢則功力缺矣，《出車》勞還率之詩，《出車》廢則將率無所勸而功力缺壞矣。《杕杜》廢則師眾缺矣，《杕杜》勞還役之詩，《杕杜》廢則戍役無所慰，眾心離而師眾缺矣。《魚麗》廢則法度缺矣，《魚麗》之詩，所以美萬物盛多可以備禮也，《魚麗》廢則禮不備而法度缺壞矣。《南陔》廢則孝友缺矣，《南陔》之詩，孝子相戒以養也，《南陔》廢則父母之養弛而兄弟之情疏矣。《白華》廢則廉恥缺矣，《白華》之詩，言孝子之潔白也，《白華》廢則人有貪污之行而廉耻之道喪矣。《華黍》廢則蓄積缺矣，《華黍》之詩，言歲豐宜黍稷也，《華黍》廢則年穀不豐而蓄積缺矣。《由庚》廢則陰陽失其道理矣，《由庚》之詩，言陰陽不悖而萬物得宜，《由庚》廢則四時差忒而陰陽失其道理矣。《南有嘉魚》廢則賢者不安，下不得其所矣，《嘉魚》之詩，言人君樂於得賢也，《嘉魚》廢則君無樂賢之心而賢者不安於位，而天下亦不得其所矣。《崇丘》廢則萬物不遂矣，《崇丘》之詩，言萬物之高大也，《崇丘》廢則萬物失其性而不得極於高大也。《南山有臺》廢則為國之基隊矣，《有臺》之詩，言賢者能立邦家之基也，《有臺》廢則賢不用而為國之基墜矣。《由儀》廢則萬物失其道理矣，《由儀》之詩，言萬物得其宜也，《由儀》廢則萬物失其道理而不遂其生長矣。《蓼蕭》廢則恩澤乖矣，《蓼蕭》之詩，言澤及四海也，《蓼蕭》廢則王者恩澤乖戾而不施於下矣。《湛露》廢則萬國離矣，《湛露》之詩，言天子燕諸侯也，

《湛露》廢則天子諸侯不親而有離叛之心矣。《彤弓》廢則諸夏衰矣，《彤弓》之詩，言天子錫有功諸侯也，《彤弓》廢則諸侯不知自勉而中國衰矣。《菁菁者莪》廢則無禮儀矣。《菁莪》之詩，言人君能長育人材也，《菁莪》廢則德化不施而人無禮儀矣。《小雅》盡廢，《小雅》諸詩盡廢。則四夷交侵，則天下無道，四夷交相侵陵中國。中國微矣。而中國衰微不能自衛矣。此宣王中興所以當六月盛夏之時而亟興北伐之師也。文武、成王盛時，一政舉則一詩作，後世政既廢則詩亦廢。序者推宣王北伐之由，謂無廢則無興，觀厲王之所以廢，則知宣王之所以興矣。

六月棲棲，六月之時，今之四月也。宣王棲棲然不敢自安。棲，音西。戎車既飭。告戒帥旅謂我之兵車也整飭矣。飭，音敕。四牡騤騤，四牡駕車之馬騤騤然强盛貌。騤，逵。載是常服。載其從軍常用之服而行。玁狁孔熾。以玁狁之為害甚熾盛。熾，尺志。我是用急。我所以用兵如是之急也。王于出征，宣王今日遂出征伐。以匡王國。以正宣王國之封疆。

比物四驪，四馬體力既齊，又皆鐵色。比，毗志反。閑之維則。閑習之久，皆合法則。維此六月，惟此六月之時。既成我服。既成我之戎服。我服既成，我之戎服既已成矣。于三十里。將遣而戒之曰：一日之間行三十里而止。王于出征，宣王所以命汝而出征伐者。以佐天子。將以佐助我天子攘夷狄安中國也。

四牡修廣，四牡之馬，其體脩長。其大有顒。又且顒然廣大。顒，玉容反。薄伐玁狁，由是薄言征伐玁狁。以奏膚公。期於成膚美之功，以奏之於王。有嚴有翼，猶且嚴謹以自守，翼敬以自持。共武之服。以供此用武之事。共，恭。共武之服，供武事者既得其人。以定王國。則用以安定我王國家。

玁狁匪茹，玁狁不能自度。茹，去。整居焦穫。公然整列而居於周家焦穫之地。穫，護。侵鎬及方，旦侵入鎬京以及於方地。鎬，好。至于涇陽。又至于涇水之北，兇勢如此，我安得不興師以攘之乎？織文鳥章，是以建織文鳥章之旂。織，志。白旆央央。張其白旆央央然鮮明。元戎十乘，且以大車十乘【一】。乘，去。以先啟行。先眾軍而開啟敵陣之前行。行，抗。

戎車既安，兵車之安行。如輊如軒。從前望之若卑，從後望之若高，是適中也。輊，至。四牡既佶，四馬既壯健矣。佶，其乙反。既佶且閑。不惟壯健，且復閑習。薄伐玁狁，吉甫乘此車馬，出而征伐玁狁。至于大原。驅之出境，但至太原而止，不窮追也。文武吉甫，詩人於是美之曰：吉甫之為將，有經緯天地之文，是以得眾；有勘定禍亂之武，足以勝敵。萬邦為憲。此其所以成功，而為萬邦之憲法也。

吉甫燕喜，吉甫既伐玁狁而歸，天子設燕飲之禮以待之，而欣欣然有喜也。既多受祉。又多受其賞賜。來歸自鎬，吉甫遠從鎬京而來歸。我行永久。是行也日月長久。飲御諸友，又進諸友與之俱飲，以盡其歡。飲，去聲。炰鱉膾鯉。炰鱉為饌，斫鯉為膾。炰，庖。侯誰在矣？諸友之中，維誰在矣？張仲孝友。乃張仲有孝友之德者與於席也。言吉甫為將於外，而有孝友之張仲居於內，無妨功害能之患，故得以安意立功而無撓也。

《六月》六章，章八句。

《采芑》，詩篇名。芑，起。宣王南征也。言宣王南征蠻荊也。

薄言采芑，薄者，寓興也。芑，菜也。于彼新田，或於彼二歲之新田。于此菑畝。或於此一歲之菑畝。無定處也，喻宣王選士備軍亦不拘於一，所以新美天下士也。菑，緇。方叔涖止，方叔受命為將，臨涖師眾。其車三千，其車乘有三千之多。師干之試。軍師皆可扞禦，使皆試習戰法。方叔率止，方叔於是統率以行。乘其四騏，乘四騏之馬車。四騏翼翼。其馬則翼翼然壯健。路車有奭，駕金輅之車，其車奭然而赤也。奭，式。簟茀魚服，以竹簟為車之

【一】「千」，據文意應作「十」。

蔽，以魚皮為人之服。鉤膺鞗革。以樊纓為馬之飾，以鞗革禦馬之行。軍容無有不備，宜其征伐有功也。鞗，條。

薄言采芑，于彼新田，于此中鄉。民環居之中間。方叔涖止，其車三千，同上。旂旐央央。交龍之旂，龜蛇之旐，央央然舒揚貌。方叔率止，同上。約軝錯衡，其車之轂則約之以皮，其車之衡則文采錯雜。軝，祁。八鸞瑲瑲。四馬八鸞瑲瑲然聲。鎗，鏘。服其命服，又服其所受於王命之服。朱芾斯皇，朱色之芾皇乎鮮明。芾，弗。有瑲蔥珩。倉色之珩則瑲然有聲，軍容之聲如此，宜其成功也。

鴥彼飛隼，隼之飛也雖鴥然甚急。鴥，唯必。其飛戾天，高至於天。亦集爰止。亦知集所止居之地，喻兵雖強亦用之有節而不過也。方叔涖止，其車三千，師干之試。方叔率止，同上。鉦人伐鼓，戰法：擊鼓則進，擊銅則退。今鉦人亦伐鼓，是有進無退也。鉦，征。陳師鞠旅。方叔乃陳其二千五百人之師、五百人之旅，而告以討蠻荊事。顯允方叔，方叔其德顯著，允信於人。伐鼓淵淵，不敢黷武，戰罷而歸。其伐鼓也，淵淵然和平而不暴。振旅闐闐。其振旅也，闐闐然鎮靜而不擾。闐，田。

蠢爾蠻荊，卒章言成功而因言其致伐之由，謂彼蠻荊蠢然而無知。大邦為讎！敢與中國為仇讎。方叔元老，方叔乃當時之元老。克壯其猶。能壯大其謀猶。方叔率止，見上注。執訊獲醜。執其魁首，獲其醜眾。戎車嘽嘽，嘽嘽焞焞，戎車之盛，嘽嘽焞焞然。嘽，歎。焞，吐雷。如霆如雷。如雷霆之奮疾可畏。顯允方叔，然方叔非特此服人，蓋其顯著於己，允信於人。征伐玁狁，嘗其伐玁狁有功。蠻荊來威。故蠻荊聞名而自來畏服也。

《采芑》四章，章十二句。

《車攻》，詩篇名。宣王復古也。言宣王恢復周家盛時之王業。宣王能內修政事，宣王能修舉政事於內。外攘夷狄，以攘卻夷狄於外。復文武之竟土，凡文王、武王所有之境土為夷狄所侵據者，今皆復還於舊貫。復，方六反。

竟，境。脩車馬，既能自治以全創業之國勢，尤當自奮以□□成之人心。故於車馬之大，則修之使勿壞。備器械，器械之微，則備之使勿壞。復會諸侯於東都，而往東都之地復新朝會之儀，統一人心，以為維持王業之計。復，扶又反。因田獵而選車徒焉。因講田獵之事，而選車馬之美惡多寡以盡制，治保邦之道焉。

我車既攻，宣王謂我之車已攻治矣。我馬既同。我之馬已齊備矣。四牡龐龐，四匹之牡馬已龐龐然高大矣。龐，音籠。駕言徂東。於是駕之以往東都洛邑，會諸侯而田獵也。

田車既好，田獵之車治之既善矣。四牡孔阜。四牡之馬亦甚肥大矣。東有甫草，而東都之地則有盛大之草，禽獸聚焉。駕言行狩。是以駕車行就其地而田狩也。

之子于苗，宣王之有司將往田獵之時。選徒囂囂。選擇車徒，囂囂然聲。既選之矣。囂，翱。建旐設旄，於是建立龜蛇之旐於車，往設牛尾之旄於竿。搏獸于敖。欲往搏取禽獸于敖之地。搏，博。

駕彼四牡，諸侯駕彼四匹之馬。四牡奕奕。其馬奕奕然强壯貌。赤芾金舄，服其赤色之芾、加金之舄。芾，弗。舄，昔。會同有繹。來與天子會同於東都，其在道者盛多，相續而不絕也。繹，亦。

決拾既佽，此章言既會而田獵也。決，護右手大指以鉤弦之物。拾，護左臂以利弦者。決之與拾，既與手指相比佽而和利矣。佽，次。弓矢既調。弓之强弱與矢之輕重既相得而調適矣。射夫既同，諸侯之執射者皆同力以搏獸。助我舉柴。所積之多，則助天子共舉之焉。柴，子智反。

四黃既駕，四匹之黃馬既駕車矣。兩驂不猗。兩傍之驂馬皆並立而不偏倚。猗，音倚。不失其馳，行則不失其馳御之法。舍矢如破。於是御以從禽，舍矢必中，如破竹之直也。舍，上聲。

蕭蕭馬鳴，宣王之田，軍旅整肅，惟聞馬鳴之肅肅。悠悠旆旌。見悠悠之旌旆。徒御不驚，徒行之卒、禦車之人，並無驚恐喧嘩之聲。大庖不盈。從禽有節，不極其欲以滿君之庖廚也。

之子于征，軍旅之行。有聞無聲。人皆聞之而無喧嘩之聲，整肅如此。聞，去。允矣君子，信矣其君子也。展也大成。誠哉其大成也。

《車攻》八章，章四句。

《吉日》，詩篇名。美宣王田也。美宣王田獵也。能慎微接下，宣王之田，卜日祭禱，雖微必謹，又能推誠以接下。無不自盡以奉其上焉。故臣下之人，無不自盡其心以奉事其上焉。

吉日維戊，宣王將田，擇戊日之吉。既伯既禱。既禱祭於馬祖。田車既好，其田獵之車則甚善也。四壯孔阜【一】，其四牡之馬則甚盛大也。升彼大阜，於是上彼大陵之阜。從其群醜。而逐其群聚之禽獸焉。

吉日庚午，當庚午之吉日。既差我馬。既差擇我之馬矣。獸之所同，於是出而田獵其獸之所聚。麀鹿麌麌。麀鹿麌麌然衆多也。麀，音憂。麌，語。漆沮之從，群下乃從漆沮之地。沮，七徐反。天子之所。驅禽至天子之所，以待其射。

瞻彼中原，瞻望彼原野之中。其祁孔有。其禽獸大而甚有。儦儦俟俟，有儦儦然疾趨者，有俟俟然緩行者。儦，音標。俟，音士。或群或友。或三而為群，或二而為友。悉率左右，於是盡率其左右同事之人。以燕天子。各共其事以燕樂天子之心焉。

既張我弓，既張我弓，我之弓則張之矣。既挾我矢；我之矢則挾之矣。發彼小豝，遂發其中小豝。豝，音巴。殪此大兕。射死其大兕。殪，衣去。兕，徐履反。以御賓客，以之待於賓客。且以酌醴。而酌醴酒以飲之焉，後以為俎實也。

【一】「壯」，《毛詩正義》作「牡」，「壯」字涉形近而誤。

《吉日》四章，章六句。

《鴻雁》，詩篇名。美宣王也。嘉美宣王也。萬民離散，宣王之初，萬民苦厲王之虐政，皆流離散徙於四方。散，去聲。不安其居，而不得各安於其居。而能勞來還定安集之，宣王閔之，故勞者勞之，來者來之，往者還之，擾者定之，危者安之，散者集之。勞、來，並去聲。至於矜寡，至於矜寡無告之人。矜，音鰥。無不得其所焉。無不使之各得其所焉。

鴻雁于飛，厲王之後，民人離散，如鴻雁之飛。肅肅其羽。其羽聲肅肅然，無定止也。之子于征，宣王閔之，故命使臣征行於野。劬勞于野。極其劬勞以安集之。劬，渠。爰及矜人，爰及可矜憐之人。矜，如字。哀此鰥寡。而哀閔此鰥寡無告之人焉。

鴻雁于飛，鴻雁飛而不止。集于中澤。乃復集于澤中，思得其所矣，喻斯民離散而復還定其所居。之子于垣，使臣所至，皆勸之築其垣牆。垣，音袁。百堵皆作。百堵同時而興起。堵，音覩。雖則劬勞，雖今日不免於劬勞。其究安宅。而其終則有安居之樂焉。

鴻雁于飛，萬民不安其居，有愁歎之聲，如鴻雁之飛，不得其所也。哀鳴嗷嗷。而其鳴嗷嗷然甚哀，故使臣奔走以安集之。嗷，翱。維此哲人，維此明哲之人。謂我劬勞；則謂我劬勞之至也。維彼愚人，維彼愚昧之人。謂我宣驕。則謂我使臣征行者，徒恃其役作，勞民而自示宣驕之意耳。

《鴻雁》三章，章六句。

《庭燎》，詩篇名。燎，力照反。美宣王也，嘉美宣王能自勤也。因以箴之。因以寓其箴戒之意，恐其或怠也。箴，之金。

夜如何其？宣王勤政，不安於寢，而問夜之早晏如何？其，音基。夜未央。對者曰：夜尚未至中也。庭燎之光。然庭中之大燭已光明。君子至止，百官之來朝者已盡至。鸞聲將將。聞其鸞鈴之聲將將然甚和矣。將，音瑲。

夜如何其？同上。夜未艾。盡也。庭燎晣晣。庭中大燭晣晣然小明，是天將明而火衰也。晣，音制。君子至止，同上。鸞聲噦噦。聞其鸞聲在近，噦噦然徐行有節。噦，音悔。

夜如何其？同上。夜鄉晨。對者曰：夜近曉矣。鄉，向。庭燎有輝。庭中大燭其光已散，是天欲明而見其煙光相雜也。君子至止，解同上。言觀其旂。可以見其旂矣。言宣王之勤，問夜早晏至於再至於三，詩人恐其始勤而終怠，故作是詩以箴之，而欲其常也。

《庭燎》三章，章五句。

《沔水》，詩篇名。沔，音免。規宣王也。所以規正宣王也。規者，正圓之器，諫之正君猶規之正器也。

沔彼流水，諸侯之眾多如彼流水之沔然而滿。朝宗于海。其朝於天子也，如沔水之尊於海而朝之，蓋理之常也。朝，音潮。鴥彼飛隼，而所以去來不常如鴥然之鷹隼。鴥，惟必反。載飛載止。飛止不定者，必有以致之矣。嗟我兄弟，嗟我之兄弟。邦人諸友。及邦人之諸友。莫肯念亂，皆顧安寧，無有肯思念為亂者。誰無父母！況誰無父母，豈不顧惜而乃叛以取禍乎？非甚不得已則不然也。宣王當自反然焉。

沔彼流水，其流湯湯。諸侯不歸於天子，如流水之滿，湯湯然散亂而無所入也。湯，音商。鴥彼飛隼，如鴥然之飛隼。載飛載揚。或飛或揚而無所定止也。念彼不蹟，念彼諸侯不循道如此。蹟，音迹。載起載行。則不能安坐而起行。心之憂矣，此心之憂矣。不可弭忘。不可止亦不可忘也。弭，米。

鴥彼飛隼，當諸侯向背未定之時，有朝於天子，如隼之疾飛。率彼中陵。喻諸侯能循法度，如隼之循集於大陵之中者，夫豈易得？民之訛言，而小民訛僞之言，又欲誣污之。訛，俄。寧莫之懲。安可不深懲痛治以保持之乎？我友敬矣，若不懲之，則諸侯皆有疑心，各相語曰：我友其敬戒之哉！讒言其興。則讒言其將起矣。規宣王當屏絶讒惡，使忠順者安意肆志而無所懼也。

《沔水》三章，二章章八句，一章六句。

《鶴鳴》，詩篇名。誨宣王也。所以誨宣王也。

鶴鳴于九皋，皋澤中水所溢出之坎，自外數至九，喻深遠也。鶴鳴九皋深遠之地。聲聞于野。而聲自聞于郊野之中，喻賢者雖隱伏而其德自彰聞也。魚潛在淵，君用之則來，不用則去。若魚之或藏深淵之中。或在于渚。或在淺渚之內，無定處焉。樂彼之園，然其所以樂彼園者何哉？爰有樹檀，蓋以其有樹植之檀木。其下維蘀。而蘀葉之下，林木之間，尚可自出，無求於君也。它山之石，為君者當知賢者能治國，如它山之石。可以為錯。可以為治玉之用焉。王奈何棄之哉？錯，七各反。

鶴鳴于九皋，聲聞于天。魚在于渚，或潛在淵。樂彼之園，爰有樹檀，其下維穀。它山之石，可以攻玉。

《鶴鳴》二章，章九句。

《祈父》，詩篇名。父，音甫。刺宣王也。譏刺宣王也。

祈父！祈父，司馬也，職掌封畿之兵甲。宣王用封畿之兵以出征，民皆怨之，不欲責王而呼司馬之官曰。予王之爪牙。我乃王爪牙之士，當為王閑守之衛。胡轉予于恤？汝何為移我于憂恤之地，使出征于外。靡所止居。而無所止居乎？

祈父！予王之爪士。正事也。胡轉予于恤？靡所厎止。厎，之履反，至也。

祈父！亶不聰。誠然不聰。亶，口上聲。胡轉予于恤？我乃王之衛士，何為移我於憂恤之中而使出徵於外也。有母之尸饔。豈不聞我有母居家，自主饔爨之事而無人奉養矣。饔，音雍。

《祈父》三章，章四句。

《白駒》，詩篇名。大夫刺宣王也。周之大夫刺宣王不能留賢也。

皎皎白駒，宣王末年不能用賢，而賢者有乘皎皎然潔白之駒而去者。食我場苗。詩人思之，欲其馬食我場中之苗。縶之維之，我則因而縶維絆係之。縶，陟立反。以永今朝。以久今朝，愛之而欲其留也。所謂伊人，然宣王既不用之，所謂此賢者。於焉逍遙。尚肯留於此而逍遥遊息乎？必不肯留也。

皎皎白駒，食我場藿。藿，猶苗也。縶之維之，以永今夕。夕，猶朝也。所謂伊人，於焉嘉客。今於何留客於此乎？終不肯留也。焉，音煙。

皎皎白駒，解同上。賁然來思。賁然光彩來至於詩人之家。賁，音秘。爾公爾侯，詩人欲留之，而在位之公與侯。逸豫無期。皆無留賢之心，徒自安樂，無有期度，賢者豈肯留哉？慎爾優游，故與之訣別，云可謹慎爾之身以優閑燕遊。勉爾遁思。勉之哉，其遁行而自重也。

皎皎白駒，解同上。在彼空谷。遠遁而在彼空谷之中。生芻一束，生芻一束以秣其馬。芻，音初。其人如玉。而其人之德，則如玉之溫潤。毋金玉爾音，詩人不忍其行，猶勉之曰：爾雖去國，當無自愛重其言如金玉之貴。毋，音無。而有遐心。而有遠棄朝廷之心也。

《白駒》四章，章六句。

《黃鳥》，詩篇名。刺宣王也。刺宣王不能安民也。

黃鳥黃鳥，宣王之末，民有失所而往他國者。及在彼，又無人恤之，故呼黃鳥而告之曰。無集于穀，爾無集止于我穀木之上。無啄我粟。無啄食我之粟也。啄，音卓。此邦之人，凡此鄉邦之人。不我肯穀。不肯以善道與我相處。言旋言歸，我亦不久於此而將還歸。復我邦族。復還我邦宗族所居之故鄉矣，無以侵迫為也。

黃鳥黃鳥，無集于桑，無啄我粱。此邦之人，不可與明。不可與之明敕患恤害之理也。言旋言歸，復我諸兄。返我諸兄所居之故鄉矣。

黃鳥黃鳥，無集于栩，音許。無啄我黍。此邦之人，不可與處。不可與之同居。言旋言歸，復我諸父。

《黃鳥》三章，章七句。

《我行其野》，詩篇名。刺宣王也。刺宣王不能安民也。

我行其野，民不安而適異國，依其昏姻而不見收恤，故歎曰我行於野外。蔽芾其樗。尚有惡木之盛可以庇蔭。芾，沸。樗，音攄。昏姻之故，今以汝為昏姻之故。言就爾居。欲就爾以安處。爾不可畜【一】，而爾乃不能養我，是樗木之不若也。復我邦家。爾既不我蓄，今當復反我之邦家矣。

我行其野，解同上。言采其蓫。言采其蓫菜以治疾。蓫，音蓄。婚姻之故，蓫菜猶可治疾，今我以汝為昏姻之故。言就爾宿。欲就宿於爾家。爾不我畜，而爾反不肯養我，是蓫之不若也。言歸斯復。既我不蓄，則歸而復反我舊日所居之處矣。

我行其野，同上。言采其葍。尚有葍菜可采以充饑，況我與汝為婚姻，豈不能庇我乎?葍，音福。不思舊姻，今乃不思舊日之姻親。求爾新特。而求新得之匹特。誠不以富，汝雖誠不以彼之富而厭我之貧。亦祇以異。亦適以其

【一】「可」，《毛詩正義》作「我」。

新而異於故耳。祇，音支。

《我行其野》三章，章六句。

《斯干》，詩篇名。宣王考室也。厲王之後，宮室敗壞。宣王中興，而復修其宮室，既成而設禮樂以落之，作詩以述其頌禱之辭也。

秩秩斯干，宣王作室，後則臨秩秩然流行之水。幽幽南山；前則對幽幽然深遠之山。如竹苞矣，其下之固如竹之叢生。如松茂矣。其上之密如松之茂盛。兄及弟矣，宮室之美如此，而兄弟同氣之親聚居於此者。式相好矣，洽洽然各相和好輯睦。好，去聲。無相猶矣。無有以智術相圖謀者焉，此所以能長守其富貴也。

似續妣祖，宣王思所以繼續其妣祖之業。築室百堵，故築其宮室，百堵皆作。西南其户。在東者西其户，在北者南其户。爰居爰處，及宮室既成，於是而居處以為安焉。爰笑爰語。於是而笑語以自適焉。

約之閣閣，宣王作墻以衛宮室，束板以□形歷歷然。椓之橐橐，築土以杵，其聲橐橐然。椓，音啄。橐，託。風雨攸除，寢廟既成【一】，則風雨之患，於是而除焉。除，去。鳥鼠攸去，鳥鼠之害，於是而去焉。君子攸芋。君子於是而居焉，所以為尊且大也。芋，可【二】。

如跂斯翼，宣王宮室之制，度其四隅之嚴竦，如人跂立而致敬也。跂，音企。如矢斯棘；其簷宇之整齊，如矢之急行而且直也。如鳥斯革，其棟宇峻起，如鳥驚變而峻頃也。如翬斯飛。其漆畫文采，如翬飛翔而五色著也。翬，輝。君子攸躋。宮室之美如此，宜君子升其中而居之焉。

殖殖其庭，其庭則殖殖然平正。殖，植。有覺其楹。其楹則高大而且直。楹，盈。噲噲其正，其正寢則噲噲然

【一】「寢廟」，原本不清，據《鄭箋》補。
【二】「可」，疑是「于」字之誤。

明爽。噲，音快。噦噦其冥。其偏室則噦噦然深廣。宮室之美如此。噦，音會。君子攸寧。宜君子居之而安寧也。

下莞上簟，寢既成，乃設蒲席於下，竹簟於上。莞，官。簟，忝。乃安斯寢。而安然寢處其中。乃寢乃興，就寢之後，而又興起。乃占我夢。以占我之梦。占，平聲。吉夢維何？其所謂祥梦者如何乎？維熊維羆，熊，雄。羆，卑。維虺維蛇。蓋熊羆虺蛇之兆也。虺，卉。

大人占之：乃命大德之人，以所得之梦而占之。維熊維羆，熊羆在山，强力壯毅，陽物也。男子之祥；是為生男之兆。維虺維蛇，虺蛇穴處，柔弱隱伏，陰物也。女子之祥。是為生女之兆。

乃生男子，既生男子。載寢之牀，則臥之於牀，所以尊之也。載衣之裳，衣之以裳，示處下之道也。衣，去。載弄之璋。弄之以璋，示為臣之職也。璋，章。其泣喤喤，其泣聲則喤喤然大而美。喤，横。朱芾斯皇，它日將服煌煌然朱芾之服。芾，弗。室家君王。有室有家，嫡為天子，庶為諸侯矣。

乃生女子，既生女子。載寢之地，則臥之於地，所以示其卑也。載衣之裼，衣之以裼，所以别於男也。裼，它許反。載弄之瓦。弄之以瓦，所以明其習也。無非無儀，尚默靜而不論人之是非，尚質愨而不節己之威儀。唯酒食是議。惟主中饋議酒食而已。無父母詒罹。無至遺父母之憂也。詒，貽。罹，離。

《斯干》九章，四章章七句，五章章五句。

《無羊》，詩篇名。宣王考牧也。厲王之時，牧人之職廢。宣王興而復之，至此而始成焉。

誰謂爾無羊？詩人呼牧人而告之曰：誰言爾無羊乎？三百維群。其群有三百，不知其群之有多少也。誰謂爾無牛？誰言爾無牛乎？九十其犉。其黄牛黑唇者曰犉，有九十頭，不知其雜色者之數也。其蕃庶如此。犉，而純反。爾羊來思，又且各得其所，其羊之來也。其角濈濈；其角濈濈然聚而不觸。濈，音戢。爾牛來思，其牛之來也。其耳濕濕。其耳濕濕然潤澤而不燥。

或降于阿，牛羊各隨其性，或降于山阿之下。或飲于池，或飲于池沼之中。或寢或訛。或臥者，或動者，無不自適。爾牧來思，故牧養之人來至於此也。何蓑何笠，何其蓑笠。何，上。蓑，莎。或負其餱。賚其飲食，從牛羊之所適，順其宜而阜其生。餱，音侯。三十維物，毛色之異者，其類各三十。爾牲則具。設有祭祀賓客之事，而牲則無不備具矣。

爾牧來思，牧人有餘力，其來歸也。以薪以蒸，因取薪蒸以為爨燎之用。以雌以雄。又辨其雌雄，以視多寡之數。爾羊來思，爾羊之來者。矜矜兢兢，性實堅强。不騫不崩。而不虧損崩敗。騫，音牽。麾之以肱，且馴擾從人，不假荅箠，但舉臂麾之。麾，輝。畢來既升。使來則畢來，使升則既升也。

牧人乃夢，牧事既畢，牧人安寢，乃得梦於清夜之間。眾維魚矣，所梦謂何？一則遊魚之眾。旐維旟矣。二則旟旐之建。夫魚與旟旐，牧人何心於此，無心而梦之，必不虛。旐，兆。旟，音于。大人占之：於是命大德之人從而占之。眾維魚矣，遊魚之眾多者，庶類蕃殖也。實維豐年：實為時和歲豐之象。旐維旟矣，旐旟之建立者，聚合□眾也。室家溱溱。是為室家盛多之象。以《斯干》、《無羊》之卒章觀之，所顧乎上者，子孫昌盛，所顧乎下者，歲熟民滋，皆不顧乎其它也。彼秦漢好大喜功之主，烏足語此。溱，臻。

《無羊》四章，章八句。

南有嘉魚之什十篇，四十六章，二百七十二句。

鴻雁之什十篇，三十二章，二百三十二句。

直音傍訓毛詩句解卷十

直音傍訓毛詩句解卷十一

變小雅

陸曰：「從此至《何草不黃》凡四十四篇，前儒申毛皆以為幽王之變小雅，鄭以《十月之交》以下四篇是厲王之變小雅。漢興之初，師移其篇次，毛為《詁訓》，因改其序焉。」

《節南山》，詩篇名。節，音截。家父刺幽王也。周大夫家父作以刺幽王用尹氏致亂也。父，甫。

節彼南山，節然高峻之南山。維石巖巖。而積石於上者巖巖然，是一國之望也。赫赫師尹，喻尹氏為太師，其顯盛赫赫然。民具爾瞻。亦為萬民之所瞻仰焉。既為民所瞻，則其行事必有以洽乎民心，今尹氏之所為，乃不足以副眾望。憂心如惔，故我心憂之，如火焚惔。惔，音談。不敢戲談。但畏其威，不敢輕言。國既卒斬，國既至此，而將終於絕滅矣。卒，子律反。何用不監！彼尹氏何不察乎？監，平聲。

節彼南山，同上。有實其猗。草木生於上，均平如一，無不猗猗然長盛也。猗，音伊。赫赫師尹，同上。不平謂何！而為政之不均平，何也？是南山之不若矣。天方薦瘥，天怒於上，屢降瘥疾。瘥，才何反。喪亂弘多。喪亂之禍，弘大且多。喪，去。民言無嘉，民怨興謗，且無善言。憯莫懲嗟！然伊氏曾不懲戒咨嗟而求所以自改焉。憯，七感反【一】。

尹氏大師，尹氏為太師之官。大，音太。維周之氐；乃周家根本之所係。氐，抵。秉國之均，當有以秉執國之平，使無輕重之偏。四方是維；外以維持四方之廣。天子是毗，內以毗輔天子之尊。俾民不迷，使民不至於迷惑也。不弔昊天！今不能如此，則其亂必矣。故無所歸咎，乃呼天而告之曰：昊天在上，何不閔弔我乎？弔，的。不宜空我

【一】「七」，《毛詩正義》作「士」。

師。不宜使之久在位，而盡滅我等眾人如此也。空，去聲。

弗躬弗親，王委政於尹氏，尹氏又委政於小人，而以其未嘗問、未嘗事者欺其君也。故戒之曰：汝之為政，不以身親之。庶民弗信；庶民已不信之矣。弗問弗仕，其所未嘗問、未嘗仕之事。勿罔君子。則不可欺罔君子也。式夷式已，當平其心，視所任之人有不當者則已退之。無小人殆。無以小人之故而至於危殆其國也。瑣瑣姻亞，彼瑣瑣之小人，雖與之為姻亞。則無膴仕。未可厚任之而置諸大位也。膴，音武。

昊天不傭，尹氏虐民之甚，民無所歸咎而歸之天，謂昊天不均平。傭，救龍。降此鞠訩；而降此窮極之亂。訩，音凶。昊天不惠，昊天不惠順。降此大戾。而降此大乖疾之變。君子如屆，然所以靖之者亦在王耳，王如用其至理。俾民心闋；則尹氏不必居位，而民之怨心息矣。闋，缺。君子如夷，王如平心以察之。惡怒是違。則尹氏自不能逃其罪，而民之恶怒可遠去矣。

不吊昊天，昊天不愍吊下民。亂靡有定；使尹氏久居大位，其窮亂無有定時。式月斯生，方且與歲月俱生平。俾民不寧。使民不得安寧。憂心如酲，而憂心之極，如病酲焉。酲，音呈。誰秉國成？不知秉國家紀綱法度之成法者其誰乎？不自為政，何不躬自為政？卒勞百姓。終使尹氏勞我百姓也。

駕彼四牡，此章言幽王既不悟，賢者有去而已，於是駕彼四牡而將行。四牡項領。其四牡則肥壯而大領，固可唯意所適也。我瞻四方，然我四顧天下。蹙蹙靡所騁。則皆昏亂，蹙蹙然無可往之所，將焉避禍哉？蹙，音足。

方茂爾惡，小人喜怒無常，方將盛其恶以相加之時。相爾矛矣；則視其矛戟如將戰鬥。相，去聲。既夷既懌，及其恶既平，其情既喜。懌，音亦。如相醻矣！則相與歡然，如賓主之相酬酢，是以君子不與俱也。醻，酬。

昊天不平，尹氏之不平，若天使之，故歎曰：昊天其使尹氏之不平乎？我王不寧。我王其不得安寧乎？不懲其心，今尹氏不懲創其恶。覆怨其正。乃反怨人之正己者，則其恶何時而已乎？

家父作誦，家父自言作為此誦。以究王訩。以窮究王政禍亂之所由。式訛爾心，冀其改心易慮。以畜萬邦。以養萬邦之民焉。畜，許六。

《節南山》十章，六章章八句，四章章四句。

《正月》，詩篇名。正，音政。大夫刺幽王也。周大夫作以刺幽王，恶褒姒滅周也。

正月繁霜，夏之四月，謂之正月者，以純陽用事為正陽之月。正月乃長養之月而降繁霜，有肅殺之氣也。我心憂傷；覩天變之如此，既使我心為之憂傷矣。民之訛言，而造為好偽之言以罔上惑眾者乎。亦孔之將。又方甚大，可懼之甚矣。念我獨兮，眾人不以為憂，而憂者獨我一人。憂心京京。愛心京京然【一】。哀我小心，哀我之小心。癙憂以痒。癙憂而至於痒病矣。癙，鼠。痒，羊。

父母生我，斯民遭亂，呼父母而訴之曰：父母之生我。胡俾我瘉？何為使我遭此禍而至於瘉病乎？瘉音庾。不自我先，今日之亂何不出我之先？不自我後。亦何不出我之後，而適當我之身乎？好言自口，彼小人虛詐反覆以作亂者，善言從口而出。莠言自口，恶言亦從口而出。莠，音有。憂心愈愈，我心之憂愈愈然日益甚。是以有侮。是以遭小人之侵侮。蓋小人以禍為樂，與君子殊途故也。

憂心惸惸，君子遭亂，其心惸惸然独憂。惸，具營。念我無祿。念我不幸。民之無辜，與此無罪之民，遭國之將亡。并其臣僕。俱被囚虜，同為臣僕。并，併。哀我人斯，可哀哉，我等人也。于何從祿？未知復從何人而受祿乎。瞻烏爰止，今但如烏之飛。于誰之屋？不知其將止于誰之屋也。

瞻彼中林，幽王之時，君子盡去，專任小人，如視彼中林，大木斬伐殆盡矣。侯薪侯蒸。所存者維薪蒸之小木

【一】「愛」，據文意應作「憂」。

耳。民今方殆，民當此時，遭小人之害，方在危殆中。視天夢夢。仰視於天，乃夢夢然昏蔽不明若無能為者，然此特值天理未定之時耳。夢，平。既克有定，及天理之既定。靡人弗勝。則人所為無有不為天所勝者。勝，平。有皇上帝，不然則皇皇之上天。伊誰云憎！豈為誰是憎而禍之耶？

謂山蓋卑，山本高而或謂其卑。為岡為陵。豈不見有為山脊之岡者，有為大阿之陵者，豈可皆以為卑？民之訛言，民之口張為幻變白為黑亦如此。寧莫之懲！安可不懲艾之乎？然幽王則惑而信之矣。召彼故老，至於元老宿舊有德之人，則不知所用，其或召之也。訊之占夢，但問之以占梦不急之事而已。訊，信。具曰予聖。信讒佞而侮老成，上下相蒙，皆自以為聖。誰知烏之雌雄。如烏之首尾毛色不異，誰能知其孰雌孰雄哉？

謂天蓋高，君子遭亂畏禍，而其恐懼已甚。謂天雖高。不敢不局；不敢不屈身而行。謂地蓋厚，謂地蓋厚也。不敢不蹐。不敢不輕步而行。蹐，音脊。維號斯言，所以號呼出此局蹐之言者，非誕也。號，豪。有倫有脊。誠有倫序，有脊理也。哀今之人，哀我今日之小人。胡為虺蜴！何為肆毒若虺蜴之害人，而使之至此乎。虺，卉。蜴，夕。

瞻彼阪田，視彼阪田崎嶇墝埆之處。有菀其特。有菀然特盛之苗。菀，音鬱。天之杌我【一】，而天為風雨以動摇之。杌，音兀。如不我克。惟恐其不勝焉。如昏亂之朝，有挺然特立之賢，而小人成群，思有以中傷之，亦惟恐其不及也。彼求我則，方彼之求我以為法則也。如不我得；汲汲然如不能得我也。執我仇仇，及其既得我也，則又執我如仇人然。亦不我力。曾不知力用我也。

心之憂矣，我心之憂，抑鬱而不伸。如或結之。如有結而不可解者。今兹之正，蓋以今日之政。胡然厲矣！何若是之惡也。燎之方揚，其勢之盛，如火方熾。寧或滅之。寧有能撲滅之者乎？赫赫宗周，今以赫赫然盛大之宗周。

【一】「杌」，《毛詩正義》作「扤」，下「杌」字同。

褒姒威之。而乃為褒姒所滅，誠可駭也。褒，保平。滅，血。

終其永懷，幽王肆為淫虐，君子永思其終，知其必有大難。又窘陰雨。如人遠行，又迫於陰雨。窘，群上。其車既載，已載其車。乃棄爾輔。而乃棄其輔車之物焉。載輸爾載，則車之所載必傾覆矣。爾載，才再反。將伯助予。既傾覆而後，請長者以助我，豈不晚乎？喻幽王棄賢而不用，至禍難之來，始求賢者，則無及矣。將，鏘。

無棄爾輔，承上章言人之駕車，當無棄其輔車之物。員于爾輻，而益於輪輻之上，猶以為未也。員，云。屢顧爾僕，而又數次顧其僕夫，使相扶持。不輸爾載。然後不至傾覆爾車所載。終逾絕險，而終過絕險之地矣。曾是不意！今乃不以此為意，則宜其覆也。治天下者亦然，當修德用賢，畏謹之至，而後免於難也。今幽王曾不以是為意，豈得不滅亡乎？

魚在于沼，君子立於衰亂之朝，無所避害，如魚在於池沼之中，其為生乃蹙矣。亦匪克樂。亦不足以為樂也。潛雖伏矣，雖曰潛伏於下。亦孔之炤。亦甚昭昭然易見禍難之來，無所逃也。炤，音灼。憂心慘慘，是以其心慘慘然憂愁之至。念國之為虐。念國之為虐太甚耳。

彼有旨酒，彼小人得志，有旨美之酒。又有嘉殽；又有嘉美之殽。洽比其鄰，以親洽其鄰里。比，鼻。昏姻孔云。與其親戚燕語周旋，甚得所也。念我獨兮，而君子獨念國家之將亡。憂心慇慇。此心之憂慇慇然而痛也。

佌佌彼有屋，佌佌之小人已有屋家之富矣。佌，此。蔌蔌方有穀。蔌蔌然窶陋者方有爵祿之貴矣。民今之無祿，蓋斯民當不幸之時。天夭是椓。是以天降此夭孽之人並出而椓喪之。哿矣富人，彼富於財者猶云可供其□。哿，哥上。哀此惸獨！而此惸独之人，無以堪其貧，實可哀憐之也。

《正月》十三章，八章章八句，五章章六句。

《十月之交》，詩篇名。大夫刺幽王也。周大夫作此以刺幽王也。

十月之交，十月，以夏正言之，建亥之月也。交，日月交會，謂晦朔之間也。歷法：周天三百六十五度四分度之一，左旋於地，一晝一夜，則其行一周而又過一度。日月皆右行於天，一晝一夜，則日行一度，月行十三度十九分度之七，故日一歲而一周天，月二十九日有奇而一周天。又逐及於日而與之會，一歲凡十二會，方會則有月光都盡而為晦，已會則月光復蘇而為朔。朔後晦前各十五日，日月相對，則月光正滿而為望。晦、朔而日月之合，東西同度，南北同道，則月揜日而日為之食；望而日月之對，同度同道，則月亢日而月為之食，是皆有常度矣。然王者修德行政，用賢去佞，能使陽盛足以勝陰，陰衰不能侵陽，則日月之行，雖或當食而月常避日，故其遲速高下必有參差而不正相合、不正相對者，所以當食而不食也。若國無政，不用善，使臣子背其君，妾婦乘其夫，小人陵君子，夷狄侵中國，則陰盛陽微，當食必食。雖曰行有常度，而實為非常之變矣。當十月之日月交會。朔月辛卯，辛卯朔。日有食之，月之象，臣子，妾婦，小人，夷狄；日之象，君父，夫主，君子，中國。陰盛而日食，此蓋臣子背君父、妾婦陵夫主、小人欺君子、夷狄侵中國之象。亦孔之醜。亦甚醜惡也。彼月而微，彼月有盈虧，則衰微者乃理之常也。此日而微。此日不宜虧而今亦虧者，乃人事之所致而災害特起。今此下民，今此下民，首被其害。亦孔之哀。君臣失道，災害並起，故下民亦甚可哀也。

日月告凶，日月以凶□之徵告天下。不用其行。不用其常道矣。四國無政，蓋以四國無善政。不用其良。不能任用善人也。彼月而食，彼月而食者，乃陰衰而陽盛，猶君强而臣弱。則維其常；則是理之常也。此日而食，今乃此日而被食，則陰盛而陽衰，猶君弱而臣强也。于何不臧！何其不善之甚乎？

爗爗震電，幽王之時，不但日食，又有爗爗然震雷之電。爗，音曄。不寧不令。其聲過常，不安寧不令善。令，去。百川沸騰，百川之水皆溢出而相乘。山冢崒崩。山之冢頂高峰之土崒然崔嵬者，亦皆摧壞而崩落。崒，子恤反。

高岸為谷，高大之岸陷為深谷。深谷為陵。深下之谷進出為陵，災異之多如此。哀今之人，今人之遭此，誠可哀也。胡憯莫懲！而幽王視之，何為曾不懲戒於心，改過以消天變乎？憯，慘。

皇父卿士，幽王用皇父為卿士之官。父，甫。番維司徒，番氏為司徒，掌邦教之官。家伯維宰，家伯為太宰，掌邦治之官。仲允膳夫，仲允為膳夫，掌王飲食之官。棸子內史，棸子為內史，中大夫之官，掌爵祿廢置生殺予奪之法。棸，音鄒。蹶維趣馬，蹶氏為趣馬之官，下士，掌王馬之政。蹶，音□。趣，七走。楀維師氏，楀氏為師氏之官，掌朝廷得失之事也。七子皆小人，此其所以致天下之亂也。楀，矩。豔妻煽方處。然七子用事於外者，蓋以豔妻蠱惑王心於內，其勢盛若火之煽然，方居其所未變徙也。內外蟠結而不解，所以致今日變異如此盛歟。豔，艷。

抑此皇父，抑此皇父之所為。豈曰不時？豈自言其不是乎？胡為我作，何為使我動作以遷。不即我謀？而不先就我謀之乎？徹我牆屋。遂徹去我牆屋以就新居。田卒汙萊。使我有田不得耕治，卑者盡停水以汙之，高者盡長草以荒之。曰予不戕，皇父虐民如此，猶不知自反，而言我非戕害汝等。禮則然矣。乃下供上役之常禮當然耳，皇父之文過如此。

皇父孔聖，皇父專執己見，自以為甚聖矣。作都于向，作都于向之地。向，尚。擇三有事，擇其國之三卿。亶侯多藏。信為貪傜聚斂之人，與之皆去。不憖遺一老，而故老在位者盡出之，更不彊留一人。憖，銀去。俾守我王；使之守衛我王。擇有車馬，又擇民之富有車與馬者。以居徂向。以往居向而實其邑，其貪利忘君如此。

黽勉從事，斯民黽勉從皇父之役。不敢告勞。不敢自告其勞苦。無罪無辜，在己本無辜罪。讒口囂囂。而小人眾多之口，猶且為讒謗之言以中傷之。囂，翱。下民之孽，今此下民之受災虐者。匪降自天；不是從天而降也。噂沓背憎，實由此小人噂噂沓沓，對面則多言相說，及其相背則又相憎。噂，尊上聲。職競由人。專力以致此禍耳。

悠悠我里，幽王之時，天下大亂，賢者多潔身而去，其大夫在位者，困苦無聊之極而自歎曰：我所居之里，已悠悠然當深長思也。亦孔之痗。亦甚病矣。痗，音昧，又音梅。四方有羨，四方之人皆有饒餘。羨，徐箭反。我獨居憂。而我獨處於憂患之中。民莫不逸，斯民莫不安逸。我獨不敢休。而我獨不敢休息。天命不徹，蓋我之天命窮而未通。我不敢傚我友自逸。是以不敢傚我友之自安，而以身當其勞也。

《十月之交》八章，章八句。

《雨無正》，詩篇名。大夫刺幽王也。周大夫作刺幽王也。雨自上下者也，雨下自上而下，喻政令之發施，亦出於上者。眾多如雨，今幽王不秉政而使政出於小人，其出政者眾多如雨。而非所以為政也。然非所以為政之道也，故刺之。

浩浩昊天，幽王時民被禍者無所歸咎，而歸之天曰：天之生物，浩浩然廣大流通若無窮者。浩，音杲。不駿其德。奈何不長其德。降喪饑饉，既生之，而又降此喪亂饑饉之禍。喪，去聲。斬伐四國。以斬伐四國之民命哉。旻天疾威，天怒之迅烈如此。旻，音民。弗慮弗圖。幽王曾不之思慮，不之謀度而修德以避之。舍彼有罪，彼小人之有罪者，乃舍之不復問。舍，上聲。既伏其辜；而謂其已伏罪矣。若此無罪，如此無罪之人。淪胥以鋪。乃使之相與陷溺而徧及於禍焉。鋪，平聲。

周宗既滅，周家本為天下所尊，而今有滅亡之禍。靡所止戾。未知其所安止，未知其所戾定也。正大夫離居，彼為大夫之長者，皆避禍而去位。莫知我勩。獨我當其勞，人莫知之耳。勩，曳。三事大夫，以至三公及大夫。莫肯夙夜；無有肯夙興夜寐以供在公之職。邦君諸侯，邦君之為諸侯者。莫肯朝夕。無有肯朝夕黽勉以盡尊王之心，其上下解體如此。庶曰式臧，庶幾王之知懼改前非而用善道也。覆出為惡。今乃反出為恶而莫之懲焉。

如何昊天，幽王積恶日甚，君子呼天而告曰：今其奈何哉？辟言不信。我以法度之言告王而王不信。辟，闢。如彼行邁，但恣其所為，如人行路而忘返。則靡所臻。莫知其至止之地矣。凡百君子，既訴於天，又警其在位群臣乎？各敬爾身。使各敬身避禍。胡不相畏？謂天下之禍如此，何可不自相畏乎？不畏于天！何不畏天罰將至乎？

戎成不退，幽王時天下大亂，兵寇已成，不能禦退之。饑成不遂。饑困已成，不能恤而安之。曾我暬御。但我侍御小臣。曾，曾。暬，□。憯憯日瘁。憯憯然憂之而日至於病。凡百君子，彼在位眾多之君子。莫肯用訊；無有肯用此告王者。聽言則答，雖王欲聽言，則但略答，不肯盡言也。譖言則退。一有譖言及己，則皆抽身退去。

哀哉不能言！可哀哉，賢者當亂世而不能言。匪舌是出，非出於舌之難也。出，吹去。維躬是瘁。苦出言則忤物，小人惡直，將共害之而身受其病矣。哿矣能言，至彼小人得王之心，王所謂能言而可以言者。巧言如流，巧好其言，如水流轉。俾躬處休。而使其身處於安樂之地也。

維曰于仕，今之人□曰：我仕而仕耳。孔棘且殆。曾不知仕之急且危也。云不可使，苟仕而直道，凡王之所以使我者皆云不可從。得罪于天子；則得罪於天子。亦云可使，若枉道而仕，從王之所使。怨及朋友。則朋友之以道相規者必見怨矣。此仕之所以難也。

謂爾遷于王都，仕之多患也，故君子有去者，有居者。居者不忍王之無臣與己之無徒，乃告去者，使復還於王都。曰予未有室家。去者不聽而託言以拒之。鼠思泣血，居者於是憂思泣血。思，去聲。無言不疾。患其出言而舉皆疾之，無與之和者。昔爾出居，故詰之曰：昔爾之出居也。誰從作爾室！誰為爾作室者？而今以此辭我乎？

《雨無正》七章，二章章十句，二章章八句，三章章六句。

幽王變雅四篇，三十八章，二百七十六句。

變小雅

《小旻》，詩篇名。旻，音民。大夫刺幽王也。周大夫作刺幽王也。

旻天疾威，天降迅疾之威以警幽王。敷于下土。敷遍於天下矣。謀猶回遹，而幽王曾不知懼，聽用小人邪僻之謀。遹，音聿。何日斯沮！何日而沮止乎？沮，去。謀臧不從，彼賢人謀之善者，王則不從之。不臧覆用。小人謀之不善者，王反從之。我視謀猶，故我視其謀之邪僻。亦孔之邛。蓋亦甚可病矣。邛，窮。

潝潝訿訿，小人在朝，對面則潝潝然相和，背面則訿訿相詬。潝，翕。訿，紫。亦孔之哀。亦甚可為國哀憫矣。謀之其臧，王能察其情則亂庶可止也。然幽王於賢人謀之善者。則具是違；則俱違背之。謀之不臧，其小人謀之不善者。則具是依。則俱依從之。我視謀猶，我視其謀猶如此。伊于胡底！則亦何所至乎？必至於亂而已。

我龜既厭，幽王不明，處事無斷，每每占於龜，而龜厭其煩。不我告猶。不復告以所圖之吉凶。謀夫孔多，詢之於人，則又謀事者眾而是非不決。是用不集。故所為之事不能成就。發言盈庭，議事之初，發言滿庭，莫不自以為能。誰敢執其咎？及事不成，則誰肯以身而當其咎責。如匪行邁謀，君臣之謀事如此，猶人之不行不邁而坐圖遠近。是用不得于道。謀之雖審，而於道之遠者，終不得到矣。

哀哉為猶！哀哉，今之為謀。匪先民是程，不以古人為法。匪大猶是經；不以大道為常。維邇言是聽，但為淺近之言是聽。維邇言是爭。為淺近之言是爭。如彼築室于道謀，如彼作室於道傍，而與行路人謀之，人人得為異論。是用不潰于成。故不能遂其成也。潰，音□。

國雖靡止，幽王之□國論雖無定□。或聖或否；然有聖者焉，有否者焉。民雖靡膴，民雖不大盛。膴，音武。或哲或謀，然有明哲者，有善謀者。或肅或艾。有能敬其身者，有能治其事者。艾，音刈。如彼泉流，但幽王不能擇賢而用之，使君子小人混然無別，將如泉流之不返，清濁之不分。無淪胥以敗。得無相與陷溺以至於敗乎？

不敢暴虎，衆人慮不及遠，但知徒手搏虎則必傷，而不敢為矣。不敢馮河。但知徒步涉河則必溺，而不敢進矣。馮，音憑。人知其一，人皆知虎不可暴，河不可涉之一說。莫知其他。而不知不畏小人則必至危殆之它說。戰戰兢兢，故必戰戰然恐懼，兢兢然戒謹。如臨深淵，如臨於至深之淵而恐其墜。如履薄冰。如行於至薄之冰上恐其陷，則可免禍矣。

《小旻》六章，三章章八句，三章章七句。

《小宛》，詩篇名。宛，於阮反。大夫刺幽王也。周大夫作以刺幽王也。

宛彼鳴鳩，以宛然至小之鳴鳩。翰飛戾天。且能奮其羽翼而有高飛及天之志，今幽王乃不能勉强奮發以致治，而墜其文武之業，是鳴鳩之不若也。翰，胡旦反。我心憂傷，是以我心憂傷。念昔先人。閔周室之將亡，而念昔者文武創業之艱難。明發不寐，自將旦而光明開發之時，已不能寐。有懷二人。其所懷思者，惟此文武二人而已。

人之齊聖，中正通知之人。飲酒溫克，飲酒之時，能溫和以勝己之私，而不為酒困也。彼昏不知，若彼幽王之君臣，昏亂而無知。壹醉日富。則一志於醉，日增月益而愈甚。各敬爾儀，於是戒之曰：當各敬謹爾之威儀，無縱酒而自失。天命不又。天命將去而不再來矣，可不畏乎？

中原有菽，此章言天命無常，中原之有菽。庶民采之。衆庶之民可以采而得之。螟蛉有子，桑蟲有子。螟，冥。蛉，零。蜾蠃負之。蜾蠃可以抱而育之，無常主也。蜾，音果。蠃，羅上。教誨爾子，今有教誨其民。式穀似之。用我之善感民之善，則亦似庶民之采菽，蜾蠃之負桑蟲，皆得以為己有矣。

題彼脊令，視彼脊令之水鳥。題，去聲。令，零。載飛載鳴。猶且飛且鳴，自動其身，未嘗少息，而況於王乎？我日斯邁，我之日斯待。而月斯征。而月斯行矣，日月之逝，其速如此。夙興夜寐，幽王政當夙焉而興，夜焉而寐，孜孜然為善。無忝爾所生【一】。庶幾無忝辱爾所生之父母則可矣。

交交桑扈，彼桑扈乃食肉之鳥，今無肉可食，則相與群飛而往來。扈，音户。率場啄粟。循場而爭粟，非其所宜矣。哀我填寡，亦猶國人窮困孤寡，失其常業，誠可哀也。填，殄。宜岸宜獄。乃今以為宜入於岸獄，則亦尖其所矣【二】。握粟出卜，獨至於此，無可以自救，但持粟出而問卜。自何能穀？曰何自而能善乎？

溫溫恭人，小人得志，則君子懼禍，故以溫溫然柔敬之人。如集于木。如集于木而畏其墜。惴惴小心，卑小其心，惴惴然恐懼。惴，之瑞反。如臨于谷。如臨于谷而畏其蹈。戰戰兢兢，戰戰然震慄，兢兢然戒謹。如履薄冰。如履於薄冰之上而畏其溺。衰亂之世，賢者固無罪，而畏懼有如此哉！

《小宛》六章，章六句。

《小弁》，詩篇名。弁，音盤。刺幽王也，譏刺幽王也。太子之傅作焉。幽王娶申女為后，生宜臼為太子。後又寵褒姒，生伯服，信其讒而黜申后，太子奔申。其傅伯奇述太子之意以作詩，詩中稱我者，皆設為太子自稱之辭。

弁彼鷽斯，樂哉，彼鷽斯之出食於野。鷽，豫。歸飛提提。既飽則提提然群飛而歸，無不遂也。今我乃見棄於父，是不如鷽斯之得所也。提，持。民莫不穀，四方之民莫不相親而相養也。我獨于罹。而我乃獨居於憂患之中焉。罹，音離。何辜于天？未知何以得罪於天乎？我罪伊何？我之所以為罪者如何？心之憂矣，今但憂思於心。云如之何！無可奈何耳。

【一】「無」，《毛詩正義》作「毋」。

【二】「尖」，疑爲「失」字之誤。

踧踧周道，昔日之周道，四時有諸侯朝會車馬往來蹂踐，踧踧然平易也。踧，狄。鞫為茂草。今諸侯無復來者，其地盡生茂草矣。我心憂傷，是以我心憂且傷焉。惄焉如擣。思之則如有物以擣於心者，憂之深切也。惄，溺。擣，倒。假寐永歎，至於假寐之時，亦不覺長歎。維憂用老。是以我本未老，維因憂而驟老也。心之憂矣，憂心之甚。疢如疾首。我本無首疾而其病如首疾焉。疢，所。

維桑與梓，桑梓乃父母親植以遺子孫，供蠶食其器用也。必恭敬止。我出見之，猶必致其恭敬。靡瞻匪父，為尊而瞻者，無非父也。靡依匪母。親而依之者，無非母也。豈敢不敬乎？不屬于毛，今乃見棄於父母，豈我之身不屬於父母身體之餘氣乎？屬，燭。不離于裏，不麗于父母之心腹乎【一】？天之生我，反覆思之，無所歸咎，於是仰天而告之曰：天之產我。我辰安在？我之時辰果安在哉？想在於不善也。何父母之不我愛如此？

菀彼柳斯，有菀然茂盛之柳，菀，音鬱。鳴蜩嘒嘒。則蜩蟬之鳴於中者，嘒嘒然而和。蜩，音條。嘒，慧。有漼者淵，有漼然深峻之淵。漼，推上。萑葦淠淠。則萑葦生於傍者淠淠然盛。物之大者無所不容，而王獨不容其子。萑，丸。淠，幣。譬彼舟流，太子不為父所容而見放退，譬如彼舟之流行蕩漾。不知所届。不知其何所至乎？心之憂矣，是以心憂之極。不遑假寐。雖坐而假寐亦不暇矣。禍變之亟如此。

鹿斯之奔，鹿之奔走也。維足伎伎。其足伎伎然舒緩，尚知俟其群隊。伎，音其。雉之朝雊，雉之略晨而鳴也。雊，構。尚求其雌。猶知求其雌匹。物無不有思□其親者。譬彼壞木，今王乃棄后而逐太子，□然獨立如朽蠹之木。壞，胡罪反。疾用無枝。傷病而無枝柯。心之憂矣，是以我心憂之。寧莫之知！而王乃晏然不知也。

相彼投兔，兔見迫逐而投人，人視其困窮者。尚或先之；猶或匿之。行有死人，行路有死人。尚或墐之。人閔其暴露者，猶掩藏之，皆其心之不忍故也。今王乃棄逐其子。墐，音覲。君子秉心，則其秉此心也。維其忍之。亦甚

【一】「麗」，據文意應作「離」。

忍矣。心之憂矣，是以我心憂之。涕既隕之。而至於隕涕也。

君子信讒，幽王信讒譖之言。如或醻之。如賓主以酒相醻酢，來無不受也。君子不惠，幽王無愛太子之心。不舒究之。聞讒即逐，不肯舒徐而究察之。伐木掎矣，豈不見伐木者尚掎其巔。掎，紀。析薪扡矣。析薪者尚隨其文。皆不妄挫折之。扡，音耻。舍彼有罪，今乃舍彼有罪之譖人。予之佗矣。而加我以非其罪，曾伐木析薪之不若矣。佗，吐賀反。

莫高匪山，無有高而非山者，而人猶或陟其巔。莫浚匪泉。無有深而非泉者，而人猶或入其底。君子無易由言，故人君不可輕易於發言。耳屬于垣。彼小人者，常屬耳於牆壁之間，以窺伺上意而生讒譖。幽王惟不知此理，故關防不密，讒譖得行而太子見逐。屬，燭。無逝我梁，太子將去，恐褒姒與伯服害其成業，遂禁止之曰：爾無往我魚梁之上。無發我笱；而發我笱也。喻爾無居我之家而敗我之業也。笱，苟。我躬不閱，既而思其不可禁，乃歎曰：我一身尚且不能容。遑恤我後！何暇恤我去後之事乎？惟付之無可奈何而已。

《小弁》八章，章八句。

《巧言》，詩篇名。刺幽王也。譏刺幽王也。大夫傷於讒，幽王信讒，大夫之賢者為讒人所中傷，而至於獲罪。故作是詩也。故作此詩刺之。

悠悠昊天，大夫被讒，乃呼天而訴之曰：悠悠然遠大之天。曰父母且。實為生我之父母。且，子餘。無罪無辜，我乃無辜罪之人。亂如此憮。何為使遭大亂如此乎？憮，音呼。昊天已威，昊天所以震怒於上者，固甚威矣。予慎無罪；然我實畏謹無罪也。昊天大憮，昊天所以震怒於上者固甚大矣。予慎無辜。然我實畏謹無辜也。反覆自訴者，欲其見察也。

亂之初生，亂之所以初生者。僭始既涵；由讒人以不信之言始入，王已涵容而不察真偽故也。僭，譖。亂之又生，及其亂之又生。君子信讒。則王已信其讒言而用之，故其禍成矣。君子如怒，設使王聞讒人之言，若怒而責之。亂庶遄沮；則禍亂庶幾急沮止矣。君子如祉，聞賢者之言，若喜而福之。亂庶遄已。則禍亂庶幾急止已矣。

君子屢盟，盟者，邦國有疑，則殺牲歃血，告神以相要束也。幽王君臣相疑，不能案其實，而屢為盟誓。亂是用長；此亂之所以久長也。君子信盜，聞小人之讒而即信用之。亂是用暴。此亂之所以甚酷也。盜言孔甘，彼讒言之美如食之甘，使人嗜之而不厭。亂是用餤。此亂之所以愈進也。餤，談。匪其止共，小人在位，非惟不能供其職而且致亂。共，音供。維王之邛。徒以為王之病而已。

奕奕寢廟，奕奕然寢廟之大。奕，音亦。君子作之。則君子能作之。秩秩大猷，秩秩然大道之敘。聖人莫之。則聖人能定之。他人有心，他人有是心。予忖度之。我則能料想而得之。忖，七損反。躍躍毚兔，毚兔之躍躍然跳縱。躍，逖。毚，士咸反。遇犬獲之。遇犬則能制而獲之。四者各有所能也，今幽王信讒，則不能忖度讒人之心矣。

荏染柔木，善人在朝，若荏染柔木，易於動搖。荏，任上。君子樹之。王宜愛護，使得樹立，勿縱讒邪傷害之也。往來行言，設有讒人欲中傷之，王但視之如往來行路人之言。心焉數之。何足數之而聽納於心乎？蛇蛇碩言，彼小人之為讒也，蛇蛇然舒徐而為碩大之言。蛇，移。出自口矣。出於口而無忌憚。巧言如簧，且更巧好如笙簧之可樂。顏之厚矣。其顏甚厚，頑不知恥，王徐察之則見其情矣。

彼何人斯？詩人指讒人而言曰：彼何人也？居河之麋。（麋，水草。）處於河之麋，其居至陋也。無拳無勇，既無拳力，又無武勇，亦易誅除耳。職為亂階。而敢主於此亂之階梯也。既微且尰，況加以腳骭既有微之疾，而足跗且有腫之疾。尰，市勇反。爾勇伊何！爾假有勇，伊何能為？為猶將多，作為讒譖之謀猶，雖曰太多。爾居徒幾何！而汝所與聚居之徒，亦能幾何人乎？王若欲去之，蓋不難，是特不悟耳。

《巧言》六章，章八句。

《何人斯》，詩篇名。蘇公刺暴公也。蘇公作以刺暴公也。暴公為卿士而譖蘇公焉，蘇公、暴公為畿內諸侯，俱是王卿士，乃同列之友也。暴公小人而譖蘇公於王，則不忠於君，無義於友。故蘇公作是詩以絕之。所以蘇公作此詩與暴公絕交也。

彼何人斯？暴公譖蘇公，蘇公作詩絕之，然不欲直指其名，但謂彼何人者。其心孔艱。其心變詐甚難如此。胡逝我梁，何為過我之橋。不入我門！而不入我門乎？伊誰云從？於是審其何從者。維暴之云。則暴公也。去其不入我門，則譖我也明矣。

二人從行，暴公與侶二人相隨而行見王。誰為此禍？誰作我此禍乎？胡逝我梁，若非汝為之，則何為過我之梁。不入唁我！乃不入門而問我受害乎？唁，彥。始者不如今，始者與我情意甚厚，不如今日之薄而譖我。云不我可。豈是云我今日不可交乎？

彼何人斯？彼何人者。胡逝我陳？陳者，堂下至門之徑。何為過我堂下之徑？我聞其聲，使我得聞汝之聲音。不見其身。而不得覩汝之身乎？不愧於人，則汝之譖我必矣，獨不愧人之言乎？不畏于天。亦不畏天之罰乎？

彼何人斯？彼何人乎？其為飄風。其往來之疾，若飄風然。胡不自北？何為不從我國之北？胡不自南？何為不從我國之南而行乎？胡逝我梁，何為往過我之梁而不入我之門。祇攪我心！使我疑汝而攪亂我心乎。祇，支。攪，絞。

爾之安行，此章極其情以疑之，謂汝行之緩乎。亦不遑舍；則亦不暇舍息而見我也。爾之亟行，謂汝行之急乎。遑脂爾車。則又暇於膏潤其車。壹者之來，使汝心果無它，但一來見我亦何害？云何其盱！何徒使我望汝之切乎？盱，音虛。

爾還而入，爾之往也，既不入而見我矣，倘還而入見我。我心易也；則我心平易無疑矣。易，去。還而不入，今爾還而不入見我。否難知也。則謂爾不譖，我亦難知也。壹者之來，其或一來見我。俾我祇也。即可使我心安寧矣。祇，祈。

伯氏吹壎，音喧。仲氏吹篪。我與汝義如兄弟，和如壎篪。篪，音池。及爾如貫，勢相次比，如物之在貫也。諒不我知。汝豈信不我知而譖我乎？出此三物，汝若不曾譖我，則出犬、豕、雞三物，殺而取血以歃之。以詛爾斯。以詛祝之，庶我心不疑汝也。詛，側助。

為鬼為蜮，汝隱匿行跡，能使我不見不覺，如鬼蜮之肆害於人乎。則不可得。則我不得而知。有靦面目，今汝乃人耳，有靦然之面目。靦，土典反。視人罔極。相視於人者，無有窮極，我安得而不知乎？作此好歌，是以作此一篇之善歌。以極反側。以窮極爾反側不正之情也。

《何人斯》八章，章六句。

《巷伯》，詩篇名。刺幽王也。譏刺幽王也。寺人傷於讒，寺人者，近習之人，奉事於內宮者，其長謂之伯。今亦為讒言之所中傷。故作是詩也。故作是詩以刺王而以巷伯名之，所以見幽王不明，讒言盛行，上下無得免者。

萋兮斐兮，女工集五色之絲，萋斐交錯。斐，音匪。成是貝錦。所以織成是貝錦。彼譖人者，彼譖人者，亦聚集其言以織成人罪。亦已大甚。其為害亦已大甚矣。

哆兮侈兮，衆星之哆侈張大。哆，昌者反。成是南箕。所以能成此南箕星。彼譖人者，彼譖人者，亦張大其說以成人之罪。誰適與謀？不知誰往而與之共謀乎？

緝緝翩翩，彼譖人者，緝緝然相繼不絕，翩翩然往來疾速。謀欲譖人。其為謀，但欲譖人耳。慎爾言也，且相戒曰：當謹慎爾之言。謂爾不信。若不謹慎，則王或謂爾言不信而不聽也。小人善謀如此。

捷捷幡幡，彼小人捷捷然敏疾，幡幡然反覆。幡，音番。謀欲譖言，其所謀者，但欲為譖人之言耳。豈不爾受？且自相謂曰：爾之為言，王今豈不受乎？既其女遷。但恐其既久則遷其禍於汝，不可不謹也。女，汝。

驕人好好，行譖之人則自驕而得意。勞人草草。被譖之人則勞苦而失度。蒼天蒼天！於是呼蒼天而告之曰。視彼驕人，盍亦視彼驕人而禍之。矜此勞人。閔此勞人而矜之乎？

彼譖人者，彼讒譖之人。誰適與謀？不知誰往而與之共謀乎？何為禍之甚也。取彼譖人，今取彼讒譖之人。投畀豺虎；投畀於豺虎之口。畀，必二反。豺，音柴。豺虎不食，豺虎亦恶之而不食。投畀有北；又投而與北方之寒鄉，使凍殺之。有北不受，北方之神亦恶之而不受。投畀有昊。則畀付生之者昊天也，乃棄□而與昊天，使正其罪也。

楊園之道，凡人欲行楊園之路者。猗于畝丘。必先如於畝丘，喻小人欲譖大臣，必始於寺人。寺人孟子，所以寺人孟子。作為此詩。作為此詩，以述其意。凡百君子，於是呼在位衆多之君子而告之曰。敬而聽之。汝等皆當恭敬而聽之，以預防其禍。

《巷伯》七章，四章章四句，一章五句，一章八句，一章六句。

《谷風》，詩篇名。刺幽王也。譏刺幽王也。天下俗薄，幽王不能化天下，而風俗衰薄。朋友道絕焉。人不知有琢磨之益，而朋友相資之道廢絕焉。

習習谷風，有習習然和調之谷風。維風及雨，必候雨而後潤萬物。人能資賢友，而後能成己之德。將恐將懼，今俗薄而友道絕，方其在危疑恐懼之中。維予與女；則曰維我與汝二人而已，其情甚固也。將安將樂，及其□得安樂。女轉棄予。則汝更轉而它向，棄我而不顧矣，薄之甚也。

習習谷風，以習習之東風。維風及頹。□頹風乃能相扶而上，風且然也，人安可不與朋友相資而成乎？頹，徒雷反。將恐將懼，今俗薄而朋友道絕，方當恐懼患難之時。寘予于懷；則寘我于懷抱之中不暫忘焉。將安將樂，及其安樂無事。棄予如遺。便棄我不顧如行人之遺物，爾薄之甚也。

習習谷風，解同上。維山崔嵬。雖崔嵬之高山莫不遍及。無草不死，然猶不能無不死之草【一】。無木不萎。無不萎之木，況朋友間能無小間隙之事乎？萎，於危反。忘我大德，豈可忘我平昔琢磨之大德。思我小怨。而思我一時纖小之怨乎？

《谷風》三章，章六句。

《蓼莪》，詩篇名。蓼，音六。刺幽王也。譏刺幽王也。民人勞苦，幽王時用兵不息，民人勞苦於征役。孝子不得終養爾。孝子不得在家終身奉養父母，故作此詩以刺之。養，去聲。

蓼蓼者莪，周人勞苦於征役，不得養其父母，因見彼草之蓼蓼然長大者。匪莪伊蒿。非莪即蒿，蓋天地生育之功□。哀哀父母！誠可哀哉，我之父母也。生我劬勞。生我劬勞，如天地之□□□草，今乃不得終養以報焉。

蓼蓼者莪，匪莪伊蔚。音尉。哀哀父母！生我勞瘁。勞苦而至於瘁病也。

瓶之罄矣，瓶小而罍大，注酒於瓶者罍也，瓶之盡矣。維罍之恥。則足以為罍之羞矣。施澤於民者，君也。民之窮，則為君之恥矣。鮮民之生，今民人勞於征役而不得養其父母，窮獨如此，少有生者。鮮，上。不如死之久矣。不

【一】按，據文意「不能」二字疑衍。

若久死之為愈也。

無父何怙？無父將何所依怙乎？無母何恃？無母將何所依恃乎？出則銜恤，出乎其外，則懷憂而不忘。入則靡至。入于其家，則堂宇空曠而無所歸宿，是以恨也。

父兮生我，父則生我者也。母兮鞠我。母則養我者也。拊我畜我，至於拊循而畜養我。拊，府。長我育我，長我而覆育我。顧我復我，顧視反覆而不能忘。出入腹我。出入皆置我於懷抱之中而不能捨，其恩如此。欲報之德，我欲報之以德，昊天罔極。而父母之恩，如天之無窮，不知所以為報也。

南山烈烈，幽王虐政之病人，如南山之烈烈，望之而可畏。飄風發發。如飄風之發發，暴急而害物也。民莫不穀。當時居家養父母者，莫不穀善。我獨何害？我獨何為遭此禍亂而不得終養乎？

南山律律，飄風弗弗，民莫不穀，我獨不卒。解同上。卒，子恤反。

《蓼莪》六章，四章章四句，二章章八句。

《大東》，詩篇名。刺亂也。刺當時之亂也。東國困於役，譚國在成周之東，幽王之政不均，使小人得志而東國獨困於征役。而傷於財，傷於財賦。譚大夫作是詩以告病焉。於是譚國之大夫作為此詩而以兵告焉【一】。譚，覃。

有饛簋飧，東國困於役而傷於財，思昔諸侯富足，其簋中黍稷之食則饛然而滿也。饛，蒙。簋，軌。飧，孫。有捄棘匕。其棘木載肉之匕，則捄然而長也。捄，求。匕音比。周道如砥，蓋是時周道方盛，其平易則如砥焉。砥，之履反。其直如矢；其正直則如矢焉。君子所履，在位之君子則履而行之。小人所視。在下之小人則仰而視之，今幽王反亂其政。睠言顧之，是以我反顧先王之時。睠，音卷。潸焉出涕。傷今不如古，徒潸然出涕而已。潸，刪。

【一】「兵」，據文意應作「病」。

小東大東，幽王賦斂不均，小者亦取於東，大者亦取於東。杼柚其空。而東人之杼柚，皆空乏矣。杼，佇。柚，逐。糾糾葛屨，至於糾糾然至疏之葛屨，夏月所宜用者。可以履霜。或者窮乏益盛而謂其可以踐霜焉。佻佻公子，雖以公子之□佻佻然不堪勞苦者。佻，條。行彼周行。今未免從役而行彼周家大路之上。行，上如字，下杭。既往既來，奔走往來，無少閑暇。使我心疚。是以使我心憂而病也。

有洌氿泉，洌然寒氣之氿泉。氿音軌。無浸穫薪。無得浸漬我所穫之樵薪，蓋浸之則濕腐而不可用也。喻幽王虐政及民，則民病而不堪役矣。契契寤歎，是以譚大夫契契然憂苦，而寤寐之中為之歎息。契，音挈。哀我憚人。哀憐我譚國之人，遭此厚斂之苦也。薪是穫薪，又謂我所穫之薪若為水所浸。尚可載也；則庶其載而收之可也。哀我憚人，喻我譚國之人勞苦之可哀。亦可息也。亦庶其息而安之可也。

東人之子，東國諸侯之人。職勞不來；士為勞苦以供上，而曾不見慰閔之情。來，去聲。西人之子，至於西方京師之人。粲粲衣服，乃潔其衣服以為美。舟人之子，雖以操舟至賤之人。熊羆是裘；亦衣熊羆至貴之裘。熊，雄。羆，卑。私人之子，而私家皂隸之子。百僚是試。皆試用於百官之中而祿食焉。幽王賦役不均，使群小得志如此。

或以其酒，幽王厚斂於東國，東人或饋之以酒。不以其漿。而西人曾不以為漿。鞙鞙佩璲，東人予以鞙然之佩璲。鞙，胡犬。璲，遂。不以其長。而西人曾不以為長。於是東國困竭矣。維天有漢，乃仰訴於天，謂天之雲漢。監亦有光。庶乎其光有以監視乎我。跂彼織女，織女三星，鼎足而成三角，望之跂然。跂，歧。終日七襄。終日之間，自卯至酉，當更七次，其庶乎能成文章以助我矣。無所赴愬，而言惟天其庶乎恤我爾。

雖則七襄，東國因竭而仰望於王【一】，冀其有以助之，然織女雖終日月七襄。不成報章。但徒有其名耳，不能機

【一】「王」，據文意疑作「天」。

梭，一往一來，反覆相報，織成文草以遺我【一】。睆彼牽牛，牽牛星雖睆然甚明。睆，華板反。不以服箱。不能為我駕車而輸物。東有啟明，啟明金星朝在東，所以啟日之明。西有長庚。長庚水星夕在西，所以續日之長。亦徒有其名耳，何曾助日為晝而使我營作乎？有捄天畢，彼捄然之天畢星。載施之行。亦徒施於衆星之行列耳，何曾為我掩捕禽獸乎？至是則天亦無如我何矣。行，音杭。

維南有箕，南方雖有箕星。不可以簸揚；不能為我簸揚糠秕。簸，波我反。維北有斗，北方雖有斗星。不可以挹酒漿。不能為我挹酌酒漿。維南有箕，不惟不能助我而已，箕星在南。載翕其舌；則引其舌反若有所噬於我。維北有斗，斗星在北。西柄之揭。則揭其柄於西，反若有所挹取於東。是天非徒無若我何，乃亦若助西人而見困，甚怨之辭也。揭，居竭反。

《大東》七章，章八句。

《四月》，詩篇名。大夫刺幽王也。周大夫作刺幽王也。在位貪殘，在位之臣貪財而苦民。下國構禍，諸侯之國有爭而結禍。構，勾去。怨亂並興焉。民怨兵亂並起於時，是以推原而刺之也。

四月維夏，大夫遭亂自傷，言四月乃建巳之月，夏之初也。六月徂暑。至六月火星中則暑徂矣。陰陽猶有往來消伏，而今日貪殘結禍乃無有已時。先祖匪人，於是言我之先祖豈非人乎？胡寧忍予？何寧忍使我遭此禍乎？窮而無所愬，故歸咎於先祖。

秋日淒淒，秋日之風，淒淒然寒涼。百卉具腓。則百卉皆至於病矣。王政之慘酷，猶是淒淒之風也。卉，諱。腓，肥。亂離瘼矣，民之遭此時者，無不亂離而瘼病。爰其適歸。其將於何而適歸乎？

【一】「草」，據文意疑作「章」。

冬日烈烈，幽王虐政愈甚，如冬日烈烈然而寒。飄風發發。飄風發發然而疾也。民莫不穀，彼民無有不穀善者。我獨何害？而我獨何為遭此禍害乎？

山有嘉卉，山有嘉美之木。侯栗侯梅。維栗與梅是也。廢為殘賊，今乃廢而殘賊之。莫知其尤。曾莫知其有何罪焉，誠可惜矣。民猶嘉木，而君忍於殘虐之，亦果何罪乎？

相彼泉水，我視彼泉水。載清載濁。則有清時，則有濁時，不一於濁也。我日構禍，今我乃日日構集禍害。曷云能穀？將何時而能善乎？

滔滔江漢，王者為天下宗主，猶滔滔江漢之水。南國之紀。實為南國之綱紀焉。盡瘁以仕，今我盡其病以仕於時。寧莫我有。上何為視我若無而安然不見顧乎？

匪鶉匪鳶，天下擾亂，我雖欲避害，而不是鶉與鳶。鶉，音團。翰飛戾天，不能振翼而高飛至天也。匪鱣匪鮪，又不是鱣與鮪。鱣，張連。鮪，于軌。潛逃于淵。不能藏身而逃避於淵也，亦惟安受其禍而已。

山有蕨薇，承上章而言，雖非鶉鳶鱣鮪，然山則有蕨與薇。隰有杞桋。隰則有杞與桋，豈無隱之地。杞，起。桋，夷。君子作歌，然所以作為此詩歌者。維以告哀。特以告其哀矜天下之志，非以為其身也。

《四月》八章，章四句。

小旻之什十篇，六十五章，四百十四句。

直音傍訓毛詩句解卷十一

直音傍訓毛詩句解卷十二

變小雅

《北山》，詩篇名。大夫刺幽王也。周大夫作刺幽王也。役使不均，幽王政令不公而役使不均平。己勞於王室，故大夫有勞苦於從王事者。己，音紀。而不得養其父母焉。而不得在家奉養父母者，是以刺之。養，去聲。

陟彼北山，大夫行役，升彼北山之上。言采其杞。采杞而食之。杞，音起。偕偕士子，因自傷其有偕偕然强壯之賢。朝夕從事。自朝至夕身從王事而不得少暇者。王事靡盬，蓋以王家之事不可不堅固之故，未可即歸。盬，音古。憂我父母。是以貽我父母之憂耳。

溥天之下，大天之下。溥，普。莫非王土，無不是王之土地。率土之濱，循海濱之內。莫非王臣。無不是王之臣也。大夫不均，何為役使大夫不平？我從事獨賢。而使我從事獨過於他人乎？

四牡彭彭，大夫駕此强壯之牡馬。王事傍傍。以從王事於外，傍傍然未得休息也。傍，布彭反。嘉我未老，蓋王之意，喜我之未老。鮮我方將，善我之方壯。鮮，上聲。旅力方剛，耳目手足之衆力，方剛强而未衰。經營四方。可以經營圖回四方之治，故使我耳。

或燕燕居息，幽王役使不均，其大夫或有燕燕然安息於家者。或盡瘁事國，亦或有盡力病瘁以從國事者。瘁，音悴。或息偃在牀，或有安息偃臥於牀者。或不已于行。亦或有行役於外，不得止已者。

或不知叫號，大夫或有深居於內而不知外之叫號者。號，平聲。或慘慘劬勞，或有慘慘然憂戚，而憚其劬勞難堪者。慘，七感反。或棲遲偃仰，或有安息無事而偃仰自得者。或王事鞅掌。或有勞於王事而鞅掌失容者。其役使不均如此。鞅，於兩反。

或湛樂飲酒，大夫或有飲酒而至於湛樂者。或慘慘畏咎，或有畏罪而慘慘憂疑者。或出入風議，或有出入王朝，以口舌議論其是非者。風，音諷。或靡事不為。或有勞苦於道路而無事不為者。其不均亦甚。

《北山》六章，三章章六句，三章章四句。

《無將大車》，詩篇名。大夫悔將小人也。幽王之朝，小人衆多，大夫始與之共事，其後乃悔之也。

無將大車，大夫始與小人共仕，後乃悔之。言大車不可扶也，苟扶大車。祇自塵兮。則適以自取塵汙而已。無思百憂，百憂不可思也，苟思百憂。祇自疧兮。則適以自取疧病而已。喻小人不可與之共事，苟與共事，則難及其身，不可逃也。祇，音支。疧，都禮反。

無將大車，同上。維塵冥冥。則塵起而冥冥然昏晦。無思百憂，同上。不出于熲。則在憂中熲熲然不能出也。熲，古迥反。

無將大車，同上。維塵雝兮。則為塵所壅蔽。雝，壅。無思百憂。祇自重兮。重，直從反。

《無將大車》三章，章四句。

《小明》，詩篇名。大夫悔仕於亂世也。幽王之時，天下大亂，大夫仕於時者，皆遭其禍難，是以悔之而作此詩也。

明明上天，大夫仕於亂世，遭行役之苦，無所赴愬，乃呼天而告之曰：天之在上，明而又明。照臨下土。照臨下土之廣，豈不見我勞乎？我征徂西，我之征行而往於西也。至于艽野。遠至艽野之地。艽，求。二月初吉，蓋自二月初吉以來。載離寒暑。經歷寒暑而未得歸。心之憂矣，是以我心憂之。其毒大苦。其禍患甚苦矣。大，泰。念彼共人，每念彼隱居不仕之人，能恭敬其身以遠害者。涕零如雨。則涕泗之落，如雨之多焉。豈不懷歸？我非不思歸與之同隱也。畏此罪罟。惟畏其入於罪罟之中，故不敢爾。罟，音古。

昔我往矣，昔我往從征役也。日月方除。日月方除舊而更新，蓋二月之朔也。除，去。曷云其還？今未知何時可還。歲聿云莫。而歲已暮。莫，暮。念我獨兮，念我以孤特之一身。我事孔庶。當甚衆之事。心之憂矣，心當憂慮。憚我不暇。勤勞而不暇焉。憚，丹去。念彼共人，解見上章。睠睠懷顧。則拳拳然懷而顧之。睠，眷。豈不懷歸？見上章解。畏此譴怒。但畏王怒而責我，故不敢爾。

昔我往矣，同上。日月方奧。日月方煖，乃春中也。奧，鬱。曷云其還？同上。政事愈蹙。而政事益蹙急。蹙，足。歲聿云莫，同上。采蕭穫菽。采蕭穫菽時猶不得歸也。心之憂矣，然我不審於初，冒亂世而往，其中心所憂。自詒伊戚。乃是自遺此憂戚也。念彼共人，同上。興言出宿。則不能安寢而臥，遂起出宿於外也。豈不懷歸？解同上。畏此反覆。但畏王政之反覆，恐獲罪戾，故不敢爾。

嗟爾君子，上三章悔仕亂世，欲安處休息之辭，至是知其不可去矣。乃自相謂曰：嗟！爾在位同列之君子。無恒安處。無常欲安靖也。處，上。靖共爾位，苟能敬共於爾職位之中。共，恭。正直是與。惟正直之道是與。神之聽之，則神明聽之。式穀以女。亦將用穀祿與汝，何必去哉？女，音汝。

嗟爾君子，無恒安息。息，猶處也。靖共爾位，好是正直。好，去。神之聽之，介爾景福。景，大也。

《小明》五章，三章章十二句，二章章六句。

《鼓鐘》，詩篇名。刺幽王也。譏刺幽王也。

鼓鍾將將，幽王不察民事而專自求樂，擊其鍾將將然之聲。將，音鏘。淮水湯湯，在湯湯淮水之傍。湯，音傷。憂心且傷。人聞之者，莫不心憂而且悲傷。淑人君子，念及古之善人君子能與民同樂者。懷允不忘。則懷而信之，未嘗少忘。惜幽王之不然也。

鼓鍾喈喈，音皆。淮水湝湝，户皆反。憂心且悲。淑人君子，同上。其德不回。其德正直而不回邪。

鼓鍾伐鼛，幽王擊其鍾伐其鼓。鼛，音高。淮有三洲，在淮中三洲之上。憂心且妯。人聞之者，憂結於心且為之變動容貌。妯，音抽。淑人君子，解同上。其德不猶。其德不如幽王之荒亂也。

鼓鍾欽欽，幽王作樂，始擊鍾而欽欽有聲。鼓瑟鼓琴，鼓瑟鼓琴於堂上。笙磬同音。吹笙擊磬於堂下，其音和同而不相奪倫。以雅以南，歌「二雅」、「二南」之詩。以籥不僭。秉籥而舞，無有僭差。其樂亦如古之樂矣，但其德不稱爾。籥，音藥。僭，七心反。

《鼓鍾》四章，章五句。

《楚茨》，詩篇名。茨，徐咨。刺幽王也。譏刺幽王也。政煩賦重，幽王政令煩數，賦斂過重。田萊多荒，田畝多荒廢而長草萊。饑饉降喪，穀不熟曰饑，菜不熟曰饉。天降於下，以喪亡其民。民卒流亡，而民盡流散亡失。祭祀不饗，鬼神亦不歆饗其祭祀。故君子思古焉。故君子傷今而思古焉。

楚楚者茨，彼蒺藜之生，楚楚然甚密。言抽其棘。又抽發其條棘。自昔何為？斯地也，從初果何所為乎？我蓺黍稷。蓋我種藝黍稷之地也。我黍與與，我所種之黍稷與與然。與，並音餘。我稷翼翼。我所種之稷，則翼翼然蕃茂盛大，皆得成就。我倉既盈，及其收也，我之倉廪已盈滿矣。我庾維億。多無處着則露積為庾，其數至十萬之多。以為酒食，民既充足，然後致力於神，於是為酒為食。以享以祀，以之享祀先祖。以妥以侑，既迎尸，使處神坐，拜而安之，又懼其不享，則從而勸侑之，故神享其祀。妥，湯果反。侑，音又。以介景福。而予爾以景大之福。

濟濟蹌蹌，古者明王助祭之臣，容儀之盛，濟濟然，蹌蹌然。濟，了禮反。蹌，音鏘。絜爾牛羊，滌潔其牛與羊。以往烝嘗。以往而舉冬祭之烝，秋祭之嘗。或剥或亨，或有人解剥之，或有人烹煮之。亨，亨。或肆或將。或有人陳牲於俎，或有人奉持以進。祝祭于祊，又慮不知神之所在，乃使祝博求之於門內，待賓客之處而祭之。祊，補彭反。祀事孔明。祭祀之事，昭然無愧。先祖是皇，是以先祖則美之。神保是饗。衆神則饗之。孝孫有慶，而孝孫主祭之人則受其福慶矣。報以介福，所謂慶者，蓋報之以大福。萬壽無疆。使之享萬年之壽考而無有疆窮。

執爨踖踖，此章言祭祀之中。執爨竈之事者，踖踖然嚴□。爨，音粲。踖，音迹。為俎孔碩。載牲體於俎者甚碩大。或燔或炙，或燔其肉，或炙其肝，無不備足。燔，音煩。炙，音隻。君婦莫莫。為君婦者又有清靜之德。莫，麥。為豆孔庶，其籩豆之所供甚衆多。為賓為客。既以豆獻尸，又與助祭之賓相獻酬也。獻醻交錯，始主人酌賓為獻，賓既酢主人，主人又自飲酌賓，曰醻，至旅而爵交錯以徧。禮儀卒度，禮儀盡合於法。笑語卒獲。笑語盡得其宜。神保是格，此鬼神所以感格。報以介福，報之以大福。萬壽攸酢。使之享萬年之壽也。

我孔熯矣，此章言祭祀將畢，人之筋力乾竭矣。熯，而善反。式禮莫愆。猶且用禮而無有愆過，敬之至也。工祝致告，於是工祝致神意之告辭。徂賚孝孫。往而錫孝孫曰。苾芬孝祀，爾所薦之飲食，清潔而芬芳，可謂孝矣。苾，蒲必反。神嗜飲食。神嗜爾之飲食。卜爾百福，而卜爾之百福。如幾如式。其來如期，不遲晚也；其多如法，不乏少也。幾，音機。既齊既稷，爾之奉祭祀，既整齊，既敏疾。既匡既勑。既誠正，既戒謹。永錫爾極，故長予爾以中極之福。時萬時億。至於十千之萬，十萬之億也。

禮儀既備，此又言祭畢而撤俎之事。禮儀則已備具矣。鍾鼓既戒。鍾鼓則已戒止矣。孝孫徂位，孝孫於是往阼階下，西面而立。工祝致告。工祝乃傳尸意，告禮成於人主。神具醉止，謂神嗜爾之飲食，皆已醉矣。皇尸載起。皇尸則起其位矣。鼓鍾送尸，擊鼓鍾以送尸。神保聿歸。而眾神並歸矣。諸宰君婦，廢徹不遲。於是諸宰則徹諸饌，以君婦則徹籩豆，敏疾而不遲。徹，直列反。諸父兄弟，然後與諸父兄弟等，備言燕私。聚會於此，而行燕私之禮，以享神惠也。

樂具入奏，此章陳燕私之事，祭時在廟，燕當在寢，故言祭時之樂，皆復來入於寢而奏之。以綏後祿。蓋祭則受其福，與骨肉燕飲相勸，所以綏其祿於後也。爾殽既將，於是殽物已進。莫怨具慶。與燕之人無有怨心而皆歡慶。既醉既飽，既醉而且飽。小大稽首。若小若大，皆拜而首至地。稽，音啓。神嗜飲食，謂向者之祭，神已嗜君之飲食矣。嗜，市志反。使君壽考。是以使君享壽考之福。孔惠孔時，又言君之祭祀甚順於禮，甚得其時。維其盡之。內則盡志，外則盡物。子子孫孫，子又生孫，孫又生子。勿替引之。當不廢而引長之也。

《楚茨》六章，章十二句。

《信南山》，詩篇名。刺幽王也。譏刺幽王也。不能修成王之業，（整前人功。）禹别九州，距四海，已定疆理之法。至商道衰，文武既有天下，周公相成王，復修禹功，而疆理之法益明。幽王不能修成王之業。疆理天下，疆以為之大界，理以橫縱其溝壑。以奉禹功，以奉夏禹疆理之功。故君子思古焉。所以君子傷今而思古焉。

信彼南山，信乎彼南山之野。維禹甸之。本大禹之所治，其後禹功浸遠，成王复修之。甸，音佃。畇畇原隰，凡高平之原，下濕之隰，畇畇然墾闢者。畇，音勻。曾孫田之。皆成王之功也。我疆我理，既為之大界，又定其溝壑。南東其畝。或南其畝，或東其畝，各順其地勢而為之别也。

上天同雲，人事既盡，天理斯應，故上天同一色之雲，示欲雪之候。雨雪雰雰。冬前雨雰雰之盛雪。雨，去聲。益之以霢霂，春而又益之以霢霂之小雨。霢，音脉。霂，沐。既優既渥，澤優而厚。既霑既足，霑潤而饒洽。生我百穀。此土膏所以起，而我之百穀無不生也。

疆埸翼翼，百畝之疆埸則翼翼然整齊。埸，音亦。黍稷彧彧。黍稷生於中，則彧彧然茂盛。彧，於六反。曾孫之穡，其在公田者，曾孫於是收穫之。以為酒食。用之為酒為食。畀我尸賓，祭祀而獻之於尸，燕飲而獻之於賓，神人和悦。壽考萬年。所以使君享壽考之福，至於萬年之久焉。

中田有廬，田中作為廬舍，所以便其耕事。疆埸有瓜，疆埸上種瓜，所以得其地利。是剥是菹。瓜既熟矣，薦新於天子，乃剥之以為菹。剥，邦角反。菹，側苦反。獻之皇祖，以之獻于皇祖之神。曾孫壽考，是以神福之，使曾孫享壽考之年。受天之祜。而膺上天之祜也。祜，音户。

祭以清酒，祭之時，薦以清潔之酒。從以騂牡，從以赤色之牛。騂，音辛。享于祖考。所以享于祖考之神。執其鸞刀，方解牛之初，王親執其鸞鈴之刀。以啟其毛，削其毛以告純。取其血膋。取其血以告殺，取其膋以升臭，無不盡其誠焉。膋，音聊。

是烝是享，既有牲酒而進獻之。苾苾芬芬，苾苾芬芬然香氣上達。祀事孔明。而祭祀之事，昭然無愧。先祖是皇，先祖之神，是以美之。報以介福，報之以大福。萬壽無疆。使之享萬年之壽而無疆窮也。

《信南山》六章，章六句。

《甫田》，詩篇名。刺幽王也，譏刺幽王也。君子傷今而思古焉。君子傷悲今日之不善而思慕古者之盡善也。

倬彼甫田，一成之田九萬畝，倬然甚大。倬，音卓。歲取十千。公家九分取一，每歲計萬畝之利以供國用。我取其陳，積之久而有餘，則取其陳陳相因者。食我農人，散賜農夫以補不足，助不給也。食，似。自古有年。又謂之曰：蓋自古及今，常有豐年，故所積如此。今適南畝，成王於是親往南畝以勞農。或耘或耔，見農夫散布田野，或耘以除草，或耔以雝本，無不盡其力。耔，音子。黍稷薿薿。故黍稷之禾，薿薿然無不茂盛。薿，音擬。攸介攸止，乃求其不給者而助之，止其勞倦者而息之。烝我髦士。又於其間拔其俊髦之士而進用之。

以我齊明，以我明潔之齋。齋，音資。與我犧羊，與我純色之羊。以社以方。秋祭后土與四方之神。我田既臧，為我田之五穀已皆盡善。農夫之慶。而農夫喜慶故也。琴瑟擊鼓，至明年孟春，又拊琴瑟，擊其鼓。以御田祖，迎田祖之始教人耕者而祭之。御，迓。以祈甘雨，以祈求甘美之雨。以介我稷黍，以介助稷黍之生。以穀我士女。使家給人足，而我士我女皆歸於善而不蹈於惡焉。

曾孫來止，曾孫親來設饋勸農。以其婦子，見農皆力耕，而弱婦幼子。饁彼南畝。亦皆為農在南畝之中。饁，炎入。田畯至喜，田畯，勸農之官，亦至而喜之。畯，音俊。攘其左右，乃取其左右之饋。嘗其旨否。嘗其美惡之味而相親無間焉。禾易長畝，又見其禾之易治，竟畝如一。易，以豉。終善且有。雖未成熟，而顯知其終善且多矣。曾孫不怒，曾孫無由譴怒。農夫克敏。而農夫益以敏於事也。

曾孫之稼，曾孫所有之稼。如茨如梁；則比密如茅茨，穹然如橋梁也。曾孫之庾，曾孫露積之穀。如坻如京。則如坻之鱗比而出，如京之高大者非一也。坻，音地。乃求千斯倉，於是求千倉以藏之。乃求萬斯箱。求萬箱以載之。黍稷稻粱，黍稷稻粱莫不具有。農夫之慶。此農夫所以自慶。報以介福，而祝於神，願報君以大福。萬壽無疆。使享萬年之壽而無疆也。

《甫田》四章，章十句。

《大田》，詩篇名。刺幽王也，譏刺幽王也。言矜寡不能自存焉。幽王政□，賦重而不務農事，蟊賊害稼而風雨不時，萬民饑饉，鰥夫寡婦無所取活，皆不能自存其生，故詩人思古以刺之。矜，音鰥。

大田多稼，將言耕稼及時，故以大田多稼總之。既種既戒，當耕種之初，既選擇其種子，既戒飭其農具。種，上聲。既備乃事。及已備其事矣。以我覃耜，於是用我覃利之耜。覃，以冉反。俶載南畝。始從事於南畝之中。播厥百穀，播種其百穀。既庭且碩，而百穀之生既庭直又且碩大。曾孫是若。無不順曾孫之所欲。

既方既皁，大田之稼，自開甲始生而至成實未堅。皁，音造。既堅既好，既堅實，既美好。不稂不莠。無稂莠之害稼。稂，音郎。莠，音有。去其螟螣，又去其食苗心之螟，食苗葉之螣。螟，冥。螣，音特。及其蟊賊，及其食苗根之蟊，食苗節之賊。蟊，茅。無害我田穉。使無得害我田畝之穉禾。穉，音雉。田祖有神，苟或有之，則田祖之神。秉畀炎火。則為秉我持此四蟲，付之炎炎之火，使消亡也。

有渰萋萋，古者陰陽和，風雨時，雲之行也萋萋然甚盛。渰，音揜。興雨祁祁；雨之興也祁祁然甚徐。雨我公田，民心先公後私，皆謂天先雨於公田。雨，去。遂及我私。因而及於我私田。彼有不穫穉，至百穀齊熟，收刈促遽，彼則有禾之低小而穫之不及者。此有不斂穧；此則有既穫而束縛收斂之不及者。穧，音霽。彼有遺秉，彼則有遺忘之禾把。此有滯穗：此則有滯漏之禾穗。穗，音遂。伊寡婦之利。而寡婦得以拾之以享其利焉。

曾孫來止，曾孫來田畝間省民收斂。以其婦子，見穫者之婦與子。饁彼南畝；皆饁餉於南畝之中。田畯至喜。田畯勸農之官，赤至而喜之【一】。來方禋祀，王乃於其所來之方，致其精意以享之，禋祀以為報。禋，音因。以其騂黑，祭南方用赤色之牲，祭北方用黑色之牲。四方之神皆祭之，舉南北以見其餘。騂，辛。與其黍稷，與其黍稷之粢盛。以享以祀，以享祀其神。以介景福。是以神享之而大其福以報之。

《大田》四章，二章章八句，二章章九句。

【一】「赤」，據文意疑作「亦」，涉形近而誤。

《瞻彼洛矣》，詩篇名。刺幽王也。譏刺幽王也。思古明王，思古者明哲之王。能爵命諸侯，能司爵禄之權，以寵命諸侯。賞善罰恶焉。善者賞之，恶者罰之，賞罰無不公焉。今幽王不能，故刺之。

瞻彼洛矣，視彼洛邑。維水泱泱。其水泱泱然深廣。泱，音央。君子至止，昔明王會諸侯於此，諸侯之至者。福禄如茨。錫之以福禄，如茅茨之厚。韎韐有奭，又畀以茅蒐草所染蔽膝之衣，則奭然而赤色。韎，昧。韐，閤。奭，許力反。以作六師。

瞻彼洛矣，維水泱泱。君子至止，同上。鞞琫有珌。錫之以上飾下飾之容刀。鞞，兵上。琫，必孔反。珌，音必。君子萬年，又使其子孫萬年之久。保其家室。保其有家室焉【一】。

瞻彼洛矣，維水泱泱。君子至止，福禄既同。皆受爵命而福禄俱聚於其身。君子萬年，又使其子孫萬年之久。保其家邦。保有其家邦焉。

《瞻彼洛矣》三章，章六句。

《裳裳者華》，詩篇名。刺幽王也。譏刺幽王也。古之仕者世禄，古之仕宦者，子孫得世享其禄。小人在位，幽王之時，小人在職位。則讒諂並進，則引讒諂之人並進於朝。棄賢者之類，而棄賢者之黨，使不得進用。絕功臣之世焉。絕功臣之世，使不得繼續焉。

裳裳者華，有裳裳之華。其葉湑兮。而又湑湑之葉，上下相承而相成。以喻賢者相繼，前後顯榮也。湑，□上聲。我覯之子，我見彼賢者功臣之子孫。覯，勾上聲。我心寫兮。則其心悦而舒寫。我心寫兮，夫能使見者悦慕如此。是以有譽處兮。則宜授之位，使之名譽可保於無窮也。今乃絕棄之，何哉？

【一】「其有」，據經文「保其家邦」，疑作「有其」。

裳裳者華，同上。芸其黃矣。其色芸然而黃，則盛美可觀矣。我覯之子，同上。維其有章矣。文章著見亦猶是也。維其有章矣，夫其文章著見如此。是以有慶矣。宜使之維世以享福。而今乃棄絕之，何哉？

裳裳者華，同上。或黃或白。其色或黃或白，則盛美可觀矣。我覯之子，解見上。乘其四駱。乘四匹之駱馬。乘其四駱，夫其乘是四駱也。六轡沃若。六轡在手沃然潤澤，威儀之盛猶是華也。而今乃棄絕之，何哉？

左之左之，賢者功臣之子孫，道全德備，用之於左。君子宜之。則無所不宜。右之右之，用之於右。君子有之。則無所不有。維其有之，惟其有是材德。是以似之。宜使之繼似前人之位矣，而棄絕之，何哉？

《裳裳者華》四章，章六句。

北山之什十篇，四十六章，三百三十八句。

直音傍訓毛詩句解卷十二

直音傍訓毛詩句解卷十三

變小雅

《桑扈》，詩篇名。扈，户。刺幽王也。譏刺幽王也。君臣上下，幽王之世，君臣上下。動無禮文焉。動而相交，合而相紀，皆無禮文之可觀焉。

交交桑扈，桑扈之飛，或往或來。有鶯其羽。其羽翼有鶯然之文章，人皆見而愛之。君子樂胥，喻古者君臣以禮法威儀升降於朝廷，則天下皆視而樂之。受天之祜。常視其受天之福也，今君臣動無禮文，故刺之。

交交桑扈，有鶯其領。頸也。君子樂胥，萬邦之屏。誠足為萬邦之屏蔽焉。屏，丙。

之屏之翰，王者為萬邦之屏蔽。百辟為憲。而為百辟之憲法。不戢不難，苟不以禮自戢難，而求肆情焉。戢，莊立反。受福不那。則亦不足受多福矣。

兕觥其觩，（觥，爵。）古之王者與群臣燕飲無失禮者，其罰爵徒觩然空設而已。兕，音似。觥，肱。觩，求。旨酒思柔。其飲旨美之酒也，皆思為柔順之道。彼交匪敖，彼於交際之間，無有傲慢之習。萬福來求。所以在己雖無事於求福，而萬福反自來求於我矣。何古也然，而今也不然，以此故譏刺之。

《桑扈》四章，章四句。

《鴛鴦》，詩篇名。此幽王也。譏刺幽王也。思古明王，幽王殘害萬物，奉養過度，故思古者明哲之王。交於萬物有道，交於萬物有道，而取之以其時。自奉養有節焉。自奉養於己者有節度，故陳古以此今焉。

鴛鴦于飛，古昔太平之時，交於萬物有道，非其時則不取。其於鴛鴦也，必待其能飛之時。畢之羅之。然後以手畢而掩取之，張羅張綱以待之，好生之德洽於民心如此。君子萬年，則君子享萬年之壽。福祿宜之。而受福禄之美者無不宜矣。

鴛鴦在梁，太平之時，人無害物之心，鴛鴦休息於魚梁之上者。戢其左翼。斂左翼而處，自得其所，更無驚逝之心，德之及物如此。戢，漆。君子萬年，則君子享萬年之壽。宜其遐福。而受遐遠之福者，無不宜矣。

乘馬在廄，古者明王所乘之馬，繫在於廄。廄，救。摧之秣之。無事則予之以芻，有事則予之以穀，所以愛國用者如此。摧，音剉。君子萬年，宜其享萬年之壽。福祿艾之。而得福禄以養其身矣。艾，音碍。

乘馬在廄，秣之摧之。君子萬年，福祿綏之。綏，安也。餘解同上。

《鴛鴦》四章，章四句。

《頍弁》，詩篇名。頍，缺婢反。諸公刺幽王也。同姓之諸公作以譏刺幽王也。暴戾無親，幽王暴虐狼戾，無親親之意。不能燕樂同姓，不能與同姓宴飲以相樂。樂，洛。親睦九族，又不能與九族相親以相睦。孤危將亡，孤特而危殆，國家將至於亡滅。故作是詩也。所以同姓諸公作此詩以刺之也。

有頍者弁，幽王服是頍然之皮弁。實維伊何？是將何所為乎？爾酒既旨，況爾之酒既甘矣。爾殽既嘉。爾之殽既美矣，何不設燕禮以相樂乎？豈伊異人？且王之所當燕者，豈是疏遠之異人乎？兄弟匪他。乃兄弟之至親，非他人也。蔦與女蘿，兄弟之依於王，猶蔦與女蘿二物，皆柔弱而不能自立。蔦，音鳥。施于松柏。必蔓延於松柏之上，乃得遂其高大之性。施，以豉反。未見君子，是以諸公未見幽王之時。憂心弈弈；其心弈弈然懷憂不定。弈，音亦。既見君子，及既見幽王之後。庶幾說懌。其心庶幾可以悦懌，王奈何不顧之哉？說，悦。懌，亦。

有頍者弁，實維何期？音基。爾酒既旨，爾肴既時。善也。豈伊異人？兄弟具來。具，猶皆也。蔦與女蘿，施于松上。未見君子，憂心怲怲；憂盛滿也。怲，丙。既見君子，庶幾有臧。善也。

有頍者弁，實維在首。徒見其在首而已，惜不知行禮以稱之。爾酒既旨，爾殽既阜。豈伊異人？兄弟甥舅。姊妹之子曰甥，母之兄弟曰舅。如彼雨雪，如彼天之下雪也。雨，去聲。先集維霰。必先集而為霰，喻國之亡也，必先疏遠宗族之親。霰，鮮去。死喪無日，今幽王疏遠宗族如此，以是知死亡之無日。喪，去聲。無幾相見。而相見之無幾矣。樂酒今夕，諸公於是自相告曰：苟今夕酒但當以為樂。樂，音洛。君子維宴。維相忘於宴飲而已，不知其他也。

《頍弁》三章，章十二句。

《車舝》，詩篇名。下音轄。大夫刺幽王也。周大夫作以刺幽王也。褒姒嫉妒，褒姒得幽王之寵，嫉妒善人之在朝。妒，丁故反。無道並進，而自引無道之小人並進於朝。讒巧敗國，讒諂巧佞之徒敗亡其國。德澤不加於民。德澤不加被於斯民。周人思得賢女，故周人思得賢淑之女。以配君子，以為幽王之配。故作是詩也。所以作此詩也。

間關車之舝兮，周人嫉褒姒為惡，故設間關之車舝。思孌季女逝兮。思得盛德美色之少女，往迎之以為幽王之配。孌，力兗切。匪饑匪渴，褒姒敗國，故大夫急欲迎季女，行道之間，雖饑不饑，雖渴不渴。德音來括。但望迎德音之女來與王會耳。雖無好友，苟得賢女，則雖無朋友之好。好，去聲。式燕且喜。猶當獨燕而喜也。

依彼平林，以茂盛平地之林。有集維鷮【一】。上則耿介之雉所宜集於下，喻王宮之貴，則碩德之女所宜居於中也。鷮，僑。辰彼碩女，今彼碩女能於此時。令德來教。以令善之德來配幽王而教誨之。式燕且譽，則我當燕飲以極其

【一】「鷮」字，原本經文無，而於下文「集於下」下有一「鷮」字，當是誤植。

樂，且稱王之善譽。好爾無射。而悦慕無厭也。射，亦。

雖無旨酒，言苟得賢女以配王，則雖無美酒。式飲庶幾；亦庶幾飲之而樂。幾，音機。雖無嘉殽，雖無好殽。式食庶幾；亦庶幾食之而美。雖無德與女，雖無德以及賓客。女，音汝。式歌且舞。猶當歌舞以相樂也。

陟彼高岡，升彼高岡之上。析其柞薪。必析其柞木以為薪。析其柞薪，析其柞木以為薪者。柞，昨。其葉湑兮。政以其葉湑然茂盛而蔽岡之高也。喻有賢女得入王后宮中，則亦必辟除嫉妒之褒姒，不使蔽君之明也。湑，思序。鮮我覯爾，善哉我得見賢女如此。我心寫兮。則我中心之憂皆舒寫矣。

高山仰止，山雖高也，仰之則見。景行行止。道雖大也，行之則至。喻賢女雖罕，求則得之。四牡騑騑，必將駕四牡之馬，騑騑然行而不息。騑，非。六轡如琴。調和其六轡如琴瑟之相應，而往迎之。覯爾新婚，庶幾見王得此賢女以為新昏。以慰我心。則可以慰悦我之心矣。

《車舝》五章，章六句。

《青蠅》，詩篇名。大夫刺幽王也。周大夫作以刺幽王之好讒也。

營營青蠅，青蠅之為物，能汙白使黑，止於物則穢敗之。今營營往來。止于樊。止集于樊圃之藩，行且至于几席盤杅之間矣，何可不懼乎？彼讒人之惑亂善惡亦猶是。豈弟君子，然讒言多由人主持心傾險而後入，故大夫欲君子以豈樂弟順存心。無信讒言。無心讒譖之言，當遠去之可也。

營營青蠅，止于棘。讒人罔極，彼讒人之言，無有紀極。交亂四國。實能交亂四國之人猶是蠅焉，王遠之可也。

營營青蠅，止于榛。棘與榛皆為藩之物。讒人罔極，構我二人。交亂聽讒之君與被讒之人也。構，古豆反。

《青蠅》三章，章四句。

《賓之初筵》，詩篇名。衛武公刺時也。衛武公作以刺當時沉湎於酒也。幽王荒廢，幽王荒耽於女色，而廢墜其政事。媟近小人，與小人相親狎。媟，褻。飲酒無度，耽於飲酒，無有節度。天下化之，而天下之人皆化之。君臣上下，君臣上下之間。沉湎淫液。皆飲酒過度，若沉没然，使湎然俱醉，顔色齊同，情態淫泆，不知自省。武公既入，衛武公既入為王朝之卿士。而作是詩也。乃陳古刺今，而作此詩也。

賓之初筵，射以觀德，先王將祭，必大射以擇士，將射必先行燕禮。方賓之初即席也。左右秩秩，筵上左右之人皆秩秩然有序。籩豆有楚，列其籩豆。殽核維旅。陳其殽核。殽豆，實菹醢之屬。核籩，實桃梅之屬。酒既和旨，酒既調和而旨美。飲酒孔偕。飲酒之人甚齊一矣。鍾鼓既設，於是既設鍾鼓以射。舉醻逸逸。燕禮：主人酌賓曰獻。賓既酢主人，主人又自飲而酌賓曰醻。賓受之，奠於席前而不舉，至旅而遂舉所奠之爵交錯以徧，逸逸然往來有序。大侯既抗，（大侯，君侯。）既旅之後，止飲而行射事。君之所射，大侯既抗而舉之矣。弓矢斯張。其衆射之，弓矢於斯亦張。射夫既同，射者二人為耦，相並而射，天子六耦，選次其材相近者為耦。獻爾發功。各奏其發矢中的之功。發彼有的，發者各心競云，顧中彼的。以祈爾爵。求以辭爵也。酒者，所以養病也，求中以辭養。

籥舞笙鼓，射必有禮樂，秉籥而舞，與笙鼓相應。籥，藥。樂既和奏。衆樂並奏，聲無不和。烝衎烈祖，（衎，樂。）以之進而樂夫有功烈之先祖。以洽百禮。以洽合其祭祀之百禮。百禮既至，百禮俱極其至。有壬有林。大而且盛。錫爾純嘏，是以神享其祭，而錫之以大福。子孫其湛。併使其子孫皆獲湛樂之福。其湛曰樂，湛樂之及子孫而祭畢矣。各奏爾能。於是復講射禮，各獻其發矢中的之能。賓載手仇，賓侶既擇其手敵而射矣。室人入又，主黨入而又射焉。酌彼康爵，射畢則飲酒，酌彼安體養病之爵，以飲不中者。以奏爾時。而又薦之以時物，古人飲酒不亂如此。

賓之初筵，上二章陳古，此章以下述幽王燕賓失禮之事。方賓客就席之初。溫溫其恭。尚溫溫然和柔而恭敬。其未醉止，飲酒未醉之時。威儀反反。威儀猶反反然自顧於禮。曰既醉止，至於既醉之後。威儀幡幡。則威儀幡幡然顛倒。舍其坐遷，舍棄其本坐而遷移於它處。屢舞僊僊。屢次起舞，仙仙然軒舉。其未醉止，武公疾之，又重言云：方其未曾醉也。威儀抑抑。其威儀猶抑抑然謙恭。曰既醉止，及其已醉也。威儀怭怭。則威儀乃怭怭然媟慢。怭，音匹。是曰既醉，是曰已醉矣。不知其秩。則越禮犯分，不知其序也。

賓既醉止，在燕之賓飲酒已醉。載號載呶，則號呼讙呶。號，豪。呶，女交。亂我籩豆，紊亂我竹籩木豆之次序。屢舞僛僛。數數起舞，僛僛然傾側。是曰既醉，是蓋已醉。不知其郵。不自知其過。郵，音由。側弁之俄，但見傾側其皮弁，俄然而頹矣。屢舞傞傞。數次起舞，傞傞然不能止。傞，倉何反。既醉而出，夫賓客之燕也，倘能既醉而即出，則無失禮。並受其福。與主人共受其福慶。醉而不出，今也既醉而不出。是謂伐德。是之謂自誅伐其德爾。飲酒孔嘉，凡飲酒之所以甚美者。維其令儀。以其有令善之威儀爾，今若此則無復有儀矣。

凡此飲酒，凡此賓客之飲酒。或醉或否。初亦或有醉者，亦或有不醉者。既立之監，幽王乃立監以視之。或佐之史。又助之史以督酒，欲令皆醉。彼醉不臧，彼醉者之不善則勿問也。不醉反恥。而不醉者乃立監佐史，反耻而罰之，欲使人盡醉而後已。式勿從謂，安得從而告之。無俾大怠。無使至於大殆乎？匪言勿言，告之君曰：所不當言者則勿言。匪由勿語。所不當從者則勿言。語，去。由醉之言，君彼醉而妄言【一】。俾出童羖。則當罰汝以必無之物，謂罰出童羊而有角者。羖，古。三爵不識，汝飲至三爵已昏然無所識矣。矧敢多又！況敢又多飲乎？丁寧以戒之也。

《賓之初筵》五章，章十四句。

【一】按，《毛詩正義》：「汝若從醉者之後，言過其失。」據此，「君彼」疑是「若汝」形近而訛。

《魚藻》，詩篇名。刺幽王也。譏刺幽王。言萬物失其性，言幽王政教衰廢，陰陽不和，而萬物失其生養之性。王居鎬京，幽王居於鎬京。將不能以自樂，必有危亡之禍而不能以自樂。故君子思古之武王焉。故君子思古者武王居鎬京之盛焉。

魚在在藻，魚何所在乎？水草之中也。有頒其首。其首頒然而大，則萬物得其性可知矣，皆武王德化之所及也。頒，焚。王在在鎬，然則武王何所在乎？在鎬京之內也。豈樂飲酒。宜其優遊無事，可飲酒自樂也。今幽王不然，故思之。豈，凱。

魚在在藻，有莘其尾。其尾莘然而長。莘，詵。王在在鎬，飲酒樂豈。

魚在在藻，依于其蒲。依于蒲草之傍，無驚動也。王在在鎬，有那其居。安然居處而無憂也。

《魚藻》三章，章四句。

《采菽》，詩篇名。刺幽王也。譏刺幽王也。侮慢諸侯，言幽王輕侮慢忽諸侯。諸侯來朝，諸侯有朝覲者。不能錫命以禮，又不能以禮錫命之。數徵會之而無信義，且頻數徵召會聚之，諸侯至而無事，其待人無信義如此。《本紀》曰：褒姒不好笑，幽王欲其笑，萬方，故不笑。幽王為烽燧大鼓，有寇至則舉烽火，諸侯悉至而無寇，褒姒乃大笑。幽王欲悦之，數舉烽火。其後不信，益不至。幽王之廢申后、去太子，申侯怒，乃與犬戎共攻幽王。王舉烽火徵兵，兵莫至，遂殺幽王驪山下。數，朔。君子見微而思古焉。君子見其衰微而思古焉。

采菽采菽，菽雖微菜，人采之者。筐之筥之。猶盛以筐筥之器，不徒委之也。君子來朝，況諸侯之貴，其來朝覲天子也。何錫予之？當何以錫予之。雖無予之，又言今雖無以予之。路車乘馬；猶將予以大路之車，一乘之馬。又何予之？予以車馬猶為未足，則又何以予之。玄衮及黼。其必以玄色之衮及黼黻之裳、王公之服予之而後可。古之待諸侯者，恩意如此，今王乃侮慢之，故君子陳古以刺今焉。

觱沸檻泉，於檻泉湧出之地。觱，必。沸，弗。檻，咸上。言采其芹。則可采其芹矣。君子來朝。於君子來朝之時。言觀其旂。則可以觀其旂矣。其旂淠淠，既望其交龍之旂淠淠然飛動。淠，佩。鸞聲嘒嘒。又聞其鸞鈴之聲嘒嘒然中節。載驂載駟，又見其驂駟之來。君子所届。則知諸侯至於此矣。上之待下也厚，故國人見其至而喜。知盛時可喜，則知衰世可惜。

赤芾在股，諸侯之來朝，整其容□，赤芾在其股。芾，弗。邪幅在下。邪幅則在其下。彼交匪紓，所以交於天子者，不敢紓緩。天子所予。宜其為天子所賜予矣。樂只君子，詩人無以形容其君臣交孚、精神悅懌之意，乃重歎曰：樂哉之君子！天子命之；宜天子所以錫命之也。樂只君子，樂哉君子。福祿申之。宜天子所以申重其福祿也。

維柞之枝，柞木之枝。其葉蓬蓬。其葉蓬蓬然茂盛，則足以庇其本根矣。天子之有諸侯，猶木之有葉也，其可薄待之哉?樂只君子，古者君臣交孚，情意歡洽，上可以固國本，下可以緜宗祚。故詩人歎美之曰：樂哉之君子。殿天子之邦；誠足以鎮天子之邦也。殿，顛去。樂只君子，樂哉之君子。萬福攸同。誠所謂並受其福也。平平左右，不惟諸侯之尊君為然，雖其左右之臣，平平然整齊。平，婢延反。亦是率從。亦相率而從之至此也。今幽王不能錫命以禮，則諸侯有不能自盡矣。

汎汎楊舟，楊木之舟浮於水上，汎汎然東西無定。紼纚維之。則舟人以紼纚維繫之。況維持諸侯，豈可無其道乎?紼，弗。纚，離。樂只君子，故樂哉之君子。天子葵之；天子實揆之以信義。樂只君子，樂哉之君子。福祿膍之。天子實厚予之以福祿。皆所以維持其心也。膍，音毗。優哉游哉，如是則皆知尊王之禮，優遊而不迫。亦是戾矣。而至於此幽王不能錫命以禮，則諸侯豈能自盡哉?

《采菽》五章，章八句。

《角弓》，詩篇名。父兄刺幽王也。父兄作以刺幽王也。不親九族，上自高祖，下至玄孫，謂之九族。幽王不肯與之相親。而好讒佞，而愛任讒佞之小人。骨肉相怨，骨肉，親族也。以其父祖上世同稟血氣而生，如骨肉相附。今乃更相怨恨。故作是詩也。皆幽王有以致之，所以作詩刺之也。

騂騂角弓，以角飾弓之中央，騂騂然調和。騂，辛。翩其反矣。張之則內向而來，弛之則外向而去。宗族，親之則附，疏之則離，亦如是也。兄弟婚姻，故告幽王曰：凡兄弟之親，昏姻之人。無胥遠矣。當與之相親，而無相遠也。

爾之遠矣，王若與骨肉相疏遠。民胥然矣。則民皆如此矣。爾之教矣，王若教之不親九族。民胥傚矣。則民皆法傚上所為矣，何可不謹哉。

此令兄弟，此兄弟之善者，不為王化所□。綽綽有裕。則綽綽然寬裕無嫌。不令兄弟，彼不善之兄弟。交相為瘉。則交相為病而已，是王化使之然也。瘉，愈。

民之無良，彼民之無良善心者。相怨一方。則各相怨於一方。受爵不讓，受爵祿而不知推讓，專利而有之。至于已斯亡。至於怨之所歸，禍之所集，終亦必亡其身而已。

老馬反為駒，民不知長幼之義，見老者則侮慢之，遇之若幼穉，如老馬而反視為駒也。不顧其後。曾不自顧後年老者，則人之遇己亦將如此。如食宜饇，但恣其所行，如食者惟知求飽。饇，于去。如酌孔取。如飲者惟知多取耳。至此則風俗至於小加大，少陵長，惡亦甚矣。

毋教猱升木，猱本能升木，不可復教之。小人本能為不善，不必更為不善以倡之也。猱，乃刀反。如塗塗附。若疏虐骨肉，教民為不善，又如於塗泥上加以泥塗，必相附著，不可脱矣。君子有徽猷，然民俗雖已壞，使人君在上能親親長幼，以善道率先天下。小人與屬。則民皆化之，亦相連屬而不相離矣。惜幽王不能也。屬，蜀。

雨雪瀌瀌，雪之雨也瀌瀌其盛。雨，去。瀌，符驕反。見晛曰消，至日將出，其氣始見，則雪消釋矣。喻風俗雖壞，然王若能盡親親之道以化之，則眾惡亦釋然矣。晛，玄去。莫肯下遺，奈何幽王不肯降心以予族人。式居婁驕。惟居上而常逞其驕傲，則何以化彼矣。婁，屢。

雨雪浮浮，雪之雨也，積之厚而浮浮於地上。見晛曰流。至日將出，其氣始見，則雪消而流去矣。喻風俗雖壞，然王若能盡親親之道以化之，則眾惡亦釋然矣。如蠻如髦，奈何王方且視宗族如蠻髦而不顧，則安能變風俗之乖離乎？髦，毛。我是用憂。我是以憂之也。

《角弓》八章，章四句。

《菀柳》，詩篇名。菀，音鬱。刺幽王也。譏刺幽王也。暴虐無親，言幽王暴虐無親睦。而刑罰不中，而刑罰不中理。諸侯皆不欲朝，故諸侯皆不欲朝覲。言王者之不可朝事也。言王者不可朝事也。

有菀者柳，有菀然茂盛之柳。不尚息焉。則行人無不庶幾息蔭於下者，況人君在上，孰不藉之為庇乎？上帝甚蹈，今王者尊如上帝，其心甚變動無常。無自暱焉，故諸侯相戒無往親近之，近之必將得罪。俾予靖之，使我安靖自處。後予極焉。待其改過然後朝之。

有菀者柳，不尚愒焉。上帝甚蹈，無自瘵焉。俾予靖之，後予邁焉。同上。

有鳥高飛，鳥之飛也雖高。亦傅于天。亦至天而上。彼人之心，彼幽王心。于何其臻。轉側無常，將何所至乎？曾飛鳥之不若也。曷于靖之[一]，何為使我靖心待之。居以凶矜。而王方且自居以凶暴驕矜，其惡日盛也，於是絕意於王室矣。

【一】「于」，《毛詩正義》作「予」。

《菀柳》三章，章六句。

桑扈之什十篇，四十三章，三百八句。

直音傍訓毛詩句解卷十三

直音傍訓毛詩句解卷十四

變小雅

《都人士》，詩篇名。周人刺衣服無常也。周人刺當時風俗不美，民心好異而衣服變易无常也。古者長民，古之人上為民之長。衣服不貳，衣服在身，未常變易。從容有常，舉止從容有常度。從，七容反。以齊其民，用之齊其民俗。則民德歸一。則民皆化之，其德盡歸于一矣。傷今不復見古人也。幽王時王化不行而風俗不美，是以周人傷今世不復見古者之人也。

彼都人士，風俗自都邑而始，古者明王重彼都邑之人士。狐裘黃黃。衣黃黃之狐裘。其容不改，其容貌既有常而不改。出言有章。其出言又有法度文章。行歸于周，其所行之行又歸於忠信，表裏如一。萬民所望。故為下民所仰望而取法也。今幽王時風俗變偽，都邑尤甚，故陳古以刺今也。

彼都人士，解同上。臺笠緇撮。以臺皮為笠，以緇布為冠。其制小，僅可撮其髻，未嘗求異於人。撮，七活反。彼君子女，彼貴人之女。綢直如髮。其賦□縝密，其操行正直，如髮之綢直也。綢，音疇。我不見兮，今我思不得見之。我心不說。則心憂而不說。說，悅。

彼都人士，同上。充耳琇實。以美石為瑱，塞實其耳，未嘗求異於人也。彼君子女，同上。謂之尹吉。皆言其為尹氏姞氏之女，能有禮法也。吉，其吉。我不見兮，同上。我心苑結。是以心憂而鬱結不伸焉。苑，於粉反。

彼都人士，同上。垂帶而厲。衣服不貳，束帶則厲然下垂。彼君子女，同上。卷髮如蠆。不事華麗，鬢傍短髮不可歛，則因其卷然曲止如蠆以為飾，無好異之心。卷，權。蠆，勑邁反。我不見兮，同上。言從之邁。苟見之則從之行矣。

匪伊垂之，此章承上章而言，士之帶非有心垂之也。帶則有餘；帶自有餘而垂耳。匪伊卷之，女之髮非有心卷之也。髮則有旟。髮自有餘而卷耳。真自然閑美，不假修飾如此。我不見兮，同上。云何盱矣！亦云如之何乎，唯舉目望之而已。盱，虚。

《都人士》五章，章六句。

《采緑》，詩篇名。刺怨曠也。刺幽王久役而致男女之怨曠也。幽王之時，幽王時天下大亂，軍旅數起。多怨曠者也。故鄉遂之兵久戍於外，而女多怨於內，男多曠於外也。

終朝采緑，君子久役，婦人獨處往來。緑菜易得之物，而終一朝之久。不盈一匊。乃不滿一匊焉，是其憂思而不專采緑也。予髮曲局，又念我之髮亦曲局而容飾不修矣。薄言歸沐。於是舍之而歸沐，以待君子之還也。

終朝采藍，君子久役，婦人獨處往來。藍草易得之物，而終一朝之久。不盈一襜。乃不滿一襜焉，是其憂思而不專采藍也。襜，尺占反。五日為期，因慨歎曰：昔君子之去也，約五日為歸期。六日不詹。今六日而猶不見焉，如之何而勿思。

之子于狩，婦人憂君子之未歸而□其在家時事，謂是子之往而狩獵也。狩，失救反。言韔其弓；我為之納其弓於韔中。韔，勑亮反。之子于釣，是子之往於釣魚也。言綸之繩。我則為之緡繩於竿上。今久役於外，思欲如此而不可得。

其釣維何？此章承上章而言，謂其釣也所得者何物乎。維魴及鱮。蓋得魴與鱮之大魚也。魴，防。鱮，序。維魴及鱮，其得此魴鱮也。薄言觀者。使觀者亦樂焉。今久役不歸，思是樂而不可得矣。

《采綠》四章，章四句。

《黍苗》，詩篇名。刺幽王也。譏刺幽王也。不能膏潤天下，宣王中興，王化復行，又有召伯為卿士以宣勞之。今幽王不能施德澤以膏潤天下。膏，去聲，下同。卿士不能行召伯之職焉。為卿士者又不能行召伯之職，凡以傷今而思古焉。

芃芃黍苗，宣王封申伯於謝，使召公往營之。召公能知師眾之勞而恤之，故思之云芃芃然禾黍之苗。陰雨膏之。則有陰雨以膏潤之。悠悠南行，如悠悠行人之眾。召伯勞之。則有召伯以勞恤之，惜今不見其人。勞，力報反。

我任我輦，召伯閔役夫之勞，呼而諭之曰：我任負者，我挽輦者。我車我牛。我將車者，我牽傍牛者。我行既集，俟我南行之功已成。蓋云歸哉！則即言歸矣，不使汝久勞於此也。

我徒我御，召伯閔役夫之勞身而諭之曰：我徒行者，我御車者。我師我旅。我二千五百人之師，我五百人之旅。我行既集，俟我南行之功已成。蓋云歸處！則即言歸處矣，不使汝久勞於此也。

肅肅謝功，築謝之功，肅然嚴整。召伯營之；維召伯實經營之。烈烈征師，南行之師，烈然威武。召伯成之。惟召伯實成就之，惜今不見其人。

原隰既平，召伯營謝邑，相其原隰之宜而原隰已平矣。泉流既清。通其水泉之利而泉流已清矣。召伯有成，惟召伯有此成功。王心則寧。是以宣王之心得以自安焉。今卿士不能行召伯之職，幽王亦不知以為憂，是以刺之。

《黍苗》五章，章四句。

《隰桑》，詩篇名。刺幽王也。譏刺幽王也。小人在位，幽王時小人進居於職位之內。君子在野，君子退處於郊野之中。思見君子，故國人思見君子之人。盡心以事之。則竭盡其心誠以奉事之。

隰桑有阿，桑生於下濕之地，其枝條阿然而長美。其葉有難。其葉難然而茂盛。難，那。既見君子，我若得見君子。其樂如何？其喜樂將如何乎？精神情意當如桑之茂盛悅懌也。

隰桑有阿，解同上。其葉有沃。其葉光潤如膏之沃也。既見君子，解同上。云何不樂？云何不喜樂乎？精神情意當如桑之長茂光潤也。

隰桑有阿，解同上。其葉有幽。其葉老盛而幽黑也。既見君子，解同上。德音孔膠。則以善言相與，甚膠固也。

心乎愛矣，我中心誠愛君子。遐不謂矣？彼雖在野，亦當不憚遐遠而告之以忠言。中心藏之，藏是心於胸中。何日忘之？無日而忘之也。

《隰桑》四章，章四句。

《白華》，詩篇名。華，花。周人刺幽后也。周人刺幽王之后褒姒也。幽王取申女以為后，幽王先娶申國之女以為后。又得褒姒而黜申后，後又得褒國所入之女，字姒，而廢黜申后，且棄申后之子宜臼而立伯服焉。故下國化之，所以下國皆化之。以妾為妻，用賤妾為妻。以孽代宗，用庶子代嫡。孽，魚列。而王弗能治。而幽王自身不正，不能懲治其罪。周人為之作是詩也。是以周人述申后之意，為之作此詩以刺之也。

白華菅兮，詩人代申后，言白華則漚以為菅。菅，音奸。白茅束兮。白茅則用以裹束，物之美惡，各有所用。喻尊卑上下各有定分也。之子之遠，今王亂嫡妾之分而棄遠我。俾我獨兮。（俾，使。）使我窮獨失所也。

英英白雲，有英英白雲之興。露彼菅茅。則露降而潤及菅茅，喻王如以道，則嫡妾當均被其寵。天步艱難，（天，世。）今方當天步艱難之時。之子不猶。而王乃不如此，宜其亂嫡庶之分也。

滮池北流，以池水之滮然北流。滮，音彪。浸彼稻田。尚能浸漑稻田，而王反不能通流其恩澤。嘯歌傷懷，此吾所以悲歌而傷懷。念彼碩人。念王居碩人之位，而滮池之不若也。

樵彼桑薪，樵取彼桑木之薪，則宜以供炊爨之用也。卬烘于煁。我若惟然之於煁，則物失其所矣，王今使嫡失職亦猶此也。煁，市林。維彼碩人，每念王居崇大之位而所為如此。實勞我心。則使我心憂而勞困也。

鼓鍾于宮，取鍾于宮廷至隱之中【一】。聲聞于外。則聲必聞于外。如幽王心寵褒姒而發於辭氣容色者，亦不可掩。念子懆懆，我常念王常懆懆然而憂。懆，慘。視我邁邁。而王之視我，何邁邁然疏遠乎。

有鶖在梁，鶖鳥至賤，今乃安處梁上以食魚。鶖，秋。有鶴在林。反使鶴之貴者在林而饑焉。喻褒姒以妾而進居正位，反使嫡后之遠奔。維彼碩人，王居崇大之位而亂嫡庶之分如此。實勞我心。實使我心之憂勞也。

鴛鴦在梁，彼鴛鴦之在梁也。戢其左翼。斂左翼而處，猶不失其匹也。之子無良，（良，善。）而王乃無良善。二三其德。不一其德而亂嫡妾之分，曾鴛鴦之不若矣。

有扁斯石，石之扁然下者。扁，音褊。履之卑兮。唯可施之於所履之卑，如妾之賤者止當在下耳。之子之遠，今幽王乃遠棄我而寵褒姒。俾我疷兮。所以使我心憂而至於病也。疷，都禮反。

《白華》八章，章四句。

《緜蠻》，詩篇名。微臣刺亂也。小臣刺當時之亂也。大臣不用仁心，大臣不用仁愛之心，遺忘微賤，遺忘微賤之臣，使之用於征役。不肯飲食教載之，不肯以酒食飲食之，不肯以言語教誨之，不肯以車馬乘載之。飲，於鴆反。食，音嗣。故作是詩也。所以微臣自傷而作此詩也。

【一】「取」，據文意應作「鼓」。

緜蠻黄鳥，彼黄鳥之小。止于丘阿。知止於丘阿之曲處而託息，喻小臣亦託公卿大夫以自庇也。道之云遠，今也困於征役，而道路長遠如此。我勞如何！我之勞苦如何乎！飲之食之，庶幾大臣知之而以飲食慰藉之。教之誨之，而以善言教誨之。命彼後車，又命在後之車。謂之載之。以載之，斯可矣，奈何其不用仁心，雖勞而不見恤也。

緜蠻黄鳥，彼黄鳥之小。止於丘隅。則知託于丘山之隅以自止。豈敢憚行？今也迫於征役，豈敢畏憚於行乎？畏不能趨。但畏其疲勞而不能疾趨耳。飲之食之，教之誨之，命彼後車，謂之載之。解並同上章。

緜蠻黄鳥，解同上。止於丘側，丘傍也。豈敢憚行？同上。畏不能極。但畏其疲勞而不能至其所耳。飲之食之，教之誨之，命彼後車，謂之載之。見上。

《緜蠻》三章，章八句。

《瓠葉》，詩篇名。瓠，音互。大夫刺幽王也。周大夫作以刺幽王也。上棄禮而不行，言幽王在上，廢棄其禮，不能舉而行之。雖有牲牢饔餼，雖有牛羊豕之牲繫養之牢，熟物之饔，腥物之餼。饔，雍。餼，兮去。不肯用也。不肯舉而用之，以燕享宗族禮待賢人。故思古之人，所以大夫思念古之人。不以微薄廢禮焉。不以微薄之物廢棄其當行之禮，而作此詩也。

幡幡瓠葉，有幡幡新生之瓠葉。采之亨之。則采而取之，烹而熟之，雖物之微薄也。亨，音烹。君子有酒，然君子有酒。酌言嘗之。與賓客酌而嘗之，猶可用瓠葉爲葅，蓋在誠不在物也。奈何幽王有牲牢饔餼而不肯用乎？

有兔斯首，此一首之兔，我既有之。炮之燔之。或炮之，或燔之，取物之微薄也。炮，袍。燔，煩。君子有酒，然君子有酒。酌言獻之。酌之以獻賓客，可用兔爲殽，蓋在誠不在物也。奈何幽王有牲牢饔餼而不肯用乎？

有兔斯首，同上。燔之炙之。君子有酒，酌言酢之。賓既卒爵，洗而酌酒，報酢主人。酢，才洛反。

有兔斯首，燔之炮之。君子有酒，酌言醻之。同上。

《瓠葉》四章，章四句。

《漸漸之石》，詩篇名。漸，士銜反。下國刺幽王也。下國作以刺幽王也。戎狄叛之，幽王不道，戎狄既皆叛。荆舒不至，荆舒之人亦不來朝。乃命將率東征，無德化以感之，乃命將率東征。將，去聲。率，音帥。役久病於外，征役之久，病苦於外而不得歸。故作是詩也。故作此詩以刺之也。

漸漸之石，履漸漸然高峻之石。維其高矣。亦甚高峻矣。山川悠遠，歷悠長遠阻之山川。維其勞矣。亦甚勞苦矣。武人東征，武人由此而東征戎狄荆舒之國。不皇朝矣。以至於死亡，不暇還歸而朝於君也。朝，音潮。

漸漸之石，解同上章。維其卒矣。亦甚崔巍矣。卒，在律反。山川悠遠，解同上。曷其沒矣。何時而可盡徧乎？武人東征，解同上。不皇出矣。不暇出險阻而還歸矣。

有豕白蹢，有白蹄之豕。蹢，音的。烝涉波矣。則涉波而行。月離于畢，月則歷于畢星之次。俾滂沱矣。宜將有滂沱之驟雨矣。滂，普郎反。沱，徒何反。武人東征，以武人之東征，既困于險阻之中，又為雨所苦。不皇他矣。救死且不贍，何暇及他事哉！

《漸漸之石》三章，章六句。

《苕之華》，詩篇名。苕，音條。大夫閔時也。周大夫閔惜當時之亂也。幽王之時，幽王時。西戎東夷，西方之戎，東方之夷。交侵中國。交相侵陵中國。師旅並起，二千五百人為師，五百人為旅，相並而興。因之以饑饉。又因仍之以穀不熟曰饑、菜不熟曰饉。君子閔周室之將亡，君子閔惜周室將亡滅而不可救矣。傷己逢之，自傷身逢其禍亂。故作是詩也。所以作此詩也。

苕之華，周室之衰，如苕華之將落。芸其黄矣。芸然而黄，不能久矣。心之憂矣，是以我心憂愁。維其傷矣。而自傷所遇之時如此也。

苕之華，周室將衰而僅存，如苕華之將落。其葉青青。但見其葉青青然耳。青，音精。知我如此，知我所遇之時如此。不如無生。不若不生之為愈也。

牂羊墳首，周室之衰也，如牝羊之身羸而頭大。牂，音臧。墳，扶云反。三星在罶。又如三星之則照罶中，皆不能久矣。罶，音柳。人可以食，人之遭此時，各不能自保，唯苟且得食足矣。鮮可以飽。少可以望其飽飫也。鮮，息淺反。

《苕之華》三章，章四句。

《何草不黄》，詩篇名。下國刺幽王也。下國之人所以譏刺幽王也。四夷交侵，幽王之時，四方夷狄交相侵陵中國。中國背叛，中國諸侯亦背叛而不從。用兵不息，幽王無德化以感之，惟用兵征伐，更無休息。視民如禽獸。且視其民如禽獸而不恤其勞苦。君子憂之，君子憂其必亡。故作是詩也。所以作此詩也。

何草不黄？幽王之時，用兵不息，軍旅自歲始草生而出至歲晚矣，何草而不黄乎？何日不行？一歲之間，何日而不征行於道路乎？何人不將？何人而不將承其勞。經營四方。以經營四方之事乎？

何草不玄？兵出已閲一歲而再春矣，今何草黄者不復生而玄黑乎？何人不矜？何人不失其室家之樂而為鰥夫乎？矜，音鰥。哀我征夫，哀憐我征行之夫。獨為匪民。豈獨非人而使之勞苦如此耶？

匪兕匪虎，虎兕則常在野外，今征夫不是兕不是虎。率彼曠野。何為亦常循彼空野之中乎？哀我征夫，哀哉，我征夫之勞苦。朝夕不暇！自朝及夕不得閒暇也。

有芃者狐，（芃，毛尾長。）彼芃然之狐。率彼幽草。循於幽草之中則其宜也。有棧之車，今我非禽獸，何為亦乘此有棧之車。棧，上板反。行彼周道。而行彼周道之上乎？

何草不黄四章，章四句。

都人士之什十篇，四十三章，二百句。

直音傍訓毛詩句解卷十四

直音傍訓毛詩句解卷十五

正大雅　說已見《正小雅》。

《文王》，詩篇名。文王受命作周也。周自上世以來，積功累仁，至文王而威德並著，周國自此盛大；至其子武王遂有天下。推其本則實自文王膺受上天之眷命，以作興周家一代之王業也。

文王在上，文王之德，在天下之人上。於昭于天，其昭明上徹于天，誠可歎美也。於，烏。周雖舊邦，故天實眷之周，自后稷始封以來，其為邦雖云舊矣。其命維新。至文王而天命之肇造區夏，其眷命自至而愈新焉。有周不顯，然則有周之德豈不甚光顯乎？帝命不時。上天之眷命，豈不及時而至乎？文王陟降，蓋以文王之德合天，一升陟，一降下。在帝左右。常若在上帝之左右，與之同運而無違也。

亹亹文王，文王聖德在躬，亹亹不息。亹，尾。令聞不已。播而為善名，流傳而不止。陳錫哉周，是以敕陳其眷，賜于周家。侯文王孫子。維以文王孫子觀之則可見矣。文王孫子，蓋文王之孫子。本支百世。本宗則百世為天子，支庶則百世為諸侯，皆天命也。凡周之士，不惟如是而已，又且及其臣子，雖以周士之眾。不顯亦世。亦世世光顯而與周匹休焉。

世之不顯，周士世世光顯。厥猶翼翼。其為君謀事翼翼然恭敬。思皇多士，美哉眾多之士。生此王國。產生於文王有道之邦。王國克生，惟王國能生此多士。維周之楨。足以為周家之楨幹。濟濟多士，故文王得濟濟然眾多之士而用之。文王以寧。則可授之以事而優游以寧焉。

穆穆文王，文王之德穆穆乎其深遠。於緝熙敬止。敬止之心，緝之而愈續，熙之而益廣。假哉天命，是以感通無間而上天之大命集焉。有商孫子。維以商之孫子觀之則可見矣。商之孫子，蓋商家之孫子。其麗不億。其數不止於十萬之億。上帝既命，自上天既眷命周為天子。侯于周服。則皆為諸侯於周家九服之中。

侯服于周，商之孫子為諸侯於周服之中者。天命靡常。蓋以天命無常故也。殷士膚敏，所以殷士之膚美敏疾者。裸將于京。反行灌鬯之禮于周京以助祭祀。裸，音貫。厥作裸將，其行是灌鬯之禮也。常服黼冔。猶不變商制而衣其常服之黼與冔，皆文王之德實致之。黼，音甫。冔，況甫。王之藎臣，於是呼成王忠藎之臣而告之曰。藎，辛上。無念爾祖。可無思念爾祖文王之德乎？蓋以戒王而不敢斥言，猶今司執事左右也。

無念爾祖，王誠能思念爾祖文王。聿修厥德。聿述其德而自修於身。永言配命，則可以永長配當上天之眷命。自求多福。而多福之來，皆自己求之。殷之未喪師，嘗殷家未失眾心之時。克配上帝。亦能居尊位以配上天，今其子孫乃如此。宜鑒于殷，宜以殷為鑒。駿命不易。知天命之不易保，而思所以保之也。

命之不易，天命不易保。無遏爾躬。無使遏絕於爾之身。宣昭義問，當宣布善問於下。有虞殷自天。虞度殷之興衰皆自於天而謹持之。上天之載，又慮成王徒泥於天而不反諸己，故戒之曰：彼上天之事。無聲無臭。無聲之可聞，無臭之可接。儀刑文王，惟儀象刑法文王，則天德自全。萬邦作孚。而萬邦之廣，自起而信之矣。

《文王》七章，章八句。

《大明》，詩篇名。文王有明德，言文王之德充實於中而光明莫揜。故天復命武王也。所以天眷之不已，而又中命其子武王焉。復，扶又反。

明明在下，文王之德明明然昭著於下。赫赫在上。故上天之命赫赫然顯盛於上。天難忱斯，蓋天理難信也。不易維王。而為王者亦不易也。天位殷適，彼紂所居之尊則天位也，所傳之正則殷適也。適，的。使不挾四方。今乃使之不得奄有四方，何可恃乎？挾，俠。

摯仲氏任，摯國中女曰大任。摯，至。任，壬。自彼殷商，從彼商國。來嫁于周，來而嫁於周王季。曰嬪于京。為嬪婦於周京。乃及王季，於是與王季。維德之行。共行其德。大任有身，至大任懷孕在身。任，音壬。生此文王。而產生此文王，言文王之垩有所自來也【一】。

維此文王，當時獨有此文王。小心翼翼。卑小其心，翼翼然恭順。昭事上帝，其奉事上天也昭然無愧。聿懷多福。遂能懷來盛多之福。厥德不回，厥德正直而不回邪。以受方國。所以膺受四方來歸之國。

天監在下，天之監視，常在於下。有命既集。其命已集於周矣。文王初載，故於文王之初年。天作之合。而默定其配合。在洽之陽，在洽水之南，在渭之涘。在渭水之涯，即莘國也。文王嘉止，及文王可昏之時。大邦有子。而大邦莘國之女長成可嫁矣。

大邦有子，大邦莘國之女。俔天之妹。其德可以配人，譬如天之妹焉。俔，牽去聲。文定厥祥，故文王卜得吉，而以納幣之禮而定其吉祥。親迎于渭。及昏，則親迎於渭水之涘。迎，去聲。造舟為梁，比船於水，加版於上，以為橋梁。不顯其光。其光輝豈不顯乎？

有命自天，有命出於上天。命此文王。而眷命此文王。于周于京，於周之京師矣。纘女維莘，其能纘繼大任之女事者維此莘國。長子維行。以其長女來嫁於周。篤生武王，天又篤厚其眷，使產生武王。保右命爾，保安右助而眷命之。燮伐大商。使和順天人之心而征伐大商。

殷商之旅，商受兵眾之旅。其會如林。其會聚如林木之盛。矢于牧野，矢陳于牧之野。維予侯興。維我武王自眇然諸侯而起，苟較強弱而計眾寡，則不能無疑。上帝臨女，故眾心勉武王，曰上帝實鑒臨於汝。女，汝。無貳爾

【一】按，《詩集傳》：「將言文王之聖，而追本其所從來者如此。」據此，「垩」字或是「聖」字形近而誤。

心！惟當一心以奉天以討，無疑貳於爾心可也。然則伐紂，豈武王之所得已哉？

牧野洋洋，牧野之地洋洋然廣大。檀車煌煌，檀木之車煌煌然鮮明。駟騵彭彭。駟騵之馬彭彭然彊壯。維師尚父，又有太公望為太師而號尚父。時維鷹揚；當時武勇如鷹隼之飛揚。涼彼武王，佐我武王。肆伐大商，而征伐商。會朝清明。會戰之朝，誅紂之惡，無復濁亂而天下清明矣焉。

《大明》八章，四章章六句，四章章八句。

《緜》，詩篇名。文王之興本由太王也。周自后稷封於邰，其後公劉遷豳，迫近戎狄，常有狄患，太王遂遷於岐山之南，德化益盛，王跡始基。故曰文王之興起，其基本實從於大王也。

緜緜瓜瓞。周家歷世不絕如瓜瓞之生，緜緜然延蔓。瓞，田節反。民之初生，自公劉遷豳，而周民始得以全其生者。自土沮漆。在於沮漆之地。古公亶父，傳至先公大王之初。陶復陶穴，其民尚復穴而處。復，音福。未有家室。未曾有室家之盛，是其勢尚微也。

古公亶父，先公大王字亶父。亶，毋去【一】。來朝走馬，避狄遷岐，其來也以早朝之時，疾走其馬。率西水滸，循西方沮漆之水涯。滸，虎。至于岐下。東行而至于岐山之下。胥地相宅，氣象雍容。爰及姜女，於是與其妃大姜。聿來胥宇。同來相其可居者而居之也。

周原膴膴，周之原地在岐山之南，膴膴然肥美。膴，武。堇荼如飴。所生之菜雖有性苦者，皆變而如飴餳之甘。堇，音謹。飴，移。爰始爰謀，大王於是始與豳人之從己者謀居之。爰契我龜。又於是契灼其龜而卜之，既得吉卜矣。曰止曰時，乃告臣民以居止之地，又告臣民以土功之時。築室于茲。而修築宮室于此矣。

【一】「毋」，疑作「丹」，涉形近而誤。

迺慰迺止，既筑室矣，乃勞來其臣民而慰之，乃安集其臣民而止之。迺左迺右，乃列於公宮之左，乃列於公宮之右。迺疆迺理，乃彊以畫其經界，乃理以分其土宜。迺宣迺畝。乃宣以導其溝洫，乃畝以度其廣狹。自西徂東，於是從西往東之人。周爰執事。偏出力以執事焉。

乃召司空，既定民居而授民業矣，乃召司空掌管國邑之官。乃召司徒，乃召司徒掌徒役之官。俾立室家。使之建立公室焉。其繩則直，先以繩度其基址則正直矣。縮版以載，然後束版以築次第而上以相承載。縮，色六反。作廟翼翼。而所作之宗廟，翼翼然嚴整焉。

捄之陾陾，築牆之時，盛土於籠中者陾陾其衆。捄，俱。陾，仍。度之薨薨，投土於版内者薨薨其聲。度，待洛反。薨，呼弘反。築之登登，乃以杵築之，登登然聲相應之。削屢馮馮。築畢而重復削之，其聲馮馮然墜地。百堵皆興，一時人自勸功，百堵之墻同然並起。鼛鼓弗勝。雖擊鼛鼓以節，其為反不能勝其情矣。鼛，音羔。

迺立臯門，既作宗廟宮室矣，乃建立臯門。臯門有伉；臯門則伉然高聳。伉，亢。迺立應門，乃建立應門。應門將將。應門則將將然嚴正。將，鏘。迺立冢土，詳内而後備外，乃建立大社。戎醜攸行。以待大衆之有所行而禱祭於此焉。

肆不殄厥慍，軍國之容雖備，然大王猶未敢輕用其民。故昆夷興慍怒以陵我而欲縱其侵擾也，若可殄而不之殄。殄，田典。亦不隕厥問，及其修聘問以窺我而欲逞其變詐也，若可隕而不之隕，一切以不治治之。隕，音隱。柞棫拔矣，是以含容不爭而仁恩四治，柞棫之木則拔然茂盛。拔，佩。行道兑矣。行路之人則兑然和悅。混夷駾矣，混夷見之自駾然奔走。混，昆。駾，徒閏【一】。維其喙矣。喙然喘息而無以自容焉。喙，許穢反。

虞芮質厥成，大王之後繼以王季，及至文王，積德日深，諸侯皆至。虞芮二君，爭田久而不決，乃相與朝周，舉

【一】「閏」，陸德明《經典釋文》、朱熹《詩集傳》作「對」。

獄訟之成而求直焉。芮，汭。文王蹶厥生。文王方且蹶然震動，省其施為動作不足以得此。蹶，音厥。予曰有疏附，乃歸功於輔治之人，我言有率下親上之臣乎？予曰有先後，我言有相導前後之臣乎？先，蘇薦反。予曰有奔奏，我言有喻德宣譽之臣乎？奏，走。予曰有御侮。我言有折衝禦侮之臣乎？或有以致之也，德盛而不居如此。

《緜》九章，章六句。

《棫樸》，詩篇名。棫，雨逼。文王能官人也。言文王明於知人，能隨才而任之以官也。

芃芃棫樸，棫之叢生枝根相附者，芃芃然茂盛。樸，卜。薪之槱之。則人采之，以備薪槱。喻文王作，成人材之盛，則可以備任使也。槱，酉。濟濟辟王，故辟王威儀，濟濟其盛，在於宗廟朝廷之間。辟，必。左右趣之。則有左右之臣趣而事之。

濟濟辟王，文王之臨祭也，威儀濟濟其盛。左右奉璋。左右之臣群然奉半圭之璋以助之。奉璋峨峨，其奉璋也峨峨然有壯盛之儀。髦士攸宜。實俊髦之士所宜於此。

淠彼涇舟，彼船淠淠然行於涇水之中。淠，音敝。烝徒楫之。則有烝然之眾以楫櫂之。周王于邁，喻周王有所邁行。六師及之。則六師不待戒命而自汲汲以及之。

倬彼雲漢，人材足以為國之光華，如倬然廣大之雲漢，在箕斗二星之間。倬，陡角反。為章于天。足以為天之文章。周王壽考，蓋周王享壽考之福。遐不作人？其作成人材者，豈不遐遠乎？宜若雲漢之章天。

追琢其章，文王時人材成就，外之文章則如追琢之美。金玉其相。內之相質則如金玉之寶，賢可備任使而代為□□□□。勉勉我王，而文王猶且勉之又勉。綱紀四方。樂得四方之大綱小紀而惟恐其或墜也。

《棫樸》五章，章四句。

《旱麓》，詩篇名。麓，鹿。受祖也。言文王膺受先祖之業也。周之先祖世修后稷、公劉之業，周家先世之祖宗，世世能修后稷、公劉務農之業。大王、王季申以百福干祿焉。大王與王季又申重之以百順之道，而有以干求上天之祿，故文王得以受之。

瞻彼旱麓，視彼旱山之足，其氣蒸潤。榛楛濟濟。則足以使榛楛之木濟濟然其盛。榛，榛。楛，戶。豈弟君子，喻周之先祖世修豈樂弟順之德，而文王承之。豈，音凱。弟，徒禮。干祿豈弟。其求福也亦遵此豈弟而已。

瑟彼玉瓚，以濕潤縝密之玉瓚。瓚，殘去。黃流在中。則黃流之酒必酌於其中。豈弟君子，喻豈樂弟順之君子。福祿攸降。則福祿之美必降於其身。

鳶飛戾天，人材各盡其性，如鳶之飛也高至於天。魚躍于淵。魚之躍也深入于淵。豈弟君子，同上。遐不作人？所以作成人材者豈不遐遠乎？

清酒既載，先祖遺子孫之業莫大於人材，故此章必述其報祭之禮。清潔之酒已載於樽中。騂牡既備。騂赤之牡已備於堂下。騂，息營。以享以祀，用以享獻祭祀其先祖。以介景福。先祖享之而予之以大大之福。

瑟彼柞棫，柞棫之所以瑟然茂密者。民所燎矣。正以為民所熜燎。燎，燎。豈弟君子，喻豈弟君子所以得福者。神所勞矣。亦以為神所勞來也。勞，力報反。

莫莫葛藟，莫莫然柔弱之葛藟。藟，累。施于條枚。則延蔓於木之枝本而茂盛，喻子孫則用先祖而興。施，移去聲。豈弟君子，故豈弟之君子。求福不回。其求福也不為回邪他道，繼承先祖之道而已。

《旱麓》六章，章四句。

《思齊》，詩篇名。齊，音齋。文王所以聖也。言文王大而化之之聖有所自而然也，蓋上有賢母所以成之者遠，内有賢妃所以助之者深故也。

思齊大任，莊敬之大任。文王之母。乃文王之母也。思媚周姜，實能媚愛于大姜。京室之婦。而為京師王室之賢婦焉。大姒嗣徽音，及文王之妃大姒又能繼其美譽，無妬忌之行。則百斯男。所以子孫衆多也。

惠于宗公，文王順事宗廟之先公而鬼神歆之。神罔時怨，神無有於是而怨之者。神罔時恫。神無有於是而痛之者。恫，音通。刑于寡妻，毫髪不倪於隱微，然後近者孚其儀法，内施於閨門之寡小君。至于兄弟，至于同氣之兄弟。以御于家邦。推而廣之，足以治天下國家焉。

雝雝在宫，文王平居在宫中，雝雝乎其和。肅肅在廟。有事在宗廟，則肅肅乎其敬。不顯亦臨，其身雖處幽隱，亦如有所臨於上，不以無人而慢也。無射亦保。遇事雖無厭射，亦常有所保於中，不以勞之至於怠也。射，音亦。

肆戎疾不殄，文王雖遇大患難，不足以殄絶其德。烈假不遐。雖有大功烈，不足以瑕疵其德。不聞亦式，雖事之無所前聞者，而亦無不合於法度。不諫亦入。雖無諫諍之者，而亦未嘗不入於善。

肆成人有德，文王之特為成人者，有進德之美。小子有造。為小子者，有造道之心。古人之無斁，而文王所以作成之者猶無厭斁之心。斁，亦。譽髦斯士。故此士皆成其俊髦之德，而且有名譽於天下焉。

《思齊》五章，二章章六句，三章章四句。

《皇矣》，詩篇名。美周也。嘉美周家修德之盛也。天監代殷，上天監視可以代殷王天下者。莫若周；無如周家之盛。周世世修德，周家世世積修其德。莫若文王。又無如文王最隆。故作此詩美之。

皇矣上帝，大哉上天。臨下有赫；其照臨於下也赫然其盛。監觀四方，監視四方之廣。求民之莫。求聖德之君以為民之所定向。維此二國，維此夏商二國。其政不獲；其政事既不足以得天。維彼四國，故於彼四方之國。爰究爰度。尋究謀度夫有德之君。上帝耆之，而底定之。憎其式廓。又憎惡夫用大其惡者。廓，苦霍。乃眷西顧，於是眷然顧西土。此維與宅。維此周家可與居天子之位也。

作之屏之，周家遷岐之初，斯民樂就有德，其為之改作而屏除之者。其菑其翳；其木立死之菑也，其自斃覆地之翳也。菑，緇。翳，於計。修之平之，修理而平治之者。其灌其栵；其叢生之灌也，其行生之栵也。栵，例。啟之辟之，啓辟而芟除之者。辟，婢亦。其檉其椐；其河傍赤莖小楊也，其腫節可為杖之椐也。檉，勑丁。椐，踞，又舉。攘之剔之，攘去剔伐其繁冗使長成者。其檿其柘。其山桑也，其柘木也。檿，掩。帝遷明德，上天遷此明德之君以居岐也。串夷載路。斯民串習其平易之行而歸之者滿路焉。串，慣。天立厥配，故天以其有配天之德而立之使王。受命既固。則其受命堅固而不易矣。

帝省其山，上天省視其山。柞棫斯拔，見其柞棫則拔然茂盛。松柏斯兌。松柏則兌然悅澤，德及草木如此。帝作邦作對，故上天作興周邦，又為生明君以配天。自大伯王季。是乃自大伯遜國王季之時則然矣。美大伯見王季生文王，知王命之有在，故去而適吳。大伯歿而不返，而後國傳於王季，周道大興。維此王季，維此周王季。因心則友。又能因其心友愛之自然。則友其兄，以友愛其兄大伯。則篤其慶，既受大伯之遜，則益修其德，以厚周家之福慶。載錫之光。彰其兄知人之明而予之以遜德之光。受祿無喪，是以受天祿而不失。奄有四方。至於文武而奄有天下也。

維此王季，維此周王季。帝度其心，天實開啟其心。度，待洛反。貊其德音。能貊靜以處其有德之音。貊，音陌。其德克明，然其德自能光明。克明克類，不惟能明，又且勤施無私而能類。克長克君。不惟教誨不倦而能為人之長，又且慶賞刑威而能為人之君。王此大邦，故使之君王此廣大之邦。克順克比。又能惠順親比其人民。比，此志反【一】。比于文王，傳至其子文王。其德靡悔。其德愈盛，無有一毫悔吝。既受帝祉，所以膺受上天之福祉。祉，音

【一】「此」，《詩集傳》作「毗」。

恥。施于孫子。而延及於孫子之遠。施，移去聲。

帝謂文王：天命眷文王之切，若有言語以相接。無然畔援，無是畔道援黨以為彊。援，換。無然歆羨，無是歆欲羨慕以動其心。歆，許金反。誕先登于岸。所先者惟當濟天下於險難之中，俾升於安平之地，如渡水者先登於彼岸。密人不恭，（密人，密須氏。）於是有密人不恭。敢距大邦，（大邦，周。）敢抗拒大邦周之命。侵阮徂共。侵陵阮國而直往共之地，以撓亂我民人。共，恭。王赫斯怒，文王乃赫然震其威怒。爰整其旅，整飭其師旅。以按徂旅，然初無窮兵黷武之心，其於密人徂共之衆，遏止之而已。按，遏。以篤于周祜，救亂安人，以篤厚周家一代之福祜。以對于天下。以對答天下望周之人心。

依其在京，文王依據周京之勢。侵自阮疆，從阮疆而出以侵密。陟我高岡。於是升我高峻之岡。無矢我陵，而誓師曰，無得久陳兵於此陵。我陵我阿；密之陵阿即我之陵阿。無飲我泉，無久飲此泉水。我泉我池！密之泉池即我之泉池。王師惟求以正密之罪，不可擾密之民。度其鮮原，文王既克密須矣，乃謀度鮮善之原而徙都焉。居岐之陽，居於岐山之南。在渭之將。在於渭水之側。背山跨水，建國營都。萬邦之方，乃為萬邦之所法則。下民之王。下民之所歸往焉。

帝謂文王：上天眷文王之切，若有言語以相接。予懷明德，我懷眷汝昭明之德。不大聲以色，不矯節顔色，求以大其名。不長夏以革，不紛革政事，求以區諸夏。不識不知，有識而不自用其識，有知而不自逞其知。順帝之則。特順天理而行之耳。帝謂文王：惟其順天理而無私心，則可以討有罪。故天復謂之曰。詢爾仇方，當詢謀爾為仇之方。同爾兄弟。會同爾兄弟之國。以爾鉤援，用爾鉤引上城之梯。援，爰。與爾臨衝，及爾臨下衝突之車。以伐崇墉。以征伐崇國之墉，誅崇侯虎之倡紂為無道者。

臨衝閑閑，崇國無道之主，始征之，其師不疾不厲，臨衝之車閑閑然徐緩。崇墉言言，以攻其言言然高大之城。

執訊連連，執其可訊問者連連不絕。攸馘安安。而猶不忍輕暴殺而馘其不服者，安安然審重。馘，古獲反。是類是禡，類于上帝，禡王所征之地，所以暴白其罪，告之神明。禡，罵。是致是附，召致其來而使之內附。四方以無侮。於是四方無有敢侮慢文王之師者。臨衝茀茀，惟崇侯之迷惡自若，文王乃載征之，臨衝之車茀茀然彊盛。崇墉仡仡，以攻其仡仡然堅壯之城。仡，魚乙反。是伐是肆，縱其兵而伐之。是絕是忽，絕其祀而滅之誅之，當其罪。四方以無拂。四方無復有拂逆之意。拂，弗。

《皇矣》八章，章十二句。

《靈臺》，詩篇名。民始附也。因築臺而始見民之親附文王也。文王受命，文王膺受上天眷命。而民樂其有靈德，而民喜其有靈善之德。樂，洛。以及鳥獸昆蟲焉。以被及鳥獸昆蟲之微焉。

經始靈臺，文王經度靈臺之初。經之營之。既經度其廣深，又營定其基址。庶民攻之，眾民共為築作之。不日成之。不終日而成就，蓋樂文王之德，勤其事而忘其勞也。

經始勿亟，文王經營靈臺之初，本不欲急之以勞民。亟，居力反。庶民子來。特民自樂於從役，如子來趨父，事不待戒命也。王在靈囿，及臺既成，文王居靈囿之中。麀鹿攸伏。麀鹿皆安其所而伏不驚動也。蓋文王無害物之心，物亦不疑之也。麀，憂。

麀鹿濯濯，文王德及鳥獸昆蟲，故靈囿之中，麀鹿則濯濯然娛遊。白鳥翯翯。白鳥則翯翯然肥澤。翯，戶角反。王在靈沼，文王或臨靈沼而觀。於牣魚躍。其魚充滿於中而跳躍焉，初無驚潛之意。牣，音刃。

虡業維樅，文王於靈囿側立辟廱之學，學中設樂。懸鍾磬者兩端有植木，上有橫木。直者為虡，橫者為栒。栒上加大板，刻板捷業如鋸齒為之飾。又以彩色為大牙，其狀樅然，謂之崇牙。虡，巨。樅，七凶反。賁鼓維鏞。而懸賁鼓與大鍾。賁，符云反。於論鼓鐘，聞其聲者嘆美之曰：得其倫理哉，此鍾鼓也。於樂辟廱。誠可喜樂哉，此辟廱也。廱，雍。

於論鼓鐘，得其倫理哉，文王之鍾鼓也。於樂辟廱。誠可喜樂哉，文王之辟廱也。鼉鼓逢逢，於辟廱之中聞鼉鼓之聲逢逢然而和。鼉音駝。逢，薄紅反。矇瞍奏公。則知矇瞍方奏其事於公所矣，民樂之辭也。矇，音蒙。瞍，音叟。

《靈臺》五章，章四句。

《下武》，詩篇名。繼文也。言武王能繼承文王之文德也。武王有聖德，文王受命作周而武王有大而化之之德。復受天命，所以又膺受上天之眷命。復，浮去聲。能昭先人之功焉。能順天以有為，而於文王濟世安民之功業，凡其欲為而未就者，悉從而昭順之而能事畢矣。

下武維周，三后以文德造始於上，而以武功續終於下者，維周之武王為然。世有哲王。所以世世有明哲之王。三后在天，哲王謂誰？其既歿而神氣在天者，則有大王、王季、文王。王配于京。其居鎬京而配彼在天之靈者，則武王也。

王配于京，武王所以居鎬京而配三后者。世德作求。惟起而求先世之德以繼之耳。永言配命，是以能永長配上天之眷命。成王之孚。成就王者之孚信也。

成王之孚，武王成就王者之孚信。下土之式。而廣示下土之法式者。永言孝思，蓋以能常盡奉親之孝。孝思維則。其孝道足以為人之法則也。

媚茲一人，天下所以專心致志媚愛武王。應侯順德。維順其德而應之者。永言孝思，蓋以武王能常盡奉親之孝。

昭哉嗣服。而昭顯其繼嗣先人之事也。

昭茲來許，此章承上章，而言武王所以昭此嗣服者有所自來。繩其祖武。本於繼承先祖之跡也。於萬斯年，是以天下歎美之，願其享萬年之壽考。於，音烏。受天之祜。而膺受上天之福祜也。

受天之祜，武王膺受上天之福祜。四方來賀。而四方皆來朝賀。於萬斯年，歎美其享萬年之壽。不遐有佐。而所以佐助之者，雖萬年亦不以為遠焉。

《下武》六章，章四句。

《文王有聲》，詩篇名。繼伐也。言武王繼承文王之伐功也。武王能廣文王之聲，文王伐亂安民，聲聞已著而功未集，武王乃能廣大其聲名。卒其伐功也。終卒其征伐之功業也。

文王有聲，文王所以有聲名者。遹駿有聲，無非述其前人之聲而駿大之耳。遹，尹橘反。遹求厥寧，其所以述之者果如何？蓋求其寧民之道而述之也。遹觀厥成。觀其成民之教而述之也。文王烝哉！若文王者誠得為君之道哉。

文王受命，文王受天命以定天下。有此武功；誅暴亂之崇而有此用武之功。既伐于崇，已伐崇之後。作邑于豐。乃徙都于豐而作邑焉。文王烝哉！若文王者誠得為君之道哉。

築城伊淢，文王築豐邑之城，因舊溝以為限。作豐伊匹，作豐之制不為侈大，維稱諸侯之所宜而已。匪棘其欲，且其所以作之者，非求以急於成己之欲也。遹追來孝。蓋追述前人之志而來致其孝耳。王后烝哉！若文王者誠得為君之道哉。

王公伊濯，文王之公道大明。維豐之垣。建都於豐，築垣城以為蔽。四方攸同，於是四方同心歸之。王后維翰。皆倚賴王后以為翰榦。王后烝哉！若文王者誠得為君之道哉。

豐水東注，豐水之所以東注于河者。維禹之績。大禹疏導之功也。四方攸同，今周建都於此，為四方之所同歸。皇王維辟。而武王居皇王之位以為之君。辟，壁。皇王烝哉！若武王者誠得為君之道哉。

鎬京辟廱，武王自豐而遷都於鎬京，立辟廱之學以為教化之本。自西自東，於是自豳之西、營之東。自南自北，越之南，燕之北。無思不服。無有思而不順服於武王者。皇王烝哉！若武王者誠得為君之道哉。

考卜維王，（卜，占。）文王始都豐邑，其後民歸之日衆，豐邑有所不能容，故維此武王稽考龜卜之兆。宅是鎬京。而欲遷居於此鎬京之地。維龜正之，維龜則正其為吉。武王成之。武王遂築成之。武王烝哉！若武王者誠得為君之道哉。

豐水有芑，彼豐水猶以潤澤而生芑菜。武王豈不仕？况武王豈不以澤及後人為事乎？詒厥孫謀，故遺其子孫之謀。詒，音貽。以燕翼子。用以燕安翼敬之子。武王烝哉！若武王者誠得為君之道哉。

《文王有聲》八章，章五句。

文王之什十篇，六十六章，四百一十四句。

直音傍訓毛詩句解卷十五

直音傍訓毛詩句解卷十六

正大雅

《生民》，詩篇名。尊祖也。言成王尊祀其祖后稷也。后稷生於姜嫄，周祖后稷，實姜嫄所生，堯時以功封於邰。嫄，音原。文武之功，傳至文王、武王而有天下，及周公相成王致太平，乃推原其創業之功。起於后稷，實起自於后稷。故推以配天焉。所以郊天之祖，推尊后稷以為之配焉。

厥初生民，成王將言后稷興周，而先推原其由，謂其初之所以生后稷者。時維姜嫄。是維姜嫄也。生民如何？姜嫄之生后稷如之何？克禋克祀，蓋以能精意以享祀高禖。以弗無子。以祓除其無子之疾而求有子。履帝武敏歆，祀郊禖之時，姜嫄從帝嚳之後，履其跡而行勤敬以歆享其神。攸介攸止，及助祭而止。載震載夙，其身震動之早。載生載育，而生育。時維后稷。此后稷焉。

誕彌厥月，姜嫄祀郊禖之後，滿十月之孕。先生如達。而首生后稷，其生也如羊子之易。達，他末反。不坼不副，天且祐之，使產母不坼剖不副裂。坼，勑宅反。無菑無害。無菑殃無患害。菑，災。以赫厥靈，以顯赫其神靈。上帝不寧。而姜嫄致疑於此，謂上天豈是不寧？不康禋祀，不安我之禋祀乎？居然生子。何遽然使我生子之異於人也？

誕寘之隘巷，姜嫄生后稷，疑其不祥，故棄置於隘巷之中。牛羊腓字之。宜為牛羊所踐，今乃芘而愛之。腓，肥。誕寘之平林，再置於平林之間，非人所住之地。會伐平林；又適值伐平林者收取之，猶未以為異也。誕寘之寒冰，復置於寒冰之上。鳥覆翼之。乃字大鳥來一翼覆之，一翼藉之，則神異甚矣。鳥乃去矣，姜嫄於是收養之，鳥乃飛去。后稷呱矣。后稷遂呱呱然而泣矣。呱，音孤。

實覃實訏，后稷之生，其體實長且大。覃，潭。訏，吁。厥聲載路。其聲名播於滿路。誕實匍匐，雖當嬰兒匍匐之時。匍，蒲。匐，蒲北反。克岐克嶷，克有成人岐嶷之狀。嶷，魚極反。以就口食。以至自能就口食。蓺之荏菽，則有種殖之志，其所種之荏菽。荏菽旆旆，則旆旆然揚舉。禾役穟穟，禾之行列則穟穟然成秀。麻麥幪幪，麻麥之生則幪幪然茂盛。幪，蒙上聲。瓜瓞唪唪。大曰瓜，小曰瓞，則唪唪然多實也。瓞，田節反。唪，布孔反。

誕后稷之穡，后稷之稼穡。有相之道。若有神助之道。茀厥豐草，先茀治其豐盛之草。種之黃茂。而後種以黃茂之谷。實方實苞，未浸則成房甲，既浸則沉而□□。實種實褎，及播種於田中，則生而漸長。褎，徐秀反。實發實秀，既發華而且成穗。實堅實好，其米□堅實，其形味美好。實穎實栗，既垂穎而且豐熟，種蓺之善如此。即有邰家室。是以堯封為農師，使就有邰而立家室也。

誕降嘉種，后稷既受封於邰，乃擇嘉美之種而降之，以教民蓺。維秬維秠，所謂嘉種者，蓋黑黍之秬，一稃二米之秠也。維穈維芑。赤苗之穈，白苗之芑。穈，門。恒之秬秠，徧種秬秠已成。是獲是畝；人乃刈獲而棲之於畝。恒之穈芑，徧種穈芑已成。是任是負，乃任之於肩，乃負之於背。以歸肇祀。以歸之而始行祭祀禮焉。

誕我祀如何？我后稷之祭祀果如何乎？或舂或揄，以秬秠穈芑之粟，或使人在碓舂之，或使人以手揉之。或簸或蹂；或簸以揚其糠，或蹂禾取穀以繼之。既得米矣。簸，彼上。蹂，柔。釋之叟叟，以水釋之，叟叟然有聲。叟，搜。烝之浮浮。以甑蒸之，浮浮然氣上。載謀載惟，卜日擇士而謀議於人，致齋滌慮而思惟於已。取蕭祭脂，乃取蕭草合脂以祭宗廟。取羝以軷，取羝芊祭行道之神。羝，都禮。軷，蒲末。載燔載烈。或燒其肉，或炙其肝。以興嗣歲。用以報今年之豐，又以起來年之常稔也。

卬盛于豆，成王尊祖以配天，謂我今盛祭實。于豆于登。于木豆瓦登之中。其香始升，其馨香方上達。上帝居歆。而上天已安然饗之矣。胡臭亶時。何香臭信得其時如此乎？后稷肇祀，蓋自后稷肇祀以來前後相承。庶無罪悔，兢兢業業，共守一心，庶幾無一毫之罪悔。以迄于今。以至今日而此心不易，故無獲戾而為天所享也。

《生民》八章，四章章十句，四章章八句。

《行葦》，詩篇名。忠厚也。言周家之存心忠而不欺，厚而不薄也。周家忠厚，周家世世以忠厚存心。仁及草木，仁恩浹洽被及於草木之微。故能內睦九族，故成王得於耳聞目見，亦能內而親睦其九族之人。外尊事黃耇，外而尊事其黃耇之老人。養老乞言，盡養老之禮，求善言之益。以成其福祿焉。而和氣致祥，自有以成就其福祿之美焉。

敦彼行葦，道傍之葦敦然茂盛。敦，團。葦，偉。牛羊勿踐履。牧者相戒，勿使牛羊踐踏而折傷之。方苞方體，蓋此葦方抱裹而在體。維葉泥泥。其葉又泥泥然柔澤，何忍傷之。泥，乃禮反。戚戚兄弟，夫行葦且不可傷，況兄弟乃戚戚然至親者，尤不可薄。莫遠具爾。其莫相遠，而俱相近可也。

或肆之筵，成王燕禮之行，或陳之以筵，使之安坐。或授之几。或予之以几，便之憑依。肆筵設席，不特肆筵而已，又設重席於上。授几有緝御。不特授几而已，又有相續待御之人。

或獻或酢，燕禮之行，主人先酌酒以獻客，客飲訖，復酌酒以酢主人。洗爵奠斝。主人又洗爵酌客，客受而奠之不舉也。斝，音假。醓醢以薦，於酌酒之時則用醓醢以薦之。醓，他感。醢，海。或燔或炙。或燔其肉，或炙其肝以為羞。嘉肴脾臄，嘉美之肴，則脾與臄。臄，渠畧反。或歌或咢。酒殽既備，又作樂助歡，或援琴以歌，或擊鼓而咢，無不用其情也。

敦弓既堅，既燕而講射禮，其畫弓則已堅彊矣。四鍭既鈞；其四矢則已鈞停矣。鍭，侯。舍矢既均，於是而發其矢。序賓以賢。以中之多少次序賓之賢否，而行賞罰焉。

敦弓既句，其畫弓則已引滿矣。敦，㒊。句，遘。既挾四鍭；其四矢則已挾之而射矣。四鍭如樹，四矢皆中而貫革，如以手植之焉。序賓以不侮。於是次序其賓，使中者不得侮慢不中者。

曾孫維主，燕禮之行，曾孫成王實為之主。酒醴維醹，而酒醴則甚醇矣。醹，如主反。酌以大斗，於是酌之大斗之中。以祈黄耇。求黄髮之老而飲之。

黄耇台背，成王得黄髮台背之老。以引以翼。用之引導於前，用之輔翼於傍，庶幾養成忠厚之德，保全和平之性。壽考維祺，使之登壽老之吉。以介景福。介景大之福也。

《行葦》七章，二章章六句，五章章四句。

《既醉》，詩篇名。太平也。言成王時陰陽不乖，年穀豐登，民人安靖，盜賊不起，獄訟不生，天下有太平之治也。醉酒飽德，唯其當太平之時，君臣無事，但燕飲相樂而已，醉之以酒，飽之以德。人有士君子之行焉。而人能自守，各有士君子之操行焉。

既醉以酒，成王當太平無事時，與臣祭畢而燕於寢，醉之以酒而旅酬無筭。既飽以德。飽之以德而恩澤足。君子萬年，故群臣皆願成王享萬年之壽。介爾景福。而天又助以景大之福也。

既醉以酒，同上。爾殽既將。其俎實已奉持而進，待之之厚如此。君子萬年，同上。介爾昭明。天又啟迪開發其昭明之□，使之永作明君也。

昭明有融，承上章而言，群臣願王性昭明，胸中洞然融悟。高朗令終。極於高朗而且善保其終。令終有俶，所謂令終者雖未可知，而已有其始矣。俶，尺淑。公尸嘉告。於是公尸之起以嘉言，而告王心之足以通神如此。

其告維何？公尸所告者如何乎？籩豆靜嘉。謂君之竹曰籩、木曰豆者，皆潔清而嘉美。朋友攸攝，凡助祭之臣所以自檢束者，皆不敢自肆。攝以威儀。惟其知自檢攝，故有威之可畏，有儀之可象，而當神之意也。

威儀孔時，成王與助祭者，威儀甚得其宜。君子有孝子。而王又有孝子舉奠於後。孝子不匱，孝子之誠源源不竭。永錫爾類。則神之錫爾以善者宜永遠不替也。

其類維何？其所錫之類如何乎？室家之壼。維觀諸室家之壼則可知矣。壼，閫。君子萬年，同上。永錫祚胤。而錫之以福祚之善，子孫之盛者，皆永之無窮也。

其胤維何？其錫之祚胤者如何乎？天被爾祿。蓋上天之祿既覆被於王身。君子萬年，使君子享萬年之壽矣。景命有僕。而天命又相僕屬而不絕也。

其僕維何？其命之僕屬者如何乎？釐爾士女【一】。蓋將予爾以女之有士行者。釐爾士女，其予爾以女士也。從以孫子。使生賢智之子孫，以隨之而無窮也。

《既醉》八章，章四句。

《鳧鷖》，詩篇名。鷖，於雞。守成也。言成王能保守其大成之治也。太平之君子，成王繼武王之後，享太平之治。能持盈守成，能持其已盈而不使之虧，守其已成而不使之壞。神祇祖考安樂之也。故安平無事，而在天之神、在地之祇與夫祖考之靈，莫不相安而相樂也。

鳧鷖在涇，鳧鷖在涇水中，則自得其樂矣。公尸來燕來寧。公尸來燕飲而安寧，亦猶是鳧鷖也。爾酒既清，蓋王之酒已清潔。爾殽既馨。王之殽亦馨香。公尸燕飲，所以公尸燕飲之後。福祿來成。福祿之來一成而無虧也。

鳧鷖在沙，鳧鷖在水傍之沙上。公尸來燕來宜。公尸來燕飲而得其宜亦如此。爾酒既多，蓋王之酒已衆多。爾

【一】「士女」，《毛詩正義》作「女士」，下同。

殽既嘉。王之殽已嘉美。公尸燕飲，同上。福祿來為。福祿皆來助其身。

鳧鷖在渚，鳧鷖在水中高地之渚上。公尸來燕來處。公尸來燕飲而安所處。爾酒既湑，蓋王之酒則已醑矣。爾殽伊脯。王之殽是脯也。公尸燕飲，同上。福祿來下。福祿皆來下於其身。

鳧鷖在潀，鳧鷖在水會之處。潀，在公。公尸來燕來宗。公尸來燕而安居於尊位。既燕于宗，既燕飲于宗廟之中。福祿攸降。福祿降下於其身。降，戶江。公尸燕飲，同上。福祿來崇。福祿之來愈崇積而高大。

鳧鷖在亹，鳧鷖在於山絕水處。亹，門。公尸來止熏熏。公尸來止宗廟，熏熏和悅。旨酒欣欣，王之美酒欣可悅。燔炙芬芬。燔炙為殽，芬然而香。公尸燕飲，同上。無有後艱。保佑王身，使自今以後無艱難之可憂也。

《鳧鷖》五章，章六句。

《假樂》，詩篇名。假，音暇。嘉成王也。嘉美成王也。

假樂君子，成王當太平之時，享閒暇逸樂之治。顯顯令德。令善之德顯而又顯。宜民宜人，宜在下之民，又宜在位之人。受祿于天。所以感天心而膺受福祿之降。保右命之，天之於成王，猶反復眷顧之不厭，既保之、右之、命之。自天申之。又申重之，自天而有加無已焉。

干祿百福，成王盡其所以干祿之道而得百福之多。子孫千億。傳之子孫自千而至億焉。穆穆皇皇，為適者穆穆其和，為庶者皇皇其敬。宜君宜王。適則宜於為天子，庶則宜於為諸侯。不愆不忘，皆不敢愆過遺忘乎舊章。率由舊章。所以循行之者惟舊日之典章而已。

威儀抑抑，成王之威儀則抑抑然謙恭。德音秩秩。有德之音則秩秩然有常。無怨無惡，其臨下也無私怨無私惡。率由群匹。惟盡用夫同德之賢以共治天下。受福無疆，所以成王在上優遊享福於無已。四方之綱。但總持四方之大綱也。

之綱之紀，成王之時，大之為綱，小之為紀，無不修舉。燕及朋友。故優遊無為，待群臣如朋友，與之燕飲以相樂焉。百辟卿士，是以外之百辟、內之卿士感恩懷德。媚于天子。皆盡媚愛天子之心。不解于位，不敢懈怠於職位之間。解，皆，去。民之攸塈。求以為民所安息，而與天下同其樂也。塈，許器反。

《假樂》四章，章六句。

《公劉》，詩篇名。召康公戒成王也。召公奭作以警戒成王也。成王將涖政，成王以幼沖之口承文武積累之後，小民之事未嘗知之，故當臨政之初。戒以民事，而召公戒以民事之艱難。美公劉之厚於民，美公劉自邰遷豳，所以恤民者甚厚。而獻是詩也。而進獻此詩也。

篤公劉，厚哉，公劉之於民也。匪居匪康，不以所居為安。迺埸迺疆，惟思治其強埸【一】。埸，亦。迺積迺倉。實其倉廩。迺裹糇糧，既富且強，於是裹其糇糧。于橐于囊，置之於無底之橐，有底之囊。橐，他洛反。思輯用光。思以和輯其民人，用以光顯其國家。弓矢斯張，乃張其弓矢。干戈戚揚，備其干戈戚揚。爰方啟行。始啓行而遷國於豳焉。

篤公劉，同上。于胥斯原。相此廣平之原以居民。既庶既繁。民已富庶矣，已繁多矣。既順迺宣，已和順而徧處於此矣。而無永嘆。皆安今日之居而無長歎思其舊者。陟則在巘，公劉之相此原也，由原而升巘山之上。巘，魚輦反。復降在原。又下而降廣平之原，其勞如此。何以舟之？觀其何所佩帶乎？維玉及瑤，則維玉及瑤。鞞琫容刀。及鞞琫之容刀也。以如是之佩服，親如是之勞苦，斯其所以為厚民歟？琫，必孔。

【一】「強」，據文意應作「疆」。

篤公劉，同上。逝彼百泉，其營京邑也審矣，自下觀之則往彼百泉之間。瞻彼溥原。而視其廣大之原。迺陟南岡，自上觀之則升彼南山之脊。乃覯于京。而見其絕高之京。京師之野，其野誠大眾之所宜居也。于時處處，於是經畫以定之，曰於此可以居人民也。于時廬旅。於此可以廬賓旅也。于時言言，於此可以施教令。于時語語。於此可以議政事。蓋自遷豳，至此始有朝廷邑居之正焉。

篤公劉，厚哉，公劉之遷豳也。于京斯依。依此京而築宮室。蹌蹌濟濟，既成而與群臣飲酒以落之，禮容之盛蹌蹌然濟濟焉。俾筵俾几。公劉乃使人設筵設几。既登乃依，賓已登席而座乃依几以為安。乃造其曹；於是使人在群牧之地。造，七報反。執豕于牢，執其豕於牢中以為飲酒之殽。酌之用匏。用匏為爵以酌其酒。匏，庖。食之飲之，既飲食之矣。食，似。飲，去聲。君之宗之。又為之定經制，使上則皆統於君，下則各統於宗，相維而不亂也。

篤公劉，同上。既溥既長。宮室既成則治其田原，既廣大而且修長。既景迺岡，於是考日景以正四方，登高岡以望地勢。相其陰陽，相陰陽寒暖之宜。觀其流泉。觀流泉灌溉之利，辨其土宜以授野人。其軍三單，然後藉民以為兵，適滿三軍之數，無羨卒也。度其隰原，度其隰與原田之多少。徹田為糧。什一而稅以為國用。度其夕陽，又度山西之田以廣之。豳居允荒。而豳人之居信益荒大矣。

篤公劉，此章總序其始終，解同上。于豳斯館。始來而館于豳。涉渭為亂，正涉流以渡渭水。取厲取鍛。取厲鍛以成宮室。鍛，下亂【一】。止基迺理，既止基於此，乃疆理其田野。爰眾爰有。民之生齒目益繁庶而富有【二】。夾其皇澗，或夾皇澗之水而居。溯其過澗。或向過澗之水而居。止旅迺密，其止居之眾益密。芮鞫之即。乃復就芮水之外而處焉，而豳地日以廣矣。芮，音汭。鞫，音掬。

【一】按，陸德明《經典釋文》：「鍛，丁亂反。」據此，「下」應是「丁」字形近而誤。

【二】「目」，據文意應作「日」。

《公劉》六章，章十句。

《泂酌》，詩篇名。泂，音迴。召康公戒成王也。召公奭作以戒成王。言皇天親有德饗有道也。成周時萬物盛多，禮文畢備。召公慮成王持此為格天之具，不復求其本，故言有德天所親，有道天所享，不在儀物，使成王知盡反始之誠也。

泂酌彼行潦，遠酌彼行道之流，潦物至薄者。挹彼注茲，然能挹取於彼，傾注於此。可以餴饎。以熟粢盛，以具酒食，亦可用以薦享，盖在德不在物也。餴，分。饎，音熾。豈弟君子，使吾君有豈樂弟順之德。民之父母。能使民尊之如父，親之如母，則天斯享之矣，豈以多儀為貴乎？

泂酌彼行潦，挹彼注茲，可以濯罍。以濯樽罍，亦可用以薦享，蓋在德不在物也。豈弟君子，民之攸歸。為斯民所歸往。

泂酌彼行潦，挹彼注茲，同上。可以濯溉。以此濯溉，亦可用以薦享。豈弟君子，民之攸塈。納斯民於塈息之域。塈，希去聲。

《泂酌》三章，章五句。

《卷阿》，詩篇名。卷音權。召康公戒成王也，召公奭作以戒成王。言求賢用吉士也。言當廣求賢者，擇吉士而用之。

有卷者阿，大陵卷然而曲。飄風自南。則飄風從南方而來，喻人君虛中屈己待賢人者皆歸之。豈弟君子，然吾君猶必與豈樂弟順君子。來游來歌，來游以相親，來歌以相樂。以矢其音，然後忠言讜論得直致於王廁，無不達之情矣。

伴奐爾游矣，召公言今四方無虞，國家閑暇，可謂伴奐而爾若可游矣。優游爾休矣。優游而爾若可休矣。豈弟君子，俾爾彌爾性，使之彌滿充足爾之德性，不為逸欲所屬。似先公酋矣，則可繼先公而全其終矣。

爾土宇昄章，召公言成王纘文武之緒，其土宇昄大而章著。亦孔之厚矣。亦甚厚而不可加矣。豈弟君子，俾爾彌爾性，百神爾主矣。則可為天地山川鬼神之主矣。

爾受命長矣，召公言爾受天命已歷於纍世之久。茀祿爾康矣。爾享福祿已極康安之美。豈弟君子，俾爾彌爾性，純嘏爾常矣。則純大之福，斯可常享而不失矣。

有馮有翼，召公言王之左右前後當有馮依，有所輔翼。馮，符冰。有孝有德，必多得有孝者有德者，然後可也。以引以翼。使吾君用之為引者，用之為翼者。豈弟君子，四方為則。則可以為四方之法則矣。

顒顒卬卬，召公言賢者體貌則顒顒然敬順，志氣則卬卬然高明。如圭如璋，德行如圭璋之溫潤精潔。令聞令望。聞之則有善聲譽，望之則有善威儀。豈弟君子，四方為綱。則百工惟時，庶績其凝，一人端拱無為，但提四方之大綱而已。

鳳皇于飛，鳳凰之飛也。翽翽其羽，眾羽翽翽然隨之共奮。亦集爰止。亦集所止之也。藹藹王多吉士，喻藹藹然眾多之吉士，畢萃於王朝。維君子使，維成王所在使。媚于天子。而攄忠竭誠以媚愛于天子焉。

鳳皇于飛，翽翽其羽，同上。亦傅于天。亦至於天而止。藹藹王多吉人，維君子命，同上。媚于庶人。而承流宣化以親愛於庶人焉。

鳳皇鳴矣，鳳凰之鳴也。于彼高岡。必於山谷高明之地。梧桐生矣，梧桐之生也。于彼朝陽。必於朝陽溫厚處，其地誠異矣。菶菶萋萋，然梧桐既菶菶萋萋然極其茂盛。雍雍喈喈。則鳳凰自雍雍喈喈然和鳴於其間。喻君與賢雖有上下彼此之隔，而盛德之所感召，亦不期而自至也。

君子之車，王之車。既庶且多；既眾庶而且繁多矣。君子之馬，王之馬。既閑且馳。既閑習而且馳驅矣，可不用以禮賢乎？·矢詩不多，召公言我初陳詩以戒王，其辭本不欲多也。維以遂歌。意不能已，遂歌而至於纍章。

《卷阿》十章，六章章五句，四章章六句。

右成王大雅八篇，五十一章，三百十九句。

直音傍訓毛詩句解卷十六

直音傍訓毛詩句解卷十七

變大雅

《民勞》，詩篇名。召穆公刺厲王也。召穆公名虎，作以譏刺厲王也。

民亦勞止，穆公言方今之民亦甚勞苦矣。汔可小康。王庶可以小安之乎？汔，許乙反。惠此中國，若能惠愛此中國之人。以綏四方。則推而廣之，可以綏安四方之眾矣。無縱詭隨，彼不顧是非而妄隨人者，必當禁戢而無使縱肆。以謹無良。則可以斂束不善之人。式遏寇虐，用以遏絕其為寇盜之行以虐害吾民。憯不畏明。而曾不畏天理之明者。憯，音慘。柔遠能邇，然後遠者撫柔之，近者順習之。以定我王。而有以安定我王室矣。

民亦勞止，方今之民亦勞苦矣。汔可小休。王庶可以小息之乎？惠此中國，若能惠愛此中國之人。以為民逑。則可以使斯民皆速聚而無離散也。無縱詭隨，解同上。以謹惛怓。則可以斂束惛怓讙譁之人。怓，女父【一】。式遏寇虐，同上。無俾民憂。無使吾民之有憂也。無棄爾勞，汝能无棄廢始時勤政之功。以為王休。則我可以為我王之休美矣。

民亦勞止，同上。汔可小息。王庶可以小安之也。惠此京師，若能惠愛此京師之人。以綏四國。則推而廣之，可以綏定四国之眾矣。無縱詭隨，同上。以謹罔極。則可斂束夫為惡無窮極之人。式遏寇虐，同上。無俾作慝。無使作為慝惡而不止也。敬慎威儀，又當恭敬謹慎其威儀之所發。以近有德。以親近有德之人，盖禮貌衰则君子去而小人至矣。

【一】按，陸德明《經典釋文》：「怓，女交反。」據此，「父」應是「交」字形近而誤。

民亦勞止，同上。汔可小愒。王庶可以小息之也。愒，起例反。惠此中國，同上。俾民憂泄。使斯民者去其憂也。泄，曳。無縱詭隨，同上。以謹醜厲。則可以斂束夫眾為惡之人。式遏寇虐，同上。無俾正敗。無使正道至於敗壞。戎雖小子，故雖以小子自居，謂在不足責之域。而式弘大。（式，用。弘，廣。）然而用事於天下者甚廣大也。蓋一人之身，天下之治亂興亡係焉，可不謹之乎？

民亦勞止，同上。汔可小安。同上。惠此中國，同上。國無有殘。使國無殘敗之禍也。無縱詭隨，同上。以謹繾綣。則可以斂束其反覆固結君子之私。式遏寇虐，同上。無俾正反。無使正道盡反而為不正也。王欲玉汝，王乎，我欲使汝德純粹如玉之無瑕。是用大諫。故作是詩，用以大諫正汝也。

《民勞》五章，章十句。

《板》，詩篇名。凡伯刺厲王也。凡伯入為王卿士，作以譏厲王也。

上帝板板，上天反其常道。下民卒癉。（卒癉，盡病。）使下民卒至於癉病。天之降禍如此，可不慎哉？癉，丹上聲。出話不然，我出善言告汝，汝乃不以為然。為猶不遠。其自為謀又非遠圖。靡聖管管，（管管，無所依。）蓋于心無聖人之法度，所以管管然無所依據。不實于亶。又不能以誠而充實其心。猶之未遠，惟其謀猶如此不遠。是用大諫。故作是詩用以大諫正汝。

天之方難，厲王暴虐恣行，故告之曰：天方降艱難於我王。無然憲憲；王無為是欣欣而不顧也。天之方蹶，天方震動我周室。無然泄泄。王無為是告沓而自恣也【一】。辭之輯矣，王若求以格天心，惟致力於民斯可矣。民固不可以空言感也，然王能以慈祥之心，發為和輯之辭。民之洽矣；則民心無有不合矣。辭之懌矣，無虐害之意，而有懌悅之

【一】按，《毛傳》：「泄泄，猶沓沓也。」據此，「告」應是「沓」字形近而誤。

辭。民之莫矣。則無時而不定矣。

我雖異事，不敢斥王，託與執政公卿言以風之，謂我與汝職事雖殊。及爾同寮。乃與汝同官，俱為卿士。我即爾謀，今我就爾而謀。聽我囂囂。爾之聽我，何囂囂然驕傲而不以為意乎？囂，翺。我言維服，我所言乃當今急事。勿以為笑。汝無笑之而不屑聽也。先民有言：古之賢者有云。詢于芻蕘。（詢，問。）芻蕘至賤之人，亦在所當詢，況同僚乎？

天之方虐，天方降虐於周。無然謔謔。王無戲侮而不信。老夫灌灌，老者惟知天威之可畏，故盡其诚款以告爾。小子蹻蹻。而汝等小子乃不信而驕之。蹻，音腳。匪我言耄，非我老耄而妄言。爾用憂謔。乃爾用可憂之事為戲謔耳。多將熇熇，夫患未至而救之，猶可為也。苟俟其多益，則將如火熇熇然熾盛，不可撲滅。熇，音壑。不可救藥。又如病甚不可救以藥也。

天之方懠，天方懠怒汝輩。懠，才維反。無為夸毗。宜誠實以應天，無習為是便辟之容也。威儀卒迷，汝之威儀盡以迷亂。善人載尸。而賢人君子皆畏禍而不復言語，但如祭祀之尸矣。民之方殿屎，故民方呻吟愁歎於下。殿，音玷。則莫我敢葵。而莫敢揆度其所以然者。喪亂蔑資，斯民當喪亂之際，無有資財。曾莫惠我師。而曾無肯惠施以賙贍我之眾民者。

天之牖民，王能順天之理以開明人之心。如壎如篪，則如壎篪之相應。如璋如圭，如圭璋之相合。如取如攜。如取攜之不勞力。攜無曰益，惟其牖民也，以天感天，而無外求增益。攜，下圭反。牖民孔易。故其開導斯民也亦甚易矣。牖，有。易，去聲。民之多辟，彼今之民既多為邪僻行。無自立辟。王又無自為邪僻以導之也。

价人維藩，善人者，王所恃以為藩籬者也。大師維垣，大眾者，王所恃以為垣牆者也。大邦維屏，大邦者，王所恃以為屏樹也。大宗維翰。（宗，室。）大宗者，王所恃以為翰幹者也。懷德維寧，皆當懷之以德，則是得四方之助而王國可安寧也。宗子維城。至如同姓宗子，其為本根之蔽尤切，當使如城之固焉。無俾城壞，無使親戚畔之，使城至於壞也。無獨斯畏。城壞則藩垣屏翰皆壞，而常居所可畏者至矣。

敬天之怒，王當畏敬上天之威怒。無敢戲豫；無曰：我敢戲豫自怠。敬天之渝，王常恭敬上天之渝變。無敢馳驅。無曰：我敢馳驅而自恣也。昊天曰明，昊天之理，甚昭明也。及爾出王；雖出而居王位之時，常與爾相從也。昊天曰旦，昊天之理，常如旦之明。及爾游衍。雖入而遊衍之時，亦與爾相從，何可不敬乎？

《板》八章，章八句。

《蕩》，詩篇名。召穆公傷周室大壞也。召穆公所以悲周室之大壞也。厲王無道，穆公見厲王所行無道。天下蕩蕩無綱紀文章，天下蕩蕩然無紀綱與文章。故作是詩也。知其必亡，所以作此詩傷之也。

蕩蕩上帝，穆公不敢斥王而呼天曰：蕩蕩然廣大之上天。下民之辟。所以君養下民者。辟，音璧。疾威上帝，今乃暴疾其威。其命多辟。邪辟其命以困苦斯民。辟，音辟。天生烝民，天之生此眾民。其命匪諶。其命有不可信者。諶，音忱。靡不有初，方降命之初，無有不善。鮮克有終。然而人少能以善道自終，是以致此大亂。

文王曰咨，此章後條陳厲王之惡，言此等事皆商紂所行，文王咨嗟以戒於初，而厲王復踐於後也。文王之所以咨嗟者。咨女殷商。咨嗟汝商紂也。女，汝。曾是彊禦，天下非無善人君子，王乃不用之，而推於此彊梁禦善之人。曾是掊克，與夫聚斂好勝之輩。掊，裒。曾是在位，乃任之在於職位。曾是在服。而服其政事。天降滔德，斯人乃慢德之人，天降之以妖孽天下者。女興是力。汝又興起而力任之，何哉？

文王曰咨，咨女殷商。同上。而秉義類，汝為人君，以秉執善道為事者。彊禦多懟。今乃惟猜忌，克不責己而怨人。懟，隊。流言以對，其聞規諫則謾為浮語以應之，而心不在焉。寇攘式內。至於寇攘奸宄之小人，則用之在內。侯作侯祝，甚而君臣相猜，遇事作祝。作，詛。祝，呪。靡屆靡究。無有屆極也，無有窮已也。

文王曰咨，咨女殷商。同上。女炰烋于中國，汝但虛驕作氣於中國。炰，庖。烋，火交。斂怨以為德。多為取怨之事，而反自以為德。不明爾德，其所以不能自昭明其德者。時無背無側；是汝身後身傍皆無人故也。爾德不明，爾德之所以終於不明者。以無陪無卿。以無陪貳卿士之臣為之輔佐也。

文王曰咨，咨女殷商。同上。天不湎爾以酒，天之立君以為民也，未嘗使汝沉湎於酒。湎，免。不義從式。而汝自為不義之是從是用。既愆爾止，既愆過其容止。靡明靡晦。又無問明晦而飲酒不息。式號式呼，叫號讙呼。俾晝作夜。以日為夜，不視政事，豈作君作帥之意乎？

文王曰咨，咨女殷商。同上。如蜩如螗，飲酒呼號之聲如蜩螗之鳴。如沸如羹。其笑語沓沓如湯之沸，如羹之熟，紛紛騷動□或寧息。小大近喪，君臣失道如此，皆幾於喪亡矣。人尚乎由行。而當時之人，尚安而行之，括然不以為慮。內奰于中國，所以內而中國怒之。奰，音備。覃及鬼方。外而延及鬼方之遠，亦莫不怒也。

文王曰咨，咨女殷商。同上。匪上帝不時，非上天為此不善之時。殷不用舊。□以不用舊政耳。雖無老成人，今日朝廷雖無老成人可與圖先王舊政。尚有典刑。然尚有先王舊法具在可遵守也。曾莫是聽【一】，而汝乃無聽用之者。大命以傾。此國命所以傾覆而不可救也。

文王曰咨，咨女殷商。同上。人亦有言：時人有言。顛沛之揭，木之揭然將蹶。沛，貝。枝葉未有害，枝葉未有折傷。本實先撥。而其根本實先絕矣。王者，國之本也。今宗廟社稷雖尚存，諸侯雖未盡叛，而王不用道則已自絕其本，其能久乎？殷鑒不遠，且殷之所當鑒者不遠也。在夏后之世！在於夏后之世也。夏以禹而興，以桀而亡，何可復蹈其轍乎？穆公舉此，蓋欲厲王知商當鑒于夏，則周當鑒于商矣。

【一】「莫是」，《毛詩正義》作「是莫」。

《蕩》八章，章八句。

《抑》，詩篇名。衛武公刺厲王，衛武公為王卿士，作以刺厲王。亦以自警也。亦用之自警於己，恐己亦有此失也。

抑抑威儀，威儀抑抑然謙遜靜密。維德之隅。固為德之廉隅，可外占而知內也。人亦有言：然時人有常言。靡哲不愚。人之哲者，無不佯狂而為愚人，則德不可以威儀觀矣。庶人之愚，彼眾人之愚。亦職維疾；亦出於天性之疾，是其常也。哲人之愚，若哲人而愚。亦維斯戾。則亦畏罪而不敢自飾其威儀耳。為國使賢者皆愚以求免，是可憂也。

無競維人，為國莫彊於用人。四方其訓之；則四方皆訓法之矣。有覺德行，覺民莫先於德行，有德行。四國順之。則四國皆順從之矣。訏謨定命，然後廣大其謀謨，以審訂其命令。遠猶辰告。猶未敢輕出，復長慮□顧，思其所終，稽其所弊，然後以時而播告焉。敬慎威儀，政事既修，又能敬謹其威儀。維民之則。以為斯民之法則，是所以為國者略備矣。

其在于今興，其在今日，厲王之興。迷亂于政；迷亂于政事。顛覆厥德，顛覆其德行。荒湛于酒。荒廢其為政，而湛樂於飲酒。女雖湛樂從。夫湛樂雖汝之所喜從也。弗念厥紹，然為人子孫而不思所以繼其前人。罔敷求于先王【一】，又不廣求先王所行之道。克共明刑。以恭敬其明刑，則祖宗何顧乎？

肆皇天弗尚，王之惡如上所刺，故皇天厭棄之。如彼泉流，周之傾覆殆似泉流之易矣。無淪胥以亡。王之君臣庶幾戒之，無使相陷溺而至滅亡也。夙興夜寐，必也夙焉而興，夜焉而寐。灑掃庭內，肅清廟廷之治。維民之章。以

【一】「于」，《毛詩正義》無。

為斯民之表章。修爾車馬，修爾之車馬。弓矢戎兵，備其弓矢戎兵。用戒戎作，用此以備兵事之兆。用逷蠻方。而攘逷蠻夷之衆可也。逷，剔。

質爾人民，質實爾人民之心而無使浮僞。謹爾侯度，謹慎爾諸侯之度，而無使僭縱。用戒不虞。用以警戒其不測之變。慎爾出話，又當謹慎爾所出之話言。敬爾威儀，恭敬爾所動之威儀。無不柔嘉。使無不柔順而嘉美。白圭之玷，白圭之有玷。尚可磨也；尚可磨而平之。斯言之玷，言之有失。不可為也。則不可從而救之，何可輕哉！

無易由言，王無得輕易於發言。無曰苟矣；無曰苟且如此無害也。莫捫朕舌，言自我出，人莫有能執持我之舌者。捫，門。言不可逝矣。但當自持守之，不可縱放也。無言不讎，且天下之理，無有言出於口而人不讎答之者。無德不報。無有德施於人而人不報復之者。惠于朋友，王苟能惠愛于諸侯及卿大夫。庶民小子。等而下之，及衆民之子弟小子。子孫繩繩，則子又生孫，孫又生子，繩繩然相繼不絕。萬民靡不承。而萬民之衆，無不順承之矣。

視爾友君子，視爾友君子之時。輯柔爾顏，和柔其顏以接之。不遐有愆。不至遐遠而有愆過。常人之修於顯者無不如此。相在爾室，然視爾獨居室中之時。尚不愧于屋漏。亦當庶幾無愧怍之心於屋漏之間，然後可也。無曰不顯，無自言此乃非顯明之處。莫予云覯。而無人見我也。神之格思，當知神之至也。不可度思，不可得而測度。度，待洛反。矧可射思?況可萌厭射之心乎?射，亦。

辟爾為德，厲王不君，故戒以君之為德。俾臧俾嘉。使之必臧善，必嘉美。淑慎爾止，常淑慎其容止。不愆于儀。不愆過於威儀。不僭不賊，不僭差，不賊害。鮮不為則。則少有不為人所法則者。投我以桃，譬如彼用桃投予於我。報之以李。則我用李以報答之，蓋必然之理也。彼童而角，彼小人日導王為不善，而欲民應之不悖，是猶童牛童羊而求其角。實虹小子。實足以虹□小子耳，天下寧有是理哉?

荏染柔木，荏染然柔嫩之木。言緡之絲。人則被之弦以為弓。緡，民。溫溫恭人，喻溫溫然和敬之人。維德之基。則足以為德之基本。其維哲人，故維此明哲之人。告之話言，若告之以善言。順德之行；彼則順而行之。其維愚人，維此愚昧之人而以告之。覆謂我僭：則反說我不信。民各有心。此所以為人各有心，智愚相越之遠也。

於乎小子！王傷歎厲王而言。於乎，上音嗚，下音呼。未知臧否。何善否之不知也。否，鄙。匪手攜之，我非但以手提攜之。言示之事；又親示以事之是非。匪面命之，我非但對面語之。言提其耳。又提攜其耳，所以喻之者詳且切矣。借曰未知，借令言汝幼小而未有知識。亦既抱子。則亦已抱子而為人父矣。民之靡盈，然則王之不悟，持其心之自滿耳。人若不自盈滿，能受教戒。誰夙知而莫成？則豈有早知而反晚成者乎？莫，音暮。

昊天孔昭，公之於王，無所致力而呼天曰：昊天在上，甚昭明也。我生靡樂。豈不察我生之無所樂乎？視爾夢夢，我見王之意夢夢然昏惑。夢，音蒙。我心慘慘。則其心慘慘然憂閔。誨爾諄諄，我之誨王諄諄然詳切。諄，之純反。聽我藐藐。而王之聽我乃藐藐然忽略。藐，美角反。匪用為教，甚至不以其言為教。覆用為虐。而反以我為虐害之。借曰未知，解見上章。亦聿既耄。則亦已老矣，更待何時而後知乎？耄，莫報反。

於乎小子！武公傷歎厲王而言。告爾舊止。我所告爾者，初非妄言，皆據舊事之已然者。聽用我謀，汝若聽用我之謀而改過自新。庶無大悔。則庶幾後無大悔吝也。天方艱難，天方降艱難於周室。曰喪厥國。言將喪亡其國家也。取譬不遠，我之取譬，夫豈遠哉？昊天不忒。天之於人，其福善禍淫之理無差忒也。回遹其德，然王曾不悟，愈為邪僻之行。遹，于橘反。俾民大棘。所以使民至於困急而無告也。

《抑》十二章，三章章八句，九章章十句。

《桑柔》，詩篇名。芮伯刺厲王也。芮伯，姓姬，字良夫，畿內之諸侯，入為王卿士，作此詩以刺王也。芮，如銳反。

菀彼桑柔，彼菀然而茂盛者，柔嫩之桑也。菀，鬱。其下侯旬。人息於下者均受其蔭。捋采其劉，及一旦為人所捋采而盡殺之。捋，力活反。瘼此下民。則民為日所暴而瘼病矣。喻文武德澤之厚，天下無不被之；及厲王肆行不道，則民亦受其病矣。不殄心憂，是以我憂之不絕於心。倉兄填兮，悲閔之，其滋久而不已。倉，創。兄，況。填，塵。倬彼昊天，遂號天而訴之曰：天乎甚明。寧不我矜。何安然而不憐我也。

四牡騤騤，厲王之亂，征伐不休，惟見道途之間，四牡則騤騤然行不息。騤，求龜反。旟旐有翩。旟旐則翩翩然去不止。亂生不夷，禍亂自生，不肯夷平。靡國不泯。無有一國不見殘滅。民靡有黎，黎民靡有孑遺。具禍以燼。俱遭此禍而為灰燼。於乎有哀！嗚呼可哀乎？國步斯頻。國運如此之頻促也。

國步蔑資，國步頻促，無有資藉。天不我將；是天不我將助矣。靡所止疑，我欲止息於此則無所止。疑，魚陟反。云徂何往？欲舍而他之，則將何所往？君子實維，彼君子者實能維持斯世。秉心無競。其秉心也本無爭競。誰生厲階？果何人生此禍亂之階。至今為梗。至今日而為人病乎。梗，古杏反。

憂心慇慇，征役之士憂心慇慇然。念我土宇。念我所居之土宇日促。我生不辰，自傷所生不得其時。逢天僤怒。適逢天之厚怒。僤，旦。自西徂東，使我從西而往東方。靡所定處；無有可安定而居處者。多我覯痻，又歎云多矣哉，我所遇之病也。痻，昏。孔棘我圉。急矣哉，我在邊陲之勞也。

為謀為毖，王豈是不為謀且謹毖。亂況斯削。然而不得其道，適以長亂而自削耳。告爾憂恤，故告爾以所當憂恤之事。誨爾序爵。教爾以所序賢否之爵。誰能執熱，且誰人能手執熱物。逝不以濯？而不往求水以洗濯之乎？水則能解熱，賢則能去亂，不可不念也。其何能淑？今王之所任者，其何能善矣。載胥及溺。則相與入於陷溺而已。

如彼溯風，方今遭亂之民，悶然如向風之人。溯，素。亦孔之僾；唈然不能喘息。僾，愛。民有肅心，雖有肅然趨農之心。荓云不逮。而王實使之不及於事耳。荓，烹。好是稼穡，故我欲王為稼穡之是好。力民代食；其有功於民者，則使之代食。稼穡維寶，稼穡可寶不可輕。代食維好。則代食者何可非其人哉？

天降喪亂，上天降下喪亂之禍。滅我立王。欲滅我所立之王。降此蟊賊，故降此食苗根之蟊、食苗節之賊為災。稼穡卒痒。而稼穡盡病矣。痒，羊。哀恫中國，哀痛乎中國之人。恫，通。具贅卒荒；皆相連屬而盡至於空虛窮困之極也。靡有旅力，而王與群臣更無有旅陳其力。以念穹蒼。以念天之禍者。

維此惠君，古者順道之君。民人所瞻。為百姓所瞻仰者。秉心宣猶，以其內能秉持其心，外則宣謀於眾。考慎其相。考察謹擇其輔相之人。維彼不順，若彼不順道之君。自獨俾臧。恃己廢人，自以為善。自有肺腸，而謂己自有意見。俾民卒狂。此其施為動作所以使民之惑亂也。

瞻彼中林，視彼林木之中。甡甡其鹿。其鹿尤甡甡然輩偶並行。甡，莘。朋友已譖，今爾朋友乃相譏譖。不胥以穀。而不能相善，曾鹿之不如。人亦有言：時人有言。進退維谷。上無明君，下有惡俗，進退皆窮，如陷於山谷而困窮極矣。

維此聖人，維此聖人能遠知禍福於未萌。瞻言百里；其所瞻視而言者，至於百里，無遠不察也。維彼愚人，若夫愚人。覆狂以喜。則不知禍之將至而反狂以喜。匪言不能，我非不能言也。胡斯畏忌。如此畏忌何？言王暴虐不敢諫也。

維此良人，國有善人。弗求弗迪；王乃不求索之，不進用之。維彼忍心，至於彼殘忍不仁之小人。是顧是復。王反顧念，重復而不已。民之貪亂，故民不堪命，皆有貪亂之心。寧為荼毒！而安於為荼毒之行焉。

大風有隧，大風之發，必有徑隧。有空大谷。蓋起自空谷之中焉，喻治亂之生亦必有其故矣。維此良人，維此良善之人。作為式穀；其作而起也，能用其善，茲治之所由興歟？維彼不順，若彼不順之小人。征以中垢。其行而用也，適以播其中心之惡爾，亂安得不生乎？

大風有隧，大風之起也有道。貪人敗類。喻善人之敗類，有自貪人在上，而善類之所由敗也。聽言則對，上心既惑於貪人，故聞道聽不根之言，則悦而對之。誦言如醉。至聞誦述先王之言則其心如醉。匪用其良，非徒不用其善。覆俾我悖。反使我亦為悖逆之行，而從貪人之所為，何其惑歟？

嗟爾朋友！舉朝無信芮伯之言者，故咨嗟爾等同寮之朋友而告之曰。予豈不知而作？我豈不知而妄發哉？如彼飛蟲，如彼昆蟲之高飛。時亦弋獲。亦時為弋者所獲，我言豈無一二之或中者？既之陰女，今我至誠，以天下之事密告於汝。反予來赫。汝反謂我故來恐赫也。

民之罔極，民之所以貪亂不正者。職涼善背；專由此薄德善背之人。為民不利，為斯民不利之事。如云不克。如恐不勝而力為之。民之回遹，民之所以邪僻者。職競用力。專用此輩爭用力而然也。反覆其言，所以深惡之。

民之未戾，民之所以未定者。職盜為寇。蓋由此輩盜賊之臣為之寇也。涼曰不可，我薄告之以不可。覆背善詈。亦反背而見詈矣。雖曰匪予，雖汝能自文飾，言此亂非我所致。既作爾歌。然我已作爾歌矣，其事不可掩也。

《桑柔》十六章，八章章八句，八章章六句。

民勞之什五篇，四十九章，四百四句。

直音傍訓毛詩句解卷十七

直音傍訓毛詩句解卷十八

變大雅

《雲漢》，詩篇名。仍叔美宣王也。周大夫仍叔作以嘉美宣王也。宣王承厲王之烈，宣王繼承厲王之暴虐。內有撥亂之志，內有撥去禍亂之志。遇烖而懼，遭遇烖患而惕然恐懼。側身脩行，側身而不敢自安，修行而常思自勉。行，去聲。欲銷去之。惟欲銷去當時之烖患。去，起呂反。天下喜於王化復行，天下之人皆喜王化之美又流行於天下。復，扶又反。百姓見憂，百姓惟其親見宣王憂世之心如此。故作是詩也。所以作此詩美之也。宣王之小雅始於《六月》，言其功也；其大雅始於《雲漢》，言其心也，無是心安得有是功哉？

倬彼雲漢，宣王遇旱而憂，夜則仰天而望雨，徒見彼倬然明大之天河。昭回于天。昭然回轉於上天而不見雨候焉。王曰於乎！宣王於是歎而言曰。何辜今之人？今之人有何罪？天降喪亂，而天乃降此喪亂之禍。饑饉薦臻。使穀不熟曰饑、菜不熟曰饉重疊而至乎？靡神不舉，我為百姓之故求於群神，無不舉而祀之。靡愛斯牲。無所愛於三牲。圭璧既卒，禮神之圭璧又已盡矣。寧莫我聽！而神何安然不我聽也。

旱既大甚，旱已大甚矣。蘊隆蟲蟲。其氣蘊積隆盛，蟲蟲而熱也。不殄禋祀，我為此故精意以祀者未嘗絕。自郊徂宮。從郊而往宗廟。上下奠瘞，上祭天，下祭地，奠其禮，瘞其物。瘞，移去聲。靡神不宗。則天地之神無不尊敬之矣。后稷不克，然在宮之神莫尊於后稷，既無以勝旱烖。上帝不臨；在郊之神莫尊於帝，又不臨顧，我其奈何哉？耗斁下土，窮而無告，故曰：與其耗斁下土之民。斁，妬。寧丁我躬！寧使我一身自當之。

旱既太甚，解同上章。則不可推。則不可推去之。兢兢業業，我心恐懼，兢兢然，業業然。如霆如雷。如有雷霆近發於上。周餘黎民，方大亂之後，周之黎民僅有餘者。靡有孑遺。今遇旱烖，無復孑然而遺留矣。昊天上帝，彼上天。則不我遺。將不復使我有遺餘。胡不相畏？何為尚不相畏哉？先祖于摧。先祖之業將於是摧落矣。

旱既太甚，解同上章。則不可沮。則不可沮止矣。赫赫炎炎，暑氣之盛，赫赫炎炎然可畏。云我無所。人皆不堪，言我無庇蔭之所。大命近止，眾民之命近將死亡。靡瞻靡顧。□無有顧視而哀閔之者。群公先正，彼群公先正之神。則不我助。則不能助我以弭旱。父母先祖，而父母先祖之靈。胡寧忍予？胡為安然，忍使我遭此而不顧乎？

旱既太甚，解同上。滌滌山川。山枯川竭，如滌濯然。旱魃為虐，旱神之為虐也。魃，蒲末反。如惔如焚。（惔，燎。焚，燒。）如火惔焚之酷矣。惔，音談。我心憚暑，我心畏暑。憚，丁佐反。憂心如薰。憂悶之中若為火□熏灼焉。群公先正，群公先正之神，略无哀閔之意。則不我聞。如不闻我遭此旱。昊天上帝，於是呼天而告之。寧俾我遁！苟吾不善，不當天心，則寧使我遁去以避賢者，無以我苦此眾民也。

旱既太甚，同上。黽勉畏去。黽勉求濟此難而不敢去。胡寧瘨我以旱？天何安然瘨病我以旱乎？瘨，音顛。憯不知其故。然曾不知所以致旱之故。祈年孔夙，我之祈豐年也甚早。方社不莫。祭四方與社神也又不莫晚。莫，音暮。昊天上帝，而上天帝。則不我虞。乃不度知我心。敬恭明神，如我之敬事明神。宜無悔怒。宜不為神所嗔怒也，何由使我遭此旱乎？

旱既太甚，同上。散無友紀。國用空竭，無以紀綱群臣朋友而人散矣。鞫哉庶正，窮哉眾官之長。疚哉冢宰。病哉冢宰之官。趣馬師氏，以至掌馬者不秣，掌以兵守王門者弛其兵。趣，七口反。膳夫左右；膳夫徹膳左右，布而不修。靡人不周，無一人不使周急於民。無不能止。凡供禦之物無不能止之以濟民，而未足以救旱烖也。瞻卬昊天，於是仰而訴之於天曰。云如何里？將使我如何居處哉？

瞻卬昊天，宣王渴雨之甚，仰面而視於天。有嘒其星。徒見嘒然光明之眾星，未有雨徵也。大夫君子，於是俯而告群臣曰：汝等大夫君子。昭假無贏。所以竭其精誠而助我昭假于天者，已無餘矣。大命近止，雖今日死亡將近。無棄爾成。然不可棄其前功，當益求所以昭假者而修之。何求為我？若此者非求為我之一身也。以戾庶正。乃所以定眾官之長而已，未有民不寧而庶官定也。瞻卬昊天，言終而又仰而訴之於天曰。曷惠其寧？果何時而惠我以安寧之福乎？

《雲漢》八章，章十句。

《崧高》，詩篇名。尹吉甫美宣王也。尹吉甫作以嘉美宣王也。天下復平，言宣王當板蕩之餘，能復文武之業，天下又如昔日之平治。能建國親諸侯，能封建藩屏之國，親睦諸侯之眾。褒賞申伯焉。於是有所謂申伯者，為王元舅，又有大功，則褒之賞之，與眾不同焉。

崧高維嶽，（崧，高貌。）嶽山大而且高。駿極于天。（駿，大。極，至。）上至於天。維嶽降神，降其神靈和氣。生甫及申。產生甫侯與申伯。維申及甫，維此申伯及甫侯。維周之翰。能為周室之翰幹。四國于蕃，四國之君則賴之以蕃蔽其患難。四方于宣。四方之人則藉之以宣布其德澤焉。

亹亹申伯，申伯亹亹然勤勉於修德。亹，尾。王纘之事。以賢而入為王卿士，佐王有功，王又欲使繼其故諸侯之事。于邑于謝，改大邑于謝地。南國是式。使作侯伯，以為南國之法式。王命召伯，其未遣之也，王乃命召伯。定申伯之宅。先營謝邑以定申伯之居。登是南邦，然後命申伯入此南邦。世執其功。使其子孫世世執守其功焉。

王命申伯，宣王命申伯。式是南邦，為法於南邦。因是謝人，因此故謝邑之人以為感【一】。以作爾庸。以起爾之功。王命召伯，又命召虎。徹申伯土田；定申伯土田什一之法。王命傅御，然後命傅王治事之臣。遷其私人。遷

【一】按，《鄭箋》：「今因是故謝邑之人而為國。」據此，「情」字應為「國」字之誤。

申伯之私屬使就國也。

申伯之功，申伯城謝之事。召伯是營。乃召伯之所經營。有俶其城，始建其城。寢廟既成，又作其寢廟。既成藐藐；寢廟既成，其形制藐藐然深美。王錫申伯，宣王於是錫申伯而遣之行。四牡蹻蹻，四牡則蹻蹻然壯健。蹻，渠略反。鉤膺濯濯。鉤膺則濯濯然光明。

王遣申伯，宣王將遣申伯之國。路車乘馬。故贈以大路之車，一乘之馬。乘，去聲。我圖爾居，因告之曰：我謀爾之所處。莫如南土。無如謝邑最善。錫爾介圭，今予爾以大圭。以作爾寶。以作爾鎮國之瑞寶。往近王舅，往矣宣王之元舅。近，音記。南土是保。當永為南土之是守也。

申伯信邁，王數留申伯，疑於行而不果，此時信然邁行矣。王餞于郿。王於是親行飲餞于郿之地。申伯還南，申伯還於南。謝于誠歸。至是則誠然歸于謝矣。王命召伯，宣王遂使召伯。徹申伯土疆，治申伯土田之所至而徹之。以峙其粻，峙積其道路之糧食，廬市有止宿之委積。粻，張。式遄其行。用以速申伯之行焉。遄，市專反。

申伯番番，申伯番番然武勇。番，音波。既入于謝，其入謝邑之時。徒御嘽嘽。徒行者、禦車者皆嘽嘽然衆盛。嘽，灘。周邦咸喜，周邦之人皆喜而相謂曰。戎有良翰。汝有良善翰榦之人矣。不顯申伯，甚榮顯哉，此申伯也。王之元舅，言其貴則為宣王之元舅。文武是憲。言其德則文武全備，可以為法於人也。

申伯之德，申伯在己之德。柔惠且直。不惟柔順惠和，又且剛方正直。揉此萬邦，所以能為王揉服不庭之邦。聞于四國。其聲聞達於四國之廣。聞，音問。吉甫作誦，故吉甫作是工師之誦。其詩孔碩；其為詩之體則甚大。其風肆好，其感人之風則極善。以贈申伯。用之贈送申伯以致其嘉美之意焉。

《崧高》八章，章八句。

《烝民》，詩篇名。尹吉甫美宣王也。尹吉甫作以嘉美宣王也。任賢使能，言宣王於人之有賢德者則委而任之，於人之有材能者則器而使之。所以輔贊之有人。周室中興焉。而周室積□之治忽從中而興起焉。

天生烝民，天之生此衆民也。有物有則。有耳目鼻口之物，必有視聽言動以為之則。民之秉彝，惟斯民能秉持其彝常之性。好是懿德。故能好愛此懿美之德。天監有周，至於賢者之生，又有鍾一氣之粹者，蓋上天監視周家。昭假于下。見宣王能以明德感格于天而在下也。保茲天子，故保佑此天子。生仲山甫。而生仲山甫之賢以輔佐之，此其所以與凡民異也。

仲山甫之德，山甫所秉之德。柔嘉維則。柔順嘉美，不過其則。令儀令色，發現於外者，有令善之威儀，令善之顏色。小心翼翼；又能卑小其心，翼翼然恭敬。古訓是式，為古訓之是法式而學問有加。威儀是力。為威儀之是力行而進修不怠。天子是若，故上以奉事乎天子，則若順而無拂。明命使賦。下以昭明其命令，悉使賦布而無壅。

王命仲山甫：宣王委任山甫居道揆之尊。式是百辟，以示法於百辟之衆。纘戎祖考，使之纘繼乃祖乃父已行之道。王躬是保，而保輔王躬於無過之地。出納王命。至如王命之所發，是者則出而布之於民，非者則納而復之於君。王之喉舌，如宣王喉舌之司，不使有過失之患。賦政于外，（外，四方。）如是則政令之布於外者盡善盡美。四方爰發。宜其四方之廣，悉於是而感發焉。

肅肅王命，王之命肅肅然而嚴。仲山甫將之；山甫則能將而行之。邦國若否，諸侯之有善惡。仲山甫明之。山甫則能明而辨之。既明且哲，蓋山甫之德性既昭明而無所蔽於物，且智哲而無所蔽於心。以保其身。有以保全其身。夙夜匪解，早夜之間又無懈怠之心。以事一人。而奉事一人之尊者，無不至焉。

人亦有言：人有常言。柔則茹之，於物之柔者則茹而食之。剛則吐之。於物之剛者則吐而出之。維仲山甫，惟有山甫與人異。柔亦不茹，雖遇柔而亦不茹。剛亦不吐；雖遇剛而亦不吐。不侮矜寡，惟其柔而不茹，故不侵侮矜寡無告之人。矜，鰥。不畏强御。惟其剛而不吐，故不畏避强梁禦善之人。

人亦有言：人有常言。德輶如毛，德輕如毛，甚亦舉也。民鮮克舉之，然而民少能舉之者。我儀圖之。我於是於衆人之中儀度而圖謀之。維仲山甫舉之，則獨是山甫能舉有德而行之。愛莫助之。是以心誠愛之而惜其不能助之，蓋山甫之德已至，不待人之助也。衮職有闕，至於王職有闕失。維仲山甫補之。亦獨是山甫能補而全之。

仲山甫出祖，山甫受王命將適齊，出國門，祖祭而行。四牡業業，其所乘之牡馬則業業然壯健。征夫捷捷，所從之征夫則捷捷然敏疾。每懷靡及。而山甫之心每□懷不及事之憂。四牡彭彭，及其既行，四牡之馬則彭彭然而去。八鸞鏘鏘，八鸞之聲則鏘鏘然而和。王命仲山甫，所以為此行者，乃宣王命山甫。城彼東方。往築城於彼東齊也。

四牡騤騤，山甫之往城也，四牡之馬則騤騤然壯健。八鸞喈喈，八鸞之聲則喈喈然和鳴。仲山甫徂齊，山甫乘此馬以往東齊也。式遄其歸。周人皆望其速歸，不欲其久於外也。吉甫作誦，故吉甫作是工師之誦。穆如清風。其詩感人情性，如穆然清長之風，足以動物。仲山甫永懷，蓋以山甫既行而有永長之思。以慰其心。所以吉甫作詩，述其美以慰安其心也。

《烝民》八章，章八句。

《韓奕》，詩篇名。奕，音亦。尹吉甫美宣王也，尹吉甫作以嘉美宣王也。能錫命諸侯。言宣王當中興之後，能錫命諸侯之衆焉。

奕奕梁山，奕奕然高大之梁山。維禹甸之，實為夏禹之所甸治。有倬其道。其山下有倬然坦平之路。韓侯受命，乃韓侯所從朝周以受命者。王親命之：於其來朝也，宣王親屈帝尊而命之。纘戎祖考。使纘繼乃祖乃父之舊職。無廢朕命，無廢棄我之所命也。夙夜匪解，當早夜不怠。虔共爾位。以敬奉其職。朕命不易，我之命汝，不復改易矣。榦不庭方，汝既為侯伯，則當正彼不來庭之方。以佐戎辟。以輔佐汝君之治也。辟，音壁。

四牡奕奕，四牡之馬奕奕然壯健。奕，亦。孔修且張，其形甚長而且大。韓侯入覲，韓侯乘此四牡之馬而入朝覲宣王。以其介圭，以大圭而為所執之瑞。入覲于王。入而朝覲宣王。王錫韓侯：王於是錫予韓侯。淑旂綏章，以淑善之旂，而又有大綏為之表章。綏，音雖。簟茀錯衡，以方紋漆簟為車之蔽，又錯雜文采於車之衡。茀，弗。錯，七洛反。玄衮赤舄，又錫身之所服，以玄為衣而畫以龍衮；足之所履，配以赤色之舄。舄，音昔。鉤膺鏤鍚，其馬則有金鉤以飾其胸，又鏤金為眉上之飾。鏤，音漏。鍚，羊。鞹鞃淺幭，其車則以去毛之皮施於軾之中央，又以淺色之皮覆在軾上。鞹，苦郭。幭，音覓。鞗革金厄。其馬轡則以金為小環，往往纏搤之。其錫予之厚如此。鞗，條。

韓侯出祖，韓侯出而祖祭於國門之外。出宿于屠。畢乃出宿于屠之地。顯父餞之，王又使卿士名顯父者往而飲餞之。清酒百壺。清美之酒有百壺之多。其殽維何？其殽羞有何？炰鱉鮮魚。則有炰熟之鱉與新鮮之魚也。炰，庖。其蔌維何？其蔌菜有何？維筍及蒲。則有竹萌與菖蒲。其贈維何？其贈送有何？乘馬路車。則有一乘之馬與大路之車。籩豆有且，其籩豆之行列，且然甚多。侯氏燕胥。於是與韓侯相胥而燕樂也。

韓侯取妻，韓侯所娶之妻。汾陽之甥【一】，乃是厲王之甥。蹶父之子。卿士蹶父之女。其族望甚尊貴也。韓侯迎止，韓侯行親迎之禮。于蹶之里。於蹶父之鄉。百兩彭彭，百兩之車則彭彭然甚盛。八鸞鏘鏘，八鸞之聲則鏘鏘然甚和。不顯其光。其光瑩豈不昭顯乎？諸娣從之，當時諸娣媵隨而從之者。祁祁如雲。祁祁然如雲之衆多。韓侯顧之，韓侯於是回顧而視之。爛其盈門。則見其鮮明粲爛，盈滿於蹶父之門。

蹶父孔武，蹶父甚武勇。靡國不到。為王使於天下，無一國不到者。為韓姞相攸，因而與其女視可嫁之所。姞，其一反。莫如韓樂。莫有似韓國可樂也。孔樂韓土，韓國之土所以甚可樂者。川澤訏訏，蓋以山澤則訏訏然而

【一】「陽」，《毛詩正義》作「王」。

大。訏，虎。魴鱮甫甫，魴鱮亦甫甫然而大。麀鹿噳噳，麀鹿又噳噳然而多。麀，憂。噳，語。有熊有羆，有熊又有羆。有貓有虎。有貓又有虎。其富饒如此。慶既令居，是以蹶父喜其為令善之居，遂妻女於韓。韓姞燕譽。韓姞安之，盡婦道而得顯譽焉。

溥彼韓城，彼溥大之韓城。燕師所完。乃燕國之眾所築也。以先祖受命，王以韓侯之先祖曾受王命。因時百蠻。因此蠻服之百國而長之。王錫韓侯，故宣王錫予韓侯。其追其貊，以追人貊人。奄受北國，使之奄有北方之國。因以其伯。而復為之伯焉。實墉實壑，韓侯於是命諸侯各高築其城墉，浚深其池壑。實畝實籍。治其田畝，正其賦稅。獻其貔皮，又貢獻其貔皮於王。貔，毗。赤豹黃羆。與夫赤色之豹皮，黃色之羆皮焉。

《韓奕》六章，章十二句。

《江漢》，詩篇名。尹吉甫美宣王也，尹吉甫作以嘉美宣王也。能興衰撥亂，言宣王能興起其衰而撥去其亂。命召公平淮夷。委命召公往平淮夷之患焉。

江漢浮浮，江漢之水浮浮而盛。武夫滔滔。召公率其武勇之夫滔滔然順流而下。匪安匪游，非敢安逸也，非敢遨遊也。淮夷來求。曰吾之此來，惟求以服淮夷之患爾。既出我車，我之車已出矣。既設我旟，我之旟已設矣。匪安匪舒，非敢安逸也，非敢舒緩也。淮夷來鋪。曰吾之此來，惟求以平淮夷之患爾。

江漢湯湯，江漢之水湯湯然流盛。武夫洸洸。召公率其洸洸然武勇之夫，逝此以伐淮夷。經營四方，既伐淮夷矣，又經營圖回四方之治。告成于王。以其所成之功，反而告之於王。四方既平，謂四方之廣已平治矣。王國庶定。王國之內，幸安定矣。時靡有爭，一時之盛，無有爭□陵犯之患矣。王心載寧。宣王之心於是乎始安焉。

江漢之滸，淮夷既平，江漢之水涯亦平矣。滸，音虎。王命召虎，宣王又命召虎。式辟四方，乘機開辟四方之侵地。辟，音闢。徹我疆土。而治其疆界。匪疚匪棘，非以病之也，非以急之也。王國來極。惟欲使四方之人皆來取中於王國而已。于疆于理，召公於是疆其田畝，理其賦稅。至于南海。遠至於南海而止焉。

王命召虎，宣王委命召虎。來旬來宣；來此江漢之滸，徧治其事以布王命。文武受命，而謂之召虎曰：昔文王武王膺受天命，以開創王業。召公維翰。爾祖召康公實為翰幹之臣。無曰予小子，今汝無自謙遜，而言我乃小子，不足有為。召公是似。政當繼嗣汝召公之烈也。肇敏戎公，若能自爾身始，又敏於從事，以紹先祖之烈。用錫爾祉。則我用是予爾以福焉。

釐爾圭瓚，宣王錫虎以圭柄之玉瓚。釐，力之。瓚，才旱。秬鬯一卣，黑黍酒芬香條鬯中尊【一】。鬯，敕亮反。卣，由。告于文人。使祭其祖宗而告文德之祖召康公。錫山土田，又錫之山川土田以廣其封邑。于周受命，使往岐周先祖之廟受其寵命。自召祖命。能用文武所以命召祖者命之。虎拜稽首，臣受恩無可報謝，惟拜而稽首，致敬盡禮。天子萬年。祝其享萬年之壽而已。

虎拜稽首，虎既受賜，遂拜稽首。對揚王休。對天子而播揚其休美之命。作召公考，惟欲起而求召公之事，以前日之所以事君者事其君。天子萬壽。故不惟祝天子享萬年之壽而已。明明天子，必勉其進德至於明而又明。令聞不已；以垂善名於不止。聞，音問。矢其文德，發施其文德。洽此四國。以浹洽此四方之國焉。

《江漢》六章，章八句。

《常武》，詩篇名。召穆公美宣王也。召穆公，名虎，作以嘉美宣王也。有常德以立武事，有常久不變之德以立威武應變之事。因以為戒然。穆公慮其不能持勝，故於嘉美之中因而寓警戒之意，欲其保持於終焉。

【一】按，《鄭箋》：「王賜召虎以鬯酒一樽。」據此疑「中」字或作「一」。

赫赫明明，赫赫然甚盛，明明然甚彰者。王命卿士，宣王命卿士之意也。南仲大祖，所命為誰？言其則以南仲為大祖。大師皇父。言其官則大師之【一】，其字則皇父也。整我六師，使之整飭我之六軍。以修我戎。修治我之甲兵。既敬既戒，當恭敬以臨之，戒懼以處之。惠此南國。征伐彼淮北之夷，以惠愛此南國之人也。

王謂尹氏，宣王謂內史大夫尹氏。命程伯休父，汝可為策書，命此程國之伯字休父者為大司馬。左右陳行，使之左右陳其行列。戒我師旅：而戒令我之師旅。率彼淮浦，率循彼淮水之涯。省此徐土，以省察此徐州之土，淮北之夷也。不留不處，惟當殄其元惡，不可久留處此也，以擾苦吾民。三事就緒。必使上中下三農之事各就其業可也。

赫赫業業，王師之行，赫赫然而盛，業業然而大。有嚴天子，徐方見而畏之，曰：有威嚴哉，周天子也！王舒保作。然王之師則舒徐而安行。匪紹匪游，不紹急，不遨遊。徐方繹騷。徐方之人皆繹騷而不安。震驚徐方，震驚而恐懼。如雷如霆，如雷霆震擊。徐方震驚。不遑安矣。

王奮厥武，宣王奮揚其威武。如震如怒。如天之震雷，其聲如人之勃怒，其色甚可畏也。進厥虎臣，於是虎臣之將鼓而進之。闞如虓虎。闞然如虓怒之虎。闞，呼咸。虓，火交反。鋪敦淮濆，布陳敦厚之陣於淮水之濆。仍執醜虜。而拘執淮夷之醜眾者，相因而不絕。截彼淮浦，人皆望而畏之，謂淮水之涯，截然而不可犯者。王師之所。乃王師之所在也。

王旅嘽嘽，宣王之師旅嘽嘽然而盛。如飛如翰，如飛翰之迅疾。如江如漢。如江漢之盛大。如山之苞，靜則如山之止，不可動搖。如川之流。動則如川之流，不可止禦。綿綿翼翼，緜緜然相繼而不絕，翼翼然甚整而不亂。不測不克，其變化不可測度，其彊毅不可克勝。濯征徐國。此所以能大征伐徐國也。

王猶允塞，王之為猶也，允信而不偽，塞實而不浮。徐方既來。所以徐方不敢抗，已來而告服。徐方既同，又

【一】按，據文意「之」字疑衍。

與他國同歸。天子之功。則天子征伐之功，誠卓乎其莫掩矣。四方既平，然必待四方之廣，皆底於平治之域。徐方來庭。而後徐方之來朝於王庭者。徐方不回，心悦誠服，舉無回邪之意。王曰還歸。至是而宣王方可告于眾曰：吾其班師振旅而還歸也。

《常武》六章，章八句。

《瞻卬》，詩篇名。卬，音仰。凡伯刺幽王大壞也。凡伯刺幽王大壞周之紀綱文物，而不可復救之也。

瞻卬昊天，天下遭王之虐，無所歸咎，乃瞻望上天而訴之曰。則不我惠。天不惠愛我。孔填不寧，使我甚久不安寧矣。填，呈【一】。降此大厲。而又降下此大恶焉。邦靡有定，今邦國則無定矣。士民其瘵。士民則既瘵矣。瘵，側界反。蟊賊蟊疾，而小人肆虐，如蟊賊之害禾稼。靡有夷屆。而無有已極。罪罟不收，如禁網之罩魚而不收斂。靡有夷瘳。且無有止息焉。

人有土田，此言王黜削諸侯及卿大夫無罪者。人之有土田者，非汝所當有也。女反有之；而汝反從而奄有之。女，汝，下同。人有民人，人之有民人者，非汝所當奪也。女覆奪之。而女反從而攘奪之。此宜無罪，此人宜無罪，當脫之。女反收之；而汝反收而加之罪。彼宜有罪，彼人宜有罪，當收之。女覆說之。而女反說而釋其罪。說，脱。

哲夫成城，人君能用智哲之夫，則能興起其國。哲婦傾城。若欲用智哲之婦，則適以傾覆其國。懿厥哲婦，今幽王反以哲婦為美。為梟為鴟。使津其恶言如鴟鴞之鳴焉。婦有長舌，彼婦人之多言。維厲之階。乃為禍亂之階。亂匪降自天，今日禍亂之作，非降自於天也。生自婦人。乃生自於婦人也。匪教匪誨，蓋王不用教誨之言。時維婦

【一】按，陸德明《經典釋文》作「填音塵」，《詩集傳》從之，并云「舊說古塵字」。

寺。但為婦人、寺人之言是聽，亂安得而不熾乎？寺，音侍。

鞫人忮忒，婦人之長舌者，好以智辨窮屈人，其心忮害而變詐無常。忮，至。譖始竟背。其始也譖是人，其終也又從而背之。好惡予奪，惟其口之出而已。豈曰不極？傾險如此，豈曰不至？伊胡為慝！何尚為惡而未已乎？如賈三倍，且賈物而有三倍之利者，小人之所宜知也。賈，古。君子是識。而君子反知之，非其宜也。婦無公事，婦人本無與朝廷之事。休其蠶織。今乃休廢其蠶桑織紝之職而與於此焉，豈其宜哉？

天何以刺？天何以責王乎？何神不富？神何以不富王哉？凡以王信用婦人之故耳。舍爾介狄，而王曾不悟舍彼夷狄之大患。維予胥忌。而反以我之正直為忌，何哉？不吊不祥，且天之降不祥，庶幾王懼而自修。今王遇災而居然不恤。威儀不類。不自謹其威儀而動皆不善。人之云亡，又無賢人以輔之。邦國殄瘁。則國之殄絕而瘁病也宜矣。

天之降罔，天降禍以執有罪，如下羅網以執禽獸。維其優矣。亦既多於前矣，而王不悟。人之云亡，又無賢人以為輔相。心之憂矣。所以我心為之憂傷。天之降罔，解同上。維其幾矣。亦既危殆而王不悟。人之云亡，同上。心之悲矣。所以我心傷悲。

觱沸檻泉，觱沸之泉從上而出。觱，必。沸，弗。維其深矣。蓋其源深浚也。心之憂矣，喻我心之所哀。寧自今矣。其所從來久矣，寧自今日而然乎？不自我先，因歎曰：禍亂之生，不從我之先。不自我後。亦不從我之後，而適當我身乎？藐藐昊天，且天雖藐藐然高遠。無不克鞏。而苟欲鞏固王室，無不能也，惟在王有以回天之意耳。鞏，音拱。無忝皇祖，幽王苟能改過自心而無忝辱爾祖【一】。式救爾後。則天意可回，不惟福其身，亦可用以救爾身後子孫之禍矣。然所謂天者，亦豈可外求哉？

《瞻卬》七章，三章章十句，四章章八句。

【一】「心」，據文意疑作「新」。

《召旻》，詩篇名。凡伯刺幽王大壞也。凡伯刺幽王大壞周家之紀綱文物而不可救也。旻，閔也，旻之為言閔也。閔天下無如召公之臣也。所以閔天下無有似召公之為臣也。

旻天疾威，天威迅疾。天篤降喪，厚降此喪亂之禍。瘨我饑饉，病我以饑饉之災。瘨，音顛。民卒流亡。使斯民盡至於流離亡滅。我居圉卒荒。內而國中，外而邊圉，亦盡至於空虛。

天降罪罟，天方降網以執有罪。蟊賊內訌。而小人且為蟊賊以訌潰於國內。訌，音扛。昏椓靡共，凡昏亂椓喪不恭之人。潰潰回遹，與夫潰潰然回邪遹慝之人。實靖夷我邦。王實使之平治我邦，此所以致亂也。

臯臯訿訿，彼小人在位臯臯然緩不共職，但訿訿然務為毀謗而已。訿，紫。曾不知其玷。王曾不知其缺。兢兢業業，而憂世之君子，兢兢然戒謹，業業然恐懼。孔填不寧，甚久不安者。填，音塵。我位孔貶。其職位乃見貶黜，何顛倒錯亂之甚也。

如彼歲旱，方今天下之人，如彼乾旱之年。草不潰茂，草皆枯槁，不能長茂。如彼棲苴。又如草之棲於樹上而生者，無復生理。苴，七如反。我相此邦，我視此邦之內。無不潰止。蓋無不亂者，惜哉！

維昔之富不如時，昔之富未嘗若今之疚也。維今之疚不如茲。今之疚未有若此之甚也。彼疏斯粺，彼小人宜在下而食疏者，今反居上而食積粺。粺，皮賣反。胡不自替，彼小人何不自廢退，使賢者得進。職兄斯引？乃主於滋益其亂而引長之乎？兄，況，下同。

池之竭矣，池水之罄竭也。不云自頻？豈不云由外之不入乎？泉之竭矣，泉水之罄竭也。不云自中？豈不云由內之不出乎？言禍亂有所從起也。溥斯害矣，今小人之為害亦既廣矣。職兄斯弘，尤生於滋益而弘大之。不災我躬？其災豈不反我身乎？

昔先王受命，昔文武受命興周之時。有如召公，有臣如召康公者主外治。日辟國百里；其化自北而南，服從之國益眾，誠所謂日開國至百里之廣也。辟，音闢。今也日蹙國百里。今幽王時，犬戎外侵，諸侯內畔，反一日之間蹙亡其國境百里之廣。蹙，子六反。於乎哀哉！誠可歎息而哀傷哉！維今之人，且今之世雖亂。不尚有舊。豈不猶有舊德可用之人乎？惜有之而不用，爾宜其蹙國也。

《召旻》七章，四章章五句，三章章七句。

雲漢之什八篇，五十六章，四百七十九句。

直音傍訓毛詩句解卷十八

直音傍訓毛詩句解卷十九

周頌

周頌者，周家宗廟告祭之樂歌也。成王治定功成，因祀而作頌，美盛德之形容，以其成功告於神明者也。頌與容，古字通用。

《清廟》，詩篇名。祀文王也。祭祀文王之樂歌也。周公既成洛邑，周公旦既營成洛邑。朝諸侯，相成王以受諸侯朝覲。率以祀文王焉。因思今日之所以受朝者，皆文王盛德之所致。於是統率諸侯以祭祀文王，王以盡其報本反始之義，而申固諸侯尊戴之誠也。

於穆清廟，於乎美哉，穆然而深遠，其祀文王於此清靜之廟也。於，烏。肅雝顯相。有肅肅甚敬，雝雝其和者，實顯相其禮。相，去聲。濟濟多士，凡濟濟然衆多之士。秉文之德。皆以心體文王而執守其德。對越在天，于以昭對其在天之神而如將見之。駿奔走在廟。莫不敏疾以奔走執事於廟中。不顯不承，然不惟如是而已，雖退居不顯明之地、不奉祀之時。無射于人斯。尤愈加恭敬，無有厭射於人心，可見聖德之感人深也。射，亦。

《清廟》一章，八句。

《維天之命》，詩篇名。太平告文王也，（歸功文王。）文王受命未終而歿，成王、周公繼之。天下太平，以為文王之德所致，故推以告文王而作此詩為樂歌也。

維天之命，天命即天道也。言天之自然者曰天道，言天之賦予萬物者曰天命。於穆不已。於乎美哉，動而不止，運而不息。於，烏，下同。於乎不顯！於乎顯哉！文王之德之純。文王純於天道亦不已。純則無二無雜，不已則無間斷先後。假以溢我，是以假天之澤盈溢而被及於我身。假，暇。我其收之。成王謂我當收斂而有之。駿惠我文王，大順而行之。曾孫篤之。又俾子孫世世篤厚之而不忘也。

《維天之命》一章，八句。

《維清》，詩篇名。奏象舞也。奏《象》之樂歌也。《象》則文王之樂，所謂象箾者，蓋文舞也。文王之舞謂之《象》，武王之舞謂之《武》。將舞《象》，先歌《維清》。武王初有天下，《象》，文王武功之舞，歌《維清》以奏之，成童以學之。

維清緝熙，天下所以清明無事，緝之而可久、熙之而可大者。文王之典。皆文王之典法也。肇禋。今日始舉禋祀之禮。禋，因。迄用有成，至於有成功之可告者。維周之禎。皆文王實啟其禎祥也。禎，貞。

《維清》一章，五句。

《烈文》，詩篇名。成王即政，諸侯助祭也。武王崩，成王幼，即位稱王而不能治王事，故未嘗即政，是以周公當國而治事，非□位也。其後七年退而復辟，成王於是即政，乃祭祖考，諸侯皆來助祭，而作此詩為樂歌也。

烈文辟公，諸侯助祭畢，成王因呼有功烈文章之諸侯而戒之。辟，必。錫茲祉福，謂昔我文武錫予此福祉。祉，恥。惠我無疆，以惠愛我君臣於無窮。子孫保之。子子孫孫當共保之而勿失也。無封靡于爾邦，爾今歸爾邦，無自持殖以專利，無自侈靡以傷財。維王其崇之。庶乎私欲不汩，公義自明，維王者之是尊。念茲戎功，思念爾祖宗之功勳。繼序其皇之。繼其序而皇大之。無競維人，又言莫彊於用人。四方其訓之。能用人則四方皆取以為教訓。不顯維德，莫顯於修德。百辟其刑之。能修德則百辟皆視以為刑法。於乎前王不忘。於乎，不特此爾，雖前王亦念之而不忘矣。歷告以保福之道也。於，烏。

《烈文》一章，十三句。

《天作》，詩篇名。祀先公先王也。祭祀先王先公之樂歌也。先王，太王以下。先公，不窋以下。

天作高山，天生此高大之岐山。大王荒之。太王自豳遷焉，始闢而大之。彼作矣，亦既創作矣。文王康之。文王從而安之。彼徂矣，文王既逝矣。岐有夷之行。岐周之民皆習其夷常之道。行，去聲。子孫保之。子孫當世世保守而勿失也。

《天作》一章，七句。

《昊天有成命》，詩篇名。昊，音浩。郊祀天地也。郊天祀地之樂歌也。冬至祭昊天於圜丘，夏至祭地祇於方澤。

昊天有成命，天將祚周以天下，既有一成不可易之眷命矣。二后受之。文武實膺而受之。成王不敢康，故成此王業而不敢康寧。夙夜基命宥密。夙夜積德以為受命之基，誠宏深而靜密矣。於緝熙，又能緝而續之，熙而廣之。於，烏。單厥心，單盡其心，無所不至。單，都但反。肆其靖之。此所以能定天命也。

《昊天有成命》一章，七句。

《我將》，詩篇名。祀文王於明堂也。祀文王於明堂之樂歌也，即《孝經》所謂「宗祀文王於明堂以配上帝」，《月令》「季秋大享帝」是也。古者祭天於圜丘，掃地而行事，器用陶匏，牲用犢，其禮極簡。聖人之意以為未足以報本，故於季秋之月，有大享之禮。天即帝也，郊而曰天，所以尊之也，故以后稷配焉。后稷遠矣，配稷於郊，亦以尊稷也。明堂而曰帝，所以親之也，故以文王配焉。文王親也，配文王於明堂，亦以親文王也。尊尊而親親，周道備矣。然則郊者古禮而明堂者周制也，周公以義起之也。程子曰：「萬物本乎天，人本乎祖，故冬至祭天而祖配之，以冬至氣之始也。萬物成形於帝，而人成形於父，故季秋享帝而以父配之，以季秋物成之時也。」

我將我享，成王將享之，禮不以委人，必以為我之責。維羊維牛，曰羊曰牛，無不畢備。維天其右之。謂天其眷佑我否，不敢必也。右，又。儀式刑文王之典，惟於文王之典則儀之、式之、刑之，必曲盡其心。日靖四方。日日以安靖四方為事。伊嘏文王，及上天以其福文王者福乎我。嘏，假。既右饗之。已右助而歆享之。我其夙夜，然成王不敢自恃，謂我於夙興夜寐之間。畏天之威，稟焉畏懼，常若天威之警乎己。于時保之。此天命所以於是而可長保也。天與文王也，法文王所以法天，畏天所以畏文王也。

《我將》一章，十句。

《時邁》，詩篇名。巡守告祭柴望也。武王巡守而朝會祭告之樂歌也。武王既定天下，而巡行其守土諸侯，至于方嶽之下，乃作告至之祭，為柴望之禮。柴，燔柴祭天；望，望祭山川。守，狩。

時邁其邦，武王以時邁行諸侯之國，講巡守之禮。昊天其子之，天以其能主天下，親愛之如子。實右序有周。（實，上。序，次序。）序之列之於有周諸侯之右。薄言震之，故薄施其震，警諸侯之威。莫不震疊。則無不為之震動而恐懼。懷柔百神，厚致其懷柔百神之禮。及河喬嶽。以及於河海方嶽之靈，則無不感格。允王維后。（后，君。）信哉，武王之宜為君也！明昭有周，又明昭我周慶讓黜陟之典。式序在位。以品式次序在位之臣，使之各安其所守。載戢干戈，斂戢其干與戈。戢，側立反。載櫜弓矢。櫜藏其弓與矢。櫜，羔。我求懿德，益求美德之賢。

肆于時夏，陳布于此中夏之廣以共治其民。夏，上【一】。允王保之。於是皆信武王之能保天下矣。蓋文猶膏粱，武猶藥石。藥石可以治病而不可以養生，武可以勘亂而不可以治民。武王既以武定天下，慮諸侯不知其心而或狃於此，為害大矣。故以告祭之時，申明其意以示之也。

《時邁》一章，十五句。

《執競》，詩篇名。祀武王也。祭祀武王之樂歌也。

執競武王，武王持其自彊不屈之志。無競維烈。故其功烈之盛，天下莫得而競。不顯成康，猶且不自矜顯其所成安天下之功。上帝是皇。所以上天皇而美之。自彼成康，自武王能成此安天下之功。奄有四方，於是四方之廣盡歸於奄有之中。斤斤其明。而其功愈極於斤斤然光明之域。斤，經覲反。鍾鼓喤喤，成王祭祀之時，鍾鼓之聲喤喤然而大。磬筦將將。磬筦之音鏘鏘然而和。筦，管。將，鏘。降福穰穰，故神降之福穰穰乎其多。降福簡簡，簡簡乎其大。威儀反反。祭終飲福而威儀又且反反然謹重。既醉既飽，皆醉且飽。福祿來反。而福祿之來，反復日至而未艾也。

《執競》一章，十四句。

《思文》，詩篇名。后稷配天也。尊祀后稷以配天之樂歌也。

思文后稷，成王念其祖文德之后稷。克配彼天。誠能上配彼天而與之為酬。立我烝民，蓋方洪水橫流之時，凡我民人之衆皆賴稷以有立。莫匪爾極。無不使之復其本性。貽我來牟，其貽我民以來牟之種也。帝命率育，乃上奉天命以偏養天下。無此疆爾界，不以此為我之疆而育之，彼為爾之界而棄之。桓然天公，無有內外彼己之殊。陳常于時

【一】「上」，應爲「下」之誤。

夏。於是五常之道得以陳於此中夏而無間矣。富而後教，此所以裨天地不及之功，而其能與天一歟？

《思文》一章，八句。

《臣工》，詩篇名。諸侯助祭遣於廟也。諸侯助成王祭畢而遣於廟之樂歌也。

嗟嗟臣工，（臣工，百官。）諸侯朝正於王，因助祭於廟，祭終而遣之，遂委曲重歎以戒其群臣百官曰。敬爾在公。恭敬爾公家之事。王釐爾成，王既錫爾以一成之法。釐，離。來咨來茹。爾之歸國又不可自專，如有不知，則當來咨以謀之，來茹以度之。嗟嗟保介，然治國以農事為先，而保介乃諸侯之車后【一】，於民尤親，故重歎託辭以戒之。維莫之春。謂今時春已暮，農時不可緩也。莫，暮。亦又何求？爾之至國，果何求哉？如何新畬？惟視田之一歲曰新、三歲曰畬者，或開或荒，如何爾？於皇來牟，既勉之以當為，又誘之使樂為，謂今來牟之熟，於美哉！於，烏。將受厥明。必大受上天之明賜矣。明昭上帝，天之賜既明昭而莫掩。迄用康年。則必至於用錫我以康年也，可不勉農以耕乎？命我眾人，當戒命我農。庤乃錢鎛，各庤具爾錢鎛之器以治其田。庤，峙。錢，翦。鎛，博。奄觀銍艾。奄忽之間，則又見收成而刈穫矣。銍，直入。艾，刈。

《臣工》一章，十五句。

《噫嘻》，詩篇名。噫，伊。嘻，僖。春夏祈穀於上帝也。春夏祈穀于天之樂歌也，《月令》「孟春祈穀于上帝，夏則龍見而雩」是也。

噫嘻成王，成王歎，言我周以農事而成此王業。既昭假爾。已昭假于天矣。假，格。率時農夫，故我統率此農

【一】按，《鄭箋》：「保介，車右也。」據此，「后」應是「右」字形近而誤。

夫。播厥百穀。往而播種百穀。駿發爾私，命之曰：爾其大發爾之私田。終三十里。終三十里之廣。亦服爾耕，服勞其耕事。十千維耦。萬人為耦而並耕焉。人事盡矣，所不足者雨耳，是以告之天也，成周之時。上之告民則先其私，曰「駿發爾私，終三十里」；民之奉上則先其公，曰「雨我公田，遂及我私」，其交相愛如此。

《噫嘻》一章，八句。

《振鷺》，詩篇名。二王之後來助祭也。夏之後杞，商之後宋，來周助祭之樂歌也。

振鷺于飛，振振然群飛潔白之鷺。于彼西雝。則集彼西澤之中。雝，雍。我客戾止，杞宋之君有潔白之德，於周為客，來止於周廟而助祭也。亦有斯容。容儀整肅，亦如鷺之白也。在彼無惡，居彼之國則人愛戴之，而無有惡心。在此無斁。來朝於此則人顧留之，無有厭意。斁，亦。庶幾夙夜，然猶庶幾其夙夜不解。幾，機。以永終譽。以長終其令名，此愛之至。

《振鷺》一章，八句。

《豐年》，詩篇名。秋冬報也。秋冬報祭之樂歌也。《噫嘻》祈之於春夏，《豐年》報之於秋冬。報謂秋祭四方，冬祭八蜡。

豐年多黍多稌，春夏祈穀而秋冬報之，故述曰：今穫豐年，不惟宜高燥而寒之黍既多，雖以宜下濕而暑之稌亦多。稌，杜。亦有高廩，亦有至高之廩以藏之。萬億及秭。百萬而億，百億而秭，難以數計。秭，姊。為酒為醴，以之為酒醴。烝畀祖妣，進獻於祖妣之廟。以洽百禮。百禮俱備。降福孔皆。而降福無所不徧者，皆天賜也。

《豐年》一章，七句。

《有瞽》，詩篇名。始作樂而合乎祖也。始作樂而合奏祖廟之樂歌也。王者治定制禮，功成作樂。合者，大合諸樂而奏之。

有瞽有瞽，以瞽為樂官者，目無所見則精於聽聲音，且不使為廢人。在周之庭。並列於周廟庭廡之間。設業設虡，業，大板也，所以飾栒為懸也。捷業為鋸齒，植者為虡，横者為栒，設之以懸鍾鼓。虡，巨。崇牙樹羽，刻畫業之上齒，其狀隆然，謂之崇牙，又植鳥羽於栒虡之上以為飾。應田縣鼓，應之小鞞，田之大鼓及懸鼓。懸，音玄。鞉磬柷圉。鞉，如鼓而小，持其柄摇之，旁耳還以自擊。磬，石磬。柷，以木為之，狀如漆桶，中有椎，設椎於其中而撞之，所以起樂。圉，亦以木為之，狀如伏虎，背上有二十七鉏鋙刻，以木長尺擽之，所以止樂。皆設之於庭宇。柷，觸。圉，語。既備乃奏，既具備矣，乃使瞽人擊而奏之。簫管備舉。簫，編小竹管為之，大者二十二管，長尺四寸；小者十六管，長尺二寸。參差象鳳翼。管，如笛，併兩而吹之。以至簫也，管也，乃其器之小者，亦無不具舉。喤喤厥聲，其聲喤喤然亦和美。喤，音皇。肅雝和鳴，皆肅敬和□無□□□雜。先祖是聽。先祖之神於是降而聽之。我客戾止，我客二王之後至此助祭，與聞此樂。永觀厥成。亦永觀其樂之終而無厭斁之心焉。

《有瞽》一章，十三句。

《潛》，詩篇名。季冬薦魚，春獻鮪也。季冬薦魚，春獻鮪之樂歌也。冬寒魚不行，性定而充肥。春鮪新來，故獻於宗廟。鮪，為上。

猗與漆沮，可歎美哉！漆沮之二水也。猗，倚。與，餘。沮，疽。潛有多魚。潛藏於下者有衆多之魚。有鱣有鮪，鱣魚、鮪魚。鱣，旃。鰷鱨鰋鯉。鰷魚、鱨魚與夫鰋魚、鯉魚，無所不有。鰷，條。鱨，常。鰋，偃。鯉，里。以享以祀，取此魚用之享獻，祭祀其神。以介景福。庶幾神介之以大福也。

《潛》一章，六句。

《雝》，詩篇名。禘太祖也。禘祭太祖之樂歌也。《祭法》：「周人禘嚳」，又曰：「天子七廟，三昭三穆，與太祖之廟而七」。周之太祖則后稷也，禘嚳於其廟，以后稷配，所謂「禘其祖之所自出，以祖配之」也。禘，大計反。太，音太。

有來雝雝，成王舉禘祖之禮，而諸侯之以職來者雝雝乎其和。至止肅肅。至止於廟也，肅肅乎其敬。相維辟公，助其祭者，辟公諸侯也。相，息亮反。辟，音璧。天子穆穆。主其祭者，穆穆天子也。於薦廣牡，其薦進是溥碩肥腯之牡牛也。於，烏。相予肆祀。辟公實助我以肆陳其禮。相，去聲。假哉皇考，成王於是推原得禘之由，播之樂歌以告太祖曰：大哉，我皇考武王！綏予孝子。安我孝子以已成之業。宣哲維人，又用宣通智哲之人以輔之於內。文武維后。文德武功之諸侯以輔之於外。燕及皇天，其燕安之□上及於天。克昌厥後。故能昌大其後，我今得以居王位，行禘禮。綏我眉壽，上天享之，而安我以眉壽之福。介以繁祉。介我以繁多之祉。既右烈考，非惟使我獲右於文王。亦右文母。亦又獲右於文武。是皆武王之力，豈予小子所能致哉！

《雝》一章，十六句。

《載見》，詩篇名。見，音現。諸侯始見乎武王廟也。諸侯初見武王廟之樂歌也。

載見辟王，諸侯始朝見成王。曰求厥章。言求法度以歸治其國。龍旂陽陽，其來也車上建交龍之旂，陽陽然而鮮明。和鈴央央，和在軾前，鈴在旂上，其聲央央然而和諧。鞗革有鶬，鞗革之垂，則鶬然而有飾。鞗，條。鶬，槍。休有烈光。美哉光烈之盛乎！率見昭考，成王於是統率諸侯而見於武王之廟。以孝以享，盡其孝於己，致其享於神。

以介眉壽。以介眉壽之福。永言保之，而長□□□。思皇多祜。此美哉甚多之祜也。烈文辟公，又不惟天子享福而已，當時功烈文章之諸侯。辟，壁。綏以多福，皆安之以多福。俾緝熙于純嘏。使是純大之福□，緝之而愈續，熙之而愈廣焉。緝，七。

《載見》一章，十四句。

《有客》，詩篇名。微子來見祖廟也。成王既黜殷命，殺武庚，命微子啟代殷後。既受命來朝，而見於祖廟之樂歌也。見，現。

有客有客，成王封微子啟於宋，以祀其先王，而以客禮待之。亦白其馬。殷尚白，微子亦乘白馬而來，不變商舊也。有萋有且，威儀之發，敬謹之至。萋，妻。且，七序反。敦琢其旅。雖卿大夫之從行者，亦皆敦琢之賢。敦，堆。有客宿宿，故周人愛之，不欲其去，微子之留自一宿而至於再宿。有客信信。自一信而至於再信矣。言授之縶，而周人方且授之以縶。縶，陟立反。以縶其馬。以縶絆其馬。薄言追之，設或已去則追而還之。左右綏之。或左或右，皆求所以安之，無厭棄之心也。既有淫威，又告之曰：昔者黜殷之時，雖已有淫威矣。降福孔夷。（孔，甚。）（夷，易。）而今也降福則甚易也。蓋逆順之理如此，吾之威福非苟而已。

《有客》一章，十二句。

《武》，詩篇名。奏《大武》也。武王崩，周公象武王伐紂之事，作《大武》之樂歌以奏之，冠者舞之。

於皇武王，於乎美哉，我周之武王！於，烏。無競維烈。其成功，天下莫能競之也。允文文王，自文王有允信之文德。克開厥後。能開啟子孫之基緒。嗣武受之，故武王嗣而受之。勝殷遏劉，克勝商殷以遏止其劉殺之害。耆定爾功。而致定其功業之隆焉。耆，指。

《武》一章，七句。

《閔予小子》，詩篇名。嗣王朝於廟也。成王免武王之喪，繼武王而為王，始朝於廟之樂歌也。

閔予小子，（閔，傷悼。）成王言可傷悼哉，我幼沖之子也。遭家不造，遭武王崩，家道未成。嬛嬛在疚。嬛嬛然孤特在於憂病之中，無所依怙。嬛，瓊。疚，救。於乎皇考！遂歎美皇考武王。永世克孝。終身能孝。念茲皇祖，念此皇祖文王之德。陟降庭止。一陟一降，大公至直而無私。維予小子，今我小子。夙夜敬止。夙焉而興，夜焉而寐，惟敬是止，不敢外用其心。於乎皇王！又慨然歎美文王武王。繼序思不忘。思以繼承其流緒而念念不忘也。

《閔予小子》一章，十一句。

《訪落》，詩篇名。嗣王謀於廟也。成王在廟，謀所以繼祖考之道之樂歌也。

訪予落止，我將謀之於始。率時昭考。以率循我昭考武王之道。於乎悠哉！又歎而言曰：其道遠哉！於，音烏。朕未有艾，我方幼稚，未有所歷。將予就之，將勉彊以就之。繼猶判渙。而所以維之者，猶恐其判渙而不合也。維予小子，維我乃小子耳。未堪家多難。未能堪王家之多難。難，去。紹庭上下，庶幾紹文王直道于上下。陟降厥家。陟降於家，不敢少離。休矣皇考，美矣哉，皇考武王。以保明其身。爾用文王之直道，保其身而無危亡之憂，明其身而無昏塞之患，我安得不紹之乎？

《訪落》一章，十二句。

《敬之》，詩篇名。群臣進戒嗣王也。群臣進戒嗣王之樂歌也。

敬之敬之，群臣進戒于王曰：敬之哉！敬之哉！天維顯思。大道甚明。命不易哉！其命不易保也。易，去。無曰高高在上。無謂其高高在上而不吾察。陟降厥士，當思王之一陟一降於其事。日監在茲。天無不監臨，此皆不可不敬也。維予小子，王既承其戒，答之以謙，曰維我乃一小子耳。不聰敬止。不聰而未能敬也。日就月將，然願學焉，庶幾日有所成，月有所進。學有緝熙于光明。緝而纘之，熙而廣之，至於其道光明也。佛時仔肩，（仔肩，此任。）然一人之聰明有限，天下之義理無窮，更賴群臣輔助我所負荷之任。佛，弗。仔，茲。示我顯德行。而告示我以顯然可見之德行，則庶乎其可也。行，去聲。

《敬之》一章，十二句。

《小毖》，詩篇名。毖，秘。嗣王求助也。周公還政後，成王因祭在廟，而求群臣助己之樂歌也。

予其懲，始者成王信管蔡而疑周公，王室幾危，周公以王命誅之。故周公歸正，而成王求賢以自輔曰：我其懲創往時之過。而毖後患。而毖謹後來之患乎？莫予荓蜂，蜂不可使而使之。荓，音普經反。自求辛螫。則是自求辛螫之毒。喻管蔡不可信而信之，適以致禍也。螫，音釋。肇允彼桃蟲，彼桃蟲之為物，始也信微小。拚飛維鳥。而終也，乃翻飛為大鳥。事之不可不慎於小如此。拚，潘。未堪家多難，且我方幼沖，未堪王家之多難。難，去聲。予又集于蓼。而又集于辛苦之地，爾臣奈何捨我而不助哉？蓼，音了。

《小毖》一章，八句。

《載芟》，詩篇名。芟，□。春籍田而祈社稷也。春時天子躬□籍田，借民力以終之。人事既盡，而後□□以祈豐年於土神與穀神也。

載芟載柞，成王祈社稷，而述其人事之盡，謂萬民樂治田業，將耕而先芟以除其草，柞以除其木。柞，側。其耕澤澤。土氣烝達，耕之則澤澤然解散。澤，釋。千耦其耘，於是耘除其根株，趨時耘作者千耦。徂隰徂畛。或往下隰，或往下畛。畛，真上。侯主侯伯，其家長，其長子。侯亞侯旅，其仲叔、其眾子弟，無不俱行。侯強侯以。又有彊有餘力者傭賃，隨主人所左所右者以助之。有嗿其饁，婦人行饁，眾人齊食，嗿嗿然有聲。嗿，敕感反。饁，葉。思媚其婦，為夫者愛其婦。有依其士。為婦者依其夫，相慰勞也。有略其耜，於是以其略然之利耜。俶載南畝，始從事於南畝。播厥百穀，而播種其百穀。實函斯活。百穀皆含生氣。函，户南反。驛驛其達，驛驛然達地而出。有厭其杰，有厭然而特茂者，其傑立之苗也。厭厭其苗，厭厭然而長大者，其齊等之苗也。緜緜其麃。其去禾間之草也，則緜緜然詳密。麃，標。載穫濟濟，既熟矣則刈穫之，濟濟然眾多。有實其積，□積之充實而非虛。積，子賜反。萬億及秭。自萬而億，自億而秭。秭，音姊。為酒為醴，遂用之為酒醴。烝畀祖妣，而進獻祖妣之靈。以洽百禮。極而百禮所陳無不和者。有飶其香，以燕享賓客，則有飶然之香。飶，蒲節反【一】。邦家之光。而邦家為之光榮。有椒其馨，以供養耆老，則有椒然之馨。胡考之寧。而胡考為之安寧。匪且有且，非獨此處由此稼穡之事。匪今斯今，非獨今時有此豐年之慶。振古如茲。蓋自極古以來已如此矣。

《載芟》一章，三十一句。

《良耜》，詩篇名。耜，似。秋報社稷也。秋成言社稷之賜，故舉祭以報之，而作此詩為樂歌。

畟畟良耜，□田之耜□利且嚴矣。畟，□。俶載南畝，於是始從事於南畝之中。播厥百穀，而播種夫百般之

【一】「節」，陸德明《經典釋文》作「即」。

穀。實函斯活。百穀實函然而生。或來瞻女，其婦子來饁而視其夫。載筐及筥。其器則筐筥。其饟伊黍，其饁饟則黍也。饟，尚。其笠伊糾，笠以禦暑，雨則糾然而高。其鎛斯趙，鎛以治田畝，則趙然可利。趙，徒了反。以薅茶蓼。以薅除茶蓼之為禾害者。薅，蒿。茶蓼朽止，茶蓼既朽除矣。黍稷茂止。黍稷皆茂盛矣。穫之挃挃，及其成熟，乃刈穫之，挃挃有聲。挃，珍栗反。積之栗栗。遂露積之，栗栗然多。積，子賜反。其崇如墉，其崇高則如墉城之甚峻。其比如櫛。其比密則如梳齒之相次。櫛，側。以開百室。於是開百室以納之。百室盈止，而百室之所儲既盈滿矣。婦子寧止。婦子之所處亦安寧矣。殺時犉牡，乃殺此黃牛黑唇之犉牡。犉，如純反。有捄其角。其角捄然而長，以報祭社稷。以似以續，以□來歲，以繼往歲。續古之人。庶幾不替古人之豐年。

《良耜》一章，二十三句。

《絲衣》，詩篇名。繹賓尸也。繹賓尸之樂歌也。祭宗廟之明日，又設祭以尋繹昨日之祭，故謂之繹，以賓事所祭之尸。繹，亦。高子曰靈星之尸也。《漢書·郊祀志》：「高祖詔御史：其令天下立靈星祠。」張晏注云：「龍星左角曰天田，則農祥也，晨見而祭之。」然則靈星之祠，農事之祭也。高子之說非詩之本旨，毛公不去之，以存疑也。

絲衣其紑，繹禮之舉也，上服絲衣之服，則紑然而鮮明。紑，孚浮反。載弁俅俅。戴爵弁於首，則俅俅然恭順。自堂徂基，自堂降而往基，先高後低，告濯具也。自羊徂牛。自羊下而徂牛，先小後大，告肥充也。鼐鼎及鼒。於是取鼐及鼒以烹物，告潔也。反復展視勤敬次第如此。鼐，奈。鼒，茲。兕觥其觩，祭終而飲福，又設兕觥以警人之不敬者。人皆無失，其兕觥但觩然空設而已。旨酒思柔。其飲旨美之酒也，皆思爲和柔之行。不吳不敖，不讙譁，不傲慢。吳，悟。胡考之休？宜其得壽考之福也。

《絲衣》一章，九句。

《酌》，詩篇名。告成《大武》也，周公象武王之事，作《大武》之樂，既成而告於廟之樂歌也。言能酌先祖之道，言武王能參酌先祖所行之道。以養天下也。以安養天下之民也。

於鑠王師，成王言：美哉，文王之有此師旅也，鑠然甚盛。於，音烏。鑠，舒灼反。遵養時晦。若可用而不用，方且退自循養，與時俱晦。時純熙矣，至武王出而晦者益明，天時則大熙明矣。是用大介。人心則大介助矣。我龍受之，蓋有不容不為者，我武王於是毅然如龍而興，受之於己而不辭。蹻蹻王之造。蹻蹻然振其威武，以創造此王業。蹻，矯。載用有嗣，我今日所以嗣而有之者。實維爾公。皆武王用師，實天下之至公。允師。舉天下皆信其為王者應順之師也。

《酌》一章，九句。

《桓》，詩篇名。講武類禡也，武王講武類于上帝，禡于所征之地之樂歌也。禡，罵。桓，武志也。《序》釋名篇之意，謂桓者，威武之志也。

綏萬邦，大軍之後必有凶年，而武王伐商以安萬邦之人。婁豐年，故和氣致祥，豐年之瑞屢見而不已。婁，屢。天命匪解。大命之在周，愈久而不厭。解，懈。桓桓武王，蓋以武王有桓桓之威。保有厥士，保有其將士。于以四方，而用之於四方。克定厥家。遂能安定其家。於昭于天，其德又昭升于天。皇以間之。所以上天眷武王君天下以代商焉。講武類禡而言及於此，述其用武之志也。

《桓》一章，九句。

《賚》，詩篇名。賚，來去聲。大封於廟也。武王既定天下，大封功臣於廟之樂歌也。賚，予也，序者釋之曰：賚之為言，錫予之義也。言所以錫予善人也。言武王之所以錫予諸臣者，□及於善人而不及於惡德也。

文王既勤止，武王言文王既勤勞以肇造區夏於先矣。我應受之，我今從而當受之，不可忽也。敷時繹思。於是敷陳其事，尋繹而思之於心。我徂維求定，謂我自今以往，維求以措天下於安定而後已。時周之命。然天下非一人所能治，猶賴爾諸侯受是周家封建之命者。於繹思。嗟歎其辭，繹思於心，以其致平治而後可無負於我文王。

《賚》一章，六句。

《般》，詩篇名。般，盤。巡守而祀四嶽河海也。武王巡守於方嶽之下，因而祭祀四嶽河海之神之樂歌也。守，狩。

於皇時周，於乎美哉，武王之君是周邦也。陟其高山。巡守而登至高之山。嶞山喬嶽，與夫狹而長之嶞山，山高而大之四嶽。嶞，佗上。允猶翕河。信能翕受眾水之大河。敷天之下，極而廣天之下，凡有功於民者。裒時之對，皆裒聚神靈於此，而對言之以祭祀也。裒，蒲侯反。時周之命。此周家所以長受天命歟？

《般》一章，七句。

周頌三十一篇，三十一章，三百三十八句。

直音傍訓毛詩句解卷十九

直音傍訓毛詩句解卷二十

魯頌

成王以周公有大勳勞於天下，封其子伯禽於魯。十幾世至僖公，當惠王、襄王時周室不競，而僖公能尊伯禽之法，為魯賢君。魯人望其能光啟王室，以脩周公之業，作詩美之，名之曰頌。其辭特以贊美當時之事，其體猶列國之風，非若商周天子之頌用於祭祀，以歌詠先祖之功烈也。次於周頌者，生於不足也；先於商頌者，以商頌則異代之詩也。

《駉》，詩篇名。駉，古營反。頌僖公也。魯人頌美其僖公也。僖公能遵伯禽之法，（遵伯禽，循周公。）僖公能遵循伯禽開國之法。儉以足用，儉約自奉以充足其國用。寬以愛民，寬大為政以惠愛乎國人。務農重穀，所務者在農，所重者在穀。牧于坰野。馬則牧之於坰之野，使不至於害民稼穡。魯人尊之，故合魯國之人，皆有尊君之心。於是季孫行父請命于周，於是季文子往請命于周天子。父，音甫。而史克作是頌。而魯史名克者作為此頌以美之。

駉駉牡馬，駉駉然腹幹肥張之牡馬。在坰之野。牧之於坰之野，以就水草之美，使不為農害。薄言駉者，其馬之腹幹肥張者有何？有驈有皇，有驪馬白跨之驈，有黃白之皇。驈，户橘反。有驪有黃，有純黑之驪，有黄騂之黃。驪，離。以車彭彭。用此馬駕車，彭彭然有力有容，然豈無自而能致哉？思無疆，蓋僖公之思深遠無窮。思馬斯臧。故思及於馬而馬無不善也。

駉駉牡馬，在坰之野。薄言駉者，解同上章。有騅有駓，有蒼白雜色之騅，有黃白雜色之駓。騅，音隹。駓，府悲。有騂有騏，有赤黄之騂，有青黑之騏。騏，其。以車伾伾。有力也。思無期，無有期受。思馬斯才。多才力也。

駉駉牡馬，在坰之野。薄言駉者，解同上。有驈有駱，有斑駁如鱗之驒，有白馬黑鬣之駱。駱音駝【一】。駱音絡。有騮有雒。有赤身黑鬣之騮，有黑身白鬣之雒。騮，留。雒，洛。以車繹繹。行不絕。繹，音亦。思無斁，無厭倦。斁，音亦。思馬斯作。奮起也。

駉駉牡馬，在坰之野。薄言駉者，解同上。有駰有騢，有陰白雜毛之駰，有彤白雜毛之騢。駰，因。騢，遐。有驔有魚，有膝下長毫之驔，有二目似魚之魚。驔，簟。以車祛祛。彊健也。祛，區。思無邪，一出於正。思馬斯徂。善行也。

《駉》四章，章八句。

《有駜》，詩篇名。駜，備必。頌僖公君臣之有道也。美僖公君臣之交接有其道也。

有駜有駜，駜然而壯盛者。駜彼乘黃。一乘之黃馬也，僖公之臣實乘此馬。夙夜在公，夙興夜寐，服事於公所。在公明明。其在公也，修明其職。振振鷺，鷺于下。僖公於是燕之以禮樂。群臣之來，皆整肅其容，如鷺之振振然群飛而下，有潔白之德也。鼓咽咽，擊鼓以助歡，其聲咽咽然而和。咽，淵。醉言舞。既醉而起舞以相忘。于胥樂兮。君臣之間相樂之至也。

有駜有駜，駜彼乘牡。夙夜在公，解同上章。在公飲酒。其在公也，飲酒以通其情。振振鷺，鷺于飛。群君臣整肅其容，如鷺之振振然群飛，有潔白之德也。鼓咽咽，同上。醉言歸。既醉而言歸，有節而不至於流。于胥樂兮。同上。

有駜有駜，駜彼乘駽。青驪曰駽，駽，呼縣反。夙夜在公，在公載燕。同上。自今以始，故群臣感之而祝其

【一】「駱」，據文意應作「驒」。

君曰：從今日以為始。歲其有。歲歲有年而享時和之效。君子有穀，君子積其善於己。詒孫子。以詒與子孫之遠。于胥樂兮。而後為君臣相樂之盛也。

《有駜》三章，章九句。

《泮水》，詩篇名。頌僖公能修泮宮也。（泮宮，諸侯學名。）魯國泮宮之化，其廢已久，僖公能從而修明之，使教化復行於國，故詩人頌美之也。

思樂泮水，魯人樂僖公泮宮之脩。薄采其芹。託言采芹菜以往觀之。魯侯戾止，遇魯侯至止於泮宮之中。言觀其旂。見其在車之旂。其旂茷茷，其旂則茷茷然飛揚。茷，佩。鸞聲噦噦。聽其在旂之鸞，其聲則噦噦然有節。無小無大，國人無問長幼。從公于邁。皆從公而行，同歸于善也。

思樂泮水，薄采其藻。魯侯戾止，同上。其馬蹻蹻。其馬蹻蹻，所乘之馬則蹻蹻然彊盛。蹻，矯。其音昭昭。誨人之音則昭昭然明辨。載色載笑，溫美顏色，和其笑語。匪怒伊教。未嘗奮怒以彊其速成，惟教誨以俟其自化而已。

思樂泮水，薄采其茆。音卯。魯侯戾止，同上。在泮飲酒，其在泮也，與群臣飲酒以相樂。既飲旨酒，既飲此旨美之酒矣。永錫難老。群臣感之，願神永長錫予公以難老之福。順彼長道，使之順彼先王長道。屈此群醜。以屈服淮夷之衆也。上三章皆言在泮之語，此後乃頌禱之辭。

穆穆魯侯，魯侯有穆穆然和易之容。敬明其德。又能恭敬昭明其德。敬慎威儀，敬慎謹重其威儀。維民之則。足以為斯民之法則。允文允武，信有經緯天地之文，信有戡定禍亂之武。昭假烈祖。所以感格功烈之祖者昭然無愧。假，音格。靡有不孝，僖公之孝無有不至。自求伊祜。而福祜之來，無不自己求之也。

明明魯侯，明而又明之魯侯。克明其德，克去一己之私，全其一性之德。既作泮宮，既作泮宮而德化行。淮夷攸服。雖以淮夷之遠，亦感之而□所□服。矯矯虎臣，所以矯矯然有力如虎之臣。在泮獻馘；亦在泮宮而獻其馘。淑問如臯陶，又使善聽獄之吏如臯陶之為人者。在泮獻囚。在泮宮而獻其囚焉。

濟濟多士，濟濟然衆多之士。克廣德心。能推演其固有之善心，不爲血氣所役，而並無褊躁。桓桓于征，故能振其威威之武於征伐之間。狄彼東南。而彼淮夷之在魯東南者，皆逖而遠之。狄，音剔。烝烝皇皇，師旅烝烝然而進，皇皇然而盛。不吳不揚。不敢喧譁，不敢暴楊。吳，話。不告于訩，更無以爭訟之事告于治獄之官者。訩，凶。在泮獻功。惟思在泮獻功而已。

角弓其觩，僖公之伐淮夷也，以角為弓則觩然而健。束矢其搜。一束之箭則搜然而長。戎車孔博，兵戎之車則甚廣大。徒御無斁。徒行者、禦車者樂效其力，皆無厭倦之心。故克淮夷，故克勝此淮夷之衆。孔淑不逆。甚善而不敢逆命。式固爾猶，群臣於是言公曰，當謹固爾之謀猶。淮夷卒獲。庶幾淮夷可以盡得也。

翩彼飛鴞，翩然之飛鴞，本恶聲之鳥也。集于泮林，今來止於泮水之林。食我桑黮，食我之桑實，黮，音審。懷我好音。亦感其化而變其聲，以善音而歸我焉。憬彼淮夷，彼淮夷亦人耳，宜其覺悟於心。憬，扃上聲。來獻其琛。來服於魯而貢其琛寶也。元龜象齒，其寶惟何？乃大龜與象牙。大賂南金。又廣賂我以南方之金焉。

《泮水》八章，章八句。

《閟宮》，詩篇名。頌僖公能復周公之宇也。美僖公能復還周公所封之土宇也。

閟宮有侐，詩人見魯之群廟，閟然深閉，侐然清静。侐，音洫。實實枚枚。實實然鞏固，枚枚然礱密。赫赫姜嫄，於是推其所以有宗廟社稷之由，謂赫赫然顯著者，姜嫄也。其德不回。其德貞正不回邪。上帝是依，天用是憑依。無災無害；其任之又無灾殃、無患害。彌月不遲，滿十月而生子，不至遲□。是生后稷。其所生者，乃是后稷。降之百福，天乃降之以百福。黍稷重穋，與夫黍稷重穋。穋，六。稙穉菽麥。稙穉黍麥之利。稙，陟。奄有下國，使之受封於邰，奄有下國之廣。俾民稼穡。而教民以稼穡之事。有稷有黍，有稻有秬。於是斯民有稷黍稻秬之利。奄有下土，是以堯封之於邰以奄有下土。纘禹之緒。而纘繼夏禹治水之功。

后稷之孫，后稷十四世孫。實維大王。實為太王。居岐之陽，自豳而遷居於岐山之陽。實始翦商。民咸歸之，實為翦商之始。至于文武，傳至于文王、武王。纘大王之緒。能纘繼太王之功緒。致天之屆，於是商紂暴虐，天欲誅之，武王乃致天之誅。于牧之野。於牧野之地。無貳無虞，一意奉天討，更無所疑貳，無所虞度。上帝臨女。常若上天實鑒臨之。女，汝。敦商之旅，故能治商之衆而勝之。克咸厥功。輔佐之臣皆能有其功，而周公亦與焉。故下章言封伯禽之事。

王曰叔父，成王告周公曰：叔父。建爾元子，我封建爾元子伯禽。俾侯于魯；使為侯於魯國。天啟爾宇，（啟，開。宇，居。）天開爾居。為周室輔。以為我周家之輔佐。乃命魯公，既告周公以封伯禽之意，於是策命伯禽。俾侯于東；使為諸侯於東方。錫之山川，又予之以境內之名山大川。土田附庸。及土田之饒，與「不能五十里，不達於天子，附於諸侯」之附庸。周公之孫，其後周公之孫。莊公之子，莊公子，實為僖公者。龍旂承祀，建交龍之旂於車，以往承宗廟之祭。六轡耳耳。所乘四馬，其六轡耳耳然而盛。春秋匪解，四時之祭，無或解怠。解，懈。享祀不忒；享祀之禮，無有差忒。皇皇后帝，成王以周公有大功於王室，命魯郊祭皇皇然廣大之天。皇祖后稷，配之以太祖后稷。享以騂犧。其享獻也，得用赤色之牲。是饗是宜，今大享，僖公之祀而無不得其宜。降福既多。故降福於其身者已極其盛。周公皇祖，而皇祖周公。亦其福女。亦降福於汝。女，音汝。秋而載嘗，僖公之享祀極其誠，秋時將舉嘗祭之禮。夏而楅衡。於夏已養牲，又用楅衡加於牛首，使無觸壞其角。楅，音福。白牡騂剛，白牡祭周公，騂剛祭魯公。犧尊將將。畫牛於尊以為飾，將將然甚美。將，鏘。毛炰胾羹，毛炰，豚也，去其毛而炰之。胾謂切肉。羹，大羹、鉶羹也。胾，側吏反。籩豆大房；竹曰籩，木曰豆。大旁，半體之俎，足下有跗，如堂房也。萬舞洋洋，萬舞，文舞、武舞之總名，洋洋然衆多。孝孫有慶。盡其孝以享祀，而孝孫則受其福。俾爾熾而昌，自是而使爾之福熾盛而昌大。熾，尺志反。俾爾壽而臧。又使爾身壽考而且臧善。保彼東方，保全彼東方之地。魯邦是常。而長有此魯邦。不虧不崩，其享壽也不至於虧傾，不至於崩敗。不震不騰。不至於震驚，不至於騰動。三壽作朋，與壽考之三卿為公朋。如岡如陵。如山脊之岡，又如大阜之陵，堅固而長存。

公車千乘，千乘，大國之賦。成方十里，出革車一乘，兵車一乘，甲士三人，步卒七十二人。千乘則七萬五千人。僖公出千乘之車。乘，去。朱英綠縢，朱英以飾其矛，綠縢以約其弓。二矛重弓。矛則有二，弓則有重，所以被折壞也。公徒三萬，大國三軍合三萬七千五百人，僖公不忍盡用，惟止於三萬衆而已。貝冑朱綅，其冑則以具文為飾，其甲則以朱繩為綴。烝徒增增。而進行之徒自樂於□增增然□極其盛。戎狄是膺，所以戎狄之衆，於此可以膺除之。荊舒是懲，荊舒之國，於此可以懲艾之。則莫我敢承。皆無敢禦當我者。俾爾昌而熾，是以魯人皆願使昌大而熾盛。俾爾壽而富。使汝壽考而富足。黃髮台背，頭有黃色之髮，背有台魚之文。壽胥與試。優遊壽考之年，相與試其才以為之用。俾爾昌而大，於是又祝之曰：願使汝昌盛而愈極其大。俾爾耆而艾。使汝耆壽而自治其身。萬有千歲，萬有千年之久。眉壽無有害。享厖眉之壽而無有患害也。

泰山巖巖，泰山巖巖然高峻。魯邦所詹。乃魯國之所詹望也。奄有龜蒙，又奄有龜、蒙二山。遂荒大東，遂荒闢大東之地。至于海邦。直到近海之國，無有不服者。淮夷來同，所以淮夷之衆不惟來服而已，且與他國同至。莫不率從，無不相率而順從。魯侯之功。於是魯侯服遠之功不可掩矣。

保有鳧繹，保有鳧繹之山。遂荒徐宅，遂荒闢彼徐國。至于海邦。以至于近海之邦。淮夷蠻貊，與大淮夷蠻貊之人。及彼南夷，及彼南夷之眾。莫不率從。無不相率而順從。莫敢不諾，無有敢不應命者。魯侯是若。皆為魯侯之是順也。

天錫公純嘏，上天錫予僖公以純大之福。眉壽保魯。使之享厖眉之壽而保有魯國。居常與許，居於常許之地。復周公之宇。而恢復周公始封之土宇。魯侯燕喜，魯侯既安且樂。令妻壽母，下有令善之妻曰聲姜，上有壽考之母曰成風。宜大夫庶士，又與大夫庶士，無不相宜。邦國是有。所以魯國可以常有。既多受祉，既多受上天之福祉。黃髮兒齒。其髮則黃色，其齒則如兒齒之壯焉。兒，五兮反。

徂來之松，僖公取徂來山之松木。新甫之柏，與新甫山之柏木以作寢廟。是斷是度，既有木矣，於是而斬斷之，於是而量度之。是尋是尺。其木有得八尺者，有得一尺者。松桷有舄，以松木為桷，舄然而大。舄，音昔。路寢孔碩。其正寢則甚碩大。新廟奕奕，其新修之廟則奕奕然高大乎。奚斯所作。此實公子魚為之主帥以董其事。孔曼且碩，其廟之成也，甚廣長而且碩大。萬民是若。是以順萬民之望也。

《閟宮》八章，二章章十七句，一章十二句，一章三十八句，二章章八句，二章章十句。

魯頌四篇，二十三章，二百四十三句。

商頌

契為舜司徒而封於商，傳十四世而湯有天下，其後三宗迭興。及紂無道，為武王所滅，封其庶兄微子啟於宋，修其禮樂以奉商後。其後政衰，商之禮樂日以放失。七世至戴公時，大夫正考甫得商頌十二篇於周太師，歸以祀其先王。至孔子編《詩》，又亡其七篇，今止五篇。周用六代之樂，故周太師有《商頌》。

《那》，詩篇名。祀成湯也。祭祀成湯之樂歌也。微子至於戴公，成王既殺武庚，封微子啟為殷後。微子統承先王，修其禮物，商之禮樂，具存於宋。自微子傳到戴公，凡十君。其間禮樂廢壞。其間禮樂廢棄而不修，壞失而不存，則樂歌散亡矣。有正考甫者，宣王時，宋之宗族名正考甫者，佐戴、武、宣三公而為卿。得商頌十二篇於周大師，因周用六代之樂，而得商頌十二篇於周太師之手。大，音泰。以《那》為首。推原反始，而用《那》詩為《頌》之首焉。

猗與那與！詩人美商之樂□而多之。猗，伊。置我鞉鼓。陳我之鞉與鼓，所以節樂也。鞉，如鼓而小，持其柄搖，傍耳還自擊。鞉，音桃。奏鼓簡簡，奏鼓之聲簡簡然和而大。衎我烈祖。以衎樂我功烈之祖成湯。衎，看。湯孫奏假，湯孫奏樂以感格于祖考。綏我思成。神明來格，安我心所思而成之。鞉鼓淵淵，其鞉鼓之聲，淵淵然深遠。嘒嘒管聲。管籥之聲，嘒嘒然清亮。嘒，音慧。既和且平，管籥作於堂下，其聲和平，無相奪倫。依我磬聲。與堂上之磬聲相依而諧也。於赫湯孫，於乎盛哉，湯孫之樂。於，音烏。穆穆厥聲。其聲穆穆然和美。庸鼓有斁，至於九獻之後，鍾鼓交作，斁然甚盛。萬舞有奕。萬舞陳於庭，奕奕然有次序，而祀事畢矣。我有嘉客，於是先代之後，實為嘉德之客，皆來助祭而為我所有。亦不夷懌。無不和平而悦懌者。懌，音亦。自古在昔，又言從古在昔。先民有作。先聖王之作於世也。溫恭朝夕，莫不溫恭於朝夕之間。執事有恪。恪謹於朝事之□，今不可忘也。格，苦各反。顧予烝嘗，湯其尚顧我烝嘗之祭哉！湯孫之將。此湯孫之所將奉也。

《那》一章，二十二句。

《烈祖》，詩篇名。祀中宗也。祀中宗之樂歌也。商王大戊，湯之玄孫也，有桑穀之異，懼而修德，商道復興。故表顯之，號為中宗。

嗟嗟烈祖！嗟乎，我功烈之祖中宗。有秩斯祜。有秩然無窮之福。申錫無疆，可以申重錫予於無疆。及爾斯所。今方及爾主祀之王而得其所，其後蓋未艾也。既載清酤，於是載清潔之酒於樽以酌獻。酤，户。賚我思成。故神明錫予我所思而得成。亦有和羹，及有五味調和之羹以進。既戒既平。既警戒，既和平。鬷假無言，助祭之日，總至而無諠譁。鬷，子東反。假，音格。時靡有爭。一時之間肅然恭遜，無有交侵其職位。綏我眉壽，所以神又綏我以眉壽之福。黃耇無疆。身享黃耇，無有疆窮。約軧錯衡，其助祭之諸侯，乘車而來，車之長轂則以皮經約而朱漆之，車之橫木則錯雜文采於上。軧，其。八鸞鶬鶬，駕彼四馬，八鸞之聲鶬鶬然和。鶬，鏘。以假以享。至於廟而享祀其神。假，格，下同。我受命溥將。故我之受命溥溥而將大。自天降康，又自天而降之以平康之福。豐年穰穰。使穰豐年之瑞，黍稷穰穰乎其多而可以祭。來假來饗，人既助之，天又應之，然後庶幾祖宗來格而享其祭。假，音格。降福無疆。賜之以無窮之福。顧予烝嘗，曰其尚顧我烝嘗之祭哉！湯孫之將。此湯孫之所將奉也。

《烈祖》一章，二十二句。

《玄鳥》，詩篇名。祀高宗也。祀高宗之樂歌也。高宗，殷王武丁，中宗玄孫之孫也。有飛雉之異，懼而修德，商道復興。故表顯之，號為高宗也。

天命玄鳥，有娀氏女簡狄，配高辛氏，以元鳥至之日祈于郊禖而生契【一】，故曰上天命此元鳥。降而生商。降而生契，為堯司徒，有功而封於商。宅殷土芒芒。至成湯始居于亳，其國日以廣大。古帝命武湯，天遂命武德之湯。正域彼四方。正彼四方之疆域。方命厥后，湯乃隨其所在之方，封建諸侯。奄有九有。覆有九州而為王焉。商之先后，

【一】「元鳥」之「元」，或是「玄」之避諱字，下同。

繼是而後，凡為商之先君者。受命不殆，世受天命，無有危怠。在武丁孫子。以至武丁之孫與子也【一】。武丁孫子，為武丁之孫子者。武王靡不勝。當念其祖武丁以武德王天下，無有不勝任之患。龍旂十乘，一時諸侯翕然順服，建龍旂而來朝者有十乘之多。大糦是承。奉黍稷而助祭者有是承之敬。糦，尺志反。邦畿千里，而高宗於邦畿之建，必先恢千里之地。維民所止，以為斯民之所居。肇域彼四海。然後始從而正四海疆域，使之各安其所守。四海來假，由是君臣上下之分既明，而四海諸侯莫不來朝。來假祁祁。其至也祁祁然衆多。景員維河，廣大均平如衆水之赴于河。員，音云。殷受命咸宜，此殷家一代之受天命皆得其宜。百祿是何。而百祿之美真是以何當而無愧也。

《玄鳥》一章，二十二句。

《長發》，詩篇名。太禘也。太禘之樂歌也。禘者，禘其祖之所自出，謂禘帝嚳也。禘，弟。

濬哲維商，有濬深智哲之德者，維商之契為然。濬，峻。長發其祥。其啟此福祥也久矣。洪水芒芒，當帝堯之時，有大水芒芒然。禹敷下土。禹則分布下土而平治之。方外大國是疆，京師之外，大國於是畫其疆界。幅隕既長。使中國廣大均平，其利已長遠矣。幅，福。隕，音圓。有娀方將，當此時，有娀氏之國方將大。帝立子生商。故帝立其女之子而造商室也。

玄王桓撥，契之為人，武而能治。受小國是達，受小國則小國之事無不通。受大國是達。受大國則大國之事無不通。率履不越，其所率所行不踰越於規矩之外。遂視既發。遂視其民則既發而應之矣。相土烈烈，世傳而至相土，又受命為方伯，其威武烈烈然而盛。海外有截。於是海外之人莫不率服，而截然齊一矣。

帝命不違，天命之不違於商之先祖也，亦久矣。至于湯齊。至於成湯之興而始齊一焉。湯降不遲，誠以成湯降已

【一】按，據下文「為武丁之孫子者」、「當念其祖武丁」云云，「與」字疑衍。

之心敏焉而不遲。聖敬日躋。聖德之敬與日以俱升。昭假遲遲，其於昭假之效，則聽之遲遲而不以為急。上帝是祇。至於上帝之事，則以心祇敬而愈極其事。帝命式于九圍。此所以感□無間，而天乃命湯以為九州之法也。

受小球大球，成湯之興，命小大之國，皆有球玉之受。為下國綴旒，其之係屬於湯，如旒之結於旌。何天之休。此所以能負荷上天之休命也。何，荷。不競不絿，而成湯之為德，不爭競，不躁急。不剛不柔，不失之太剛，不失之太柔。敷政優優，敷而為政也，優優然甚和。百祿是遒。故百祿聚而歸之。遒，音酋。

受小共大共，成湯受小國大國之共貢，共，恭。為下國駿厖，不以自私，盡散之下國，使皆享駿大厖厚之利。何天之龍。此所以能何當上天之龍命。龍，音寵。敷奏其勇。又陳進其勇。不震不動，不可震驚，不可動搖。不戁不竦，不戁恐，不竦懼，毅然以天下自任。戁，難上。百祿是總。此百祿所以總而歸之也。

武王載旆，成湯以武德之王而為旆旆之建。有虔秉鉞。有虔共之心以持斧鉞之權。如火烈烈，興師討罪，其威勢烈烈然，如猛火之可畏。則莫我敢曷。人無有敢誰何者。苞有三蘖，由是夏桀之與韋也，顧也，昆吾也，如木之一本而生三蘖。蘖，五葛反。莫遂莫達，皆已沮喪而莫能遂達其惡。九有有截。於是九州截然歸商。韋顧既伐，彼韋也、顧也，湯已伐而克之。昆吾夏桀。昆吾與夏桀相繼而誅也。

昔在中葉，昔在商之中世，成湯未興之先。有震且業。國弱而危懼。允也天子，及成湯以允信之德出而為天作子。降予卿士：天乃降生賢卿士以輔之。實維阿衡，實為阿衡之官，言伊尹為湯所□倚而取平也。實左右商王。實輔佐成湯興商以王天下。禘太祖則功臣與祭，故言伊尹也。

《長發》七章，一章八句，四章章七句，一章九句，一章六句。

《殷武》，詩篇名。祀高宗也。祀高宗之樂歌也。

撻彼殷武，自盤庚没而殷道衰，楚人叛之。高宗之興，撻然振發其威武。奮伐荊楚，奮然征伐荊楚之國。罙入其阻，於是深入其巢穴。罙，音彌。裒荊之旅。其衆無所逃遁，窮而保聚焉。有截其所，截然王師之所在，人不敢犯之。湯孫之緒。此湯孫所以成其功緒也。

維女荊楚，首章言伐楚之功，二章言責楚之義。曰：維汝荊州之楚國。女，汝。居國南鄉。但居吾國之南鄉而已。昔有成湯，昔者成湯之世。自彼氐羌，雖彼氐羌之遠夷。莫敢不來享，猶且莫有敢不來貢獻以享上。莫敢不來王，莫有敢不來朝覲以尊王。曰商是常。皆言夷狄之事中國乃常禮也。今汝荊楚在近而反不來，是夷狄之不若矣。

天命多辟，諸侯之衆，乃天所命也。設都于禹之績。凡建國于禹所治之地者。歲時來辟【一】，皆以歲事來朝于君。辟，必。勿予禍適。以殷君之不譴責我也。稼穡匪解。曰我於稼穡之事不敢懈怠，庶可以免咎矣。今荊楚乃不□，宜其致伐也。解，懈。

天命降監，天命之降監，惟在於民。下民有嚴。則下民亦有嚴而可畏矣。不僭不濫，而高宗之所以治民者，賞焉不僭及於無功，罰焉不濫及於無罪。不敢怠遑。勉焉孳孳，不敢自怠也，不敢自暇也。命于下國，所以上天眷命，奄有下國之廣。封建厥福。而福慶之來，封之使益大，建之使益固焉。

商邑翼翼，高宗建商邑之勢，翼翼然尊嚴。四方之極。四方之廣於是而取中焉。赫赫厥聲，其聲名之發，則赫赫然顯盛。濯濯厥靈。其威靈之著，則濯濯然光明。壽考且寧，所以上天眷之，享壽考之福，且有康寧之慶。以保我後生。凡子孫之後我而生者，亦可以保安於無窮焉。

陟彼景山，此蓋廟成始附而祭之之詩也，言作高宗之廟而升大山之上。松柏丸丸。取松柏之丸丸然易直者。是斷是遷，於是斷而截之，於是徙而歸之。斷，短。方斲是虔。又方正斲削而斷截之。斲，音卓。松桷有梃，以松木為屋

【一】「時」，《毛詩正義》作「事」。

之榱桷，則梴然而長。梴，丑連。旅楹有閑，陳列其衆楹，則閑然而大。寢成孔安！及寢廟既成，而高宗之神於是乎甚安焉。

《殷武》六章，三章章六句，二章章七句，一章五句。

商頌五篇，十六章，百五十四句。

直音傍訓毛詩句解卷二十

附録

《（正德）建昌府志》（明）夏良勝
《毛詩句解》，李公凱著。

《國史經籍志·經類》（明）焦竑
《柯山句解》三卷，李公凱。

《文淵閣書目》（明）楊士奇
《書經李公凱句解》一部，一冊。《書經李公凱句解》一部，一冊。

《萬卷堂書目》（明）朱睦□
《纂集柯山句解》三卷，李公凱。

《授經圖》（明）朱睦□
《纂集柯山尚書句解》三卷，李公凱。

《明書》（清）傅維鱗

《經〈書〉李公凱句解》。

《補遼金元藝文志》（清）倪　燦

李公凱《李氏周易句解》十卷。字仲容。

李公凱《纂集柯山尚書句解》三卷。

李公凱《毛詩句解》二十卷。字仲容。

《千頃堂書目》（清）黄虞稷

李公凱《李氏周易句解》十卷。

李公凱《纂集柯山尚書句解》三卷。字仲容。

李公凱《毛詩句解》二十卷。字仲容，宜春人，其書專取吕氏《讀詩記》而隱括之。

《曝書亭集·跋〈毛詩李氏句解〉》（清）朱彝尊

《毛詩句解》二十卷，宜春李公凱仲容撰。宋自淳熙而後，説詩者率遵朱子之《傳》，去《序》言經。仲容獨取吕氏之書，隱括以淑後進，其亦異乎勦説雷同者矣。是編購之吴興書賈舟中，原序失去。稽諸《袁州府志》，竟没而不書，無從考其官閥門世。惜也！

《康熙江西通志》（清）謝旻

李公凱，字仲容，宜春人，撰《毛詩句解》二十卷。宋自淳熙而後，說詩者率遵朱子之《傳》，去《序》言經。仲容獨取呂氏之書，隱括以淑後進，亦異於勦説雷同者矣。稽諸《袁州府志》，歿而不書其官閥門世，無從考云。《曝書亭集》

《元史藝文志》（清）錢大昕

李公凱《周易句解》十卷。字仲容，宜春人。

李公凱《纂集柯山尚書句解》三卷。

李公凱《毛詩句解》二十卷。

《元史新編》（清）魏源

李公凱《周易句解》十卷。字仲容，宜春人。

李公凱《纂集柯山尚書句解》三卷。

李公凱《毛詩句解》二十卷。

《鐵琴銅劍樓藏書目錄·經部三》（清）瞿鏞

《直音傍訓毛詩句解》二十卷元刊本。題宜春李公凱。仲容此書各家俱未著錄，惟見黃氏《千頃堂書目》，而朱氏《經義考》、錢氏《元史·藝文志》並從之，蓋亦流傳絶少者。考直音始見於明本排字九經。不用反切，故曰「直音」；而此書則仍有反切，惟不用叶音，但用本音，其例又小殊也。詩音自朱子用吳才老《詩補音》，其孫子明氏又意爲增損，已不免舛迕；近時坊本或依叶音，或用方音，非今非古，繆盩較諸經音尤甚。此本睢與砠並音趨，《集傳》睢音七余反，砠音七餘反，音趍正與朱子合。嚴氏《詩緝》曰雎七胥反，以温公《切韻圖》正之，七字在第十八圖，屬清字母；胥字在第三圖。平聲第四等横尋清字，得疽字，其上聲爲取，去聲爲覷，則平聲正音趨也。雎、疽、砠、苴皆同音，俗讀爲沮平聲，非，則與嚴氏亦合，其音之不苟如此。傍訓者，如「雎鳩」傍注「水鳥」，「荇菜」傍注「水草」，「流」傍注「求」，僅一兩字，亦不别立細行。今世塾中盛行傍訓本，蓋濫觴於此。句解者，注於每句下，而上下文語氣隔句仍復相屬，最爲曉暢。每篇悉冠以小序，其解卽依序義闡發，雖隨文詮釋，亦能申明古義。黄俞邰謂櫽括吕氏《讀詩記》，良然。前有開子養吾氏倡古生朱記。

《儀顧堂題跋·元刊〈毛詩句解〉跋》　（清）陸心源

新刊《直音旁訓纂集東萊毛詩句解》十五卷，題曰「宜春李公凱仲容」。宋季坊刊本每半頁十三行，行大字廿二三，小字廿五六不等。宋諱有缺，有不缺，宋季坊刊往往如此。公凱事蹟無考，據題名知爲江西宜春人，字仲容而已。其書以《東萊讀書記》爲宗，隱括其意，顯易其辭；字之難者，各爲直音；人名語助及字義之隱奥者，則訓于傍，故曰「直音傍訓句解」也。雖爲鄉塾啟迪幼學之書，而不逐時風，尊尚《小序》，其亦異乎依草附木者矣。前有竹坨老人七十二歲手跋，與《曝書亭集》所刊小有不同，有「彝尊私印」四字白文方印，「竹坨」二字朱文方印，「陳經之印」四字白文方印。蓋卽竹坨所藏，後歸吾鄉陳抱之者，恐世閒無第二本矣。仲容所著尚有《周易句解》十卷、《柯山尚書句解》三卷，今皆不傳。

《皕宋樓藏書志·經部》　（清）陸心源

新刊《直音傍訓纂集東萊毛詩句解》二十卷。宋刊本。宋宜春李公凱仲容撰。朱氏手跋曰：「《毛詩句解》二十卷，宜春李公凱仲容撰。宋自淳熙而後，說詩者率遵朱子之《傳》，去《序》言經。仲容獨取吕氏之書，櫽括以淑後進，其亦

異乎剿說雷同者矣。是編購之吳興書估舟中，原序失去。稽諸《袁州府志》，竟没而不書，無從考其官閥門世。惜矣！竹
垞老人書於新愜齋中，時年七十有二。」
按此書《四庫》未收。每半頁十三行，每行二十四字，注雙行。

《緣督廬日記抄》（清）葉昌熾

（引者案：己酉三月）廿六日，閱《論語旁訓句解》（宜春李公凱仲容撰），都取朱子《集注》竄改刪節，據為己
有，不成其為書。翼甫所藏也。

《元書》（清）曾 廉

李公凱《周易句解》。字仲容，宜春人。
李公凱《纂集柯山尚書句解》三卷。
李公凱《毛詩句解》二十卷。

《續修四庫全書總目提要·經部》劉思生

《直音傍訓毛詩句解》二十卷，元刻本。元李公凱撰。公凱字仲容，宜春人。檢《袁州府志》《宜春縣誌》，並無
其傳，事蹟無徵。據卷首題「宜春李公凱仲容」，始知其撰人名氏及郡邑也。此書各家俱未著錄，惟見黃氏《千頃堂書
目》，而朱氏《經義考》、錢氏《藝文志》並從之，蓋亦流傳絕少者。考直音始見於明本排字九經。不用反切，故曰「直
音」；而此書則仍有反切，惟不用叶音，但用本音，其例又小殊也。詩音自朱子用吳才老《詩補音》，其孫子明氏又意爲
增損，已不免舛迕；近時坊本或依叶音，或用方音，非今非古，繆盭較諸經音尤甚。此本雎與砠並音趨，《集傳》雎音七
余反，砠音七餘反，音趍正與朱子合。嚴氏《詩緝》曰雎七胥反，以温公《切韻圖》正之，七字在第十八圖，屬清字母；

胥字在第三圖。平聲第四等横尋清字，得疽字，其上聲爲取，去聲爲覷，則平聲正音趨也。睢、疽、砠、苴皆同音，俗讀爲沮平聲，非，則與嚴氏亦合，其音之不苟類如此。傍訓者，如「雎鳩」傍注「水鳥」，「荇菜」傍注「水草」，「流」傍注「求」，僅一兩字，亦不別立細行。今世塾中盛行傍訓本，蓋濫觴於此。句解者，注於每句下，而上下文語氣隔句仍復相屬，最爲曉暢。每篇悉冠以小序，其解卽依序義闡發，雖隨文詮釋，亦能申明古義。黄俞邰謂櫽括呂氏《讀詩記》，良然。